SHAN YOU
MU XI

行路难

非天夜翔 作品

上

湖南文艺出版社 HUNAN LITERATURE AND ART PUBLISHING HOUSE 博集天卷 CS-BOOKY

图书在版编目（CIP）数据

山有木兮 / 非天夜翔著 . -- 长沙：湖南文艺出版社，2022.1

ISBN 978-7-5726-0550-5

Ⅰ . ①山… Ⅱ . ①非… Ⅲ . ①长篇小说—中国—当代

Ⅳ . ① I247.5

中国版本图书馆 CIP 数据核字（2021）第 280574 号

上架建议：畅销·青春文学

SHAN YOU MU XI

山有木兮

作　　者	：非天夜翔

作　　者：非天夜翔
出 版 人：曾赛丰
责任编辑：刘雪琳
监　　制：邢越超
策划编辑：王小岛
文案编辑：张春萌　王小岛
营销支持：文刀刀
封面设计：有点态度设计工作室
版式设计：李　洁
插画绘制：Eno.　阿溦 Kiwi　逐　夜　无姜粥
内文排版：百朗文化
出　　版：湖南文艺出版社
　　　　　（长沙市雨花区东二环一段 508 号　邮编：410014）
网　　址：www.hnwy.net
印　　刷：三河市中晟雅豪印务有限公司
经　　销：新华书店
开　　本：640mm×915mm　1/16
字　　数：682 千字
印　　张：42
版　　次：2022 年 1 月第 1 版
印　　次：2022 年 1 月第 1 次印刷
书　　号：ISBN 978-7-5726-0550-5
定　　价：79.80 元（全二册）

若有质量问题，请致电质量监督电话：010-59096394
团购电话：010-59320018

姜恒：名义上的耿渊嫡子，由姜昭抚养长大，于海阁学艺后再入红尘，辗转各国，以辅佐明君结束大争之世为己任。

耿曙：耿渊与聂七之子，后被汁琮收为义子，更名汁淼，雍国上将军。

晋

姬珣：晋天子。

赵竭：晋国上将军。

宋邹：天子封地嵩县地方官。

沧山海阁

鬼师偃：人称"鬼先生"，海阁之主。

松华：海女。

罗宣：鬼师偃之徒，姜恒师父，刺客，擅毒。

项州：公子州，郓国王族之后，刺客、鬼先生弃徒，罗宣师兄。

雍

汁琮：雍王。

耿渊：雍国国士，刺客。

聂七：耿曙之母，耿渊之妾。

汁泷： 汁琮之子，雍国太子。

汁绫： 雍国公主、将军，汁琮与汁琅之妹。

姜太后： 汁琮、汁琅之母，越国人，姜家远亲。

管魏： 雍国左相。

卫卓： 雍国侍卫长，左将军。

曾宇： 玉璧关守将。

界圭： 雍国守卫，刺客。

陆冀： 雍国右相，太子太傅。

曾嵘： 太子少傅。

曾松： 曾家家主，曾宇、曾嵘之父。

周游： 太子少师。

郎煌： 林胡人，原为乌洛侯姓，大萨满索伦弟子。

孟和： 风戎王子。

水峻： 氐人部落"水"部首领。

山泽： 氐人部落"山"部首领，因欲推翻卫氏集结族人
起兵，被卫氏构陷为反贼。

牛珉： 东宫门客。

代

李宏： 代武王。

李胜： 公子胜，代武王李宏之弟。

姬霜： 代武王养女，代国公主，实为王族姬氏后人。

李谧： 代国太子。

李霄： 李宏第二子，掌管代国军队。

李靳： 代国王族，代国将军。

罗望： 代国上将军，罗宣之父。

郹

长陵君：郹国左相。

郑

子间：郑国上将军。

赵灵：郑太子灵，子间之子，过继给郑王。

龙于：郑国上将军。

田令：郑国右相。

车佺：郑国上将军。

孙英：太子灵门客。

赵起：越人，太子灵侍卫。

公孙武：越地神医。

梁

毕颉：梁王。

重闻：梁国上将军。

迟延匋：梁国左相。

越

姜昭：耿渊正妻。

卫婆：姜家家仆。

姜晴：姜昭之妹，前雍王汁琅之妻。

目录

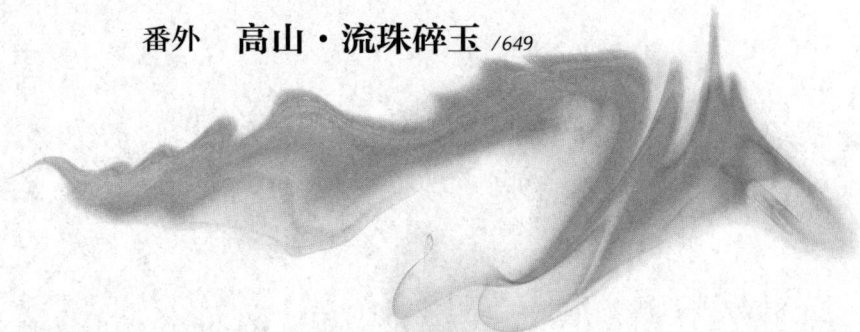

序

琴鸣天下

那盲眼的琴师端坐殿中，抚琴
奏响此生最后一首曲子。

山 中 阙

昔我往矣，杨柳依依。今我来思，雨雪霏霏。

近日天气算不得太好，冬至的三天前，阴云一层层地压在王都安阳的天顶上。年轻的梁王丝毫未料到三国特使竟在同一天抵达，一如路上约好了一般，顷刻间便有些措手不及。

这是他继位之后所办的第一件大事，只因接下来的数日，四国会盟，关乎天下兴衰，以及中原诸泱泱大国的千年气运。

想到此节，梁王毕颉便紧张得两手发抖，手心满是汗。

到得傍晚时，毕颉确认诸国特使都来了，官员们亦亲自回报都已一一拜访过，且安顿下了。这年轻的梁王方如释重负，吁了口气，解下冠缨，将王冠随手扔到一旁，松了松腰带，快步往后宫去。

暮色沉沉，梁王不禁又想起了一年前的那个傍晚。

严厉的老父王吊着一口气，吊了足有七八年，兄长以太子之位监国，终于熬到了他们的父亲断气的日子。梁王心知肚明等待着自己的将会是什么下场，他藏身安阳宫深处瑟瑟发抖，就像一名等着被执刑的囚犯。

但一夜间，一切都变了。上将军重闻手握重兵，耐心地等到先王咽下最后一口气，骤然发难，血洗朝廷，一把火将梁太子商烧死在宫中。如今那宫殿早已翻修并粉刷完毕，但毕颉每每路过时，总是提心吊胆，恐怕太子的冤魂从里头扑出来，给他毫无防备的一剑。

就像耿渊刺他母后，一剑封喉。

若非母后生前支持他的兄长为国君，她原可不必死。

"都退后点。"毕颉朝跟在身后的内廷侍卫吩咐道，略有些气喘，他开始爬山。

安阳宫依山而建，四百年前乃是晋帝消暑的别宫，随着梁施王的中兴大业的展开，空有天下共主之名的晋帝，连别宫也封给了梁国毕氏。毕氏穷全国之力，在安山上一重重地扩建，将其翻修成一座辉煌的、史无前例的巨大王宫。

繁复的建筑多架在山岩上，以桩柱钉入山岩与峭壁，支起了这华美之宫。琉璃瓦流光溢彩，雕栏画柱辉映着阳光。一代接一代，月月年年，大梁国在中原的地位，便有如这傲视神州的天宫，坚不可摧。

只是每次回寝殿，都得亲自爬这么长一截山路，实在太累人了……毕颉抬袖抹了把汗，又不好让人来抬，毕竟是一国之君，身体好坏会被全国议论。

这时候他听见寝宫内传来几声琴音，那是耿渊在抚琴。琴声响起时，毕颉的心情便好些了。

这一年间，若无耿渊之乐陪伴他入梦，想必先王垂死时的恐怖形貌、兄长被烧死在华庆殿内一身焦黑人皮的景象、生母如被宰之鸡般脖颈喷出漫天鲜血的惨状，都将化作梦魇，令他不得安睡。

"今天弹的什么，"毕颉回到寝殿，便恢复了往常的模样，"兴致这么高？"

但旋即他便发现了在纱帘后与耿渊对坐的高大武将，心中不由得打了个突，暗道：这家伙什么时候来的？

来了就来了，总不好装看不见，他只得客客气气，称了声"上将军"。

那武将正是上将军重闻，梁国真正的掌权之人。他沉声道："我听说，今天你小舅来了，吾王想见他否？"

年轻的梁王带着些许不安，四国会盟，郑国所派使者正是郑上将军子闲，也即他的亲舅舅。

毕颉再三思索后答："您介意……我在会盟前见舅舅一面吗？不如您坐在屏风后听着？"

"嗯。"重闻答道。

一段时间的沉默后，毕颉思来想去，说："要么，今夜还是不见了。明日再会也不迟，想叙旧，总有时机。"

这次重闻答道："吾王长大了。"

毕颉不多言，坐到案后，翻阅这几日里左相呈上的奏折，时而朝重闻投去一瞥。此刻琴师耿渊正在专心地擦拭那把剑，而重闻的双眼则望向寝宫外的夕阳。

重闻老了，毕颉还记得初见他那年，这位名声大噪的名将统率千骑出长城，将劫掠梁、代、雍三国的风戎杀得闻风丧胆。

从塞外得胜归来的秋天里，他尚未及而立之年，毕颉当年也只有十二岁。

少年人总是仰慕大英雄，那天他踮着脚朝重闻望，重闻亦在不经意间一眼瞥见了他，当着文武百官的面，走过来，摸了摸他的头，以示亲昵。

那年的重闻威武显赫，英气非凡，就像一把锋芒毕露的巨剑，只要有他在一天，这世上就无人敢朝梁国开战。

其后数年里，重闻几次出征，三场大战役后，与梁国敌对的北方雍国被打得元气大伤，萎靡不振，再无问鼎中原的实力。重闻亦从此奠定了天下军神的威名，但人总会老的，号称"军神"的他也是一样。

重闻渐渐地老了，如今屈指一算，已届不惑。往日的锋芒尽数收敛，鬓间也多了几缕白霜，他比养尊处优的文官们看上去更经风霜。

但大梁国朝野上下，都丝毫不怀疑，他还领得动兵、打得动仗。

这样一位绝世名将，理应效忠王室嫡系，最后却站到了自己这一边，不惜发动政变，扶持他上位为王……毕颉实在百思不得其解。

平心而论，胸怀霸业的兄长，太子毕商，理应更与重闻投缘才对。

重闻只要开口，随时能影响先王的意向。更何况，太子商心心念念，只想一统中原、称霸天下，他与重闻不是最好的搭档吗？

直到葬身火海之夜，兄长仍朝着重闻不住地哀号求饶，不明白自己究竟做错了什么。

毕颉知道，重闻不喜欢他那位在郑国当上将军的舅舅——子间。

虽然这次四国会盟，其中少不了子间奔走出力，但母舅家与梁国王室联系至为紧密的纽带，已在一年前的血案中，被重闻与耿渊无情地一剑斩断。

舅舅想必不会相信使节所报的母亲被兄长杀死的那套鬼话，定猜到这是一场谋杀。

只是现在大伙儿有一致的目标，必须会盟联军，对付雍国，私人恩怨暂且搁置。

一旦联军成功，发兵灭掉北方的雍国，接下来与梁接壤的郑，便将成为重闻的下一个敌人，届时这两位国之重将，少不了兵戎相见的机会。

"北雍乃化外蛮夷之地，有如灵州成群结队的凶狼。"太阳下山时，重闻终于开口道，"这次会盟非同小可，将从此奠定吾王千秋万世之伟业。"

"嗯。"毕颉答道，"正是，孤想到明日的会盟，便仍然……仍如置身梦中。太快了，一切都太快了，孤原本想着，要灭掉雍国，兴许还得一二十年……"

重闻听到这话时起身，高大的身材迎着最后一缕日光，来到寝宫外的高台上，说："吾王。"

毕颉放下奏折，也跟着站起，来到重闻身后。

"看看你眼前的这一幕。"重闻说，"时候到了。"

毕颉从高台上望出去，暮色中的安阳城外，乃是近乎一望无际的、梁国的四十万骑步兵军营，各国前来会盟的特使又有近万卫队，统一扎营城外，这浩浩王师、四国雄兵，都将是他迈出一统神州大地至关重要的一步的最强大的助力。

再看安阳城中，二十万户灯火闪烁，普天之下，还有哪一座城池比安阳更富饶？哪怕四百年前晋帝号令天下，亦不如当下，这是真正的天子之国！

"攻陷雍国那伙蛮夷，"重闻说，"这是上到君王，下到黎庶的心愿。臣愿为您扛起这面王道的大旗，发兵北伐，横扫我们所有的对手。它是一个开始，远非结束，臣会为您征战，直到天下的每一寸土地都归您所有，直到生活在每一寸土地上的人都奉您为王。"

毕颉心潮澎湃，一时竟无言以对，怔怔地看着重闻。

"只是在大业未竟之前，"重闻淡淡地道，"不可受优柔寡断所累。臣告辞。"

上将军重闻朝毕颉一躬身，披风如夕阳下的火云，离开了寝宫。

毕颉沉默片刻，不经意地轻轻叹了口气，回到案前发呆。

"该掌灯了。"耿渊在黑暗里提醒道。

毕颉说："你若不急，就让我这么再待一会儿。"

耿渊答道："瞎子用不着灯，自然不急。"

耿渊眉间蒙着一道黑色布条，从毕颉认得他那天起，这名琴师就是个瞎子。他奏得一手好琴，毕颉以为当他手中的琴发出声音时，天底下的飞鸟都会为之驻足；琴弦一动，世间的流水都会凝固。

都说琴师技艺到得最高处，能沟通天地；而毕颉听过耿渊的乐声后，才知道乐声真正的巅峰之境，乃是为他找回早已逝去的时光。

他是什么时候认识耿渊的呢？

说来奇怪，年轻的梁王今天特别喜欢缅怀往事，回忆重闻，回忆耿渊，回忆每一个人……

就像他祭天成王前的那夜，辗转反侧，忍不住将从小的过往与点点滴滴从头回忆一次。

明天过后，他便将成为四国盟主，举起晋帝授予盟主的金剑，朝雍国发出讨伐的号令。就像重闻所言，梁国终将迈出一统中原的那一步。毕颉今夜也格外多愁善感。

琴音轻轻响起，叮咚数声，毕颉瞥向黑暗中的那个身影，月光如流水般洒进寝宫。耿渊凭他的琴声，足以像重闻的威名般传遍天下。

这盲琴师却甘愿留在深宫之中，只为曾经还是一名不得宠的王子的他演奏。

七年前，毕颉离开宫廷，前往照水城的路上，清朗的男人歌声吸引了他的注意力——耿渊披头散发，眉目间蒙着一条白布，白布中渗出血来，似是失去双目尚不久。他所弹所唱，乃是《卫风·伯兮》之句："自伯之东，首如飞蓬。岂无膏沐？谁适为容！"

那年雍、梁二国连番大战，照水一带适逢三年大旱，饥荒袭来，饿殍遍野。耿渊一身黑袍，端坐枯草丛生的旷野之中，弹唱起这思念离人的歌曲，不禁令年仅十四岁的毕颉为之动容。

他将耿渊带回宫中，让其弹唱给兄长及一众大臣听，但这歌声并未阻止战火的蔓延，直到重闻归朝，梁国才大败北雍，以战止战，取得了第一次胜利。

耿渊在宫中住了七年，毕颉习惯了他的歌声，曾有一段时间，他担心自己一旦被兄长赐死，耿渊亦逃不脱身亡的命运，只想尽早打发耿渊离开为宜。

"你说得对，我们终有一天会死，你前脚去，我后脚跟来。"耿渊听了以后，只简单地答道，"不过，不会死在你哥哥手里。"

耿渊若非双目失明，想必将是安阳乃至天下有名的美男子，毕颉时常这么想。他白皙的肤色，英气的眉，高挺而完美的鼻梁，清隽的唇线，修长的抚琴的手指。要是在某一天摘下蒙眼的黑布后现出灿若夜星的双目，不知得让多少人为之倾心。

哪怕当下双目蒙着黑布，月光照在他的脸上，现出嘴角的弧度与鼻梁，那一丝神秘莫测的俊美，亦足以与各国闻名遐迩的美男子匹敌。

只是毕颉万万没想到，耿渊竟然还会用剑，当耿渊抽出那把黑黝黝的长剑之时，天地仿佛都为之变色，而他瘦削颀长的身材，握剑在手的一刻，就像变了一个人。

重闻似乎早早地就看穿了这一切，于是逼宫之夜里，守在毕颉身边的，唯耿渊一人。

那夜也是毕颉第一次看见他出剑——太子商派出近两百名训练有素的甲士，前来杀他这个手无缚鸡之力的王子，外加一名双目失明的琴师。

耿渊于是轻描淡写地从琴下抽出如今拿在手中的那把黑色重剑，守在门前。

毕颉恐惧地看着眼前的一幕，鲜血染红了寝宫内外，渐渐漫出去，耿渊那修身的黑袍却始终滴血不沾。直到远方的火光映亮了夜幕，风里传来太子的惨叫，耿渊才重新坐下，沉声道："现在，你是梁王了。"

毕颉始终没弄清楚，耿渊究竟多大了，七年前见他是这模样，七年后还是这模样。耿渊大部分时候留在宫里，偶尔会离宫一趟。毕颉派人远远地跟过，属下的回报，则是耿渊每次都去安阳城中的一间民宅，民宅里住着一个女人、一个小孩儿。

"为什么是我？"毕颉揉揉太阳穴，又在黑暗里轻轻叹了口气。

宫女进得寝殿来点灯，耿渊在这最后的黑暗里答道："因为你是最合适的。"

毕颉带着些许失落之意，低头看了眼案上的奏折，他是个容易伤春悲秋的人，左相认为他有"怜悯之心"，这也许就是重闻所认为的"最合适的理由"。毕颉心里清楚，百官们有一句话都没有说，兄长一旦继位，大梁国便将迎来权力的更迭，而像重闻这等武将，更是难以驾驭。

正如重闻常言，一介武将，性命何足道哉？这一生所图，无非为大梁建起千秋万载的不世霸业。

"早点睡罢。"耿渊将剑收进琴底，淡淡地道，"明天将是天下的大日子，这一天，将被载入史册。"

"明天你会陪我去吗？"毕颉问。

"会。"耿渊说。

虽然在这场四国会盟上，理应不会有刺客轻举妄动，也用不着这名武艺高强的琴师保护自己，但毕颉很想有耿渊在。

这个话很少的盲人，陪他度过了整整七年的光阴，陪着他从一个懵懂无知的王子，长成了今天的梁王。

许多话他既无法跟旁人说，更不敢跟重闻说，只能都跟耿渊说。耿渊听了，也只是淡淡地点点头，他几乎知道毕颉一切的心情，清楚毕颉的快乐，也清楚毕颉的恐惧与忧虑。这样的日子，如果耿渊缺席，想来将是年轻梁王的遗憾。

毕颉想听他的琴声一辈子，直到他们都垂垂老去，离开人世的那一天。

三 国 使

晋长乐三十七年，冬至日。

晋失其帝业，诸王五分天下后，近三十年来至为盛大的一次四国会盟于梁国安阳宫中正式召开。已时正，钟鼓齐鸣，梁国武士列队，左相迟延訇①、右相兼上将军重闻，率文武百官于殿外广场上相迎。

"迎——三国特使！"

重闻今日未曾佩甲，一袭修身武袍，衬得胸膛宽阔，腰健有力。年近七旬的梁国老臣迟延訇精神矍铄。这大梁国的两位重臣站在殿外，注视着各国使臣逐一来到。

重闻朗声道："有请特使！"

仪仗、随从浩浩荡荡，诸国御者驾车，从安阳宫大敞宫门外长驱直入，各六驾车，象征王侯亲至。

"长陵君！"

重闻难得地微微一笑，郓国左相长陵君亲至，长陵君身材矮小，却自带威仪。重闻道："久闻长陵君的湛卢剑举世无双，待此良机，可否借小弟一观？"

长陵君一笑置之，朝重闻道："但看无妨。"说着解下腰畔佩剑，随手递给重闻身旁甲士。双方心知借剑不过是借口，入得安阳宫，自当解去兵器，主宾如此相待，各留台阶下则以。

而有了名满天下的郓长陵君除去佩剑在先，各国特使亦不得不除。重闻引长陵君到得殿前，自有内侍前来搀扶，百余级台阶通往安阳正殿，着实将长陵君累得气喘，摇头笑道："天子别都，果然气派。"

"郓，长陵君到——"

"长陵君安好。"毕颉忙作势起身相迎，长陵君却抬手，示意无妨，到得自己的案前坐下，笑道："年前未曾亲来凭吊老梁王，今见梁如此繁华气象，老梁王想必已再无牵挂。"

毕颉心中紧张，却温和地笑道："灵汉一战后，天下久已不启战事，百姓安居乐业，自当如此。郓王近来可好？"

"很好。"长陵君抚须笑道，"老臣这番前来，还带有吾王之命，末了须得与梁王细细分说。"

毕颉想起昨夜重闻前来寝宫前，已见过长陵君一面，想必双方早已通过消息。如今天下以梁、郓两国至为强盛，下决定召开会盟前，重闻便提

---

① 訇：音 hōng。

到只要郢王愿意参与会盟，要说服四国联军，想来不难。郢国位处长江南北，幅员辽阔。郢女更是长相姣美，多年来抱着将公主嫁入梁国的期望，兄长太子商早已与郢公主议定婚期，尚未完婚却已丧命。他猜测现如今，根据重闻的安排，十有八九想让毕颉娶那本该是嫂子的郢公主了。

娶就娶罢，毕颉也无甚抗争之念，说来说去，自己这一生，无非也就四个字——"接受安排"而已。

"郑，上将军子间到！"

身材与重闻几乎同样高大的子间阔步走来，这名上将军乃是郑国如今至为炙手可热的新晋贵族，其大姐更是梁国王后。毕颉一见子间，眼眶顿时红了，一声"小舅"不禁脱口而出。

子间眼眶也红了，上前几步，猛力拍了拍毕颉。毕颉想起一年前之事，不禁悲从中来，欲抱紧子间，却恐怕当着长陵君的面失了君王威仪，只得勉力点头。子间今年四十二岁，甚得郑王信赖，昔时大姐嫁予梁王为后时，子间至为宠爱的，就是这名小外甥。

太子商城府颇深，对子间并无尊敬，只毕颉恭恭敬敬，令上将军子间心生怜爱，却没想到，当年自己最疼惜的外甥，如今竟成了梁国的国君。

"容后再叙，容后再叙！"子间好容易控制住感情，亦到一旁坐下。

长陵君的目光却须臾不离端坐毕颉身后，正慢条斯理地给古琴上弦的黑衣琴师耿渊。

毕颉注意到长陵君的目光，笑道："此乃我宫中乐师，今日且令他操琴一曲，祝我等四国会盟同心。"

长陵君笑呵呵地点头，只闻殿外又唱道："代，公子胜到——"

一名四十来岁的中年人入殿，朗声道："公子胜替代武王，会见梁王，梁王安好。"

说着公子胜稍一行礼，也不顾毕颉还礼，自行入席，面上不现喜怒，只朝长陵君点了点头。

"未曾祝武王关北大捷。"毕颉笑道，他心里自然明白，今日前来参与会盟的特使，除却舅舅子间，想来都无人看得上自己。真正主持会盟之人，乃是还在殿外迎接宾客的上将军重闻。

"中了一箭，"公子胜自若道，"还在汀丘调养，若不按住他，说不得要亲自来了。"

毕颉、子间与长陵君一同笑了起来，西方代国拥有函谷关外的大片土地与巴、蜀两郡，是任君王别号"武"，传说用兵如神，虽未与重闻正面交战过，根据传闻，定是个强劲对手。更特立独行的，乃是他身为君王，却极爱御驾亲征，幸而国内有一名异母兄弟，总领代国全境，事无巨细，处理内政外交，正是面前这位公子胜。

"很有武王的作风。"子间说。

公子胜摇摇头，自嘲地说："难消停。"

会盟国三名特使已到，梁王毕颉背后，则是一幅巨大的中原地图，南方是郓的大片土地，以玉衡山、长江为界，接壤梁国。

西方则是代国的领土，梁处中原，与东方滨海之国的郑拥有大片相邻国界，中间则是一小块领地，乃是天下正中的洛阳，仍是晋天子所保有的最后国土。

四百年前，风戎南下，中原沦陷后，晋王朝陷入四分五裂。而领军勤王、驱逐外侮的四大兵家，分别建起了郑、代、郓、梁四国，割据天下。晋帝虽是天下名义共主，却已无人再听其号令。

百年前，晋帝派大司马汁赢领八千骑，欲收复北方领土，重振大晋雄风，孰料汁赢驱退外族后，竟自立为王。晋帝无奈，只得册予文书印信，予汁氏雍王之衔。

汁氏自立为王之举，于中原四国掀起了轩然风波，然而汁赢所占之地，乃是北方领土，十有六七在长城外，更有辽东的大片无主之地，长城以南四国不过懒得与汁氏一族计较，更从未承认雍国之名。

就在这百年纵容里，雍国竟不断扩张，开始蚕食南方领地。

与盟者俱注视着毕颉背后那幅员辽阔的天下之图，如今的雍坐拥玉璧关天险，与百年前早已不可同日而语，边境频繁传来的压力，正在反复提醒南方四国，汁姓一族比神出鬼没的风戎更危险。

若不尽早对付，待得雍国领土全面越过长城，接下来要面对的，就是北方源源不绝的压境大军！

重闻镇守梁国西北方防线多年，自知雍国野心，梁国先王薨后，毕颉成了自己最有力的支持者，这是百年中最好的时机，必须及早与雍国在玉璧关下一战，将他们彻底赶出长城，接下来只要据守长城，等候风戎与雍人消耗彼此的实力，假以时日，再一举攻陷雍国都城落雁，可竟全功。

重闻与迟延訇走进殿内，两侧兵士们随之推上沉重的大殿铜门，等候在门外。

大门发出一声巨响，殿内灯火辉煌，宫女摆放上食盒，便从殿后小门退出，将小门关上。

"今日之谋，事关重大，"重闻来到毕颉身畔坐下，与迟延訇各据一席，在毕颉身前分左右之势，解释道，"就不留人伺候了，各位请。"

长陵君莞尔道："本该如此。"

子间说："自斟自饮，亦别有一番风味。"

公子胜提壶，给自己斟了一杯。

重闻率先举杯，说："各位大人请。"

"慢着，"公子胜端着杯却不饮，淡淡地道，"那位蒙眼的小兄弟，却又是何人？"

毕颉笑了起来，解释道："他是我御用的琴师，耿渊，今日既无钟鼓助兴，只令他前来抚琴一首。"

重闻放下酒杯，颇有些感慨地道："晋失其位已有四百年，这四百年间，天下争斗不休，风戎犯我长城，欺我百姓……"

随着重闻之言，古朴的琴传出一声暗哑之声，其间如传入了塞外滚滚的风沙与寂寥。

"……惠文十三年，梁、郅两国在玉衡山下一场大战，死者十三万，伤者不计其数……"

琴声中，重闻出神道："广顺元年，代、梁联军与郅血战荆郡，郅失荆郡，代得巴郡。"

众人沉默不语，唯有悠悠琴声，如诉着血泪，百年前乃至数十年前，毕颉只在史书上读过的战事，便这么从重闻口中轻描淡写地说了出来。

迟延訇接口道："长乐十三年，则轮到郑、梁二国交兵，这场战争延续了足足三年之久。"

"这我记得。"郑国上将军子间淡淡地道，"在我二十一岁那年，两国终于休兵，大姐也随之嫁到了安阳，修百年之好，从此两国二十年间再无战事。"说着主动以唇抿了抿酒，随即望向年轻的梁王，言下之意：你母亲死于非命，先前的合约却还不曾作废，你终究是郑国公主之子。

琴声中，重闻又说："所以我想，如今，是罢战的时候了。"

席间众特使表情各异，身负王命而来的众人，实则各有所图。

子间只想查出姐姐之死的真相，同时还得确认小外甥如何被重闻挟持操控。

长陵君的目的，则是重提联姻。

而代国的公子胜，必须不计一切代价，离间郢、梁二国，方能让国内武王安心征战，拓展版图，预备来日吞并梁国这块大肥肉。

"北雍来势汹汹，"毕颉将在心中演练了无数次的话语成功地说了出来，"这些年，除却郢国未正面对敌外，梁、郑、代三国俱饱受其侵扰之苦，今日拔一城，下月劫一村，玉璧关乃至将军岭一带三百余里，如今已被雍国夺走，若非上将军振我中原诸王声威，夺灵汉郡，再过两年，北雍便将据有洛阳，到得那时，便更赶不走了。"

琴声渐渐低了下去，倏然间，毕颉从左右席间诸人的脸上看见了恐惧的表情。

"怎么了？"毕颉说，同时心想，我说错了什么吗？

殿内的烛火渐渐暗了下去，毕颉忽然道："上将军？"

下一刻，毕颉感觉到手背溅上了少许温热的液体，转头回顾，只见一柄黑色的剑刃从重闻粗壮的脖颈前刺了出来，鲜血一股接一股地往外涌着。

重闻张着嘴，口中不停地往外溢出鲜血，席间所有人看见这一幕时，顿时忘了叫喊，迟延訇不知何时已倒了下去，血液从他苍老的胸膛前淌出，浸湿了他花白的胡子与相袍。

"上将军！"毕颉发出一声凄厉的惨叫，就在重闻的背后，耿渊抽走黑剑，揽着重闻的肩膀，把他放倒在地上，继而提着剑，走下王席。长陵君马上起身，扑向那厚重的铜门，吼道："有刺……"

耿渊倏然加快速度，如虚影般掠向堪堪冲到铜门前的长陵君，一剑从肩到腰，如撕纸般将他斩成了两半。

子间一声怒吼，掀起案几，奈何武器却已在殿外被重闻收缴，他转身要逃向小门的瞬间，背后一剑如流星般射来，穿透他的胸膛，将他钉在了殿内柱上。耿渊仅用了一剑，便结果了郑国上将军的性命，子间竟毫无还手之力。

公子胜脸色煞白，却没有起身逃跑，拈着杯的一手不住地发抖，再看梁王，此刻毕颉张着嘴，半晌却叫不出声。

"你……罢了，"公子胜惨笑道，"我竟死于汁……"

一句话未说完，耿渊已轻轻一剑，将公子胜的喉咙刺了个对穿。

外头兵士已觉不妥，于铜门外高呼道："上将军！"

耿渊转身来到梁王面前。

"对不起了，"耿渊淡淡地道，"骗了你们这么多年。"

毕颉张着嘴，所有的力气都随之消失了，在这生命的最后时光里，他努力地挤出一丝苦笑。

"我以为……以为……"

毕颉懦弱了一辈子，这时候，有一股无形的力量支撑着他缓慢地说出了那几个字。

"耿渊，你这畜生。"毕颉轻轻说道，等来了他这最好的朋友刺向他心脏的一剑。

殿中静得落针可闻，阳光照在铜门外，门缝里源源不绝地渗出血来，长陵君苍老的身躯中竟爆发出了如此丰厚的血液，涌了满地，甲士们推开门时，已不敢相信自己的双眼。

那盲眼的琴师端坐殿中，抚琴奏响此生最后一首曲子。

"今夕何夕兮搴洲中流，今日何日兮得与王子同舟。

"蒙羞被好兮不訾诟耻，心几顽而不绝兮得知王子。

"山有木兮木有枝，心说君兮君不知。"①

寒风从殿外吹来，吹灭了殿内的灯火，死尸遍地。耿渊的头渐低下去，趴在琴上，瘦弱胸膛中迸发出的殷红血液，浸满了他的琴。

腊月，玉璧关外漫天飞雪。

雍王汁琮站在长城上，望向南方的辽阔土地与起伏的群山，英俊的国

---

① 出自先秦古歌《越人歌》。说，音 yuè，同"悦"。

君一袭黑色王袍在风中飞扬，侍卫长卫卓快步上了长城，来到汁琮身后。

"说。"汁琮沉声道。

"梁王、上将军重闻、左相迟延旬、郓长陵君、代公子胜、郑子间全诛。"卫卓低声道。

汁琮不现喜怒，深沉的漆黑双目只望向更遥远的南方，大雁飞过。

"耿渊大人谢世。"卫卓最后说。

汁琮转身，默默地走下了长城。

卷一

十面埋伏

而在这恢宏的万古洪宙之中……

有时稍一转身即生离死别。

登 门 客

距离耿渊琴鸣天下的那场杀戮，已届三年了。

春雨如油滋养着郑国的田地，梨花被打落满地，贴在湿漉漉的青石板地上，辙痕碾过石砖间的泥泞，将雪白的梨花深深地印了进去。铃声来来去去，从浔东城各户深宅大院的高墙外传进内院。货郎走街串巷，吆喝三长一短，到得城北姜家，却不停留，只加快脚步，从角门外走了过去。

这家人不知何时搬来此处，亦从不与左邻右舍寒暄，终日紧闭大门，留一角门，予一名老哑仆进进出出。这家养了一名八岁孩儿，偶尔会爬到梯子上，扒着高墙往外看，满脸惆怅地注视着街外巷中的顽童在追闹。

浔东城里，但凡见过那孩儿的人，就没有不夸他漂亮的，有儿长得如斯清秀灵动，其母倾城倾国之姿，不难想象。只可惜传闻那孩儿的母亲是名寡妇，多少登徒子无所事事，想寻个缘由，试图敲开姜家大门，却不知为何，都无功而返。

姜家的高墙就像蟋蟀罐的四壁，隔绝了墙外的喧嚣，也隔绝了墙内的寂寥，年仅八岁的姜恒时常抬头望向墙外的天空与云，每日里听得最多的，就是从西厢中传来的母亲断断续续的咳嗽声。

姜恒早已过了开蒙的年纪，家中既不请先生，也不让他去上学堂。母亲亲自教他认字，督促他念书，严厉有加。他每日晨起便规规矩矩地前去请早，用过早饭后，便读书做文章，出了错，须在晌午罚跪上足足一个时辰。

这么多年里，姜恒记得家中只来过几次客人，就连母亲的名讳，亦是从客人口中听见的。曾有一名夔铄高大、须发发黄、高鼻深目的奇怪老头前来拜访，赶着驴车，载了一车竹简予他读，称他娘为"昭夫人"，姜恒才知道母亲唤"昭"。除此之外，父亲是谁、外祖父母又在何处，母亲一概不提。

"我爹是谁？"

"你没有爹，不要问了。"母亲的回答简洁有力。

除却母亲，每日侍奉打点家事、陪伴他们母子二人的，唯有一名唤"卫婆"的老哑仆。姜恒生性好动，满肚子话无人可说，又出不去，实在被憋得狠了。去年冬天他好不容易偷到卫婆的角门钥匙，偷偷溜去集市上看了一眼，回家后挨的打，再过一百年他也记得。

但听见母亲在每个黑夜里传来的咳嗽声，姜恒心里又忍不住揪得不行。

"我什么时候才能出去？"姜恒大喊道，"我要出门！"

"待我死的那一天，自然再没人能关住你了。"昭夫人冷淡地说，"我儿别急，瞅瞅你娘这身子，再活不了几年了。"

姜恒满脸泪水，顿时被吓住了，怔怔地看着母亲，昭夫人的嘴角难得地浮现出一丝残忍的笑意："你若日日对天祷祝，祈求上天赶紧收走你娘我，说不得还得更早些时日出门。"

昭夫人端坐在厅堂卧榻上，一袭锦衣，穿戴整齐，半身隐于那不透风的堂屋的黑暗里，义正词严地说着这话，颇令姜恒不寒而栗。

读的圣贤书多了，姜恒自知为人子女，不求苍天赐福父母已是不孝，诅咒母亲早死，当与猪狗无异。

于是姜恒从此不敢再提出门的话，只得规规矩矩地读他的书，期望什么时候母亲能回心转意，让他在上元节或其他什么节日里，痛痛快快地出门玩一回。

又或者多来几次客人，好让他隔着堂屋的门缝，偷听些外头的事。兴许是上苍听见了姜恒的祈愿，这一天正在他捧着竹简，顶着春日，于院里罚跪时，大门外响了"咚咚咚"数声。

足有一年的光阴，家里没来过人了！

姜恒一颗心马上提了起来，隔着花树，偷偷朝院门处张望。那敲门声很快消失，取而代之的，是晌午那令人暖洋洋的春风拂过空庭，姜恒还以为听错了，以为是卫婆在厨下倒腾烧火棍的声音。

"咚咚咚。"

敲门声又响了起来。

"卫婆！"姜恒忙喊道，"有客人！"

卫婆身材佝偻，虽是个哑巴，听却听得见的。姜恒保持跪着的姿势，朝柴房处喊了几声，生怕没人开门，客人就跑了，最终他把心一横，放下卷牍，快步跑到照壁后，卫婆这才不紧不慢地过来，拿着一把沉甸甸的黄铜钥匙，从门里打开锁，抽开门闩。

姜恒用力拉开门，往高处看，什么也没有，再低头时，望见门外站着一只动物，顿时吓了一跳。

"找昭夫人。"男孩儿的声音。

姜恒定了定神，揉揉眼睛，方看出面前是个人，这野人与他个头相仿，披头散发，皮肤黝黑，一张脸脏得看不出哪里是鼻子，哪里是嘴，只有双目十分明亮。

小野人穿一件破破烂烂的满是污泥的动物毛皮背心，脖子上也围着血腥的动物毛皮，露出少年人的胳膊，胳膊上满是血口子，有些结了痂，有些地方则就这么敞着，苍蝇围着他"嗡嗡嗡"地飞，脚上穿一双草鞋，两腿上尽是泥。

小野人背上背着一个与他几乎差不多高的狭长木匣，腰畔系了根系带，绑着匕首的鞘，露出一把造型古朴简单的匕首。

一股扑鼻的秽气随着他往前一步，仿佛有形之物，轰地涌了进来，将姜恒整个人裹了进去。姜恒有点蒙，却没有退后，反而朝他伸出了手。

那小野人也是一怔，意会到姜恒似乎想与他拉手，便将右手在身上用力地擦了擦。伸出去时，姜恒的胳膊却被卫婆粗暴地抓了回去，拎着衣领，赶到一旁，让出一块小小的空位，示意这小乞丐进来。卫婆继而关门，上门闩，依旧锁上了门。

姜恒被赶到院中，继续他尚未完成的罚跪，日晷已过午时，他眼看着卫婆将那小乞丐带进了堂屋，关上门，再佝偻着身体回到厨房。

堂屋内传来一声轻微的碎瓷响——母亲失手打碎了东西。

姜恒马上放下卷牍，起身脱了靴子，悄无声息地溜到堂屋外去，扒着门缝，朝内张望。

阴暗而不透风的堂屋内，门一关上，便是黑漆漆的一片，昭夫人藏身黑暗里，那小乞丐跪在地上，唯有窗棂下透入的些许阳光裹着飞尘，落在他那脏得不辨表情的脸上，落在他明亮的双眸里，落在他的膝前。

他耐心地放下那狭长的木匣，往前推了推，又从怀中掏出一张写满字的丝帛，慢条斯理地铺开，摊在地上。

"你叫什么名字？"昭夫人如在梦中，声音发抖，犹如一只黑暗中无法遏制自己的恐惧感的鬼魅。

"耿曙。"那小野人答道，再侧头，认真地解下围脖，现出脖中不知何时被勒出的血痕。脖上系着一根红绳，他拉着红绳，从贴身衣物下掏出一枚半月形的玉玦。玉玦的断口参差不齐，就像有人将一枚玉佩斩成了两块，他所拿到的，不过是其中的一半。

耿曙将玉玦也放在了丝帛上，低着头，等待昭夫人问话。

"你叫他什么？"昭夫人颤声道，"你再说一次？"

"我叫他'爹'。"耿曙说。

一阵猛烈的咳嗽声传来，昭夫人手肘强撑着矮榻上的案几，几次想起身，却无力再起。

"你娘是谁？"昭夫人深吸一口气，瞪大双目，注视着耿曙。

"七儿。"耿曙的声音依旧那么平静。

昭夫人顿时乱了方寸，伸手胡乱按去，不知按开了何处的机关，抽出一把短剑，厉声道："聂七，竟瞒着我，瞒着我……你……你这野种！"

耿曙没有回答，堂屋外，姜恒骇得捂住了嘴，他平生第一次看见母亲拿着剑，此刻她就像索命的冤魂，持短剑指向那名唤耿曙的少年，不住地发抖，几乎随时就要下手，了结他的性命！

耿曙只是低着眉眼，安静地跪着。姜恒正要推门进去救他时，背后却出现了一只鸡爪般的手，蓦然提住了他的衣领，把他拖得离开堂屋，姜恒的偷听被卫婆发现了。

"快跑！"姜恒不顾一切地喊道，继而被卫婆捂住了嘴，带回卧室内，反锁上了门。

耿曙别过头，望向堂屋紧闭着的门，再抬头打量昭夫人。

"当啷"一声，短剑落地，昭夫人一时竟失去了所有的力气，伏身在案几上，肩膀不受控制地抖动起来。

短暂的沉默后，耿曙打开了木匣，依旧道："这是我爹的剑，我娘让我带来给您。"

"滚——！"昭夫人像个疯子般，不顾一切地朝耿曙尖叫道，"给我滚！再让我看见你，我就杀了你！"

紧接着，昭夫人将案几掀翻，将案几上的东西一股脑摔在了耿曙身上，耿曙朝后退避些许，任凭那木匣敞着，转身推开堂屋的门，走了出去。

木匣内，安静地躺着耿渊三年前用过的那把沉甸甸的黑剑。

耿曙掏出匕首，尝试着撬开姜家大门的内锁，撬了几下，铜锁不为所动。耿曙又打量那高墙，朝手心吐了两口唾沫，正要抱着树爬上去时，背后又是一只手抓住了他的脖颈，另一手锁住他的手腕，把他带走了。

逃 生 子

傍晚时分，卫婆总算打开了卧室的门，把姜恒放了出来。

"卫婆，那人被我娘杀了吗？"姜恒马上道。

卫婆拉开存放姜恒衣袍的柜门，翻出涤得雪白的里衣长裤，在姜恒身上稍做比画，再拣出一身年前为姜恒裁量的、做得稍大了些的短褂与中袍折起。姜恒并不喜欢这身颜色偏暗的黑袍，更嫌黑袍太大，松松垮垮的，总是不愿穿。

"做什么？"姜恒说，"给耿曙穿吗？"

姜恒大多数时候生活在一个无声的世界里，母亲除非必要，极少与他交谈，卫婆又是个哑巴，但他已习惯了从他人的行动中，猜测接下来要发生的一系列事件。他追着卫婆出去，果然，偏厅中放着一个浴盆，浴盆里放满了氤氲着白雾的热水，耿曙站在厅内，准备洗澡。

"耿曙，你叫耿曙，对吗？你没事了！"姜恒忙推门进去，耿曙侧头朝他一瞥，也不避他，便当着他的面脱衣服。

卫婆放下从姜恒处拿来的干净衣物，又出去了。姜恒一时尚未想清楚，为什么母亲前一刻拿着短剑想杀这小野人，下一刻又打消了念头。

"我来帮你。"姜恒说。

耿曙坐在小板凳上，上身赤裸，一圈一圈地解开小腿上的绑腿，他的脚踝上、脚底全是血泡，粘在一起，膝上三分处还有化脓的伤口，姜恒光看就觉得疼，问："怎么受这么重的伤？"

"被狼咬的。"耿曙终于开口，朝姜恒说了第一句话。

姜恒："什么?!"

姜恒虽未见过世面，但这世上的一切几乎都在书里读到过。

"我知道，"姜恒说，"晋有一人，名唤东郭先生……"

姜恒朝耿曙描述了东郭先生与狼的那个寓言，耿曙听得有点入神，全身光着，便坐在板凳上听故事。末了，不远处传来卫婆的脚步声，姜恒才记起洗澡的事，催促道："不烫了，进去洗罢。"

耿曙起身，他站着时的个头比姜恒高了小半头，姜恒用板凳给他垫着，让他跨进澡盆里。姜恒试过水温，水温正好。耿曙浸进去时，却痛得一个激灵——他身上的伤口太多了，肩上、脊上、手背上都有血口子，不少地方还化了脓。

姜恒有点担忧地看着，耿曙却没事人般，挠了挠乱发。

姜恒拿了搓澡布与丝瓜络，低声说："我给你擦洗，卫婆动起手来太疼了。"

卫婆帮洗一次澡，姜恒简直要脱层皮，耿曙这全身的伤口，一旦被她擦起来，恐怕盆里全是血水。姜恒甚至不敢想象这画面，趁着卫婆来前，想着给耿曙搓洗干净。

"别挠。"姜恒又按住耿曙挠背的手，说，"待会儿给你上点药，慢慢地就好了。怎么会伤了这么多地方？"

姜恒避开耿曙的伤口，轻轻地沿着他的脖颈搓，搓下一层淤黑的污脏之物。耿曙说："荆条林里挂的。"

卫婆走到偏厅门外，瞥见姜恒站在小板凳上，给浸在大浴盆中的耿曙轻轻地搓脖颈，耿曙则捧着块布猛力搓脸。

堂屋内，昭夫人端着药碗，气息急促，饮下小半碗药，神情苦涩。

"你早就知道，"昭夫人喃喃地道，"你们早就知道！却瞒了我这么多年！那小子已经这么大了，今天，背着他的剑，带着他的玉玦，来到我面前……我就算是死，也不能瞑目……”

昭夫人的泪水滚落，掉在那药碗中，苦涩的药气散发着。

卫婆端坐一侧，神情如这阴暗屋中的木雕般阴沉，木拐杖横在膝头。

“夫人，”卫婆开口了，她的声音苍老而嘶哑，“人已经死了，追究来追究去，又有多大意义？”

“没有意义。”昭夫人的声音亦显得暗哑而绝望，“我这一生，不过就是件货物，从汁琅到汁琮手里，再像只牛马畜生般，被送给了耿渊。终归以为这日子熬到头了，听到他死的那一天，我本想就此随他而去，只放不下恒儿……待得将他抚养成人，我自当……自当……只没想到，这已成了一个笑话！”

昭夫人凄然地摇头：“殉他而去的，早已有了聂七，什么此生，什么来生……带我离开雍都那天，我本以为这一辈子，他就是良人，瞒了我这么久，方知他不过是看我可怜，才朝汁琮讨了我来。”

“你把耿渊拉扯大，如今又养大恒儿，于你眼中，这俩孩子都是一样的……”

昭夫人将药碗放在案几上，案前还摆放着那把耿渊留下的黑剑、一枚半月形的玉玦，以及底下垫着的武学真诀。

“可我呢？”昭夫人沉声道，“我就是一个笑话！”

“那孩子也是您的儿，夫人，”卫婆低声说，“七儿只是他的生娘，您才是他的母亲。”

昭夫人深吸一口气，闭上双眼。卫婆又说：“少爷用他的性命回报了雍国汁氏，你道少爷只是可怜你，才将你带离雍都。在老婆子看来，反倒非是如此，少爷原知必死，又何必在汁琮面前提出非你不娶之言？这么一来既伤了七儿的心，又耽误了你的一辈子。”

“七儿决意留在安阳时，想来本意就是相殉而去。耿曙那孩子，如今在这世上，只剩下一位血缘之亲，就是恒儿。”

“老婆子已经这么一把年纪了，”卫婆又淡然地道，“纵是想照料到恒儿娶妻生子，好好当个读书人，也是有心无力。夫人如今这身子，恕老婆子直言，撑得一岁，也是一岁。朝风暮雨，人这一生，总有照看不到的地方……”

昭夫人的表情逐渐平静下来。

卫婆说:"七儿生前自知对不起你与恒儿二人,方命这孩儿带着黑剑从安阳来到浔东,这一路跋山涉水,更不知吃了多少苦头,只为到夫人面前,受你一剑。"

"不必再说了。"昭夫人冷冷地道,"如今我只想杀了那逃生子,令她求仁得仁!"

卫婆轻轻地叹了口气,说:"这又是何苦?待得咱们不在人世间那一天,恒儿孤苦伶仃地活着,夫人就高兴了?"

偏厅内。

"浸进去。"姜恒说。

"不。"耿曙明显不想把头浸到水面下。

姜恒说:"头发要用皂荚洗!"

"不!"耿曙再次表达了拒绝,姜恒舀起一瓢热水就要浇到他头上,耿曙敏捷地抓住了姜恒的手腕,两人开始扭打,姜恒突然泼了耿曙一脸水,耿曙大叫一声,停下动作。

姜恒以为耿曙生气了,说:"那你把头仰着……"

话音未落,耿曙展开了报复,姜恒大叫一声,整个人被拖进了浴桶里,呛了两口水。他没想到耿曙的力气居然这么大,耿曙恐怕他呛着了,忙把他架起来,孰料姜恒拖住他的脚踝把他顺势一拉,耿曙也猛然摔进了水里。

昭夫人穿过姜家长廊,听见偏厅里传来姜恒的笑声,不禁一怔。记忆里,她似乎从未听过素日规规矩矩、见她就像老鼠见了猫般的儿子笑成这样。

偏厅内,两兄弟闹得浴盆外全是水,姜恒也泡到了浴盆中,与耿曙正轮流把对方的头按到水里,闹得不可开交。看见母亲站在门外,姜恒顿时不敢说话了,躲到赤条条的耿曙身后,耿曙上半胸膛露在水面上,自觉地挡在姜恒身前。

昭夫人来了又去,不发一言,卫婆去拿了干净衣服,让姜恒擦干身体。

耿曙看着姜恒的后腰处,那里有一小块鲜红色的胎记,伸手摸了一下,姜恒登时哈哈笑了起来。

卫婆将耿曙带走了。入夜时,昭夫人也不来管他俩,也不用晚饭,只道身体不舒服。姜恒独自用过晚饭，见卫婆的役房里点着灯，在外探头探脑，只见耿曙在卫婆房内，就着一星油灯，狼吞虎咽地吃饭。

"耿曙，"姜恒在门外说，"待会儿你来找我，我给你调药。"

耿曙抬头看姜恒，再看卫婆，卫婆捧着碗，慢条斯理地咀嚼，就像听不到一般，耿曙便点点头。

姜恒进书房，对着写有《神农药经》的竹简寻找药方，拿了药碟，打开药炉点着，记下几味药材，轻手轻脚地到西厢去，从母亲藏药的屉里翻找药材。昭夫人常年抱恙，家里充斥着一股药气。每日清晨，卫婆都会为她煎一碗药汤，正午供她喝下，家中三七、马钱子等药材亦有常备。姜恒称了药，忽然又听见隔壁房中传来一阵低低的饮泣之声。

"娘？"

昭夫人的房门半掩着，姜恒轻轻推门进去，呼吸顿时窒住了。

昭夫人披头散发，脸上带着泪痕，身穿黑红二色的正服，那是她出嫁时的婚袍。

"娘。"姜恒的声音发着抖。

昭夫人提着耿渊的黑剑，一抹阴云掩去了院中的月光，她安静地站在穿衣铜镜前，悲伤地看着自己，那剑距离她的小腹尚不及三寸。

她在镜中看见了姜恒，母子二人就在这静谧里沉默对视。

最终昭夫人将黑剑放回匣中，但她从始至终都背对着姜恒。

"手上拿的是什么？"昭夫人冷静地说。

"药，"姜恒随之平静下来，低声说，"给耿曙用的。"

昭夫人说："把桌上的玉拿走。"

耿曙带来的玉玦光滑洁白，安静地躺在房中案上，姜恒却道："那不是他……他的吗？"

"不是他的，是他娘偷来的。"昭夫人说，"这原本该是我的东西，娘给你了，你就收着。"

"他是谁？"姜恒忍不住又问。

"他是一只畜生，"昭夫人喃喃道，"是个骗子。"

姜恒本意只想问耿曙的来历，母亲却似在怨恨另一个人，她的话语里带着一股彻骨的怨愤，连呼吸都在宣泄着怒火。

诫 子 鞭

姜恒没有靠近那块玉，昭夫人却把它拿起来，强行塞到他的手里。昭夫人手指收紧时，捏得姜恒五指发痛。

"拿着。"昭夫人朝姜恒冷冷地道，"去罢。"

姜恒带着畏惧退后了半步，接了那玉，这是他第一次从母亲口中听到有关自己父亲的评价，也是最后一次。

在姜恒的记忆里，父亲这个概念相当模糊，他长期被关在姜家，不与外头互通有无，令他既不觉得自己没有父亲是奇怪的事，也并不那么迫切地需要一位父亲。

他只在心里隐隐约约地将这名只存在于书简中的角色视作荒野中的一名神秘客。

孔、孟、墨诸贤都曾在著作中提及"父为天"，而姜恒始终无法理解，他的天空不过是笼在姜家大院高墙外的那一方碧蓝色的幕布，与素未谋面的"爹"又有多大关系？

"快进来，进来。"姜恒看见耿曙已站在自己的卧房外。

"就在这儿，不进去。"耿曙答道。

"进来。"姜恒坚持，外头下起了小雨，春夜颇有几分寒意，他既推又拉，将耿曙弄进房内，像个小大人般把药放在炉上煎，调开药糊摊凉，拨亮了灯。

灯光下，耿曙洗过澡后，已不再是那野人形貌，他双目明亮，皮肤白皙，高鼻深目，脖颈雪白。两道眉毛浓黑，如墨笔挥就的有力一画。

先前匆匆一瞥，未曾看出，如今在灯下，姜恒差点以为换了个人，盯着他看了一会儿，继而笑了起来。

耿曙的表情充满茫然，眉头微微地拧了起来。他的嘴唇温润，鼻梁高挺，唇线带着一股倔强之意。他穿上对姜恒来说略大的装束，恰好合身，一身绣有暗纹的黑袍衬得他的腰线笔直，不甚强壮的胸膛与肩背有着瘦而匀称的线条。

他的手指白皙修长，比姜恒稍大了些，手腕也十分有力，那纠结油腻的头发洗完总算梳开了，卫婆又为他剪短了不少，留了毛毛躁躁的短发，简单地扎在脑后。

耿曙一张脸棱角分明，有着明亮的神采，就像美玉一般。姜恒家里从没来过像他这样的客人，便想让他说说外头的世界，就像洗澡时聊的，如何被狼追，如何爬过荆棘丛生的密林，怎样找到隐藏在林间的鸟巢，把生蛋捏碎了吃下去。

但看耿曙那模样，似乎不太想说话，只是警惕地打量着这陌生的环境。

"你几岁了？"姜恒问。

"十。"耿曙简单地答道。

"你比我大两岁，我八岁了。"

姜恒爬过案几一边，取了药碟，又爬回来，用一支小狼毫笔调和药物，示意耿曙脱掉上衣，耿曙便将袍子解了，袒露肩背。姜恒说："这是我熬制的特效药，涂了以后过几天伤就好了。"

"有用吗？"耿曙侧头看那药糊，眉眼间现出不太信任的神色，显然不相信出自八岁小孩儿之手的伤药能奏效。

"当然！"姜恒说，"去年有只鸟儿被猫咬了，掉到我家院里，我就是这么给治好的，治完以后鸟就能飞了。"

耿曙就这么坐着，任凭姜恒折腾自己。姜恒小心地给他上了药，说："腿上。"

耿曙话很少，不复傍晚洗澡时的粗鲁与野蛮做派，听得姜恒吩咐，便索性把裤子褪了，又是赤条条地坐着，抬起腿来让姜恒上药。很长的一段时间里，他的双目始终盯着案几上被姜恒扔在一旁的玉玦。

"那是你娘给你的吗？"姜恒问。

耿曙没说话，姜恒给他上好了药，正想把玉玦还他，耿曙却系上里衣布带，满不在乎地一振肩膀，穿好那身原本该是姜恒的外袍，打着赤脚起身走了。

"我话还没说完呢！"姜恒又说。

耿曙在廊下回头，他比姜恒高了半头，略有些冷淡地注视着他。

"你会在我家住多久？"姜恒问。

耿曙眼里现出一丝迷茫，末了，答道："我不知道。"

"明天醒来的时候，你还会在这儿罢？"姜恒充满期待地说，他实在太寂寞了，如果可以，他只想求母亲别赶走耿曙，但以母亲的态度看来，仿佛是不可能的。

"嗯。"耿曙简单地答道，却不想继续这个话题，他的外袍在春风里飞扬，快步走了。

这一夜，姜恒宁静的世界，仿佛被这个突如其来的闯入者撞开了一角。夜里他寻思良久，注意着从役房处传来的动静，脑海中充斥着诸多问题，譬如：耿曙带来的这块玉玦，是自己的父亲留给他母亲的。那么父亲与耿曙是什么关系？是他的信使还是他的徒弟？为什么母亲发这么大火？此时，姜恒还不了解"私生子"的概念——圣贤书中从不提及，也没有旁的人给他灌输。

耿曙带着一把剑、一张丝帛、一块玉玦，千里迢迢，从安阳来到他家。今天晚上他会住在这儿，母亲会收留他多久？离开这里，耿曙会再去什么地方？走了以后还会回来看他吗？姜恒不禁又想起母亲站在镜前那阴森恐怖的一幕，他说不清她想做什么，但在那一刻，他感觉到一股令他为之战栗的力量，仿佛她的恨即将扑面而来，连着他也一起吞噬。

姜恒这夜睡得并不安稳，直到翌日清晨，"咚"的一声劈柴的声音吵醒了他。

卫婆打了水进来让他洗漱，劈柴声依旧响着，姜恒马上意识到，是耿曙。正转头时，卫婆在背后给他编了发上几股细辫，让他坐正。

"耿曙还没走呢。"姜恒看着镜中的自己，说道。

卫婆满是皱纹的脸上现出一丝若有若无的微笑，把姜恒打点整齐。姜恒穿上木屐，快步到得役房所在的后院。柴房里头多了一张简陋的床，院里，耿曙额上满是汗，只穿单衣，外袍系在腰间，手持柴刀，于桩上把木柴劈成两半。

姜恒问："吃早饭了吗？这么早就在劈柴。"

耿曙侧头看了眼姜恒，擦了把汗，答道："没有。"

姜恒年纪不大，道理还是懂的，"有朋自远方来，不亦乐乎"，家中招待耿曙的方式过于淡漠不说，怎么能让人劈柴？他忙道："还是我来罢。"说着要去接耿曙手里的柴刀，却被匆忙赶来的卫婆提着后颈，拖走了。

卫婆这招提后颈就像抓猫一般，从小到大，姜恒试过无数办法，都躲不过卫婆的一提。姜恒当即束手无策，乖乖就范，被带到堂屋外，进去给母亲请早。

"给母亲大人请早。"姜恒规规矩矩，抬起双手交握，跪在地上就拜。

昭夫人又恢复了惯常模样，仿佛昨天的一切都没有发生过，声音里一如既往地带着少许嫌弃与不屑："起来罢，用早饭了。"

卫婆端了食盒进来，姜恒坐在母亲下首，打开食盒，寻思着问问关于耿曙之事，昭夫人却先发制人："《万章》读完了吗？"

"下第二章。"姜恒答道。

"还是下第二章？"昭夫人冷淡地说。

姜恒昨天没用功，背脊已有点隐隐作痛，估摸着得挨好几下藤条了，但幸而昭夫人没有再说，只道："三天内把《万章》念完，不要再拖了。"

"是。"姜恒稍稍躬身，打量母亲的脸色，又说，"耿曙不和咱们一起吃饭吗？"

昭夫人说："问他一句，打你一鞭，问罢，且暂记着。"

姜恒只得不问了，早饭后，他想往后院看，昭夫人却厉声道："往何处去？"

姜恒只得回往书房，摊开竹简，竖起耳朵，听后院传来的动静。片刻后，卫婆扫过前院，清了院内花盆，收拾出一小块空地，后院则传来打水声与洗碗筷声，想是耿曙也吃了早饭，正自己收拾。

姜恒趁着这当口推开书房后窗朝外张望，耿曙却又不知去了哪儿。脚步声传来，这家里任何一个人的脚步声姜恒都听得出来，那是昭夫人来考校功课了，姜恒慌忙装出认真读书的模样，坐端正，提笔蘸墨，铺开一张芦纸。

耿曙也来了，在前院内站定，昭夫人提着两把木剑，扔给耿曙一把，沉声道："练罢，且让我看看，学了多少不入流的功夫。"

姜恒："哎！"

卫婆摆上一张椅、一张几，斟了茶，春风吹来，拂起昭夫人的鬓发，把几片梨花吹进书房里。昭夫人便慵懒地往椅上一坐，冷冷地道："姜恒，今天太阳下山前，《万章》有一句你背不出来，我就抽他一鞭。自己数数，全书有几句？"

姜恒马上答道："我念！我这就念！"

昭夫人守在书房门口，面朝前院，耿曙带着迟疑之色，试着举起那把木剑，然而那木剑不知以何材质打造，逾二十斤，对一个十岁少年来说极其沉重。耿曙意识到这与他往常用的兵刃大不相同，却仍倔强、吃力地提着。

"喝！"耿曙以剑劈砍。

"着！"耿曙转身，袍襟回荡，用上了全力，那招式竟有模有样。

"你唱戏呢，"昭夫人嘲讽道，"喊什么？用喊的能杀人？"

耿曙眉头紧锁，瞥了一眼昭夫人，一口气憋在胸腹间，挥起那木剑，转身进退，又一式扫腿。

真好看！姜恒的注意力顿时被耿曙练剑的姿势吸引过去，怔怔地看着，一时忘了面前的功课。

"鞭子我可都记得。"昭夫人说。

姜恒马上坐直了，诵读道："万章问曰：'敢问友。'孟子曰：'不挟长，不挟贵，不挟兄弟而友。友也者，友其德也，不可以有挟也……"

读书声中，耿曙的动作明显一顿，迎上了昭夫人冷漠而鄙夷的目光，于是耿曙更卖力地挥起剑来。

"破烂剑技。"昭夫人声音很轻，无奈地轻轻一叹，那声音，耿曙却听见了。

姜恒摇头晃脑地念着竹简上的字，一会儿低头，一会儿抬头，诵完《万章其四》时，耿曙使完一套剑式，昭夫人终于拿起陈于案上的另一把木剑，走向院中。耿曙马上退后两步，摆了个起剑的动作，昭夫人身形不动，手中剑甚至不知何时出去，姜恒只见眼前一花，耿曙便被母亲轻巧地绊倒在地，摔了个结结实实。

诵书声一停，昭夫人朝书房内望来，姜恒忙又诵道："……不敢也。诸侯失国，而后托于诸侯，礼也。士之托于诸侯，非礼也……"

耿曙爬起身，摆开与猛兽作战的架势，双手握剑，紧盯着昭夫人，绕着她缓步转过半个院子，昭夫人却看也懒得看他，随手提着剑，自顾自站着。姜恒念到《诗》云，'周道如底，其直如矢。君子所履，小人所视……'"时，耿曙恶狠狠地扑了上去，姜恒一颗心顿时提到了嗓子眼，只见母亲只是侧过木剑，一剑刺出，正中耿曙左肩，耿曙失去平衡，又狠狠地摔在地上。

耿曙再爬起时，昭夫人却以木剑搭着他的手腕，往上抬抬，调整他双手持剑的姿势，耿曙会意，脚步略分，就这么站着。昭夫人让他摆了个举剑的起手式，沉声道："看剑尖，站到酉时，掉下来一次，抽你一鞭。"继而转身走了。

"……天下之善士，斯友天下之善士……"姜恒自言自语道，耿曙双手持剑，认真地摆着起剑式，专注地看着手中剑。

一刻钟过去，两刻钟过去，耿曙的手不断发抖，姜恒已将《万章》读过一次，朝耿曙使眼色。耿曙不理会他，那剑越抖越厉害，到得最后，终于拿不住，掉了下来。

日暮时分，昭夫人又回来了，卫婆跟在身后，捧着皮鞭。

"掉了多少次？"昭夫人道。

"十七。"耿曙答道。

"背，"昭夫人拿起皮鞭，又吩咐儿子，"从头开始。"

姜恒站在廊下，他无论对什么书，都有着看一遍就能背下来的本事。但为了避免耿曙挨打，他下午还特意多读了两次《万章》，此刻将《万章》从头背到尾，无一句出错。背完后，昭夫人意外地将鞭子放了回去，走了。耿曙本该挨的那十七鞭，竟一鞭未曾落在身上。

枕 下 玉

"娘。"

晚饭时，姜恒说："待我将书全读完后，能教我学武不？"

"天底下的书是永远读不完的，"昭夫人如是说，"说这等不知天高地厚的话，你该抽自己俩耳光。"

姜恒："那我……那你教我习武罢，我一定好好读书。"

"想学这屠猪宰狗的本领，"昭夫人淡淡地道，"除非我死了。"

姜恒不说话了，昭夫人又道："哪怕我化成灰，这辈子也不会让你习武，死心罢。"

"为什么？！"姜恒郁闷地问道，"万一有人要揍我呢？"

昭夫人说："那就让他们来揍，打不还手，骂不还口，才是圣人嘛！让他们杀了你，不是更好？"

姜恒不说话了，片刻后又说："你还不是教耿曙习武？"

"求仁得仁，"昭夫人道，"用剑杀人者，终得一个剑下死的命。他就该有这样的命。"

"谁人无死？"姜恒说，"'人生天地之间，若白驹之过隙，忽然而已。注然勃然，莫不出焉；油然漻然，莫不入焉。已化而生，又化而死，生物哀之，人类悲之……'"

昭夫人冷笑一声："正因不让你习武，你才习得这用来顶嘴的书文，说出这话，就不觉得面目无光吗？"

"我只是……"姜恒无奈地道，"好罢。"

姜恒从不知道母亲会使剑，耿曙的到来，揭开了许多他从没想过的秘密，顿时让他这封闭的小世界显得天翻地覆。

"耿曙是我的兄弟吗？"姜恒突然说了一句。

昭夫人持调羹的手不易察觉地轻轻一抖，心知这儿子虽不谙世事，却半点不傻，前因后果，靠猜也能猜到个大概。

"明天开始做文章。"昭夫人冷冷地道，"吃完就滚。"

"那耿曙他……"

"我哪天若看他不顺眼了，指不定一时兴起，就会下手杀了他。"昭夫人朝儿子认真地说，"你若不想看见他身首分离的场面，就不要总让娘想起他来，好吗？"

姜恒："……"

姜恒知道自己猜对了，他倒不大担心母亲会杀了耿曙，她似乎对谁都这样，眉眼间带着一股不怒自威的戾气，自懂事伊始，他就未见她笑过。不过他觉得有必要就母亲的凶恶朝耿曙道个歉。

如今的他，还不大能领会到，突然多了个兄弟对他意味着什么。但有一点他是清楚的，即从今往后，他应当不会总是一个人了。

耿曙打了桶冷水，在后院里擦身，姜恒躲在廊柱下看他。姜恒人一到，耿曙便抬头看了他一眼。姜恒只朝他笑，并招手示意他过去。

"我给你换药。"姜恒说。

"不用。"耿曙说。

姜恒坚持道："来罢。"

耿曙于是回头，朝房中看了眼，卫婆正在窗下缝补，耿曙便走上廊前，姜恒不由分说，拉了他的手，两人光着脚跑回姜恒房里。一如昨夜，姜恒给他上药，耿曙侧着身任他折腾，只是今日的对话，比起昨夜又熟稔了不少。

"有用吗？"

"嗯。"

"看罢，我说有用。"姜恒笑道。

耿曙始终看着那枚玉玦，姜恒昨夜随手将它放在了枕头底下，此刻玉玦露出了一角。姜恒注意到耿曙似乎很在乎这玉玦，便想着改天让卫婆编个璎珞，还他，毕竟家里也不缺玉石，对他而言，这只是普普通通的一块石头。

"手酸吗？练过剑，抬不起来吗？"姜恒又问。

耿曙摇摇头，再看姜恒，今夜姜恒眼里始终带着笑意，耿曙则微微皱眉，似乎在判断他表情下的意味。

"我娘一直是这样，"姜恒思来想去，终于把话说出口，"你别见怪。"

耿曙没答话，有点走神。姜恒又说："她也经常用鞭子抽我，但凡没读书……"

"你念一次，"耿曙突然说，"就会背了？"

"啊？"姜恒莫名其妙，点头道，"嗯，是啊，《万章》你读了吗？"

耿曙说："我不识字。"

姜恒震惊地问："你不识字？"

姜恒无法想象，这世上还有人不识字，问："怎么会不识字？识字不是……天生的吗？"

"没有人教我。"耿曙干脆地答道，"识字不是天生的。"

姜恒心中生出一个念头，正想说我教你罢，我教你认字，你教我练剑。手上换好药，耿曙却起身，说："走了。"

姜恒想追出去，耿曙却回身关上了房门，将他挡在房里。姜恒习惯了这冷冷淡淡的人情，母亲如此，卫婆也如此，耿曙这举动，反而让他见怪不怪，只得回房躺下，却也不在意耿曙的态度。

这夜房外风声大作，姜恒睡得迷迷糊糊，感觉到有人站在他的榻畔，倏然睁开双眼。

"谁？"姜恒吓了一跳，发现竟是耿曙。

耿曙安静地站着，低头瞥向枕下露出一角的玉玦。

姜恒说："你房里冷吗？"说着朝榻里让了让，示意：你上来睡？

耿曙光着脚，穿一身里衣，注视着枕下的玉玦。两人相对沉默片刻，耿曙忽然说："这是我爹给我的。"

姜恒把玉玦从枕下摸出来，递给耿曙，说："我知道，我知道是你的，正想编个穗子，再还你呢。"

耿曙又沉默了很久很久，最后，别过头去，转身离开姜恒的卧室。姜恒抓着玉玦追了上去，耿曙说："算了，你留着罢。"

大风吹开房门，姜恒目视着耿曙的身影，被冷风一吹，他彻底清醒了。

"哥。"姜恒突然喊了声。

耿曙明显地顿了一顿，蓦然回头，眼里带着震惊之意。姜恒欲再说时，耿曙已消失在廊后。

一夜狂风吹落满地梨花，墙角的茶蘼开得灿烂，这日姜恒在书房里，于芦纸上做文章。昭夫人将一本剑式直接扔在耿曙面前，说："前三页，午后考校。"

昭夫人走后，前院中便剩下顶着日头练剑的耿曙与咬着笔管做文章的姜恒。

耿曙有点绝望地朝姜恒说："怎么办？"

"我读给你听，"姜恒忙道，"来，给我。"

姜恒诵读了几次，耿曙点头，去练剑了。姜恒写几行字，从案下枕缝里取出一个穗子，打几条丝绦，又看案几上的芦纸，再抬头看院里的耿曙，一心三用。

"我又忘了，再读一遍？"耿曙突然拿着剑谱，朝姜恒示意。姜恒被使唤了挺高兴，赶紧搁下笔，拿着编了一半的穗子出来，说："肩沉如渊。

就是沉下去不动的意思。"

"知道了。"耿曙又打发他回去做文章，开始习剑。

"我教你认字罢？"姜恒想了想，后半句却没说出来，只因读过的书教会他，待人之道，不应以恩相挟，也不应用来做交易，让耿曙教他练剑。

"我不能教你练剑。"耿曙今天破天荒地说了不少话。

"我知道，"姜恒无奈地，"娘不让我习武。"

"不，是因为，我自己也没学会，"耿曙给出了一个意料之外的回答，他摆摆手，专注地练剑，答道，"待我学会再说。"

"好。"姜恒爽快地笑道。

读完《万章》，姜恒便得写三篇读后之解，昭夫人看过后，不予置评，将芦纸依旧封起，搁在架子上，吩咐道："接下来读《天论》。"

"去年秋就读过了。"姜恒答道，继而背了起来："天行有常，不为尧存，不为桀亡……"

昭夫人拂袖道："忘了，念《秋水》罢。"

"秋水时至，百川灌河。泾流之大，两涘渚崖之间，不辩牛马。于是焉……"

"行了。"昭夫人倏然生出隐隐约约的恐惧感，这一屋子书，居然要被八岁的儿子念完了？！

"《大取》呢？"昭夫人带着一丝不易察觉的紧张，打量姜恒，幸而这次姜恒面现茫然，问："《大取》是什么？"

"墨翟老先生送来的书简。"昭夫人松了口气。

"墨翟是谁？"姜恒又好奇地问。

"上回那黄发老头。"昭夫人说。

姜恒记起来了，那形似胡人的高大老人家是姜家为数不多的客人之一。

他抱来一堆竹简，摇摇晃晃的，吃力地放在案上。昭夫人手里握着竹尺，拍了拍，道："就读这些罢。初二起读，若想偷懒，仔细你的皮肉。"说着转向院中的耿曙，替他矫正剑招动作。

姜家初一、十五各放一天假。月末，姜恒轻轻松松就完成了功课，从母亲的表情上看，正是一贯的无可挑剔，也一贯没有半句褒奖，唯有轻飘飘的一句"还行"。

明天放假，不用读书，姜恒便无事可做了，闷得头顶长草。然而，现如今有耿曙在，有了伴，总想折腾点什么。如果能叫上耿曙，偷偷溜出去一趟，那就更好了。

夜来风雨声断断续续，东厢熄灯后，姜恒的小身影悄无声息地穿过走廊，绕到后院，来到耿曙所住的役房窗下，听见里头沉重的呼吸声。姜恒轻轻敲了几下窗，并未得到回应。于是姜恒推开耿曙的房门，靠近榻畔，榻上的耿曙却在这个时候翻了个身。

"哥哥，"姜恒很小声地说，"你睡着了吗？"

耿曙似乎丝毫未料到姜恒会在深夜里突然出现，蓦然一个翻身坐起，朝榻里让了些许，一手提着被子，挡住了脸。

"走，"耿曙说，"做……做什么？快走。"

姜恒马上嘘了一声，说："你生病了？"

姜恒伸手去摸，耿曙却马上锁住他的手腕。夜风把榻畔的窗倏然吹开了，借着那一点点夜幕下的天光，姜恒忽然看见耿曙脸上有两行水迹。

耿曙的呼吸逐渐平静下来，姜恒爬上榻去，跪着拉上了窗，他原本有几句话想说，但看见耿曙在这风雨交加的夜里，躺在被窝中哭的一幕，顿时什么话也说不出来了。耿曙脸上现出疑惑的表情，俩小孩儿对视，讷讷良久后，姜恒才想起自己来找他的目的，从怀里掏出那枚玉玦，玉玦上已编了个拙劣而杂乱的红绦穗子，递到耿曙手里。

"这个给你。"姜恒抱着膝，坐在耿曙榻上，说，"你想你爹娘了吗？"

按理说耿曙的爹也就是姜恒的爹，但姜恒从来不觉得那个素未谋面的男人有被他认作"父亲"的资格。也许只有对耿曙而言，他才真正拥有过完整的家庭罢。

耿曙接过玉玦，低头看了眼，"嗯"了声。

"给我说说爹罢。"姜恒忍不住说。

"改天罢。"耿曙说，"你回去睡，去罢。"

耿曙拉开被子，躺了进去。姜恒答道："好。"

"别告诉夫人和婆婆。"耿曙在被窝里说。

姜恒自当守住这个小小的秘密，他给耿曙关上了门，回往东厢。耿曙听到他走后，却又从榻上爬起，将窗门推开小小的一条缝朝外望，只见姜恒摸黑回去时，不小心踢到了花栏，痛得跳了几下，又听见卫婆房中"吱呀"一声推门，于是耿曙火速关窗，姜恒加快速度跑了。

春 日 墙

翌日清晨，姜恒穿戴整齐，到得堂屋前，双手抬起，毕恭毕敬地给昭夫人请了早，用过饭后，见耿曙仍提着剑，在前院徘徊。

"今天告假！"姜恒忙提醒道，"不必练了，走！咱们玩去。"

"我说了他也告假？"昭夫人冷冷地道。

耿曙看看姜恒，又看昭夫人。姜恒忙转身，欲言又止，却发现昭夫人手里并未提着竹尺，被训了这许多年，姜恒早已活成了母亲肚子里的蛔虫，当即两眼一亮，笑了起来。

昭夫人冷冷地道："休息一日，今天娘出门一趟，若敢串通了偷溜出去，你们自个儿看着办罢。"

姜恒忙行礼。昭夫人换了身衣服，门口自有车过来接，卫婆捧着个盒，里头装着姜恒用芦纸做的这半月中的文章，跟着上车去，大门在外被挂了把铜锁，姜恒如释重负地吁了口气。

"来，"姜恒把耿曙带到东厢院中，拉着他坐上秋千，撸起袖子，说，"我推你，待会儿你推我。"

耿曙："……"

耿曙一脸索然无味，也不拒绝，被姜恒推了几下。姜恒平日里的娱乐不过就是荡荡秋千、喂喂鱼，在院子里挖几只蚯蚓，夏夜里再抓几只萤火虫，放在帐子里头看。耿曙不由自主地被推着，那表情既充满鄙夷，又带着讥讽。

"停。"耿曙说。

"你怕了吗？"姜恒道，"那别荡太高……"

耿曙已不耐烦了，一脚踩上秋千，在空中翻身，翻了一个跟头，姜恒骇得不轻，一声大叫。只见耿曙却如猴子般翻上了树去，攀着树枝，到得枝杈上，再一步踏上高墙。

姜恒顿时惊得睁大双眼，在地上抬头，看着耿曙。

耿曙一手攀着树枝，朝高墙外望，低头道："上来。"

姜恒说："我上不来！梯子被卫婆锁起来了！你看见啥了？"

耿曙莫名其妙地道："爬树啊！"

姜恒："不会……"

耿曙顺着树干滑下来，拉着姜恒爬树，姜恒使尽吃奶的力气也爬不上去，只见耿曙几下上去，又几下下来，彻底绝望了。

最后耿曙只得说："我背你，抱紧了。"

姜恒搂着耿曙，勒得耿曙险些喘不过气。耿曙忙把他一手穿过自己肋下，一手绕到肩前，待姜恒抱稳，带着姜恒爬上了树。

"哇。"姜恒看见墙外春光灿烂，大街小巷柳叶飞扬，几家屋檐再往东去，就是市集，市集上人声鼎沸，马车来来去去。

耿曙让姜恒站稳，眺望的却是西边，皱眉自言自语道："怎么这么多兵营？要打仗了？"

姜恒顺着耿曙的目光看去，只见城西平原外，浔水畔的大片平原地上扎了许多军营，答道："平陆处易，而右背高，前死后生，此处平陆之军也。"

"什么意思？"耿曙道，"谁说的？"

"孙子，"姜恒答道，《行军篇》。"

耿曙示意姜恒跟自己来，他展开双臂，顺着高墙走了，姜恒站在那宽不足六寸的墙头，只觉腿软，耿曙回头一看，无奈只得过来牵了他走。离开高墙，到得堂屋屋顶，两人便坐在屋顶上，春风拂面，视野开阔，姜家位处高地上，全城一览无余。

"要是有一天能出去就好了。"姜恒说。

耿曙无聊地说道："想去哪儿？家里不好吗？"

姜恒说："想去看看海，我平生最想去看海，所谓'海阔天长'，我最喜欢的就是'海'。"

耿曙说："你既然没去过，又怎么能说喜欢？"

"在梦里的那种喜欢。"姜恒答道，"书上都说，沧海桑田，一定很美。"

"以后得空了，带你看海去。孙子是孙膑吗？"耿曙忽然朝姜恒问。

"是孙武。"姜恒给他解释了孙武与孙膑的区别，耿曙点点头，说："你再说说。"

姜恒背了几篇《孙子兵法》给耿曙听，又朝他详细解释，本以为耿曙只会觉得无聊，耿曙却极为认真地听着，姜恒说："懂吗？"

"不懂，"耿曙说，"绕来绕去的，太费劲了。"

姜恒说："举一反三，触类旁通，把全篇读过后再慢慢地参悟，就懂了。"

耿曙说："不识字，读不了。"

姜恒说："走，去书房，我现在就教你。"

耿曙却摆手示意不必，快步到得瓦檐前，直接跳了下去，姜恒道："当心摔死！"

耿曙袍角一扬，消失在廊后，姜恒伸长脖子看着，只见耿曙拿了笔、芦纸、墨盒，几下翻身上了后院灶房屋顶，捡了根长杆子在院里一撑，整个人便凌空飞了过来。

姜恒傻眼了，才知道这家里根本就关不住耿曙。

"你当心点。"姜恒说。

耿曙说："从前在安阳，宫殿全在山上，飞来蹿去的，比这难爬多了。"

姜恒说："安阳是书上的安阳吗？从前晋天子的别宫。"

耿曙把纸放在屋顶上，说："不知道。教罢。"

姜恒便在纸上写了字，教道："天。"

"嗯，天。"耿曙侧头端详，拿起那张芦纸对着阳光端详，说，"还有呢？"

"地。"姜恒又写了个，耿曙点点头，换了第三张纸，说："再来，我记得住。"

"人。"姜恒把三张纸排在一起，说，"天时不如地利，地利不如人和。"

耿曙的表情没有变化，眼里却带着明亮的笑意，仿佛看见了什么珍宝。姜恒又朝他解释这句话的意思，教他握笔，让耿曙挨个字地写。耿曙趴着，姜恒盘膝坐着。

"山有木兮木有枝，"耿曙说，"这句怎么写？"

姜恒道："你从哪儿听来的？"

耿曙没回答，只是抬眼看着姜恒，姜恒便在纸上写了下来，耿曙一笔一画地照着写。姜恒把芦纸裁成小片，把其中一张给他看，问："什么字？"

"木。"耿曙记性也很好，姜恒又换了一张，说："什么字？"

"天。"

耿曙翻了个身，躺在屋顶，姜恒一张张拿着给他问过去，有些对了，有些错了，姜恒便把说对的整理成一沓，记不住的整理成另一沓，耿曙认了一会儿，又翻身侧躺着。

"咱们还是下去罢。"姜恒提心吊胆，总怕耿曙从屋顶摔下去，耿曙却道："你怕什么？"

"我想吃点心……"姜恒说，"卫婆做了糯米团子呢。"

耿曙一个翻身下去了，片刻后扔了个装满糯米团的食盒上来，嘴里衔了把壶，上来以后递给他，姜恒只好待在屋顶上吃点心，教耿曙认字。

"再教我点，"耿曙整理手里的一沓方片纸，说，"太少了。"

"多了记不住，"姜恒大嚼糯米团，享受到了这春日午后忙里偷闲的大满足与大幸福，说道，"先学这么多，能记住就不错了。"

姜恒已忘了自己是什么时候认字的了，似乎从小到大，他就没有过识字的阶段，自记事起，他就在玩家里堆放着的竹简，问昭夫人这些歪歪扭扭的是什么，母亲告诉他这是"书"，让他坐端正，念一次给他听，姜恒便认识了些，不懂时又拿去问了几次，便大致都会了。

耿曙右手拿着芦纸，腾出左手搂着姜恒，以防他从瓦顶上滑下去。不想，却摸到了姜恒后腰的红痕，于是，他摸来摸去。

姜恒哈哈地笑，要抓开耿曙的手，耿曙便不摸了，左手规矩地覆着那一处。

"你的名字怎么写？"耿曙忽然问，"我的呢？"

姜恒写了个"恒"字，又写了个"曙"字，给耿曙看，耿曙把那两张芦纸单独收起来。姜恒吃过点心，说："下去罢，我怕娘回来了。"

"我盯着呢，"耿曙开始复习今天认的字，说，"没那么快，她们去哪儿了？"

"去官府，"姜恒说，"请先生看我的文章。"

耿曙"嗯"了声，姜恒说："回来还会给我带点好吃的。"

"你喜欢吃什么？"耿曙说。

姜恒道："油炸果子、糖人，夏天还有盐渍的李子和酸梅。"

耿曙又一个打挺，坐了起来，手搭凉棚，像只鸟儿般朝远处张望，说："你喜欢吃油炸果子。"

"娘不让我多吃，太上火了。"姜恒说，同时注意到耿曙脖颈处拴了根红绳，露出小半截玉玦的边，便凑过去，摸摸他的后颈，把玉玦拉出来看了眼，又放了回去。

耿曙只是侧头看了眼姜恒，依旧没吭声，姜恒却从耿曙的眼中读到了些许暖意，仿佛经过昨夜，他们之间有什么变得不一样了。

"那儿有，"耿曙说，"我去给你弄点。"

"咱们没有钱，"姜恒说，"怎么弄？"

小巷尽头就有卖油炸果子的，老板支着个油锅，正在现炸现卖，清香的面团里头包了豆沙，下锅后炸得金黄香甜，撒上芝麻，以竹签穿着：一串三个，一文钱一串。姜恒说着说着，已经开始流口水了。

"趁他转身的时候拿就好了。"

"那是偷，"姜恒说，"不告自取是为贼，不行不行。"

耿曙带着点不耐烦，说："别训我！"

姜恒一本正经地道："要是有人把你的东西拿走了，你铁定气得不行。'己所不欲，勿施于人'嘛！"

耿曙一瞥姜恒，不吭声了，拿起那茶壶喝了一口，两人也不置杯，就这么对着茶壶喝。耿曙说："你饿了没有？"

"下去吃罢。"姜恒一看日头，该用午饭了。耿曙又爬下去，末了，带着卫婆留给他们的食盒翻上来，其间明显地停了停。

"怎么啦？"姜恒说。

"鸟儿。"耿曙在屋檐下说，"吃鸟蛋吗？"

姜恒顿时脸色煞白，说："别吃它们的蛋，太可怜了！"

耿曙本来已经把蛋掏了出来，听姜恒一说，只得又放了回去，一脸无聊地上来，说："这也不行，那也不行，啰唆。"

姜恒也不着恼，只笑了笑。片刻后那窝蛋的主人飞来了，姜恒便掰了点饼喂它们，自言自语道："上天有好生之德，别人活得好好的，这不是挺好吗？"

耿曙也掰了点饼喂那两只鸟儿，鸟儿倒不避人，一跳一跳地吃了，还啄了两下耿曙的手表示亲昵。方才耿曙若把鸟蛋全掏了，毁了它们一家，这会儿估计那俩鸟儿得哀叫个没完。

用过午饭后，俩小孩儿把食盒扔在一边，姜恒已有点困了，歪在耿曙身边，晒着太阳，睡了个午觉。耿曙依旧坐屋顶上，侧过一腿拦着姜恒，让他枕自己腿上免得滑下去，自己倚着飞檐，翻来覆去地看那沓字。

"姜恒、恒儿、耿……耿曙。"耿曙拿着他们的姓名纸，小声念道，瞥了眼姜恒，又翻出别的纸来，"山有木兮木有枝……"

"回来了。"日暮西山，耿曙看见马车，摇摇姜恒，带着他下去。姜恒睡得晕头转向，被耿曙带回房，躺在床上。耿曙自己则收拾了那几张纸，坐在姜恒卧室外的天井里，装作在这儿坐了一下午。

然而昭夫人却正眼也未看他，只在耿曙试探的张望中穿过前院，进了堂屋。卫婆则一瞥耿曙，看见他手中的纸，点了点头，转身回后院去备晚饭。

"娘！"姜恒睡醒了，一阵风似的跑去，说，"给我买吃的了吗？"

堂屋内一声怒斥："滚！"

姜恒被吓着了，耿曙收起纸，起身到得堂屋前，只听昭夫人一声凄厉的斥责："除了吃你还知道什么？！"

姜恒退后半步，不知道母亲为何突然发这么大火，忙道："我我我……我就是问一句……"

昭夫人怒道："让你读书做文章，做到狗身上去了！看看你自己！泥堆里头滚成这副德行！何曾有半点姜家少爷的模样！明天待人杀上门来，一刀宰了你这小乞丐！"说着就上来拧姜恒的耳朵，姜恒猝不及防，在屋顶躺了一天，身上正脏，当即要躲，却被昭夫人手指钳住耳朵，又被扇了一巴掌，顿时吃痛大叫起来。

"我错了！"姜恒大哭道，"娘，我错了！别打了！"

多年的经验告诉姜恒，他必须先悲痛欲绝地哭一顿，顺势还要倒在地上，虚张声势一番，接下来便不容易再挨揍。

耿曙却顾不得别的，马上迈进堂屋要拉走姜恒，背后卫婆则来了，一手作势拦了下昭夫人，把耿曙推了出去，以免火上浇油。昭夫人这才恨恨地放了手，姜恒于是捂着耳朵，跌跌撞撞地哭着走了。

耿曙站在廊前，欲追上去，姜恒却郁闷地进房，倒在被上。

百 家 书

入夜时，耿曙过来催道："卫婆让你去吃饭。"

姜恒难过地爬起来，到得堂屋去。昭夫人未曾出现，姜恒自己用了晚饭，悲伤消了近半，想去找母亲说说话，但哭都哭了，总不好现在当作没事人似的，便依旧哀哀戚戚地回了房。

二更时，有人从背后推了推他，姜恒正面朝墙躺着，白天睡多了，晚上睡不着，耿曙的声音传来："起来，给你的。"

姜恒转身，忽见耿曙手里拿着一串油炸果子，惊异地问道："哪儿来的？"

耿曙道："少废话，你不是想吃？"

姜恒："你偷偷出去了？哪儿来的钱？"

"老板给我的。"耿曙说。

姜恒面露疑色，耿曙一想便知，当即火了，说："你当我偷的？我从来不撒谎，老板卖不完，这串就给了我，不要算了！"

耿曙正要扔了，姜恒说："我信！我信！"

姜恒把床榻让出些许，让耿曙坐上来，他晚饭没吃多少，正饿呢。他分了个果子给耿曙，耿曙摆摆手，说："我不吃，你自己吃。"

于是姜恒开始吃那几个油炸果子，但吃着吃着，心下又十分苦涩，只想掉眼泪。

"我想走了。"姜恒说。

"走？"耿曙疑惑地道。

姜恒吃得只剩半个，一时难过得很，天天被母亲关在家中，就像笼子里的鸟一般，还常常遭到突如其来的打骂，就像今天这般。

耿曙似乎明白了什么，说："要打仗了，她正气着呢。"

"打仗？"姜恒想起下午看见的，浔东城外的兵营。

耿曙想了想，说："夫人在官府待了一天，肯定是说这事。"

姜恒想说打仗与她、与自己有什么相干，但若真要打仗，浔东城里的百姓也都逃不掉。

"你不知道？"耿曙说，"她是'天月剑'姜昭，杀再厉害的人，都只要一剑。"

"那是什么？"姜恒茫然地问，他读过许多圣贤书，却不知人间剑道。

耿曙想了想，意识到昭夫人选择了隐瞒姜恒，一定有她的缘由，只答道："没什么，吃完睡罢。"

姜恒有点落寞，他尚未明白母亲的武艺与名号意味着什么，哪怕她能杀再多的人、本领再高，终究有个身份是他娘，而他的烦恼又真真切切地来自这个脾气暴躁的母亲，仅此而已。

"她不让你离开家门，"耿曙说，"是因为爹杀过许多人，怕你被仇家抓去折磨。"

"又是他。"姜恒无奈地道。

耿曙的话并未对姜恒造成多大影响，只让他明白了一件事——自己被关在这高墙内，还是父亲害的。

姜恒把剩下的半个油炸果子推到签子顶上，递给耿曙，耿曙就着他的手吃了，把竹签一并取走，说："睡，明天教你学武。"

"天之爱人也，薄于圣人之爱人也……"

翌日，姜恒依旧在书房中朗声诵读竹简，昭夫人经过昨日，则仿佛更不近人情了，只冷着脸，手持戒尺，站着看耿曙练剑。只要有昭夫人、卫婆在，耿曙就像哑巴一般，几乎不说话，在姜恒的诵书声中，认认真真、一招一式地反复练。

"看。"耿曙拉住姜恒的衣领，让他扒在屋檐上。

姜恒："啊！"

那窝小鸟已经孵出来了，六只光秃秃的鸟儿正张着嘴叫唤着等吃的。

"民有三患：饥者不得食，寒者不得衣，劳者不得息……"

姜恒读完《大取》，又读《非乐》，耿曙则除了外袍，只着单衣，汗流浃背地站在院中，手持木剑，灵动如飞。这次在昭夫人手下，他仍是一招倒地，落败后支撑再起时，已隐约有了卷土重来的气势。

"接好！"耿曙从树上扔下李子，姜恒张着前襟，抬着头看高处摘李子的耿曙，认真地左歪右靠接李子。

"儒以文乱法，侠以武犯禁，而人主兼礼之，此所以乱也……"

姜恒低头看竹简，院中耿曙则捧着剑，在小雨里罚跪。

入夜，耿曙摇摇姜恒，姜恒睡得正迷糊，耿曙坐在榻畔跷着一脚，拿草秆撩他的鼻子，姜恒打了个喷嚏，耿曙不知不觉地笑了起来，把自己做的树叶风车插在他枕头畔，给他拉好被子，起身走了。

"是故其耨也，长其兄而去其弟……"

姜恒自言自语，书房内的竹简分了东西两侧，各十数排书架，一排排木架前，以墨笔写就"兵""农""法""儒""道""阴阳""名""杂""医""纵横"等，姜恒读过一卷，便将那卷竹简从东侧拿走，放到西侧架子上去。取而代之，搁回东侧的，则是一卷卷用细绳扎着的芦纸文章。

入秋，下过第一场雨后。

"字认得差不多了？"昭夫人居高临下地说。

耿曙躬身，并未回答，昭夫人扔给耿曙一张丝帛，落在他的脚边，正是他离开安阳，千里迢迢跋山涉水了一年多，惜如性命般带来的那份武诀。

耿曙已认了不少字，认出了丝帛上的文字——黑剑心诀。

"娘，"姜恒惴惴地道，"家里的书快读完了，只剩申不害的这卷。"

昭夫人转身，只见东西架上满满的书与文章，这时距离姜恒生辰还有一个月。从六岁到九岁差一月，姜恒读完了百家之学，共一千一百零二篇。每月六篇文章，共做了两百余篇文章。

昭夫人冷笑道："瞧你能耐的，架子下的箱子打开。"

姜恒打开了昭夫人所言的箱子，里头空空如也，便让昭夫人看。

昭夫人一时竟无言以对，怔怔地看着姜恒。

姜恒也有点苦恼，三年来他已习惯了有读不完的书，就像每日吃饭睡觉般自然，现在读完了，上哪儿找新的去？

昭夫人说："从儒家孔仲尼《论语》起，诸子百家，全部从头到尾默誊一遍。"

"哦。"姜恒挠挠头，拿着最后一卷书，"不从《诗》开始吗？"

"靡靡之音，"昭夫人淡淡地道，"《诗三百》读了又有何用？擅精乐艺，不过也是给人当走狗的睁眼瞎罢了。"言毕再瞥耿曙，耿曙沉默不语。

院内一阵静谧，秋风卷起，耿曙挂着剑，低头读那丝帛上的字。

忽然，昭夫人在秋风里很轻很轻地叹了口气。

耿曙还以为自己听错了，抬头看昭夫人时，昭夫人不易察觉地摇了摇头，两人目光相对时，昭夫人眼中竟带着怜悯之意。

"为什么？"昭夫人眉头微蹙，那不解的神色仿佛在看耿曙，又仿佛透过他，在看另一个从未离开的人，低低地说，"学这剑法，究竟又是为了什么？"

耿曙张了张嘴，没有回答，昭夫人却已转身走了。

深秋时节，满院落叶，耿曙的剑法已显得飘逸灵动，一柄二十斤的木剑在他手中，被使得如同树枝般，挥、挑、点、扫，随心而动。

"楚之南有冥灵者，以五百岁为春，五百岁为秋……"姜恒无聊地默写着，已经会背的东西，还要再默写一次，简直味同嚼蜡。

"上古有大椿者，以八千岁为春，八千岁为秋。"耿曙收剑而立，望向书房，答道。

"连你都会背了。"姜恒哭笑不得。

"我来写。"耿曙很喜欢写字，只是没多少机会。姜恒则接过剑，挥了两下，颇有点站不稳，耿曙与他交换，说："你就练昨天那一套，劈、刺、撩三招。"

"你怎么学得这么快？"姜恒虽不谙武道，却也能感觉到耿曙的武术进境简直飞快，这才过了半年，一手剑法已使得似模似样。

耿曙说："娘从前就教过我，只是许多东西不大懂，学了就学了，囫囵吞枣。"

"'囫囵吞枣'，这个成语用得很好。"姜恒扛着剑，试练耿曙教他的三式，耿曙来来去去，只教了他这三招，姜恒虽觉无聊，却发现这三招要练好了，似乎也挺不错。

"你原本有副好根基，却被耽误了，"昭夫人冷冷地道，"学了一身不三不四的未入流武艺，现在居然还挺得意，坐井观天，当真愚蠢得可以。"

昭夫人不知何时出现在前院走廊中，耿曙与姜恒都未察觉。平日里耿曙几乎不与昭夫人交谈，也从未让她听见自己与姜恒说话，昭夫人也不理会两兄弟说什么，这下被撞了个正着，耿曙便放下笔，退后，起身，不信任地盯着昭夫人。

姜恒赶紧放下剑，生怕昭夫人发怒。昭夫人却意味深长地看了儿子一眼，又转身而去，留下满院秋风。姜恒一脸茫然，与耿曙对视。

当夜，姜恒刚睡着不久，榻畔耿曙却摇了他几下。

"快醒醒，"耿曙道，"有人来了。"

姜恒榻上未换冬被，连日阴雨，卫婆也没等到晒被的好时候，深秋几场雨下过便觉寒凉。他正缩成一团，被叫醒了，迷迷糊糊地道："什么？"

"起来，"耿曙说，"你家来人了。"

姜恒揉揉眼，说："好困，大半夜的，睡罢……"

姜恒拉着耿曙，要让他上榻来睡，耿曙却说："你去听听客人说什么，怕是有急事。"

昭夫人积威日渐，耿曙对她总有几分畏惧之意，姜恒虽然也怕母亲，但终究不似耿曙般隔了一层，平日里要偷听，被抓到了顶多骂一顿。虽然半夜里他对客人并无半点兴趣，奈何耿曙又推又拉，让他起来，他架不住只得偷偷出房门，赤脚溜到母亲卧室前去。

"天下人只恨不得剥了我的皮制鼓，抽了恒儿的骨做锤，到那瞎子坟前去敲予他听，"昭夫人的声音从西厢卧房内传出，依旧是那充满嘲讽的语气，"何曾有人来怜恤我们孤儿寡母半分？"

"夫人言重，"男人的声音道，"持剑在手，愿做什么就做什么，先生教我们，归根到底不过三个字'我乐意'，与天下人又有什么相干？"

"说得是，"昭夫人淡淡地道，"所以，这事我不乐意。"

男人道："天下之大，搬到哪里，也是无路可躲的，就怕有再多的不乐意，最后也顾不得了。"

"滚罢。"昭夫人冷冷地道，"若真体恤苍生，便让你家老头子自己提着剑出来杀，假手于人，充什么英雄？欺世盗名之辈！"

那男人反而笑了起来。

耿曙跟在姜恒身后，两人靠近房门，听到了只言片语。末了，耿曙将姜恒后领一提，拖到柱后。只见西厢房门洞开，一个修长身影"唰"地飞射出来，上墙，翻了出去，消失了。

姜恒一脸茫然，耿曙却眉头深锁，示意快回去罢，两人又蹑手蹑脚地回往东厢。片刻后，长廊尽头转出一个身影，两人同时吓了一跳，竟是背着手的卫婆！

姜恒忙打手势，并回头看，生怕卫婆过来抓他，不料卫婆却毫无动作，只安静地注视着俩小孩儿。耿曙回过神，带着姜恒回房去睡下。

"好冷，"姜恒被冷风一吹，更哆嗦了，说，"咱们把这屋的被子抱了，去你榻上睡罢。"

"嘘。"耿曙让姜恒先上去躺着，自己也钻进了被窝里，与姜恒同被而睡，也不需再加棉被，不多时便奇迹般地温暖起来，姜恒一脚摩挲耿曙的脚踝，觉得他就像个火炉般，翻了个身，半趴在耿曙的胸膛上，睡了。

翌日清晨，被窝里仍然残余了耿曙的体温，外头又下了一场雨，显得更冷了。

"卫婆！"姜恒坐起身，喊道，"我醒了！"

姜恒的起居很规律，每天这个时候，卫婆已打好热水进来了，然而今天怎么喊都没动静。

"卫婆！"姜恒又喊道，出外张望，自言自语道："人呢？"

耿曙正在院里练剑，听得姜恒喊，便放下剑过来，让他依旧回房去坐着，说："你等我。"再出去打了冷水来，提着壶兑热水，伺候他洗漱。

"卫婆呢？"

"我不知道。"耿曙答道，说："给你编头发吗？"

"扎着就好了。"姜恒朝镜子里头看，耿曙不会编发，胡乱给他绾了下，理顺以后扎在脑后。姜恒与耿曙都是半大小孩儿，年初时个子还差不了太多，过了半年，耿曙跟竹笋般嗖嗖地往上蹿，已高了他一头，更隐约有了少年模样。

姜恒发现耿曙居然已经长这么高了，说："你的个头怎么长这么快？"

"再过两年你也长的。"耿曙给姜恒理好头发，用红绳束发，说，"好了。"

"娘！"姜恒先去堂屋，昭夫人不在，再去卧室，也不见人。

灶台前放着温热的米粥，食盒里有四样小菜、两条鱼与炸好的肉丸子。耿曙看了眼，说："卫婆留的早饭。"又掀开锅盖，朝里头看了眼，说："午饭和晚饭也有了。"

"都走啦？"姜恒颇有点小雀跃，母亲与卫婆居然都出门去了，早起也不说一声，当即端了食盒，舀了粥，说，"咱俩进堂屋里吃。"

耿曙："不了……"

"来罢。"姜恒把耿曙的早饭也端了进去，摆开两张小案，耿曙拗不过，便一同用了早饭。

"她们去官府了吗？"姜恒知道母亲唯一会去的地方只有官府，顺便路过市集，还会买点东西。

"我看不像。"耿曙答道。

昭夫人与卫婆只要不在家，耿曙的话就多了起来，朝姜恒说："你去读书罢。"

好不容易家里没人，就剩他俩，读什么书！姜恒是不可能读书的，今天绝对不愿意读书，何况书都读完了，翻来覆去也是捡老庄孔韩的烂渣子嚼个没完，太乏味，当即表态道："我要爬墙。"

耿曙道："那你等我先练完剑。"

"别练了……"

"不。"耿曙言简意赅，拿了食盒与碗去洗。姜恒已爬墙去了，耿曙挽了袖子在井边坐下，说："墙上滑！"

姜恒说："你别管我，摔下去算了。"

耿曙："……"

耿曙只得放下碗筷，上来看着他，姜恒现在已被耿曙教得半点不怕爬高，较之半年前又是一副模样，他上得墙去，这下真的险些摔下来，耿曙忙道："当心点！"

"外头怎么了？"姜恒终于发现，今天高墙之外确确实实变了模样：并非下雨的关系，市集上一片混乱，巷子从这头到那头，家家户户赶了马车，匆匆忙忙地搬出箱子，正往车上擩。

城外则摆上了拒马桩，挖了壕沟，到处都是兵士，骑马穿梭来去。

姜恒怔怔地看着这一幕，身边耿曙却先解了腰带，把自己与姜恒结结实实地绑在一起，以免他在高墙上滑了。

"要打仗了？"姜恒已有近半个月未爬上墙来，如今极目所见，浔东城中，一片兵荒马乱之景。

"嗯。"耿曙看了眼，只道，"看够了吗？坐下来慢慢看。"

"娘和卫婆呢？"姜恒蓦然有点恐慌，低头看耿曙，耿曙却好整以暇，坐在高墙上，一脚垂下去不住地摇晃，眼神里带着复杂的意味。

染 血 琴

这天姜恒坐不住，在家里走来走去，耿曙则照旧练剑。姜恒说："咱们要搬家吗？这就走了？她们究竟去了哪儿？怎么也不留张字条？"

耿曙说："在家等着。"

姜恒说："咱们出去看看不？"

"别去，"耿曙皱眉道，"外头乱得很，她们说不定过午就回来了。"

姜恒只得点头。午间他心神不宁，没等到母亲回来，耿曙在灶台下生火，将午饭热了，端过来两人依旧吃，午饭后姜恒睡了会儿，再醒来时耿曙拿着笔和纸，说："教我识字。"

"你全会了。"姜恒说。

"还有些不会。"耿曙指了一卷皮上的字。

姜恒说："这是琴谱，不是字。"

耿曙一怔，说："你会弹琴吗？"

姜恒大致知道些，却没怎么弹过。耿曙又问："家里有琴吗？"

姜恒想起阁楼有一把，说："我摸过一次，差点被娘打死了。"

"不打紧，"耿曙说，"我想学，我去找来。"

姜恒努力地从阁楼里抽出满是灰尘的琴，打了两个喷嚏。耿曙爬上梯子，让他下来，抽了琴一手扛肩上便下来了。

"这琴怎么总也擦不干净？"姜恒说，"上头好多黑的地方。"

"那是血。"耿曙看了眼，答道。

那琴已有些年头了，血迹浸入了琴木之中，耿曙一眼就知道它的来历——这是他父亲生前抱着的琴，四年前琴鸣天下后，他以黑剑自尽，胸膛中喷出来的血液，染红了这把古琴。

但他没有向姜恒解释，摸了摸琴，就像触碰当年的父亲，只不知姜昭从何处得到了这把琴。

姜恒不会弹，简单地擦拭后，两人对着琴谱，像弹棉花般"嘣嘣嘣"地拉扯了琴弦几下，姜恒哈哈大笑起来，耿曙却对着琴谱，认真按弦。

"我帮你按，"姜恒说，"你弹。"

姜恒卧房里传出几许琴声，不片刻，耿曙仿佛无师自通般摸到了窍门，虽断断续续，却带着少许碧空孤旷的古意。

"你这不是会吗？"姜恒惊讶道。

"以前见爹弹过。"耿曙答道，"来，你看谱子，这是哪一根？"

姜恒与耿曙弹了一会儿，琴声已不似弹棉花般难听，按久了却也手指头发疼。天色渐渐地黑了下来，外头又下起小雨，耿曙去热了晚饭，两人吃了。

"明天她们总该回来了罢，"姜恒说，"要不咱们就没吃的了。"

"嗯。"耿曙用湿布擦好琴，搬到卧室柜后，拿块布盖着，说，"睡罢，多半晚上就回来了。"

姜恒躺上床去，耿曙过来摸摸床铺里头，天湿冷湿冷的，棉被还收在杂物房中，搁了一整年没晒过也没法用。

"冷不？"耿曙有点犹豫。

姜恒拉了拉耿曙的袖子，欲言又止，耿曙便关了门，躺上床去，与他睡在一起。过完夏天，耿曙已经十一岁了，姜恒也快满九岁了。耿曙已像个小大人般，抬起手臂，让姜恒枕着，抱着他，用身体温暖了这湿冷的被窝。

"明天她们会回来罢？"姜恒喃喃地道。

"嗯，"耿曙答道，"会。"

姜恒起初有点怕，但枕在耿曙的怀里，便安心了许多。雨声淅淅沥沥，打在屋檐上，他朝耿曙那边缩了缩，耿曙便转过身来，似乎感觉到了他的惶恐与无助，抱紧了他，姜恒闭上双眼，安心地睡了。

第二天，昭夫人与卫婆没有回家。

姜恒找遍了每个房间，最后站在堂屋里，说："怎么办？"

耿曙刚练过剑，坐在门槛上擦剑，不以为意地说："等。"

姜恒说："咱们吃什么？"

耿曙起身，穿过回廊，姜恒一身单衣，紧跟在后头，跟着耿曙进了厨房。耿曙先是翻找片刻，拖出米桶，找了米，再去仓库里，找到一块腊肉，拿了个海碗，从腌菜缸里拣出点小菜。

"多穿点，"耿曙朝外看，再看姜恒，"天冷，快下雪了，回房加衣服，听话。"

耿曙推着姜恒回房，翻出一件貂裘袄子，让姜恒换上，又找了鹿皮长裤给他穿，又发现一件毛氅，乃是入秋时便做好，留着冬天穿的。

"你呢？"姜恒说，"你穿这件罢，你也听话。"

"我不冷。"耿曙向来不太怕冷，平日衣服都是自己洗，一件蓝袍、一件黑袍，外加两套里衣里裤，穿了一年多，如今已显小了。

姜恒说："我给你找找，应当还有别的衣服。"

家里大人不在，姜恒意识到，他俩得学会照顾自己，否则既要挨饿，又要受冻，于是开始翻箱倒柜地找衣服。

"吃饭了。"耿曙煮了稀稀的米汤，筷子一撩，里头没几粒米，说，"水放多了。"

"这件是你的，"姜恒找到一套新的、叠在柜子底的衣裤，说，"你看？"

"是你的。"耿曙说。

"你的。"姜恒给自己比画，明显大了不止一截，给耿曙穿应当正合适。那身鹿皮袄、长裤贴身穿，外套羔皮裘，还有一双狼皮靴子。

"是你的。"耿曙转过身要走。姜恒说："你试试？真是你的。"

耿曙说："别争了，你娘给你做衣服，总得做大点。"

姜恒提着那羔皮裘，给耿曙看，说："这领子你记得吗？"

耿曙不说话了，摸了摸那领子，那领子曾是一袭毛围，被涤洗干净，理顺绒毛，内里重新硝了一次，缝在羔裘上所制就的。这毛围姜恒记得，耿曙也记得，正是他来姜家第一天，穿得污脏的脖围。

"所以一定是你的。"姜恒说，"这又是什么？"

压在柜子最底下的，还有一张不知道什么动物的皮，上面带着紫黑色的痕迹，像是狐皮。

"别乱动，"耿曙说，"当心又挨骂。"

耿曙试了试新衣服，正合身，姜恒在旁探头探脑地看，耿曙看着镜子里的他，说："笑什么？"

"真好看。"姜恒说。

姜恒从小到大就没见过几个人，但他真心觉得，耿曙就像《诗》里所说的君子"如切如磋，如琢如磨"，白皙瘦削的面容，鼻梁如山，双目像是星辰，两道浓眉长开了，简直如美玉一般。

耿曙回头看姜恒，顺手摸了摸他的脸，牵起他的手，握得紧紧的，说："走罢，吃早饭。"

两兄弟穿暖和了，顿时驱逐了些许姜恒心里的不安。饭后又开始下雨，耿曙抱来《孙子兵法》，生了小炉在姜恒卧室里读，姜恒吃了顿清汤般的粥，肚子已开始咕噜噜地叫。

"我再做个饭去，"耿曙说，"想吃什么？"

"咱们晚上一起吃了罢，"姜恒说，"好多人一天也只吃两顿，吃两顿就不用总是做饭了。"

耿曙想了想，也有点饿了，说："那，多喝点水罢。"

黄昏时，耿曙把腊肉切片，与米煮在一起，锅底烧煳了，饭也有股淡淡的苦味，姜恒却饿得不行了，吃了两碗，耿曙则吃掉了大部分的饭焦。

入睡时，耿曙照旧与姜恒一起睡，姜恒可怜巴巴地说："我又有点饿了。"

耿曙说："我再给你做点？"

姜恒说："还有米吗？"

耿曙："还有一石多。"

姜恒："省着点吃罢。睡着了就不饿了。"

第三天，家里的大人还是没回来。

姜恒醒时，房中已打好了洗漱的热水，姜恒跑到院里头，见耿曙站在高墙上朝远处张望。

"哥！你在看什么？"姜恒问。

"没什么！"耿曙稳稳地站着，眺望远方，城中一股烧火的焦气，四处烟雾弥漫，城外烟尘滚滚，满是泥泞，巷外的水沟里，鲜血在水里漫开，风将哭声远远地送了过来。

姜恒说："我上去看看。"

耿曙说："别上来，先吃饭罢，你饿了吗？我煮了鸡蛋。"

"鸡蛋！"姜恒已经饿得前心贴后背了。耿曙跃下，去厨房把盆子端出来，里头是十个白水煮蛋。

耿曙把厨房篮子里剩下的蛋一次全煮了，倒了点酱油，剥开蛋壳，递给姜恒，让他蘸着吃。洁白鲜嫩的水煮蛋蘸点酱油，简直是人间美味，姜恒连吃三个，耿曙道："别噎着。"

姜恒好不容易咽下去，耿曙让他喝茶，姜恒说："中午……不，晚上吃什么？"

耿曙又剥了几个，让姜恒先吃够，自己才留了两个，说："我出门弄点吃的，家里有钱吗？"

姜恒突然想起长这么大，也不知道家中的钱放在何处，平时都是卫婆与母亲管着。

两兄弟翻箱倒柜一番，在卫婆房间的箱子底发现了一袋郑钱，应当是卫婆平日里用来买菜的费用，金银都收在母亲房中。

"这是多少？"姜恒数来数去，只不知币值，耿曙只看了一眼，便道："够了，在家等我。"

"我不！"姜恒坚持道，耿曙却不容他跟，怒道："听话！"

那语气中，已隐隐有了兄长的威严。

耿曙见姜恒难过，转念想到这两天里，姜恒担惊受怕，只是不说，想必也不好过，耐着性子说："哥一定会回来，你别担心，外头人多，我怕顾不上你。"

姜恒也明白以墙头上所见，浔东城里乱糟糟的，自己跟着出门，也是拖耿曙的后腿，只得勉强点头。

耿曙揣了那兜钱，翻身过墙，径自寻食去。

是日午时，姜恒独自在家等着，有点害怕。

从前卫婆与母亲也没少出门将他独自扔在家，可自打耿曙来了之后，他的人生就变得不一样了。一年多来，他们每天形影不离，今日尚是第一次，耿曙没有陪伴在他的身旁。

姜恒坐立不安，由此想到有些人既然来过，再走了，便无法当作从未出现过。

一如母亲所言，故人一别无会日，繁花凋零终有时，是不是总有一天，连耿曙也会离开自己。抑或说，这个哥哥，只是他人生中的一名匆匆过客？

小孩儿读的书多了，总会胡思乱想，冒出许多他这个年纪不该有的念头。这念头随着耿曙的归来迟一分，便加重少许，直到最后沉重无比，压在姜恒心头。

姜恒取来琴，勉强弹了少顷，日渐西斜，此刻他尚不知这情愫正是先圣常言"人之所累"的东西。

眼看夕照如血，而耿曙出门一下午，始终未归，姜恒终于再也等不下去，将琴一扔，找来梯子架在墙上，爬墙出去。

"耿曙！"姜恒已慌张得快哭出来了，在一片混乱的街道上四处奔走，到处都是飞灰，到处都是浓烟，城外飞来接二连三的火罐，砸在民宅上，点燃了浔东城。

浓烟中骤马嘶鸣，兵荒马乱，四处都是收拾细软逃亡的百姓，各自大喊道："郓军打进来了！"

"城破了！"

姜恒不知所措，继而被顺风飘来的烟熏得两眼通红，泪流不止，满脸黑灰，跌跌撞撞地跑在街上，带着哭腔喊道："哥——哥！"

又一声巨响，浔东城内，官府被烧毁，三层高的望楼坍塌，到处都是被火烧的百姓冲出火海。姜恒睁大双眼，咳嗽着扑上去救，那着火的百姓却将他撞了个趔趄，冲到水沟内，发出惨叫声。

姜恒茫然四顾，下意识地转身，此刻他明亮的双眼里，倒映出一匹拖着起火马车、受惊冲来的高头大马。

　　姜恒仓皇大喊道："哥——"

　　四周火海升起，灰烬飞舞，发疯的战马朝他冲来，年仅九岁的姜恒退后半步，身周全是火，那一刻，他唯一的念头就是：完了，我要死了……

　　刹那间，一个身影从火海外冲来，蓦然抱紧了姜恒，带着他在火海中翻身，摔了出去。

　　那高头大马横冲直撞，一眨眼碾过了姜恒先前所站之地，甩脱车辙，马车发出巨响，撞在一户人家的院墙上。

　　耿曙焦急地扑打姜恒身上的火焰，抱着他站起，伸手一摸他脸上的黑灰，正想询问时，却蓦然愣住了。

　　姜恒剧烈地喘气，两兄弟眼睁睁地看着对方。

　　耿曙原本正在火海外飞檐走壁，着急回家，无意中听见一小孩儿喊叫兄长，让他想到了在家的姜恒，一念之下，飞身救了那小孩儿的性命。

　　然则这一念之下，也救了耿曙自己的命。阴错阳差下，这孩子竟是姜恒！

　　耿曙回过神，顿时发怒了，不由分说地打了姜恒一巴掌，吼道："谁让你出来的？！"

　　姜恒措手不及，挨了耿曙那一耳光，愣了好久，说道："我见你没回来……我害怕……我……"

　　这是耿曙第一次动手打他，姜恒已经吓坏了，过了好一会儿，眼泪才慢慢淌出。耿曙起先既急又怒，一时冲动，这会儿意识到自己犯了错，一手在身上擦了擦。

　　姜恒无法明白耿曙这一巴掌的含义，只以为他不要自己了。

　　事实上母亲虽凶巴巴的，总作势扬手要打，落到身上的机会却很稀少，但每一次耳光迎面而来时，总伴随着冷厉的"给我滚！不要你了"之类的话，从此耳光作为惩罚，总与遗弃的恐吓牢牢绑在一处。

　　耿曙这一巴掌虽不重，却是姜恒在险些失去他后，骤见面时迎来的答案——令他在响亮的耳光中下意识地吃到了被遗弃的苦涩感，当即害怕得不知如何是好，只知站着发抖。

入室贼

"我……"耿曙嘴唇动了动，朝姜恒走了一步。

姜恒却发着抖，呆呆地不住退后，下意识地想躲他。

"恒儿！"耿曙道，"又去哪儿？"

姜恒终于哭了起来，肩膀一抽一抽，耿曙箭步追上，扯着他的衣袖，想将他朝自己怀里拉。姜恒却挣扎出去，现出畏惧的眼神，跌跌撞撞地逃开少许。

耿曙："恒儿……弟！"

姜恒哭着哭着，听见这称呼，渐渐地止住。耿曙叹了口气，说："我一时着急，是哥哥错了，让我看看？"

姜恒还有点想躲，耿曙却不由分说地将他拖过来，把他抱在怀里，买来的肉、蛋掉了一地，俩小孩儿都呆呆的，就这么在漫天的硝烟中抱着。

"吃的……吃的掉了！"姜恒擦了下眼泪，赶紧提醒耿曙，耿曙却没管那满地的东西。

最后，耿曙在姜恒的头上摸了摸，姜恒好不容易挣开，大致理解了耿曙赔罪的意思，擦干泪水，蹲在地上捡起东西，耿曙呆呆地看了会儿，说："别捡了，都脏了。"

蛋摔碎了，肉却还能吃，耿曙一手提着好不容易买来的少许腊肉，另一手紧紧牵着姜恒回家去。

"娘什么时候才回来？"姜恒少顷恢复些许精神，忐忑地问道，"外头死人了吗？"

耿曙被姜恒问了好几遍才回过神，答道："没有出城，我不知道。"旋即意识到了什么，改口道："没有死人，只是房子烧了起来。"

城内一遭战乱，杀人放火、作奸犯科的恶徒实多，耿曙沿途救下了几个人，却也管不了太多，又惦记家里的姜恒，是以匆匆回来。

但他什么也没有朝姜恒说，转开了话头，说："待会儿咱们将腊肉与饭一同煮着吃……"

话说到一半，到得家门前，两人突然同时安静了。

耿曙正想带姜恒爬墙回家里去，却见姜家大门开了，左门半敞着。

"娘！"姜恒旋即大喊一声，"卫婆！"

"别去！"耿曙一眼就瞥见了被砸开的那把铜锁，顿时将姜恒拉到自己身后。

姜恒："怎么了？"

家中传来男人的笑声，耿曙一个箭步冲了进去。姜恒追上来看见时，刹那傻眼了。

姜家大宅内被翻得乱七八糟，值钱物事全被翻了出来，天井内铺着布帘，银器、钱、昭夫人的首饰，姜恒的墨砚、裘衣、丝绸、帛、铜镜，甚至连卫婆房中的烛台，都被叮叮当当地扔在布帘上。

侧旁停着一具板车。

三名男人，其中一人竭力提着耿渊的黑剑，四下扫了几下，被带得有点站不稳，另两人正设法卷起姜家细软，扔上板车去。

"有贼！"

姜恒再不谙世事，也知道家里来贼了，第一个念头就是马上出去报官。

耿曙看到这一幕，顿时怒火中烧，放下东西，让姜恒站到一旁。

"别上前，"耿曙沉声，"无论发生什么，都别上前。"

那三人尚在嘻嘻哈哈地笑，转头端详姜恒与耿曙。

"你娘呢？"为首那地痞认出姜恒，说道，"速速唤她回来，去，这兵荒马乱的，你家连个男人也没有，让她一起跟了爷爷们走罢。"

耿曙气得发抖，只慢慢走上前去，姜恒退后半步，张了张嘴，说道："哥。"

"哟？"

三人互相看看，一人道："姜家还有逃生子了？"

"没见过。"另一人笑着说，"这小子难不成想和咱们拼命？"

三人又是一阵大笑，收拾包袱的那两人看也不看耿曙，为首之人则左手提着剑，右手伸来按耿曙的肩膀，想把他拨个趔趄推出去。

紧接着，耿曙一手拖住那人手腕，将他拖向自己，左手穿右臂下，架住他身体一推，再狠狠一格！

瞬间那地痞头子发出一声常人无法企及的惨叫，伴随着手臂被耿曙狠狠折断的声音！

姜恒骇了一跳，喊道："哥！"

另外两人马上起身，尚未回过神发生了何事；只是一起冲向耿曙，耿曙却已夺过黑剑，转身扫开，剑身拍中其中一人，发出肉铁相撞的闷响，那人身在半空喷出鲜血，扑倒在地。

最后那人吓了一跳，当即知道面前的小孩儿不是自己能惹的，一时不知是上前察看同伴的伤势还是转身逃跑，就在这片刻，耿曙又飞身上前，一剑正中最后一人胸膛，那人当即肋骨折断，狂喊一声，摔倒在地，不住地咳嗽。

眨眼间耿曙便当着姜恒的面摆平了三人，再一抢剑，姜恒下意识退后，闭眼。耿曙听到背后传来吸气声，转头一看，见姜恒被吓着了，一念之下，那剑便斩不下去。

耿曙第一次杀人，是在父亲耿渊死后，母亲自缢那天。梁王驾崩，安阳城大乱，邻居一屠夫早已打起耿曙母亲的主意，竟在她死后前来玷污尸体。

那天耿曙化身野兽，斩了屠夫十余刀，斩得自己亦全身是血，其后一路走来，他也杀过作乱的流民、抢劫的山匪。他清楚地知道，杀人是要见血的，人的身体里有很多很多血，多得超出想象，斩下别人的头时，鲜血将喷得到处都是。

他永远也忘不了自己杀第一个人的那天，想到今日这一剑斩下去，姜恒将像自己一般，终生难忘。

"滚！"

最后，耿曙不想看见姜恒露出害怕的眼神，一念之下，放过了他们。

姜恒剧烈地喘息，看着耿曙，直到那三名地痞一瘸一拐地离开姜家，姜恒才慢慢走上前来。

耿曙正想转身去关门时，姜恒突然从身后抱住了他的腰，侧头靠在他的背上。

两兄弟就这么静静地站了一会儿，姜恒忽然说道："还好你会使剑，我吓死了。"

耿曙说："没事了，别怕。"

姜恒这个下午遭受的冲击实在太多了，但他很快便恢复了平静，这三名闯空门的贼匪，对他而言尚比不上耿曙打他的那一巴掌吓人。

耿曙走到门外，试图用断开的铜锁将大门重新闩上。

姜恒把翻出来的东西重新拖进堂屋里去。

耿曙几下敲打铜锁，拧了段铁钎，勉强将大门再次锁上，进得屋里来后在案上坐下，稍稍张着腿，一脸冷漠地看姜恒忙碌。

姜恒清点家里的东西，走来走去，把值钱的摆设复原，耿曙只是不说话，末了道："别弄了，放着罢。"

"娘回来会问的。"姜恒说。

姜恒怕母亲知道了，说不得又要骂他无用，连个家也看不好。

"就说是我怕她们不回来了，收拾家当，想带你走。"耿曙随口道，"过来，恒儿。"

耿曙忽然改了称呼，令姜恒感觉有些怪异，事实上就连耿曙说出"恒儿"这二字时，也带着少许不自然——

他们朝夕相处，一个朝另一个说话，不需称呼自然便知道对方在喊自己。姜恒偶尔会喊耿曙"哥"，耿曙要找姜恒时，却只要叫一声"人呢"，姜恒自然就过来了。

"给你，这个你戴着。"耿曙解下脖子上那玉玦，递给姜恒。

姜恒只不接，耿曙又说："听话，能保你平安。"

"你不会走的，"姜恒迟疑着道，"为什么给我？"

耿曙不耐烦地道："让你戴你就戴着，我不会走。"

耿曙琢磨了一下午，生怕姜恒再出点在外头街上的那事，自己不过出门两个时辰，两人都被吓得够呛，从今往后，他须得时时盯着。母亲说过，这玉玦能守身护命，还是放在姜恒身上更安全。

姜恒听到他不会走，便接了过来。耿曙拍拍膝上、身上的灰，仿佛了了一件人生大事，说道："我做饭去了。"

入夜，耿曙煮了一锅腊肉米饭，不时探头，听见姜恒收拾了东西后，坐在书房里弹琴，琴声断断续续，但只要琴响着，他便安心了些。

城内渐渐安静下来，万籁俱寂，潜藏其中的究竟是死寂还是安详，他们无从分辨。

不多时又下起雪来，两个小孩儿狼吞虎咽地吃掉了一锅饭，姜恒摸着肚子，终于结束了这些天里半饥半饱的状态。

"好冷啊！"姜恒又提出了新的生活困境。

耿曙说："给你生个火盆罢。"

姜恒说："柴火得省着点用，今天是大寒了，征鸟厉疾，水泽腹坚。"

"嗯，"耿曙说，"快过年了，不碍事，明天我出门找去。"

耿曙收拾了碗筷，洗完手被冻得通红，许久不听姜恒的声音，出来一看，见姜恒已到卫婆房内，将他的被褥搬到了自己房中。

耿曙也没说什么，这夜外头无人敲更，也不知几更几时，园子里水池冻住了，姜恒裹着被，在油灯下看耿渊的黑剑。

"睡罢。"耿曙说道，熄了油灯，脱了外衣上榻。

"冷吗？"耿曙在黑暗里问。

姜恒翻了个身，说："有一点冷。"

耿曙将两床被子叠在一起，把姜恒抱进自己怀里，两名少年穿着单衣，耿曙的体温马上就让姜恒暖和了许多。

"现在呢？"耿曙又问。

姜恒枕着耿曙的手臂，把腿架在他的腰上，舒服了许多，说："不冷了。"

耿曙伸手，稍稍解开姜恒的单衣领子，露出玉玦，摸了摸它。姜恒本来快睡着了，努力抬眼，说道："给你戴。"

耿曙拢好姜恒的单衣，随口道："你戴着，别弄丢了。"说着又紧了下手臂，搂着他的肩膀，闭上双眼。

姜恒在睡梦里还抽了几下，毕竟白天经历了如此惊心动魄的一幕，耿曙则睡熟了。不知不觉间，只觉雪停了，冬夜里复又渐渐变得暖和起来，犹如春暖花开一般。

耿曙睁开双眼，姜恒则不舒服地动了动，挣开他的怀抱，想踢开被子。

耿曙心道：不好！

"起来！"耿曙焦急地道，"快醒醒！弟弟！恒儿！"

姜恒睡眼惺忪，被耿曙摇醒，看见四周一片大亮，外头红光影影绰绰，尚未明白发生了何事。

"走水了！"耿曙当即翻身下榻，抓起黑剑，踹开房门，外头火光卷着浓烟，卷了进来。

姜恒刹那间一声大喊，慌忙下地，喊道："咱们没生火盆啊！"

耿曙抓起被子四处扑打，房内全是浓烟，姜恒目不能视，眼睛被熏得流泪，猛烈咳嗽，到处找衣裳。

"别管衣服了！"耿曙喊道，"把口鼻蒙住……喀！喀！"

耿曙被呛得狂咳，四周全是火焰，冬天家里一起火，火势借着狂风，瞬间吞没了姜家。这时候姜恒急中生智，推开后窗，喊道："哥……喀！"

耿曙本想灭火，奈何火势实在太大，只得上前一手环住姜恒的腰，咬牙道："抱紧我！"

两人从后窗扑了出去，耿曙头晕目眩，武功再高，面朝这浓烟，但凡吸气亦昏昏沉沉。

背后一声巨响，不知是什么垮了下来，耿曙正暗道不好时，姜恒却从旁用力推了他一把，自己被房内坍垮而出的窗棂与木柱压在了下面。

"恒儿！"耿曙吼道。

"别管我！"姜恒在火里忍泪，竭力喊道，"你快跑！"

耿曙犹如野兽般狂喊，伴着吸入大量浓烟后的咳嗽，躬身四处摸索。姜恒被压住了后腰，烧红的木柱灼烧他的腰畔，发出刺鼻的肉焦气味，但这时他反而感觉不到痛了，只喊道："你快走！走啊！"

耿曙终于摸到了姜恒的手，意识到再这么下去，两人都得被烧死，当即闭住气，以黑剑撬动木柱。

姜恒："我……我……"

"别说话！爬出来！"耿曙破声道，继而以平生所有的力量朝下猛撬。

姜恒一声痛呼，在求生欲下努力地爬出断木，耿曙马上拉住姜恒，把他的手臂搭在自己的肩上，踉跄地逃离姜家。

火 灼 痕

跑出姜家后院，姜恒忽然停下脚步，怔怔地看着自己成长的这个家。

姜宅已付之一炬，两侧民房一片安静，唯独这所大宅在"毕剥"之声里，烧得映红了城北的半边天穹。

耿曙扑灭了姜恒身上的火星，两人一起看着家里着火，都像在做梦一般。

姜恒好半晌才茫然地道："救火啊！有人吗？快救火啊！"

姜恒往前走了一步，却被耿曙拉了回来，这火已烧得无法再救，火势开始顺风蔓延，舔舐左邻右里。

耿曙抓了一把雪，按在姜恒后腰上，姜恒吃痛，回头看耿曙，脸上仍是大梦初醒的表情。他们的家就这样烧没了？

邻居没人出来，也无人高喊奔走，这条街上只有姜家还住着两个孩子，其他人都不知逃往哪里去了。

耿曙忽然看见了巷尾的三个身影，瞬间怒气上涌，失去了所有的理智。

"畜生！"耿曙狂吼道，"畜生！！！"

姜恒被耿曙一吼，当下傻了，下意识地看了眼耿曙，再转头看自己的家。火焰已烧穿了正门，整所姜家大宅朝着四面八方喷射烈焰，犹如怪物在宣泄着怒火。

耿曙倒拖黑剑，深一脚，浅一脚，光脚踏过雪地追去，犹如一只绝望的要与这世界同归于尽的疯狂野兽。

若让他追上，这三人今夜就要被砍死在雪地里。

霎时背后又一声巨响，火焰烧断了堂屋中的梁柱，姜宅的屋顶，瓦片轰隆垮下，灰飞烟灭。

姜恒被这么一震，终于回过神来，赶紧到邻居门口去挨个敲门，喊道："走水啦！快醒醒！别被烧死了！"

"走水啦！快逃啊！"姜恒光着脚，挨家挨户地敲门。

耿曙追出巷外，那三人已不知逃向何处，他迷茫地环顾四周，背后远远地传来姜恒的大喊。

耿曙又转头看了一眼，只见姜恒半身衣裳破破烂烂，后腰还带着被烧的伤痕，赤着脚踩在雪地里，寒风吹起脏污的单裤，露出单薄的身材，他尚在四处敲门，让邻居赶紧逃命。

耿曙停下追击，把黑剑挂在雪地上，痛苦得全身发抖。

"哥？"姜恒说，"哥！"

耿曙眼里满是泪，颤抖着脱下身上仅存的单衣，自己打了赤膊，让姜恒穿上。

"我不冷……"姜恒推让道，"你穿，你穿。"

"穿着！你穿着！"耿曙发疯般地吼他。

姜恒被这么一吼，不住地剧烈地喘息。

耿曙眼睛通红，姜恒意识到他很痛苦，忙安慰道："别哭，别哭，都是身外物，钱财都是身外物……哥！"

耿曙梗着脖子，站了好一会儿才缓过来。

"被烟熏的，"耿曙说，"我没有哭，你穿着，来，我背你。"

姜恒想坚持，耿曙却不容他拒绝，背上了他，两人又看了一会儿，房顶塌下后，火势渐小，姜家也被彻底烧成了焦炭。

耿曙背着姜恒，让姜恒两手环过自己身前，抓着黑剑，走过小巷。

姜恒终于感觉到被烧伤的地方开始痛了，为了不让耿曙担心，只好咬牙忍着。

耿曙听到远处有人声，便循着人声走去。姜恒还不时回头，看看远处的家。

午夜，耿曙的脚步摇摇晃晃，赤脚走过积雪近半尺的长街。

"哥。"姜恒轻轻地说了一声。

耿曙深吸了口气，止不住地发抖。

姜恒以手臂蹭了下耿曙的脸，蹭得手上全是泪水伴着黑灰。

"爹留下来的玉玦没丢，"姜恒说，"还在呢。"

小雪细细密密地下着，耿曙问："你冷吗？"

姜恒既冷又疼，烧伤之处一阵一阵地疼，火辣辣的，但他不敢说，生怕又让耿曙平添担忧。

"不冷。"姜恒再次回头看了眼，说，"可是家被烧了，怎么办呢？娘回来，是不是找不到咱们了？"

耿曙说："先找个地方躲着，我每天回去看看。"

"方才该在门口留几个字的。"姜恒说。

耿曙哭笑不得，说："家都没了，还留字，你倒是看得开，那下午又哭什么？"

他不知姜恒读了这许多书，早已隐隐洞察这天地的众生之相，于他而言，唯一重要的便只有母亲、卫婆、耿曙而已。但凡书卷、金银等，俱是身外之物，也是随时可舍弃的。庄子甚至说："吾以天地为棺椁，以日月为连璧，星辰为珠玑，万物为赍送。"一切俱可舍，唯人不能舍。

"我能下地走。"姜恒问，"你冷不冷？"

"不冷，快到了。"耿曙瞥见城西小山坡处吵吵嚷嚷的，天边露出了鱼肚白，说，"睡觉前，你在读什么书？"

姜恒想了想，说："天地一指也，万物一马也。"

"万物是一只马吗？"耿曙又说。

"嗯，"姜恒说，"咱们都是这只马身上的虱子。"

耿曙摇摇头，说："不懂。"

天明时分，两人到得城西玄武祠，此祠供奉着玄武兽，玄武为治水神明，传说乃天下四神中的北方之神，保佑河不决堤、山洪不发。

郓、郑二国交战，战乱一起，城里大户人家都收拾家当，逃得差不多了。剩下无处可去、拖儿带女的百姓恐怕城破，便纷纷到玄武祠中来避一时战乱。虽说郓军破城，哪里也躲不了，但大伙儿在一起，总归安全点。

但就在今晨稍早，不少人从城外带回消息：郓军退兵了！

据说郓国将军阵前暴毙，遭刺杀而亡，郓军全军退后三十里地，目前未知是否将卷土重来。祠前一片混乱，寻妻儿的、打听消息的，交口接耳，络绎不绝，吵吵嚷嚷，如集市一般。

"哎哟！这不是姜家那孩儿吗？"有人发现了姜恒，却认不得耿曙。耿曙背着姜恒过来，姜恒并不认得这许多人，但兴许百姓从长相上认出了他那双水灵灵的眼睛神似昭夫人，忙把他带进祠堂里，在玄武像下腾出个位置，给俩小孩儿坐着。

"你娘呢？"又有人问。

"他是我哥，"姜恒答非所问，"亲哥哥。"

耿曙先是起身找到郎中，朝郎中磕了三个头，说："请为我弟弟诊治。"继而将姜恒带过来，请郎中看姜恒身上的伤口。

这伤又引得郎中啧啧数声，调了药，说道："怎么不早点来祠里头？"

耿曙是个闷葫芦，不轻易朝人说话，姜恒又一问三不知。不多时有百姓见两个小孩儿瑟瑟发抖，穿得单薄可怜，便分给他们一袭棉被，耿曙从郎中处得来药膏后，为姜恒敷上，又把被子一半铺在地上，一半盖着，让姜恒躺下继续睡。

"别平躺着。"耿曙检查姜恒的伤口，火柱烫伤之处正是他先前的胎记，现在胎记没了，取而代之的，便是一道烧伤的疤。

耿曙怕姜恒压到伤口，让他稍稍侧过来。

姜恒睁眼看耿曙，朝他招手，示意他也来睡，耿曙简直筋疲力尽，遂也缩了进去。

"在想什么？"耿曙问。

姜恒枕着耿曙的胳膊，说："请人去给娘带个信？可是咱们没有钱了。"

耿曙着实烦恼，想自己下山去，却又生怕离开姜恒要出事，抬头看时，说："我稍后去求人看看，若退兵的话，他们自然就要回去了。"

姜恒睡了一会儿，不多时又听见有兵士来分发米粥，叫醒了他们，耿曙接了粥，兵士说："你们谁是姜家的？"

"我们都是，"姜恒说，"能不能……"

兵士打断道："县令大人请你们喝过粥后去一趟。"

姜恒只从母亲口中听说过县令，却从未见过，耿曙便起身道："走罢。"

县令便住在神祠后院里，先前中了箭，卧床不起，临时收拾出的单房倒是暖和。

姜恒进去后终于舒坦了些，不再挨冻了。

"你娘呢？"县令问道。

浔东县县令肩上、腿上、腹部都渗出血来，身上带着一股臭气，下不得地，只能朝两个小孩儿点头。

两天前他亲自出战，被射落马下，浔东七千守军，险些全军覆没，幸而敌方也未料郑军如此窝囊，生怕是诱敌之计，止住追击的脚步。

"我不知道，"姜恒说，"她和卫婆好几天前出去，就再也没回来了。"

县令看着天花板，喃喃地道："刺杀成了罢？就怕我撑不住了，她若活着回来，你务必替……替我，替……全城的百姓，朝她道一句……"

"罢了……什么都不须说了。"县令又长长地叹了一声。

说着,县令艰难地转头朝姜恒说:"你文章是做得极好的,可惜……生逢乱世,否则定将有一番作为。"

姜恒跪地,谢过县令夸赞,县令又自言自语道:"你俩就先待在这儿罢。给他们拿点吃的,找件衣服穿。"

士兵出外问人借来几件粗布衣服,给两兄弟穿上。耿曙换了身成年男子的里衣,衣襟系了结绑上,打来清水,为姜恒清洗伤口换药。姜恒则实在找不到能穿的,借了身女孩儿的衣服暂且穿着。

县令过一时,便咳得几声,姜恒略读过些医书,轻轻摸了下他的脉门,知道县令病得很重,好起来的机会不过二三成,心里又不免难过。

士兵端来煮好的蛋粥,县令眼也不睁,说道:"给两个孩子吃罢,我这将死之人,又何必浪费粮食?"

"吃点,"耿曙接过蛋粥,说,"我喂你?"

"一起吃,你一定也饿了。"姜恒答道。

两人将一海碗蛋粥吃得干干净净,耿曙在地上铺开棉被,拥着姜恒,缩在角落里,不多时便依偎着睡着了。

姜恒熟睡时,一手仍紧紧抓着耿曙的衣袖,耿曙本想出外打听消息,这么一来只得陪他睡着,一夜担惊受怕也十分疲惫,叹了口气,旋亦沉沉入睡。

这天,十一岁的耿曙与九岁的姜恒,尚不知家的毁去将为他们的人生带来如何天翻地覆的一场变化。姜恒依旧天真地以为母亲很快会回来,耿曙亦知昭夫人武艺高强,想必只是被敌军绊住了,脱不开身。

入夜时,浔东县令在这风雪飞舞的寒冷日子里,先咳几声,再呕出一口血,继而又咳几声,随着最后几声剧烈的猛喘,他死了。

天 月 剑

只要昭夫人与卫婆办完事回来,一切都将慢慢好起来的——耿曙在睡梦中如此想，并竭力将"报应"二字摒出脑海。

毕竟离开远在梁国的第一个家的那天，他放火烧了隔壁屠夫家的屋子，眼睁睁地看着那房屋起火焚烧，以作为对贼人亵渎他母亲尸体的报复。

他在睡梦里不安地抽动几下，及至屋外传来焦急的喊声，昭夫人半身蓝锦沾满了紫黑色的血，撞开了房门。

"恒儿！"

耿曙瞬间睁眼，昭夫人不由分说地上前来，跪在地上，焦急地端详姜恒。

"娘？娘！"姜恒被惊醒后，尚以为在梦中，及至清醒少许，母亲身上的血腥味、冰冷的脸庞终于提醒了他，这不是做梦。

昭夫人全身发抖，身上的血沾了姜恒半身，颤声道："谢天谢地，姜家列祖列宗保佑……恒儿……恒儿……"

昭夫人稍张着嘴，头发凌乱，脸上带着污脏与血迹，姜恒从未见她如此慌乱，下意识地抱住了母亲的脖颈，"哇"的一声大哭起来。

"娘！你没受伤罢！"

"恒儿……"

兵士们终于发现县令死了，大呼小叫地拥将进来，房内伴着母子二人相拥而恸的哭声、士兵们朝县令的呼喊之声，冷冽的空气一瞬间涌入，令姜恒全身打战。

耿曙终于松了口气，慢慢起身，来到房外天井处，回身掩上了门。

天井中站着一名高大瘦削的男子，以黑布蒙去了半张脸，像棵树一般站着，露出双目，打量着耿曙，那浓眉大眼，像是在朝他笑。

耿曙认出这人正是数日前，寅夜来到姜家，劝说昭夫人前去刺杀敌军统帅的刺客。

"看什么？"耿曙冷冷地道。

"看耿渊。你与他长得挺像，一个模子里印出来的。"那高大刺客的语气却是十分客气的，仿佛透过耿曙，看见了另一个人、另一段时光。

耿曙反而不知该说什么了。

"你叫什么名字？"耿曙又说。

"项州。"那蒙面人摘下面巾，现出全脸，他左脸上文了一枚篆文

"弃"字。

项州比耿曙想象中年轻不少，既认识他的父亲耿渊，耿曙原以为他年纪不会太小，没想到此人肤色白皙，面庞俊秀，眉毛深黑遒劲，双目明朗有神，嘴唇红润，面似玉，身如竹，当真是一名谦谦君子。

项州让耿曙看过自己的容貌后，便复又将蒙面巾戴起，仿佛这是一个某种组织心照不宣的、打招呼的礼仪，而耿曙自然而然地被接纳了。

耿曙怀疑地看着他，目光移到他手腕上那串暗沉色的小小珠子上，珠子不过栀实大小，可每一枚珠子，都刻了人的名字，它在项州的手腕上绕了三圈。

耿曙走到井栏旁坐下，侧头望向祠堂，说："你们去刺杀郢帅了？"

"嗯。"项州顺着耿曙的视线看了眼屋里头，姜恒的哭声已止住了，传来轻微的交谈声。

"卫婆呢？"耿曙忽觉得有些不安。

"死了。"项州自若地道。

稍早之前。

项州驾着马车，带着郢国大帅芈霞的头颅，与昭夫人一同回到姜宅大门外时，昭夫人两眼一黑，险些当场昏死过去。

面前是浓烟滚滚、被烧得焦黑的废墟，昭夫人在家门外站了很久很久，继而二话不说，回到车前，抽出了她的天月剑。

项州马上阻止道："先找人！找不到孩子们再杀人，夫人！"

以昭夫人的脾性，说不得这下就要屠尽浔东全城，项州好说歹说劝住，马上飞身而去，四处打听姜恒的下落，幸而问到一少年背着另一少年往山上走了，项州也顾不得上山丘来，又火速前去通知姜昭。

她只是提着剑，在自己被烧毁的家门外静静地站着，及至听见项州的消息时，才收剑归鞘，那一式贯注平生修为，在风雪中犹如不甘心的一声龙吟，音传百里。

幸而姜恒在这场劫难之中活下来了，浔东的百姓亦因他安然无恙而保住了性命，否则必将迎来姜昭的又一场大屠杀。

半个时辰后，姜恒好不容易止住眼泪，看见躺在板车上的卫婆的尸体时，又大哭起来。

项州坐在车前为苍老的卫婆缝上腹部的创口，卫婆在临死前为姜昭挡下的那一刀，斩破了她的肋下。

"别哭了！"昭夫人坐在一旁饮姜茶，又恢复一贯的模样，皱眉道，"烦死了！"

姜恒抱住卫婆冰冷的手臂，将她皱巴巴的手掌贴在自己脸上，想起卫婆从小到大待他的情景，哭得肝肠寸断。

"人谁无死？"昭夫人又恢复了惯常的语气，"习武杀人者，终究会落得这么个下场。读书读书，老庄没教你如何勘破生死？！书都读狗身上去了！"

耿曙握着卫婆的另一只手，不住地发抖哽咽，直到项州处理好尸体，说："缝好了。"

"烧了罢，"昭夫人生硬地答道，"烧完把骨灰带着，送回家去。"

"娘，咱们没有家了。"姜恒哽咽着道，"卫婆死了，怎么办？"

"让项州送回卫家去。"昭夫人看着耿曙手持火炬，走上前，在神祠后点燃了卫婆身下的柴火。

火光燃起，耿曙与姜恒、项州一排站着，昭夫人又冷冷地道："磕头！"

姜恒只顾着痛哭，被提醒了才与耿曙一起跪下，朝火化的卫婆尸体磕了头。

浔东县城防官率领一众里正来了，各自站着。县官战死，郑国未遣来新的地方官，增援军队尚在路上，城中暂以城防官为首。

"昭夫人，"城防官毕恭毕敬地道，"浔东全城十万百姓，莫不感谢您的恩德，得闻姜家被焚，接下来夫人如何打算，还请示下。"

昭夫人从火焰前回身，看见百姓们纷纷簇拥过来，拖家带口，朝她跪拜以谢救命之恩，从玄武祠外直到半山腰上，密密麻麻，跪了近两万人，黑压压一片。

姜恒看了看母亲，不知该不该开口说什么。昭夫人冷漠地注视众生，许久没有吭声，及至城防官又说："我们临时打扫出城东一间宅邸，不如请夫人移步……"

"我出城去，为你们刺杀芈霞。"昭夫人毫不留情地打断了城防官的话头，话里带着彻骨的寒意，漫天飞雪降在这两万人的头上，犹如一股肃杀之气掩来。

"你们烧我家宅，劫我孩儿！"昭夫人倏然一把抓住姜恒，将他推到身前，让百姓们看清楚，怒喝道，"一群忘恩负义之徒！我姜家不过两个小孩儿，无耻之辈觊觎家财也就罢了，竟连两个孩子也不放过！"

城防官马上道："昭夫人请息怒，人性好恶参半，城中百姓，亦有……"

昭夫人倏然上前半步，所有人一惊，城防官依旧保持镇定，没有退后。

"我现在只后悔救了你们性命，"昭夫人咬牙切齿道，"早知便该让郢军杀进城来，烧掉你们的容身之所，奸淫你们的妻儿！让你们尝尝妻离子散、家破人亡的滋味！"

刹那间，耿曙一眼瞥见了祠堂树后，慌不迭躲藏的几个身影。

姜恒还沉浸在卫婆的死里，不住地淌泪，然而昭夫人作势要打，姜恒又只得苦苦忍着。

城防官坦然道："昭夫人大恩大德，无以为报，此事在下难辞其咎，若今日身死得以一抵，性命便请取去，又有何妨？"

昭夫人轻蔑地哼了一声，最后道："滚罢，都滚，你们迟早一天将有该得的报应，都给我记着，这座城，迟早会等来被血洗的一天。"

姜恒听惯了母亲的怨毒之语，倒不如何惊讶，只是不住地摇晃昭夫人的手，又摸摸她的背，想让她别生气了。城防官一时也下不了台，只得让昭夫人自己慢慢地消气。

人群渐散后，项州开始整理物事，百姓得知姜家被烧成白地，纷纷送来钱与粮食。

昭夫人却轻蔑地道："东西全扔了，这就走。"

项州看了眼昭夫人，姜恒从车上拿了块糖，昭夫人作势要掴他耳光，姜恒只好赶紧放下。

项州便将百姓送来的粮食、钱与衣物都扔在了路边。昭夫人又吩咐姜恒："将你身上的衣服脱了，扔下车去。"

姜恒不敢忤逆母亲，一一照办，昭夫人依旧让他穿着那破烂单衣，项州脱下外袍，给姜恒裹着，护送母子二人上了马车。

"耿曙呢？"姜恒见方才耿曙就离开了，不知去了何处。

"先走。"昭夫人吩咐道。

姜恒马上道："等他！他不走，我也不走！"

昭夫人怒道："他被我差去办事了，你不走就给我留下！"

项州说："他马上回来，听你娘的，恒儿。"

姜恒上了马车，项州坐在前头赶车，马车到得半山腰处忽然停下，外头传来耿曙的声音，姜恒正想拉开车帘，却被昭夫人止住。

"找着了？"昭夫人问。

"嗯。"耿曙说。

昭夫人在车里吩咐："多划几道，划满了，洒上蜂糖，扔在山下就是。"

"什么？"姜恒问道。

外头静悄悄的，不闻声音。

"没什么。"耿曙在车外答道，"你们先走罢，我一会儿就跟上来。"

姜恒听到耿曙说了话，便放下心来，项州又抖了下马车缰绳，驾车下得山去。

耿曙站在半人高的草丛里，面朝三名被斩断手脚，口中堵着布巾，奄奄一息呻吟的地痞，沉默良久，叹了口气，最后没有照昭夫人吩咐的办，只将这三根人彘吊在了树上。

马车又走得片刻，外头脚步声渐近，耿曙一个飞身上了车前。

"是你吗？"姜恒说。

"嗯，"耿曙的语气里带着少许轻松，答道，"我回来了。"

项州便将卫婆的骨灰交给他，让他抱着。

姜恒正想让他进来，闭目养神的昭夫人却皱眉道："你就不能安分点？"

"平日里，天天念着出门，"昭夫人说，"现在可算遂你的愿，房子烧了，管你的老婆子也死了，还不赶紧欢呼雀跃去？"

姜恒想起卫婆，又要大哭，昭夫人又淡然地道："等哪天我也死了，你正好与逃生子出门过节，就不要再回来了。"

姜恒被这么一说，顿时难受得要死。

马车外头，只听耿曙朝项州问道：“咱们现在去哪儿？”

“不知道，”项州答道，“听夫人的吩咐。”

一问一答，适时地冲淡了气氛，姜恒看着母亲，十分难过。

昭夫人静了很久，一口气喘不上来，竭力将喉头腥甜的血咽下去，良久，从牙关里挤出生硬的两个字。

“洛阳。”

黑剑诀

马车离开浔水，上了大桥，人间大争之世，处处烽烟。南方郢、郑交界，已是千里焦土，北面郑、梁二国以绵延山岭相隔，峭山之中，又有山匪恶贼肆虐——连年饥荒旱涝，百姓易子为食，朝不保夕，流失田地，最终唯有落草为寇的下场。

耿曙自安阳一路走来，人间苦难早已见怪不怪，姜恒却尚属头一次，以自己的双眼看见这痛苦不堪的人间，看得冷战不已、头皮发麻。

从梁国逃出的灾民本想往郑国去，奈何天下到处俱一般模样，常有走不动的死在路边，便暴尸荒野，化作鬣狗口中之食。偶有半人高的杂草中，未扯烂的腐尸伴着森森白骨，漆黑变色的头颅荒弃于水沟中，那混浊两眼被姜恒瞥见，夜半便做起噩梦来。

耿曙本想挡了姜恒的双目，但一路上都是这景象，就连到溪边取水，都能看见冻在冰里的死尸，如何挡得住？到得最后，也只得随他去了。

“到洛阳就好了。”耿曙朝姜恒说，“这世道，人命如草，死了也是种解脱。”

姜恒只能麻木地点头，说：“因为战乱吗？”

“饥荒，”耿曙说，“一年多前我顺道南下，已是这光景。”

兄弟二人正在废田埂后捡柴火，姜恒想了想，说：“天下一日未归一统，世上战乱便不能止息，是这样罢。”

耿曙捧着树枝，姜恒拾起一根，放在他抱着的那捧树枝顶上。

“走罢，你什么都做不了。”临走时，耿曙瞅了眼冰河里被冻着的尸体，那是一名青年男子，睁着双目，身上的衣裳都被扒光了，似乎是遇见山匪拦路打劫而死。

只不知死者生前，是否仍随身带着辛苦挣来的血汗钱，而在遥远的他乡，是否仍有等待着他归家的妻儿？

沿途平安无事，仿佛没有任何人来打扰他们。姜恒却隐隐约约感觉到这风平浪静底下的某种紧张感。

只有耿曙知道，旅途看似平静，实则危机重重。因为每天傍晚时，项州都会离开马车大约一个时辰，天黑前准时回来。

其后他们路过不少荒地与废村，耿曙总能从屋后或井中发现做山匪路匪打扮之人，新死的尸身，致命伤统统是在咽喉上干净利落的一剑——不用问也知道，自然是项州提前上路，料理了恶徒。

耿曙没有多问，大家也都保持了高度一致的默契：尽量不让姜恒看见任何尸体。

"你与我家是什么关系？"

某天，耿曙与项州闲下来练剑时，忽然停下动作，略带迟疑地问他。

这一路上，项州既当车夫，又事杂役，劈柴烧火，觅食赶车，凡事必躬身亲为，伺候姜昭与姜恒，犹如姜家忠心耿耿的一名家仆。

"没有任何关系。"项州随口道，"你的剑还行，可惜人不行，根基打得不扎实。你爹当年纵横天下，无人能敌，一身武艺竟丝毫没有传给你。"

耿曙对项州的评价充耳不闻，只追问道："你有什么图谋？"

项州蒙着面，眼睛却稍稍眯了起来，看得出他在笑。那日匆匆一瞥，他有一张不过二十岁的脸，但耿曙看得出，这名刺客已逾而立之年，因为有些功夫，哪怕从娘胎里就开始练，没个二三十年也练不成。

一如项州这飞花摘叶的功夫。

耿曙接过他一枚暗器，那是一枚不能再普通的郑钱，打在剑上时，耿曙顿时被震得两臂酸麻，第二天连胳膊也抬不起来。

"我教你用暗器罢，"项州说，"碎挦花打人，想不想学？"

说着，项州摘下一朵桃花，教给耿曙飞花击穴的口诀，花朵轻飘飘的，稍一用力花瓣便会四下飞散，但花骨朵是有形之物，贯注内劲，足可伤人。

此时，姜昭与姜恒离开破屋，项州便收起了手中剑。

"用你来多管闲事？"姜昭充满威严，朝项州冷淡地说。

项州没说话，只稍稍点头，姜昭却道："教出另一个瞎子，又想让他去祸害谁？"

项州只得假装没听见，姜恒倒是很开心，方才在屋里为母亲熬药，母亲难得地多看了他两眼，也没有嫌他问长问短，令人心烦。

"你进来。"姜昭朝耿曙如是说。

耿曙也收起剑，跟随姜昭进了破屋里。

破屋瓦不遮头，这日是个晴天，春日炽烈，屋内长满了紫藤花，覆盖四壁，阳光从头顶直射下来。

姜昭在破榻前坐下，背后是满面紫藤花墙，耿曙在阳光下站定，不解地看着她。

"跪下。"姜昭朱唇轻启，低声说了这两个字，却没有丝毫往昔的厌烦之意，看着耿曙的眼神，更令他十分费解。

耿曙沉默片刻，姜昭又问："你跪不跪？"

耿曙跪下了，姜昭又道："朝我磕九个头，你娘欠我的。"

耿曙没有多问，"咚咚咚"连磕九下。

时光仿佛凝固了，耿曙跪在地上，低头看着那满地的青苔。不知过了多久，姜昭终于再次开口。

"现下传你黑剑心诀与天月剑诀，听清楚了。"

耿曙一震，蓦然抬头，难以置信地看着姜昭。

姜恒在屋后，找来一张木案，为母亲切药。逃难的日子里耿曙每天习武，唯独姜恒没有书读，一时反而不知道要做什么了。母亲也难得没有怎么管他，更令他浑身不自在。

照着在家时的惯例，请过安后姜恒问她自己该做什么，结果是招来一顿骂：

"这么大个人了，连自己要做什么都不知道？天生骡马的性子！废物！"

于是姜恒自己开始找事做，奈何荒郊野岭的，也找不到活，只得给母亲采药、熬药，一时半会儿也找不到合适的药材，便以甘草等药物为她设法止咳。

项州修长的手指拿着飞刀，削出个两指宽的木车，放在木案上，手指抵着它，推过姜恒的面前，逗他玩。

姜恒只看了一眼，便认真地道："我不喜欢这些了，你该给更小的小孩儿玩去，两三岁的小孩儿才喜欢。"

项州眼睛又眯了起来，答道："那你这年纪，喜欢什么？"

姜恒说："我不知道。"

"喜欢念书？"项州问，"我猜你也不喜欢。"

项州一身刺客贴身武服，哪怕在这乱世里也洗得干净平整，熨帖合身，衬出他修长的双腿与细细的腰线。

他的长腿交叉搭着，坐在姜恒切药的案边，又看了眼他，说："别瞎忙活了，带你逮猴子？山脚下有一窝猴子，抓只小的过来给你玩儿。"

姜恒说："猴子又有什么错？就不能放过它们？你已经杀了这么多人了，何必为了好玩，让别人骨肉分离呢？"

项州这次没有笑，说："教训得对，不该这么做。你又知道我杀人了？"

姜恒说："井里的、屋后的、地窖里头的，都是你杀的。"

"他们是恶人。"项州一本正经地道。

他们一路上途经诸多被霸占的匪窝，项州为免麻烦，便先下手为强。当然，他觉得现在不需要将这些教给姜恒，毕竟随着成长，他总会知道的。

姜恒勉强笑了笑，项州忽然伸出手指去按姜恒嘴角的酒窝。姜恒莫名其妙，抬头看项州。

"见过你娘笑不曾？"项州忽然问，"你这酒窝与她像得很。"

姜恒被问到这话时，忽然有点迷茫，记忆里，自己似乎从没见母亲笑过。

"她以前常常笑吗？"姜恒好奇地问。

"不常笑，一两次罢。"项州也是个闲不住的人，又拿了一小截木头开始削，变戏法般削出点形状，吸引了姜恒的目光。

"不过你小姨常笑，"项州一本正经地说，"她与你娘一般，笑起来都有这酒窝，醉人得很。"

姜恒："啊？"

姜恒听到了一件奇怪的事。

"小姨？"姜恒问，"我还有小姨吗？我不记得娘说过……"

说时迟那时快，一张木桌轰然撞破侧墙，朝着项州飞来，项州马上起身，出掌。

姜恒被吓得一声惨叫，尚不知发生何事，马上他就看见了怒气冲冲的母亲，与站在一旁手持黑剑的耿曙。

项州无意中说漏嘴，当即闪身到树林后，只听姜昭沉声道："再这么胡说八道，你就给我滚！"

项州的脸色当即有点不自然，轻轻地叹了口气。

"走罢，"项州等到姜昭坐回去，又朝姜恒说，"带你钓鱼去，晚上吃鱼。"

这次姜恒没有拒绝，杀生总是不可避免，但杀生时要心存敬畏，这是书上教会他的，在闪烁着金光的溪流前，他与项州并肩坐下，一大一小，开始钓鱼。

"你认得我爹吗？"姜恒忽然朝项州问。

项州正出神，收回钓上来的一条鱼，随口道："认得。"

姜恒小声问："他是个什么样的人？别怕，隔这么远，我娘听不见了。"

项州一怔，继而哈哈大笑。姜恒起初有点怀疑，项州会不会就是他的父亲，但看耿曙那表现，他总不可能认错爹。

"是个了不得的人，"项州朝姜恒说，"想也知道，否则以你娘的性子，又如何会嫁给你爹？"

"那是。"姜恒虽然对世间男女之情爱半点不懂，但昭夫人他总是了解的，以母亲对人的态度，寻常人要想与她说上半句话也不容易，何论嫁人？

"是不是就像耿曙一样？"姜恒问。

项州把鱼钩甩出去："有点。若他还活着，想来也没我什么事了。"

"我可以看一眼你的模样吗？"姜恒提出了请求，"为什么要把脸遮起来？这里只有我和你，你现在又不杀人。"

"我是门派弃徒，"项州神色自若，揭开半张蒙面巾，让姜恒看他侧脸上的"弃"字，解释道，"这一生无颜见人，所以才蒙面，不是因为要杀人才蒙面。"

姜恒又问："我该怎么称呼你？你和我爹是师兄弟吗？"

"不是，"项州出神地说，"萍水相逢，你叫我'喂'就成，我就过来了。"

姜恒又笑了，项州的目光便挪到他的嘴角上，眼睛微微一眯。两人在河畔消磨了一下午，钓起不少鱼来，及至离开前，项州朝姜恒伸出手。

姜恒便与他拉着手，项州将钓竿搭在肩上，顺势躬身，搂过姜恒的腰，把他抱了起来。

姜恒已经九岁了，但项州身材高大，抱起他时仍不显累赘，反而是姜恒有点不自在，笑道："我自己能走。"

"你两岁那年我就抱过你了，"项州说，"这下倒是难为情了？"

姜恒一怔，说："我不记得了，你以前也来过我家吗？"

"常来，"项州答道，"只是你不知道。"

到得屋前十步外，项州便主动将姜恒放下地。

"哥！"姜恒嚷嚷道，"我们钓回来很多鱼！晚上有鱼吃了！快来看！"

项州朝姜恒做了个"嘘"的动作，示意别打扰他们。

夕阳西下，耿曙练完一套黑剑心诀、一套天月剑诀，这些俱是姜昭毕生所学。

"学会了？"姜昭轻轻地问。

"我不知道，"耿曙说，"勉强全记住了。"

姜昭出神地看着耿曙。

耿曙忽然问："接下来呢？去杀谁？"

姜昭一怔，旋即明白过来，答道："不，不杀人。"

耿曙沉默片刻，只听姜昭又说："从今往后，恒儿就交给你了。"

从姜昭开始口授天月剑诀那一刻起，耿曙就猜到了几分。这一刻，他只是简单地点头，说道："知道了。"

姜昭在落日之中犹如一尊雕塑。

耿曙知道她仍在担心，他没有迟疑，说道："我发誓。"

"不必了。"姜昭轻描淡写地说。

"我发誓，"耿曙却坚持道，"以我爹耿渊天下第一刺客的名头发誓，以我娘的名字发誓，哪怕我粉身碎骨，也会护恒儿周全。从今往后，恒儿就是我的性命，你放心罢。"

那一刻，姜昭动了动嘴唇，仿佛有话想说，却没有说出口。

"好孩子，"片刻后，姜昭终于道，"我将恒儿交给你了，你俩从此相依为命，今天过后，想去哪里，就一起去哪里；想做什么，就做什么。去罢，这辈子也别分开，否则你一定会后悔，就像我与晴儿。"

三 年 约

入夜，姜恒与耿曙正忙活，将鱼去了鱼鳞，放在一个铁锅里，架起柴火熬鱼汤。项州坐在一旁，斟了满满两杯酒，一杯放在姜昭的面前。

耿曙神色如常，说："我来，你别刺伤了手。"

姜恒与耿曙凑在一起，姜恒笑着告诉他，这条鱼是他钓上来的，项州如何帮了他的忙。

耿曙回头一瞥昭夫人与项州，这两人正坐在火堆的不远处，没有交谈，一起看着姜恒的背影。

"我所修炼的碎玉心诀与天月剑相配，"昭夫人远远地说，"你是男人，学不了，黑剑心诀须得常练，不可荒怠。"

"是。"耿曙知道那话自然是提醒他的。

"碎玉心诀是什么？"姜恒笑问道。

"宁为玉碎，不为瓦全，"昭夫人淡淡地道，"你娘我就是这个性子，想必你也早就清楚了。"

姜恒看着母亲，有时他觉得，自己一点也不了解她。

"姜恒，"昭夫人又朝姜恒招手，说，"你过来。"

"啊？"姜恒洗完手过去，昭夫人和颜悦色地说："明天娘要离开这儿一趟。"

"去哪儿？"姜恒带着少许茫然，说，"不是去洛阳吗？"

"回越地治病。"昭夫人答道，"耿曙会带你往洛阳去，沿着这条路直走，还有三天脚程，便进天子都城了。”

姜恒张了张嘴，想与母亲一同走，但以昭夫人说一不二的性子，断然不会答应他，说不定还要挨一耳光，哭也没用。

但他倔强地站着，不说话。

昭夫人解下佩剑天月，递给姜恒，说："带着它，到晋天子面前去，他自然认得这把剑，你们且先住在王宫中等着。”

姜恒终于说道："我不。”

说时迟那时快，昭夫人果然扬起手来，姜恒却控制住了自己，不躲不避，只是站着，稍稍侧头，闭紧了双眼。

篝火前一片安静。

但那一巴掌没有落下，取而代之的，则是昭夫人那冰凉的手指按在了姜恒的后脑勺上，把他朝自己这边轻轻地拉了下。

她右手抱住儿子，左手持天月剑，顺手架在儿子的脖颈上，低声在他耳畔说："听话，恒儿，莫要让娘杀了你……"

说着，她又幽幽地叹了口气，低声道："娘总想着，该不该索性一剑带了你去，从此便再无苦难，不用活在这世上，没完没了地受苦。”

姜恒颇有点不知所措，他这一辈子，从未见过母亲如此温柔的时刻，所说的却是生死，反而把他吓住了。

"娘……你……什么时候回来？”

昭夫人注视儿子的双眸，很久以后，淡然一笑，笑容里带着坦然。

一生很长，一生也很短，这一刻风流云散，太阳最后的光辉落入群山。

那是宽恕的笑意，亦是了无牵挂的微笑。姜恒惊讶地发现，项州没有骗他，母亲笑起来时，嘴角有浅浅的酒窝。

"三年，"昭夫人扬眉，淡淡地道，"等着罢，进晋王宫后，认真读书，三年后我再来考校你的功课。”

"要这么久吗？”姜恒的眼泪在眼眶里滚来滚去，说，"我能不能去看你？”

"不行，"昭夫人正色，又恢复了那充满威严的神情，答道，"娘的病你是知道的，若非公孙大人，这辈子不过是拖命罢了。你若现下哭了，便是咒我死，自己好生想想罢。"

姜恒不敢掉眼泪，母亲做的决定，从来由不得他说半句，哭又有什么用？她还是要走。

"耿曙。"昭夫人又道。

"知道。"耿曙把烤鱼翻了个面，撒上盐粉，又朝姜恒示意，让他把鱼汤为昭夫人盛过去。

是夜，姜恒还想与母亲多说几句话，昭夫人却刻意地不搭理他，先是喝过酒，再咳了几声，借着些微篝火光芒，姜恒看见碗里头全是咳出来的血。

她顺手将汤泼在地上，起身进房，就像这些日子以来习惯的作息，自行睡去。

姜恒依旧与耿曙睡在一起，盖上破棉被，身边放了昭夫人的天月剑，直到天色微明，他被轻微的响动惊醒。

天光下，项州套上马车，昭夫人站在车前，回头朝姜恒投来一瞥。

姜恒站在土路上，喊道："娘！娘！"

"回去！"昭夫人红着双眼，厉声道，继而不再理会他，上了马车。

项州远远地道："耿曙！带他回去！"

"娘！"姜恒追上道来，在马车后跑着。

马车在春风里渐行渐远，姜恒追着马车，耿曙快步追在姜恒身后。

最后姜恒实在跑不动了，看着马车消失在道路的尽头。

耿曙跟上来，拉过姜恒的手，抱住了他。春寒料峭，姜恒尚在耿曙的怀里发抖。

马车上，昭夫人哭得肝肠寸断，嘴角淌下血来。

"驾！"项州沉默地赶着车，拐上了南归的道路，沿途桃花绽放，远方山岭尽头，雪已经化尽了，杜鹃报春，春风盈野。

从这里往东南边去，离开中原，桃花开尽当有杏花，杏花落后尚有梨花如雪，诸花寂日仍有荼蘼。镜湖天水一色，云在湖中，水面流花则犹如飘在天上。

她也曾与姜晴并肩坐在划过湖面的船儿尾部，船底是万里苍空，一如划过雪白的层云，划过碧蓝的天幕。

耿渊则站在镜湖的尽头，一袭黑衣，朝姜昭远远地望来，他的双眼犹如星辰，就像耿曙的双眼一般明亮。

"山有木兮木有枝，"姜昭轻吟道，"今夕何夕……与王子同舟……"

项州放慢马车速度，缓缓穿过一大片桃林。

桃之夭夭，灼灼其华，春风卷着桃花瓣，飞进马车，落了姜昭满身。在春风里，她的嘴角带着浅浅的笑意。

洛阳，天下王都。

历经千年，多少雨打风吹去，已令这神州大地的心脏要地呈现出破旧之势，曾几何时，王都的威严辐射整个世界，犹如巨人有力的心脏，朝天下输送着血液。

千年以后的今天，天子辖下的王都，已如苍老的神祇，唯剩一口吊命的气。

站在"洛邑"古篆二字之下，姜恒咀嚼到几分复杂的滋味，就像一块放了许多年的饼，面上满是霉斑，里头早已变了味。他仍然执着地在其中寻找书上所言的"王道"的力量，就像尝试着剥开空心树的树皮，从蛛丝马迹中追忆那曾经的辉煌。

城门前，竖着一面黑木红漆的尖碑，碑上刻有晋天子的王徽，下书四字"万世王道"。

城门高处，悬挂着一口用了上千年的巨大古钟。

他走过破破烂烂的市肆，在零星几家开张的店铺前徘徊，从宽敞的市街景象中努力想象许多年前的洛阳气派。内城高处的鼓台、无人照看的林苑、疲惫百姓穿行而过的街巷……

"不该是这样的。"姜恒失望地说。

"该怎么样？"耿曙问道，他也没有来过洛阳，但对他而言，除了梁国都安阳之外的任何一个地方都一样。那年下浔东城的路上，他远远地看了眼洛阳，仅此而已。

姜恒摇摇头："咱们现在去哪儿？"

"去见晋天子。"耿曙把姜恒朝自己拨了拨，让他靠近前来，警惕地打量着过往行人，说，"别离我太远。"

"他会见咱们吗？"姜恒从书上得知，晋天子是承天命之人，君为父，他就是全天下的人的父亲。君王之威，震慑四海，诸侯拱卫，万骑之尊。

耿曙到得洛阳内城皇宫门前，那里只有两个很老的侍卫，老得似乎拿不动戟了，打了个呵欠，懒洋洋地看着他。

他照着昭夫人的吩咐做了，侍卫说："等一下。"

"进去罢。"侍卫出来后，朝他们说。

洛阳皇宫内一片昏暗，正午时分，四面黑帘把光遮去了一半，姜恒见到了殿内坐着的一名年轻人，年轻人身边，又坐着一名身着武盔的青年，两人正端详耿曙交上去的天月剑。

"你叫姜恒？"那年轻人淡淡地问。

姜恒抬头看他，只见年轻人容貌俊秀，裹着厚厚的春袍，他的身旁生着炭火，他脸上带着病态的白皙，乃是先天不足的症状。

"陛下还好吗？"姜恒依照自己所学，跪地先拜此年轻人与武将，问，"进饭几何？寝休几辰？天下万民，无不惦记天子。此生得见，荣宠无极。"

那年轻人听到这话时，笑了起来，朝那武将看了眼。

武将隐藏在阴影中，看不清面容，犹如在暗处窥伺的夜枭，耿曙则仿佛一只稚嫩的鹰隼，与他越过皇宫中在春风里翻飞的偌大黑帘阴影，遥遥对峙。

"好久没听见这样的话了。"那年轻人说，"陛下很好，勿念。一日二食，食则一箪。寝时应时，无痛无患。"

姜恒跪在地上，再一喟叹，以示安心。

"天子呢？"耿曙问，"我们是来见他的。"

姜恒正要以眼神示意耿曙，天子一定在休息，孰料那年轻人却道："我就是天子姬珣。"

他看着姜恒，做了个手势，说："卿今岁几何？"

"九岁。"

在姜恒的想象中，天子本该是个花白胡子垂到胸前、伟岸尊严的老人，他竟如此年轻?!

姬珣看了身侧武将一眼，武将却没有回应，姬珣又伸出手，抚摸天月剑，低声道："不容易，耿渊的孩儿，你几岁?"

"十一。"耿曙到姜恒身边，陪他跪下，"我娘是聂七。"

"你须得改换个名字，"姬珣自言自语道，"否则天下要杀你的人太多，不可再姓耿。"

"我行不改名，"耿曙冷淡地答道，"坐不改姓。"

姬珣又笑了起来，姜恒却惊呼道："王，当心!"

姬珣的手指摸到天月剑剑锋，只稍稍一触，便淌下触目惊心、殷红的血来。"天子伤，天下恸"，姜恒大惊，要上前察视，那武将却在黑暗里传来剑出鞘之声。

姜恒不敢再动，老老实实地跪着。姬珣又道："不打紧。你娘既是聂七，随母姓又有何妨? 五年前你们的父亲琴鸣天下，四国只想朝耿渊之后讨回这笔血债，你若死了，便无人守护你幼弟，何必逞一时意气?"

耿曙这次没有再坚持，姜恒隐隐约约从母亲曾经的片言只语中猜到过少许，却没有多问，转头看着耿曙。

姬珣又淡淡地说："赐你一个新名字……"

耿曙说："如果一定要改名，我想叫聂海。"

姬珣也不在意，遂道："就叫聂海罢。至于姜恒，世人不知你来历，如今知道的活人……除了你娘之外，也不过我三人与项州，便不必再改。"

"知道了。"耿曙说。

姬珣说："昔时我等受姜家之恩，如今更受昭夫人之托，自当善待你兄弟二人。洛阳就是你们的家，赵将军将守护你二人，不必再担惊受怕。"

"吾王万岁。"姜恒恭恭敬敬地朝姬珣磕头。

只见武将终于起身，走到阳光下，居高临下地打量二人，姜恒起身，与耿曙跟随在他身后，离开正殿。

耿曙想朝姬珣讨要天月剑，姜恒却拉了拉他的袖子，只见晋天子还在对着剑出神，此时不宜打扰他，有许多话，再慢慢地说、慢慢地问不迟。

耿曙一瞥之间，已将那武将全身装束尽收于眼底，他身材高瘦，目光里带着不易察觉的冷血，手腕粗壮，五指有力，就像一名训练有素的杀手。他的腰畔系着腰牌，上书篆字"赵竭"，想必是守御天子姬珣的上将军。

他始终沉默，将两人带到西宫前，一指寝殿内，修长的手指又画了个圈，示意这里是他们的地盘了，可以随意。

"你是哑巴？"耿曙忽然问。

赵竭转过头，一瞥耿曙，这时姜恒感觉到了危险，正要让耿曙退后，赵竭却稍一点头，走了。

留下耿曙与姜恒二人，对着偌大的冷冷清清的寝殿，相顾无言。

"这里以后就是咱们的新家了。"耿曙说。

一切来得太快，姜恒尚未回过神来，这一路千里之遥的奔波，竟骤然就此告一段落。

"对……对，"姜恒说，"有地方住了。"

这些天里，他们风餐露宿、片瓦遮头的生活结束得太过突然，导致姜恒觉得像在做梦一般。

耿曙长长地舒了口气，检查四面的高墙，当然，再也没有人知道他是谁、躲在什么地方，也不会有仇家来追杀兄弟俩了。

他走进寝殿里，放下破破烂烂的包袱，说："先歇会儿罢，这一路上提心吊胆的，当真也太累了。"

姜恒站了片刻，忽然欢呼一声，跑到墙边，说："新家比咱们以前的家要大！"

"嗯。"耿曙坐在廊下，俨然已有了小大人的模样，眼里带着笑意，看着姜恒在院落里跑来跑去。

这是昔时洛阳晋妃所住之地，上一位晋妃也即姬珣之母病死后，西殿便无人再来管理。

姬珣已近而立之年，却无子嗣，天下如今再不奉洛阳为都，诸侯王自然不来催他，乐得看他尽快绝后，无人继承王位。

各诸侯所贡钱粮一年比一年少，到得近几年，更是犹如赶乞丐般，打发走上门讨要贡奉的天子使者。如今洛阳城中，不过寥寥八百兵员，侍者并王都官员未及五百，全靠王都周遭田地，以及四百里外晋天子发家之处嵩县出产的粮食养着。

宫殿多年无钱修缮，值钱的摆设都被侍人拿去典当。但在姜恒眼里，这已经是个壮阔而威严的小天地了。

院中杂草丛生，长满了野花，姜恒依次看去。耿曙脱了上衣，打着赤膊，嗅了嗅身上，得尽快洗澡洗衣，于是朝姜恒道："过得几天闲下来了，我再去除草。"

姜恒说："别，让它们长着罢。"

姜恒想爬墙，耿曙却皱眉道："下来！这儿不比家里！"

姜恒去看院中那口井，耿曙忙起身道："别去！当心掉下去！怎么就坐不住？"

姜恒逛遍了整个院子，耿曙忽然郁闷起来，兄长的威严仿佛伴随着这一路上的旅行，慢慢地消散瓦解，姜恒也开始不怎么听他的话了。

天 子 宴

姜恒又快步跑进殿内，打了几个喷嚏，只见里头有一破旧屏风，一张平榻，上面什么都没有，后殿有条走廊，通往另一个房中。

耿曙道："恒儿！"

姜恒远远地应了声，早已跑得没影了，他一离开耿曙的视线，耿曙只得赶快去找人，最后在书阁里发现了他。

书阁中满是积灰的古卷，姜恒一瞬间仿佛发现了宝藏，这里的书比家里的要多得多！除却竹简与轴书，还有大量的龟甲！

"夫人说得没错，"耿曙说，"天底下的书是读不完的。"

姜恒笑着看了耿曙一眼，在那积灰飞扬的尘室里，耿曙忽然一怔。

这一路上所受的折磨、吃的苦，尽数在姜恒的笑容面前，一瞬间烟消云散。

"得打扫好，等娘过来，"姜恒说，"她一定喜欢这儿。"

"我去打扫。"耿曙说，"你想读什么书，捧着回房。"

姜恒跟在耿曙身后，说："总有时间，不急在这一时。这儿都是天子脚下了，你还在担心什么？不会再有人来烧咱们的家了。"

"我不放心。"耿曙固执地说。

姜恒推着耿曙，两人朝寝殿里走，心想这寝殿这么大，得什么时候才能打扫完？光是睡觉的地方，顶上就足有两丈高。

幸亏有人来了，却是三名年轻御林军。

"赵将军让我们先给你俩收拾，"那御林军说，"两位公子且先凑合着，宫外敲钟、敲鼓时，就到宏殿去用饭。一日晨、昏二餐。"

姜恒忙道谢，耿曙便撸起袖子，三两步上了梁开始擦灰，朝姜恒说："你退远点。"

姜恒看了一会儿，到院里去，耿曙又说："别退太远！看不见你了。"

姜恒有点恼火："那你让我待哪儿？"

耿曙忽觉好笑，这些日子里，姜恒脖子上就像被他拴了根无形的狗绳，他时时刻刻担心跑丢了。

三名御林军士兵外加耿曙，没有十天半个月根本不可能将殿内收拾完，忙活一下午，只将睡觉的一小块地方收拾出来了，只听不多时敲鼓，耿曙再次道谢，说："几位大哥先吃饭去罢。"

士兵们便走了，耿曙领着姜恒，问清路，到宏殿去用昏食。侍人端上食盒，依足古礼，一盒五格，乃是款待舍人之食。姜恒小声告诉耿曙先吃什么，后吃什么，持箸如何注意，耿曙没有表现出不耐烦，只点头听了。

"王上开始吃，咱们才能吃。"姜恒小声说。

"他要不来，咱们就不用吃了。"耿曙随口道。

姜恒又小声道："规矩点，他是天子啊！"

耿曙虽脾气不好，却还是有礼貌的，便安静地等着，直到姬珣与赵竭来了，坐定，才道："用罢。"

赵竭依旧坐在姬珣身边，打开自己的食盒，整理筷箸。

姜恒欲言又止，姬珣发现了他的表情，笑了起来，说："怎么？"

姜恒摇摇头，答道："没什么。"

姜恒想说的是，赵竭是臣，姬珣是天子，不能平起平坐。

"赵将军如我手足，"姬珣察觉了，解释道，"我也知此举不合礼法，且当是家宴。"

"是。"姜恒答道。

他是发自内心尊敬这位天子的，原因无他，六百年前，乃是姬家统一了这个支离破碎的天下，号令神州，除去残暴之王，从此百姓们安居乐业，度过了漫长的时光。

赵竭看了姜恒一眼，没有作声。

"姜恒，你见过你小姨吗？"姬珣问道。

姜恒放下餐具，规矩地答道："没有。"

上一次，他记得提起这个人的是项州，结果母亲大发雷霆，将案几扔了出来。

姬珣笑道："不必拘束，我看你倒更像你小姨。"

姜恒"啊"了一声，不知该如何作答，耿曙更无法回答了，姜家的亲戚他一个也不认识。

"赵将军不能说话，"姬珣说，"却是好人，不必害怕他。"

赵竭沉默地吃着晚饭，以筷子拨了几下匣中的煮豆。

姜恒忙道："没有。"

赵竭一瞥姜恒。

姬珣继续吃，姜恒这才又开始吃晚饭。片刻后姬珣再问："吃得惯吗？"

"惯。"姜恒忙放下餐具道。

姬珣笑了起来，许多规矩，像回天子问时停箸，时下就连洛阳宫中的大臣也不遵守了。

王权式微，礼崩乐坏，他已成了一个象征，就像宫外立着的那根六百年前的王旗。眼前这小孩儿，就像来陪他演戏一般，倒也让他想起了不少事，乐在其中。

天子所食，无非一块肉、四格菜、一格盛鱼、一碗汤，黍与煮豆为主食。赵竭盒中，则有肉无鱼。到姜恒与耿曙面前，则肉减半，较之从前在浔东所食，还要简陋些。

不过有肉吃总是好的，姜恒心想，天子一定是为了百姓，节衣缩食，当为天下之表率。有道是"食肉者鄙，未能远谋"，少吃点肉，就不容易被蒙蔽心智。

"有什么需要的，你就随便找个侍卫，"姬珣说，"让人去喊赵将军。"

"是。"姜恒说，"谢王上。"

姬珣又笑了起来，那笑容里带着少许忧伤。

回房的路上。

"姬珣原本有个弟弟，"耿曙说，"还成婚了，婚后还有个儿子。"

入夜后，洛阳便一瞬间冷了下来，王都较安阳更北，春寒倒卷，让姜恒不免瑟瑟发抖，紧了紧身上的袍子。

"可我没见着。"姜恒说。

"死了，"耿曙答道，"一家三口在出游的路上，被不知哪家诸侯谋杀。"

姜恒"啊"了一声，说："为什么？"

耿曙说："我不知道，道听途说。"

"你怎么知道这些？"姜恒难以置信地道。

耿曙又道："那年去找你的路上，混迹在城镇里，听了不少。"

姜恒无言以对，耿曙说："所以，洛阳也不安全。"

姜恒只得点头，耿曙又说："总之，别离我太远。"

入夜，榻上只有一床被褥，被褥还很薄，散发着一股经年的霉味。

"睡罢，"耿曙整理了被褥，说，"明天再晒晒。"

两兄弟缩进被中，姜恒低声说："有点冷。"

寝殿多年无人住过，有股阴冷之气，更四壁漏风，耿曙想起来找挡风之物，却被姜恒拉住，说："别动，好不容易暖和了点。"

耿曙调整了屏风，挡住姜恒那边，不让他被寒风吹到。

姜恒的手脚仍是冰冷的，耿曙在被褥里焐着姜恒的手，就像露宿时，两兄弟靠着废村里破落的院墙一般。

"我再去要一床被子。"耿曙说。

"别了，"姜恒说，"别给人添麻烦。"

他渐渐地看出来了，也许是源自直觉，知道天子的日子应当也不好过。

耿曙也觉得冷了，毕竟他们在路上时可以生火，依偎在火堆前，总是能慢慢暖和起来。

"生个火罢。"耿曙又说。

"哪儿有柴？"姜恒说。

耿曙："我出去捡。"

姜恒又道："我怕这寝殿里烧起来，全是木头。"

西殿破败已久，火星若爆开，碰什么烧什么，耿曙听到这话，马上杜绝了念头，只得转身，抱着姜恒，把他搂在怀里。

"没洗澡，"耿曙摸了摸姜恒的头，说，"身上有味，明天再找洗澡的地方去。"

姜恒冻得发抖，耿曙比他强壮些，却也好不到哪里去，姜恒只得枕在他的胳膊上，缩在他的怀里，尽力回馈予他一点暖意。耿曙的胸膛透过薄薄的里衣衬布，传递出有力的心跳，则让他安心了不少。

仿佛在那里有个散发着光与热的炉芯，取代了寒夜中的火炭，正在持续温暖着他。

姜恒搂住耿曙的脖颈，另一手稍稍压着，耿曙便顺势把脸枕在他的手掌上。

耿曙把手放在姜恒曾经被烫伤之处，摸了下，仿佛想朝里头注入某种力量，让它彻底痊愈，再不留痕。被烫伤的疤已经彻底覆盖了胎记，就像一段人生覆盖了另一段人生，浔东的日子，已经是很久以前的事了。

"还冷吗？"耿曙小声问。

"我手冷。"姜恒低声道。

"不打紧。"耿曙答道。

姜恒把一只手贴在耿曙的背脊上，他腾出另一只手，伸到耿曙胸前，玩了下他佩戴着的玉玦。

"睡罢。"耿曙说。

"嗯。"姜恒答道。

耿曙有少年人的身材，他手长腿长，手腕就像赵竭一般有力。一呼一吸，充盈着春天里桃花的气息。

"当"一声巨响，把姜恒吓了一跳，顿时惊醒了。

耿曙也是第一次听到王都的晨钟，没想到竟是这么大声。

"怎么了？！"

耿曙说："敲钟，叫人起床了。"

震耳欲聋的王都巨钟，犹如雷鸣，六百年来，王都钟声是天下的声音，每当敲起，方圆百里都能远远听见，一波荡着一波，一波推着一波。

姜恒定了定神，这是他自踏上逃亡之路，睡得最安稳的一晚。他揉了揉眼睛起来，发现耿曙已穿了衣服，坐在床边，漫不经心地朝外望去。

"我找到洗澡的地方了，"耿曙说，"待会儿用过早饭一起洗澡。"

耿曙打来了热水，让姜恒刷牙洗脸，再牵着他往正殿内用饭，朝起阳光万道，洛阳暖和了不少。依旧像昨日般用过饭，天子姬珣与赵竭都没有来，姜恒等了半天，侍人说："两位公子请自用。"

姜恒这才吃了，饭后耿曙说："走，洗澡去。"

星 玉 珏

姜恒总算能洗去一身尘土了，当真心情大好。晋天子宫内确实有专司洗浴之地，乃是宫中取暖所烧地下柴火后用余温所加热的水。此地乃是墨翟在六十年前为天子所制，宫中冬日里以柴火取暖，烧柴处在后宫一地窟内，热气通行，蜿蜒遍布王宫，可供一应取暖所需。

而宫北有一大池，池后有闸，池内是后山引来的泉水，可据水阀调节宫中热度，烧水量多了，宫中便冷些；烧水量少了，宫内便暖些。

六十年过去，墨圣所制之暖渠还在用，只是地下日久失修，不少殿堂中地龙热气通行不灵，所幸终日有热水的浴池，与天子殿内尚能取暖。

姜恒快步跟着耿曙进了浴池，一声欢呼，脱光了衣服就往里跳。这一路上他已受够了，耿曙怕他着凉，从来不让他在野外泡冷溪洗澡。如今当真是说不出的畅快。

耿曙脱光后也走了进来，把衣服在旁叠好，放进热渠的挡水口，借水流冲刷来洗干净衣服，说："还得去做几套。"

"哪里有钱？"姜恒说。

"我去想办法，"耿曙说，"你不必管了。"

耿曙住在宫内一日一夜，观察了周围的情形，今晨又跃上殿顶，飞檐走壁，四下探查，得知宫中并未有自己想象中的危险，侍卫人虽不多，却有序换班，可见赵竭也在认真保护天子，便稍微放心了些。

姜恒道："你可别去抢劫。"

"不会。"耿曙不耐烦地道,"怎么总是这么想我?"

姜恒笑呵呵的,让耿曙转过身,给他搓背,一少年郎,一小孩儿,站在浴池里,耿曙任凭姜恒施为,也不反抗。

比起那年初到姜家,耿曙已不同以往,比姜恒足足高了一个头。

耿曙突然制止了姜恒。

"洗干净啊!"姜恒想替他搓身,耿曙忙道:"我自己来。"

姜恒此刻尚懵懵懂懂,耿曙却已大致感觉到一些不容谈论的事,就像稚鸟终有一天将长成苍鹰,幼驹亦将在春天的旷野中摇身一变,成为难驯的成年骏马。

"好了!"耿曙的声音里带着几许威严,说,"我给你洗洗。"

姜恒让耿曙坐下,自己露出背脊。耿曙定了定神,为他洗头与擦洗瘦削而弱小的背部。

池子另一侧响起水声,两人同时吓了一跳。先前热气氤氲,他们竟未曾发现还有人!

"是谁?"姜恒马上道。

无人应答,耿曙下意识地抓剑,却想起黑剑并未随身带着。

水声中,一个瘦高的身影从白雾里走了出来,却是赵竭。

赵竭头发湿透,一瞥两兄弟。姜恒松了口气,正想行礼,但在这浴池里,大家赤条条的,行什么礼都有点尴尬。

幸而赵竭一手按住了他的肩膀,让他依旧坐着。

他又看了耿曙一眼,姜恒好奇地看他,这还是姜恒头一次看见成年男人的身体。赵竭肩宽腰窄,穿着武铠时显瘦削,裸身却肌肉分明,非常好看。

"怎么?"耿曙警觉地问,却没有起身。

赵竭沉默地伸出手,摸到耿曙的脖颈,手指挑起耿曙戴着的绳,耿曙马上抬手要格,赵竭却朝他投来危险的一瞥。

"没事的,"姜恒小声朝耿曙说,"给他看。"

耿曙虽不乐意,却习惯性地听姜恒的话,不情不愿地正要摘下来,赵竭却制止了他的这个举动,只将玉玦拈在手中,注视着它。

忽然间他的眼神变了,透出少许温柔。

他很快放开了玉玦，转身跃出池外，拿了袍子，松松系上，露出宽健的胸膛，离开浴池。

"他认得它。"姜恒朝耿曙说。

"哦。"耿曙百无聊赖地道，忽然想了想，说，"给你戴着罢。"

姜恒忙道："不用，你戴着罢，我只是在想，他是不是也认识咱们的爹？"

这话倒是提醒了耿曙，然而就算认识，从一个哑巴那里能问出什么来呢？算了。

洗过澡后，姜恒的头发还没干，姬珣便命人来传他们。

"让我看下你的玉玦，不必摘下来。"姬珣难得地正色道。

耿曙想了想，走上前去，这次他已没有那般抗拒，知道如果赵竭想动手抢，在浴池里便已下手夺走了，如今他反而乐得大方地摘下来，递到姬珣面前。

"是这个模样啊！"姬珣轻轻地说。

赵竭依旧坐在姬珣身边，与他形影不离，此刻侧头，与姬珣一同看着它。

姬珣看过玉玦，再看耿曙，手微微发抖，把它还给了耿曙，无奈地笑了笑。

"王，您认识我们的爹吗？"姜恒问。

"不，"姬珣答道，"不认识，不过耳闻他的大名，心生仰慕。"

耿曙有点失望，但姜恒品出了别的味道。

"赵将军说，你持有这枚流落人间的玉玦。"姬珣伤感地一笑，说，"这么说来，传闻是真的，另一块，自然也在汁氏的手里了。"

"汁氏？"姜恒一时没想起是谁。

"是，"耿曙说，"汁琅将这一半亲手赠予我们的爹。"

姜恒这才想起，汁氏是雍国王族，而汁琅，则是现任雍王汁琮的兄长。自古父死子继，兄终弟及，汁琅继位十载后，因病而薨，汁琮接管了雍国。

"这玉玦，以前是哪里来的？"姜恒问道。

耿曙坐回姜恒身边，就像赵竭守着姬珣一般，守着姜恒。

殿内沉寂了很久很久，末了，姬珣开口，轻轻地说："是我的。"

姜恒："……"

"一金二玉，三剑四神座，五国六钟，七岳八川，九鼎镇天下。"姬珣淡淡地道，"很久很久以前的歌谣了，没想到有生之年，还能看见星玉。"

"那是什么？"姜恒好奇地问。

"一金，传国金玺。二玉，阴阳星玉珏。三剑，乃是烈光剑、天月剑、黑剑。"姬珣淡淡地道，"四神座，为守护人间的四神。六钟为先王赐予五国诸侯，以及留在天下王都的六口古钟。"

"七岳八川我知道，"姜恒道，"乃是神州大地的七座崇山峻岭，以及八条大江大河。"

"九鼎就在宗庙内。"姬珣又说，"你们这块星玉，即二玦中的一块。"

耿曙似乎早就料到，问："现在还你？"

"不用了，"姬珣笑道，"既然早已易主，交由你保管也无妨。"说着，他缓慢起身，走到黑帘一侧的阳光下，轻轻叹了口气，说："说是我的，也不对，应当说，古星玉珏，六百年前归属于姬家。"

"几易其主，也并非就是姬家之物。"姬珣又看耿曙，说，"此玉乃阴玦，是与阳玦相生相合之玉，尚有一块阳玦，也许在汁琮手中。持有阴阳二玦者，须得上承天命，守护人间大地，就像这传国玉玺一般。我只听太傅说过世间有此玉，尚未见过。百年前，汁嬴北伐时带走了它，那时我还没有出生。"

姜恒明白了，这是人间的传承象征，难怪赵竭会特别注意到。

"但赵将军在家中传书上见过图样。"姬珣说，"若星玉在我手里，自当将阴玦予他。不过天下之大，古往今来众多生死浮沉，气运所至，王道所依，又何必拘泥于两块玉？"

"是。"这句话，姜恒真心赞同。

"等你娘归来的这段时日，你可在宫中自行读书习武。赵将军说，聂海你是习武的好料子，"姬珣又笑了笑，说，"可惜太傅前些日子就老了，宫内无人能教导你们。我又诸事缠身，无暇他顾，不若每日午后……"

"我认识字的，"姜恒忙道，"在家里便有读书。"

耿曙说："我也识得。"

"那么正好，"姬珣说，"不用我亲自教了，宫中藏书，你们都可自行取阅。"

姬珣似乎有点累了,姜恒与耿曙便自觉告退。

"原来是这样,"姜恒恍然大悟,说,"所以你是保护天子的人啊!"

耿曙尚未想清楚,姜恒却已听出来了——耿曙持有阴玦,赵竭把这块玉留给了他,是不是想教导他,让他负起守卫王都的职责?

但耿曙对此明显兴趣欠奉,说道:"天子与我没关系,对我而言,唯一重要的是你。"

两人互相看看,耿曙晾起衣服,今天打扫收拾的年轻侍卫没有来,姜恒便抱了不少书卷过来看,耿曙则开始独自清扫殿内。

"这书……"姜恒喃喃地道。

"怎么?"耿曙问。

"和我以前读的都不一样。"姜恒发现了,洛阳的藏书虽有不少诸子百家之学,更多的却是历任太史留下的札记,从姬氏一统天下伊始,历任诸侯分封、大小战事、外交兵略与民生,哪怕宫闱争斗、弑父杀兄……人间王朝的血泪,世上百态,尽在此中,一行行的字,仿佛全是血,触目惊心。

"怎么不一样了?"耿曙又问。

姜恒答道:"没……没什么。"他翻开一卷《梁记》,查看梁国往事,梁国得封四百三十二年,历来继位史便是一场活生生的杀戮史。

这是姜恒以往从来没接触到的,为了权势,竟有这么多赤裸裸的恶,对他造成了太大的冲击。

他翻开另一本宫中书札,又看了一会儿,便停下来,走到耿曙身边。耿曙正在洗屏风,姜恒看了一会儿,也蹲下陪耿曙一起干活。

"不读了?"耿曙问。

姜恒没说话,耿曙也不催他,给他一块布,两人便开始擦屏风。

"你说得对,"姜恒忽然道,"诸侯都想姬珣死。"

耿曙"嗯"了声,姜恒道:"我知道为什么了,天子尚在,诸侯哪怕名号上也不敢自立,杀他侄儿,是为了让王朝一脉绝去后嗣,这样只要等姬珣死了,他们就可以名正言顺地争斗了。"

耿曙说:"你从哪儿知道的?"

姜恒示意那堆书。

耿曙问："那为什么不直接下手杀他？这样不是来得更快吗？"

姜恒说："因为谁也不敢先下手，哪一国先下手，就会被其余四国发兵铲除。这就是制衡。"

耿曙开始晒被褥，又说："所以至少在他自己死掉前，咱们是安全的。"

"也不尽然。"姜恒跟在耿曙身后，说，"万一有人来暗杀他，再嫁祸给别国怎么办呢？"

耿曙拍了几下棉被，从被褥上稍稍低头，看刚好被被子挡住的姜恒，说："所以你看？我说了，洛阳也不安全。"

比起自己，姜恒明显更担心天子的安危，但耿曙随后之言打消了他的顾虑。

"但那个叫赵竭的，武技厉害得很，"耿曙说，"想刺杀姬珣也不容易的。"

"他很强吗？"姜恒说。

耿曙有点不情愿，拍拍棉被，从鼻孔里高傲地"嗯"了一声。

"比你强吗？"姜恒又问。

耿曙一扬眉，说："你觉得呢？我不知道。"

姜恒说："我觉得你比他厉害一点点。"说着，用手指头比画了下："就这么点。"

耿曙没有得到毫无原则的吹捧，反而让他更为受用。姜恒想了想，又说："但也不一定，说不好他比你强呢？"

耿曙停下动作，看着姜恒。

"你当真这么想？"耿曙问。

姜恒茫然地道："当然啊，我什么时候骗你了？"

耿曙仿佛被加持了一道光，令他不自觉地严肃起来。

"习武不是为了争强好胜，"耿曙说，"暂且放过他罢，不与他比试。"

姜恒笑道："那是自然。"

他见过耿曙杀人，只用了一剑，虽然他也见过耿曙被母亲打得满地乱跑的场面，但在他心里，母亲是天下第一，耿曙自然是天下第二了，不容置疑。

兵 库 景

耿曙不知道上哪儿又弄了一床被子，从这天起，两兄弟总算不用再受冻了。天气也渐渐地暖和起来。

"娘说三年后就会来找咱们。"这天入夜，姜恒缩进被里，朝耿曙说。

春雾潮湿，耿曙算错了，洗了两身衣服都没干，尚且在外头晾着。两人只得光着身子缩在被窝里。

"嗯，三年。"耿曙说，"睡罢。"

姜恒枕在耿曙的胳膊上，他总以为自己还在浔东，反正四面的高墙放眼望去，区别都不大，只是从一个蟋蟀罐到了另一个蟋蟀罐里。

当然，耿曙的到来与陪伴，让他不再寂寞了，他真心诚意地感激老天爷，让他们兄弟俩相认，也感激耿曙不远万里，付出了如此多的艰辛，来到自己的身边。

耿曙搂着他，姜恒又摸了下他胸膛前的玉玦，上面带着暖暖的体温。

"哥。"姜恒说。

耿曙正在出神，听到姜恒叫他时，稍低头看着他。

姜恒说："娘现在在做什么呢？"

"在治病，"耿曙低声说，"喝药。公孙大人是很了得的，一定能把她治好。"

姜恒没有再说话，耿曙忽然放开他，改成平躺。

"别乱动。"耿曙拍开他放在自己腹上的手。

姜恒哈哈笑了起来，他什么也不懂，只觉得挺有趣，平日里耿曙总喜欢摸他的头，把手伸进他的头发里摸来摸去，有时也会胳肢他，直到他讨饶，仿佛这是两兄弟心照不宣的娱乐。

母亲几乎从不亲近他，姜恒对耿曙的疼爱非常受用，有时也会摸摸耿曙的背，或牵着他的手，更时不时忍不住想报复他。

奈何耿曙半点不怕痒，面无表情地看着他。

若姜恒继续逗他玩，耿曙便会凶性大发，按着他作势要咬他，直到姜恒跑开，耿曙再坐下。

"睡，"耿曙说，"别闹了。"

"你转过来抱着我。"姜恒说。

耿曙只好又转过来搂着姜恒,姜恒则舒服地蜷在他的怀里。

春天里,桃花都开了,它从越地一路开到浔东,再开往洛阳,随着天气逐渐暖和,还会慢慢地开出塞外,开到雍都龙城,开满神州大地。

桃花开尽便是杏花,百花颓落,荼蘼盛开,蝉鸣不休时,夏天便到了。

耿曙知道他们需要钱,不能总朝天子讨要,毕竟寄人篱下,时常看脸色,总得挣钱养活自己与姜恒。于是他便给为王宫做修缮的木工打了下手。木工见他上房揭瓦如履平地,数日后便让他担点活,并给他点工钱。

耿曙终于有点钱了,毕竟离开浔东时,他们的家被一把火烧得干干净净。他拿工钱给姜恒做了两身衣服,诧异地发现了一件事。

"你长高了!"耿曙说,"长这么高了!"

"你还不是?"姜恒展手,让耿曙用尺子量,说,"你比我长得更快。"

耿曙哭笑不得,去岁从浔东带来的衣服,才到今年夏天,就没法穿了。自然,耿曙自己长得更快,但有时侍卫会给他旧衣服,里衣缝缝补补还能穿。

自己穿什么不打紧,却不能让姜恒也穿旧衣服,耿曙只是没意识到,自己为此震惊的背后,是姜恒随之长大。

他不再是那个八岁的小孩儿了。想到这点,耿曙心里便有一股莫名的滋味。

冬去春来,他们在洛阳度过了第一年,日子如此平静,耿曙常去做木工补贴自己与姜恒,偶尔还会从外头买点吃的回来,却与昭夫人一样不许姜恒出宫。

姜恒则终日读书,读到最后,他也不知道自己为什么要读这么多书,仿佛读书已变成了日久天长的一部分,变成了某种与吃饭睡觉无异的习惯。

耿曙在宫里时,他们便会待在一起。

耿曙一旦出外,姜恒便时不时去偷看百官上朝,每日天子会在午前临朝，说是召集文武百官，却零零星星，没有几个人。

但上朝还是很庄重肃穆的，赵竭领头，余下俱是太常、太仆等古稀之年的老头，颤巍巍地跪坐在殿中，捧着一个玉板，慢条斯理地将信使从各地带来的天下之事，报予晋天子这名义上的神州主人。

有时说着说着，老头们甚至上朝上到一半便睡着了，坐在王位上的姬珣也不着急，打个呵欠，慢慢等他。赵竭则偶尔会上前去，摇一下人，把人摇醒。

姜恒起初只觉得有趣，但读史越多，他便越了解洛阳的现状。

自百年前，晋重将汁嬴率领大军，一去不归后，天下分崩离析，诸侯拥兵自重。晋王朝就像个风烛残年的老者，等待着它必将到来的死亡。

想到眼下境地，姜恒又只觉十分难过。

又一年夏日，这是姜昭离开的第二年了。

一切就像从未发生过，月圆月缺，姜恒扳着手指头数日子，再有十七个月，就能见到母亲了。

姜恒擦着汗，说："去年也没这么热啊！"

"喝点酸梅汤。"耿曙也快热死了，尤其刚干完活回来，打着赤膊只穿一条衬裤，用井水冲洗。

他已经十三岁了，快与宫中侍卫一般高了，唇上长出了毛茸茸的胡须，声音也变了不少。

"你喝，"姜恒穿着单衣，说，"出这许多汗，别热着了。"

耿曙从城里买了一大块冰回来，想给姜恒做冰镇酸梅汤喝，奈何天实在太热，回到宫里只剩一点点，都快化完了，还跑了一身汗。他一手搭在姜恒肩上，意识到实在太热了，不能搂他，便下意识地把手放下来，落在他腰间。

接着，他又把手伸进他的薄衣里，摸到了姜恒腰上的那道烫痕，仿佛这已成了他的习惯。

"一个钱。"耿曙颇有点后悔，早知不买这块冰。

姜恒笑道："洛阳城里头还卖冰？"

"宫里头偷出去卖的。"耿曙早把宫中侍人、侍卫与宫女认了个全，只是不想当面揭穿，那人自然也认得耿曙，据说王宫已快发不出月钱了，吃的也一天比一天少。

耿曙喝完了酸梅汤，定了定神，说："我再去弄点。"

姜恒说："别偷东西。"

耿曙说："不偷他们也会偷。"

姜恒："他们偷归他们偷，咱们不能偷。"

耿曙拿姜恒没办法，只得说："那我去看看，总可以罢。"

姜恒想了想，说："我知道冰窖在哪儿，那里凉快，去坐着总是可以的，把衣服带上，别反而着凉了。"

耿曙于是把单衣拿在手里，依旧打着赤膊，随姜恒穿过长廊往前走。

"明天别去了罢，"姜恒说，"天子这几天都不上朝了，太热了。"

"嗯，"耿曙在这种事上倒是很听姜恒的话，"全是老头子，万一热晕了不是玩的。"

姜恒也没想到，洛阳的夏天竟这么难熬，但他们都是年轻人，多打井水洗澡就好了，晚上一来，总会凉快些。只不知道天子……

路过兵库时，姜恒忽然听见了奇怪的声音。

姜恒："哎？"

耿曙停下脚步，两人怀疑地朝殿内看。

那是姬珣，姬珣似乎正在哭。

"是王！"姜恒小声道，"他来这里做什么？"

兵库较之主殿要凉快少许，乃是存放兵器的地方，阴凉通风。两人马上加快脚步，到门前往里看了一眼。

姜恒生怕姬珣有危险，正要进去，却被耿曙拉住。

他拉着姜恒越过花丛，发出一点声响。

赵竭回头一瞥，转身走出兵库。

空无一人。

赵竭环顾四周，复又进去，关好库门。

姜恒看着耿曙，两人藏身花丛后，耿曙看了眼姜恒，复又马上移开目光。

"别问，"耿曙说，"什么都别提，就当什么也没看见。"

姜恒说："王他……一定是在为什么事情而难过……"

两人轻手轻脚地进了冰窖，顿时凉快了不少。

耿曙穿上单衣，吁了口气，枕着手臂，在冰窟躺下，说："我睡会儿，困了。"

姜恒便也在他身边躺下，打了个呵欠，这个天气，在清凉的冰窖里睡个午觉，才是最舒服的。

但很快，侍卫们找到了他俩。

太 史 官

炎炎夏日午后，姬珣的双眼带着明显的红肿，姜恒不知所措，看看他，又看依旧坐在一旁的赵竭。他总是在那里，藏身阴影之中，只要姬珣在的地方，他就一定在。

赵竭一定知道了……姜恒有点害怕，他会像史书上所言，杀了自己灭口吗？但耿曙不会让他这么做，只是这么一来，他们的新家就没了，又要过着四处流浪的生活。可天子被凌虐，他要怎么办？让诸侯来救他？有谁会来？

这一刻，他觉得自己好像明白了姬珣眼中那些时时带有的微伤感与无助的来处。

"姜恒，你认得多少字？"姬珣的声音有点沙哑，问道。

耿曙始终站在姜恒身侧，以半身斜斜挡着他，同时警惕地看着赵竭，以防他骤然发难。赵竭却看也不看他二人，只是慢条斯理地擦拭手中的一枚玉簪。

"回禀王，我……"姜恒不知姬珣为何问起这话，老老实实地答道，"几乎都认得。"

"读过多少书？"姬珣又疲惫地问。

姜恒说："读过……"

姜恒报了些书名，大多是从前在浔东念的，话刚起了个头，姬珣便示意他不必再说了，看了赵竭一眼。赵竭依旧不看他们。

"太史仲大人老了。"姬珣说。

姜恒不久前刚见过老太史，这就死了？太史一职为六卿之一，有如书官，负责坐在天子身后，为天子记录每天上朝时决议的政务。

他常与仲老说话，仲老无儿无女，为晋廷当太史当了一辈子。年纪大了，常记不得事，认出姜恒时，倒是疼爱他的。姜恒三不五时还为他整理书简。

姜恒登时眼睛就红了。

姬珣又说："今日得的热病，已安葬了。人终有一死，也是古稀之年了，不可伤怀。姜恒，你愿意来当我的太史？"

姜恒尚未从太史辞世的噩耗中回过神，便听到另一个让他不知所措的消息。

傍晚，洛阳凉快下来，姜恒心情忐忑，与耿曙走过花园。

耿曙说："你可得想想清楚。"

姜恒说："我当然要去啊，不对吗？"

耿曙说："你不是还想去看海吗？"

姜恒："啊？"

耿曙拉着姜恒，站在夕阳下，两人的影子投在宫墙上，耿曙的影子比姜恒高了个头。他认真地说："一旦当上太史，你就必须在这宫中为他记一辈子的文书了，就像仲老一般，哪里也去不了。"

姜恒实在太小了，哪怕他读再多的书，也仍然是个小孩儿。他尚不知道人的一生很长，而点头答应姬珣，也即意味着他要在宫中度过余生。更不知道，他点头也就意味着耿曙点头，这便将是他们的一生了。

也可以去罢？姜恒心想，但耿曙提醒了他，他们的余生还很长呢。他要等母亲前来，考校他的功课，要读完晋天子宫中所有的书……

但他没有说这些话，只是拉着耿曙的手，说："你不就是海吗？"

耿曙忽然笑了起来，说："你愿意，我无所谓，反正我也只是守着你，就怕你闷着。"

姜恒道："那……我再想想罢。"

姜恒性子并不跳脱，偶尔也只因好奇，想去看看外头的世界而已。逃亡的这一路上，所见所闻已超出了他这个年纪所能想象的总和，反而令他生出少许畏惧。

仿佛只要住在这高墙内，这世上的许多痛苦就与自己无关。

他们在墙边坐了下来，看着被烈日灼烤后，花坛内无精打采的一朵小花，耿曙在旁捧了点水，浇在花上，花叶便慢慢地舒展开来。

"哥。"

姜恒最终做了决定。

耿曙："怎么了？"

耿曙转头看着姜恒，姜恒说："你拿主意罢。我听你的。"

耿曙随口道："我没有什么好拿主意的，你愿意就去当，不愿意，咱们就走。"

姜恒茫然地道："去哪儿？"

耿曙说："换个地方去，想活下来，还找不到地方吗？"

姜恒笑着说："也是，天下这么大，与你一起，去哪儿都行。"

末了，耿曙又自言自语道："你就是我的全天下，自然是这样的。"

姜恒又沉默了一会儿，两人忽见赵竭与一个老人过来，姜恒认得那老人，乃是天子座前，总揽朝政的太宰芈曲。

"王还有一言想朝你说，"芈曲道，"姜公子。"

姜恒马上应了声"是"，站起身来，规规矩矩地朝芈曲与赵竭行礼。

"王说，你二人年纪尚小，自当不应在洛阳度过一生，与他不一样。"芈曲拄着拐杖，虽已垂老，精神却很好，说道，"太史之职，你大可想来就来，想走便走。或以一年五个月为期，待昭夫人归来，再另行打算。"

姜恒与耿曙对视一眼，天子这句话打消了他最后的疑虑。

"这可是地位很高的官职啊！"姜恒说。

"当太史当久了，"耿曙夜里给姜恒铺床，姜恒穿着薄薄的里衣衬裤，耿曙依旧打了赤膊，"你也会舍不得走的。"

姜恒笑呵呵地说："可是在这儿一辈子，也没有什么不好，是罢？"

耿曙一想也是，较之他们曾经的生活，洛阳已似在桃源一般。

"我就可惜了，你读这许多书，"耿曙又说，"留在这儿，用不上。"

姜恒朝榻里让了让，耿曙换过了箦席，夏夜十分凉爽。

"什么才算用得上？"姜恒说。

耿曙："饱读书札，才尽所用，封侯拜相，书上不都这么说的吗？"

姜恒说："当太史啊！这还不算封侯拜相吗？"

耿曙倏然被堵住了，这么一想，好像也是，已经当上大官儿了，还能怎么样？

姜恒说："何况，不去封侯拜相，就白费了吗？我倒是觉得，读书不必总想着有用。大争之世，功利横行，为什么人人都要一样？"

"是是是，"耿曙答道，"你说的对，你说的都对。"

姜恒笑了起来，他俩都长大了不少，挨在一起睡觉，尤其夏天已有些热了，但他依旧喜欢挨着耿曙，哪怕耿曙容易出汗。耿曙也不在乎，一如既往，将他搂着，正如他还在八岁那年时。

翌日，姜恒便接替了太史的职位，赵竭给他安排了一张矮案，让他坐在姬珣身后，一杆羊毫笔，一卷丝帛，开始记录朝中一应事宜。

同时，朝中官员开始称他为"姜大人"。

姜恒忽然就成了晋廷最小的官员，也是史上最年轻的官员，更是史上坐上这个位置的最小的官员——六卿之一，竟是一个十一岁的小孩儿?! 简直是前无古人，后无来者。

但姜恒丝毫不觉得自己年岁小有什么问题，反而聚精会神，他坐在天子身后时，众人都觉得甚是有趣。

他在丝帛上写满了蝇头小字，密密麻麻，无非洛阳的收成、四时气候、各诸侯国的大小事务，有时天子还会接见各地来访的使臣。说是使臣，无非都是经商之人，三不五时带来简单的礼物，天子便大方地招待他们一顿吃的，再吩咐赵竭派手下士兵送他们上路。

姜恒做这活儿，每月能领到五石的俸禄与三斤肉，顿时兄弟俩便宽裕了不少。每月粮食根本吃不完，折算成晋钱也是一大笔，姜恒便让耿曙不要再去打赤膊当木工了，在家歇着就行。

耿曙汗流浃背地做一整天，才得半个钱，姜恒每天上朝不过一个时辰，就能得四个钱。

"肉食者鄙。"耿曙不无妒忌地说。

姜恒哈哈大笑，说："天底下，二十四时节气，什么时候开耕，什么时候收种，发生了什么事，风调雨顺，国泰民安，都是天子的责任，朝廷拿这点钱怎么啦？"

耿曙也不挣扎了，拿着姜恒的钱，出去采买吃的。姜恒既在朝中任职，便不再依客卿之礼，不能与姬珣一起吃了，须得自己将口粮送到御厨，侍人再做好饭为他们送来。

几个月后，姜恒与耿曙便攒下了不少钱，而耿曙闲着无事，不知道哪一天起，也加入到赵竭手下的侍卫们中，先是跟随侍卫练武，再被自然而然地排上了班，守在上朝时天子廷外。

"你怎么来了？"姜恒意外地道。

"我不知道。"耿曙也是一脸茫然，说，"熊雷给我一块腰牌，你看。"说着他朝姜恒出示自己"聂海"的木牌，又让他看自己的破旧侍卫服，显然是临时找出来给他换上的。

接着耿曙就莫名其妙地被叫去正殿值勤，成为一名御林军侍卫。

侍卫每月得一石俸禄，虽不及姜恒，却也足够贴补生计。这么一来，兄弟俩不必赡养家小，反而比许多官员富裕多了。

而渐渐地，侍卫们都认识了耿曙，大多数人都喜欢姜恒与耿曙兄弟俩，原因无他，少年人秉性纯净，没有心计与城府，总会招人喜爱。

耿曙不必终日值班，赵竭仿佛知道他们的心事，给耿曙所排无非姜恒在朝之时。姜恒上朝，耿曙便去站着守卫；姜恒下朝，耿曙便与他一起回寝殿。闲时，姜恒读史、耿曙读兵书，两人有时还会换着读。姜恒发现耿曙读兵书亦颇有天赋，诸子百家，他专挑行军布阵之类的读，除此之外，对其他书兴趣欠奉。而耿曙居然读得比自己还快，不到一年时间，他已快将王室内的兵、墨两家藏书读完了。

王都不过八百御林军，更无大战，没有军队让耿曙试手，不免技痒。于是耿曙又不知从哪儿找来了一个沙盘，拉着姜恒陪他，犹如下棋般我攻你守，有来有往，撒豆成兵地练习布阵。

"不玩了不玩了！"姜恒大闹，每次他都输给耿曙，耿曙倒是乐呵，与姜恒"打仗"的时光是他最开心的时候，万事皆可让，只有这点不能让。

兄弟俩一个十三岁，一个十一岁，俨然已有了大人的模样。

冬天又来了，这是他俩在洛阳度过的第三个冬天，开春祭祀后，姜恒就十二岁了。寒风中大雪飞扬，今年的雪比往年的都大，冬天也比往年都冷。耿曙早早地做好了过冬的准备，备下厚厚的兽裘，在殿里支了个炭炉煮肉吃。

耿曙："有心事？"

"天子封地的县令今天来了。"姜恒确实心事重重，把肉夹给耿曙，说道。

"哦？"耿曙说，"我没看见，据说叫'宋大人'，长什么模样？"

姜恒今日上朝前路过殿外，嵩县来了一名地方官，朝他问路，顺便亲自送来了岁贡，并带来了一个相当糟糕的消息——

雍国兵员出玉璧关了。

姜恒将他带到天子书房外，在门外等了片刻，听见里头传来对话。

嵩县是如今天下姬家唯一的自留地，除却王都，便只有这块区域出产的粮食、物资上缴朝廷，也正因如此，才支撑了洛阳岌岌可危的地位，不至于让天子与百官全部饿死。

他听见这名地方官在书房里说："王上若愿意，下官可在嵩县募兵，驰援王都。"

"算了罢，"姬珣的声音说，"穷嵩县一地，能募到多少人？两千已是了不起，雍人一来，两千人又起得了什么用？"

厅内一时缄默无声，姬珣又说："他们的目标只有我。想将我掳到落雁，当个扯线木偶罢了，想来就让他们来。你嘛，这就回去，照顾好你的百姓，有这想法，王已很承你的情。回去该做什么做什么，去罢。"

那名地方官叹了口气，姬珣的声音里却带着笑意。

"天若亡我，"姬珣认真地道，"劳民伤财，又有何益？天若活我，自有出路。"

"是，吾王。"最后，书房内那姓宋的地方官道。

"雍人的目标是洛阳，"耿曙听完之后，点头道，"这么说来就清楚了。他们想抓走天子，当号令天下的盟主。据说郑、梁、郚、代四国的特使都在路上，想劝说天子到他们国都内去暂避一时，今天我还看见梁国特使了。"

姜恒有点紧张，问："他没有认出你罢？"

耿曙摇摇头，当年他不过是个小孩儿，有谁会注意到他？何况多年过去，他长大了不少，早已变了模样。姜恒又道："你是不是长得像爹？就怕他……"

"爹是瞎子，"耿曙说，"从来都是蒙着眼，他藏身梁国后宫，也没几个人见过。"

黑剑已经被姜恒收起来了，不过耿渊生前也几乎没用过这把剑，只有寥寥数人知道。姜恒再三确认，才放下心来。

耿曙与姜恒相伴日久，常听姜恒散朝回来后讲论五国动向，大致知道了情况。七年前，针对雍的四国联盟，被汁氏派出耿渊也即他们的父亲，埋伏七年后琴鸣天下，屠尽四国使节以化解。

但这场血仇从来没有人忘却，梁王毕颉与上将军重闻死于耿渊剑下后，梁国元气大伤，用了足足七年才勉强恢复。一夜之间安阳天翻地覆，一位名唤薛平的太常拥一名梁王室的远亲登位，继任为梁王。

时任梁王不过五岁，如今国内为毕姓复仇的声浪一年大逾一年，要控制住朝野局面，薛平便不得不重启四国盟议，再伐汁雍。

雍国即将出兵劫持天子，四国则瞬间警惕，纷纷派出特使，并集结军队，预备在洛阳交战。

姬珣绝不能落到雍国手中！

梁国首先派出使臣，前来请姬珣到安阳做客，只要天子在自己的控制之下，便相当于有了号令神州的王旗。

"再过几天，他们还会陆陆续续地来。"姜恒担忧地解释道，"王说，他哪里也不去，就在洛阳。"

耿曙说："万一雍国先进洛阳，抢到人了怎么办？"

姜恒说："他说赵竭能保护他。"

耿曙没有回答，眼里带着无奈，想也知道他的意思——赵竭如今手下八百员，俱是老弱病残，大军一来成千上万，如何能挡？

耿曙说："若打进来，咱们跟着走吗？"

姜恒茫然地道："我不知道，娘什么时候来？"

耿曙一怔，才想起距离那年初春昭夫人离去，已近三年了。

姜恒在这三年里，起初常说起母亲，之后越来越少，及至近一年来，已不再提。兄弟俩仿佛默认了某些事，耿曙却没想到，姜恒竟从未忘记。

"我也不知道。"耿曙只得说。

姜恒说："就算王不答应，雍国还敢强行上前抓人吗？"

耿曙想了想，答道："那可不见得。"

叵 测 心

　　翌日，洛阳宫中能感觉到气氛紧张了不少，侍卫都被派去巡逻了。然而宫中御林军本就不多，八百人里，五十岁以上的老人占了九成，佩剑锈迹斑斑，只能四处查看示警。

　　年轻人都被调来，守在主殿前，而郢、代、郑三国的特使，竟是同一天到了。

　　接着，他们在殿上展开了激烈的争吵。

　　"吾王身为天下之尊，绝不应涉险，"郢国特使道，"事有万一，落到蛮夷手中怎么办？郢地以长江为界，依天险可守，哪怕玉璧关破，本国上下，亦愿一保天子周全。"

　　代国特使道："代武王据剑门关以守，百年间代国从无战事，郢地瘴毒多发，也是南夷，你们与雍人，都是一般的蛮夷！吾王，您得跟我们走。"

　　"郑毗邻东海，"郑国特使道，"拥三山为屏障，郑国太后与天子母妃为同宗姐妹，郑国就是晋王室的母舅家，亲人相念，望吾王启程一行。"

　　代国特使道："代武王祖母，亦与晋先王一母所生，姬霜公主亦是代王养女，说来代国与王室亦是姻亲，何曾只有郑国？"

　　梁国特使道："我们车马已备好，只要天子愿意，便可即日启程。吾王，局势险峻，雍人随时将侵扰洛阳！恳请吾王体恤我等跋涉山水、披荆斩棘、冒此大险前来……"

　　王廷内默不作声，其中俱是些坐都坐不稳的老人，太宰朝姬珣投以恳求的一瞥，姬珣却不为所动。

　　"我累了，"姬珣说，"招待各位使臣先退下，余下的，过得几日再说罢。"

　　使臣又慌乱起来，纷纷道："不可，陛下！"

　　梁国特使先是上前，接着，其余三国特使都围了上来，竟是逾越礼数，逼近天子，要再行劝说或威胁。

　　"退下！"忽然间，姬珣身后传来一声清亮的怒喝，却是执笔的姜恒。

　　姬珣也十分意外，这个时候，竟是姜恒喝止了使臣们的无礼举动。今日赵竭出外安排城防，未曾守在姬珣身边，幸亏有姜恒一声喝，喝住了殿内数人。

但待得使臣们发现姬珣身后的太史是个小孩儿，便不再怕他。

"吾王。"梁国特使根本不将姜恒放在眼里，再上前一步，看那模样，竟是想动手把姬珣从王座上拉下来。

"来人！"姜恒怒道。

第二声落，耿曙从殿外走了进来，紧接着抽剑声响。

殿内肃静，姜恒说道："谁再胆敢冒犯吾王，上前一步，就地问斩，以谢天下。"

"是。"耿曙答道。

刹那间殿内鸦雀无声，耿曙个头已长得甚高，身材笔挺，眼神里带着一股凌厉的气势。使臣顿时不敢造次。

这不比两国交战，不斩来使，天子虽已式微，却依旧是天下之主。若以"冒犯"为由，将他们当场斩杀，各国也只能接受。

使臣们缓缓地退到阶下，姬珣浮现出一丝嘲讽的笑意。

"都退下罢，"姬珣说，"我自然心中有数。"

"雍国特使，汁绫公主到——"殿外通传。

所有使者霎时间变了脸色，只见殿外快步进来一名身披黑斗篷的年轻女子，摘下斗篷时，她清丽的容貌让昏暗的殿内随之亮了起来。

那女子一身武服，皮肤白皙，不过二十来岁，她先是扫视殿内，一眼便仿佛明白发生了什么事，走到阶前。

姜恒深呼吸，姬珣却稍稍侧身，朝他一摆手，示意无妨。

耿曙见状退到一边，那美貌女子先是跪伏在地。

"吾王进饭几何？寝休几辰？天下万民，无不惦记天子。得蒙召见，荣宠何极。"

"都好。"姬珣答道，"汁绫公主起。"

汁绫这才起身，鄙夷地看了众使臣一眼，接着，赵竭也进来了。

赵竭阔步而入，走上御阶，背手，身后握腕，两足略分，立于姬珣身侧，犹如一座山峦。

汁绫带着笑意道："吾王，兄长请天子到落雁城做客，特命我前来，守护天子安全，请王起驾，移步雍都。"

五国特使齐聚，一时无人开口，沉默之中，姬珣缓缓地开口。

"回去告诉汁琮，也告诉你们的王，"姬珣道，"我哪里也不去，若战火烧遍天下，自当也烧到洛阳，届时，天子当与万民同死，退朝。"

冬日，黄昏如血，姜恒挟着这日的帛绢出来，耿曙已等在门外。

"今天晚上，我就去把他们全杀了。"耿曙摘下头盔，说。

姜恒变色道："别！杀特使有什么用？"

耿曙显然对今日朝上那一幕还有气，姜恒说："雍国一旦进关，四国大军就会进驻洛阳，迟早都会来的。只要汁琮不进关，他们未必有这么大胆子。"

玉璧关现在还在雍国的手里，自从当年琴鸣天下后，汁氏便牢牢把守着这通往北地唯一的关隘。四国如今想重夺玉璧关，将雍国大军赶回长城以北，便势必取道洛阳北上，打一场硬仗。

这些天，姜恒翻阅了十年前的军事文书，大概估测过，代、郑、梁、郢足可召集五十万大军。雍军则擅骑不擅步，越往南推进，山岭与丘陵之地，对骑战就越不利。遑论郢国还有长江天险与十万水军，汁琮若聪明的话，不应在此时出关南下，与联军打仗才对。

耿曙沉默片刻，三年时间，他也慢慢地将洛阳当成新的家了，只要姜恒在，这一切就与浔东没有什么不同。

"我们要走吗？"耿曙说。

"走到哪里去？"姜恒反问。

浔东的一幕幕仿佛仍在眼前，耿曙在这一刻忽然明白了昭夫人当年的抉择。

"是，留下罢。"耿曙点头，哪怕天下之大，亦无处可去。三年前，他们逃离了浔东，如今若再逃离洛阳，那么终他与姜恒一生，都将在这片茫茫的大地上四处流浪。

他们又看见了赵竭，而这次赵竭是特地来找两人的，示意他们跟着自己走。

姬珣正在寝殿中等待着他们，进入后，赵竭转身关上了门，守在门外。

姜恒本以为姬珣想说几句关于今天朝廷上的话，但他依旧保持安静——什么也没有说，带着笑意注视两人。

"近日如何？"姬珣说，"比第一天来洛阳，你俩都长大了。"

姜恒正要行礼，依据礼数感激天子垂问，姬珣却道："不必再拘礼了，起来罢。"

漫长的静默后，姬珣悠悠地叹了口气，说："你看清楚今天那位雍国特使了？"

姜恒只得答道："是。"

姬珣端详姜恒的面容，仿佛想到了什么，却没有说。

"我不知能否守护洛阳周全，"姬珣说，"赵将军也不知道。我不会让汁琮挟持，当他的王旗，但你们不一样。姜恒，你与耿曙，这就跟着汁绫公主回去，稍后我将修书一封，托雍国王室代为照顾你们。"

姜恒："什么?!"

姜恒转头看耿曙，耿曙却在此刻担起了决定两人命运的责任，脱口而出道："雍是敌人，我们不去。"

姬珣一怔，解释道："你们的父亲，乃是雍国的国士，虽然我对汁琮兄弟二人之举不认同，但念在耿渊之德，汁琮定会善待你们……"

"正因如此，"耿曙说，"我才不去，我不稀罕什么国士，他们想毁了我们的家，我怎么能认贼作父？"

姜恒没有明白耿曙言下之意，这是他们在一起许多年来，耿曙第一次没有征询他的意思，便脱口而出，下了决定。

但耿曙的话，也正是他想说的。

耿曙又道："他们会让恒儿做许多事，想让恒儿为雍国卖命，我爹已经付出了自己的性命，我俩都不是他。我们不欠雍国的。"

姜恒点点头，说："我哥说去哪儿，我就去哪儿。"

姬珣的眼神变得更温柔了，接着，他点了点头，说："与赵将军所想的一般，这样也好。那么，无论昭夫人是否回来，你们随时都可以走，不必再管我们。"

耿曙依然有点不放心，正要开口时，姬珣却道："放心罢，我没有告诉汁绫任何有关你们身世的事，明天一早，她便将离开。"说着，又神秘地朝耿曙眨了眨眼。

是夜，姜恒与耿曙并肩躺在榻上。

"哥。"姜恒低声说。

耿曙："嗯。"

姜恒在被子下摸了摸耿曙的手背，耿曙便翻过手来，与他握着。他们都长大了，姜恒也有了少年人的身板，耿曙虽只有十四岁，却已与宫中的侍卫近乎一般高。

但耿曙灼热的身体、身上的气味，依旧是那么熟悉。

"如果有危险，"耿曙摸了摸姜恒的头，低声说，"你一定要跟着我走。王也是这意思。"

"我知道。"姜恒小声说。

第二天，姬珣遣走了所有的使者，并昭告天下，天子无限期罢朝。

说是罢朝，不过也只是在破破烂烂的皇宫门口挂上木牌，各封国早已不行天子令、不尊天子礼，也无人关心天子做过什么决定，或即将做什么决定。要不是互相碍着面子，以及赵竭的剑，早有使者上得王阶去，把姬珣架下来拖走了。

耿曙将罢朝的牌挂上，和姜恒互相看看。

"过年了，"耿曙说，"想吃什么，给你买去。"

姜恒说："一起去罢，我好久没在洛阳城里逛过了。"

晋时一年之末在于冬至，雾气中，洛阳城难得有了一点热闹的气氛，街头的市集开了，虽然不过四五十家店铺。三年里耿曙与姜恒从头逛到尾，又从尾逛到头，家家认得。

即便如此，姜恒依旧很开心。只见四处挂起了红色灯笼，家家户户门前插了桃符，摆出自酿的屠苏酒。

"我想买一坛酒喝，"姜恒说，"我可以饮酒了罢？"

耿曙总不让他喝酒，自己也不喝酒，因为他们的父亲也甚少饮酒，曾经说饮酒误事。

"喝罢，"耿曙说，"不能喝多。"

姜恒总算可以尝尝大人们喝的东西了，耿曙便掏钱买了一坛。但今天洛阳外城中，不知道为什么，来了许多外头的乞丐。

"怎么多了这么多人？"姜恒诧异地道。

中原流民众多，一眼望去，足有数万人，一齐拥到了洛阳。各人说着听不懂的方言，姜恒问来问去，也问不出个究竟。

"雍军进玉璧关了！"有人哀号道，"完了！完了！洛阳要完了！天下要完了！"

忽然，姜恒看见一个浔东城的人，并听见了熟悉的口音。

那人乃是隔着两条街的街坊，却已认不出姜恒了，说道："你是谁？你也是郑人？你叫什么名字？"

姜恒意识到自己长大了，容貌已有变化，更何况离开玄武祠时，城中百姓不过匆匆一瞥，先前他又从不出门，是以几乎无人认得他。

"出了什么事？"姜恒说，"你们怎么都跑到洛阳来了？"

"要打仗了！"那男人焦急地说，"能分点粟给我们吃吗？我孩儿、婆娘都在那头，郑、梁的军队都要过来了！想占了洛阳，在这儿与雍人打仗呢！"

姜恒一惊道："什么时候来的？"

耿曙却非常警惕，一拉姜恒，不让他与浔东人多说，免得被认出来，粗暴地说道："别理他！"

满街百姓朝着洛阳住民不断恳求，天寒地冻，再转过一条街外，姜恒看见了更多来逃难的人。

"雍人进关了，四国军队也都到了，"姜恒说，"他们一定在路上打劫百姓了！否则不至于有这么多的流民！"

姜恒猜得不错，联军正往洛阳气势汹汹而来。玉璧关距洛阳远，四国距洛阳近，联军反而比雍军先一步抵达洛阳。

大军开到之处，便将沿途村庄打劫一空。这是疏于约束，同样也是不想约束，毕竟一进王都，便是洛阳领土，已不在郑、梁二国的国境内，趁火打劫，劫的也不是自己的百姓，有何干系？

姜恒深呼吸，说："得回去提醒赵竭。"

"他早就知道了，"耿曙说，"正在布防，一时半会儿，军队到不了，不必担心。"

"那……"姜恒想来想去，又说，"要么把钱散给他们罢？"

两兄弟的钱多得花不完，真要打起来，是不可能带走的。耿曙对身外之物向来看得很开，姜恒说什么就是什么，于是回去取来钱箱，在街口把钱哗啦一倒，任凭流民争先恐后地来抢。

"别这样！"姜恒马上道，"要踩死人的！"

耿曙答道："没多少，一会儿就分掉了，走罢。"

那一千多钱看似许多，实则根本不够百姓们分的，一眨眼便被抢完了，姜恒心中正愧疚，这么散钱恐怕又要引起不知多少争执、多少推搡，耿曙却早已从浔东往事中看透了人心，不欲姜恒再与他们多说，拉着他走了。

屠 苏 酒

冬至日短，很快便入夜了，姜恒生起炭炉做饭，耿曙匆匆从外头进来，翻出黑剑，负在背上，说道："哥得去巡城一趟，待会儿回来。"显然是得到了赵竭那边的命令。

姜恒扔下晚饭不管了，说："我陪你去！"

耿曙却脸色一变，不容分说，一指家里，冷冷地道："我要生气了。"

姜恒只好作罢，耿曙说："听话。"说着抱起头盔，快步走了。

这夜是晋的年夜，按礼法，明日晨钟一敲，百官便要随天子前去郊外祭祀宗庙，祈祷风调雨顺。但迄今朝廷并无知会，若流民百姓所言非虚，如今洛阳城外一定全是从各国逃来的难民，背后还有驱赶着他们的军队，明日应当不祭祀了罢？

姜恒做好年夜饭，越想越不安，到初更时，耿曙还没有回来。

他只得装上吃食，提着食箪与酒，出去找耿曙。

果然，御林军全被派去了寒风料峭的洛阳外城城墙守卫，城墙下到处都是气喘吁吁的御林军老人，以及城中临时招募来的妇孺，正在运送有限的物资。

姜恒心中一惊，想起浔东城外，三年前的大战，这是他有限的十二年岁月里，第二次经历战争了。

"哥！哥——"姜恒大喊道，他匆匆忙忙地爬上城楼。

这座城的城墙实在太老了，比御林军士兵以及朝中的大臣们还要老，已有近百年无人修缮，稍一用力，砖阶便要往下垮。

"姜大人！您慢点！"有御林军认出了太史大人，忙道，"当心摔了！"

姜恒带着篓子，磕磕碰碰上得城墙去，嘈杂的声音中，忽然传来一声不悦的熟悉呵斥。

"恒儿！"

那是耿曙的声音，姜恒一抬头，险些摔下去，耿曙便蓦然伸手，拉住了他。

"你又来做什么？！"耿曙十分粗鲁，让姜恒站到自己身后，仿佛在御林军同僚面前，耿曙就变了个人一般，不容任何人挑战自己的权威。

"我来给你送吃的。"姜恒笑道，"做了不少，大伙儿一起吃罢。"

年轻人都被编进了耿曙这一队里，耿曙如今也是个小队长了，带十个人，实在走不开，在城墙上搬运防攻城的油锅，忙得浑身是汗。

姜恒说："你们在做什么？我看看……"

"别……"耿曙来不及阻止姜恒，姜恒却已走上城头，刹那静了。

狂风里，旗帜猎猎飞扬，城外，则全是远道而来的大军。梁国军队占据了山脚与郊野，郑军则占领了结冰的溪流边，近三十万军队黑压压地卷地而去，军营上起灶的火光犹如天际的繁星。

姜恒："……"

耿曙本不想让姜恒担心，奈何已被见到了，只得说："他们在城外就地扎帐，也未必就打进来，只等待郓、代二国军队前来会合。"

姜恒说："没有使者进城吗？"

耿曙答道："没有，都知道劝不走，这是要进来抢人了。王那边怎么说？明天祭祀取消了罢？"

姜恒缓慢地摇头，望向御林军余众，众人却觉一个十二岁的小孩儿与他十四岁的哥哥讨论国家大事，甚是滑稽，都忍不住笑了起来。

"打不起来的！"有人说道，"别怕，说不定过个几天，他们就走了。"

姜恒却感觉到了危险的信号，再看耿曙，耿曙也安慰道："赵将军正在巡城，咱们先按兵不动，也没必要出城决战。"

决战？姜恒哭笑不得，八百御林军，都是些白发苍苍的老头，守卫了一辈子晋王室，如今连剑也拿不起来了，全部派到城墙上，二十五步一个人，连城墙也站不满。

外头却有三十万虎视眈眈的军队，他们在等雍国军队吗？雍人一到，洛阳势必将成为战场，届时城中会成为人间地狱。

姜恒说："他们一定都想趁机带走王，只是谁也不敢先下手攻打洛阳。正在等王出逃，说不定可以利用这一点挑拨双方，让他们退兵。"

耿曙说："怎么退兵？不可能！坐罢，吃了年夜饭，你就回宫去。"

姜恒心念电转，从王都内众多史书中所学、在浔东读过的诸子百家，这一刻发挥了作用。

"我可以去出使，"姜恒忽然道，"告诉郑国军，王愿意走；再告诉梁国军，王跟着他们走；再伪装成王，让两队人先后来接；你再去报信，趁夜让他们混战……"

"休想！"耿曙根本不想听下去，怒吼道，"你疯了！"

姜恒急切地说："能行！哥哥！"

姜恒把耿曙拉到一边，一个大胆的念头在他脑子里逐渐成熟，对方要的不就是姬珣吗？只要乔装打扮成姬珣，先约好跟郑国人走，再通报梁国，就说人被抢了，让梁军速速去截……

月黑风高，两边一打起来，替身趁机脱逃，这么一来，谁也不知道天子在谁的手里，两方势必互相猜疑。

但耿曙并不关心天子的安危，他只关心姜恒。

"我要揍你了，"耿曙认真地说，"不要再让我动手。"

姜恒只得不说话了。

耿曙摘下头盔，扔到一旁，让部下们围过来吃饭。姜恒想到三年前的那一巴掌，不敢再说，心思忐忑，想了又想，虽知自己的计划漏洞也有许多，譬如怎么假扮天子，让谁去救，能不能成功，逃掉以后躲到哪里去……

耿曙分了酒，说："来，弟兄们喝酒罢。"

一众年轻人便纷纷举酒碗，姜恒也得了小半碗，耿曙朝姜恒说："你还没长大，不能多喝。"

姜恒见气氛缓和了些，显然耿曙已不生气了，耿曙却以为自己说了重话，让姜恒心里不好受，酒碗与他轻轻碰了下。

"怎么？"耿曙说。

"我长大了。"姜恒抗议道。

众人都笑了起来，耿曙随口道："长大了也是小孩儿。"

大伙儿把那坛酒分了，开始吃姜恒做的煮羊肉，耿曙多为姜恒留了些，余人也不好意思来分太多他们的口粮，毕竟大伙儿吃的都有限，应个景后，便纷纷散开，前去巡城墙，执行命令。

耿曙下身战裙，上身依旧武服，一脚踩在快空的酒坛上，与姜恒坐在望楼里烤火，耿曙只喝酒，看姜恒慢慢地吃饭。

余下的屠苏酒，大多是耿曙一个人喝了。

姜恒说："我不乱出主意了，行了罢？"

耿曙带着几分酒意，看着姜恒被火光映红的脸，小小的望楼里，红光照出去，洛阳的天空下，是漫天的飞雪。

"再给我喝一点。"姜恒还想尝尝那酒。

耿曙把最后的倒出来，端着碗给他。

"像什么滋味？"耿曙说。

姜恒说不出来。

耿曙："好喝吗？"

姜恒："好喝。"

"别的我都不在乎，"耿曙忽然说，"唯独你是我的性命。"

姜恒忽然有点难为情，扑哧笑了起来。耿曙却满不在乎，接过姜恒盛好食，再递给他的碗，草草吃完，说："回去罢。"

姜恒说："我给你把甲胄穿上，别老脱甲，当心着凉，太冷了。穿甲好看。"

耿曙道："好看是好看，穿这么一身，活动不方便。"

姜恒为耿曙系上皮甲片，连好扣带，拿出他戴在胸前的玉玦看了眼，光滑的玉玦上倒映着雪夜里柔和的光。

他又给耿曙戴上头盔，说："当心点。"

"知道了。"耿曙催促姜恒，说，"入夜就回来。"

姜恒下得望楼去，临走时，听见耿曙在城墙上朝他吹了声口哨。

"恒儿，饭做得不错！"耿曙说，"酒也好喝！"

姜恒笑着朝他挥了挥手，在寒风里有点哆嗦，裹紧外袍，小跑着回皇宫去。

这时候，他不知为何，很想唱歌。

"天地与我并生，而万物与我为一……"

姜恒喝过酒后，身体稍稍暖了起来，那是一种从未有过的酣畅，仿佛与耿曙一起饮下的，是一个美好的梦，是他们相依为命，在时光里一同织出的梦。

姜恒在大年夜空无一人的长街上唱着，嗓音依旧带着少年人的清脆。

"天地一指也，万物一马也……"

姜恒又唱道，他忽然想起许多老庄之言，天地犹如红炉，轻飘飘的雪花落下来，都会化作水，汇入这红炉里，与万物炼就的铜彼此纠缠，难分难舍。

而在这恢宏的万古洪宙之中，茫茫山峦之下，铜与铜，水与水，温柔地触碰又分离，有时稍一转身即生离死别。

深夜里。

姜恒半躺在寝殿角落，脸上通红，心跳得飞快，并不住地轻轻喘气，过往的无数记忆就像脱缰的马群般，从他的脑海中奔腾而过，再一眨眼四下奔散。

介乎入睡与清醒之间，酒的力量令他思绪繁多。

蒙蒙眬眬之间，他看见了一个人的身影，那个高大的人影朝他走来，并在他面前单膝跪地。

姜恒一瞬间险些惊叫起来。

"嘘。"

那是个蒙面的刺客，他做了个"噤声"的动作，示意姜恒别出声，蒙面巾后的双眼温柔地眯了起来，像是在笑。

"啊！"姜恒恢复清醒，大叫一声，是项州！

项州解下蒙面巾，让姜恒看清楚自己的脸。姜恒顿时欣喜不胜，抱住了他。

"幸好在最后一天赶上了。"项州还在稍稍喘息，全身满是雪水，稍稍避开姜恒。他这一路上，显然也经历了一番艰难的长途跋涉。

姜恒马上翻身起来，却有点站不稳，昏昏沉沉的，说："娘呢？"

项州戴上蒙面巾，看了姜恒一眼，低声道："夫人听到消息，让我来告诉你们。"

姜恒一颗心顿时沉了下去，项州却又安慰道："她的病好多了，只是眼下仍不宜长途跋涉。"

"她在哪儿？"姜恒说。

"越地。"项州解释道，"距离痊愈尚有数年，让你们好好在外头待着。"

姜恒不疑有他，听到母亲安好，是让他最欣慰的消息，忙点了点头，又说："你吃过晚饭了吗？我去给你弄点吃的，饿了罢？"

项州按着姜恒，答道："吃过了，睡罢，得想个办法带你们出去，外头现在全是大军，太危险了。"

"耿曙他……"

"我见过他了，"项州说，"方才就在城墙上，他让我进宫里来……让我好好看看你，姜恒，你长大了。"

姜恒跪坐着，项州又笑了起来，随手摘下左手上的一枚玉戒，塞到他手里，说："这个给你。"

"不，不，我不能收！"姜恒有点不好意思。

"拿着罢，这是很久以前，一位很漂亮的姑娘送我的。"项州仔细地端详姜恒，让姜恒戴上。

比起三年前，姜恒已经知道了不少事，譬如他如今明白，母亲与项州，一定都是很厉害的大刺客。

可他觉得项州一点也不像刺客，刺客都冷冰冰的，不是吗？项州却无忧无虑，身上带着一股被太阳晒过的气息，姜恒常常觉得他就像个与自己一般岁数的大小孩儿。

"你一点也没有变，"姜恒笑道，"太好了！"

姜恒拉着他的手，让他坐下来，项州便盘膝而坐。离开浔东后，姜恒开始懂得这世上的许多人、许多事，也懂得项州待他们很好，就像家人一般，远在他认识项州以前，项州便常常来浔东的家里看一看他们。

他虽然不知道原因，但发自内心地感激这个保护了他们很久的男人。项州对他们没有任何责任，却像一个保护神。

"你也没有变，这三年里，都在做什么？"项州说。

姜恒酒意退了少许，笑着朝项州说起往事，项州盘膝坐在姜恒身前，认真地听着，得知他大多数时间在读书，并且当上了晋天子的太史时，项州唏嘘道："你是天底下最年轻的官儿了。六卿之一的太史，不简单！"

姜恒哈哈笑，耿曙也不止一次这么说，项州又拍拍他的头，像是逗一只什么小动物。

忽然间，姜恒想到了他的计划，有项州在，说不定能奏效？

黄 布 包

"外头情况怎么样？"姜恒又问，"他们会打进来吗？"

项州想了想，说："不好办啊！稍后待我……"

就在此刻，外头传来脚步声。

项州戴上蒙面巾，正想起身，姜恒却按着他，示意稍安。

他待在晋廷内多年，听得出那是谁的脚步声，果然，不片刻，赵竭出现在门外。

赵竭看见项州的那一刻，马上把手按在剑上，待得他辨认出项州时，又放下了手。

"又是你这哑巴？"项州的语气轻松，姜恒却听出了别的意思。

姜恒茫然地道："你们认识？"

赵竭没有回答，看了姜恒一眼，手指勾了勾，仿佛丝毫没有将项州放在眼里。

姜恒问："王召我吗？"

赵竭点头，转身走了。项州说："去罢，这个时候，跟在天子身边是最安全的。"

项州牵起姜恒的手，与他穿过花园前的长廊，往正殿里去，姜恒这才注意到项州穿着夜行服，犹如黑暗里的一只猎豹，半身已被化开的雪洇得湿透。

"有几句话想朝你说。"姬珣坐在王位上，眼里带着笑意看姜恒，目光又落在蒙面的项州身上。他似乎丝毫不关心项州是谁，问道："能让我与姜卿单独谈谈吗？"

项州点头，朝姜恒说："我去看看耿曙，兴许有什么办法，能退敌军。"

姜恒放开了他宽大温暖的手掌，忧心忡忡地嘱咐道："千万当心。"

项州又笑了起来，摸摸姜恒的头，转身离开。

赵竭似乎一直等着项州，项州一离开，赵竭便与他并肩离去。

殿内，火盆烧得很旺，姬珣的脸上却带着苍白。

"你家的侍卫？"姬珣问道。

姜恒摇摇头，说："我娘的朋友。"

姬珣低声说："这个时候能来，一定是很好的朋友。"

"是啊！"姜恒想说说他们离开浔东后，就是项州保护了他们，但想来这个时候，姬珣一定还有重要的事要交代，便没有打乱他的心神。

他注意到姬珣的面前，天子案上，摆放着一个小小的黄布包，不过巴掌大，从前似乎没有见过。

姬珣沉默片刻，在那空旷的殿里，认真地说道："姜恒。"

姜恒忽然有了不祥的预感。

姬珣说："上来，把这东西拿着。"

"这……什么？"姜恒忐忑地问道。姬珣又道："没关系，上来罢。"

姜恒平生第一次走上了御阶，来到天子案前，跪坐一旁。姬珣打开黄布包，让他看，里面是巴掌大的一方薄印，三寸见方，一寸厚度。黑黝黝，沉甸甸。

"一金二玉，三剑四神座。这就是'一金'，天子金玺。普天之下，这是唯一的一枚。"姬珣说道，"洛阳城若破，你便将它带在身上，带走，且不要让任何人知道。"

姜恒："这……"

姜恒难以置信地看着姬珣，姬珣说："它与你父亲的黑剑系出同源，乃是三千年前，以天外的一块陨铁打造。虽称为'金玺'，却非金非玉，除却黑剑，无人能斩断它。"

"不，不行。"姜恒知道，那是象征大晋，甚至整个神州大地王朝正统的国器!

"拿着,"姬珣低声说,"这是我托付于你的一项使命,姜恒。"

姜恒终于意识到了事情的严重性,也许先前所言,不过是自欺欺人,而这位年仅二十九岁的天子,心里比谁都清楚,晋的天下,已走到头了。

姬珣将它依旧用黄布包好,看着姜恒将它收起,姜恒眼里已带着泪水,不知所措地问:"我得把它带去什么地方?"

"随你。"姬珣说,"若怕自己无法保住,也可将它找一处无人之地,沉入湖底,或一直带在身边。姜卿,答应我,用你的双眼去看这人间。"

姜恒怔怔地看着姬珣。

姬珣:"……大争之世,王道式微。五国之争,让天底下的百姓陷入无休无止的战火,但我相信,总有一天,将有人结束这乱世。届时,你可将天子金玺交到他的手中。"

姬珣叹了口气,起身道:"郢人偏安,梁人自大,郑人刻板,代人莽撞,雍人逞武寡情……"

姜恒听到这话时,眼泪已止不住地淌下来。这位天子虽被软禁在洛阳,却从未放下过守护天下之心。

"百姓啊,"姬珣低声说,"遭受这折磨太久了。只盼我看错了、想错了,五国中,若有人能继承这王道,这个人,不必是圣贤,因为人无完人。只要找到了,你便代我授予他天子金玺,让他一统天下,重领这破碎的山河。"

"你答应我,"姬珣低声道,"答应我,姜卿,你们的路还很长。"

姜恒哽咽着道:"是,吾王。"接着,他定了定神,又道:"我以性命护卫此物的周全。"

姬珣笑道:"倒也不必,归根到底,还是身外之物,又有什么比你们的性命重要?"

姜恒望向姬珣,姬珣又说:"便将它当作我最后的一个美好的愿望罢。也许千百年后,世上不一定会有这么一个人……"

"一定会有,"姜恒点头道,"一定有!"

姬珣望向姜恒,微微一笑,说:"若没有,哪天你得了本事,不惧这大争之世的惊涛骇浪时,便拿着金玺,自立为王,也是不妨。到得那时,他们发现争得头破血流的'正统'，竟落到了你的手中，那场面一定很有趣。"

姜恒："……"

洛阳，城楼高处。

项州、赵竭与耿曙望向远方。

项州说："我拿不定主意。梁军上将军是申涿，申涿自身武艺了得，手下死士如云。郑军则是太子灵亲自带兵，太子灵……罢了，我实在没有把握能成事。"

赵竭做了个无意义的手势，耿曙说："他问你有几分把握。"

项州没有说话，寻常时候，刺杀一名将领已经极其困难，要非常小心，何况在战时双方都严密守备的情况下。

"武艺再高，也是凡人，把握还是有的。"项州沉声道，"若罗宣在，又不一样了。"

耿曙没有问罗宣是谁，也没有奇怪赵竭与项州竟然认得彼此，他依旧在努力地想办法，至少得知姜恒与姬珣在一起是最安全的。

"他们双方会不会也想着刺杀对面的将领？"耿曙提出了新的办法，先前姜恒所言给了他启发，"不必一举成事，通过挑拨来让他们退兵呢？"

赵竭摇摇头，意思是不可行。

"他们要打过来了，"项州说，"开始动了。"

赵竭掏出一个哨子，正要运劲吹响。

"等等，"项州说，"我忽然想起一事。"

"刺杀若失败，"项州说，"我也会千方百计保住性命归来，届时逃离洛阳，成为唯一的结果。我记得进城的路上，经过了这么一个地方……北面灵山有一个峡谷，我们能不能试试这样？"

赵竭被这么一提醒，瞬间也想起来了，马上从墙上摘下地图，铺在望楼的桌上。

耿曙说："谷内道路狭长，易守难攻，确实是展开决胜的好地方。"说着，他又叹了口气，皱眉道："可也有话是天时不如地利，地利不如人和，咱们手头的兵员实在太少了。"

赵竭沉吟片刻，再看项州，项州说："不一定，如果刺杀能成，咱们还有胜算。"

赵竭两手朝中间做了个"倾覆"手势，又在地图上画出一道诱敌的线，耿曙仿佛看见了希望，说道："是，可以一搏。"

项州回过神，说："利用雪崩阻敌？但眼下火油不够，想撼动灵山双峡，须得……"

耿曙抬头望向不远处，悬挂在城门高处的那口古钟。

三人沉默。

"得尽快行动，"耿曙说，"我唯一担心的只有恒儿……"

项州说："放心，他现在很安全。"

赵竭却依旧有忧虑，耿曙在他麾下当值一年多，已约略能猜得出他想说的——赵竭仍有顾虑，却不知他顾虑在何处。

"郑、梁二国军都在行动，"耿曙喃喃地道，"似乎接到了什么消息，是什么催着他们动身？"

城外的大军开拔了，正朝着洛阳而来，先前唯一的期望已落空，以步兵为主力，两军散开，包围了城市。

项州说："郓、代二国的军队兴许也快到了，雍国马上就会杀进洛阳来，这个时候，谁抢到天子，谁就能挟持他号令天下……尽快行动，咱们没有时间了。"

耿曙注视项州，项州点了点头，咳嗽数声，于左腕戴上一枚精钢护腕，转身离开。

赵竭吹哨，集结了手头剩余的所有兵力，预备开城门出战，为项州吸引注意力，掩护这位刺客成功潜入后方，刺杀两国大将。

"无论能不能成功，"耿曙跟着项州，快步走过城墙，说道，"今天你都会被记载在史册中。项州，保重。"

项州朝耿曙一笑："你爹才是，我不过是岁月中的一片浪花罢了。"

言毕，项州展开双臂，犹如翱翔天地的飞鸟，从空中一跃而下，消失在夜色里。

四更时分。

姜恒倚在天子案前，睡意渐重，眼皮重得抬不起来，但遥远的世界尽头，鏖战的声音惊醒了他。

他蓦然抬头，喊杀声越来越近。

破城了？！姜恒心想，怎么这么快？

"来人！快来人！"姜恒马上喊道。

"不必喊，"姬珣淡淡地道，"宫人都被我遣散了。"

姜恒没有说话，惨叫声、杀戮声环绕着这座千年古都，身前、身后，甚至遥远的灵山，城外郊野，金戈铁马一齐震荡，不断逼近他们。

"姜卿，你会奏琴吗？"姬珣忽然问。

"会……会一点。"姜恒想起与耿曙一起弹过琴，答道。

姬珣说："你爹生前是天下第一刺客，也是天下第一琴师，想必你琴艺也得了真传。"

姜恒答道："说来惭愧，娘不让我学武，也不让我学琴，只会一点点。"

"无妨。"姬珣答道，"我忽然想听听琴声，已经很久没听过了。殿角的箱里有把琴，是当年仲尼送我祖父的，你且去取来。"

仲尼用过的琴！姜恒心跳顿时快了起来，四面八方的埋伏与鏖战声仿佛也不重要了。

他取来琴，那把琴造型十分古朴，雕着凤飞于天的花纹。他抹了下琴弦，飞灰四散。

"我……"姜恒说，"没有琴谱，不知道王想听什么曲子？"

"随意就是，"姬珣答道，"我已经有二十年没听过琴声了，也没有什么偏爱的。天下人吃不饱、穿不暖，身为天子，自当摈乐弃舞，与万民同哀，从来就没有真正快活的时候。"

姜恒沉吟片刻，拨弦，弹起他会的唯一一首曲子。

"今夕何夕兮搴洲中流……"姜恒略带伤感的声音低唱道，这一年，他不过十二岁，却亲眼见到了太多。

"今日何日兮……得与王子同舟。"

一声巨响，殿门被撞开，满身鲜血的赵竭左手提着剑，右手提着一个酒坛，跌跌撞撞地进来。姜恒吓了一跳，正要放下琴，起身搀扶之时，姬珣却说："继续奏琴，不必起来。"

姜恒怔怔地看着赵竭，赵竭满头是血，注视姬珣，现出笑容，那是姜恒第一次看见赵竭在笑，他的笑容很英俊，他提起案几，封死了殿门。

"山有木兮……木有枝。"姜恒低唱道。

赵竭提着坛子，走进殿内，将坛内之物倾在地上，散发出刺鼻的火油味。

姬珣只安静地看着赵竭。

"心说君兮……君不知。"姜恒看着赵竭的举动，直到他绕过天子御阶前，火油一路淌下。

最后，赵竭扔了酒坛，将佩剑放在天子案前，解开铠甲，一手抓住了姬珣。

姬珣侧身，靠在了赵竭胸膛前。

"你走罢，姜恒，"姬珣说，"这些日子里，谢谢你与你兄长，天高海阔，你们的一生，还有很长。"

姜恒站起身，看着姬珣，姬珣说："带着金玺走，后殿有一条小路，通往灵山脚下，去找你的哥哥，不要哭，你是大人了。"

喊杀声越来越近，姜恒强忍泪水，点了点头，跪地。

"王，安好。"姜恒的声音发抖。

"王安好则天下升平。"姬珣笑道，"去罢，升平之世，终有一天会回来。"

姜恒行礼，拭泪，转身而去。

赵竭看着姬珣，嘴唇稍动了动。

姬珣笑了起来，轻轻唱道："今日何日兮，得与王子同舟。"

殿门几声巨响，被士兵撞开，外头传来喊声。

"雍军也打进来了！王！将军！快走……"紧接着，是一声惨叫。

雍军在最后一刻赶到了洛阳城外，雍、梁、郑三国，轻而易举便攻破了洛阳城防，展开了一场无分敌我的大混战。

殿门敞开，箭如雨落，梁国的士兵前赴后继地冲了进来。

赵竭紧靠天子，两人一同望向殿外。

"山有木兮木有枝。"姬珣带着伤感的笑，注视这天下的子民。

赵竭手持灯台，朝地上一推，火焰熊熊而起，犹如蜿蜒的长龙，轰然爆破！

姜恒匆忙离开皇宫，背后传来一声巨响，火舌飞窜。洛阳的宫殿在雪花飞扬之中熊熊燃烧，殿顶，殿外，火焰四下爆射，到处都是慌乱逃跑的士兵。

姜恒怔怔地站着，黑木红漆尖碑，那天下王旗，火焰犹如形成了一道光柱，射向天空。

冬夜银汉，层云退去，现出北天星河的玄武七星，灼灼闪耀。

姜恒看了足足一炷香时分，终于意识到发生了什么。

"哥？"姜恒马上喊道，"哥！"

角落里，一个沙哑的声音道："你在找谁？"

姜恒蓦然转身，离开皇宫时，自己竟尚未发现，重重殿影下，一名刺客藏身于黑暗中。

此时，那瘦长的身影从黑暗里走了出来，摘下头顶的斗笠，耐心地放到一旁，他五官扭曲，头上、脸上满是伤疤，狰狞恐怖。

"你是太史，对不对？"那刺客打量着姜恒，说道。

洛 阳 焰

姜恒警惕地看着他，没有回答，只见他一身黑，比项州更高，左手持一道锐利的钩子，随时可将人开膛破肚，就像黑夜里追魂的厉鬼。

刺客又说："他没有交给你什么重要的东西吗？"同时打量姜恒怀中，那以黄布包着的金玺轮廓，他脸上本应是眉毛之处光秃秃的，一抬眼，现出无神的眼白，犹如死人般，他阴恻恻地道："小朋友，他有没有让你将某样东西交给谁？"

姜恒再退后，背脊碰上一棵树，已退无可退。

"这么想要，"姜恒冷冷地道，"为什么不亲自去朝天子讨要呢？原来你也有怕的人吗？"

那刺客似乎丝毫没想到，姜恒不过少年模样，竟是如此老成，非但不怕他，更对他充满鄙夷。

"嘿，"刺客说，"有意思。小小年纪便当了太史官，果然了得。"

姜恒说："不管是什么，我不会给你，你有胆子，尽管下手来抢，甚至杀了我，倒也无妨。"

接着，姜恒反而朝那刺客走了一步，低声道："这里只有你我两个人，天下人也不会知道。把它抢去，给你的主人，交给国君，不管哪个国君，他就能继承天下正统了，你也会立下大功一桩，是不是？"

姜恒抬眉，神秘地说："只是没有我，继天子遗诏，亲手授予，你觉得这作数吗？只怕会引来各国征讨，落得亡国的下场罢？"

刺客脸色稍变，姜恒不过轻轻几句话，就点出了要害。诸侯国想要的，都是象征天子正统的继承权，各国追溯数代，也与王室有着姻亲关系。金玺谁都想要，得到它，便能在名义上号令诸侯国。

但若没有姬珣的临终授命，又是另一回事了，因为那是抢回来的。必然会被诸侯国暂时放下成见，联手讨伐。

那刺客显然在来前得到耳提面命，一时间也拿不准主意是否下手强抢。

然而不过短短顷刻，已由不得他说了算了。一道劲风瞬间袭来，姜恒马上后退，藏身树后，只见一个身影拖着飞溅的血花，扑到那刺客面前！

"你来晚了。"项州无情的声音响起，带着一股扑面而来的杀气！

姜恒眼中，顿时倒映出漫天雪花，只见那残面刺客果断一个翻身，亮出手中刺钩，项州一步踏住墙壁，再两步顺墙直奔而来，出剑！

铿然声响，项州再一抖手腕，手上串珠飞射，如漫天花雨射去！那刺客再退，飞身到得墙后，抬手，项州一脚蹬墙。

只见一把闪光匕首倏然而来，射向树后的姜恒！

顷刻间，项州已到了身前，空手去截飞向姜恒的匕首，手中顷刻间鲜血淋漓，匕首竟是锐利无比，刺穿他的手掌，被骨骼挡住。

姜恒大喊一声，随之而来的，是那刺客的猖狂大笑，并消失在了墙后。

项州没有再追，停下脚步。

姜恒从树后跑了出来，项州眉头深锁，拔出钉在手掌上的匕首，扔在地上。

姜恒马上撕下袍襟，要为他包扎，项州却一手搂着姜恒的肩膀，说："刺杀失败了，只给了申涿一剑，不知道他死了没有。我还是太轻视太子灵了，雍军也到了！先前万万没料到，他们来得这么快，走！"

"耿曙呢?!"姜恒扛着项州的手臂，一手环过他的腰。项州踉踉跄跄，呼吸沉重，说道："出城找他，出了西门，吹哨为号……"

"你流了好多血！"姜恒大声道。

项州肩膀、肋下全是箭伤，血液顺着他的夜行服淌下，染透了他半边修长的身体，紫黑色的血滴在雪地里，手上又添了新伤，殷红的血不断滴下来。

"我走不动了，"项州呼吸沉重，"你……"

他本想让姜恒自己先逃，但四面八方全是乱军，姜恒毫无自保能力，若被追上了，一定会被乱箭射死在雪地中，自己哪怕筋疲力尽，真要动手，还能勉强再战几个寻常士兵。

姜恒打断项州，说："得找药，先给你止血。"

项州说："不碍事……不碍事……那里有辆车……看见了吗?"

姜恒看见一辆运送柴火的小车，赶紧扶着项州过去，让他躺在车上，又将车绳套在自己身前，拽了拽，拖动那车。

项州发出一声闷哼，一头倒了下去，用尽了他最后的一点力气。

"会好的。"姜恒焦急地道，"先去药铺。"

项州颤声道："先出城……十天前，我给先生送了信，他就快来了，只要他赶到……"

"谁?"姜恒回头道。

项州脸色苍白，木车上满是他的鲜血，鲜血顺着车辕淌下，在雪地里留下两道血染的辙印。

战马冲过，姜恒险些被撞翻，马上转身，挡在项州身前。

来人乃是一身黑色战铠的雍国骑兵，正纵马疾驰，从其背后追上两名梁国步兵，旋刀飞起，将人斩死当场。

那骑兵高踞马上，戴着头盔，转头望向姜恒与躺在车上的项州。

"引他过来。"项州低声说，手里扣着一枚铜钱。

这是姜恒平生第一次，觉得自己距离死亡如此近。

那骑兵仿佛还在犹豫，是不是该把这小孩儿杀了，然而远方击鼓声响，召唤全城雍军，骑兵便掉转马头离开。

城中四处都在起火，到处都有掳掠的梁军与郑军，他们进城后，得到的指令是先抢天子，奈何天子一把火烧了正殿。犹如狼群般的郑军见无利可图，开始退而求其次，前去宗庙争抢象征王权的九个巨大的青铜鼎。

然而太宰早有准备，一把火烧了宗庙。

在这极其惨烈、同归于尽之举下，晋帝历代宗庙付之一炬，青铜鼎在烈火中化为铜水，就在联军打开宗庙大门时，铜水瞬间犹如怒海般涌了出来。

通红的铜水挟着早已化作飞灰的太宰，与一众晋臣的怒火，犹如天罚般从高台涌下。

尸体，鲜血，烈火……洛阳的火势以正殿、宗庙为中心，朝着皇宫开始蔓延，吞噬了冲进皇宫的军队，被遣散的士兵与百姓已逃出了洛阳，余下数百名老臣，壮烈殉国。

这一天，成千上万的洛阳百姓，拖家带口，远在郊外，眺望着他们的天子葬身火海。

姜恒捡来一把剑，在城北拖拽着车绳，艰难地穿行，浓烟熏得他不住地咳嗽。

"有人追来了。"姜恒颤声道。

他离开了北城门，项州已经昏迷，另一手中，紧紧握着一个竹哨。

灵山峡谷，十余名士兵协力，将王都的铜钟架上悬崖高处，是年几场大雪，积雪没膝，山岭已到了承雪的极限。

士兵说："耿大人，梁军进城了，我们得走了，家小还在城里。"

"走罢，"耿曙不住地喘息，远方的洛阳城现出火光，"都走。"

"没有撞柱，"士兵又道，"怎么办？"

耿曙没有回答。

士兵们纷纷朝耿曙行礼，离开。耿曙低头看着赵竭最后的血书，在寒风里放开，血书顺着风飞了出去，落在灵山峡谷的雪地里。敲响钟后，一切便已结束，等于向天下宣告，晋亡国。

他不知道王宫起火了没有，黑夜里一切都看不真切，他几次想扔下铜钟回去，但项州的一句承诺支撑着他。

那是他攀越城墙，刚天黑时，来到洛阳，朝耿曙说的。

"我会保护他，"项州朝耿曙说，"一定会。"

也许是源于一直以来对项州的信任，也许是他明白了在这世上，还有另一个人守着对昭夫人的诺言。否则他不必千里迢迢，一路来到洛阳。

原因只有一个，项州怕姜恒直到城破，还留在城中等待母亲，于乱军中死于非命。

一定要活着出来。耿曙心想。

梁军与郑军冲破了城门，而雍军以迅雷不及掩耳之势，急行军南下，这是所有人都始料未及的。赵竭甚至没有接到任何雍军出关的消息，原因只有一个——他们根本不打算让任何人知道。

雍军已有二十年未出玉璧关了，目的已很明显，汁琮要趁四国联军尚未成功集结，以快打快，把他们全部堵死在洛阳，再行歼灭。

既然失去了抢到天子的把握，洛阳的百姓是死是活，他们并不关心，派出使者先行通知，目的就已达到了。眼下的洛阳犹如一个铁笼，里面的生灵上到天子，下到猪狗，上天无路，入地无门，等待着他们的是卷地而来的混战，所有人都将死在这座城里，死在中原四国的铁蹄之下。

但赵竭不会就此放过他们，哪怕自己葬身火海，也要让联军付出惨痛的代价。

北门为所有的军队开了一条路，这条路上，只有孤独的耿曙，守着那口即将被敲响的象征六百年晋天下的丧钟。

姜恒跌跌撞撞，拖着车，脸上一片乌黑。

"都是人！"姜恒回头朝项州说，"我们过不去了！"

西城门漫天流箭，郑军从最初交战的措手不及中回过神来，开始收拾残兵，与雍军展开了拉锯战。与此同时，梁国从东城门一路杀入，鲜血流满了大街。南门则是雍国突入之处，姜恒看见流星般的火罐飞进城内。

远方吹号声响，又一国的军队赶到了，"代"的军旗在城楼上飘扬。

然而，代国并未入城，显然已打定主意，要让城内的三国混战军队统统葬身火海。

姜恒喊道："项州！项州！别死！"

项州已陷入昏迷，血不再流淌了，姜恒摇晃他，想把他抱起来，然而项州身体沉重。姜恒躲开火罐，看见西侧城门倒塌，瞬间意识到再想出城，自己一定会先被战马踩死。

他转身拖着车，竭尽全力奔逃，远方又有号角声响，雍军冲塌了房舍，朝着北门冲去。

郑、梁、雍三国意识到凶险，开始撤退了。

姜恒跟着那洪流，跌跌撞撞地冲出了北门，往山里逃跑。

紧接着，有新的援军赶到，加入了战场，刹那三国兵败如山倒，马匹冲撞、嘶鸣，姜恒不住躲避，眼中反而一片清明，倒映出城外浩瀚的灵山。

灵山雪松皑皑，静谧无比，犹如在那空灵世界里居住着一位神明，等待着无助的凡人前来，朝雪山祈求永恒的救赎。

洛阳的百姓争先恐后地逃离城内，最后赶到的郓、代二国大军冲进城中，以追剿雍军为由，不分阵营，碰上士兵便一剑斩杀。

大军如潮，姜恒的整个世界都随之安静下来，仿佛滚滚铁蹄、山野震动离得极其遥远。

"项州？"姜恒说，"听见了吗？"

项州躺在车上，一手垂在车辕前，滴着血，没有回答。

姜恒不住地喘息，将哨衔在口中，用力吹响。

"哔——哔——"的哨声传了开去，然而顷刻间便被这山摇地动的混战淹没。

灵山孤崖，耿曙解下背后黑剑，眼望山谷中轰然拥入的近十万敌军。

雍军、郑军、梁军，三国兵员都在疯狂杀戮，抢占灵山峡谷的出口，预备占据出口，再反过来迎敌，拼死一搏。

洛阳燃烧的黑灰布满天际，太阳升起来了。

千余年王都的正殿终于烧到尽头，坍塌，传来震撼天地的巨响。

耿曙提气，持黑剑，以钝剑之锋指向古钟，全身运劲撞了上去。

"当——！"

一元复始，万象更新。

钟声震彻天地，在这旷古的山峦间传递着巨响，唤醒了神州大地。

所有士兵纷纷抬头，望向高处。

"当——！"第二声震荡，耿曙运起他所有的力气，撞响了古钟。

雍军将领仿佛意识到了什么，蓦然抬头，望向灵山两座主峰。

"当——！"第三声钟响，犹如一道无形的巨力，横扫开去。

山峦尽头的雪松砰然洒落雪粉，山巅，积冰崩，紧接着，耿曙一剑斩断巨钟坠绳，令它从山巅滚了下去！

余音不止，嗡嗡作响，旋即被另一道摧毁天地的震荡掩盖。

耿曙收剑归背，正要跃下悬崖，前去寻找姜恒的下落，然而就在这一刹那，他听见了古钟余声与雪崩的滔天巨响中，一声微弱的哨响。

哨响戛然而止。

一道刺骨的寒意从头到脚攫住了耿曙，他发着抖，望向峡谷。

姜恒拖着车，肩上被勒出痕印，茫然地转头，望向崩毁的山巅，雪崩形成一条线，呼啸着吞噬了沿途的松林、巨石，裹挟着无数外物，朝峡谷中涌来。

他稍稍张着嘴，哨子落在地上。

"哥。"姜恒知道，自己生命中的最后一刻来到了。

"恒儿！"耿曙咆哮道。

霎时间，姜恒转头，拖着车，朝峡谷中拼尽全力地冲去，远远地逃离耿曙，让他断了来救的念头。

"别下来！"姜恒边跑边回头喊道，"别来啊！你救不了我——"

耿曙冲下了悬崖，撞在一棵松树上，四面箭如雨下，他头上、身上全是鲜血，朝着姜恒冲去。

"走啊！走！"姜恒见劝不住耿曙，当即拖起车，朝着相反的方向跑去，喊道，"别来！"

耿曙："……"

耿曙距离姜恒尚有千步之遥，只见姜恒为了让他保命，竟冲向雪崩的方向，甚至不回头看他一眼。

耿曙手持黑剑，四处斩杀，逆流而上，只为尽快赶到姜恒的身边。

然而，刹那间，他被奔逃的战马撞翻在地，被飞射的箭矢穿透，倏然流箭飞来，将他钉在了一棵树上。

耿曙握着穿透肩胛的箭，忍着钻心的疼痛，将它一下折断。

姜恒转身，又要朝耿曙跑来，雪崩距离他已不到五十步，他知道跑不到了。

他们只能远远地看着彼此。

耿曙嘴唇动了动，眼里带着绝望。

姜恒："……"

所有的声音在那一瞬间，全部消失了。雪崩涌来，刹那没过了姜恒的头顶。

耿曙闭上双眼，抓着抽出来的箭矢，跪倒在地，反手将箭矢朝向自己的心脏。

奔马践踏，近十万乱军在雪崩下四散，狂冲，再次撞翻了耿曙，朝峡谷出口奔去。

耿曙的鲜血染红了雪地，紧接着被更多的雪覆盖，两侧山谷开始朝其中崩下更多的雪，巨响如万道雷鸣。

晋惠天子二十九年。

天子姬珣崩，六百年传承，晋家天下亡。

是年元日，雍、郑、梁、代、郓，五国会战于洛阳，王都尽焚。十万联军于雪崩之下，坑于灵山峡谷。

世间一片静谧，千里雪地上，小雪再度温柔地下了起来，数丈深雪中，埋着战马与它们的主人。

无数断折的松枝，就像深埋在雪地下的这十万人的一座座墓碑。

山峦无棱，冬雷震震，天地相合。

待得又一年春来之时，冰雪消融，一切终将被深埋地底，桃花依旧绚烂盛放。

卷二 归去来辞

如果恒儿还活着，
我们一定会重逢。

透 骨 钉

灵山峡谷下，冰河。

一场大战自山巅至山腰，自山腰至山脚，上千年的积雪与冰川垮塌后，沿着灵山峡谷无情涌出，淹没了王都北方，堵住了玄武门。雪浪无处可去，犹如溃堤的洪水，冲出西南走向的山谷外，一路摧枯拉朽，直到洛水前。

松树折断，乱石滚落，洛河冰面崩塌，百万斤滑坡涌下的雪，裹着泥石倾入河中，压垮了冰层。

一位鹤发童颜的老者拄着杖，带着一名青年人，赶着一辆驴车，来到洛水岸边。渡过河后，老者在河边乱石上坐着，拧开酒袋，喝了几口酒。

青年人则跪在山脚下，用双手刨开积雪。

"罗宣啊。"老者说。

被唤作罗宣的青年没有回答，他右手手指上渗出的鲜血染红了一小块雪地。

老者年逾古稀，却显得精神矍铄，酒袋上绣有四只当值神兽的图案，一侧以篆文勾勒出古老的名讳：鬼师偓。

这个名字，中原人所知道的，已经不多了。

有关那神秘的沧山与长海，而沧海上，云雾之中所建起的仙境般的楼台，以及那最终被湮没于时光中的名字"鬼先生"，如今再无人提及。

罗宣挖开了积雪，被鲜血所染的雪下，出现了一只青紫色的手。

这是今天他挖出的第十六只手。

从山坡到山脚，到处都是高举的手，成千上万，凝固了千奇百怪的动作，在突如其来的灭顶之灾面前，每一只手都努力地凌空抓捞，想抓住最后一点希望。

但这只手不一样，它按着一截木头，临死前，似乎仍在守护着什么。

"先生，"罗宣看见那只手，便回头说，"找到了。"

鬼先生喝完袋中的最后一滴酒，没有站起来，以眼神示意罗宣动手挖就是。

罗宣于是继续徒手扒开积雪，现出底下一辆破碎的木车。木车已在雪崩下倾翻过来，压着身材修长的项州。

看见项州的时候，罗宣便再次跪了下来，抱住了僵硬的尸体。

项州身上的血已结冰了，他的眉毛、头发上满是积雪，表情仍保持在死前的最后一刻，双目瞳孔扩散，五官却没有任何慌张的表现，靛蓝色的脸庞上现出一如既往的温柔，嘴角还凝固着笑意。

他一手撑着身下，背脊撑起了压向他的木车，另一手稍稍前伸，手臂折断以一个奇异的方向弯曲着，搁在车棚旁。

朝晖转过群山，金色的阳光照在他的侧脸上，"弃"字熠熠生辉。

罗宣钻进雪坡下，握住他骨折的右手，把他抱在怀里，将死去的项州从那狭小的空间里用力拖了出来。

而在项州的身下，还有另一具躯体，被拖车的绳子胡乱缠在项州身上。

姜恒紧闭着双眼，一手紧紧地抓着项州的衣襟，于山峦崩塌的最后一刻，与他相依为命。

鬼先生看着眼前这一幕，点了点头，用拐杖敲了几下石头。

"既然找到了，就走罢。"鬼先生说，"不必进王都了。"

罗宣跪在雪地上，将项州抱在怀里，低头看着他，小心地抹开他眉毛上、额头上的冰碎与雪花。

覆盖项州的冰雪，在罗宣呼出的热气下慢慢地融化了。

他把驴车赶来，先是把项州抱上驴车，放在车斗上。

失去了项州后，姜恒侧着身，依旧蜷缩在那人形轮廓撑起的保护空间中。片刻后，罗宣把姜恒也抱了起来，放在项州身边。

鬼先生没有问徒弟，为什么要多带走一具尸体，罗宣也没有解释。直到他套好车，跳上车去，坐在一旁，为项州的尸体蒙上布时，手指触碰到姜恒的脸颊。

先是一碰，罗宣便缩手，继而想了想，再一碰。

"先生，"罗宣说，"这孩子还活着。"

鬼先生随口问道："你想救他？"

姜恒的气息非常微弱，两腿被破车压了不知多久，膝盖以下已折断了，断骨处高高肿起，滚下山坡的冲撞，令他正在生与死之间徘徊。

梦里满是桃花，一条溪流横亘在他的面前，溪水不过膝盖深。

彼岸，昭夫人端坐在桃林中，花瓣温柔四散，远远地传来琴声。

昭夫人的身边坐着一名黑衣男子，以黑布蒙着眼。

"爹！娘！"姜恒笑着喊出声。

他涉水而过，走进冰凉的溪水里，接连喊道："爹！娘！"

刹那间，溪水一片血红，开始沸腾，浸在身下的水流化作滔滔血水，犹如千万把呼啸而过的利刃，剜去了小腿上的血肉。

姜恒惊恐地看着这一幕，一个趔趄，失去支撑，摔倒在溪流中，恐惧地大喊。

"救我——救我！"

溪水淹没了他，无情地剥离他全身的每一块血肉，姜恒变成了一具白骨。

一声大喊，姜恒从剧痛中蓦然醒了过来。

阳光明媚，从窗格外投入，照在他的脸上，四周泛着刺鼻的草药味。

姜恒全身上下都在痛，两腿尤其钻心地疼，身上、脸上，甚至就连张口大喊，嗓子亦火辣辣地疼。腿上就像被打进了许多铁钉，令他受尽折磨。

我在哪儿？姜恒生出念头，苦忍着疼痛，不过顷刻便又在剧痛的折磨中意识模糊，发狂地大喊起来。

他发着抖，掀开盖在身下的被子——看见了自己的两腿。

腿部沿膝向胫，再到踝，左右腿各被钉上了血迹斑斑的二十枚钉子。

姜恒深吸一口气，痛得脸色苍白，伸出手按着榻畔药架，想靠自己的努力坐起来，却按翻了架子，发出一阵杂乱的响声。

就在这时，门被推开。

青年的身影挡住了日光，他穿着一身武服，身上、额上全是汗。他走到榻前，看也不看姜恒，扶起药架，从房间角落的柜子里取出一个破碗，左手手指在碗里捻了一把，再回到榻前，左手覆上姜恒的脸颊。

刹那间睡意袭来，姜恒喘息数声，双目失去神采，歪倒下去，失去了意识。

不多时，他再次醒来，刚想开口，那青年男子听到呻吟，便起身，依旧拿了那破碗，拈出少许碗中粉末，按在他的脸上。

姜恒毫无抵抗之力，再次沉沉睡去。

如此反复，日转夜，夜转晨，姜恒连着醒了七次，青年也依样施为七次。

直到第八次时，外头下着雨，姜恒腿上疼痛稍减，睁开眼，再不见先前的青年。

又是一天到来，姜恒忍着痛，躺在榻上喘息，汗水把褥子与被、枕浸得湿透。

他不敢看自己受伤的两腿，只盯着天花板，咬牙忍耐。

他听见外头一个稚嫩的、却毫无感情的女孩儿声音说："他醒了，罗宣，你该去看看。"

不一会儿，房门再次被推开，那名唤罗宣的青年走了进来。

姜恒的脸色依旧苍白，疼痛却较第一次醒来时要轻，他终于得以收敛心神，看面前的救命恩人。

回想起雪崩瞬间，记忆正在一点点地回来，他知道这人救了他的命。

青年身长七尺有余，不似项州高大，身材看似十分单薄，穿着并不合身的武服，眉眼清俊，却带着一股若有若无的戾气。

他的头发被削得很短，脸上也洗得不干净，身上散发着一股动物的气味，邋邋遢遢，就像曾经第一次来到家里的……人，那个人是谁？姜恒忽然有点混乱。

"谢谢，"姜恒发着抖说，"谢谢你……救命之恩，我永远不会忘……"

"罗宣？"外头那女孩儿的声音又说。

姜恒知道这名青年叫罗宣。

罗宣在房里的另一张榻上坐了下来，没有回答。房外，脚步声远去，女孩儿走了。

姜恒注意到，他进来时，右手中握着一把匕首。

姜恒的目光落在他的左手上，被罗宣的手背吸引了目光。罗宣的左手手背分布着鳞状的硬甲，就像长在了肌肤上，又像手上的皮肤因药物硬化后留下的伤痕。

那鳞片闪着光，直蔓延到小臂，手指甲却修得很短，而五指在阳光的照射下，闪烁着金铁般的光泽。

罗宣没有看姜恒，低头玩着手里的匕首，以金铁般的左手摩挲着匕刃，发出了磨刀般的声音。

"我问你，"罗宣忽然说，"你是项州的什么人？"

"项州？！"姜恒下意识地想到了许多，问，"项州怎么了？他在哪儿？"

"他死了。"罗宣沉声道。

姜恒的记忆非常模糊，从山坡上坠落时，撞到了他的头，导致他许多事就像雾里看花，看不真切。

"是……项州，"姜恒说，"我记得他，我……"

姜恒努力回忆，说了个大概，包括在家里第一次见到项州，以及与母亲，还有谁，一同逃离了……浔东。是项州保护他离开的吗？可是在这之后，又是谁呢？

姜恒把想不清楚的记忆，勉强自圆其说了一番，认为是项州保护他到王都洛阳，再带着他逃出了都城。

罗宣只是安静地听着，末了，望向扔在榻畔架子上的那方以黄布包着的金玺。

"就是这样？"罗宣忽然说。

"是……是。"姜恒竭力点头，剧痛再次袭来，"我记得……是这样。"

罗宣起身，手指拈了药粉，但比前几次分量都少，摸上了姜恒的脸颊。

罗宣的手就像一只铁手般，却是温暖的，被抚上眉眼、口鼻时，姜恒不住地发抖，想握住他的手，从中得到些许对抗疼痛的力量。

"还有隐瞒吗？"罗宣毫无感情地问道。

"没有。"姜恒握着罗宣的手，突然察觉到了什么。

接着，罗宣扼住了姜恒的喉咙，左手收紧。

姜恒："……"

一瞬间，姜恒血液上涌，头脑一阵阵发涨，罗宣的手就像一把坚固的铁钳，挟住了姜恒的咽喉。

他的眼神异常平静与冷漠，姜恒正要挣扎，刹那间，他从罗宣的眼神里，想起了一个人。

耿曙。

无数记忆的碎片犹如碎影般掠过，耿曙被箭矢钉在树上，远远地看着姜恒，正如这一刻，罗宣的眼神。

那是一种面对结束的平静，深沉的眼中是一潭死水。

姜恒想起了耿曙，也想起了雪崩前的最后一刻，自然想起了对自己来说最重要的一件事——耿曙已经死了。

于是姜恒忽然不再挣扎，放开了握着罗宣手腕的手，坦然地合上双眼，紧闭嘴唇。

鬼 先 生

罗宣扼紧了姜恒的喉咙，房中一片寂静。

翻倒的药碗在桌上漫了一片水，从桌上滴下来，一滴、两滴、三滴……时间慢慢过去，姜恒的脸色变得铁青，手脚不自然地开始抽搐，胸膛猛烈地抖动起来，空气到不了肺中，全身开始紧绷，即将失禁。

他咬紧牙关，紧闭的双眼前一片黑暗，黑暗中又有大片大片的光，就像花一样四处绽放，化作闪电，化作惊涛骇浪。

时间流逝，姜恒抽搐的身体慢慢安静下来。

罗宣忽然改变主意，撤回了手，低头看着姜恒，姜恒已经没有呼吸了。

旋即，他随手一指，点在了姜恒的胸膛前，姜恒好不容易长好的肋骨再次折断，随之一股近乎穿透羸弱身躯的巨力，以隔山震地的内劲传递进他的胸腔中，猛地将肺腑一压。

刹那间，姜恒在昏迷中呼出一口濒死的气息，犹如溺水的人，紧接着猛烈地喘起气来。

罗宣手指间，匕首打着旋，以匕尖挑起姜恒的眼睑，姜恒的瞳孔快散了，幸而依旧未曾完全死去。

罗宣以匕首尖轻轻地刺进姜恒眼眶一侧，只要稍一用力，便能挑出他的眼珠。

但他又忽然停下，没有下手，皱眉想了一会儿，以匕缝贴着他的鼻梁比画，再换到耳朵。

割哪里感觉都不对。姜恒的脸就像一具精致的玉雕，毁掉任何一部分，都仿佛破坏了这老天爷造化之下的杰作。

何况剜掉两眼，让他当个瞎子，只会给罗宣自己添麻烦。

"算了。"罗宣自言自语道，坐到一旁的榻上，沉默片刻，继而躺下，用被子蒙住了自己的头。

雨水从屋檐落下，不时一阵风吹来，打在窗格上，透入阵阵水汽。姜恒的呼吸恢复了，逐渐变得均匀，经历数次死亡后，终于回到了人世间。可活着究竟是幸运还是不幸，仍需漫长的时间证明。

沧山雨季，这场雨一下就是十天。

姜恒再一次醒来时，发现罗宣正在脱自己的衣服。

疼痛感较之上一次苏醒时又有缓解，姜恒不知道自己躺了多久，想起最后昏迷前，罗宣那朝他毫不留情的宣告死亡的左手，他不敢说话。

但今天，罗宣把左手背在身后，只用右手碰他。

他先将姜恒脱光，衣服解开，铺在榻上，眼里带着冷漠，右手握着浸了热水的湿毛巾，擦拭姜恒的身体。

他的动作有条不紊，仿佛姜恒成了一截木头、一具动物的尸体，或是其他毫无生命的冷冰冰之物。

姜恒瘦得皮包骨，奇怪的是，卧床这段时间，他竟没有觉得饿。

"你叫罗宣吗？"姜恒终于说道。

罗宣不答，为姜恒擦过身体，拉起被子，将他盖好，又躺到另一张榻上去。

姜恒腿上，那钻心的痛已渐消，取而代之的是一阵阵的钝痛，钝痛感令人更为难受，睡不着，也集中不了精神，疼痛反复袭来，让他整夜发狂。

天亮时，雨声依旧。第一缕阳光照进来时，罗宣忽然醒了，翻身下床，出外洗漱。不片刻再回来，拿着一碗刺鼻的药汤，右手手指抵着芦管一头，慢条斯理地喂给姜恒喝。

"我……我自己能喝。"姜恒声音发着抖。

罗宣终于与姜恒的视线对上了，示意他喝。

姜恒强撑着起来，端起药碗，喝了下去。

"你到底想死，还是想活？"罗宣眉头微拧，实在看不透姜恒。

姜恒喝下那碗药，茫然地说："我不知道。"

罗宣撤走药碗，姜恒看着他的背影，说："我……我想起来了，我哥也许死了。"

话音一落，姜恒胸腔一阵翻江倒海，刚喝进去的药又"哇"的一声吐了出来。他坐在床上，难过地大哭。

罗宣嫌弃地看了姜恒一眼，转身出去。姜恒想起耿曙，哭得筋疲力尽，直到累了，罗宣又拿着一碗药进来。姜恒眼里带着泪看他。

紧接着，他挨了罗宣突如其来的一耳光，左脸顿时肿了起来。

"这药很稀罕，"罗宣耐心地说，"别再吐出来了。知道吗？"

姜恒下意识地疯狂喘气，罗宣又捏着他的咽喉，迫使他张嘴，把药粗鲁地灌下去。

姜恒："……"

姜恒快喘不过气了，被罗宣合上下巴时，室内安静半晌。

罗宣收碗，又走了，室内唯余姜恒低低的饮泣声。

就这样，姜恒又度过了一天，他只能对着卧室的窗格发呆，看见窗格外投入的晦暗天光的碎片，脑子里翻来覆去的都是雪崩时，耿曙被飞箭钉在树上的那一刻。

想到累时，他便昏昏沉沉地睡去。每天清晨，罗宣会给他喂一次药，服药后，姜恒仿佛感觉不到饿与渴。而每隔两天，罗宣会用热水为他擦一次身，为他清洁干净，再将脏衣物带出去洗。

"谢谢。"姜恒难为情地说。

几次夜半，姜恒有尿意想下床，摸到床边的铜虎，却不小心从床上摔了下来。

罗宣只躺着睡觉，当听不见，姜恒又慢慢地爬上榻去。

直到最后一次昏迷醒来的十一天后，姜恒试着在榻上活动，他的身体已近乎康复，唯独两腿还不能动。

他搬着一腿，想试试下床，到卧房门边去看一眼。罗宣却又进来了。

每天白天，罗宣几乎都不在室内，只有傍晚睡觉时才会回卧房。

"可以拆钉了。"罗宣说。

姜恒瞬间意识到，更为可怕的酷刑还在前方等着。

"钉子要……"姜恒颤声道，"取出来吗？"

罗宣不答，找出绳子，将姜恒绑在榻上，拿了根木棍，让他咬在嘴里。

姜恒一辈子也不会忘记这一天。罗宣搬了张椅子，在他身边坐下，再把他两腿上的四十根钉子，一根根取了出来。

结束时，姜恒浑身汗如雨下，已说不出话来。

罗宣在伤口上撒下了药粉，再把被子盖在姜恒身上。姜恒奄奄一息，朝罗宣颤声道："你……为什么不杀我？"

罗宣收拾药碟，看了姜恒一眼，嘴角略翘，那笑容顿时让姜恒有种毛骨悚然之感。

"不能让你死得这么轻松。"罗宣随口道。

又三天后，姜恒的腿部开始恢复知觉，第一个感觉是痒。犹如许多蚂蚁在啃噬着他的伤口，令他极度煎熬。但他意外地发现，腿能动了。

虽无法站立，勉强挪动，却已无碍。

他哆嗦着整理衣服，看见床头有洗干净的里衣，便努力给自己换上，爬到窗格前，朝外望去。

这儿究竟是什么地方？姜恒心想。

他看见其中一个窗格外，黑黢黢的一片，那黑暗里仿佛还闪着一点光。

姜恒又换了个窗格，一模一样。

他充满疑惑，两手撑着下床去，拉开门，看见门外的一双脚。

顺着脚往上看去，他看见了一个六岁光景的小姑娘。

姜恒瞬间意识到，方才窗格外所看见的，是她的眼睛！

他惊惧地看那女孩儿，只见女孩儿长发披散，穿一袭黑袍，散开的裙裾拖在地上。她的肤色极白，白得犹如漂过的纸一般，表情丝毫不似活人，面孔中亦无生气。

"你好些了？"那女孩儿面无表情地问道。

姜恒："好……好多了，你是谁？"

"我叫松华，"女孩儿冷冷地道，"海女松华。"

姜恒不明其意，女孩儿侧头，瞥向走廊里，姜恒顺着她的眼神望去，只见那里有一辆木制的轮椅。

女孩儿没有再说话，转身离开。

姜恒发着抖，爬上轮椅，再转身时，松华已像一阵风般消失了。

"有人吗？"姜恒壮着胆子问道。

雨水不断滴落，今天依旧是个雨天，廊下风铃在微风里发出"叮当"的响声。姜恒摇着轮椅，离开房门，进入一条长长的走廊里。

走廊通往一个巨大的庙殿，姜恒停下摇动轮椅的双手，茫然地转头。

庙殿里有四幅巨大的壁画，分别画着镇守神州的四方神兽，栩栩如生。

"有人吗？"姜恒又喊道。

他摇着轮椅，转身离开殿内，来到正殿前，终于看见了除松华外的唯一一个活人——罗宣。

罗宣正在屋檐下的一个木桶前蹲坐着，两腿略分，漫不经心地在搓衣板上搓着衣服。

姜恒张了张嘴，罗宣一定早就听见他的声音，不过是懒得搭理他。

他摇着轮椅，靠近罗宣，罗宣来回搓洗衣服，姜恒看见了里头有自己的里衣、衬裤，以及罗宣自己平时穿的衣服。

来到檐前廊下，他忽然又看见了另一条路，于是穿过那条路，来到一座延伸而出的平台上。头顶阁檐挂了成千上万的风铃，在风里一阵乱响，与雨声彼此应和。

姜恒这才发现，自己正身处一间建在山腰的殿阁上，面前群山簇拥之间，乃是一眼看不到尽头的巨大湖泊。雨季之中，烟雨蒙蒙，湖上千万水花绽放。

"这里是沧山海阁，我是鬼师偎。"垂老的声音在背后响起，"罗宣在洛阳灵山下发现了你，把你带了回来。"

姜恒蓦然转头，发现了一位发须全白的老人。

"跟我来。"旋即，老者说道。

姜恒跟随老者，到得平台一侧，平台边上，立了一座小小的塔。

"项州生前是我弃徒，"老者说，"他的骨灰被罗宣收在此处。"

姜恒眼眶通红，竭力放开轮椅，跪下去，朝项州埋骨之塔拜了三拜。

"对不起，项州，"姜恒哽咽着道，"对不起，都是我害了你……"

姜恒始终觉得，若不是他把车拖出了北门，带着项州往不该去的方向逃离，他们就不会遭遇这样的事，连带着耿曙，也……

"你可以叫我鬼先生。"鬼先生待他哭过后，安慰道，"众生皆有一死，不必过于悲恸。"

他的两眼带着笑意："罗宣已经告诉了我，你是姜昭的孩子？"

姜恒哽咽着道："是，先生。"

鬼先生又道："那么，按理说，你应当也是耿渊的儿子了……嗯……"他随即皱眉，仿佛想到了什么事。

姜恒竭力从轮椅上下来，却依旧两腿一软，朝鬼先生扑倒，恳求道："先生！鬼先生！"

鬼先生忙道："姜公子，快快请起。"

"晚辈叩谢鬼先生救命之恩，"姜恒说，"晚辈此生没齿难忘，您要我做什么来报答，我都愿意。"

鬼先生拄着拐杖，笑了笑，说："是你命不该绝，每个人都有自己的命数，不必谢我。"

这时，罗宣也来了，站在鬼先生身后，冷淡地看着姜恒。

姜恒又转身，朝鬼先生埋头就拜，颤声道："先生，晚辈求您一件事，求求您了。能不能回灵山去，救我哥哥一命？他如今生死不知，下落不明……"

鬼先生看着姜恒，轻轻叹了口气。

"姜恒，距离王都覆灭，已过去五个月了。"

姜恒："……"

淬毒手

鬼先生看了姜恒许久，最后摇了摇头。

姜恒明白了，却没有死心，还想再求他几句，鬼先生却吩咐道："若他未死，你们终有相遇的一日；若他已死，如此执着，又是何必？"

姜恒沉默地跪在项州埋骨之塔前，闭上双眼，雨随风势，再次飘了过来，打在他的脸上、身上。

入夜，鬼先生不知去了何处。

海阁大殿中，罗宣坐在案前，打开食盒，里面是稻米煮成的饭，以及一条酱烧的鱼。

姜恒打开面前的食盒，晚饭与罗宣的一样，这是他数月来真正吃上的第一顿饭，然而，他的喉咙却被哽住，什么也吞不下去。

"饭是罗宣做的，"一个声音响起，"他想问你，好吃吗？"

松华又出现了，她坐在海阁正中央的案上，露出洁白如玉的脚踝。罗宣却仿佛对她视而不见。

"我什么也没有说，"罗宣不悦地道，"不要替我发话，你这个烦人精。"

姜恒稍抬头，朝松华望去。

姜恒说："这是哪儿？"

"先生不是告诉了你？"罗宣漫不经心地答道，"沧山，海阁。"

也许是姜恒今日跪在项州埋骨塔前的痛哭，让罗宣的脸色稍有缓和；也许是鬼先生的态度，令罗宣也随之有了变化。他的语气虽然依旧冷漠，却不似先前几日，带着一股扑面而来的杀气。

姜恒想问的是，这究竟是一个什么样的地方？

松华的语气平静，连语调也没有任何变化，答道："郢、代二国交界，群山之中的沧山，长海之滨的海阁。你不知道很正常，因为鬼师偃抹去了所有史书上有关此地的记载。"

姜恒回头细想，知道这多半是项州的师门，而他们看见项州死前仍在守护自己，便将他一并带了回来，罗宣则是项州的师弟，看在死去师兄的分上，为他治好了伤。

"你吃吗？"姜恒说，"小妹妹，我这份没动过。给你罢，我吃不下。"

罗宣嘴角抽搐，抬眼朝姜恒望来，仿佛听到了什么笑话。

"我不吃，你吃罢。"松华的眼神始终是涣散的。

姜恒勉强点头，努力地吃了一点，又喝了点水，喉咙终于打开了。不得不说，罗宣做的菜味道确实很好，比在王都时吃的要鲜美许多，一如在浔东时卫婆做的饭，有家的味道。

姜恒与罗宣对坐，半是咽食，半是咽泪，沉默地吃完了饭。

罗宣沉默地收走了姜恒吃不完的食盒，走在前面。姜恒看了眼松华，松华又冷淡地说："姜恒，跟着罗宣，他会照顾你。"

姜恒茫然地点了点头，摇起轮椅，跟在罗宣身后，回到两人的卧房前。

卧房外有个小小的庭院，院里有一口井。罗宣点了灯，挂在门口，打出井水，坐在一旁，开始洗他们的餐具。

"罗大哥，我来罢。"姜恒想来想去，不知如何称呼他，自己不是海阁的弟子，叫"罗师兄"不妥，只得换了个称呼。

罗宣几下洗了食盒，没有让姜恒碰，侧头打量他，眼里带着落寞，一如松华那小女孩儿般无情，却终究稍微有了点人性。

"你怎么不替我师兄去死？"罗宣认真地说，"你死了也就算了，怎么还拖上他？他做错了什么？救你这废物，有什么用？"

姜恒仿佛蓦然间遭到了一记重击，头顿时嗡嗡地疼了起来，胸口气血禁不住上涌。

"等你能走了，"罗宣又道，"就快点滚，我不想看见你。"

姜恒回身，沉默地进了房。

罗宣在院里脱光了衣服，打出井水，从头浇到脚，踩在青石板上的脚趾动了动，疲惫地叹了口气。

三天后，姜恒的生活已几乎能自理，不需罗宣再为他翻身、擦身。但昏迷的这五个月里，他发现自己没有长褥疮，也就是说，罗宣每天认真地照顾着他，为他翻身、擦洗。

正因如此，罗宣说的话，才令他更觉愧疚。

鬼先生自从那天之后，就没有再出现过，松华也不知去了何处，偌大的海阁，就只有姜恒与罗宣二人。姜恒的腿正在缓慢地恢复，常常奇痒无比，夜里为了不吵醒罗宣，姜恒只得忍着，用手紧紧地抓着被褥。

白天，能离开房间时，身上终归好些，姜恒摇着轮椅到殿前去。他看见殿里殿外但凡有落叶，便躬身捡起来，时而看见罗宣泡在桶里的衣服，便爬过去，为罗宣洗衣服。这是他寄人篱下，唯一能做的了。

这天罗宣经过廊前，见姜恒在院里努力地搓洗着自己的衬裤，便停了下来，继而索性坐在廊下。

姜恒看了他一眼，不敢吭声，也自觉没脸与他说话。

罗宣右手在左手手背、手腕上来回抚摸了几下，继而扯住一个地方，轻轻一扯，扯下来一层近乎透明的蚕丝手套，扔了过去，落在桶里。

"把它洗一下，"罗宣眉头一扬，说道，"麻烦你了。"

姜恒马上接过来，拿在手上轻轻搓洗，那蚕丝手套薄得近乎无物，浸在水里就像消失了一般，却十分坚韧。

罗宣摘下手套后，把左手搁在膝前，对着阳光端详，手上的青黑色鳞片泛着隐隐的金光，从五指指背蔓延到左臂的一半处。

"洗好了，罗大哥。"姜恒把手套递过去。

罗宣便将手套搁在膝前晾干，玩味地一瞥姜恒。

姜恒看了眼他的手背，见他注意到自己，便不敢多看。

"想看就看，"罗宣朝姜恒亮出他那带着鳞片的左手，说，"你在怕什么？你怕我是妖怪变的，是不是？"

"没……没有。"姜恒马上摇头道，他确实想过，海阁的一切实在太诡异了。项州身怀绝技，却好歹还是凡人刺客。罗宣的左手，以及没有半点人气的松华，令他始终觉得有点不安。

"我是人，"罗宣说，"你不用怕。过来，让你好好看看我的左手，来。"

姜恒不敢近前，罗宣佯装生气道："你就这么对你的救命恩人吗？"

姜恒于是扶着轮椅，一瘸一拐地过来。

罗宣道："很好，已经能走了。"

说着，罗宣随手在身边摘了一朵花，递给姜恒，示意接着。姜恒不明就里，接了，只见那山茶花一到罗宣手中，瞬间便开始枯萎，花瓣化为黄色，转为漆黑，随后掉落。

姜恒被吓了一跳，然而收手时已太晚，他的手指碰到了罗宣的食指。

刹那间，姜恒眼睁睁地看着自己的食中二指变黑、肿胀，登时大喊起来。

罗宣忽然哈哈大笑，带着恶作剧得逞的幸灾乐祸之意，又牢牢抓住了姜恒的手腕，姜恒躲闪不及，已下意识做好了被毒死的打算，甚至尚未注意到，罗宣抓住他的是右手。

紧接着，罗宣松开手指，顺势让姜恒抽走一手，五指在姜恒中毒的指头一拂。

姜恒只觉一阵清凉，中毒的手慢慢就好了。

姜恒："……"

姜恒难以置信，看自己的手，再看罗宣。只见罗宣恶作剧结束，懒洋洋地戴上晾干的手套。

"你手上有毒。"姜恒说。

罗宣"嗯"了声，戴好手套后，右手点着左手中指，顺着手背慢慢上移，沉声道："这是海阁的功法，这只左手，经年累月地吸入毒素，以蛇毒滋养，与蛇毒共生。"

姜恒定了定神，道："所以你的手背上会出现鳞片。"

罗宣没有回答，看着姜恒，低声道："鳞片越多，毒性就越强，甚至不用碰着你，你就会倒在五步之外……"

姜恒说："练这种功法，不会让自己受伤吗？"

"当然会。"罗宣带着邪恶的笑容，说，"等鳞片长到手臂上、肩上，再长到左心口处……"

罗宣没有再说下去，稍一扬眉，意思是你懂的。

姜恒："……"

罗宣说："想毒死你，只需要我动个念头。先生救不了你，海女也救不了你。你打算什么时候滚？"

姜恒说："我……我……谢谢您的照顾，罗大哥。"

姜恒朝着罗宣跪下，向他磕头，说："我……一定会尽快走，不会再出现在您的面前了。"

罗宣看了姜恒一会儿，没有回答，起身走了。

是夜，姜恒的腿依旧麻痒难当，但他知道，自己就快痊愈了，痊愈后，也许能勉强走动，不至于落得个终身残废的下场，却也不比以往。死而复生的这个机会，自己一定要珍惜。

可是……耿曙下落不明，生死未知，离开海阁后，他又要去往何处？王都被毁，浔东没人了，茫茫天地，哪里才是自己的安身之所？

姜恒面朝墙壁侧躺着，睁着双眼，听见背后罗宣整理东西的响动。

他没有转身，到得四更时，罗宣推门出去，离开卧房。

翌日，姜恒忽然发现，罗宣走了。

"他有事外出了。"松华依旧坐在大殿主案上，晃荡着雪白的两腿，冷冷地道。

"鬼先生呢？"姜恒问，"我也该朝他辞别了。"

松华喃喃地道："他在闭关，这么着急走做什么呢？在你的肩上，尚有天命，人间命数不该绝，几千万人的生死、整个神州劫难，都应在你的身上，留下罢，还没到时候。"

姜恒问："什么？"

姜恒不明白松华所言，直到此刻，松华才稍稍侧头，走神的两眼，视线凝聚在他的身上。

"鬼先生在后山闭关，"松华说，"没空见你，在这里等着，等罗宣回来罢。否则，你想到哪里去？"

姜恒说："我……我想回王都找我哥，我知道他没有死，他一定还活着。"

话虽如此，姜恒当时却亲眼看见了耿曙拔下箭，再刺向自己胸膛的一幕，只是他在这些日子里，选择忘了所有耿曙已丧生的可能性。

松华同情地看着他，没有再说。

"你当真这么想的吗？"松华缓缓地道，"只怕你早就知道了，自欺欺人而已。"

姜恒沉默良久，擦了把眼泪。

他已能拄着双拐缓慢地行走了，偌大的海阁，罗宣一走，更是空空荡荡。他只能每天去厨房里找吃的，尝试着自己做饭。

鬼先生似乎不用进食，而松华更是不吃饭，也不喝水。姜恒只需要照顾自己就行。

他们究竟是什么人？姜恒想起，已有好久没有见到鬼先生了。

又一个半月后，姜恒拄着拐走过长廊，来到平台前。四面山上，枫红如血，长海就像偌大的一面镜子，倒映着悠悠蓝天，与火烧云般漫山遍野的枫树。

好美啊，终于看见"海"了。姜恒心想，可耿曙又在哪里呢？

他曾经最大的愿望就是亲眼看一看海，长海算海吗？都说大海无边无际，海天一色，耿曙说过，会带他去看大海。想到这里，姜恒便觉得心脏一阵阵地抽痛，快要喘不过气来。

"你还没走？"熟悉的声音在背后响起，罗宣回来了。

姜恒蓦然转头，说："罗大哥，我这就走了，只是您还没回来，我想亲口朝您道谢……"

"不用谢。"罗宣风尘仆仆，一身修身靛蓝色武服，头发长了不少，背着一个包袱，"我替你走了一趟，你的心愿了了。你看你是不是给人添麻烦？还让我再跑一趟。"

接着，罗宣把包袱扔到姜恒面前，说："自己看罢。"

"当啷"一声，包袱落地，露出黑剑的剑柄。

姜恒瞬间沉默了，发着抖，跪在地上，两手不住地抖着，解开了包袱。

里面是耿曙的黑剑，以及他穿过的、染血的铠甲，上面还有被箭矢射穿的洞。

"尸体烂了，"罗宣说，"被一枚箭钉在峡谷底下的树上，不好带，我便替你把你哥烧了。"

姜恒一阵天旋地转，看见另一个包里，包着骨灰。

罗宣又道："至于那块你说的什么玉，没找着，猜想是被战场上的搜尸人拿了去。"

姜恒踉跄着站起，握着黑剑，那黑剑却重逾千斤，怎么都提不起来。

罗宣等待已久，为的就是看他肝肠寸断的这一幕，当即表情充满期待，有种报仇后的残忍的快感。

姜恒试了几次，两手无力，他想用黑剑横剑自刎，但抬不起手来，眼前一片昏黑，他低头把脖颈往剑锋上凑，躬身时却眼前一黑，昏了过去，倒在地上。

枫 林 村

"星玉。"此时，松华出现在罗宣身后，"你知道星玉象征着什么。"

罗宣低头注视着昏迷的姜恒。松华又道："鬼师出关在即，罗宣，你做得太过头了。"

罗宣被松华警告后，似乎有了少许顾忌，表情生出不安，上前几步，躬身想把姜恒扛回房去，姜恒却全身软绵绵的，已像个死人。

"关我什么事？"罗宣冷冷地道，"我不远千里，替他收了这么一趟尸，他总该谢我才是。"

松华转身离开，扔下一句话："待你师父出关，你大可自己朝他解释。"

罗宣眉眼间充满戾气，深呼吸片刻，不再管趴在地上的姜恒。

天上飘起了细雨，雨水打在姜恒的脸上时，他醒了。

他不知道这次自己又躺了多久，挣扎着爬起来时，面前积了一摊水，不知是眼泪还是雨。

姜恒又哭了起来，他发着抖，摸索着收起黑剑与耿曙的骨灰，依旧扎进那包袱里，将包袱歪歪斜斜地负在背上，拄起拐杖，一瘸一拐地朝大殿里走，艰难地擦拭了泪水。

"鬼先生在吗？"姜恒忍着泪，朝坐在四神兽正殿中的松华问道。

松华抬眼，一瞥姜恒。

"还在闭关。"松华冷冷地道。

姜恒点点头，说："我想朝他辞行，我这就走了，谢谢你们……谢谢……"姜恒又哽咽起来，拖着伤腿，沉重地走向侧廊，朝罗宣告别。

"罗大哥……"姜恒在卧房门外，低声道，"我走了，我知道你看不上，可我也想报答你，这恩情只有等待来生了，待我做牛做马……"

罗宣躺在榻上，枕着胳膊，跷着腿，表情沉静。

姜恒沉重的脚步声渐远，罗宣忽然又坐了起来，面朝寂静的卧房。

姜恒走出海阁时，雨又停了，山路蜿蜒而下，通往远方的长海。

他不知这路最终将去往何方，距离中原、王都，仿佛有千万里之遥。

他也不知道自己该到哪里去，放眼茫茫天地，自己已成浩渺山川中的一只孤鸟。

傍晚时分，雾霭蒙蒙，姜恒看着这一切，不禁悲从中来，抱着包袱，又大哭起来。

哭声传开，姜恒擦着眼泪，却止不住那悲伤之情，拖着伤腿慢慢地下山，漫无目的地走着，不管路通往何地，还有多远。

长海岸畔，枫林似血，姜恒哭得直打嗝，逆了气，反而哭不动了，一身泥水，穿过枫林。

罗宣躺在一棵树的树杈上，侧头看了眼姜恒。

姜恒抱着那包袱，倚在一棵树下歇了会儿，包袱里露出黑剑的剑柄。那把武器对他来说太沉了，他走了足足一个时辰，方走到长海边上。

罗宣眉头深锁，透过湿漉漉的枫叶，看着姜恒瘦小的背影缓缓离开。

黄昏时，姜恒站在长海岸畔，枫林村边，村落里没有人，余下废弃的房舍与瓦片。

哭也哭过了，姜恒不知所措，看见一户人家的烟囱往外冒着烟，便上去敲了敲门。

里头无人应答。

姜恒推门进去，说了声抱歉，却看见昏暗的废屋里，罗宣坐在角落，生了一堆火，火上架着个瓦罐。

罗宣手里拿着一截人参，把它削成片，往锅里扔。

"罗大哥？"姜恒意外地道。

罗宣说："你去哪儿？"

姜恒摇摇头，在废屋里放下了黑剑与包袱，答道："我不知道。我……"这时候，姜恒想起了离开的母亲，说："我娘也许还活着。"

"天月剑，姜昭。"罗宣忽然道。

"你认识她？"姜恒说。

罗宣没有回答，随口道："如果她也死了呢？"

姜恒想哭，眼泪却已哭干了，他的喉咙苦涩，发不出声音，看着罗宣，最后勉强笑了笑。

他说不清自己为什么会在这时候笑出来，却找不到更合适的话说了。

罗宣随手将瓦罐里的参汤倒出来少许，装在破碗里递给他。

姜恒心中那骤然而来的痛苦与悲伤，就像一场海啸终于结束，内心的惊涛骇浪，也慢慢地平静下来。

"真的是耿曙吗？"姜恒低声说，"他死了吗？"

"我不知道，"罗宣随口道，"不确定，不过根据你的话，我看多半是了，我在灵山峡谷里的一棵树前找到了他，他直挺挺地跪在树下。你可以信，也可以不信。"

姜恒的呼吸抽动几下，泪水早就哭干了，最后他只能接受了这个现实。

"要我去找你娘吗？"罗宣打量着姜恒，又问，"姜昭临走前说过没有？她在越地哪儿？"

姜恒麻木地摇了摇头。

罗宣便没有再吭声，躺在角落里，长腿交叠，闭目养神。太阳下山，阴影笼罩了他们，很久很久以后，姜恒长长地叹了口气，和衣而卧，躺在了另一个角落，二人沉默无言。

直到天明时分，姜恒半睡半醒间，忽听见外头马蹄声响。

"有人来了，罗大哥？"姜恒坐起身，说，"是谁？"

罗宣始终闭着双眼，沉默不言，姜恒见他没有任何动作，便依旧躺下。但顷刻间，一声男人的狂喊声传来。姜恒瞬间彻底清醒，转头望向房外。

罗宣也随之睁开双眼，眉头拧了起来。

肆意的笑声、杀戮声、求饶声混在一处。

姜恒惊恐无比，正要爬到窗前去看，罗宣却起身，揪着姜恒的衣领，把他扔回角落，随手掸了下身上的灰，好整以暇地拉开门，坦然地走了出去。

"这儿还有人?！"外头传来郓地口音的对话，又道，"哪里来的？"

姜恒屏息，侧耳静听，只听房外又响起："救命啊！救命，少侠，求求你……"

罗宣说道："你们是谁？从哪里来？要去何处？"

"你管得着吗?！"先前那郓地口音的人粗暴地说，"把他抓回去！"

忽然间，房外空地上传来重物落地声，伴随着又一声大喊，天地间彻底安静下来。

姜恒心脏狂跳，到窗前朝外看去，只见地上躺着数名郢国骑兵。罗宣走到房外空地角落，掏出匕首，耐心地割开被捆在角落里的一人身上的绳子。

那是个面黄肌瘦的中年人，正在挣扎，待得绳子一解开，便转身要跑，孰料罗宣根本没有追杀他的意思，反而转身进了房内。

姜恒抬头看罗宣，罗宣好整以暇，复又坐下，继续睡他的回笼觉。

"你把他们都杀了？"姜恒问。

罗宣没有回答，两人又听见外头传来少许响动。旋即，罗宣又道："下着雨呢，你想去哪儿？进来避一避罢！"

门被推开，只见那中年人抱着两只被捆住了脚的鸡，战战兢兢地进来。

"谢谢……谢谢您！谢谢少侠救命之恩。"那中年人朝罗宣磕了头，死里逃生，依旧十分紧张，"此恩无以为报，只有来世做牛……"

"不要做牛做马了！"罗宣不耐烦地道，"每个人都做牛做马，下辈子就这么想我去投胎当个放牛的？"

姜恒看看罗宣，再看那中年人，罗宣始终闭着眼，中年人瞬间哭笑不得。

"有吃的？"罗宣吩咐道，"拿点出来就是。"

中年人说："实不相瞒，少侠，我是商人……东西都快被劫光了，只剩这两只路上换的鸡，少侠要是不嫌弃，我这就杀鸡给您吃。"

"有鸡吃，"罗宣说，"不嫌弃。"

"别杀它了，"姜恒说，"都不容易，我不饿，你路上还要吃罢。"

罗宣说："你不饿，我饿了。"

姜恒有点愧疚，说："那我不吃，我什么都没做，你杀一只就行。"

中年人说："我再去……找找吃的？"

那商人要去屋后，罗宣又道："不要开地窖的门。"

商人忙道："是，少侠。"

商人壮着胆，到门外去翻骑兵的尸体，罗宣似乎早知道他要做什么，又说："尸体上有毒，手别碰上，带的东西不妨。"

商人捡来一根木棍，从骑兵身上翻出干粮与风肉，拿进来问："这个没毒罢？少侠？"

罗宣懒得回答，商人便将风肉撕开，放进瓦罐里，又添了自己随身带的米与盐，煮在一起。姜恒爬过去，拿了点米，喂给扔在墙角的鸡。

"你们也是来鬼山的吗？"商人见罗宣不想说话，便朝姜恒说。

姜恒问："鬼山是什么？"

商人与姜恒俱一脸迷茫，商人指指远处沧山的方向，说："走进去，就再也出不来的雾山，你不知道？不知道，又怎么会来这儿？"

姜恒充满疑惑，摇了摇头。

罗宣随口答道："是，山上有个穿黑衣服的女鬼，但凡进去，都会被吸光精气。"

商人脸色发白，叹了口气，又说："郓国封锁了与代国的边境，只能从鬼山里过了，否则再也回不了家。"

姜恒说："外头现在怎么样了？"

商人想了想，反问道："小伙子，你说哪国？"

瓦罐里的肉饭煮好了，姜恒便用破碗先舀出来，第一碗递给了罗宣，罗宣接了，余下两人才开始吃。姜恒边吃边听那商人说，才知道这段时日，神州大地发生了太多的事。

而一切的源头，还要从那场雪崩说起。

数月前，王都灵山雪崩，埋进了梁、郑、雍三国十万大军。晋天子姬珣举火自焚，陪朝廷百官殉国。惨烈的这一结局，反而令四国的联军伐雍，最终半途而废。

这是第二次联军无功而返了，争抢天子使得四国军心涣散，再无法集结对抗雍国，而元气大伤的雍军，则再次退回玉璧关固守。

迟到的代、郓二国，则坐收渔翁之利，开始打扫战场。天子驾崩，连同洛阳一场大火后，清理王都成为当务之急，宗庙焚毁，象征天下王权的九鼎化作一摊铜水，凝结了整个朝廷的怨魂。

谁有继位天子的资格？抑或从此天下再无天子，五国各自称帝？

这个时候，谁得到了名正言顺的继承权，便将是新的帝君，哪怕不一定能号令天下，但至少尚有名义在，扛起王旗后，便可假借王道的名义四面征伐。

于是郚国军声称，在大军入城时，最终见了天子一面，被姬珣托付了传国金玺，如今已送回国，由国君持有，郚王将继任帝位。

九鼎毁于大火，金玺却坚固无比，谁得到了金玺，便能从旁证明继任帝位的合理性。

但很快，代国也声称，自己得到了金玺，而郚则是要挟天子、弑君的一方。

双方都声称得到天子亲授，却也迟迟并未出示金玺。天下众说纷纭，不知洛阳大火后，这方小小的传国之印究竟流落到了何处。

只有姜恒知道它的下落，也知道这两国谁都没有拿到传国之器，想来正在快马加鞭，到处搜寻。

又两个月后，代、郚二国因延续两百年之久的巴南边境争端，爆发了战争。眼下国境全部封锁，唯一无人涉足的，就只有长海畔，沧山一带。

"于是……"商人失落地说，"我想趁着这时候，回到妻儿身旁，结果哪儿都过不去，只好走鬼山了。"

沧山也叫"鬼山"，是附近居民从不敢进入之地，数百年来传说山上有吃人的精怪，但凡进入此山之人，最后再也没有活着出来。

姜恒叹了口气，所想的却是另一个问题——王都沦陷当夜，前来抢夺金玺的刺客是谁。

"姬家全是疯子。"罗宣煞有介事地点评道，又朝姜恒说："没一个正常人，疯了上百年了。你要哪天碰上姓姬的，可千万当心点，他们疯起来，连自己都杀。"

"说不定是雍国设下的计谋呢？"姜恒还是很尊敬姬珣的，岔开了话题，说，"万一他们到处放消息，让代、郚打起来，正好无暇再管玉璧关。"

"是这么说。"商人同情地道，"可代国武王、郚王熊末，就没有半点贪心吗？归根到底，都是为自己的贪欲与野心罢了，只可怜了天下百姓。"

"是啊！"姜恒道。

破屋内十分安静，商人拿出身上的一些钱，放在地上，正要道谢时，罗宣又说："自己留着罢，少侠用不着钱。"

商人要坚持，罗宣说："想报恩就平安回家去，师门规矩，不能收钱。"

商人于是又千恩万谢了一番，再朝罗宣磕头，出外打起伞，冒雨离开了村落。

"这儿究竟是什么地方？"姜恒自言自语道。

这村落看似毁于战火，却不是在最近，想必已荒废不少年头了。

"是我家。"罗宣忽然道。

饲 马 奴

罗宣看着墙壁上斑驳的树藤出神，随口道："枫林村，第一次郓、代大战时被毁了。"

姜恒低声道："你爹娘也死了吗？"

罗宣答道："我娘生病，爹去为她请大夫，再也没回来，听说被代军抓去服苦役了。娘等了三天，额头烧得滚烫，病死了，就在那张床上。"

姜恒转头，看见墙角的一张破榻。

罗宣出神地说："剩下我与弟弟，相依为命。"

姜恒说："你还有弟弟吗？"

罗宣答道："他叫罗承，比我小六岁，与你一般大，那会儿，只有这么高。"

姜恒没有说话，只见罗宣漫不经心地比画了一下。

姜恒问："后来呢？"

他心想也许不该问，罗宣却无所谓，仿佛只是想回忆点往事，至于倾听的人是谁，对他而言，并不重要。

"后来，郓军来了，"罗宣的声音仿佛陷入了一场梦里，"村里的人被杀了不少，有人到处抢劫，碰上人就杀……为了保护他，我把他放在屋后的地窖，里头有足够的水和吃的，能让他吃一个月。"

姜恒："……"

罗宣一瞥姜恒，又说："接着，村里的年轻人集结起来，预备在那个夜里杀光郓军，至不济也杀几个人，将他们引走。但有人出卖了我们，我也被抓了。"

姜恒看着罗宣的左手，罗宣抬起手，端详着手上的鳞片，说："那年我刚十四岁，尚未拜入师门。"

姜恒说："再后来呢？"

罗宣答道："我为郓军充当劳役，生不如死。足足一年，总算找到机会逃回来了，到家后，看见屋后的墙塌了，压在了地窖的门上，那些砖头、石头，就像垒起来的一座坟。承儿在里头关了一年，想必早就饿死了。"

姜恒没有说话，房内一片死寂。

罗宣满不在乎地说："我没有去开地窖门，就让它那样罢。再接着，我蹲在村里，等过路的军队，来一个，杀一个。来的多了，我就在井水里头下毒，杀了上百人之后，我被抓了起来，他们想把我带到郓都江州城去，剥皮示众。恰好路上碰到大师兄，大师兄便救了我，带我回到沧山，拜先生为师。"

"雨停了，"罗宣出外看了眼，说道，"走。"

姜恒拄起拐杖，慢慢地走出去。

罗宣提起耿曙生前的包袱，替姜恒背着。

"大师兄生前叫'公子州'，"罗宣说，"是郓国的王族之后。"

姜恒说："他为什么会到先生这里来？"

"不知道，"罗宣答道，"他没有告诉过我。但他说，如果心有不甘，就从头开始，扔下我所有的过去，但不要忘记曾经。拜入师门后，我决定学毒，毒死他们所有人。"

罗宣在前，穿过枫林走着，姜恒拄着拐杖，跟在他的身后，走上了回山的路。

姜恒回头，远远地看了枫林村一眼，一阵风吹来，枫叶漫天。

"先生快出关了，"罗宣稍稍侧头，怜悯地望向姜恒，"他想见你一面，还有话要说。"

姜恒点了点头。

鬼先生坐在面朝群山与长海的巨石上，看见姜恒归来时，带着微笑朝他点头。

"姜恒，你回来了。"鬼先生道。

姜恒忽觉得鬼先生似乎比起闭关前有了特别的变化，却说不上来变化在哪儿。

"晚辈叩谢鬼先生大恩大德。"姜恒又想跪，鬼先生却道："不忙谢，姜恒，我有几句话想问问你。"

姜恒看着鬼先生，仿佛明白了什么。

罗宣端坐在走廊尽头，松华在秋风里，赤脚沿着长廊走来。

"这样总算行了罢？"罗宣带着一股明显的戾气，说道。

松华答道："鬼先生要你陪着他，帮他尽快走出来，却没有让你用这等办法。万一他想不开，自寻短见呢？"

罗宣说道："那就只好看各人造化了。你这烦人精，天天把什么命数、天命挂在嘴边，早该明白，该死的人终归会死；不该死的人，是不会死的。他要是死了，这不打你自己的脸吗？"

松华打量着罗宣，罗宣抬头，看着秋风卷起枫叶飞过。

高台上。

"黑剑是你父亲的神兵，"鬼先生说，"他生前，有人将他誉为千古第一刺客。你觉得他做得对吗？"

姜恒大致从耿曙处得知了父亲的往事，就连项州偶尔露出的少许口风，亦让他猜到，当初父亲耿渊所做的，当是惊天动地的一桩大事。琴鸣天下，山河动荡，四国与雍，一夜间结下了血海深仇。

却也正因如此，化解了一场倾中原之力参与的大战。

"我不知道，"姜恒有点迷茫地说，"也许罢。"

"你兄长既已离世，"鬼先生说，"如此，你就是黑剑唯一的传人了，你期待有一天，拿着这把剑，去做你父亲生前未完成的心愿吗？"

"他的心愿是什么？"姜恒难过地道，"我从出生起，就从未见过他。"

嘴上如此说，但姜恒心里早就明白，哪怕他与父亲素未谋面，经历了从浔东到洛阳，再到沧山这些惊心动魄的日子，童年那些美好的过往一一掠过，再接连破碎……

母亲的离去，耿曙之死，就连项州，最终也葬身于这乱世之中。

姜恒说："就像吾王最后一刻说的，也许有一天，有人能结束这大争之世。"

"不错。"鬼先生说，"天地神州有其命数，分也好，合也罢，俱在命数之中。海阁千年来，所寻无非正是应劫之人。想想罢，姜恒。姬珣生前最后一刻，将金玺托付于你，这是你的使命。"

姜恒抬眼，与鬼先生对视，鬼先生说："想再回到神州大地去，你当带着命数入局，苍生将是你的棋子，五国当是你的棋盘，你若下定决心……"

"师父！"

姜恒放下拐杖，再不犹豫，朝着鬼先生跪下。鬼先生却稍稍侧身，说道："自项州离去后，我便立下誓言，不再收徒，你的师父，该另有其人。"

罗宣看着鬼先生，沉默不语。

万里之外，玉璧关前。

雍国在王都也不算毫无收获，至少还抓回来将近十二万战俘。

这十二万人，足够解决落雁城中人丁不足的燃眉之急，雍国建国关外，百余年来民风彪悍，男子健壮，女子爽朗。但塞北的土地实在太贫瘠了，一年里有将近五个月的冬天，除却雍人之外，尚有众多游牧部落，彼此通婚。

新生儿要在这酷寒的恶劣天气下成活，难度不小。所幸只要熬过去了，都将成长为人，独当一面。

王族汋氏所面临的最迫切的问题，就是他们需要人。

必须先有了人，才能耕作、狩猎、从军、发展农田与水利。而南方四国始终封锁着玉璧关，严禁任何人口的流动。

人就是柴火，是拿来烧的，一个国家里若没有人，就像没有柴火，什么事都办不成。

这次入关掳回的战俘，无论平民百姓，还是战败的梁军、郑军士兵，每一个都应被带到落雁城，带到北兴，把他们带进雍国大大小小的城镇与村庄，让他们活下去，并顺利生育。这么一来，雍国的人口才会越来越多——汋琮如是想。

人就像田里的麦子，种多了，种好了，才能收割。收割他们的劳力，收割他们打出来的铁、织出来的布，收割他们的汗，收割他们的血，最后收割他们的命。

汴琼巡视了大大小小四十余个战俘营，每个营中三千人，大多被禁锢在营地里，就像麻木而污秽的牲口，穿着难以蔽体的破布衣裳。

王都的御林军、洛阳的百姓、读书人、商人、联军士兵、乞丐，这么多在灵山一战之前，或体面或贫穷之人，此时都像动物一般，在寒冷中瑟缩，努力地挤在一处取暖，蓬头垢面，狼狈不堪。

他们抬头恐惧地看着这名身穿精铁黑甲、浑身上下收拾得肃然笔挺的北方君王，这个号称神州最强大的国君。

玉璧关守将曾宇，跟随在汴琼身畔，忠诚地护卫着他，不让任何百姓靠近。

虽然这纯粹是多此一举，汴琼是雍都历年来的武学天才，更熟读诸子百家之学，其才干远远超出了那位带兵在北方建国的祖上。

"不要紧。"汴琼看见一个满面污脏的女孩儿，走近前去，摘下手套，一手拈着她的下巴，让她抬起头来。

亲卫道："管大人吩咐，王陛下，这些流民战俘，兴许身上带着病，不可相距太近。"

汴琼看着这战俘营里的人，犹如在审视一群聚集在一处的骒马，计算他们今春安排得当，能繁育出多少人口来。

一对二十岁的人，活到五十五岁，一年生一个，能生三十五个婴儿，去掉夭折耗损，能为雍国至少提供十个新生命。

他对其人长什么模样，丝毫不上心。

"当兵的呢？关押在何处？"汴琼又问。

曾宇为汴琼开路，小心翼翼地护送着汴琼行进。战俘营就在隔壁，两国联军，外加王都的士兵，都被关在了一起。

当兵的体质总会好些，生下来的人，成活的机会也高。

不少年轻人被抓到玉璧关之后，被雍军赋予了养马、运送辎重的活计。原因无他，十二万俘虏，雍军不过三万人，一个人看四个俘虏，实在看不过来，但凡伤势没有重到无法行动，都必须起来为雍国布防。

耿曙肩背上尚带着创痕，胸膛自戮的那一箭亦刺得不深，兴许最后一刻，他仍抱着最后的希望，没有亲眼看见姜恒的尸身，不甘就此自尽。总之，在他野兽般的自愈力下，伤口的血总算止住了，他却在途中发起了高烧，烧得他神志不清，昏昏沉沉。

灵山峡谷一战中，他挣出雪面，踉踉跄跄地扑下雪地去，捡回了死去的雍军的铠甲，套在身上，四处寻找姜恒的下落，滚下了山崖，但很快，他昏了过去。

雍军在清理尸体时发现了一息尚存的他，便将他当作袍泽扔上了运送伤员的车辆，带回玉璧关前。

但就在耿曙醒来之后，面对雍人的盘问，他很快便暴露了身份，遭受了一顿毒打后，被扔进了战俘营。

他想尽办法逃脱，双脚却被牢牢捆着，高烧不退，身上带伤，雍军每天只给战俘发一个小面团，以及一碗脏水。

饿得狠了，战俘们只得抓地上的雪充饥，或剥下马厩木桩上残余的树皮，囫囵塞进嘴里。

耿曙在目睹了姜恒与项州被倾泻的暴雪卷下山崖，无情掩埋之后，保持了惊人的沉默，就像个哑巴。

此刻他正在马厩前艰难地小步挪动，将草料叉进饲料槽中，听见了来自背后汁琮的声音。

耿曙动作稍稍一顿。

汁琮道："五十五岁以上的男人，不必再留了，届时都处理掉就是。"

身边的玉璧关守将，年轻的曾宇应了声。汁琮戴上手套，走过马厩前："妇人……先留着，吃不了多少粮食，届时看看是否还能生育，有些年近六旬，尚能怀胎生产。"

曾宇答了声"是"，汁琮又说："管魏会将名单送来，届时分配到关外六城，你亲自督办，让他们禁止折磨战俘，运送途中若死了，就太浪费了。"

曾宇又答了声"是"，这时，耿曙转头，朝马厩外看了眼。

汁琮侧头一瞥耿曙，忽然觉得蓬头垢面的耿曙，那双眼睛里的神色似乎有点熟悉，只忘了在何处看到过。

"曾宇，你看，"汁琮停下脚步，说道，"像这种人，经过训练后，是能当兵的，至不济，也可令他干农活，领他过来。"

亲兵过去，揪着耿曙的头发，把他朝汁琮拖了几步。

曾宇笑了笑，捏着耿曙的下巴，让他张嘴，供汁琮查看，牙齿整齐完好。

耿曙发不出任何声音，只能闭上双眼，将愤怒死死地摁在心头。

"把他送到王都去？"曾宇说，"喂马的小子，你叫什么名字？"同时皱眉，显然耿曙身上实在太臭了。

耿曙一手不住地发抖，攥成拳，却没有回答。

汁琮示意曾宇放开他，说："这种小孩儿，就是良种了。"继而转身离开。

亲兵又一脚将耿曙踹回去，耿曙一个趔趄，狠狠地摔在马厩里，挣扎着爬起。

不多时，雍军后勤官过来，吩咐道："给他一身衣服穿，让他依旧养马。"

于是，耿曙就凭汁琮的这一面，得以离开战俘营，被调进了马厩里。

照 月 匕

是夜，一轮明月照耀玉璧关，耿曙在通铺上终于找到了逃跑的机会，他趁着所有人熟睡时，轻手轻脚地爬起身。

他的脚踝上是被绳索勒出的血痕，鲜血已凝固结痂。

这些天，他大致摸清了整个玉璧关的地形与兵力布置，要放走所有战俘是不可能的，自己若毫无准备地南逃，必然也会死在路上。

这已经是他被抓来的第九个月了，姜恒情况如何，他没有多想，不过一厢情愿地认为，他现在一定在南方流浪，等着自己去找寻。

雪崩之下，还能活着吗？

但耿曙依旧固执地认为，只要自己没有亲眼看见姜恒的尸体，他就没有死。

至于找到尸体之后怎么办？他从未想过。

静夜中，明月照耀大地，耿曙从熟睡的看守身上偷来一把匕首，悄无声息地爬上了关墙。这对四五年前的他来说是家常便饭。

当年他背着一把黑剑，从安阳到浔东，正是这么过来的。

他光着脚，无声无息，少年的身体藏于阴影之中，一双明亮的眼就像孤独的狼，等待着合适的时机。

关城之中，距离内关大门百步之地，是守备至为森严之处，必须非常耐心……耿曙等待了很久，直到远方传来鸡鸣声，天快亮了。

他始终没有找到顺利离开的机会，只得换了一条路，试图攀上屋顶。

但就在转过其中一间房间时，耿曙无意中朝里看了一眼，忽然改变了主意。

那房中还亮着灯，半敞着门，汁琮正在案前翻阅军报，已有些困了，拿起案侧的杯，发现杯中已空，于是按膝起身，到一侧去倒水。

耿曙一个就地翻滚，悄无声息地进了房。

汁琮回到案前，耿曙在屏风后缓慢地站直，手持匕首，污脏的双脚踩在地上，留下一个又一个脚印，于灯光照耀不到之处，脚印就像隐身的妖狼，从背后缓慢接近汁琮。

汁琮手上动作一停，想了想，抬眼道："我知道你会来，看你模样，像是学过武。"

耿曙蓦然侧身，无声无息，一匕挥向汁琮，汁琮却不过侧身，站起，从案下抽出长剑，回身一格挡，架住耿曙的匕首。

耿曙一闪身退后，在地上俯冲，汁琮退得半步，刹那间，耿曙单膝跪地，一匕迎着汁琮的小腹与胸膛，横肘直插上去！

这一式毫无破解之道，若耿曙所用的是长剑，汁琮当场就要被开膛破肚！

然而不幸中的万幸是，耿曙持的是匕首，一匕直挑，终究比剑锋短了不止两倍，尚未挨到汁琮腹部时，汁琮便回手，长剑圈转，格挡。

匕剑再一次相交，碰撞。

方才那一匕的震撼，比汁琮险些尸横就地给他的震惊更甚。

"等等……你……"

一瞬间，无数碎片般的过往飞掠而过，汁琮终于明白了，在与这少年对视时，他双眼中熟悉的神采从何而来。

"住手！"汁琮大喝道，"我有话说！"

耿曙却像发疯的野兽般，再次扑上前去，汁琮掀起案几，一声巨响，案几与耿曙相撞，耿曙却撞飞了案几，身在半空，匕首毫不留情，朝汁琮刺来。

"什么人？！"

"有刺客！"

外头的守卫瞬间被惊动，最后一刻，汁琮做了一个所有人都无法理解的举动。

他右手弃剑，左手迎着耿曙的匕首上前，一声轻响，以手掌格住了匕刃，匕首刺穿了他的手掌，却被他的骨骼卡住，无法再进一寸。

紧接着，汁琮右手横拦，架住耿曙，拦得他在空中一个翻滚，狠狠将他摜在了地上。

耿曙摔得眼前发黑，顿时吐出一口血来，在地上爬了一小段，不住地咳嗽，眼前的景象忽而近，忽而远。

"陛下！"

"快传军医！"

听到"陛下"二字时，耿曙蓦然回头，看着汁琮，眼中充满震惊。

汁琮却道："退后。"

曾宇赶到，侍卫们将耿曙按在地上，汁琮握着匕柄，把匕首从手掌中拔出，扔在地上，"当啷"一声。

"让他起来。"汁琮说，"孩子，你过来。"

耿曙缓慢地起身，汁琮撕开衣襟，自行在手上缠了几圈，朝曾宇吩咐道："都出去，别放任何人进来。现在去！"

曾宇与众侍卫面面相觑，汁琮面带怒色，众人只得退出书房，关上了门。

耿曙瞥向角落的匕首，再看汁琮。

汁琮沉声道："那一式唤作'归去来'，只可惜你手中握的不是剑，否则你已成功取我性命。"

耿曙脸色冷漠，静静地看着汁琮。

终于，汁琮问："你是耿渊的什么人？这双眼睛，我认得。"

耿曙急促呼吸片刻，血液上涌，一个踉跄，跪倒在地，汁琮瞬间箭步上前，抱住了耿曙。

耿曙已筋疲力尽，连日大病，高烧未退，出手刺杀汁琮耗尽了他最后的一点力气。

天亮了，玉璧关下风吹草长，又是秋时。

战俘陆陆续续地启程，被押回雍国，一眼望不到头的长龙蜿蜒排布，延伸向地平线。雍国骑兵来来去去，在关前穿梭。

关城内高处的五层角楼，正间内，原本计划今日拔营、回往落雁城的汁琮没有走，一夜未眠后，雍王的精神反而极为振奋。

汁琮端坐在厅内正中，身边坐着耿曙，耿曙赤裸半身，肩背上、腹上、胸膛上伤痕累累。箭疮，刀伤，绳痕，新伤混着旧伤，在他已是少年人的身体上留下了太多的记忆。

"王陛下，"军医为耿曙诊断过，恭敬地道，"这位公子的伤并不碍事，只要以饮食调理，配合汤药，不到一个月，就能慢慢恢复。"

耿曙手持一碗粥，表情十分复杂，慢慢地喝着。

汁琮看着他手里的碗，再抬眼，注视耿曙的双目，耿曙不欲与他对视，冷冷地道："别看我。"

汁琮认真地道："你爹的遗体被梁国挫骨扬灰，我派出死士，遍寻不得，就连黑剑也下落不明。你娘后来如何了？"

"死了。"耿曙沉声道。

耿曙喝完粥，汁琮又道："再给他一碗。"

耿曙已经很饿很饿了，滚烫的粥下肚后，总算恢复了力气。

汁琮又说："这些年，我一直在找你。如今总算找到你了。"

耿曙忽然讥讽道："你就没想过，万一我是假的呢？"

汁琮看着耿曙的双眼，说："你的眼睛，与你爹一模一样，但如今世上，见过他这双眼睛的人不多。毕竟，那是在很久很久以前了。"

耿渊还没瞎的时候，汁琅、汁琮兄弟便与他相识，十余年前，在雍都宫内，汁琮永远也忘不了这双明亮的眼睛。然而就在耿渊蒙上黑布，遮住双目前往梁国之后，就再也没人见过他原本的面目。

就连耿曙的母亲，姜昭的侍女聂七，也未能得见耿渊的真容。

"昭夫人呢？"汁琮又说。

"死了罢。"耿曙喝完第二碗粥，答道，"恒儿还不知道，不知道也好。"

汁琮吩咐再给他第三碗粥，又道："所以，你还有一个弟弟。"

耿曙没有回答，接过这最后一碗粥。

汁琮又道："切勿误会，我的本意，并非想试探你的身份，不过想起太多往事，不问个明白，终究不能放心。"

说着，汁琮又叹了口气："哪怕你不是耿渊的孩儿，我仍要感谢上天，在这个时候，将你派来骗我，就当你是他，也无妨。"

就在这时，外头敲门声响。

曾宇低声道："陛下，找到您说的东西了，就在管降兵的千夫长手中。他确实在一个少年人身上搜到了这物，却没有上报，将它据为己有。"

"拿进来。"汁琮说。

门开，曾宇手中握着一块红布，红布里透出晶莹剔透的玉玦一角，曾宇小心地将它放在案上，又退了出去。

汁琮解开红布，里面是耿曙的玉玦。

他拿起玉玦，呼吸为之一窒，手指不住地发抖，轻轻触碰玉玦，那上面仿佛仍寄留着耿渊的灵魂。

耿曙没有说话，眼眶发红，也看着那玉玦，姜恒仿佛就在他的身边，枕着他的腿，对着他笑。

汁琮将玉玦推到耿曙面前，耿曙一言不发，将它依旧戴上，动作十分自然。

"这是你娘生前，放在落雁皇宫中的剑，"汁琮说，"留着罢。"

聂七的剑细而单薄，剑身仿佛一碰就断，闪烁着刺骨的寒光。

耿曙把最后一碗粥喝完，抓住剑柄。汁琮又道："你现在若尚未改变主意，随时可以杀我。"

耿曙沉默，最后将剑收了起来。

是日黄昏，汁琮上了马车，离开玉璧关。

耿曙坐在车里，靠在汁琮身边睡着了，汁琮的肩背宽大而温暖，令他再一次梦见了父亲，就像幼年时在安阳一般。

父亲有时会来看他们，并坐在案前奏琴。母亲去准备饭食，小小的耿曙便躺在目盲的耿渊怀中，听着断断续续的琴声，注视他双手不时拨弄琴弦的举动。

车队出关，一路驰往北方，近三千人的御林卫队浩浩荡荡，护拥汁琮归朝，沿途草海翻浪，天色犹如被洗过一般，一片靛蓝。

傍晚，耿曙在车里醒了，身边尚留着汁琮身体的余温，他睁眼时，蓦然转头，朝外望去，只听汁琮在外朝御林军吩咐着什么。

"我看你累得不轻，"汁琮便道，"说不得让你多睡会儿。出来走走？"

耿曙全身痛得厉害，犹如散架了一般，下得车来，环顾四周。汁琮说："想骑马？学过不曾？"

耿曙答道："会一点。"

汁琮扶着他上马，亲自牵着马绳，在众御林卫的注视下，带着耿曙走出草原。

耿曙忽然双腿一夹马腹，喝了声"驾"，王骑瞬间甩开了汁琮，一阵风般冲了出去。

御林军卫登时大怒，上前呵斥，汁琮却哈哈大笑，示意不妨，眼望耿曙奔远，让人再给自己牵了一匹马，翻身上马，追着耿曙而去。

耿曙纵马疾驰，却是与汁琮行进相反的方向，朝着南方而去。

汁琮策马，遥遥追上，说道："你想回去？"

"吁！"耿曙骑马的机会不多，控马却控得有模有样，在草原中央，夕阳下停下。

玉璧关出现在远方，成为一道金红水墨画下的黑影。

"这是你爹用他的性命，为我换来的土地。"汁琮说，"在他生前离开落雁，南下前往中原之时，我也是这般，送他到玉璧关下，答应他，从那天起，北方的江山，有他的一半。"

"可他死了。"耿曙沉声道。

"人生在世，难免一死。众生如是。"汁琮淡淡地道，"你还活着，这就是苍天赐予我的。"

耿曙沉默片刻，掉转马头，回到汁琮身边，两骑并肩，回往营地。

落 雁 城

半个月后，落雁。

万年风雪，千古落雁。

十月间，落雁城已开始下雪。

一百二十年前，汁氏王族得晋天子大军北上，倾力伐胡，攻下横城，易名为"落雁"。从此，这座巨大的北方之城被称作众雁栖落之地，每年三月间，雪化之时，诸雁将北归，落在雁城外的横江沙洲上。

百余年间，落雁成为塞外最大的商贸集散之地，蚕食并收服了林胡、氐、风戎等民族，飞速崛起，并不断扩张，建立了塞外灏、沙洲、北都、大安、山阴等六座重城。并立国为"雍"，只因汁氏以玉璧关下的雍县为封地。

雍国的疆域就像汁氏的权威，飞快扩张，短短百余年间，将长城以北尽数划入版图。与中原断绝商路后，关内四国常道落雁是个未开化之地，雍人茹毛饮血，无法无天，走在路上，偶有私怨便拔刀相向，不死不休。

在每个中原人的心里，落雁城，当是横尸四面、头颅遍地的人间炼狱。至于雍王汁琮，更是杀人不眨眼的暴君，传说他为了取乐，常常纵火将百姓烧死在家中，只为了听临死前的惨叫。

但就在耿曙第一眼看见落雁时，便知道不是关内所说的那样。

童年离开安阳后，耿曙经过天下王都洛阳，过梁、郑二国领地，辗转下浔东，中原土地上，无数百姓流离失所，妻离子散。

城与城就像笼罩在一股阴霾之下，呼吸里尽带着血的气味、腐尸的气味，一如病入膏肓之人，卧榻经年后散发出的，哪怕连飓风也无法驱散的气息。

落雁却没有这种气味，这座城很干净，干净得令耿曙有点诧异。

它被笼罩在正午的阳光下，灰黑色的城墙耸立，四门大开，只有简单的盘查，自西面前来的驮马商队正在排队进城。城外，众多青年正在纵马，以手中长木棍击打一个收割后的麦田前枯草扎成的球。

沙洲上驻留着飞来过冬的大雁，就像铺天盖地的云，远远望去，雪山的冰盖在阳光下闪烁，那是风戎人的神山"巨擘"。巨擘山下是折射着灿烂阳光的风海，风海畔，则是塞北另一个民族——风戎人的故乡。

秋天收过的麦田里，金黄色倒伏的麦秆就像一张巨大的毯子，绵延向天的尽头。

耿曙骑着汋琮的王马，不疾不徐地跟在汋琮身后。

"你又晚回来了！"一个清朗的声音在城门下远远地道，"答应了我什么？"

汋琮答道："路上耽搁了一天，不算晚，这不是才十月初一吗？"

汋绫一身绣袍，骑着一匹雪白的高头大马，衣带在风里飞扬，她催动马匹，朝汋琮赶来，到得近前，慢慢地停下，看见一名少年骑着本该是汋琮的坐骑，当即充满疑惑。

但两人目光对上的刹那，汋绫瞬间认出了这人。

"我认得你。"汋绫沉声道。

"我也认得你。"耿曙同样冷漠地答道。

岁前，汋绫亲自前往王都，在洛阳与耿曙打了一个照面，两人都对彼此印象深刻。

汋绫转向兄长汋琮，等待他的解释。

"叫小姑。"汋琮朝耿曙说。

耿曙却没有叫人，汋绫听到这话，露出了茫然的神色。

"回去再慢慢与你们细说。"汋琮嘴角带着笑意，催动马匹，朝耿曙道，"儿子，跟上，驾！"

汋琮披风飞扬，进了城内，耿曙与汋绫紧随其后。落雁城内欣欣向荣，百姓屋墙大多以巨擘山开采的白石、山中杉木所砌，家家户户门外种满了秋海棠，正街两侧一排枫树，通往皇城，深秋季节，枫叶翻飞，大路笔直地通往皇城。

十字形朝东、西两侧延伸的大路上，则是喧嚣繁华的街道，行人如云，井然有序。

皇城前铺着古朴的玄武砖，大殿恢宏之景，较之天下王都洛阳不遑多让。庄严、肃穆的青黑色地砖铺就的殿外校场上，供奉着百年前晋天子所赐诸侯的七个巨鼎。

皇宫高处，龟、蛇同生的玄武墨玉像沐浴在秋季暖阳下，阳光照耀之时，墨玉呈现出通体翠绿；烈阳转逝后，墨玉则漆黑肃穆。

汁琮归朝，率先来迎接的是丞相管魏。

这位雍国的大总管已近耳顺之年，他拄着拐杖，随随便便地站在大殿中央，看了眼汁琮，笑道："吾王可有所获？"

"不算一无所获。"汁琮走进殿内，风尘仆仆。

管魏对跟在汁琮身后的耿曙似乎毫无兴趣，看也不看，只道："接获玉璧关下的信报，带回来十二万人，可得妥当安排。"

汁琮说："管大人须得辛苦了。"

管魏摇摇头，看着汁琮，汁琮扬眉，管魏终于忍不住了，问："陛下没有带回来别的东西吗？"

汁琮道："丞相看我像有带回别的东西吗？"

"金玺呢？"管魏问道。

汁琮无可奈何，摊手，又道："被你料中了，没有。但……"说着回头看了耿曙一眼，朝管魏示意，"对我而言，他比金玺重要多了。"

管魏哭笑不得，转身。汁琮又道："麻烦您请太常准备祭天事宜，上禀苍天，下告万民，再择个合适的日子，按王室添丁之仪筹备。"

管魏正要离开，忽然回身看了耿曙一眼，再看汁琮，脸上露出笑意，点头。

"好，很好。"

"很好，"年过六旬的雍国太后姜怀看着耿曙，说道，"很好……很好。"

深宫中，汁琮回家第一件事，便是带着耿曙来见母亲。

"我看看你。"姜太后眼里带着泪水，手指发着抖，触碰耿曙戴在脖子上的玉玦，说道，"星玉……是，这是当年，琅儿分与耿渊的那块，一金二玉，三剑四神座……耿渊他……当真给了大雍太多、太多……琅儿弥留之际，也仍惦记着南下的他……"

"母后。"汁琮道。

姜太后忍着泪，叹了一声："孩子，你娘为你起了什么名字？"

"耿曙。"耿曙答道。

他从姜太后的脸上看出了些许姜昭的神态，不免有点疑惑。

"看到你的眼睛，"姜太后说，"我就想起了你爹，想起了晴儿、昭儿……"

姜太后拉着耿曙的手，仔细端详，又把他搂进怀里，流下泪来，哀叹道："我苦命的孩子啊……"

耿曙平生大多数时候只有母亲，聂七当年被姜昭救下，自愿跟随姜家，服侍一生，不知家在何方，父母何人。而姜太后的慈祥带给了他一种陌生的亲切感，仿佛来自比父母更遥远的、再上一代的关怀。

汁绫道："我说呢，原来是渊哥的孩子。"

汁绫的脸色也随之变得温柔起来，走到母亲身前，在榻畔坐下，看着耿曙，又劝道："母后，且让他先休息罢，这一路上，都累了。"

耿曙不答，任凭姜太后握着自己的手。

"一定要找到他的弟弟，"姜太后又朝汁琮说，"这是咱们亏欠耿家的，所幸天不薄我等，让我有生之年，还能见到耿家的孩子……耿曙来了，他的弟弟下落不明，我又如何能安心？"

汁琮擦过脸，重重地叹了口气，答道："已经派人去了。"

耿曙说："我自己去，我知道在哪儿。"

汁绫与姜太后马上道："不行！"

耿曙挣脱了姜太后的手，退后半步。

"我替你去，"汁绫说，"我见过他，你相信我不？"

那天汁绫抵达洛阳，既见过耿曙，也见过姜恒，坐在姬珣身后的半大少年，汁绫记得非常清楚。毕竟能让天子以后背朝对的太史官，定不是寻常小孩儿。

回想过往，耿曙毫不犹豫地拒绝了姬珣将他与姜恒托付于雍国的提议，只是兜兜转转，他终于来到了落雁。

汁琮朝汁绫道："你既见过恒儿，就亲自跑一趟罢，无论情况如何，都得送封信回来。"

汁绫牵起耿曙的手，说："这样你放心了？咱们当年有多少仇家，你也是知道的，你现在切不可贸然回到中原流浪。"

耿曙低下头，眼眶通红，心里自然清楚，汁家做到这一步，已是难得，光靠自己一个人，回灵山去找姜恒，已经十个月过去，大海捞针一般，谈何容易？

"带他下去，"汁琮说，"换身衣服。今日起，耿曙就是我儿，过得几日，我将昭告天下，祭祀汁家列祖列宗。"

"嗯，"姜太后拭泪，缓缓地道，"本该如此，本该如此。"

玉璧关刺杀一夜后，耿曙直到如今，还像置身梦中。

曾经他对父亲耿渊的选择，所有的耿耿于怀，都源自父母之死。父亲殉国，母亲殉情，耿渊为雍国付出了一切，导致他失去了父母。在浔东生活的日子里，耿曙又从姜昭处接收了太多咬牙切齿的恨意，姜昭就像一个彻夜不眠的鬼魂，恨他的母亲聂七，恨雍国的王族，恨耿渊，恨遍了天底下近乎所有的人。

于是在姬珣提议，希望他与姜恒跟着来访的汁绫离开时，耿曙想也不想就拒绝了他。但抵达落雁后，他发现完全不是自己想的那般。

他隐隐约约感觉到了来自"家"的亲切，一切理所当然，姜太后、汁绫，她们没有任何迟疑，几乎是马上就接纳了他，仿佛他就该在此处，一向如此。

早知今日，何必当初？

耿曙被带到侧殿内，浸在热水里，想起自己亲手引发的那场雪崩，想起先前的一念之差，想起被暴雪掩埋的、茫然的姜恒。

"别来——走啊——！"

最后一刻，姜恒瘦弱的身体依旧吃力地拖着一辆木车，朝着雪崩下来的方向，努力奔逃，回头张嘴，脸上带着害怕，却为了让耿曙死心，不再追来，而决心朝着死亡跑去。

耿曙泡在浴池中，不禁断断续续地哭了起来。

他靠在池边，心中充满绝望。

但就在此刻，一个人影出现在雾气里。

"泷殿下。"外头侍卫低声道。

"他在里头吗？"少年的声音道，"我进去看看，不碍事。"

耿曙马上转头，接着，雾气中的人影变得清晰起来，一名脸庞清秀的少年站在池边。

他的眉眼与汁琮仿佛是一个模子里印出来的，浓眉大眼，鼻梁高挺，一身淡青色的锦袍，鬓角垂着玉绦，比姜恒高了少许，仿佛与耿曙同岁。

耿曙胸膛赤裸，止住泪水，安静地看着他。

被称作"泷殿下"的少年站在池边，注视耿曙那伤痕累累的身体。外头有侍卫快步跟进浴室中来，低声道："太子殿下。"

来人正是汁琮的嫡长子、雍国的太子——汁泷。只见太子泷稍稍摆手，吩咐道："都出去罢。"

紧接着，耿曙的目光落到了太子泷的胸膛前。

那里有一块与耿曙所佩，一模一样、光华流转的玉玦。分而为玦，合而为佩。

太子泷拈起胸前的玉玦，稍稍朝向耿曙，耿曙低头看自己赤裸的胸膛上的另一块玉玦。

"哥，"太子泷说，"你来了。"

耿曙没有回答，转过头去，看着水雾。

这一声，骤然将他带回了好些年前，在浔东城中，那走廊前的小孩儿，一声怯生生的"哥哥"的记忆里。

"我不是你哥。"耿曙冷漠地说，"再这么喊，杀了你。"

太子泷没有回答，走近耿曙，耿曙又道："给我滚出去！"

太子泷伤感地笑了笑，脚步声渐远，耿曙则始终没有回头。

求 生 愿

是夜，落雁城中万家灯火，家家户户预备起下元节庆之日所需的物品。雍国举国以黑为国色，对应五德终始[①]中的水，奉玄武为护国之神。下元节为水官解厄之日，亦是悼念亡人的节日，更伴随着一年秋收结束，标志着正式入冬。

今日是十月初一，宫中张挂起麦灯，距离过节还有十四天。

[①] 五德终始：又称"五德转移"。战国末齐国驺衍的学说，以五行相生相克来解释王朝兴替。

王室开了家宴，说是家宴，无非也就是姜太后、汴琼、太子泷、耿曙四人。姜太后为越地姜家的远亲，追溯起来，乃是姜昭的远房姑母，也正因如此，当年姜昭才得以与雍国王室相识。

汴家人丁算不得兴旺，姜太后共生下两子一女，太子琅也即汴琼兄长汴琅，出生后便体弱多病，二十七岁那年撒手人寰。本应父死子继，汴琅却并未留嗣于世，只得兄终弟及，由汴琼继任雍王之位。

当年汴琅还是雍王时，成家娶妻，王后名唤姜晴。听到这名字时，耿曙尚未发觉，但联系姜太后所言，登时想起来了。

只因王后姜晴，乃是昭夫人，也即姜昭的妹妹。可惜汴琅死后不久，姜晴便郁郁而终。

二王子汴琼本想娶姜昭为妻，奈何姜昭心中早有所属，非耿渊不嫁。最终姜昭离去，汴琼与风戎族的族长之女成婚，并生下了如今雍国的太子，也即王室的唯一继承人，太子泷。

七年前，太子泷的母亲也病故了。

太子泷幼年失母，王室与朝廷的宠爱尽在他一身，汴琼亲自负起了管教独生子的责任，平时十分严厉，乃至太子泷居住于宫中，时常十分孤独。

耿曙吃着晚饭，只听不说，坐在太子泷身旁的案几前，两名少年的脖颈上，各戴着一枚光华流转的玉玦。

姜太后看在眼中，又想起了当年的不少事，长长地叹了口气。

"你哥哥初来，"汴琼吩咐道，"这些日子里，你便好好陪他，不必读书了。"

太子泷看那模样仿佛要欢呼一声，却按捺住，恭恭敬敬、规规矩矩地答道："是，父王。"

耿曙持筷的动作又是一顿，想起自己到浔东时，姜恒也是如此，眼眶顿时红了，强忍着不哭出声来。

"他那玉玦与你的玉玦，原是一对。"汴琼又说，"持有阴玦，天下武将，俱须听其命令，守护持有阳玦之人。"

太子泷说："我也总算见到它了，都是天意。"

耿曙望向另一张空案，正要开口，汴琼便知他想问什么，主动道："你小姑傍晚已出外，去找恒儿的下落了。"

太子泷道："恒儿一定不会有事的，哥，你放心罢。"

汁琮便点点头，朝耿曙说："你既能有惊无险地活下来，恒儿自然也能，这些日子里，切忌胡思乱想。"

姜太后叹道："昭儿怎么就这么死心眼呢？这又是何苦？但凡早一年来落雁，两个孩子也不至于……"

"母后，"汁琮又说，"好了，别说了，儿好不容易缓过神，莫要多提。"

姜太后点了点头。

汁琮甚至没有询问过耿曙的意愿，便自作主张，将他认作义子。太子泷对这凭空多出来的哥哥也丝毫没有排斥。

耿曙心情十分复杂，用过饭后，便沉声道："我走了。"

姜太后没有丝毫见怪，说："回去好好歇下，来了落雁，就都好了，天下谁也再奈何不得你。"

耿曙本想离开，转念一想，却走到厅堂前，朝向姜太后、汁琮与太子泷，以及离开的汁绫的位置，跪下，磕了三个头。

耿曙低声道："谢谢，谢谢你们愿意替我找恒儿。"

姜太后的眼眶刹那又红了。耿曙却别头头，显然不想被他们看见自己的表情，抬手在眉眼前擦了一把，转身匆匆离去。

汁琮朝儿子使了个眼色，太子泷便放箸不食，起身去陪耿曙了。

是夜，耿曙躺在寝殿里的榻上，这张榻比他以往睡过的任何一张都要舒服，房外守着侍卫，随时听他的吩咐。

"哥。"外头传来太子泷不安的声音。

耿曙没有回答，只安静地面朝墙壁，耳畔还回荡着姜恒的大喊。

"走啊！走——！别来！"

耿曙紧闭双眼，眼前出现的，却是姜恒在雪崩临近前那一回头，嘴唇张了张，没有发出声音，接着，排山倒海的雪浪涌来，姜恒被掀翻在地，缠在了木车上，挣扎不得，被雪浪彻底淹没。

太子泷来到榻畔坐下，耿曙在月光里，肩膀不住地起伏，紧闭的双眼中泪水淌下。

"你走，"耿曙说，"走，你不是我弟，我不认识你……我不认识你……"

耿曙的声音发抖，太子泷没有回答，只沉默地坐在榻畔，耿曙蓦然坐起，朝他吼道："你走——！我不认识你！"

太子泷被这么一吼，顿时吓了一跳，退后少许，看着耿曙。

月光照在两人胸前的玉玦上，两块玉玦折射着温润的光华。太子泷不知所措的眼神像极了姜恒。

片刻后，太子泷解下脖上的玉玦，朝耿曙递了递。

"我大伯有一块，你爹也有一块。大伯死去时，把玉玦留给我爹，我爹又给我的。"太子泷说，"你把它……拼在一起，两块玉玦合二为一，朝它许个愿望，天地星宿，便会守护你、守护恒儿。我们一定会找到恒儿。"

耿曙答道："不要，拿走。"

太子泷却依旧将玉玦放在枕上，退后少许，继而快步离开。

耿曙看着那枚玉玦，太子泷的脚步声渐远后，耿曙才摘下阴玦，与太子泷的阳玦拼在一处。

星玉合一，阴阳二玦犹如太极轮。

耿曙发着抖，低声道："天地保佑，恒儿……你一定要……活着，不管在哪儿……恒儿，哥哥……对不起你。"

耿曙哭得全身发抖，眼泪落在玉玦上，折射着月夜的微光。

时间悄然过去，雍都秋高气爽，下元节快到了。

太子泷坐在窗下，展开一卷书，无聊地看着，心却早就飞到了高墙外的校场上。

他想出去玩。

将士们训练时的射箭声、马蹄声、喝彩声不断传来，勾得他心猿意马。

耿曙换上了王子的武袍，脸上、脖上、手上的伤痕已近乎痊愈，留下几道不明显的疤痕。他的眉毛就像刀锋一般，带着自然而然、生人勿近的气势。

书房外，听到脚步声时，太子泷马上抬头。

耿曙腰畔佩剑，面如冠玉，身材挺拔，唯独"玉树临风"四字能形容。

他走过太子泷面前，玉玦被扔了过来，太子泷吓了一跳，赶紧抬手接住，顿时被吓得不轻，只因他或耿曙，一个接一个扔，但凡任一个稍稍失了准头，玉玦就要撞在石上，摔得粉碎。

"我的天！"太子泷戴上玉玦，脸色煞白。

耿曙莫名其妙，看了太子泷一眼。

太子泷道："哥，你当心点，这玉万一碎了……"

"撞不碎。"耿曙停下脚步，冷冷地道，"你不知道？"

接着，耿曙做了个示范，摘下脖上的玉玦，脱手，流星般朝石山上一掷。

太子泷惊恐地大喊，只见那玉撞在假山上，"叮"一声响，又弹了回来。

太子泷："啊！"

耿曙又接住，转身走了。

太子泷忙追在他身后，问："你去哪儿？"

耿曙不答，走出雍都皇宫御花园，离开走廊时，外头守卫正拦着，放了耿曙过去，却阻住太子泷的去路。

"太子殿下，时辰未到，您不能离开，请回去读书。"侍卫长说。

太子泷只得朝耿曙道："等我一会儿，读过书，我与你一同出去走走。"

"让他走。"耿曙朝侍卫长说。

侍卫长道："殿下，宫中有规矩，太子殿下在酉时之前，不能……"

耿曙手指钩着绳子，朝侍卫长出示自己的玉玦。

"陛下说，持有玉玦，天下武官，都要听我的号令。"耿曙说，"你是不是武官？"

侍卫长只得点头，耿曙又回头，看了眼太子泷。

太子泷顿时现出笑意，紧跟在耿曙身后，如同脱牢的猴子般，快步往校场去。

耿曙一手钩着屋檐，跃上校场畔的廊屋顶，抱左膝坐着，垂下右脚。

太子泷跳不上去，只得在下面抬头看。

"我上不去。"太子泷说。

"那就在底下坐着。"耿曙道。

耿曙一瞥校场上演武的将士，并无多少兴趣，雍国士兵武艺较之关内四国，虽已是佼佼者，看在他眼中终究一般。

太子泷则很有兴趣，毕竟每天在宫中读书实在气闷，此时看人演武，就像看斗鸡一般。

但很快，这难得的小悠闲，随着一个人的到来戛然而止。

太子泷看见那人，竟是比看见汁琮更为紧张，马上站了起来。耿曙无意间朝廊下一看，顿时眼神变得冷厉了些。

来人乃是一名瘦高刺客，头发很短，脸上、头上带着纵横的伤疤，仿佛在激斗之中被人毁了整张脸。眉毛稀疏，嘴角更有一道裂痕。

那形容极其恐怖，就像怪物一般。

"两位殿下，"瘦高刺客揣着两手，站在阴影下，阴恻恻地说道，"怎么到这儿来了？"

耿曙感觉到一股杀意袭来，一手按剑。

"他叫界圭，"太子泷朝耿曙道，"是我的守卫。"

耿曙从廊上跃下，界圭比耿曙高了不止一头，稍稍低头，打量二人，目光落到耿曙腰畔的剑上。

"太子殿下，该回去读书了，"界圭生硬地说，"别总冒冒失失地往外跑，让人好找。"

太子泷脸色略有些不自然，躲在耿曙身后，勉强道："这……这就回去。"

耿曙回头，一看太子泷，扬眉示意。

太子泷轻轻一拉耿曙的衣袖，意思是别与他争执，自己也该回去了。

界圭又做了个动作，彬彬有礼地道："武英公主回来了，带来了南方的消息，殿下请。"

耿曙瞬间血液都随之凝固了，半晌后，他只觉自己的声音十分遥远、陌生。

"带回来什么人了？"

界圭答道："没有，陛下让我来找您，到了便知。"

从校场到偏殿的这段路，每一步，耿曙的步伐都仿佛有千斤重，但终点仍然会来。

殿内光线暗了下来，下半年的第一场雪来了。

界圭将耿曙带到殿前，便守在了门外，耿曙经过他身边时，仿佛感觉到一滴温热的水滴在了自己的手背上。

但他没有多看界圭哪怕一眼，径直经过他的身旁，来到殿中。

汁绫一身衣裳未换，在殿内踱了几步，抬眼见耿曙已来，欲言又止。汁琮则端坐在王位上喝着茶，沉声道："坐罢。"

耿曙与汁绫对视时，便已知道，最后那一点自欺欺人的希望，已伴随着汁绫的归来，彻底破碎。

汁绫眼中带着愧疚，仿佛这一切是她亲手造成，又长叹了一声。

"绫儿，说实话，"汁琮最后道，"都告诉他罢，他也不小了，十五岁了。"

汁绫点了点头，带着难过的神色，说："灵山已经没有人了，开春后，到处都是恶犬与……秃鹫，找到了不少骨骸，而完整的尸体，却……一具也没有。"

耿曙麻木地点了点头，事实如此，只是没有亲眼看见姜恒的尸体，他始终怀着一线希望。

汁绫说："但我找到了你说的那辆车的遗骸，被埋在……山坡下，烂得差不多了。一旁……二十五步方圆，有上百具骨骸。"

耿曙努力控制着自己，不去想那画面。

汁绫又道："有人动过那里，兴许是野狗，或是战场搜尸的百姓。我们问遍了附近的村庄，没有……没有人见过逃生的恒儿。"

汁琮看着耿曙。

足足十个月过去，还能在战场遗迹中找到什么？尸体早就被恶犬与秃鹫分食，白骨上也早已长满了藤蔓，一切尘归尘，土归土。

"知道了。"耿曙说。

汁绫说："也许……还活着，毕竟没有亲眼看见尸体。"

耿曙忽道："木车的缆绳上，没有缠着死人吗？哪怕白骨。"

汁绫答道："木车在冲下山坡时已经瓦解了，车轮尽毁。兴许他挣扎出来后，朝另一个方向走了？如果他还活着，你觉得他会去什么地方？"

耿曙静了很久，缓缓地说："我想，他应当去了越地罢，就像夫人一样，我要是他，就一定会去找他的娘。不打紧，不必再找了。"

汴绫欲言又止，汴琮则叹了口气，翻开手中的祭天文书。

"谢谢，但不必再找下去。"耿曙认真地重复了一次。

汴绫点点头。

耿曙又说："如果恒儿还活着，我们一定会重逢。项州也是，昭夫人也是，我相信他们都没有死。"

守在殿外的界圭听到"项州"二字，当即抬头，欲言又止。

入 世 道

汴琮想了想，岔开了话题，说："过完下元节，便行祭天之礼，我儿须得改换个名字。来日你将是我的得力臂膀，姓耿，终究引来不必要的麻烦。待得我大雍出关平定天下后，你再道明身世不迟。"

耿曙正想离去，听到这话时，又侧头朝汴琮说："我还有一个名字，叫聂海。"

"谁给你起的？"汴绫现出温柔的神色，问道，"你娘吗？"

"恒儿给我起的。"耿曙答道。

汴琮说："聂海之名，洛阳城中仍有人知晓，不是万全之策。"

耿曙打断道："那就随你罢，什么名字都行。"继而转身，离开了大殿。

汴绫又叹了口气，汴琮朝妹妹道："你也累了，没日没夜地找了这许久，歇会儿罢。"

汴绫说："第一眼见到他的那天，你知道我想起了谁吗？"

"姜恒？"汴琮问道，"你在什么地方见过他？"

汴绫点了点头，嘴角带着笑意，说："晋天子背后。不知为何，我想起了大哥，小时候，父王上朝时，大哥便坐在他的身后，手持一支笔，学着记事，学着处理政务。怎么一眨眼就过了这么多年，就像做了一场梦。"

汴绫也走了，殿内空荡荡的，余下汴琮独自坐着出神，手中拿着祭天文书，他想了想，正犹豫是否为耿曙用聂海之名。

"界圭，你想说什么？"汴琮忽然道，"方才我见你神色不对。"

界圭沉默不语。

汁琮又道："进来说。"

界圭走进殿内，沉默了很久很久。

汁琮总觉得这名忠心耿耿的刺客，最近的表现有点奇怪——自从耿曙来到雍都后，他便时常坐着，一整天一整天地出神，就连本职亦顾不上了。

这让汁琮总忍不住想起当年兄长汁琅死的那段日子，界圭也是这般魂不守舍。

兴许是因耿曙的到来，而忆起了当年他们的往事罢。汁琮只能这么想。

界圭终于开口说："如果姜恒就是那名王都的太史官，属下还有一请，须得再往灵山，设法找寻一次。"

汁琮说："人都死了，再执着还有何益？"

界圭说："洛阳城破时，五国都在找寻的金玺，属下非常肯定，就在那小太史的身上，这孩子，我活要见人，死要见尸。"

汁琮停下动作，抬眼注视界圭。

沧山，长海。

姜恒已能独自行走，深秋的长海犹如一面浩大的镜子，倒映着湖光山色。

他捧着罗宣为他带回来的骨灰，以及一个匣子，一旁放着父亲生前的黑剑，来到长海岸畔的竹筏上。

罗宣等姜恒上了竹筏，也跃了上去，手持竹篙，在岸边轻轻一点。

竹筏犹如离弦之箭，漂过水里倒映的蓝天与白云。

云在水中，竹筏划过碧空。

到得湖中央，姜恒于匣中取出大晋的传国金玺，扔进了湖里，接着是黑剑。

最后，他将骨灰一撒，罗宣撑篙，掉转竹筏，离开。骨灰撒在湖面，沿着点点涟漪，犹如湖面上的一道星河。

"师父，我想学剑。"姜恒朝罗宣说。

罗宣随口道："空了教你，先生让你多读书，还是以读书为主。"

海阁中有着浩瀚如海的书卷，姜恒终于明白了母亲的那句话。天底下的书，一辈子也读不完。

诸子百家之学，先前在浔东所读，不过是个皮毛。王都洛阳的藏卷，也俱是人间的片言只语。

而海阁那高十丈的巨大书阁中，藏有整个神州大地的过去、现在，甚至将来。所有的书卷都齐刷刷地指向一处——棋术。

杀人之道、机关之术、权谋之计、合纵连横、兵家运筹、朝堂帷幄、天文地理、毒经药学。

那些都不是大道，而是入世之道，想入这大争之世，就得学会怎么杀人，同时还得学会怎么不被人杀。

鬼先生的两名弟子，项州与罗宣，不过读了海阁三千六百书架中的第六架的一半武学秘籍，便得以跻身五大刺客行列，与不世出的天才耿渊齐名。

天下五大刺客：耿渊、罗宣、界圭、项州及神秘客，如今姜恒已见过三名。

杀人能救这个天下吗？谁也不知道。罗宣也明白，师父一定在反省：他们走的路，一直以来都错了，而这名最小的徒弟，承载着海阁最后的一点希望。

姜恒不必再做文章了，也没有人来问他学了什么、何时能出师。

等到他真正学成，也许还有很久很久。

鬼先生再次闭关，海女松华则不知去向。罗宣成了姜恒的师父，每天陪他在走廊下念书。

二人虽是师徒，罗宣却只是代为教导，也并不严肃，说是师父，反而像是姜恒的师兄。

"你还因为项州前辈的事而恨我吗，师父？"姜恒有天在廊下用草编着一个风铃，突然问。

时光渐渐抚平了姜恒的伤痛，罗宣也不再提耿曙，一如姜恒从来就是孤身一人，没有过去，没有家人。

罗宣淡淡地道："恨，一辈子恨你。恨你不好吗？这证明不会忘了你。"

姜恒扔来一个项州留下的物件，罗宣抬手接住。

"他给你的，你留着罢。"罗宣扔回去。

姜恒又扔了回来，说："给你罢。"

"睹物思人，不要。"罗宣说，"我又不恨他，早就把他忘得一干二净了。"

说着，罗宣进房去，为姜恒将过冬的被褥抱出来，放在太阳底下晒，难得沧山有一个晴天。姜恒编好风铃，挂在廊下，罗宣用左手拍打被子，侧头看他的一举一动。

"挂这个做什么？"罗宣说。

"太安静了，"姜恒说，"有点声响，热闹点。"

罗宣说："你没来时，海阁更安静。现在成天吵，吵得我头痛。"

姜恒笑了起来，罗宣五指朝他遥遥做了个"抓"的手势，露出犬齿，面现威胁的表情。姜恒却半点不怕，还是少年心性，说："明天咱们去集市看看罢？给你买过冬的衣服。"

"不去，"罗宣走开了，说，"衣服还能穿。"

"师父！"姜恒等了一会儿，不等罗宣回来，在海阁中四处找寻，边找边喊。

"又做什么？"罗宣正在大殿里添灯打扫，皱眉道，"能不能让人清净会儿？一会儿不见人就大喊大叫的？"

罗宣眉目间带着嫌弃与厌烦，姜恒却笑着过来，陪他一同擦拭祭坛，抬头看四灵天地神兽时，那表情带着茫然与敬畏。

就像他听罗宣教武学心诀一般。

罗宣则常常从旁观察姜恒，看着他的一举一动，但凡姜恒不曾注意到他的目光时，罗宣便喜欢盯着他看。

看多了，偶尔姜恒转过头，捕捉到罗宣的注视，罗宣便出现了一瞬间的躲闪。

快入冬了，山上枫叶已落尽。

姜恒说："走罢，去罢。走，师父——走啊！"

罗宣大部分时候都躺在榻上、走廊下，在任何能躺的地方睡觉。

"不去！"罗宣一脚踹开姜恒，烦躁地说，"要去自己去，滚！"

姜恒只得独自下山去，挎着一个布囊，囊中装着采回来的山珍与菌，预备去长海尽头的市集换钱。

刚出山门，姜恒便看见罗宣叼着草秆，戴着顶斗笠，抱着手臂，跟在他的身后。

"你不是说不来?"姜恒道。

"我说了去赶集?"罗宣难以置信地道,看那架势,随时想动手揍姜恒一顿,"大道朝天,各走一边,我去打酒,滚你的。"

姜恒等了一会儿,等到罗宣过来,与他上竹筏,罗宣依旧撑筏,将他送到长海对岸去。

长海对岸有一个简陋的集市,代国军队还未打到此地,兴许是距离沧山不远,受传说所慑,虽然风景如画,冒着危险前来占这湖边实在没有多大意义。

四面八方镇上,有上百户人家带着吃的、用的、布匹前来,于此地交换。

姜恒采后晒干的野菌,不到一上午都卖掉了,罗宣也不吭声,在旁冷冷地看着。姜恒就像个傻子,不懂与人讨价还价,十来斤的干菌,不过卖了三个半郢钱、一个代钱。只够买两尺布。

罗宣示意他去买布,姜恒拿着布,在罗宣身上比画。

"你自己穿什么?"罗宣道。

"就这么多钱,只够买你的,"姜恒说,"下回再来。"

罗宣终于忍无可忍,一指角落:"把条凳搬来,再借张桌子。"

姜恒:"咱们没东西卖了啊,还卖什么?"

罗宣:"卖你!把你放桌上,称斤卖!"

姜恒一头雾水,借来了桌凳,放在一棵树下。罗宣懒洋洋地朝桌后一坐,葫芦随手一扔,恰好挂在树顶上,手中布袋朝桌上一摊,抖开银针与酒火瓶。

"看病了!"罗宣冷冷地道,"神医来了!把死人都抬过来罢,医不活不要钱!"

姜恒:"……"

刹那集市上不少人转头,议论纷纷。罗宣摘下斗笠,搁在一旁,一脚踩在条凳上,侧着头,眉目间带着戾气,只是一扫,便朝人群里说:"那个脸色发黄的!你肝病好了吗?"

霎时有人认出了罗宣,马上道:"神医!神医回来了!快!将家里人叫来!"

姜恒吓了一跳，只见罗宣面前瞬间排满了人，列队井然有序，开始找罗宣看病，继而一想明白过来。

"师父，你在这里看过病吗？"姜恒问，"他们都认得你。"

罗宣："一年前来过。张嘴！"连看病也带着不耐烦的口气。

近黄昏时，队伍还有很长，附近来了上千户人家。罗宣一瞥天色，不看了。

"还有好多人呢。"姜恒收了医诊费，跟在罗宣后面。

罗宣收走了物事，走到哪里，就有一群人跟到哪里，他朝姜恒道："你给他们看？"

姜恒道："我不会。"

"那你啰唆什么？"罗宣打量姜恒，到集市上打了酒，背后尚有苦苦哀求的百姓，罗宣充耳不闻。

"可还有人……怎么办呢？"姜恒道。

"不怎么办，"罗宣说，"看自己造化，人各有命。"

罗宣进裁缝铺里，量了身材，又让姜恒量身材，坐在一旁喝酒。

"你能挣个屁的钱，买猪食也不……"罗宣说着说着，忽然一停。

姜恒展开手臂，回身茫然地道："怎么了？"

"没什么。"罗宣依旧喝酒，说道，"你长高了。"

姜恒笑了起来。

紫 金 牒

三天后，姜恒睡醒时，发现床头叠放着罗宣下山去取回来的冬衣。

这天正是下元节，傍晚时分，姜恒到得高台上，只见罗宣在点一盏纸灯，点亮以后，纸灯摇摇晃晃，被风送了出去。

"下元节了，"姜恒说，"你在给项师伯放灯吗？"

罗宣与姜恒都换上了新衣裳，罗宣回头看了姜恒一眼，问："要给你哥也放一盏吗？"

姜恒问："可以吗？"

"那里有纸，"罗宣说，"自己做一盏罢。"

姜恒答道："我不会。"

罗宣只得教他，两人坐到侧栏前，凑在一起糊纸灯。

"什么都不会，"罗宣说，"蠢货。"

"是啊！"姜恒有点难过地说，看罗宣灵巧的手指，将竹篾穿在一起，做出一个灯来。入夜时，罗宣点灯，姜恒提着，两人放走了第二盏灯。

"回去罢，"罗宣说，"天冷了，不要哭。真想哭的话，别出声，烦。"

姜恒一想到耿曙，便难过起来，明白罗宣亦是在笨拙地安慰他，只得忍着泪。回首往事，不知不觉，已十个月过去了，许多事就像一场梦，仿佛哪一天醒来，这一切都没有发生，他们依旧在洛阳的王宫中。

罗宣抬起一手，在姜恒肩上拍了拍，姜恒终于再也忍不住，呜咽起来，望向远方，那盏远远飘向灿烂星河的纸灯。

雍都，落雁城。

下元节满城灯火，城外沙洲处，河畔站满了悼念亡人的雍国百姓。

人们将浮灯放在水上，灯火顺流而下，意为怀念已故亲人。亦有人将飞灯放往天际，意为寻找在南征之战中下落不明的家人。

已故之人灯浮水面，生死未知之人，则灯火在天，照亮了两道回家的路。

太子泷与耿曙站在河畔，耿曙提着飞灯，太子泷晃亮了火折，点燃了灯。

太子泷说："恒儿如果看见这盏灯，就会回来了。"

耿曙没有说话，沉默地看着这五光十色之景，璀璨的灯火从风戎人的神山巨擘绵延而来，河流淌出风海，延向黑暗的远方，犹如那条传说中分开了生与死的滔滔河流——"忘川"。

界圭双膝跪在下游岸边，捧着两盏灯，远远地，耿曙只看见了其中一盏，写着"炆"字。

界圭将它们小心地放在河面上。

耿曙转过头，也放开了手里的飞灯，灯上写着"恒"字。

灯慢慢地升上天空，很快融入漫天的星火之中，汇入了银河般从天到地，再从地到天的光流。

耿曙转身，沉默地走着，走向被下元节的灯火点缀的雍都。

太子泷紧跟其后，及至两人翻身上马，朝着雍都驰去。

天气越发凉了下来，下元节的第二天，汁琮带领王族来到宗庙前，祭祀列祖列宗，将耿曙纳入王室。

从今往后，耿曙就是雍国的王子了。

宗庙里，除却多了耿曙的紫金牒，汁琮又加印了一枚，上书"耿恒"二字，供奉在列位先王的紫金牒前。耿曙看了一眼，上一代人中，依次是汁琅、汁琮、汁绫三兄妹。而汁琅的名牌一侧，则是"姜晴"。汁琅与姜晴名字之下，又有一块牌，上书"汁炆"。

那是汁琅的遗腹子，据说也夭折了，却从未听宫中人提起过。

"当年我们与你父亲情同手足，"汁琮离开宗庙前，又朝耿曙说，"从今往后，你与恒儿，就是我儿，雍国仍会将寻找恒儿的下落作为第一要务。但我儿，聚散离别，都是天定，就像天际的白云一般，你不可悲痛过甚，一切俱是未知。"

耿曙点了点头，也改了称呼，说："是，父王。"

雍都入冬，北方大地再次下起了小雪。

落雁城皇宫中，太子泷比耿曙小了一岁，时年十四，每天被太傅摁在宫里读书。汁琮虽然疼爱这亲生儿，管教也甚严厉，起初让耿曙陪着太子泷念书，却意外地发现，落雁城中，汁氏所藏兵书，耿曙竟全读过了。

"何处读的？"这对汁琮而言，简直是意外之喜，"你认识字？"

"恒儿教我的。"耿曙在兵室内以长杆推动沙盘上的兵员，演练包围落雁城，汁琮的士兵全被困在城内，输了。

太子泷登时惊呼一声，望向耿曙的眼中充满崇拜。

"好。"汁琮想起来了，先前耿曙与姜恒确实在王都待了好些年头。

耿曙说："王都的藏卷都被烧光了，空了我默摹一份罢。"

"好！太好了！"汁琮被义子打败，不仅没有半点恼羞成怒，反而催促耿曙，让他快点写出来。

这年冬季，耿曙便与太子泷对坐，耿曙摹兵略，太子泷读诸子百家。

太子泷不似姜恒般聪明，更没有过目不忘的本事，到得十三四岁上学的，都是姜恒八岁时便熟记的文章。尽管如此，仍得到了太傅赞不绝口的夸奖。

耿曙眷下了一卷又一卷的王都之书，对他而言，更令他感兴趣的，却是上一任雍王，那因病死在深宫中的汴琅留下的一些记录——父亲生前的至交好友，亲近更在汴琮之上，被寄托了雍国所有希望的太子琅。

汴琅生前不像酷爱习武的汴琮般健壮，极少带兵打仗，只能坐镇落雁城指挥军务，而哪怕如此，通过对汴琅生前的行军布置，耿曙仍感觉到，他是一个不世出的天才。只可惜，他死得太早了。

"哥，教我学剑。"有一天，太子泷说。

"你想学什么？"耿曙已不似曾经那般排斥太子泷，偶尔会答他几句话。

太子泷顿时有点受宠若惊，耿曙看着他，忽然叹了口气。

太子泷马上道："什么都行！父王不让我学……只跟着界圭，断断续续地学过一点。哥，你当真愿意教我？"

耿曙与太子泷都戴着各自的玉玦，此前太子泷不止一次朝汴琮提过，想跟随耿曙习武，而汴琮对此的回答是"聂海会守护你，你用不着学，读好你自己的书，才是要务"。

"教。"耿曙合上书卷，淡淡地道，"先学剑罢。"

冬日阳光灿烂，御花园里，太子泷与耿曙各自手持木剑，开始比画。耿曙竟将父亲传下的剑法，慢慢地教给太子泷。

太子泷笑道："太好了，爹总是不让我学武，哥你多教我点罢。"

耿曙忽道："父王说得对，教你是因为，这些日子里我总在想，若我当年愿意督促恒儿练武，他也许就不会死。"

太子泷沉默，近三个月里，耿曙没有再提那个素未谋面的姜恒，太子泷以为这位不苟言笑的兄长已经从悲痛里走了出来。

但他冷不防这么一句，让太子泷不禁生出了少许妒忌之心。

耿曙坐下休息时，出神地看着远处的蓝天。

"读书，习武，不是为了好玩。就像父王说的，你的天命，是终结这大争之世。"耿曙答道，"我的天命，则是保护你。天下才不会再有人像我与恒儿一般，经受生离死别。"

太子泷点头，答道："是，哥，你说得对。"

这是耿曙数月来，第一次朝太子泷说这么多话。

"人力有时而穷。"耿曙又疲惫地道，"武艺再强，也有办不到的事，不能把希望全放在我的身上。"

太子泷把手放在耿曙的背后，摸了摸，耿曙却已起身，说："再练一会儿，活动筋骨，便回去念书。"

天地一指，万物一马，驰骋不息，眨眼间便是数年。

沧山红叶凋零，漫山白雪过后，春来时桃花绽放。

数个年头后的春天，桃花飞过，掠过姜恒的面容。

他手持一把长剑，与罗宣在院中练武。罗宣不仅毒术天下无双，武艺也十分了得。姜恒最初怎么努力，结果都是被他一招打翻在地。经过四年的苦练，姜恒已能在罗宣手底下走过三招。

姜恒长大了，他已长到快与罗宣差不多高，身高与罗宣的眉毛齐平。稚嫩的面容变得沉稳，五官亦多了一股英气。虽依旧眉清目秀，却已是美男子一名。

他的身上有股干净的少年人气息，就像长海畔广阔的天际，虽不常笑，眼里却带着欣然与从容之意，仿佛遭受的苦难从来没有发生过。

罗宣则依旧是那模样，四年的光阴未曾雕琢他的容颜，唯一留下的痕迹，就是手臂上，毒鳞的蔓延，已到了臂弯处。

"想什么？"罗宣道，"又走神？"

罗宣一剑过去，带着掠过脸庞的劲风，姜恒一式反身，后退，刹那蹬上一步外的桃花树，在树干上奔跑、旋身。

"接我一招！"姜恒身体旋转，带着木剑，当头劈下。

罗宣只是轻巧地让了半步，姜恒便险些头朝下，摔在地上。

紧接着罗宣侧身，横过大腿，接住姜恒，膝盖抵着他的胸膛，让他站稳。

姜恒："……"

罗宣："花里胡哨，成天就自创怪招。"

姜恒每天都被罗宣摁着打，罗宣显然对这位小徒弟的武学天赋极度失望。

"来日若真有下山那天，"罗宣同情地说，"千万不要随便出手，否则你活不过三天。"

姜恒心想：哪儿有这么危险，还不是因为你太强？

"暗器练了吗？"罗宣又问。

姜恒点点头，当着罗宣的面，演练甩手箭。这一招是罗宣教给他的唯一的保命招数，既然拼剑拼不过高手，总得有一式绝杀。于是罗宣不厌其烦，让他反反复复、日日月月年年地练同一招，目标很简单，拈一把飞刀，脱手投掷，扔到五步、十步、二十步外的树上标记点。

沧山桃林中，每一棵树都绘好了靶，姜恒练这简单的同一招，练了足足四年，在罗宣的指导下，动掷，静掷，十把飞刀，已能中靶九刀。

罗宣则依旧不太放心。

这时，松华进了桃林。

"去殿里，"松华简短地说，"有事。"

姜恒："先生出关了吗？"

自打拜师那天起，鬼先生便闭关足足四年，松华的"有事"，还能有什么事？一定是鬼先生出来了！

其间姜恒问过罗宣，鬼先生在修什么功法，罗宣也不知道，毕竟海阁内的秘密实在太多了，穷其一生，也无法完全了解海阁。

姜恒马上收起飞刀，与罗宣前去大殿，然而到得大殿内，姜恒却充满疑惑。

他们看见了一名素未谋面的青年。

那男人长发披散，头顶插着一支木簪，身着修身白袍，身前摆了一把琴。

男人面如凝玉，眉若黛云，看模样不过而立之年，手指修长白皙，端坐于殿内主案后，随手拨弄几下琴弦，响起叮咚声。

"姜恒长大了，"男人的声音儒雅、清朗，眼里带着笑意，"四年里学得如何？罗宣欺负你了不曾？"

姜恒："你……你是谁？"

"该教的都教了。"罗宣上前一步,稍躬身,回头朝着姜恒,眼里带着看傻子的神色。

"先生?!"姜恒已经彻底傻了,惊讶地道,"可是先生不是,不是……"

"先生不是个老头?"鬼先生忽而笑了起来,说,"先生确实是老头,现在也是。"

"您……"姜恒说,"易容了吗?"

鬼先生端详着姜恒,显然觉得十分有趣,再看罗宣,扬眉。

罗宣点了点头。

鬼先生便道:"明日便开始考校你的功课,看看你学到了几成。"

罗宣虽名义上是姜恒的师父,心里却很清楚,真正收徒的人乃是鬼先生,而罗宣不过是负起了教导之责。

返老还童了?姜恒仍处于震撼之中,退出殿外时,还茫然地看着罗宣。

罗宣却一脸不乐意,说:"你那什么眼神?"

姜恒说:"咱们门派里,有这功法吗?不就不老不死了?"

罗宣答道:"我不知道,我又不修这门功夫。你想学?"

返老还童,也即意味着,天下不知有多少怕老怕死之人,从此将改变一生。但姜恒细想之后,觉得也许要做到鬼先生这般,也不那么容易。

"天命有常,"姜恒说,"生死都是命中注定的……我看还是不能强求。"

罗宣随手摸了摸臂弯,答道:"是啊,想得到与天地同寿的仙力,就要当个跳脱红尘的孤人。明天开始,先生要考校功课了,看你四年都学了什么,你悠着点,别丢我的人。"

姜恒笑了起来,说:"不会的。"

这四年里,他已经将能学的都学了,虽然面朝浩瀚大海般的海阁藏书室,依旧生出望洋兴叹之心,但罗宣告诉他,师父说过,用海阁内的一分所学,可治一国,三分所学,可治天下。

"若尽数学成呢?"姜恒不禁问。

"不知道,"罗宣答道,"从来没有人尽数学成。"

人 皮 面

翌日，鬼先生端坐殿前，罗宣搬来一张案几，放在殿内地上，姜恒忐忑入座，罗宣拿来砚、纸，要为他磨墨。

"不做文章，"鬼先生淡淡地道，"文章都是虚的，先生问，你答即可。"

姜恒收摄心神，不免紧张，点了点头。罗宣正要离开，鬼先生却道："你坐罢，不必避开。"

姜恒深吸一口气，只听鬼先生拨了两下琴，叮咚声中，问道："当今天下五国，你觉得哪一国的国君，堪可扶持，结束这大争之世？"

姜恒万万没想到，鬼先生竟是上来就问了这么一个令他无法推托的问题。

"想清楚了。"鬼先生又朝姜恒一扬眉。

姜恒转头，看罗宣，鬼先生又哭笑不得："罗宣，你怎么教徒弟的，这等时候，还要朝师父求助？"

罗宣眼神里却带着笑意，只是没有分辩。

姜恒忙道："不，不是，先生，我只是习惯了……嗯。"

罗宣没有生气，反而认真地道："按你所想的答就行。"

殿内静了一会儿，姜恒答道："我觉得是郑国。"

鬼先生点了点头，看不出表情是赞许，还是思考。

"代国武王刚愎自用，十三年前琴鸣天下，代国丞相公子胜死于大梁后，武王脾气更为暴戾，难堪重任。"姜恒解释道，"其四子或脾性冲动，或畏惧武王威权，唯唯诺诺，继承者无人，与郅国相争多年，虽得巴地，却疏于治理，压榨百姓，乃至国内怨声载道。"

鬼先生拨弄一下琴弦，示意他继续说。

接着，姜恒开始分析代国朝廷兵力，乃是武人朝廷，又细数代国以上数代，蜀人发家之史，紧接着话锋一转，沉声道："至于与其接壤的郅国，郅王自高自大，目中无人……"

夕阳西沉，从代开始，到郅，再到梁，提及梁国时，姜恒特地说了安阳那场血案后，造成的十三年影响。

"梁国则在耿渊手下遭受重创，他们需要时间恢复元气。"姜恒说，

"这十三年来，梁始终非常小心，但依旧忍不住参加了五年前的王都一战，这一战，让梁国好不容易缓过来的局势又前功尽弃。"

"郑国毗邻东海，乃中原要地，狭长古道直邻玉璧关，郑人海运、农耕千年，其地富庶，郑王虽已垂老，年轻时却支持全国变法，如今是关内四国中最有朝气的国家。"

"太子灵在五国中，俱有极高的评价。"姜恒又说，"郑国始终有种急迫感，他们必须守住咽喉要地，否则一旦雍国南来，首当其冲沦陷之国，就是他们。"

鬼先生"嗯"了声，再拨几下琴弦。

"但归根到底，"姜恒叹了口气，说，"不过都是矮个里拔高个罢了。"

"你也知道。"罗宣冷冷地道，终于说了第一句话。

这四年里，姜恒也常常与师父罗宣讨论，说来说去，谁能成为新王，统领天下呢？放眼神州，没有任何一国的国君适合，说了这么多，不过排除了更不合适的，留下一个相对没那么不合适的。

鬼先生道："姜恒，我听你一句不提雍国，就半点也不在乎吗？"

姜恒答道："汁琅若还在世，也许有希望。但如今雍国王室剩下汁琮，他若入关，将是中原百姓的灾难，若让他来当天子，将是天下的灾难。"

姜恒半点不避讳，又道："若我爹还在世时，汁琅就已死了，那么我想，以汁琮的情分，是劝服不了他，在会盟上行刺的。"

鬼先生又道："如今我还想再问一句，天下第一刺客耿渊，当年所作所为，对吗？"

"现在的回答，依旧是那句话，先生，我不知道。"姜恒眼里带着少许迷茫，抬头答道，"但我知道，若我是他，我不会这么做。"

鬼先生于是点了点头。

"明天问你第二个问题，去罢。"鬼先生道。

是夜，姜恒与罗宣在院子里春风下，捧着食盒吃晚饭。

罗宣做得一手好菜，照顾姜恒正是长身体的时候，鱼腹鱼身都给了他，自己用筷子灵巧地拆鱼头。

"师父。"姜恒有点忐忑，不知今天功课考校是否丢了罗宣的人。

"还行罢。"罗宣与姜恒陪伴日久，姜恒稍动一动嘴，便知道他想说什么，"你比我想得清楚。"

姜恒盘膝席地而坐，已是大人了，罗宣端详他，像是想从成人的姜恒脸上，找到一点往昔他初到海阁时的稚气与笑语，但姜恒已不再像小时候那般，凡事都先问他的意思，再做决定了。

"先生会派我下山吗？"姜恒说。

罗宣："先生不让你下山，你就不去了？"

姜恒心里清楚得很，为什么收他为徒，令他学习诸子百家之学，哪怕纵横之道，鬼先生考校之言，学以致用，定有让他入世的一天。

这一天就在眼前了。

"我教你点别的。"罗宣等姜恒吃完，收拾了食盒，扔到一旁，说道。

夜，姜恒坐在镜前，罗宣两手上涂抹了粘粉，拈着一张人皮面具，朝姜恒扬眉示意。

姜恒见过罗宣搁在书阁角落的箱子，却没有去打开看过，想来是易容之术。

罗宣先是自行易容，很快便装扮成了鬼先生的模样。

"像吗？"罗宣道。

除却衣物，简直一模一样！姜恒不禁感慨，说道："教我，师父！"

罗宣答道："唯独声音、身材不好伪装，易容也并非万能，像松华，我就伪装不了。"

接着，罗宣开始教姜恒，如何伪装成老妪、老翁、青年，甚至妇人。

翌日，姜恒再来到鬼先生面前，鬼先生抚琴，提出了第二个问题。

"你觉得，能担任未来神州天子的人，应当是怎么样的一个人呢？"鬼先生又问。

姜恒经过昨日之问，已明白了鬼先生的意思。

这将是他的使命——不久后，鬼先生一定会让他到人间去，寻找一个有能力成为天子的人，号令天下，终结乱世。

"我觉得，他可以是随便一个人。"姜恒答道。

这个回答，倒是大出鬼先生的意料，只见他一手按着琴弦，扬眉询问道："何解？"

罗宣皱眉，看了眼姜恒，示意他想清楚再回答。

"天下之乱，乱在人心，"姜恒答道，"人心不平，神州不平。天子是人，只要是人，便有其私欲，难不成还找一位圣人来当天子吗？上哪儿找去？何况，天地不仁以万物为刍狗，圣人不仁以百姓为刍狗。圣人当天子，就一定比小人当得更好吗？"

姜恒想了想，又说："哪怕有一代圣君，我们还能代代圣君不成？"

鬼先生点了点头，殿内一片寂静。姜恒想了很久，道："要让天下维持有序，不受国君私欲影响，便须得令它像个水车般，千秋万世，源源不绝地自行转动。换句话说，天子是什么人，不该是决定天下动乱或平静的要素。"

鬼先生沉默不语，姜恒又说："甚至有没有天子，都不重要。想让神州恢复升平盛世，就要做好哪怕是名屠夫，成为九五之尊，百姓也不会受到干扰的准备。"

"那就要重立朝廷了，"鬼先生答道，"天子归权于天下。"

姜恒叹道："是。至于如何去做，很难。"

鬼先生："只是你须得先找到这样的一个人，让他愿意归权于天下。"

姜恒点头道："是啊，太难了。"

罗宣不太明白，本想出言，见姜恒与鬼先生一问一答，又十分自然，便不再打断。

第二问很快就结束了。

鬼先生原本准备了许多破题之言，欲追问姜恒，孰料姜恒如此作答，接下来的话反而没有再说的必要。

"本该明日有第三问，"鬼先生沉默片刻，而后说，"既今天尚有时暇，便一并问了你也不妨。"

姜恒恭敬地答道："是。"

"以你所学，"鬼先生又道，"若选一国，平定天下，须得如何做？需要多长时间？"

松华在一旁抖开一幅地图，"哗啦"一声，地图飞卷，落在殿内。上面是蜿蜒的长城与玉璧关，以及五国地图，延伸向塞外疆域与北方的茫茫大地。

北方雍国都城落雁，中原梁国都城安阳，东海之滨，郑国都城济州、蜀地群山簇拥中，代国国都西川、汉中两城。南方万湖之滨，绮丽的郢都江州——尽在画中。

星罗棋布，神州大地大大小小一百二十七城，千户到万户，以各国绵延国境划开。

罗宣手握一把棋子，递到姜恒手中。

"师父，先生，"姜恒说道，"海女。我……学艺未精，只能纸上谈兵，尽力一试。"

说着，姜恒跪到地图上，把第一枚棋子放在郑国的国都济州上，抬头道："如我先前所言，郑，是发起这场终结大争之世的第一个地方，也是落棋的第一处。"

"而雍国，必须尽快把他们赶出塞外，重夺玉璧关。"姜恒推动郑国的棋子，联合其他三国，逼近玉璧关，说，"关内四国只要能齐心，消灭雍国虎狼之骑不难。"

鬼先生说："多次联军，都无功而返。雍都背水一战，反而不断坐大，你当真觉得关前迎战汗雍，再掀起一场生灵涂炭的大战，是最好的打算？"

姜恒说："不需要进攻雍都，也不需要让无辜百姓死于非命，我们要的是消耗雍国的兵力。他们如今所面临的最大的麻烦，就是国内近乎人人为兵，逃一个，便少一个，死一个，便少一个……"

"只要夺回玉璧关，"姜恒跪着爬到代国的方向，"便成功了一半。以长城为界，郑、代二国，可以掎角之势呼应，锁住雍国。雍国只要遭遇大败，兵力被耗，国内族裔混杂，一定会掀起大乱。封锁他们的商路，劫掠他们的粮食，二十年内，本来就不稳固的雍国朝堂一定会瓦解。梁国经连番挫败后，元气大伤……"

夕阳的光芒照进大殿，投在姜恒背上，他的影子则投在地图上，他已经说了两个多时辰，天下所有的兵力已经集合到了郑国王都，而郑的版图也扩大到了神州大地的近八成。

"……综上，这么一来，未来的二十年里，天下还会再因战争死去近四十万人。"姜恒答道，"但只要大部分地区尽入郑国手中，百姓便可真正地不再遭受战乱、瘟疫与饥荒。让他们回到田地上去耕作，再接下来……"

姜恒擦了把汗，从郑国朝外扩散的棋子，已铺满了整个中原。

"就是整顿国内朝廷的事了。"姜恒抬头，朝鬼先生说。

鬼先生淡淡地道："接下来的，明天再说罢。"

姜恒点头，十分疲惫地答道："是，先生。"

这夜，罗宣依旧在书阁里调着他的易容术面具，教会姜恒最后的本领，朝这小徒弟道："会了？"

姜恒说："会一点。"

师徒二人对着镜子端详，罗宣为姜恒换了个脸，姜恒却不知道是谁，也是青年人。

姜恒："这是谁？"

罗宣漫不经心地道："随手捏的，不过今天的你，比四年前的你，已经大不一样，声音也变了，哪怕再回到王都洛阳，也不会有人认出你来。不过是教教你，以备不时之需。"

姜恒与罗宣身着单衣，在镜里静静地看着彼此。

末了，罗宣打破了这寂静，说："你来试试？给我换张脸。"

姜恒于是用了易容的石粉，调开，把手放在罗宣的脸上，又给他修了下眉毛。肌肤相触时，姜恒的手指碰到罗宣发烫的脸庞。

"师父，"姜恒低声说，"你会下山吗？"

"不会。"罗宣冷漠地说，"你总算可以滚了。"

姜恒笑了起来，去拿眉笔，说道："谢谢你，师父。"

"什么都学不会，"罗宣冷淡地道，"浪费老子时间，蠢得和头驴一般。"

姜恒说："今天，我忽然有点怕。我本来以为，这辈子兴许就待在这儿，不会走了。"

罗宣看着镜子，忽然问："谁的脸？"

姜恒看了一会儿，没有回答。

罗宣说："这就是你哥吗？"

姜恒按着记忆，为罗宣易容，片刻后说："我不知道……我记不清了，如果他还活着，或许已不是这个模样。"

那只是姜恒记忆里耿曙的模样，甚至许多细节，连他都变得模糊了，不过是短短五年而已，当他回忆起耿曙的眉眼、耿曙的嘴角，竟一时无从下手。

罗宣侧过头，看着姜恒，不说话。

"离开以后，"姜恒说，"我还能回来吗？"

罗宣没有回答，起身，姜恒于是看着"耿曙"走到一边，坐在榻畔。

罗宣抱着膝盖，想了很久，答道："你这学得不行，还没到下山的时候，再学几年罢。"

姜恒忽然笑了起来，他明白了罗宣这句话的意思，那是他从来不愿表现，埋藏在总是不耐烦的表情下，不提防时露出的几分不舍。

"师父，"姜恒轻轻地说，"我知道，我该走了。"

就像面前的这一幕，死而复生的耿曙正看着他，仿佛在说，他一直在中原大地等待着他的到来。而终有一天，若他能结束这大争之世，还百姓一个太平人间，将是与他重逢时，最好的礼物。

罗宣起身去洗脸，姜恒沉默地收起一应物事，天亮了。

红 尘 路

"太难了。"松华在大殿内说，"最可能的下场，就是你这关门徒弟，三个月内死在乱军之中，身首异处。"

姜恒正在接续昨日，在假想中，郑国一统天下后，开始安排其国内施政与变法步骤，以及一系列的政变，排除异己，整顿朝廷。

听到海女这话时，姜恒不禁抬头，哭笑不得。

松华旁若无人，根本不在乎他在场，又朝鬼先生说："若项州尚在，兴许还能守护他。你放他独自去这虎狼环伺的五国之中，无异于送死。"

鬼先生说："既是应劫之人，又何惧荆棘？何况，别忘了他手中还有一物。"

姜恒说："嗯，还有天子交托于我的金玺。"

是日，殿内松华、鬼先生看着姜恒，完成他协助明君、平定天下的最后一步。每一步都走得惊心动魄，每一步都险象环生，每一步，都是掉脑袋的走法，自己掉脑袋，还会连累不知道多少人掉脑袋。

而且最大的问题是，每一步，都存在于姜恒的假想之中，纸上谈兵，毫无印证。但凡任何一环出了问题，姜恒便要死无葬身之地，这大争之世亦无法结束。

"但我有信心。"姜恒答道。

"治世的信心？"鬼先生说。

姜恒认真地说："对天下气运的信心。千年以来，每一次，中原大地都将拯救自己，战乱不是永恒，治世也不是永恒，就像阴阳轮转，分则合，合而后分，哪怕我没有办到，来日神州大地也会再次迎来新生。"

鬼先生道："从长远来看是这样，只是对每个置身其中的人而言，短短一生，不过数十年光阴，是救赎，还是沉沦，又什么时候才是头呢？"

殿内安静了一会儿，姜恒架构了一个新的朝廷，却听见鬼先生很轻很轻地叹了口气。

"不必再推演下去。"鬼先生道，"现在，先生予你最后一问。"

今天罗宣没有来，姜恒本以为，鬼先生的考校就此结束，却没想到还有问题，在等待他的抉择。

"因为罗宣舍不得你，愿意用很重要的东西来换，再三求情，所以，我们给你一个选择的余地。"

这次，却是海女松华开了口，她毫无感情的声音回荡在殿内，犹如空灵的仙女。

"留在沧山海阁，"松华缓缓地道，"值守玄武七星，你可拥有无限阳寿、不老的容颜，但人间的一切与你再无相关。"

姜恒抬眼，看着松华。

"入红尘去，从今往后，海阁将对你关上大门。你须得去应那神州的千年之劫，无论死活，再不能朝师门求助。"

松华声音停下，四面仿佛还有回声在飘荡。

清晨时分，沧山一片寂静，偶有几声鸟叫，更显神山空灵。

姜恒走过这收留了他四年的仙山楼阁，风铃在廊下轻轻作响。

罗宣坐在面朝长海的台阶下，脚下放着一个收拾好的包袱，看了姜恒一眼。

"我就知道你会拒绝他。"罗宣沉声道。

"师父。"姜恒眼眶发红，坐在一旁，伸手去抱罗宣，他知道罗宣一定恳求了松华与鬼先生，让他永远留在海阁，只要点头留下，他就可以拥有永生不死的生命和不老的容颜……但他没有接受，他已经是死过一次的人了，在他的身上，有更重要的责任。

那是姬珣亲手交给他的金玺，是母亲与项州在战火中的离去，是耿曙的死——而这所有的遗憾，只有在大争之世结束的那一天，才能完满。

"滚！别挨过来！像什么样？"罗宣不耐烦地一手抵着姜恒，把他的脑袋推开。

姜恒笑了起来，罗宣却别过头去。

"东西都给你收拾好了，"罗宣说，"这就滚罢，别再回来了。"

姜恒起身，将包袱背在身后，到得台阶前，朝罗宣跪下，磕了三个头。

"师父，"姜恒最后说，"下辈子，我愿意当你的……当你的……"

姜恒想了很久，说："当什么都行。"

"这辈子都不听话，"罗宣嘲讽道，"还说什么下辈子呢，滚罢。下山以后，好好活着，别丢我的人。"

罗宣起身，没有理会姜恒，背对他拾级而上，回往大殿内。

姜恒慢慢地走下山去，遥遥回头，忽然看见了大殿顶端站着一个人影。

"师父——！"姜恒带着泪，大喊道。

那个人影跃下大殿，消失了。

傍晚时分，残阳如血，倒映在长海上，波光粼粼，划出一道血色的长河。姜恒撑着竹筏，在风里渡过长海去。

罗宣在他的包袱里放了易容匣、几锭银两、一个药瓶，瓶里是三丸丹药，姜恒想起四年前就见罗宣在炼这药，能治伤重、中毒之人。

除此之外，尚有一把卷起的软剑，乃是海阁神兵，刻有玄武徽的利剑，名唤"绕指柔"，以及一身换洗的衣服。

金玺与黑剑沉在湖底，姜恒决定先不取出，毕竟来日方长。

他回望沧山，此地眺望过去，海阁已隐没在雾气之中。

海阁大殿顶上，罗宣提着火油，浇过书阁、大殿，以及他与姜恒一同生活了多年的卧房。

两头犄角高扬、体格健壮的公鹿套上了嚼头，立于高台上，鬼先生与海女各乘一鹿，看着罗宣在海阁中忙碌，继而将火油浇到大殿门口。

罗宣背着包袱，立于殿外。

"先生，"罗宣道，"感谢先生收留与教导，恩德此生难报，唯待来世重逢了。"

罗宣亦朝鬼先生跪下，磕了三个头。

一阵风吹来，鬼先生仙袍飞扬。

"罗宣，你当真不愿跟着我们走吗？"鬼先生说。

罗宣摇了摇头，晃亮火折，躬身，点燃了火油。

火焰顿时蔓延开去，在山风里吞噬了海阁大殿。

海女道："今日一去，就是永别了。罗宣，你身上毒性，尚余……"

罗宣答道："不用告诉我，到什么时候，就是什么时候罢了。师父，海女大人，好走。"

鬼先生道："我们将离开神州，前往海外，他日若尚有机缘，当可再会。"

罗宣郑重地道："后会有期。"

鬼先生与海女驱策公鹿，没入山林而去。罗宣望向姜恒离开的方向，展开双臂，出高台，纵身一跃，露出背后玄武堂值守的剑印，犹如飞鸟投林，没入了茫茫夜色。

北地，林胡领地。

天地间一片死寂，林胡人的故乡，村镇正起火燃烧。雍国铁军穿梭来去，耿曙驾驭高头大马，驻马村落前。林胡人被士兵押出，陆陆续续地离开生活了近三百年的村庄，迁往另一座塞外大城山阴。

耿曙已年满十九岁，较之来到落雁的四年前，他的身材更挺拔，容貌也长开了。据汁琮与姜太后所说，他比耿渊当年更高，也更精神。他比太子泷更为英俊，身上有股武人自然而然的英气，是雍国最为夺目的武将，也是最令人心折的王子。

他的双眼，就像风林人的圣湖般，始终清澈而平静，白皙的脸庞缺少雍人的特征，反而充满南方人的文隽之气。唯一保留的属于耿渊的神色，就是无论何时，无论何地，都带着平静与淡泊的眼神。

他穿戴着雍军制式的皮甲，左肩佩一护肩，与士兵们同吃同住，御林军、黑铠军犹如他的兄弟，追随在他的身后，为他付出生命，伴他出生入死，建功立业。

他获得的奖赏从来不私藏，而是大方地分给将士们，他没有私产，也不在乎功勋与爵位，就像一个独来独往、在天地间了无牵挂的人。

仿佛身外之物俱是旷天孤云，世上每一刻所发生的事与物，从来没有什么能让他动容。

三个月前，他率领御林军，为王室出征，一举荡平了林胡部落，这支同属于东兰山与雪林交界处的古老民族，被迫离开他们的土地，为了雍国的南征大计，将融入为数百万的北方民族，加入雍人的大家庭。

但这迁徙，却拖着血与泪的脚印。耿曙以迅雷不及掩耳之势，一场突袭，便瓦解了林胡人的所有守御屏障。一如年前攻打更远处，奔马山中零散的北方部落般，又如一年半前，率军平定风戎之乱。

王骑在他的指挥之下，就像一把斩马长刀，所向披靡。落雁城中有歌谣传诵，在汁将军的面前，山峰亦可削断，沧海亦可填平。

耿曙从十七岁开始接手雍都军，短短两年里出征三次；太子泷则坐镇朝中，从大雍丞相管魏处学习打理内政。兄弟二人一文一武，全心全意地相信对方，在这默契之下，雍国于北方所有的国内障碍都被扫除，凝聚为一个强大的整体，化作一辆势不可当的战车，发出咆哮，随时将扑出玉璧关，碾平中原大地。

当然，在这轰鸣的战车轨迹前，免不了牺牲不少拦路之人。

但为了汁氏的统一大业，一切都是值得的。

耿曙看着被押出部落的林胡人，最后士兵们抓出来两兄弟，兄长被按在满是泥泞的地上，弟弟哭着为他求情。

这一幕令他想起了许多年前，自己与姜恒离开浔东的那天。仿佛很久很久了，久得像是上一辈子，却意外地距离他很近，近得又犹如发生在昨天。

"放了他们，"耿曙朝手下吩咐，"押回落雁去，让哥哥充任城防军，弟弟养马。"

耿曙大致能听懂林胡人的话，却不会说，也懒得说，他策马转身，忽然察觉到危险，源自下意识的反应，蓦然抽剑。

一枚暗箭飞来，"叮"的一声，被耿曙回身削成两半！

林胡人领地一侧竟还有埋伏！御林军士兵登时大惊，纷纷朝着树上射箭，耿曙转头，正要制止，只见霎时万箭齐发，血液从树冠中喷洒而出，顷刻间一具尸体从树干上摔落，发出一声闷响。

"是他们的父亲，"队长朝耿曙说，"殿下，他已经在此处守了两天两夜。"

耿曙眉头拧着，队长拖着那尸体，过去给俘虏辨认，正要吩咐把那两兄弟也一起杀了时，耿曙却不耐烦地说："算了！"

命令只下达一次，却无人敢违抗。少年抱尸大哭，被御林军捆起来拖走了。

海 东 青

鹰鸣划过长空，耿曙抬头，只见远方一个黑点，在白云下盘旋。

奔马从地平线上而来，熟悉的嗓音远远传来："哥！"

耿曙随手以马鞭一指远处，皱眉道："站住！"

探鹰朝耿曙飞来，落在他的护肩上，太子泷放慢马速，笑道："完事了？"

"谁让你来的？"耿曙不悦地道。

太子泷一笑，再策马，慢慢地靠近耿曙，耿曙扬鞭，作势要打，太子泷下意识地避了下，继而哈哈大笑。

他回头看，朝耿曙道："不碍事，小姑放我出来的。昨天宫中来了信，说林胡人都被你收服了。"

耿曙转身，没有理会太子泷，径自策马离开。太子泷忙跟在耿曙身后，说道："父王说，接下来的事不必管，有人接手，让你尽快回宫去。"

耿曙不答，太子泷追上，与他并肩而骑，又说："朝中大臣们终于答应进玉璧关了，你得帮我，哥，只有你能担任前锋。"

耿曙望向远处，山坡上，有林胡人世代祭祀的石塔。

太子泷又道："粮草、军备，都得及时跟上，得在入冬前打他们一个措手不及……"

耿曙忽道："赛马，从这儿到塔前去，这就开始。"

太子泷措手不及，没想到耿曙会突然提出比试，忙道："驾！你得让我！"

耿曙淡定地双腿一夹马腹，已冲了出去。

"我让了你四年，南边的人可不会让你……"刹那间，声音已消失在风里。

太子泷大喊道："不公平！"

太子泷全力以赴，气喘吁吁，策马冲到山坡下，却见耿曙放慢速度，绕着小山坡转了数圈。耿曙尚有闲暇抬手，朝他出示三根手指，意思是我等你来，已经在塔下绕了三圈了。

太子泷一鼓作气，冲到石塔前，耿曙才慢悠悠地过来。

太子泷气喘吁吁，哪怕骑马冲来，亦累得不轻，他翻身下马，躺在石塔前的草地上，看着天空。

耿曙亦席地而坐，看着山坡下远方的村庄，星罗棋布的林胡人村落，尚冒出黑烟，留下了战火的余烬。

海东青飞来，落在耿曙身边，太子泷伸手摸它，探鹰便不耐烦地别过头去，与耿曙简直一模一样。

"你不在宫中，它便不搭理我了，"太子泷笑道，"以后还是让风羽跟着你罢。"

耿曙随手从行军腰囊中掏出点肉干，用修长的手指撕开了喂海东青，海东青来了精神，当即叼到一旁去吃。

耿曙说："它不过是嫌你没事啰唆，真要出事，自然是舍了命也会保护你。"

太子泷怀疑地看着耿曙，继而又笑了起来，说道："当真？"

"我让它做什么，它就做什么。"耿曙漫不经心地道。

耿曙看着那海东青出神，这只鹰已在落雁城活了将近二十年，是当初汁琅还在世时，林胡人所进献的。那年它还只是只雏鹰，得到之后，耿渊与汁琅一起将它养大，在汁琅死后，便无人管它，将它豢养在后宫中。四年前，耿曙经过花园，看见了它，便解开它的脚链，想放它走。

但海东青不仅没有走，反倒收起了暴戾脾气，与耿曙做伴，耿曙走到哪儿，它就跟到哪儿。

"它认得你爹，"汁琮对此的回答是，"自然也认得你。"

饶是如此，耿曙彻底驯服它，也花了很大一番力气。足足半年，耿曙与太子泷两兄弟，每天都在努力地取得它的信任，太子泷还被鹰翅扇过一次，肿了半边脸，手上又被啄了记，鲜血淋漓，幸亏伤得不重，很快便治好了。

过后太子泷便对这扁毛畜生敬而远之，唯独耿曙还耐心地养着它，导致如今宫中，除了耿曙的话，这海东青谁也不放在眼中。

说话间，耿曙忽然又想起另一个犹如鹰一般的人——界圭。他总觉得今日有些不同寻常，原来是界圭没跟来。

太子泷已与耿曙颇有默契，耿曙脸色稍一变化，便知他想问什么，示意他看。

界圭骑着马，早已停在山坡下，就像耿曙那忠诚的鹰一般，等待太子泷的随时差遣。

太子泷显然对这形影不离的丑陋刺客相当不耐烦，说："回去罢？你都多久没洗澡了？一身狼味。"

耿曙起身道："我没嫌弃你，你倒嫌弃起我来了？"

耿曙下山坡，与太子泷上马，回去交接，也不理会跟在两人身后的界圭，点兵回雍都。一场远征就此结束，暴雨倾盆，草原上开始入秋了。

返回雍都的路上，太子泷淋了雨，生了一场病，自然又免不得挨了姜太后的一顿数落。耿曙也连带着被骂了一顿。

"我好得很。"太子泷说。

"他好得很。"耿曙朝汁琮说。

汁琮教训道："说走就走，当真无法无天。朝中见你亲手所拟的南征之案，说不得总算有了几句好话听，又眨眼间溜出去找你哥，什么时候才能像个十八岁的人？"

这次南征，汁琮显然有意让太子泷自行历练，所有政令、行军，大多出自太子之手。太子泷在一年前，也即年满十八岁前正式开府，麾下召集幕僚近百人，协助处理政务。

而对太子泷而言，眼下最得力的，无非两个人，封地为山阴的曾氏嫡长子曾嵘，与王兄耿曙。

自然，扔下太子府上百幕僚不管，径自去东北方犒军的这个举动，确实引起了府内的轩然大波，一众幕僚当真无言以对，曾嵘气得不轻，闹着要辞官了。

"那是我的国民，"太子泷说，"我当然要去见见。我去哄曾嵘罢，我的错。"

"你见了几个国民？"汁琮慢条斯理地道，"都叫什么名字？林胡族长什么模样？有多少人？他们吃什么，喝什么？养多少牛羊？占多大的地方？"

太子泷登时被堵住。汁琮不悦地道："你不过是在雍都待得气闷，想去找你哥玩罢了。"

耿曙一瞥太子泷，那眼神，意思是你活该。

"你也要预备开府了。"汁琮话锋一转，朝耿曙说，"你是王子，又是上将军，总不能成日在东宫里当差，那是门客的地方，总是在里头混，像什么样子？"

耿曙没有回答。姜太后说："再过几年，你们都到加冠的年纪了，该有的规矩，一定要按规矩来。朝堂有朝堂的规矩，宗室也有宗室的规矩，是不是？"

耿曙对姜太后很恭敬，太后开口，耿曙便停箸不食，答道："是，王祖母。"

"开府就得有王妃了，嫂子什么时候能过门？"太子泷朝耿曙问，"哥娶了李宏的女儿，不会挨揍罢？"

耿曙当即有点恼火，以眼神制止了太子泷，不想继续讨论下去。

姜太后说："那女孩儿温柔，不会的。"

汁琮见状，顿时哈哈大笑，打趣道："昔时我与你大伯，谈及亲事，也是这么个模样。虽是李宏的女儿，却是姬家人，姬家人脾气都怪得很，须得小心伺候。"

李宏也即代国国君，这位国君在三个月前便向雍提出了亲事，想将公主嫁到雍宫中。这位公主虽名义上是代武王的女儿，实际却是过继，生父为曾经王族姬氏的后人。

她的名字唤作姬霜。

代武王性格刚猛，养女却温柔恬静，半点没有被影响，听说小时候，读书识字，还是丞相公子胜，即死在耿渊剑下的那倒霉鬼亲自教导，三岁便能通读天下书篇，四岁便能做文章，五岁……五岁没到，公子胜就死了。

代国联姻的意图很明显，自然是想与雍结盟，关外雍国与关内四国任一国结盟，称作合纵。四国联议抗雍，则是连横。起初代武王对姬霜所嫁之人，目标尚是雍国唯一的继承人——太子泷。

但汁琼对亲儿子的婚事另有盘算，不愿就此与代国结为姻亲。

亲儿子不能娶姬家公主，干儿子却可以。于是汁琼与姜太后、汁绫商量许久，决定让耿曙与姬霜成亲，虽然上一代人有上一代人的恩怨，但看李宏的意图，过去的就让它过去罢，两国之间，终究以百姓福祉为重。

现在就只等代国那边的答复了。

"你小姑已往玉璧关去，打理南下出关前的事宜。"汁琼又道，"明日我将召集朝臣，你们兄弟俩今夜重新将你们的计策仔细对一对，若无意外，着钦天监择好日子，秋收后便率军出征。"

"是。"耿曙与太子泷一齐答道。

是夜，宫中太子府上堆满了文书，一众幕僚吵吵嚷嚷，太子泷跑出去近六天，终于被抓回来处理政务。

太子泷当真苦不堪言，耿曙则认真核对所有的粮草、兵力布置，包括进了中原后，在何处扎营、何处补给等问题。雍国最大的倚仗，如今就是玉璧关，这道横亘大地两千年的关隘，成了所有粮草中转与集散的战略要地。

只要利用得宜，假以时日，以玉璧关为出发点，逐一攻破中原四国不成问题。

夜渐深，幕僚们渐渐散了，书房内唯余耿曙与太子泷二人。

太子泷打了个呵欠，被耿曙看在眼中。

"累了就睡。"耿曙沉声道。

太子泷强打精神，摇摇头，说："大伙儿都说，这是百年来神州最重要的一年，南征过后，史书上也将为咱们记上一笔。"

耿曙闻言心想，就像十三年前，安阳血流成河的联议一般，那一天也成了历史。

太子泷有点疲惫地笑了笑："可是我怎么觉得，置身其中，半点也不期盼呢？到得这时，我甚至不知，是为了谁、为的什么。太快了，这些都来得太快了，我……还没有准备好。"

耿曙用炭笔在军报上做了记号，起身，拿来酒坛，为太子泷与自己各斟一碗。

太子泷道："今天怎么想喝酒了？平日总不让我喝。"

耿曙答道："突然想喝，你长大了，想喝什么就喝罢，别总是这么听话，委屈自己，看了让人心疼。"

两人互敬，饮下了碗中烈酒。雍都的酒与中原的酒不一样，中原的酒是甜的，北方的酒入喉则如刀子一般。

饮过后，耿曙看着花园里漆黑的夜出神。

"恒儿他，已经死了五年了。"耿曙低声自言自语。

太子泷猝不及防，又听见了这个名字，只得安慰道："这回咱们南下，说不定能打听到……"

"死了。"耿曙说，"不必打听，哥都知道，心里最清楚。"

昭夫人早就死了，卫婆死了，项州死了，姜恒也已死了，说得再多，不过自欺欺人。

"这些年来，哥常常在想，他原本可以不必死。做这些，权当是为了他罢。"耿曙最后说，"早点歇下。"

太子泷脸色略变，四年里，他知道耿曙始终没有忘记姜恒。一元复始，万象更新的年夜中，用过家宴后，耿曙总会沉默地到宗庙里去，在"耿恒"的名牌前跪着，直跪到天亮。

人总会死，父亲的兄弟，那素未谋面的大伯汁琅也死了，汁琮也告诉他，死生乃是天定，不可过度哀伤。五年里的一天又一天，耿曙仿佛看开了，却又从来不曾看开过。

朝中都见他待耿曙满是敬爱，耿曙待他亦爱护有加，唯独太子泷心里明白，耿曙看着他的眼神，都是透过他，看着另外一个人——看着那个死去的孩子。

耿曙当真是他的兄长吗？若当真问出口，恐怕答案只会更残酷，就像回到落雁第一天，耿曙朝他说的那句话——

"我不认识你。"

南 征 军

朝廷上，耿曙胸膛前玉玦闪烁，长身而立。面对一众朝臣的质询，太子泷则紧张得两手发抖，看着耿曙。

"麾下兵员几何？"太常问道。

"十二万。"耿曙沉声道，"两万五千骑兵，由我率领，充当前锋，务必过王都，直取嵩县，以嵩县为第一个据点，以抗击来自梁、郑的二国联军，因为回过神后，他们必然会展开反扑。武英公主则率领第二支军队，于玉璧关、洛阳、嵩县之间驻防，预备协助我狙击中原部队。"

"其后的兵力里，"耿曙又说，"须得将两万士兵尽快派到玉璧关，这一路由曾宇将军带兵，形成南下的东路兵马……"

太子泷忽然走神了，只见耿曙视线不看群臣，集中在他的脸上，随口回答朝臣疑问时，稍一扬眉，示意他清醒点。

"殿下？"耿曙稍稍皱眉，打破了沉寂。

太子泷马上回过神，点了点头。

"预计时间？"兵府参军又问。

"今岁入冬前，"耿曙道，"嵩县可得。末将已与太子殿下做了详细布置，具体请看地图。"

太子泷示意，侍臣于殿上徐徐展开地图，一如海阁中的水墨神州，沿玉璧关往南方，耿曙以朱笔先前所做的标记，入关后先经梁西平原，继而进王都洛阳。通过灵山峡谷，再沿古道形成一把尖刀，深入中原心脏，延伸至梁、代两国的边境。

"嵩县古称'武陵'，是两国交兵之地，"耿曙说，"与代国接壤，原为代国领土，其后却被梁国强占，两国多年争抢，未有定论。"

管魏说："大雍若得此处，无异于一块关内飞地，难守易攻，四面受敌，又是晋人遗乡，需要耗费极大的心力，殿下，您果真如此作想？"

"不错。"耿曙说，"难守，但只要守住，从长远看，所得远远大于所失。经太子殿下筹谋后，与代国修好议盟之举已定，代国将是我们的盟友，此处入关，最重要的目的，就是梁国。除此之外，郑、郓二国，极有可能将按兵不动。"

雍国除却用兵之外，也将派出大量的说客前往关内诸国，或权衡利弊，或许以重金，让各国暂且持以观望态势。

当然，这就是管魏的工作了。

一旦选择了嵩县成为玉璧关以南，中原的第一个据点，便可逐步蚕食梁国。耿曙又开始沿着梁国边境，推进他的军队布置，从洛阳往东北，沿嵩县往东南，犹如半月形般，棋子不断扩散，最终环绕梁王都安阳。

太子泷说："现如今，更重要的一点，则是不能让关内四国再次形成新的联军。这点我会为王兄您保证。"

代国已有示好之意，汁琮会见了代国使者后，得到一个相当明确的意图——短时间内，代武王愿意支撑汁系雍国的南征之举，前提是作为交换，两国将设法瓜分中原的领土。届时只要长江以南的郓国出兵支援梁国，代武王便将出兵，袭其后背。

现在唯一的变数，就是位于东海之滨的郑国了。但耿曙有信心，哪怕太子泷的外交使臣不能成功说服郑国国君，他也有自信抵御梁、郑两国联军。

汁琮道："如此，王儿便预备出征，先往玉璧关，与武英公主会合。朝中各府须得全力配合，不可延误战情。"

耿渊琴鸣天下的第十三个年头，天下王都沦陷的五年后，雍国大军于玉璧关下再度集结，大战将再起。

夏季最后一场暴雨匆匆而来，山洪暴发，梁地西南方的山涧下，众多村庄被毁。而中原以北的黄河一带，亦发生了十年难得一遇的洪水。

姜恒途经照水县时，黄色的洪水已浸没了大半个城市，城中进不去，他只得在涨水后的码头一侧等待船只。到处都是拖家带口的逃难百姓，一场洪水淹没了一整年的收成。

姜恒已在照水外等了足足三天，其间他凭着从罗宣处所学的、有限的医术，帮家破人亡的百姓看病、施针，并叮嘱他们尽快离开照水。

只因大涝后死伤者众多，定有瘟疫横行，这梁国南方的大城，说不得在冬天过后，又将掀起一场灾难。

而安阳赈灾的使者，仍旧迟迟不来。

第四天清晨，姜恒终于等到了一艘从上游而来的小船。

船夫祖露上半身，只穿一条涤水裤，小船仅容二人栖身。姜恒马上喊道："船家！船家！"

船夫远远地看了他一眼，是名青年，对岸边高喊的百姓视而不见。

接着，只见姜恒遥遥甩手，接连三枚梁钱飞去，"当啷啷"三声，准确无比，掉在船头收钱的竹筒里。

这一手顿时引起了船夫的注意，及至稍稍靠岸，却发现众多百姓未曾争先恐后地过来，而是带着不舍，送别姜恒。原来那高喊声，俱是想送这年轻人离开。

"你是谁？"那青年问道。

姜恒上了船，朝众人挥手作别，再朝船夫认真地行礼："大哥好，我叫罗恒，是个大夫。"

下山后，姜恒念及当初王都告破，只不知道是否还有人认得这名字，万一牵扯到金玺下落，只会平添麻烦，于是改了姓氏，用了罗宣的姓。

"从哪里来？"

"江州。"姜恒答道。

"往哪里去？"那年轻船夫又问。

"济州。"姜恒又答道。

"去做什么？"船夫持篙，在岸边一点，小船顺流而下。

"看病，救人。"姜恒叹了口气，答道。

"看病在哪儿都可以看，"年轻船夫无聊地说，"非要去济州？"

"是这么说，"姜恒说，"但是看病呢，总得找到最关键的地方。"

年轻船夫便不再多说，他的手劲很稳，小船在洪水中穿梭来去，很快离开照水。沿途不知有多少淹死的百姓尸体顺流而下，水上漂浮着诸多木案、家当。顺水行舟，常看见攀在树上大声呼救的人。

姜恒便抬头看着那些人，小船仅供二人容身，再上来一个，便要侧翻，沉入水中，死无葬身之地。

那船夫对水中的求救熟视无睹，姜恒也不求他救人，两人仿佛铁石心肠，就这么从这人间地狱徐徐穿过。

沿途遭荒的百姓不仅没有少，反而越来越多，姜恒晚上睡在小船里时，耳畔全是痛哭与惨叫声。

"把耳朵堵上，"那船夫坐在船头，说道，"否则睡不着。"

月明千里，姜恒侧躺在船舱中，知道自己占了船夫的位置，说："大哥，您去济州做什么？"

"我不去济州，"船夫答道，"去哪儿，我也不知道。我在这河上划着船，看见谁淹死了，身边有值钱物事，便打捞起来，拿去换钱，以此过日子。"

翌日，世界一片寂静，阳光投入船中时，船夫在外头说："到了，下船罢。"

姜恒摸了身上，想再付他点钱，船夫说："船资够了，去罢，生逢乱世，好好活着。"

姜恒来到船头，只见济州西面环水，入城的平原前聚集着数以十万计的百姓，全部挤在济州城门外。

姜恒在岸边下船，面朝远方的这一幕，回身却见船夫已慢悠悠地划走了，只得在岸边三拜，送别这萍水相逢的恩人。

"怎么进城呢？"姜恒喃喃地道，"这人也太多了。"

对郑国而言，这场洪灾当真令人头痛无比，梁国受灾后不予理会，边境上的百姓尽数拥入了郑地。沿照水往浔水一带，浔东、浔阳、浔北三城，直到国都济州的近千里地，全是流民。

而更令人头痛的是，雍国在玉璧关前集结了将近五万兵马。派出去的探子得不到任何消息，但大军压境，还有什么意图？自然是进犯南方了。

原本在济州的郑王年事已高，不久前迁往越地疗养，未来的继承人太子灵则负责镇守国都。逃难的百姓如何安置，尚是长期之策。面前最大的难关，则在于雍国的军队。

除却王都洛阳之外，关内四国唯二与玉璧关接壤的，便只有梁与郑，必须马上召集全国军队，火速通知梁军，前往王都洛阳遗址，以抵御南下的雍军。

太子灵与一众朝臣讨论过军务，疲惫不堪，起身。

"殿下？"老臣封晗忙起身道。

太子灵说："烦躁，出外走走。"

一名面容俊秀、看着犹如美貌女子的将领，开口却是男子的阴柔声线，说道："越地与浔东的驻军不能调回，八年前浔东一战，须得提防郧国卷土重来。"

"知道。"太子灵整理袍服，眉头深锁，朝那将领答道，"请龙将军派名信使到越地去，向父王禀告，不必担心。"

"您要去哪儿？"太史官又问，"殿下，外头现在全是逃难的梁人，这等时候，国都实在没有位置接纳他们了。"

太子灵答道："尽快想办法罢，分什么梁人、郑人？俱是天下人。"

太子灵扔下满殿大臣，自言自语道："天既不亡人，自有出路，总归有办法。"

哪怕太子灵早有准备，看见城下密密麻麻、近十二万流民时，仍不免头晕目眩。

十二万人，足足十二万人。济州乃是崤山以东最大的重城，住民足有百万数。此时拖家带口逃难的梁人，已占去了全城人口的一成。

"他们在做什么？"太子灵站在城楼上，朝下望去。

此刻，十二万饥民自发分作两处，老幼妇孺聚集于城墙下，青壮劳力则在城前的平原上排队。

城防守将匆匆而来，朝太子灵禀告道："殿下，有人在下头，为他们重新分户。"

太子灵远远望去，心中充满疑惑，只见平原中央聚集了上百人。而这近百人附近，则是犹如八卦阵图般排列开去的队伍。

在那阵图中央，站着一名青年，正是姜恒。而姜恒的身边，有人整理着名单，将灾民名字、户籍做了分头登记。

"他们的头儿来了。"姜恒朝身边的年轻人说，"给我一张弓、一支箭。"

其中一人递给姜恒弓箭。

"公子，当心，"有人提醒道，"郑国人不一定会接纳我们。"

"试试再说罢。大不了离开这儿，反正都没饭吃，有区别吗？"

这是姜恒抵达济州外的第五天，国都四门封锁，外头的人进不去，里头的人也出不来，眼下十二万人的安置，成为迫在眉睫的问题。而太子灵召集群臣，几次想开门，都被朝臣劝住，他不能不管大臣们说什么，每一个姓氏、每一个官职，都代表着郑国举足轻重的士大夫家族的利益。

姜恒看见城头上，众人簇拥一人时，便知正主儿来了。

接着他拉开长弓，流星一箭飞去。

"殿下当心！"

守卫将士顿时色变，太子灵却神色淡然，注视那朝自己飞来的一箭，"噔"的一声，箭矢牢牢钉在了城楼高处的木柱上，箭杆系着一根布条。

上面写就四字——出来说话。

玄 武 堂

济州大门终于开了，然而逃难的百姓没有一拥而上冲城。一部分青壮年人拦在城门与平原之间，维持秩序，老幼妇孺则抬头，看着两路展开的兵马，以及乘车而出的太子灵。

太子灵今年二十七岁，面容随母，母亲乃是越人。他眼神灵秀，长发飘飞，着一袭越袍，头上插着一根白玉簪，望向数以十万计的百姓时，眼里带着悲悯之色。

"我须得顾念郑国的百姓，"太子灵朝眼中露出乞求之色的难民们说，"不能放你们进城，除非朝廷有了安置的好办法。"

所有人都盯着太子灵，却没有人回答。末了，饥民们让出一条路，姜恒走了出来。

"你很快就会面临雍国的进攻，"姜恒说，"正是需要人的时候，郑军眼下能动用的兵力只有十二万，其中三万必须留守越地与浔水。"

"汁琼一旦出玉璧关，梁国被攻破，嵋山告急，你手头的九万人，能抵挡多久？"

这话瞬间正中太子灵心病，他与姜恒遥遥对视，心想这人是谁？

姜恒回身，年轻人送来一幅芦卷，姜恒说道："我为你统算了城外流民的人数、户籍，分四万户，每户充军一人，权当募军，现在你手中已多了四万新兵。"

"站住！"护卫呵斥道。

太子灵却抬手，示意不妨。姜恒半点不惧，手持芦卷来到太子灵车前，又说："你可看看。这些百姓，亲人流散，家破人亡有之，但他们大多愿意与素不相识之人暂登记为一户，统共四万一千一百五十二户，老人、妇人愿为郑国耕种，青壮年人愿为郑国打仗，以郑国之粮，年前余四十万五千石，节衣缩食，当可渡此难关。既得新军，又安顿了手足流民，济州更有了新血，一举三得，何乐而不为？"

太子灵只将芦卷展开，放在一边。

"我若不接纳他们呢？"太子灵说。

"那么，我们就只好走了，"姜恒笑了笑，说，"择一处暂且栖身。再过一个月，大伙儿要来偷割你们的麦子，可别怪我没提醒你。"

太子灵忽然笑了起来，觉得面前此人甚有意思。

"进城说罢。"太子灵随口道，吩咐摆驾回宫。

当天夜里，城防军尽出，举着火把，根据姜恒提交的名单，开始清点人数，分批进城。

太子灵再次召集群臣，从太史官到左右相，朝中文官尽出，想分门别类，将难民全部收进城中。姜恒这名不请自来、衣衫污脏，却面容清秀的青年端坐殿中，镇定自若。

"不可能！"封晗怒目直斥，近乎咆哮道，"十二万人！小子，你究竟是什么人？你究竟知不知道，这是什么规模？"

姜恒说："我只知道，万一流民暴动，在城外抢收你们的粮食，事态会更麻烦。"

"你这是威胁我大郑。"右相田令冷冷地道，"敢做这等光天化日之下抢劫之事，郑国军队不会坐视不管！这还没了天理不成？！"

"他不是危言耸听。"一名将领答道，"玉璧关前战情急迫，不久后国军便将出征，他们现在不闹事，只群聚于荒野上，待得朝中大军尽出，守护国土，他们若动手抢劫，还真制不住这许多人。"

姜恒道："所以各位大人，你们还想先动手杀人、杜绝后患不成？他们连个住的地方都没有，自然可以跑，就怕你们抓不住。"

"那么就先杀了你。"田令说。

姜恒一笑道："现在他们尚且觉得有希望，安安分分地等在城外，设若我一死，更要暴动了。诸位大人若觉得屠杀百姓合适，但请动手不妨。"

"这位小先生，照你所见如何？"太子灵冷冷地道。

"将今年募兵的军费花到流民身上，流民中的青壮年全部充军。"姜恒说，"适合入军之人，名簿我已统计完毕，交给殿下了。余下老幼，以军饷赡养，撑过今冬，来年济州将增四万户，新募四万兵员。各位的封地上，年轻人不必再服徭役，有梁人替你们打仗，军饷还可节省些，何乐而不为？"

殿内沉默片刻，太子灵说："各位大人可先看看这份名簿。"

"如此，"鸡鸣时分，群臣散去，姜恒面对太子灵，总算松了口气，"军营中共收四万一千余人，剩下的，让他们且先在城北就地住下，秋收后再划官田，来年春天使其耕种，便算安顿下来了。"

清晨阳光投入宫中，太子灵看着姜恒，问："还没问过你，叫什么名字呢。"

姜恒笑了笑，说："无名无姓，浪迹天涯一浮萍。"

太子灵也笑了起来，姜恒起身道："我替梁国逃难的百姓们感谢殿下恩德。"

姜恒正要朝太子灵跪拜，太子灵却道："先生请起，实不相瞒，本座还有一事相托，先前未曾说出口，乃是不愿有相挟之意。"

姜恒一怔，继而明白，太子灵果然是有条件的，安顿百姓，充军徭役，虽说为郑国增添了人口，但朝廷的肉食者们根本不在乎。老百姓就像田里的麦子，时候到了自然会长出来，割不完，也烧不尽，区区几场战争算得上什么？

太子灵接受姜恒的建议，同样顶着极大的压力，他一定也有条件，现在，这个条件来了。

"何事？"姜恒潇洒一笑道，"但言不妨。"

太子灵想了想，叹了口气，姜恒便看出来了，索性道："殿下自己也没想好？"

太子灵欣然道："不错，正是如此，待我再想想罢。"

姜恒说："我欠您一份情，等您吩咐罢了。"

此刻，一名武将进了殿内，朝太子灵稍一行礼，目光却落在了姜恒身上。

"这位是龙于大将军，"太子灵转过话头，朝姜恒介绍道，"我郑国上将军。"

姜恒入座，稍稍躬身。龙于道："越人龙氏。小朋友来自何方？"

姜恒一笑，答道："我是江州人。"

龙于看着姜恒身畔所佩的卷剑，打趣道："哦？所以郢王找了几十年的绕指柔，就在自己国都里吗？想来郢王如此醉心于搜集神兵利器，若知道在你身上，一定不会让你带到北边来。"

姜恒心下震惊："啊？！"

龙于没有再多嘴，点出神兵来历后，便只淡淡一笑。

早在海阁时，姜恒便大致知道，一路上又陆陆续续听闻了不少——郑国朝廷，如今以未来的帝君太子灵为首，颓老的郑王在五年前已近乎不问政事。如今朝中军权掌握在上将军龙于手中。相权则由封晗把持。

最庆幸的是，将、相二人，都真心实意地拥戴太子灵，在这点上，朝廷不会有党争的危险，这也是姜恒选择太子灵的原因之一，毕竟经年累月的内耗，对一个国家而言就像毒瘤，顷刻间就会拖垮国力。

"小先生愿意在济州盘桓一段时日吗？"太子灵漫不经心地问道。

"看情况罢。"姜恒也随意地笑答道，"殿下这里人才济济，章、封、龙、田四家，坐满了青年才俊，又有吴越等地异士，在下就怕帮不上什么忙。"

太子灵笑道："小先生说笑话了，人才永远不嫌多。"

姜恒谦虚地说："晚辈只有一个好处——年轻，年轻人比不上老人，却也精神些，帮着干点力气活总是可以的。"

郑国朝野派系，大多以朝中根深蒂固的士大夫为基础，朝野中满是老人，而众多老者，又与洛阳日暮西山的光景截然不同。

他们野心勃勃，把持朝政，一言不合便称病罢朝。郑王四十年前夺位成功，在座的老者们俱是当初扶持新王上位的大功臣，就怕太子灵谁也管不住。

就连他身边的贵族子弟，亦是封家、田家等士族遴选入朝的年轻人。太子灵就连开城收留难民一事，俱难以推动，一旦硬下心肠，强行推进，便将遭到朝廷群臣的围攻。

幸亏他还是竭力平衡了朝野的局势，小心翼翼地推动着郑国国力的崛起。

太子灵接手朝政后，计划通过充足的时间，来慢慢削弱士大夫们的权力，把他们一个个换下去。

于是他需要新鲜的血液，而面前不请自来的这人，仿佛比他更了解郑国。

这是令太子灵极为诧异的一点，就像天底下凭空出现了一名谋士，且目的相当明确——他确实是为了自己而来的，显然来之前，还做足了功课。

离开姜恒落脚之处，太子灵与龙于在寝殿内面对彼此。

"他的剑上，有一个铭文，来自沧山玄武堂。"

武将龙于站在投入日光的窗格前，望向郑宫外晦暗的天光。

"第一眼看见他时，"太子灵喃喃地道，"看那神态极似刺客，说不出来为什么，我总觉得，该当是这个人了，没有人比他更合适。"

"他应当是鬼师偎的徒弟。"龙于转头朝太子灵说，"若学到鬼先生的功夫，确实非常合适。"

"谁？"太子灵显然没有听说过这个名字。

龙于又说："十七年前，我在越地机缘巧合，见过鬼先生一面，蒙他指点三招。此生武艺，俱因此而来。"

太子灵眼中现出诧异之色，抬眼看着龙于。龙于思考良久，而后道："不知道殿下是否听说过沧山与海阁？"

"没有。"太子灵干脆利落地答道。

"殿下可还记得公子州？"龙于又说，"他就是鬼先生的弃徒。"

太子灵想起了那蒙面客。

"自当记得，"太子灵说，"五年前，洛阳城外，前来行刺我的杀手。那天我便说，如果这杀手在我麾下，此计又何愁不售？"

龙于说："公子州虽然技艺高超，却不合适。让他去扮，也扮不像，何况年纪也大，汴琼不会相信的。"

"不过呢，公子州所用的赤剑，与这个唤'罗恒'之人，系出一门。天下悄无声息，突然冒出来一名手持神兵的刺客，殿下未曾听闻，北方想必更未听过此人，这当真是绝佳的人选。"

太子灵迟疑地审视龙于，按照辈分，他应称呼这位郑国上将军为"叔父"，但与龙于相识日久，年龄差别下，龙于更像他的兄长。

除此之外，朝廷武将之首，还有另一重身份——父亲郑王的男宠。他本该与龙于不和，朝中百官也这么认为，但不知为何，面对龙于时，太子灵却有种莫名的亲切感。仿佛他成了自己与父王之间唯一的纽带。

他的卫队，乃是龙于亲手培养的死士；朝廷上的武将，亦是龙于亲手提拔。左相封晗再三提醒太子灵，老郑王时日无多，昏聩不知天下事，待他死去那天，龙于便将发动政变，取代赵家，成为新的君主。

"除此之外，我尚有一个问题，鬼先生的徒弟来到济州，又是为了什么呢？"太子灵漫不经心地道。

"传闻沧山海阁于中原大争之时，将派出门人入世。"龙于说，"鬼师偃的弟子将是这世上顶级的刺客，他们想扶持新任天子一统神州。恕我直言，这不代表他们选择了你，也许只是试探，甚至是来刺杀你的。想用此人，殿下须异常谨慎。"

太子灵叹了口气，眉头深锁，"这个海阁中，还有多少人？假设还有成百上千人，这天下就乱了。"

龙于无法回答，两人沉默片刻后，他又道："玉璧关之危，须得倚仗你自己的力量。车将军会替我出战，殿下可以信任他，他虽少出奇兵，打仗却是很稳的。"

"你要去何处？"太子灵对这话倒是不意外，他知道自己该面对的终于要来了，龙于奉父王的命令，要把军权通过几年里的过渡，交回太子灵手里，还予王族。此次如何退雍军，成为他继任王位的一次提前大考。

"回越地，侍奉王上。"龙于答道，走过太子灵身边，将虎符搁在案上，"善用你手中所有能用的人，退去雍兵不难，难的是……"

太子灵打断了他，沉声道："我懂，难的在于，这只是接下来更多险象环生之事的开始，也许我们会遭遇前所未有的失败。"

这确实只是一个开始，但雍国已开始了三次，每一次，都被关中四国扼杀在第一步。这一次，太子灵一样有信心，能拦住汁琮南下的步伐，只是拦住以后要做什么？难题将越来越多。

绕 指 柔

这天后，姜恒被安排住在郑宫中太子府上，郑国乃是晋王位尚在时，继承大晋正统，至为古老的诸侯，赵氏受封东海之滨已有四百余年，宫中一砖一瓦、中开四路、天子亲赐照壁，以及宗庙前所供奉的八座巨鼎，俱与王都洛阳格局近乎相同。

住在此地，姜恒总有种熟悉感，郑宫中的一草一木，俱让他想起五年前与耿曙在洛阳时的日子。

而惊人的相似之处，还在于太子灵朝廷中，一样充满老朽与僵化的气息。

进入太子府后，姜恒便自然而然地成为太子门客中的一员，坐在一众幕僚中，为他整理全国各地呈到王都来的政务文书。太子灵的门客有四百余人，大多不得入幕，真正协助政务者，不过寥寥三十五人。

姜恒因在收容难民一事中立下大功，破格在三十五人之外，靠近门幕一侧，得到了一张案几、一个位置。

"你叫罗恒？"旁边一人侧身道。

姜恒礼貌地点头，朝他出示自己的木牌。对面又一名门客道："新来的罢？"

姜恒答道："是，还请各位大人多关照。"

姜恒听得出这些门客来自各国，或有遭受国内战乱，不堪其扰；或有被国中官僚排挤，到郑来讨生活。其中以梁、郑两国人最多，谈论时带着两地的口音。其次则是代人与郓人。门客中各自结党，梁国一伙，郑国一伙，少数郓、代人结成一伙，出现了三个小团体。

"你是哪里人？"又有人问。

"郓人。"姜恒答道。

对面抓虱子的抓虱子，懒懒谈话的谈话，又有人衣冠不整，白日间还喝着酒。

"你就是纠集起十二万人，威胁济州开城门，扬言要抢国内麦子的那个人啊？"一个衣衫褴褛、不修边幅、满脸胡须的男人说。

众人纷纷笑了起来。姜恒答道："是，就是我。"

身边又有一青年嘲讽道："听说太子灵近日常常去看你。"

姜恒忽然觉得，这伙人就像书上所说争宠的后宫一般。

"也不常来。"姜恒道。

"殿下每招来一名宾客，"对面那位邋遢男人语重心长地提醒道，"都是礼遇有加，等着罢，再过些日子，你也就像我们一般，无人问津了。"

话音落，众人便安静下来，只听那邋遢男人随口唱了一段，疯疯癫癫，俱是"无人问津，无人问津……"之类的越地方言。

这时候，太子灵缓步走入，身边跟着一名朝廷武将。

众人便止了谈话，纷纷朝太子灵问候，对那武将口称"车将军"。入城时，姜恒特地打听过，郑国有两名上将军，一是龙于，二是车倥。这个孔武魁梧、肩宽腰健的男人，想必就是上将军车倥了。

太子灵在寂静中就座，车倥跪坐一旁，审视众人。

"雍国大军集结于玉璧关，"太子灵开门见山地道，"把守关隘要地，随时将突入王都洛阳，并沿崤山东来，进犯我国。如何应对，请各位先生教我。"

想必这就是今日议题了，姜恒微微皱眉，脑中出现了北方地图。

"来了多少人？"为首的门客是位老人，朝太子灵道。

太子灵正要开口，姜恒却在寂静中说："前锋两万五千步兵，外加玉璧关驻军两万五，共五万数。"

车倥闻言忽然意外，望向姜恒。

"不错，"太子灵答道，"正如罗先生所言。"

"谁领前锋？"梁国门客之首，一位年轻人又问。

车佾沉声答道："雍国王子，名唤汪淼的就是。"

"没听说过这人。"那邋遢男人掏着耳朵，懒懒地道。

"怎么就没听过了？"有人反驳道，"四年前，汪氏立一新王子，民间传闻，乃是汪琮私生子，认祖归宗，先平风戎之乱，再收北方部落……"

"我当然知道是这人！"邋遢男人不耐烦地吼道，声音犹如轰雷在殿内炸开，把所有人吓了一跳，"我是说，这私生子究竟从哪儿冒出来的！你听不懂人话吗？非要把话掰开了揉碎了你才听明白？废物！"

姜恒哭笑不得，眼看那邋遢男人正要被群起而攻之，太子灵却淡然地道："孙先生请少安毋躁。"

姜恒一瞥那邋遢男人案前木牌，见他名叫"孙英"。众人便又不再说话。

太子灵又说："雍国从未提及此人之母，且汪琮自原配死后，便未有续弦。如今五国中人猜测，较为可靠的一个消息是，汪淼乃是汪琮与外族人所生，联系到与姬氏的婚约，我们的斥候认为，兴许这位王子有代人血统。"

郑国门客首领，那老者仿佛也对此见怪不怪，缓缓地道："都道汪淼用兵在于神速，无声无息，令其充当前锋，实在难以抵御。汪系出玉璧关后，崤山成为我国的第一屏障，须得重新布防才是。"

梁国门客首领，有人又道："坐以待毙，何曾是良策？崤山以西，大片平原乃是我等主场，为何不先行埋伏，等待汪淼带兵出关后，予以约战，一战以竟全功？"

接着，两派开始讨论，究竟是拒守上策，还是主动迎敌为佳。其余零散门客，则冷眼旁观郑、梁两派讨论得不亦乐乎。

显然太子灵在来之前，与车佾已先行商量，左思右想，终究脱不开这两个办法，便道："取来沙盘，请各位先生先行推演罢了。"

侍卫呈上沙盘，余人便各自离座，起身。姜恒远远地看了眼，只听那个唤孙英的邋遢男人骂了一句"浪费时间"，继续端坐着饮酒。

"孙先生何出此言？"太子灵却没有发怒，只平静地一瞥孙英。

"上兵伐谋，其次伐交，其次伐兵，其下攻城。"孙英被太子灵问到，倒是认真地回答，"梁国人做什么吃的？等咱们替他们守城吗？代国的姻亲，八字还不曾有一撇，又知道雍都出兵，他们不会管了？"

众人已开始排兵布阵，车伶没有理会孙英的骂骂咧咧，眼盯着众门客在嵋山前的推演。嵋山乃郑国扼守中原的战略要地，亦是玉璧关与洛阳之间上千里地的缓冲。嵋山一破，郑失其天险首当其冲，其次，则是梁国的大片国土。

太子灵答道："若子闾将军尚在，说不得将亲自领兵，出嵋山，届时梁国亦将出兵，共御强敌。"

"你小叔早就死了。"孙英依旧不客气地道，"寄希望于联军，无益，还是想想别的办法。"

太子灵面带诧异，不明所以，孙英先前有言"上兵伐谋，其次伐交"，却又杜绝了与梁国一同出兵的可能性，究竟是什么态度？

姜恒终于开口，说道："孙先生的意思是换个方向。"

太子灵朝向姜恒，说道："罗先生有何赐教？"

姜恒与孙英对视，孙英皮笑肉不笑，嘴角一扯，姜恒却缓慢地摇头，示意此话不可现在说。

太子灵眼看殿内七嘴八舌，讨论不出个结果，只得不与姜恒多说，回到沙盘前。总结已经出来了，拒守派大获全胜。根据沙盘推演，放弃平原地，守住嵋山关隘不难。

"但这是面对敌人的前锋部队。"车伶冷冷地道，"汁森其后，还有汁绫的两万五千人，接下来，是汁琮的五万骑兵，最后是曾宇率领的两万玉璧关兵力。"

"能拦住，"郑国门客首领答道，"只需避免正面迎敌。"

"那么梁国就全完了，"太子灵答道，"只要他们占领嵩河一带，拖住咱们的兵力，绕过洛阳，沿安河南下，进入梁国。照水大涝，他们完全可以绕过嵋山，沿浔东一带进军，越地也有危险，父王正在越地，要怎么办？"

殿内寂静，一名门客道："先拦他们的军队，再随机应变，这是没有办法的办法。"

太子灵不置可否，率先离去。姜恒看了眼沙盘推演，见好几处连地形方位也标记错了，混乱之中众门客群策群力，却也将导致瞎指挥的不少问题。

车倌还看着沙盘，与姜恒对视一眼，姜恒无奈地笑笑，两人都没有说话。

"练练手？"

直到门客也散了之后，孙英起身，朝姜恒说："听说你有一把很特别的剑。"

姜恒道："原来在王宫里，消息也传得这么快吗？晚辈学艺不精，孙先生何不找其他人讨教？"

孙英讥讽道："罢了，也知道你没这胆子。"

姜恒看着孙英，片刻后起身，说："那就过几招罢。"

四年里，姜恒跟在罗宣身边，从他那里学到了些许武艺，传说在海阁学会半个书架的武功秘籍，就能跻身当世高手之列，读完一整个书架，就是天下第一了。

罗宣主修毒功，剑法较之项州远远不及，教姜恒这徒弟时，明显只是哄着玩。

这就导致姜恒也不清楚自己的武功如今达到什么境界，兴许一个照面，就要被孙英打倒在地。但他依旧是少年，听到这提议时，不免技痒。

于是两人来到花园比试。姜恒取来绕指柔，轻轻一抖，软剑舒展，折射着阳光，形成一把薄如蝉翼的轻剑。

"三脚猫功夫，"姜恒说，"请孙先生赐教。"

"好说。"孙英嘴角泛着笑容，左手一抖，手中现出两把钢爪，在花园中轻轻摩擦数下，稍一躬身，时刻注意着姜恒的一举一动。

姜恒侧身，一抖长剑，有如在师门中与罗宣拆招、喂招般化作一阵风席卷而去！

秋末，红叶漫天，随着姜恒的身影，枫叶纷纷飞舞起来，四面八方不知何时聚集了数量不多的太子府守卫，龙于的身影在枫林中若隐若现，注视着孙英与姜恒。

绕指柔剑光飞射，一式直取孙英空门，孙英抬手，钢爪拖过剑锋，却时刻避免与姜恒手中那削铁如泥的神兵正面交锋。钢爪锐利无比，孙英所使招数，则是置自身空门于不顾，犹如惊涛骇浪般与姜恒抢攻！

孙英弃守为攻，姜恒自然不能在切磋中一剑刺其咽喉，取他性命，只得收剑回守，化作钢爪横飞气劲中的一叶扁舟，顺着孙英的气势浮浮沉沉。

"好!"孙英几下强攻都无法击破姜恒防守,喝彩道,"这剑杀过人吗?"

"说来惭愧,"姜恒衣袂飘扬,几步飞跃上树,和身旋转,剑身或柔或钢,一招化千万招,封锁了孙英的退路,他眼中带着笑意,说道,"还没有,甚至没有见过血。"

孙英一退再退,转身躲到树后,沉声道:"我倒是想有这个荣幸,只可惜神兵利器,轻易不得见血。"

姜恒一收剑,忽然提醒道:"当心了!"

紧接着,姜恒手中扣着一枚郑钱刀币,孙英从树后一现身,那刀币便划出一道光,倏然飞去!

孙英万万没想到,姜恒右手持剑,左手尚在蓄谋暗器,蓦然一退,幸而姜恒先行提醒,刹那躲开了那枚暗器,背脊撞上一枫树。

霎时,姜恒手中软剑一抖,化为笔直,抵在了孙英的咽喉处。

孙英背靠枫树,上身稍稍后仰,绕指柔寒光四射,直指脖颈。

四周一片静谧,一片枫叶离开枝头,落在绕指柔剑身上,无声无息,裂为两半。

数息后,远处一声喝彩,紧接着才是太子府守卫的满堂起哄。

"承让,占了兵器的便宜。"姜恒收剑,大致知道了自己从罗宣处学到了几分剑法,在如今的天底下,大概又是什么样的位置,打个把江湖侠客应该不会有太大问题,被人一拥而上,说不定就要弃剑投降了。

孙英一笑,没有说话,从姜恒身边离开,末了,又遥遥地抬头看了一眼。姜恒跟随他的目光望去,瞥见了太子灵离开的身影。

三 人 言

午后,姜恒坐在殿内发呆,随手画了张自玉璧关南下的千里地图,绕过洛阳与灵山一带,做了几个标记。

他来到济州已有月余,秋阳明媚,较之沧山雾蒙蒙的天气大有不同,而这秋高气爽的天气却总让人昏昏欲睡,不愿动弹。

正遐想时，太子灵的到来打断了姜恒的思考。

"我知道罗先生今天还有话想说。"太子灵道。

"殿下快请坐。"姜恒答道，注意到太子灵把孙英也带过来了。

太子灵道："眼下唯有你、我、孙先生三人。罗先生，有话但请直言不妨。"

孙英穿过院落，提着个酒壶，醉醺醺的，看那模样只想往花匠身上撞，花匠却躲了开去，识趣地离开院落。

姜恒想了想，把案上的纸铺开，孙英侧头端详，忽而笑了起来。

"那我就不客气了，"姜恒朝太子灵说道，"若有得罪之处，还请殿下包涵。"

"孙先生今日所言'伐交'，所交乃是雍国。"姜恒说。

太子灵顿时一怔，孙英却哈哈大笑，答道："不错！正是如此！"

姜恒望向太子灵，太子灵没有回答。

"先不论是否合适。"太子灵反问道，"罗先生当真觉得，雍国会与本国联盟？我们有什么条件能与汴琮交易呢？"

姜恒说："这就是另一个前提了，只有这个前提存在，雍国才会答应咱们的联盟之议。即，我认为他们不会进攻崤山。"

姜恒与孙英交换了一个眼色，双方心照不宣，彼此都是聪明人，孙英一定早就认为，雍国虽然这次来势汹汹，但目标不是郑国。而姜恒也认为，只要汴琮的目标不是郑国，一切就都好说。

姜恒铺开手画的地图，朝太子灵示意："我猜测，他们真正的目的，是越过已成废墟的洛阳，直取嵩县，扩张国土，在中原建立第一个据点。"

孙英拍了下腿，道："不错！嵩县为无主之地，环山面水，东临洛阳，南面郓地。若取得此地，便扼守住了郓、梁、郑三国的交会点，可以从此地出兵，攻打任意一国。"

姜恒说："雍兵入关，各国必定如临大敌，却谁也不愿率先出兵阻击，持观望态势，这是他们夺取嵩县最好的时机。汴森率骑兵两万五千人，急行军三天可抵达嵩县。嵩县驻军三千，几乎不会遭到任何反抗。"

太子灵道："嵩县是天子封地，姬珣虽崩，嵩地却不属于任何一国，雍国占据这里，确实不算进扰各国领土，嗯，大家没有伐雍的理由。其后呢？你觉得该如何应对？"

姜恒说："提前布防，让车将军率领五万人出崤关，预备随时断掉汁淼的后路。这么一来，只要守好王都洛阳，嵩县便势必成为孤军。"

"但是！"说着，姜恒加重了语气，说道，"车将军的部队必须万分小心，如果这正是雍国的诱敌之计，拉开战线后，极可能被汁淼反将一军。届时一旦他们回头，困住洛阳，就很麻烦了。所以，我建议将军只派少量驻军守住洛阳，大军则埋伏在城外四面，以做接应。"

孙英哭笑不得，说："这连环计实在太复杂了，罗先生，我猜雍人没有这么聪明。"

姜恒提醒道："这可不一定。"又随手画出洛阳四面地形，说道，"车将军可让一部分兵力，埋伏在灵山峡谷，设若雍军回援，便可在峡谷两道发动伏击，这样一来，雍军前锋精锐必定折损过半，元气大伤。"

孙英思考良久，说道："但背后还有十万人，该来的，迟早会来。"

"只要这一步被打乱，"姜恒说，"咱们抢到了先手，自然就可谈盟议了。郑与雍可结盟，条件是……瓜分梁国。"

太子灵道："瓜分梁国？罗先生，您认真的？"

姜恒说："不错。密会汁雍，将梁国王都安阳，以及周边地区，沿着安河为界，划给雍，照水以东，顺着黄河下游，统统归郑，郑国以'保护梁人'的名义，将他们纳入国境。这么一来，郑、雍二国都得到扩张，代国得不到丝毫利益，与雍尚未形成的联盟必定瓦解。"

太子灵眉头深锁，孙英却同情地看着姜恒，摇了摇头。姜恒自然明白孙英深意：他不会答应的。

"殿下是个要脸的人，"孙英不无嘲讽地道，"吞并邻国，且是母族姻亲，眼睁睁地看着梁王室被汁琮的铁蹄践踏，办不到。"

一月前的那个夜晚，姜恒已在师门中仔细朝鬼先生分析过。

要一统天下，势必从郑国开始。而一统天下的第一战，也势必是玉璧关之战，雍国是最先要解决的，趁着天下各国对雍国的敌意与仇恨尚在。

但他对郑国的认知，仍然出现了少许偏差，最大的偏差便在太子灵身上。他的野心没有自己想的那么大，或者说，他的城府，比自己所想的更深，他不愿轻易流露出野心。

"接下来，"姜恒却还不死心，"五国就此成为四国，一场狂风骤雨中，郑、雍二国得以坐大。但我打赌，雍国绝无能力治理他们的新领地，塞外与塞内是两个地方。他们将面临两个选择：一是将梁人大批撤出关外，带到雍都落雁；二是将塞外之民带到关内，两族融合。"

"无论哪一个选择，"姜恒注视着在一旁踱步的太子灵，解释道，"安阳都不会永远属于雍，郑、梁接壤，煽动起一场叛乱，轻而易举。雍人所思所想，就像天真不经世事的小孩儿，届时殿下可以将梁人门客派回，让他们到安阳去做官，让他们煽动梁人，设法复国。"

"我办不到。"太子灵甚至没有听完姜恒的话，就说，"乘人之危，与虎狼勾结，此非王道。"

孙英得到了意料中的回答，撑着膝盖起身，答道："既是如此，殿下也大可不必担忧，哪怕我们按兵不动，那叫什么汁淼的小子，也绝不会到崤山前来。"

"如此，"姜恒认真地道，"还有第二条路走。殿下，若不愿与汁琮结盟，就要趁此次出关，将他留在关内，让他再也不能回到雍都。"

说着，姜恒做了个"杀"的动作，朝太子灵扬眉："汁淼也好，汁琮也罢，必须设法除掉，否则一旦被他吞并嵩县，坐视他蚕食整个梁国，是唯一的结果。"

太子灵打量着姜恒，说："罗先生，这正是我此来之意，还记得一月前，我所求之事吗？"

孙英叹了口气，姜恒眉眼稍稍一抬，不解地看着太子灵。

太子灵低声说："此计乃是孙先生最先提出，您是否愿意为我刺杀汁琮？这办法，又是否可行？"

姜恒："……"

姜恒万万没想到，太子灵的计策竟如此直接，亦如此简单。

孙英说："此计并非异想天开，罗先生，你也知道，北方以昔年汁琅、汁琮为首，太子泷虽是汁系王族嫡子，却终究根基不稳。"

"知道。"姜恒过了最开始时的震惊之后，马上就平静地接受了这一计划，仿佛在谈论其他人的事一般，"塞外各族情势极度复杂，风戎、林胡、氏三族，占去了雍人中的六成。汁琮一死，太子泷无力凝聚全国，各族便会马上宣告分立，回到故乡。甚至与雍人有着深仇大恨的各族，将借机推翻汁系王室。"

"嗯，"孙英说，"这么一来，雍国的威胁，便不攻自破。"

"不失为一个办法。"姜恒说，"但以我之能，要行刺汁琮，恐怕……不容易办到。"

太子灵说："来前我与孙先生特地商议过，罗先生提出的结盟计划，反而让接下来所做之事有了希望，咱们先来计议一番。"

说着，太子灵起身，走到门口，瞥见外头守着的侍卫，吩咐道："到院外去，别让任何人进来。"

侍卫点头离开，太子灵亲自关上了门。

是夜，太子灵与孙英离去后，姜恒取出那柄卷曲的长剑，沉吟不语。

剑身稍稍一抖，便犹如水波般荡漾在房中，剑风所过之处，帷幕飞舞，被无情的劲风划断。

这远远超出了姜恒的预料，他原以为，自己应当是太子灵身边得其信任的谋士，不想却成了他的秘密刺客。

当真有股荒唐之感，孙英为他出的主意？姜恒想起罗宣曾经说过的，天下五大刺客：耿渊也即他的父亲、项州、界圭、罗宣与那神秘客。

孙英会是神秘客吗？姜恒今日听太子灵详细谈论刺杀的细节时，不禁感觉到，子承父业当真为冥冥中命运所注定。哪怕自己所专研并非武艺，亦脱不开这刺客的命数。

翌日，太子灵又亲自前来，这次带了另一名武人。只见那武人身着锦袍，容貌英气，身材笔挺。

"他叫赵起，"太子灵说，"是我母舅家的远亲，母后过世，他便在王陵为她守灵，如今我将他派给你，你可随意差遣他。赵起，你侍奉罗公子，须得一如侍奉我。"

姜恒正想说不必，但见太子灵执意，也不便辜负了他的一番好意。

太子灵侧身一瞥赵起，赵起便朝姜恒单膝跪地，行了一个朝王室效忠之礼。姜恒既已答应了太子灵的刺杀计划，按礼便是国士。

虽然他并不想以这样的方式为郑国效力，但这一切就像脱缰的马，丝毫没有商量的余地，仿佛将他裹挟上了战车，一路轰轰烈烈，冲向玉璧关前的汁琮。

"这些日子里，"太子灵说，"还请先生不必分心，孙英会安排好一应事宜。"

"殿下。"姜恒忽然道。

太子灵朝姜恒扬眉，姜恒本想说，以我所学，你让我去当刺客，实在是浪费了。但最后他什么也没有说，只是笑了笑，摆摆手，没有再说下去。

太子灵与孙英的计划，是继承了"罗恒"前半步设想。令车倥秘密发兵崝山，截断"汁淼"后路，将其后赶来的汁琮留在玉璧关，再亲率麾下谋士，前往玉璧关与汁琮谈判，一议瓜分梁国的细节。

接着，孙英将与姜恒配合，在谈判会议上刺杀汁琮。

多年前，汁氏两兄弟在梁王毕颉身边安插下一枚棋子，琴鸣天下，屠尽中原四国政要，现如今，是连本带利讨回来的时候了。

姜恒最终答应了太子灵的提议——他只能答应。

他心里明白，这就是那十二万百姓保住性命的条件。从第一眼看见太子灵的眼神那天起，他便隐隐约约感觉到，太子灵找一个像他这样的、合适的刺客，已经找了很久了。

孙英也许是他的第一个目标，然而这人不合适，或者说，并不完全合适。

于是他等到了自己的出现。

姜恒从未想过，这把绕指柔落到他手中后，第一个要杀的人，居然是汁琮，那位与他父亲生前交好、一如手足的汁琮。

"公子如有需要，请随时吩咐。"赵起的声音打破了府中寂静。

姜恒回过神，看了赵起一眼，料想太子灵将此人派到自己身边，除却侍奉，还有监视的目的。

但他没有点破，问道："你是哪儿的人？"

"回禀公子，"赵起说，"我是越人。"

越人都是武功高手，以江湖之业为生，越国亦曾是东陲大国，五十多年前，郑国伐越，吞并越地后，越人或成为郑民，或流浪在外。

"家中几人？"姜恒想起了自己还在越地治病的母亲，换作她，说不得兴许先一剑将太子灵斩了。

赵起答道："无父无母，唯我一人。"

赵起丝毫不像个越人，越人面容灵秀，带着一股水汽，赵起却浓眉大眼，身材不算很高大，只与罗宣相仿，五官却有着一股与身高不协调的阳刚之气。

"是人就总有父母。"姜恒轻轻道。

赵起答道："不知道，都死光了。公子需要我做什么吗？"

姜恒忙道："不打紧，你坐着就是。"

赵起说："总需为公子做点事，否则总坐着，于心不安。"

姜恒迟疑着道："那……你随便做点什么都行，不必理会我，让我自己静静。"

太子灵为他派的这贴身侍卫倒是很忠诚，毕竟换衣洗漱、铺床侍食，都需有人在旁侍奉。从前罗宣为他打理了近乎一切，姜恒从未有过疑问，如今他总要学着照顾自己。

孙英朝他做了保证，行刺若不能得手，一定会全力保护他逃脱，接下来，郑国就要做好准备，面对雍的怒火了。

设若得手了呢？姜恒在心中反复演练刺向汁琮的那一式。汁琮若死，自己马上就会名扬天下。只是没想到，他竟会以这样的方式扬名，大大脱离了离开沧山，入世时的设想。但这么一来，自己在郑国必定将拥有极高的地位——而接下来要说服太子灵，让他开始着手一统神州的大略，便再无阻碍。

只是太子灵果真值得托付吗？姜恒不禁开始动摇了。

埋 骨 地

入夜前，姜恒出外走了几圈，再回到房中，忽见一名侍卫站在房中，正与赵起谈话。赵起已自觉地负起了为姜恒打点事务的责任。两人见姜恒回来，又一起鞠躬。

侍卫身边还带着一个面容沉静的女孩儿，并送来了食盒与酒，搁在一旁。

"留下就是。"赵起朝侍卫说，又打发他走了。

姜恒奇怪地看了那女孩儿一眼，点了点头，赵起便解释道："她叫流花，乃是殿下赐予公子的琴姬。"

"这可好久没听琴了，"姜恒笑道，"还请姑娘不吝赐我天籁一曲。"

流花笑了笑，在一旁坐下，开始抚琴，赵起又为姜恒斟酒。姜恒只觉好笑，这是给死囚准备的牢饭吗？又弹琴又给吃的，待遇倒是与这一月间不一样了。

只听流花开口便是《郑风》，唱道："青青子衿，悠悠我心……"

姜恒听到这歌谣时，不禁生出许多感慨。

"纵我不往，子宁不来？"姜恒出神地唱道，"一日不见，如三月兮……"

这些年，耿曙从未有一次在夜半时分入过他的梦，时常午夜梦回，面朝沧山尽头的千万繁星与银河，姜恒也曾轻手轻脚地走出与罗宣的卧房，在星河下出神。

"一日不见，如三月兮。"姜恒喃喃地道，"五年多了。一千多个日子，何止三月？"

赵起在一旁沉默地听着，姜恒则轻轻地叹了口气，忽然觉得挺没意思。耿曙已经永远地走了，曾经唯一支撑他的信念，就是一统天下，终结这大争之世。

可就在下山一个多月后的这一夜，所有信念不知为何就这么突然瓦解了。仿佛秋天突然来到时，所有茂密的树木，经过一晚风雨，掉光了叶子。甚至就连活着本身，亦令姜恒兴趣寥寥。换句话说，哪怕刺杀失败，死了，又怎么样呢？

也许这不失为一种解脱，他便可以顺理成章地在天上与耿曙相逢了。

"你的琴声中有股悲意。"姜恒朝流花笑了笑，说道。

"公子这都听出来了吗？"流花说道。

姜恒没有再冒昧地问这悲意后面的故事，只是简单地点头，说："谢谢姑娘今夜为我抚琴。"

他不能再饮酒了，赵起便自觉收拾了食盒。流花放下琴，跟着姜恒到屏风后去，竟是要服侍他脱衣，为他侍寝。

姜恒脸上带着酒意，不禁吓了一跳，忙道："别别别！姑娘……我自己来。您……回去歇下罢，夜也深了。"

赵起动作一顿，在屏风外听着。

流花停下动作，眼中带着不解，要为姜恒脱下里衣，碰到他柔嫩的肌肤，姜恒又赶紧捂住衣裳，固辞道："姑娘，当真不必……"

赵起说："公子，流花是太子殿下最宠爱的姬妾，殿下已经将她赠予您了，从此就是您的人。"

"不行！"姜恒虽然谈起天下谋略，一副少年老成的做派，到得此事，却暴露了少不更事的本质，赶紧穿上衣服，从屏风后转出，说道，"这怎么行？你回去罢。"

流花仿佛明白了什么，看看赵起，两人面面相觑，都不知如何说服姜恒。

流花伤感地一笑："殿下让我来侍奉公子，公子若不需要我，我便……"

姜恒尚未经历过这人生大事，与罗宣相伴的日子，罗宣也从未提起，但他大致是能猜到的，只是如今的自己还远远没有做好准备。

"你若不想回殿下那儿，"姜恒说，"就在此处住下，只是，当真不需要。你我相逢便是有缘，交个朋友，尚且无妨，怎么能如此轻贱于你？"

流花眼里闪着微光，末了，点了点头，到殿后去躺下。

姜恒这才如释重负，太子灵送侍卫也就罢了，还送了一名姬妾，虽说将自己如此看待，令人心生感动，但姜恒仍不能接受把人当物件送来送去的举动。

"公子不好女色？"赵起便起身，替代流花入内服侍姜恒，说道。

姜恒正松了口气，听到这话，顿时啼笑皆非。

"这叫什么话？"姜恒说，"好女色，就非得行这等猪狗般的事吗？"

赵起说道："食色，人之本性。"

姜恒好笑道："你也读书。"

赵起收起姜恒的外袍，恭敬地道："公子若有他好，属下也愿意代流花之劳。”

姜恒：“啊？”

姜恒道：“饶了我罢，当真没这心思。”

“做什么都行，”赵起那表情却是认真的，说道，“只需您吩咐一声。”

姜恒满脸通红，本就带着酒意，尴尬地摆手，躺到榻上，又听见流花从殿后传来的笑声，像是与赵起低声闲聊着什么。及至三更时分，房中安静下来，姜恒却依旧有点燥热，辗转反侧近半个时辰，方迷迷糊糊地睡下。

自此一连数日，姜恒便与那姬妾流花、赵起共处一室，始终以礼相待，什么也不曾发生。三日后，姜恒与谋士们开完会，回来时，赵起转告他，流花终于被叫回去了。

“她不会有事罢？”姜恒担心地问。

赵起服侍姜恒睡前洗漱，答道：“不打紧，她从哪儿来，回哪儿去了。殿下还不至于因此责罚她。”

姜恒这才放下心来，点点头。

这夜乃是月圆之夜，而郑都济州中传来了雍军的消息，果然一如姜恒所料。雍军对崤山关隘完全没有兴趣，汁淼所率领的前锋军在十天之内突入王都洛阳，且没有任何留恋，只留下不到两千驻军，便率军再次出发，直扑洛水下游的嵩县。

整个济州，做出如此神乎其技预测的，只有姜恒与孙英二人。谋士们鸦雀无声，太子灵今日白天索性不来了，众人先前所有的推演都落了空，只得妒忌地看着姜恒。

姜恒寒暄几句后，便独自待在院中，抬头看着郑国夜空里的一轮明月。

而同一轮明月之下，四百里外的王都洛阳废墟中，耿曙一身黑甲，一路穿过五年前的断壁残垣。

五年了，昔时被天子姬珣一把大火烧掉的王都，渐渐又有了点人气，梁国遭受一场洪灾之后，无家可归的百姓北上逃灾，陆陆续续地来到了洛阳。

他们聚集在外城附近，住进了城西幸免于难的破旧房屋，在废墟里艰难地活着，在这个时候，有片瓦遮头，便是不幸中的万幸，毕竟冬天快来了。

雍军再入王都后，耿曙没有让军队去骚扰难民，反而分出了部分军粮，接济这些无家可归的人。接下来，则是去灵山峡谷，拜祭五年前王都一战，死在雪崩下的袍泽。

"我记得当初是赵竭设下了这计谋，"曾宇的声音从耿曙身后传来，"一场雪崩，埋下了近十万人，梁人、郑人、雍人，统统死于他的安排之下。"

耿曙祭过酒，答道："两国相争，不是你死，就是我亡，如今他自焚而死，这仇你是报不了了。"

曾宇负责交接王都洛阳防务，与耿曙一同祭过战死的袍泽，沿着灵山峡谷慢慢地走着。五年前十万人埋骨此地，养活了成千上万的乌鸦，它们飞起来时遮天蔽日，落地啃食犹如蚁群，旷野中的无数尸体化作了森森白骨。

假以时日，白骨腐烂，沉入大地，再次滋养万物，焕发出新的生命，周而复始，生生不息。

如今这些乌鸦正在月色下，虎视眈眈地盯着峡谷，等待又一场饕餮盛宴的到来。

曾宇道："传闻最后那天，赵竭一把火烧死了自己，也烧死了姬珣。"

"嗯。"耿曙说，"文官们关上宗庙，在里头烧死了自己，铜水涌出来，烫死了不知多少人。"

如今宗庙前，还立着昔时葬身铜水之海的一座座士兵雕塑，内城从无人敢涉足。听说深夜里，宗庙前还传来阵阵哭声，令人毛骨悚然。

曾宇叹了口气，说："都说姬家人是疯子，现在看来，果真如此。不怕死的人最难对付，赔上一条性命，也要……"

"两条。"耿曙冷漠地说，"赵竭与姬珣，早在大军进城时，便已决意同生共死。"

曾宇似乎没有意识到，这场盛大的葬礼，一切的源头，正源自五军弑灭天子王权的一战。而雍都包括汴琼在内的所有人都不知道，当年埋葬了十万大军的人，恰好就是耿曙。

"殿下何时出征？"曾宇看得出，耿曙想自己待着。

"明日天一亮就走。"耿曙答道。

曾宇便不再叨扰，躬身行礼离开，余下耿曙对着峡谷内的一草一木出神，仿佛在分辨，哪一棵树所生长的土壤、滋养的养分，是姜恒。

"哥——快走！走啊！"

五年了，那声音仍在耳畔，那景象仍在眼前。

"恒儿，哥早该与你一起死的。"耿曙站在曾经雪崩滚落的悬崖前，喃喃地道，"自欺欺人地活了这许多年，又有什么意思？老天为什么待我如此残酷，就连死，也不让我与你死在一起，要让咱们尸首不在一处？"

他朝悬崖再近前一步，明月朗照，万里银光，他的身形化作高崖上一个渺小的剪影，眼看随时将化作投林的飞鸟，坠下万丈深谷。

但就在此时，远处王都方向，传来一声喑哑的钟响。

雍军士兵找到了五年前被耿曙推下山崖的那口钟，不知是谁玩笑般地敲了声。

钟声令耿曙回过神，他转身，走下高崖。

是夜，姜恒倚在殿前，看着月色。

"公子在想什么？"赵起忽然问。

"想我的亲人，想我哥哥。"姜恒喃喃地道，"你会想起谁吗？"

赵起答道："我没有亲人。"

姜恒说："或是朋友、袍泽，甚至萍水相逢，最终又不得不分开的那些陌生人。"

赵起没有回答。

姜恒低声道："曾经我也有我娘，有卫婆，有哥哥，现在想来，就像一场梦。"

最后，姜恒起身，回到屏风后更衣。

今天稍早时，他得知消息，汁淼离开王都，即将前往嵩县，一切都在他的预料之中，车佟则率军预备突袭洛阳，断掉汁淼的后路。而一旦拿下洛阳，太子灵就会朝赶到玉璧关的汁琮提出谈判。

届时，也就是他动手刺杀汁琮的那天了，想来不会太久，最迟就在半个月后，事情结束后，无论成败，自己活下来的机会都很小，但姜恒反而觉得，自己也许从此可以解脱了。

"殿下。"赵起忽然在屏风外说道。

姜恒马上转头，正要穿上外袍，太子灵却转到了屏风后。

姜恒一身里衣，忙躬身道："殿下怎么这个时候来了？"

太子灵这夜身穿黑袍，一袭衽扣直扣到脖颈，身材修长，腰身笔直，眼里带着笑意，说道："你拒绝了我的姬妾流花，想来想去，还是亲自来看看你。"

公 孙 氏

姜恒尚未明白，太子灵却亲自上前伺候他，这下姜恒马上道："殿下，不必如此！"

姜恒忙按着太子灵的手，太子灵见姜恒大窘，反而觉得十分有趣，遂不再坚持。姜恒总算松了口气。

姜恒想了想，提议道："殿下既有雅兴，咱们不如聊聊天罢？"

太子灵打趣道："也是，总得了解对方，是不是？"

"不是这意思。"姜恒叫苦不迭。

两人坐在榻沿上，太子灵说："你今年不过十七岁，以后的日子还很长。我年纪大了，可当你兄长，就像越人少年们的风俗，你大可不必害羞。"

姜恒沉默片刻，朝太子灵笑了笑，太子灵却又叹了一声，说道："我知道提出这要求很唐突，置你生死于不顾……"

"可是有些机会，"太子灵又说，"一旦错失，就再也得不到了。有些人，一旦离开，就不会再回来。"

"我懂。"姜恒意识到太子灵在想刺杀之事，道，"我答应殿下，也并非权宜之言，既已应承，此事便一定会去办妥。"

没有人比姜恒更能理解人与人的分离，他甚至在想，是不是当初许多事，棋差一步，一切就会变得都不一样？

"我爹尚在那年，"太子灵说，"我不过十四岁，但他最后，死在了安阳。"

姜恒想起郑国那位权倾朝野的上将军子闾，而当初正是自己的父亲，在梁国王都安阳给了他夺命一剑。

"啊？"姜恒不禁道。

太子灵神秘地眨了眨眼，说道："你不知道？"

姜恒想起来了——忘了在哪儿听说过，太子灵是过继给郑王的。他真正的父亲，乃是子闾。而郑王一生无嗣，便过继了兄弟的遗孤，立为太子。

"后来我常想，"太子灵道，"如果当时我缠住他，不让他去见我表兄，他是不是就不会死？而如今的大郑，又是什么模样？"

"但这一切既然发生了，"姜恒道，"就已成注定。"

太子灵点了点头，看着姜恒，说："我还没问过你，你的父亲、母亲呢，你可还有亲人在这世上？"

姜恒沉默片刻，答道："没有了。"

时至如今，他已经长大了，也早就知道，母亲昔年离开，并非去治病，不过是不愿朝自己九岁的儿子展示人世间的众多残忍与丑陋，留给他一个虚无缥缈的念想，就像海市蜃楼，哪怕遥不可及，却终究能远远看见，存在于梦里，延续一生。

"可惜了。"太子灵说道。

姜恒躺上榻去，与太子灵并肩而倚，说也奇怪，太子灵年长他足足十岁，姜恒却觉得他俩年岁犹若相仿。

太子灵又道："我本想，若你愿意留下一个后人，设若事有万一，无论男女，孩子我一定会为你善加照顾。当然，你若如我所愿，平安归来，也有天伦之乐。"

姜恒忽然觉得好笑，又有点感动，说道："殿下，对此我没有执念。您有孩子吗？"

太子灵点了点头，说："有一儿一女，如今都在越地，父王与龙将军都很喜欢他们，便让他们与祖父多聚些时候。"

说着，太子灵起身想走。

姜恒忽道："去行刺，不仅仅是为了殿下，也是为了我曾死在战乱中的亲人。"

太子灵背对着姜恒，现出光裸而有力量感的背部，低头望向洒进房中的月色，喃喃地道："也是为了你师门的托付，想结束这大争之世，是不是？"

姜恒"呃"了一声，正想该如何回答。

太子灵又道："本该如此，倒是我唐突了。"

姜恒说："殿下。"

太子灵回头看姜恒，笑了笑。

姜恒说："我曾想过，我不会有孩子，因为我不想让他像我一般，活在这世上受苦。我娘曾说，她想一剑杀了我……

"当时我不懂，后来我懂了，她爱我，不想我孤苦伶仃地过完一生。"

"不会的，"太子灵轻轻叹道，"不会这样，罗先生，你不孤独。"

姜恒笑道："就权当是我为了天下百姓去做的罢，无论成败，也权当是为了您的孩子，以及与他们一般，活在这世上的千千万万个孩子。"

说话时，姜恒又想到了那年洛阳灵山，懵懵懂懂、充满莽撞，初涉这满是血腥的人世的自己，与耿曙。

那时，他们也一样是半大的小孩儿。

"如果这次侥幸成功，活着回来，"姜恒朝太子灵道，"届时我想朝殿下讨一样东西。"

"那是自然。"太子灵说，"无论成败，你想要什么，只要我拿得出，都会给你。"

太子灵回身，抬起手，说道："谢谢你，罗恒。"

姜恒与太子灵互一击掌，太子灵转身，离开了寝殿。

"好好伺候先生。"太子灵又在门外吩咐道。

姜恒听见赵起在门外答了声"是"，方安心躺了下来。

翌日，孙英边喝酒，边端详姜恒。

"什么人你都不要，"孙英朝姜恒道，"罗先生，你修炼的是童子功不成？"

姜恒正专心看军报，随口道："孙先生莫非想亲身一试？"

孙英说："大家都是为殿下卖命的人，你这是瞧得起我！我受宠若惊！"

"滚！"姜恒难得地说了句重话。

姜恒不过想堵几句孙英，这邋遢浪人看似大大咧咧，却极心细，想必送姬妾，甚至让太子灵亲自来，都是孙英的主意，但闲来无事，与聪明人斗几句嘴，倒是很有趣的。

正说话时，太子灵又带着一名年轻男子前来。

"数日前，车将军已夺下了洛阳。"太子灵朝两人说，"曾宇狼狈逃窜，撤回玉璧关。汴琮正离开落雁，在前往玉璧关的路上，预计半月内将抵达关前，并出关反击。咱们可以开始准备了。"

姜恒万万没想到进展居然这么快，按计划，车伣应当等到汴淼占领嵩县后再出击，但身在前线的将领理应有自己的判断，他便也没说什么。

那年轻男子提着一个药箱，来到姜恒面前，说："就是他？"

孙英点头，太子灵朝姜恒道："这位是公孙武公孙先生，越地的神医。公孙先生，这位是公子恒。"

姜恒听到"公孙先生"四字，顿时一怔，与那年轻男人对视，只见公孙武一身青衫，颇有儒雅气度。

"咱们见过？"公孙武见姜恒的眼神，笑道。

"没有。"姜恒放下军报，笑道，"只没想到久闻先生盛名，竟是如此年轻。"

这名神医不过二十来岁，与罗宣年纪相近，当真让姜恒吃惊，想到母亲昭夫人说过，前往越地求医，这一去就是八年。八年前，公孙武不就更年轻？

公孙武放下药箱，打开，开始调配药物，说道："公子久闻的，应当是家父。"

太子灵在一旁坐下，朝孙英示意，孙英便给他倒了少许酒，太子灵接过，两人酒碗轻碰，举行心照不宣的庆祝。

他们的计划即将开始，而未来中原的命运，尽维系于面前这少年一身。

"令尊他……还好罢？"姜恒的心脏怦怦跳了起来。

"蒙恩，他两年前便老了。"公孙武头也不抬，答道，"公子与家父相识？"

"没有。"姜恒说，"不过是久仰神医之名。"

公孙武把几个碟内的药粉混合于一处，斟了少许水。姜恒又说："想朝公孙先生打听一个人。"

公孙武搅拌着药，抬头一瞥姜恒，示意请说不妨。

"我听说有一个越女，"姜恒说道，"名唤姜昭，八年前，曾往越地，向公孙大人求医，如今不知身在何方。"

"姜昭？"公孙武想了想，停下动作，说道，"不曾听说，先父残年已不再问诊，俱由晚辈垂堂，不曾记得有这人前来求医。"

盲 眼 药

姜恒沉默了。

"天月剑姜昭。"孙英却开口，懒懒地道，"罗先生认得此人？"

许久后，姜恒答道："认得，少时蒙昭夫人之恩，乃是故人，多年来，常常心中挂念。"

这么一说，公孙武也想起来了，公孙家在越地世代行医，而姜家又是名门望族，难怪这名字这么熟。

"昭夫人，"公孙武说，"想起来了。当初听闻她在浔东城外，一剑刺死郢国芈霞将军，保下了全城十余万百姓性命。"

太子灵略带诧异，朝姜恒问："先生如何认得姜夫人？"

姜恒又安静了一会儿，答道："当初师父带我下山历练，萍水相逢而已。"

"你师父是项州吗？"孙英又忽然问道。

"不是。"姜恒一笑，说，"往事不想多提，见谅。"

孙英与太子灵交换眼色，姜恒所言虽隐瞒了不少事实，却在太子灵心里得到了新的推断。既是海阁门人，理应与项州相识，而孙英又知，项州与姜昭有一段过往。

此事还是当初郢军退后，太子灵多方托人打听，推断得知，是以两人都未曾起疑。

"姜夫人乃是我大郑国士，"太子灵叹了口气，答道，"可惜了，当初因其与耿渊琴瑟和鸣，亦受此姻缘所累，不得为她正名，迟早有一天，该替浔东百姓好好祭奠她才是。"

"是啊！"姜恒低声道。

殿内一阵沉寂，安静得连孙英都觉得有点不自在，直到公孙武调好药，坐近前来。

姜恒看了一眼，问："这是什么？"

"致人目盲之药。"公孙武说，并将目光投向太子灵，意思是他不知道？

太子灵道："先生但请放心，此药必不会终身致盲，不过月余，便可慢慢恢复。"

姜恒已经无心说话，沉默着点头，任其摆布。公孙武便让姜恒抬头，将药膏小心地敷上他的双眼。

孙英解释道："罗先生，恰好说到昭夫人，便朝您解释下，接下来，您的身份，将是耿渊流落人间的遗腹子。"

"嗯，"姜恒的语气异常平静，"知道了。"

"这也是我与孙先生商议后，觉得最好的计策。"太子灵道，"中原传言，汁琮于四年前率军入关，四处寻找当年耿渊的亲生子……"

姜恒的语气带着冷淡，说道："耿渊付出生命，为雍国蛰伏七年，刺杀各国上将军与丞相，这份恩情，汁氏定将时时记得。"

"不错。"太子灵道，"而先生您，届时将在双眼蒙上黑布，带着一把琴，与孙英孙先生，前去会一会汁琮。告诉他，您就是耿渊的孩儿。"

姜恒忽然道："假扮故人之子，确实是很聪明的办法，你们是否调查过，耿渊真的留下了后人吗？"

孙英摊手，但姜恒两眼前已是白茫茫的一片，看不见他的动作，孙英便走上前，一手在姜恒面前轻挥，答道："也许有，但多半已死了，如今唯一知道耿氏后人下落的，应当只有雍国。这是我们通过雍国的举动，进行推测定下的计谋。"

公孙武安静地为姜恒敷药，并未做出任何评价。

太子灵又说："这个人，是什么名字，长什么模样，我想世上无人知道。先生便索性改个姓，依旧唤'耿恒'也无妨。"

姜恒说:"兴许我长得不像耿渊,虽已过了十三年,但来到面前的孩子,与耿渊像不像,汴琮就认不出来吗?"

"这就是让你当瞎子的缘故了,"孙英说,"蒙着双眼,便不容易辨认。"

"好了。"公孙武拿起黑布,另一头交给孙英,两人用黑布将姜恒的双眼蒙住。

姜恒眉眼间蒙了黑布,只露出半张脸——高耸的鼻梁、白皙的脸庞,以及温润的唇。殿内众人俱没有作声。

公孙武说:"公子像一块美玉。"

无人接话。

又漫长的沉默后,太子灵说:"脸型不大肖似。"

姜恒道:"你见过他?"

太子灵说:"一面之缘,小时候,父亲带我去安阳见表兄时,看见过耿渊……我也记不清楚了,但这个地方……可往上稍做描摹。"

公孙武取来笔,在姜恒的嘴角画了画。

"殿下?"姜恒沉声说。

太子灵收回手,把手放在姜恒的手背上,姜恒跪坐案后,想了很久。

太子灵道:"先生请说。"

姜恒斟酌再三,方道:"耿渊既有后人在世,想必姜昭生前必然会尽一切努力保护这个孩子,不可能让他姓耿,以免仇家上门。所以我觉得,既要扮此人,他该唤作'姜恒'。"

"对!"孙英拍案道,"你想得周全!"

太子灵点头,说道:"先生果然思虑缜密。"

姜恒又道:"汴琮见我之时,定心神俱震,第一个念头,当是盘问我的过往与来处。姜昭既曾住浔东,这孩子必然也住浔东,在母亲的保护下,终日不得与外界相接,童年时必定孤寂。"

孙英说:"这就是今日咱们需要讨论的,届时汴琮会如何问、该如何回答、何时分他心神、何时动手、所抛出的当是什么样的诱饵,都须先行确定下来,拿个主意。"

姜恒点了点头,孙英又道:"你会奏琴吗?"

太子灵搬来琴，姜恒已目不能视，太子灵便牵着他的手，让他按在琴上。姜恒轻轻拨弄数下琴弦，答道："在师门时，跟着师父学过。"

"很好。"太子灵答道，"绕指柔可先行抹上见血封喉的剧毒，藏在琴下，或卷在腕中。"

孙英想了想，说："若能找到耿渊当年的黑剑，这桩行刺就更有把握。"

公孙武收拾过药箱，朝太子灵道："在下便先告退了。"

太子灵与孙英稍躬身送走公孙武，公孙武临走前又朝姜恒说："哪怕有人亲自解开这黑布查验，公子的目盲亦能瞒过，只需要记得这段日子里切勿流泪，否则容易伤到双眼。"

片刻后，姜恒又说："故人之子，犹如其父双目失明，眼不能视，届时汁琮为表亲密，将上前亲手解开我的蒙眼黑布，看见我这双眼睛，将自责万分。我再骤然出手杀他，一剑了结其性命。"

殿内寂静，落针可闻。

"正是如此。"太子灵说，"仰仗先生了，出剑之后的事，便着落在我们身上，孙英将以生命做赌注，来护佑先生的安全。"

秋末，嵩县下起了第一场雪。

冷锋自南向北，覆盖了神州大地，到得中原腹地以南、玉衡山下的嵩县之时，已化作半雨半雪，南方的这股湿冷较之北面寒风呼号、鹅毛大雪过境更甚，从盔甲外无孔不入地往里钻。

耿曙进入琴川平原后，第一眼看见的，赫然是背靠玉衡山、面朝琴江的嵩县县城。

玉衡山西接代国，南邻琴江，东面中原，古称"武陵"桃源，确实是千年来兵家必争之地，也正因兵家必争，梁、郢、代三大国迟迟不愿出手，恐怕引来他国敌对。

最终这座七万户的小城，依旧保存着它的独立地位。嵩县县令名为天子指派，实则由城中百姓选出。当然，晋天子已在五年前驾崩，天下再无帝君，而嵩县被吞并的这一天，终将到来。

嵩地已经有将近二十年未经战事，最近一次，乃是二十年前，梁、郢的琴江之战。二十年来，嵩县居民无心战争，在一方小天地中安居乐业。五道支流蜿蜒而过的琴江平原布设下不少岗哨与箭楼，倚地利抵挡住郢国的水军，玉衡山则为此地阻断了代国的兵马。

梁国自大将军重闻死后，已无心拓展疆域。

于是这块最后的天子封地，成为真正的世外桃源。

只是这一宁静，终于还是被不请自来的侵略者打破。

嵩县县令意外地没有丝毫抵抗，大开四面城门，迎接雍军入城接管。

耿曙一路南下，与梁国的边境军队几次交战，梁军实力早已不似当年，甫一交锋便作鸟兽散，雍军则不费吹灰之力，便控制住了从洛阳到嵩县的古道。

耿曙骑着汁琮予他的战马"白夜金光"，傲然屹立于嵩县城主府外。

"奉天子遗命，"耿曙出示腰牌，沉声道，"前来接管嵩县。"

嵩县县令乃是一个四十余岁的中年人，名唤宋邹，颇有大晋遗风，客客气气地道："恭迎骑都尉。"

此计是太子泷所出，要强取豪夺，总归得有个缘由，而耿曙曾在洛阳任骑都尉，就是最好的理由。

朝中的猜测是，宋邹应当不至于这么不识好歹，毕竟嵩县向来只关心自己老百姓的性命，不管他人死活，连洛阳沦陷，嵩县都未曾出兵勤王，雍国只要不在城中杀人，何乐而不为？

但出发之前，太子泷再三提醒耿曙——事情并没有这么简单，雍国将嵩县置于势力范围，也即意味着，嵩县也许将在不久后迎来新的战火。而宋邹能让方圆不足四百里的小县城，多年里与三个虎视眈眈的大国相安无事，必然艺高人胆大。

"进入嵩县后，须得一切万分谨慎，"临别前，太子泷为兄长穿戴铠甲，认真地道，"不要扰民，不要换地方官，更不要胡乱杀人。"

"知道了。"耿曙没好气地答道。

果然一如太子泷所料，耿曙没有遭受任何阻力，便顺理成章地进驻城内，城主府已打扫干净，尊他为"大晋骑都尉"，县令则自觉地搬了出来。

嵩县百姓不仅没有丝毫抵触，反而夹道欢迎耿曙进城。雍军顿时面面相觑，看着眼前的老百姓，产生了自己是来解万民于倒悬的错觉。

"汁将军，请。"宋邹客客气气，循晋制，以天子使臣视察地方的礼数，将耿曙请进了城主府，说道，"若将军不嫌弃，这些日子里，便请在嵩县住下。"

"当然不嫌弃。"耿曙环顾四周，嵩县无战事侵扰，多年来发展得十分富庶，城主府背山而建，清幽雅致，又有三进的大花园，池水清澈，府墙很低，厅内铺了席地，跪坐其间往外望去，恰好能看见府外琴川分明的梯田，让人心旷神怡。

太子泷从小就喜欢南方，只可惜从未渡过黄河，这地方他一定喜欢。耿曙心想。

"此乃城防名簿，"宋邹与麾下主簿官员送上城中军防名册，"若需从本县募兵，具体事宜，还请汁将军定夺。"

"我们不在此地募兵。"一名副将跪坐在耿曙身后，雍国军人与南人有明显的区别，声若洪钟，背脊挺拔，无论何时何地，俱注意端正形象，军纪严明，丝毫没有半点松懈。

耿曙抬手，示意闭嘴，答道："有什么是我们能为乡亲父老做的？"

这也是太子泷嘱咐的，让他到了嵩县之后，设法朝当地示好，以收买民心。耿曙不习惯与人绕来绕去，直接开门见山了。

宋邹侧倚在案前，想了想，笑道："还真得倚仗将军，琴川古渠日久失修，恐怕撑不得几年了，古道也有松垮，将军若闲来无事，便请帮个小忙？"

于是耿曙让宋邹开具文书，吩咐属下士兵，让他们去为嵩县修渠、修路，其间驻军一应费用，自当嵩县所供，军民鱼水，倒是其乐融融。

对 弈 局

一场雨下过，天又凉了些许。

耿曙顺利完成嵩县驻军，接管了城防，却没有干涉城内一应政务与民生运转，依旧交由宋邹打理。根据他的观察，宋邹在识人与用人一道上颇有能耐，大小事宜无须他亲力亲为，嵩县县政，一应官员自能料理。

宋邹每日尚能拨冗前来与耿曙下盘棋。耿曙敏锐地察觉到，宋邹正在以最大的诚意来认识他、了解他，至于这家伙在想什么，太子泷若在，也许还能指点一二，只凭耿曙，实在猜不到。

他的城府实在太深了。

"汁将军是哪里人？"宋邹说。

"雍人。"耿曙答道，起初他对宋邹十分提防，但发现这位县令连城防的调动安排都交给了自己后，便慢慢地放下了戒心，毕竟只要自己对他不满，再聪明的文官也敌不过刀子架在脖颈上，他没有必要朝自己玩花样。

"您不是雍人。"宋邹笑道。

耿曙道："你又知道我不是雍人了？"

宋邹岔开话题，随口道："听说将军很快就要迎娶代国公主了？听说那位公主当真是倾城倾国的大美人，还是姬家之后。"

耿曙答道："从哪儿听说的？我怎么不知道？我连未婚妻的面都没有见过。"

两人各自落子，宋邹忽然又道："属下有一件事，始终不明白。"

耿曙没有回答，片刻后也道："本将军也有一件事，始终不明白，不知道宋大人能否为我解惑？"

宋邹一笑道："将军请先说。"

说着，宋邹落子，耿曙自知棋艺压根不是宋邹的对手，这么陪自己下，宋邹已让得无法再让了。

"我不明白，"耿曙说，"嵩县百姓竟是这么期盼雍军到来。难不成，此地民生富庶、一片升平之景，俱是假象？抑或过得数月，代国便要打过来了，正四处找替死鬼顶上去开战？"

宋邹忽然大笑起来，说道："将军您开玩笑了。"

如果太子泷在此地，当会提醒耿曙，从进城至今，没有人叫过耿曙一声"殿下"。每个人对他的称呼，俱是"骑都尉将军"。而这两重身份之间微妙的区别，正象征了宋邹的微妙态度之差。

但耿曙不是太子泷，更不是姜恒，在这方面他没有心眼。

"百姓欢迎将军入城，"宋邹说道，"乃是心系大晋天子，对五年前洛阳那场大火与暗哑的天下王钟，仍有不舍。将军曾在赵将军麾下任职，将军的职位是天子亲赐，见您，便如见赵将军亲来。至于您带的是哪一国士兵，于我们而言，又有什么区别呢？"

耿曙沉默片刻，终于从中咀嚼出了某种暗示与特别的滋味。

"我猜想将军亦同样怀抱振兴晋室之念。"宋邹说，"既是如此，百姓自当欢迎，有何不对？"

"原来宋大人是这么想的。"耿曙眼里带着威胁，气氛瞬间紧张起来，"万一我没有呢？"

"没有这个念头，"宋邹说，"将军又为何出示骁骑校尉的令牌呢？还是不要拿下官开玩笑了。设若没有令牌……"

耿曙："会怎么样？"

宋邹笑道："本县军民，自当背水一战，打不过嘛，效仿天子，举火自焚罢了。"

耿曙："……"

耿曙回子，棋盘上黑白分明，自己明显已落败，不愿再下下去了。

"你就没想过，我若是假冒身份，又当如何？"耿曙说。

宋邹眼里带着笑意，答道："是真是假，这重要吗？愿意扛起这杆王旗的人，便值得天下人追随……"

"更何况，"宋邹稍稍倾身，靠近棋盘些许，端详耿曙的双眼，带着狡猾的笑意，说道，"亲眼所见之人，哪里有假？将军还记得我吗？五年前，就在洛阳。"

耿曙眉头深锁，打量宋邹，宋邹又道："那年我亲往王都述职，您就站在殿外，您穿御林卫制式皮甲，背着一个剑匣。"

耿曙倏然无话可说，更无法判断宋邹此言是真是假，及至他说出剑匣的花纹与质地时，耿曙终于相信了。

耿曙向来目中无人，想必当初匆匆一眼，见过宋邹，却早就忘了。

"您不是雍人，"宋邹神秘一笑，说，"下官很清楚。"

"我不是来为晋室伸张正义的。"耿曙沉声道，"天子已驾崩，晋的江山也完了。大争之世，有能者代之。"

宋邹笑了笑，说："我懂，我都懂，将军这些年来蛰伏敌国，实在是辛苦了。"

耿曙："……"

耿曙只想揪着宋邹的衣服，给这皮笑肉不笑的家伙一拳。宋邹却一副将耿曙当作忍辱负重的亡国之将的模样，半点也不好奇，耿曙为何成了雍国王子，反而将耿曙视为在雍国的卧底，届时只需振臂一呼，天下便当追随，匡复大晋河山。

正在耿曙不知如何分辩时，一名将领匆匆而入。

"殿下。"将领朝耿曙使了个眼色，宋邹便识趣地起身告辞。

耿曙依旧看着桌上那盘棋，明白到宋邹的实力兴许不容小觑，棋盘上尽是他攻城略地的遗迹，自己被逼退到一个角落，犹如雍国领地。

"玉璧关传来消息，"将领低声道，"郑国兵出崤山，车䢱断了咱们的后路，攻陷洛阳，曾宇将军退回关城。"

耿曙道："太子猜对了，他们果然用了这招。传令沿途伏兵，这次必须让郑国全军覆没，尝到苦头。"

第一场雪后，姜恒抱着太子灵为他准备的琴，来到了崤山关隘。

"我看不见，"姜恒说，"情况怎么样？"

这些日子，赵起始终忠诚地担任了姜恒的双眼，时刻陪在他的身边，朝他解释道："与以往一般，驻军唯余八千，这几日，风倒是很大。"

崤山下是一望无际的平原，西面远方，阴暗的天色下就是洛阳，北边更广阔的平原尽头，天际线上，则是藏身于风雪之中的玉璧关。

自古王都洛阳乃五关之中，通往北雍的玉璧关，通往郑国的崤关，东南往梁的蓝关，往西汉中、代国的剑门关，以及南面直通郓地，玉衡山下的琴关，五关林立，围起了天子王都。

"我还没来过崤山呢。"姜恒眉眼间蒙着黑布，笑道。

他的耳畔尽是风声，狂风呼呼作响，卷过崤山。

赵起在旁道："公子看模样，并未去过许多地方。"

"嗯。"姜恒约略　点头，以手杖轻点崤关上砖石铺就的关墙地面，沿着风的来处，慢慢走着。

"崤山的风、蓝关的雪、琴关的花、玉璧关的明月，"姜恒说，"常听人说，风花雪月，莫过于此。"

赵起说："此事完成后，公子便可摘下蒙眼布，好好看一看崤关了。"

赵起小心地陪侍在侧，近半个月，姜恒已习惯了当个盲人的生活，更能简单地听出脚步声。

此刻，孙英顺着关墙阶梯缓步上来，姜恒稍稍侧头，听出了风里他的脚步声。

"殿下正在听取行军汇报，"孙英说，"车将军已照着你的安排做了，不怕一万，就怕万一。"

太子灵在安排好一切后，带着孙英与姜恒离开了郑都济州，领六千御林军侍卫前往崤山。洛阳的军报流水般送到，雍国前锋将领汁淼被断去后路，曾宇退回玉璧关。汁绫率军几次强攻洛阳，无功而返，汁琮则离开落雁城，朝着玉璧关赶来。

姜恒问："梁国怎么说？"

孙英答道："他们愿意出兵，组成联军，与郑一同，陈兵玉璧关下。"

"本该如此。"姜恒说。他丝毫不怀疑梁国的诚意，毕竟雍国一旦入中原，假以时日，梁国告破，再被瓜分，就是板上钉钉的事。

"代国的反应，也被你料中了。"孙英说，"他们正在观望，并未打算出手，协助雍国。"

"合情合理。"姜恒稍稍侧过头，朝向风来处的方向，说道，"代、雍二国联盟未成，代武王需要汁琮朝他证明实力。再迟数月，公主嫁到落雁后，就是另一回事了。"

孙英提着剑，笑吟吟地端详姜恒。

"罗先生。"孙英说。

姜恒再侧过头，朝向孙英。

"你在沧山海阁门下，学艺几年了？"孙英道。

姜恒淡淡地道："孙先生何故有此一问？"

孙英说："看你模样，不过年仅十六七，都道鬼师门下有驻颜之术，甚至返老还童的秘诀，以罗先生才学，实在不像这个年纪。莫非您已年逾古稀不成？"

姜恒笑道："我若当真已有这年岁，你觉得我会答应太子殿下的请求吗？"

"那倒是的，"孙英道，"人都是这般，越老就越惜命。"

孙英一抖手中长剑，说道："练练剑罢？平日里练得如何了？"

姜恒将手杖交给赵起，斜面孙英，沉吟不语。

"喂，"孙英见姜恒不与他正面朝向，说，"我在这儿呢。"

"我知道。"姜恒的声音在风里几不可闻，孙英的身体却早已动了，持剑朝姜恒扑来！

犹如飞鹰展翅，一蹴而就，犹如蜂鸟振翅，化作漫天幻影。姜恒侧身，手腕一抖，速度竟比孙英更快，手腕上绕指柔犹如飞练，"唰"一声笔直展开，直指孙英咽喉！

孙英霎时猛刹，险些被那一剑刺穿，大声喝彩。

赵起退到一旁，观察姜恒与孙英练剑，十五天里，姜恒重新熟悉了绕指柔，渐渐化攻为守，孙英换了不止一个方向扑来，都被姜恒一剑轻松化解。

但也正因如此，姜恒难以追杀逃开的孙英。

孙英最终收剑，额上满是汗水。方才强攻姜恒四十七式，能完全避开他石破天惊一招的，不过寥寥五次，这还是早知姜恒手中有利刃在，换作毫无防备者，绝对够了。

"殿下。"姜恒忽然道。

太子灵来到两人身边，目睹了全程，一手按在姜恒的腕上，将绕指柔解了下来，递给赵起，吩咐道："送到公孙先生药房中去。"

赵起应了声。

太子灵说："汴琮回信了，愿意与咱们和谈。"

和 谈 议

汴琮尚未收到前线军报时，已赶到了玉璧关，看到郑国送来的书信，便漫不经心地道："计赵灵来就是，十三年了，也该好好谈谈了。"

这场突袭之战，乃是太子泷与耿曙四年学成后，第一次配合，他有信心，自己的两个儿子，在这场战役中能扬名天下。他汴琮的儿子，与耿渊的儿子，从生下来就该当兄弟，彼此照顾，成为大雍一统天下的王旗与利剑。

郑国大将车佺的出兵全在他意料之中，子间死后，郑国再没有智将，只有勇将。而单靠勇武是打不了胜仗的。

全部的计划，只有三个人知道——耿曙、太子泷与汴琮。他们并未将所有的兵马都驻留在嵩县，相当一部分士兵被留在了洛阳城外。只要车侩接手洛阳，他们即将朝车侩展开围攻，再一次攻陷洛阳。

而军报来到的时候，太子灵正在玉璧关，与自己展开谈判。

相当完美。汁琮吩咐道："按他们的要求，将咱们的士兵撤到关前，留下关墙，以做谈判之地。"

姜恒坐在王车之中，抱着他的琴，身边坐着赵起。

赵起说："公子，今天落日前，便可抵达玉璧关下。"

姜恒说："玉璧关是什么样的呢？"

赵起沉默片刻，说："回禀公子，属下没有去过。"

姜恒点了点头，赵起说："以后总有机会，去亲眼看看的。"

姜恒笑了起来，虽已入冬，但他的笑容像花一般，让马车内带着一股暖意。

赵起忍不住道："公子。"

"什么？"姜恒稍稍侧头，朝向赵起。

赵起想了又想，说："公子是不是觉得，若刺杀失手了，就再也不能回来了？"

姜恒有点意外，而后明白赵起之意，答道："不，这对我来说不重要，当真不重要。"

那天夜里，姜恒终于想明白了许多事，也许自从耿曙死后，自己世上的最后一位亲人离开，他就看开了。那些期待与信念，不过都是自欺欺人，所谓在世的意义，亦是镜花水月一场。

活着没有念想了，就给自己随便找一个，是什么，那不重要。是不是必须完成，也不重要。

"什么不重要？"赵起问。

姜恒摇摇头，岔开了话题，说："我只是在想，当初耿渊之决绝，较我更甚，刺瞎了自己的双目，前往安阳蛰伏多年。只不知，他是否动摇过呢？"

赵起说："我想，也许没有罢。"

姜恒又说："他最后自刎了，可我听人说，以他的武艺，琴鸣天下后，他本可逃掉。"

赵起说:"耿渊生前为天下第一刺客,武艺更在项州等人之上,想来是可以的。"

姜恒轻轻地说:"为什么呢?"

赵起没有回答。

姜恒说:"有人说,自刎是以偿毕颉。我倒是觉得,他生前的知己……汴琅已不在人世,对他而言,再没有人听得懂他的琴声,活着也没什么意思了罢。"

"公子。"赵起的声音忽然变得沉重起来。

姜恒轻轻地"嗯"了声,但就在这个时候,车停了下来,打断了他与赵起的对话。

"到了。"孙英在车外说。

赵起没有再跟在姜恒身边,躬身道:"公子,若您不能回来,赵起当与您……"

"不,不!"姜恒听到这话时,马上说,"赵起,你的一生还很长,不必如此。"

赵起说:"太子殿下让属下追随公子……"

姜恒一听便知赵起言下之意,如果自己刺杀失败,反被汴琮处死,赵起将自绝以殉葬,但他绝不会让这样的事发生。

"殿下呢?"姜恒的声音变得严峻起来,说道,"待殿下过来,我有话朝他说,赵起,不要开口。"

太子灵匆匆赶到,问道:"怎么?"

姜恒笑着 指起,朝太子灵说:"我将他还给您了,殿下,您须得好好待他。赵起,我走了,这些日子里,谢谢你的照料,海角天涯,盼有再会之时。"

赵起颤声道:"公子。"

太子灵道:"既是如此,你就回去罢,莫要辜负了先生的心。"

赵起单膝跪地,在风雪里,众侍卫围上来,前方玉璧关敲响镇关之钟,关门缓慢升起,赵起抬头,目送太子灵、姜恒与孙英消失在风雪中。

姜恒入关后换了车,这次是孙英陪伴在他的身边,仆人的身份换了,换成孙英，而根据他们的设计，孙英是姜家的仆人，保护姜恒多年。

太子灵则在另一辆车内。御林军进关，驻扎在南关墙之下，与此同时，雍军则退出关前，到北关墙下扎营。

双方让出了关城高处一带，供太子灵与汴琮举行会谈。

汴琮站在关墙高处朝下眺望，剥着手中松果，咀嚼着炒松子。

曾宇低声道："太子灵还带来了两个人，来历不明，怕是刺客。"

"耿渊死后，"汴琮说，"天下再没有人能刺杀得了我，让他们统统上来就是，太子灵也不像这等蠢人。"

翌日，玉璧关关墙高处，雍国王旗猎猎飞扬。

"郑太子灵见雍王——"

钟鼓齐鸣，通传毕，太子灵走进厅内，孙英扶着姜恒来到厅中，坐下。

姜恒面前一片黑暗，只感觉四面八方一片寂静，外头只有下雪的沙沙作响。

他平生第一次听见了汴琮的声音。

"你让我想起了一个人。"汴琮说。

接着，姜恒耳畔又响起了太子灵亲切的话语。

太子灵解下外袍，淡淡地道："都道我长得像他。"

孙英把琴放在姜恒面前，姜恒轻轻抬起手，按在琴弦上，他的手很稳，手腕上缠着淬过剧毒的绕指柔。出发前，公孙武告诉他，这毒并非见血封喉，但只要入体，那人便将痛苦万分，全身腐烂，三个月后，将慢慢死去。

这是太子灵予以汴琮最合适的待遇，也是关南四国赠送给汴氏兄弟最好的回礼。

汴琮想了想，说："你不像子间。"

太子灵一笑道："像谁呢？"

汴琮叹了口气，端详太子灵，想了想，说："罢了，没有谁。你竟愿意亲身前来和谈，倒是大出我的意料，就不怕回不去？"

汴琮自从姜恒进来，便时时打量着他，不明白太子灵为何会带来一名琴师，难不成要以牙还牙，让这孩子借奏琴之名刺杀自己？这也太幼稚了。

但他自始至终没有提问，就当那孩子不存在。

太子灵笑道："哪怕回不去，也自然有人带领大郑，迎来新的崛起，雍王大可不必替我担忧。"

汁琮笑了起来，说："都道郑人是不怕死的，倒是我多虑了，既是如此，喝点酒如何？"

太子灵欣然点头，汁琮手下于是斟上烈酒。孙英与姜恒在旁，始终缄默不言。

太子灵说："军报到了不曾？雍王可知前线军情？"

汁琮饮过数杯，仿佛在等待着什么，末了，忽道："军报？今天前来，想必是来算旧账的了。"

太子灵答道："非也，若想算旧账，说不得不会只带这点人。"

汁琮笑了起来，说："说罢，此次本国出兵，并未进扰你郑境一草一木，如此大张旗鼓，陷了本王个措手不及，倒不像你的行事作风。"

太子灵自若，啜了一口酒，道："雍王过誉，现在想必嵩县已成孤地，玉璧关鞭长莫及，难以救援，贵国王子汁森的兵马就此被困在了中原腹地。若本国与梁国联军……"

汁琮忽然哈哈大笑，道："本王还不至于这么蠢，太子灵，你将我当作愚民村夫不成？说罢，你究竟想要什么？"

太子灵沉吟片刻，而后道："不知汁氏与代国的亲事，进行到哪一步了？"

汁琮懒懒地答道："尚未过门。"

太子灵说："代武王退位在即，雍国显然选错了盟友。"

汁琮一笑，没有看太子灵，依旧低头剥着他的松子，扔进嘴里，随口道："那么赵灵你觉得，谁才是最好的盟友呢？"

太子灵没有回答，把话说到这份上，已经足够了。

厅内沉默良久，只有汁琮捏开松子的轻响。

许久后，汁琮说道："今天若是你老子，带着龙于亲自来，孤王说不定还会认真考虑。"

太子灵一笑置之。

汁琮又说："设若你在来前问过你老子与干娘，便该知道，我汁琮需要中原的盟友，却必须是朋友，对我毫无二心。想拿我儿子的性命来要挟我，是行不通的。你走罢，我不取你性命，赵灵，你太小了，回去还有几年可活，珍惜自己的性命罢。"

太子灵似乎早知会得到如此回答，想了想，叹了口气，说道："我给你机会了，汴琮。"

"你不甘心，是不是？"汴琮嘴角现出笑容，虽已年过四旬，却依旧英俊而迷人，带着摄人心魄的邪气，"也罢，你再等等？"

就在此刻，厅外传令兵快步进入。

"报——"传令兵单膝跪地，"汴森大将军奇兵，于三日前大破洛阳！重夺王都！"

厅内再次安静下来。

汴琮扬眉，朝太子灵示意。

"赵灵，还有什么话说？"汴琮问道。

太子灵没有回答，沉默片刻，目光转向孙英。

孙英点了点头，从背后动了动姜恒，姜恒却始终没有行动，只因他知道，这还不是结果。

汴琮眉头微微地皱了起来，说："从一开始，孤王就想问，你带来的……"

话音突然被又一声"报——"截断。

第二名传令兵快步冲进，只与先前那人相差了不到半盏茶时间，单膝跪地，脸上满是血迹，一脸惶恐。

太子灵淡淡地道："需要回避吗？"

汴琮的脸色霎时变了。

那士兵看看太子灵，再看汴琮。

"我替你说了罢？"太子灵眼里带着笑意。

汴琮的声音带着杀气，沉声道："报来。"

那传令兵只得当众道："汴森将军……受到敌方将领车倥……于灵山下埋伏，再失洛阳。将军正收拢残兵，撤……撤回……玉璧关。"

两名传令兵先后赶到，仿佛让众人看见了三天前王都洛阳一场激战的经过，两次奇兵，接连翻盘，局势逆转只发生在瞬息之间。

汁琮当即知道，对方比自己多走了一步棋，而这步棋至关重要。

现在他相信，太子灵是真真正正前来结盟的了。

故人子

不幸中的万幸，耿曙没有遭到伏击而丧命，伤亡统计尚未得出，但以耿曙带兵的方式，这场伏击绝不至于惨败，只要成功撤回玉璧关，再次反攻洛阳，要拿下仍不难。

关键在于，有没有与太子灵谈判的必要？

汁琮陷入了骑虎难下的局面。

"王可以再仔细想想。"太子灵认真地说，"若不介意，我等愿在玉璧关再盘桓数日，想来雍王不介意。"

太子灵正想起身，汁琮的声音却变得冷酷了许多。

"慢着，"汁琮沉声道，"你还有什么话，一次说完。"

汁琮不愧为一国之君，拿得起，放得下，一时的落败算不得什么，雍军实力尚在，郑国侥幸靠运气与阴谋赢了一场，却依旧不敌大雍。两国交兵，战术不过是其中一个因素，更多的依旧是国力、财力，以及人的比拼。

自从赵子间死后，郑国国力每况愈下，属于东海之滨最辉煌的时代已过去，汁琮有信心，且认为郑国从来就不是自己南征之路上最大的敌人。

太子灵说道："雍国出关后，本国将退兵回崤山，两国签订合约，以黄河为界。"

汁琮等到了意料之中的回答，却没有正面答复太子灵。

太子灵展开手中地图，站在汁琮身后的曾宇顿时上前一步。

图中没有闪光的匕首。

太子灵将地图一抖，说道："黄河以北，安阳、济州等北中原七城，连同天下王都洛阳，归于雍。南方照水，连同嵩县、玉衡山，黄河以南的南中原十二城，归郑。"

汁琮蓦然发出张狂的大笑，点点头道："有意思，你还要嵩县？"

太子灵说："嵩县古来无主之地，郑国愿意为雍守此咽喉关隘。更何况，雍王，您哪怕将梁国全境拿到手，也吃不下。届时贵国将面对郢地的水军，目前看来，北雍不具备在长江作战的能力，何必呢？"

水军向来是雍的弱项，雍国自建国百余年来，就从来未曾训练过水军。太子灵显然看准了这点，让汁琮不得不交出长江一带的防线。否则越过黄河后还有长江，雍国打下梁地后，必须花至少十年时间消化，才能开始对南方用兵。

"我大雍兵发玉璧关，你郑国反而捡了个大便宜，得到了梁国最肥沃的土地，这笔买卖当真划算。我倒是还想问问，除此以外，"汁琮说，"你还愿意给我什么？"

太子灵说："我还给您带了一个人，您一定需要。"

姜恒旁听了足足一个时辰，而这个关键的时间点，终于来了。

汁琮已不知不觉彻底踏入了太子灵的陷阱，这个时候，任谁也没有想到，郑国根本没有丝毫议和的打算，他们真正的意图，是取他的性命。

姜恒一拨弦，以做回应，"咚"的一声。

琴响，拨弦之声极其轻微，那一声却仿佛穿透了玉璧关两千年厚重的关墙，穿透了神州的土地，犹若无形之物荡了开去，横扫过苍穹、群山与大地。

就像一把古琴，在沉寂了十三年后，再次朝着世间昭告，有一个人回来了。

汁琮正要开口，蓦然想起了什么，面现震惊神色。

"今夕何夕兮搴洲中流……"

"今日何日兮得与王子同舟……"

姜恒只唱了这两句，少年带着少许暗哑的声音，最终渐不可闻。

厅内再次静谧，汁琮想到了什么，脸上带着诧异之色，迈步而下，走向姜恒。

太子灵亦起身，离开座席，走到厅前，背对汁琮，朗声道："我知道雍王这些年来一直在找他，具体经过，还是让他们自己说罢。"

"孩子，"汁琮喃喃地道，"你是谁？"

姜恒沉默，一手轻轻按在弦上，没有回答汁琮。

"我叫孙英，我来替他回答罢，"孙英这个时候开口道，"雍王。"

"我问的是他！"汁琮厉声道，"他会说话！"

姜恒却始终不答，稍稍低下头，充满不安，躲避着汁琮的目光。

汁琮等不到姜恒的回答，孙英却打破了沉默，说："四年前，一位姓姜的夫人，将他托付于我……"

"孩子，你叫什么名字？"汁琮颤声道。

姜恒终于开口，低声答道："我叫姜恒，王陛下。"

"嗡"的一声，汁琮瞬间天旋地转，颤声道："你是……恒儿？"

听到这话时，太子灵脸上瞬间出现了疑惑，竭力控制自己不要转头。

汁琮快步来到姜恒面前，然而下一刻，曾宇却在这千钧一发之际，握住了汁琮的手腕。

"陛下，"曾宇低声说，"当心点。"

就像排山倒海的巨浪一瞬间瓦解、飘零，化作无数水花，本该划过夜空的那一道雷霆悄无声息地散入黑暗。

姜恒、孙英、太子灵三人，各自握紧的手心内满是汗水，心中一声低叹。

汁琮深深呼吸，眼里竟流露出慌张神色，这种慌张，多年来只出现过三次。一次在兄长死之时；第二次，则是面对耿曙那夺命一匕。

"带他下去，"汁琮最后说，"好生照顾。太子灵，孤王答应你，会认真考虑你的提议。"

太子灵等到了一个意料之外的回答，沉吟片刻，却没有坚持，这个时候再出手，已错过了最佳时机，只得点了点头。

"走罢。"孙英低声道，把一手按在姜恒的肩上。

这是先前约好的解除刺杀的暗号，一切都结束了。

太子灵离开关楼的会客厅外时，转头看了一眼，战败的雍军正在陆陆续续地入关，其中一名青年身穿黑色战铠，披风飞扬而来。

是夜。

耿曙收兵回来，早在三天前，传令兵出发的两个时辰后，耿曙便果断认输，全军撤出灵山，放弃洛阳以南沿线，回往玉璧关。

认输并不可耻，受到伏击时，比起愚蠢地发起决战不死不休而言，显然征服中原是长久之计，而保存实力才是最重要的。郑军不可能长期占据洛阳，否则崤山守卫空虚，一旦被攻破，济州不保，耿曙有把握，只要等待三个月，郑军必退。

但败军之将，依旧得接受惩罚，败了就是败了，没有借口。

"我回来了。"耿曙说，"我输了，请父王责罚。"

汁琮正心神不定时，耿曙的铩羽而归提醒了他，雍军又打了败仗。五年前在灵山吃了一场败仗，时隔五年再出关，依旧在同样的地方遭受埋伏，吃了败仗。

灵山峡谷里就像有姬珣与赵竭的鬼魂，经年不散，但凡有人经过，都将激起他们的怒火，对任何一国的兵员大开杀戒。

"这次误判，"汁琮收摄念头，沉声道，"有一半的责任在泷儿身上。"

耿曙沉声道："是我的错，我没有认真观察，想不到车悰会将主力部队留在灵山。我害死了无辜的将士，愿降职受罚。"

汁琮叹了口气，没有再说什么，末了，只道："你俩还是太年轻了。"

这话比直接处罚耿曙来得更狠，毕竟四年来，汁琮从未朝他说过半句重话，耿曙也从未让他失望过，关外的几次远征与大战，他都获得了完胜。

"这样也好，"汁琮想了想，认真地道，"关内的敌人，与关外的不一样，你们必须认真对待，提前让你吃个败仗，总比全军覆没来得好。"

耿曙没有回答，跪在汁琮身前，汁琮居高临下地看着他，嘴唇动了动。

"起来罢，"汁琮说，"我儿，也不能全怪你。"

耿曙起身，汁琮吩咐道："下去歇着，待武英公主赶到，令她驻守玉璧关，父王亲自出兵，带你去决战。你们的思路不错，郑国没有几个能打仗的，这一次只要将车悰堵在洛阳，尽歼敌军，郑国至少十年之内，再出不了崤关。"

耿曙说道："我听说，太子灵亲自来谈判了。"

汁琮"嗯"了声。

耿曙知道汁琮的心情不好，便没有再问下去，识趣地退了出去。

"我儿。"汁琮忽然道。

耿曙马上转身，面对这养育了他四年、给予他众生梦寐以求的一切的养父。

汁琮看着耿曙的双眼，仿佛想从中找到故人的影子。

"没什么。"汁琮又改变了主意，说道，"去罢。"

耿曙说："父王？"

汁琮摆摆手，低声道："我累了。"

耿曙十分意外，却没有坚持，退出了房外。

他看见了郑国驻扎在关前的八千御林军，也听见了属下告诉他，今天太子灵带着两个人，前来与父亲谈判。想必内容有关梁国，有关中原。

但今天的汁琮显得很不一样，他似乎老了，又似乎有什么疑虑。

他走过关墙，玉璧关今夜一轮圆月，银辉万里，就像他第一天来到此处，并以一把匕首刺杀汁琮的那个夜晚。

这个时候，他该回到军营里去，与他的士兵们待在一起。但耿曙想独自静一静，反思他因骄傲而输掉的洛阳之战。他分明应该知道，灵山峡谷适合埋伏，自己就在那里埋伏过，为什么不仔细观察，派出斥候，再三检查？

原因无他，太子泷提前料到了洛阳的前半部分局势，他们都被这神机妙算冲昏了头，只想马上收获胜利，最终才有一败。

父亲说得不错，他们还是太年轻，年轻便气盛，气盛，就容易轻敌。他们没有把强者放在眼里，也没想过，关内的敌人与关外的对手不同。

雍军曾经的驰骋塞外，无一合之敌，并无值得骄傲之处——那些都是不通计谋的蛮于，兵书上随便拣出几条，便能将他们打得落花流水。

从今往后，不可再轻敌。

耿曙这么想着，又回忆起了城墙上，远远一瞥看见的那青年，想必就是太子灵了。敢孤身前来万军中谈判，胆子不小，而太子灵的叔父，昔年死在了自己父亲耿渊的手下。耿家与中原所有的国君，都有着刻骨铭心、不共戴天的仇恨。

这个时候，他看见城墙上出现了一个黑影。

那是汁琮，汁琮带着曾宇，绕过城墙，前往西侧的角楼。

耿曙稍稍皱眉，看着他们在城墙上移动。

角楼客房内，姜恒轻轻拨了几下弦，断断续续的不成调子。孙英则站在窗前，往下眺望。

"怎么说？"姜恒道。

"玉璧关两侧全是平原，"孙英说，"下面有条护城河，朝向咱们的一侧守备森严，朝北，他们的方向，士兵则很少。"

姜恒："嗯。"

孙英答道："殿下吩咐，但凡找到机会，能动手还是动手。我侦察过附近地形，你可以随时从这扇窗跳下去……"

孙英推开窗户朝下看，说道："河水虽已结冰，却很薄，坠入护城河中后，我会马上去救你。"

姜恒轻轻地说："好的。"

两人沉默片刻，孙英忽然道："罗先生，你是不是觉得自己一定会死？"

姜恒笑道："孙先生觉得呢？"

孙英叹了口气，答道："实话说罢，你不会死，死的人，应当是我才对。出发前，太子殿下就与我说好了，这是场一命换一命的交易。你一定会活着回去。"

姜恒听懂了，提出刺杀计划的人，是孙英。但他无法假扮耿渊之子，只能借他人之手。而孙英才是真正做好了必死准备的那个人，他将在刺杀发动后，想尽一切办法救走姜恒。

"所以，"孙英说，"罗先生，稍微认真点好吗？"

姜恒说："我一直很认真，孙先生，不在意生死，是因为我真的不害怕，并非临阵畏缩。今夜他一定会来见我一面，我必须尽快杀他，否则他不会让你们轻易回去。你得设法去保护太子殿下，而不是我。"

孙英说："我虽不愿承认，可是罗先生，每次都被你料中了。"

姜恒沉吟，答道："而若我所料不差，汁淼归来后，汁琮将发兵再取洛阳，届时说不定要提着车倥的人头，前来继续谈判。"

孙英说："车倥打了这么多年的仗，你别太小看他。"

姜恒说："与汁淼打仗，和与汁琮打仗，是两回事，希望他能知趣撤走罢。”

孙英说："没有殿下的命令，他不会走的。"

姜恒轻轻叹了口气，说："那咱们可就麻烦了，我好歹还有个冒牌货身份，汁琮会将我带到落雁，将我当作耿渊的儿子抚养，你俩只怕得人头落地。"

孙英吊儿郎当地笑道："想杀我也没这么容易，哪怕死了也不打紧。罗先生不妨在他身边蛰伏个十年，届时找到机会，一剑将他捅了，替我俩报仇，也就是了。"

姜恒不再说话，这时候，外头传来脚步声。

汁琮最后朝曾宇低声说道："谁也别告诉，包括王儿。"

"是。"曾宇忠实地执行了汁琮的吩咐，从今天太子灵带人来谈判，到将他们分开看守，没有任何人听到任何风声。

当然，他也不会问，汁琮为什么要把此人藏起来，不让耿曙得知。

"去救太子殿下，"姜恒最后朝孙英轻轻地说道，"我准备动手了。"

孙英："……"

紧接着，汁琮在姜恒房门外停下脚步，推开了他的那道命运之门。

蚀 骨 毒

姜恒一手放在琴上，背对房门，孙英为他将黑布蒙上，像是刚换过药。

"你出去。"汁琮说。

孙英镇定地道："我受姜夫人所托，无论何时何地，必须照顾姜公子。"

汁琮说："你的使命结束了，出去罢，从今往后，我将待他视如己出，像待我王儿一般地待他。"

孙英没有回答，也没有动，姜恒把手放在孙英膝上，轻轻拍了拍，说道："去罢，我能照顾好自己，记得我说的，孙先生。"

孙英手心里已满是汗，姜恒用力一握他的手腕，让他马上带着太子灵逃离玉璧关。

姜恒最担心的不是自己与孙英，而是太子灵，太子灵想必不擅武艺，他才是最需要保护的那个。但太子灵此来，亦是抱着必死之念，若他被雍国扣下，甚至被杀，他的王子将成为下一任太子，而老郑王将回朝主政。

现在，只希望孙英能顺利带着太子灵逃脱，而姜恒则摸清了关城上的道路，只要能将汁琮刺死当场，从窗户逃出去，外头至少要在半个时辰后才发现情况不对。

届时就看他的运气了。

汁琮站在姜恒身后，说道："你不像他，不像耿渊。"

姜恒低声道："他生前，与你是不是很要好的朋友？"

汁琮在一旁坐下，端详姜恒，距离他不过三步。

汁琮忽然道："你反而让我想起了另一个人。"

姜恒稍稍侧头，说："娘？"

汁琮说道："你的小姨。"

姜恒脸上现出少许意外之色，嘴角略一翘，汁琮却怔怔地看着姜恒那蒙眼布下的半张脸。

姜恒说："太子灵殿下说，你不一定会相信是我。"

"是你，"汁琮低声道，"我知道是。除了你，不会有人告诉我，他叫恒儿。"

"你知道我的名字？"这下轮到姜恒诧异了，汁琮从何得知？

"是的。"汁琮说，"恒儿，听到这个名字时，我就知道是你。"

姜恒发着抖，摸向汁琮，汁琮别过脸去，眼里带着泪水，哽咽着道："你为什么瞎了？这一路上，究竟发生了什么？"

"我……"姜恒摸了个空，两手按着地面，低声道，"我家起了一场大火……我还有个哥哥……可是他死了，娘后来……也死了，我不知道该找谁去……我去了郑国，太子灵刺瞎了我的双眼，他说我爹杀了他爹，拿走我的眼睛，权当报他杀父之仇，才答应带我来……见你。"

汁琮终于握住了姜恒的手，将他拉向自己，轻轻地抱着他，低声道："孩子，对不起，你在这世上吃的苦，实在太多了……"

姜恒万万没想到，汁琮在这个时候，竟会将自己抱在怀中，突如其来的温暖，瞬间让他脑海中"嗡"的一声，甚至差点忘了自己要做什么。

汁琮忍着泪，说："我欠你爹的，实在太多了，孩子……对不起……"

他一手抱着姜恒，另一手，则从身后慢慢地抽出了一把匕首。

但下一刻，汁琮忽然意识到，他把这一切都想得太简单了。这是他自己酿下的恶果，而重重选择与疑虑，将他引到了这条死胡同上。

姜恒抖开手腕上的剑，只在那短短的一瞬间，汁琮全无防备，生死的本能让他下意识地推开姜恒。

"该说对不起的人是我。"姜恒嘴唇微动，低声道。

汁琮一脚蹬上案几，借力后退。

绕指柔出，化作闪烁着夜色的白练疾射出去，最终只差那半寸之遥，悄无声息，刺进了汁琮的腹部。

汁琮当即被捅了个对穿，难以置信地低头看，绕指柔一瞬间又被姜恒收了回去，随之而来的，则是汁琮腹中喷发而出、铺天盖地的血液。

汁琮发出一声疯狂的咆哮，姜恒将剑收回，一个踉跄，摸向房内窗边。

霎时间门被撞开，曾宇怒吼道："有刺客！"

匕首"当啷"落地。

耿曙在关墙前听见曾宇大喊，瞬间飞奔上关墙，一个翻身来到角楼客房外，随之破门而入，冲进房中。

姜恒一刺得手，曾宇追上，两人换了一剑，阻得一阻。

姜恒正摸到窗沿，翻丁出去，耿曙入门却一飞身，先是捞到一个烛台扔来，那一式用尽了他平生十成修为，砸在姜恒的后脑上，发出一声闷响。

姜恒一脚踏空，从万丈窗门上，朝玉璧关下摔了下去。

耿曙抓住帘帷，内劲所到，帘帷卷成一股，缠住姜恒的脖颈。姜恒飞跃出房的刹那，脖子顿时被收紧，当即整个人悬挂在半空中，两脚不住乱蹬，双手抓住脖上的帘帷！

"父王！"耿曙吼道。

姜恒眉眼间蒙着黑布，放弃了抵抗，被吊在了窗台外。

很久以前，他的世界就是一片黑暗。但在这个时候，他心想，今夜的玉璧关，月亮一定很漂亮。

耿曙任凭那帘帷缠在窗前，吊着刺客，转身扑向汴琼。汴琼腹部已渗出大量的血来，曾宇马上用布为他按着，吼道："传军医！军医！"

耿曙不住地喘息，汴琼嘴唇颤抖，说："把……那刺客……杀了，现在就去……别……留他性命。"

耿曙转头，汴琼已闭上双眼，陷入昏迷。

"不。"耿曙低头，看了眼汴琼的伤口，喃喃地道，"剑上有毒，剑上有毒——！去抓太子灵！曾宇！让人把太子灵抓起来！找他们要解药！"

外头瞬间一阵喧哗，有人开始大喊。

"汴琼死了——"

曾宇道："殿下！您得去指挥作战！快！"

这个时候，耿曙必须去迎战，否则玉璧关一旦被攻陷，后果不堪设想。

太子灵在最后关头，于孙英的保护下逃了出去，郑军得到命令，倏然朝雍军开战。雍军顿时措手不及，关内瞬间成为血流遍地的战场。

"汴琼死定了。"太子灵翻身上马，远远地看着玉璧关内的战斗与火光，如果汴琼没有中剑，雍军不可能如此慌乱，汴琼一定会亲自现身指挥。

"他没有逃出来，"孙英从约定的护城河处快步而来，"怎么办？回去救他？"

"不需要，只要逃不出来，就救不得他。"太子灵说，"回头准备一份假的解药，去换人，趁机再偷出罗恒，不能让他死，只要逃过这一劫，他就是我的人了。"

说毕，太子灵又道："传令洛阳，将车倥撤回来，召集梁军会合，准备强攻玉璧关。"

雍军很快就抢回了主场，郑军明显无心恋战，只搅了一夜的浑水，便匆忙退去。而天明时分携着雍人主力部队，抵达玉璧关的，还有太子泷的茫然。

"汴泷，怎么是你？"耿曙站在书房中，难以置信地道。

太子泷道："姑姑正在行军，我担心你，就亲自率军来了。关城里怎么这么乱？发生了什么事？"

耿曙没有回答，饶是他向来镇定，一时也慌张起来。

太子泷上前，焦急地道："哥，你没事罢？我听说洛阳又被夺回去了，你没受伤罢？让我看看……"

耿曙朝他道："爹要死了。"

太子泷霎时天旋地转，呆呆地道："你说什么？爹？怎么会？"

耿曙睁大双眼，看着太子泷直喘气，武英公主还在发兵增援的路上，太子泷却因担心耿曙吃了败仗，先带着部分援军抵达玉璧关。

出玉璧关的行动，乃是大雍举国动员之计，太子泷将朝廷托付于管魏，就这么冒冒失失地赶来，没想到，抵达的一刻，却听见了汁琮被刺的噩耗。

汁琮此刻躺在榻上，血止住了。

绕指柔在他腹部留下了一个灰黑的创口，毒素正朝他的全身缓慢蔓延。他的眼窝深陷，出着汗，浸湿了全身，并发起高烧。

"哥哥……"汁琮喃喃地道。

太子泷看见汁琮时，充满恐惧，一切来得太突然了，就连耿曙也无法相信，眼前的这一切竟会在此刻上演。

他总觉得汁琮是不会死的，甚至不可能受伤，他会高坐在朝堂上许多年，威风凛凛，直到老去，在某个深夜里悄无声息地撒手人寰。绝非中了刺客如此一剑，死得毫无体面可言，嘴唇发抖，脸颊凹陷，不住咳嗽，就像个垂死的老人。

这种死法，蓦然让太子泷生出了近乎绝望的情绪。

"父王？！"太子泷道，"父王！"

"他中了毒，"耿曙转身，低头看盘上捧出来的剑，说，"剑上淬有剧毒。"

军医全部来看过，却俱对此毒束手无策。

耿曙说："那刺客说不定有解药，幸亏我一念之差，没有杀他。"

太子泷发着抖，不知所措，朝耿曙说："就算有……他会为爹解毒吗？"

"别哭，"耿曙说，"还没到哭的时候。泷儿，弟弟，相信我，侍卫们正朝他用刑，说不定有办法。"

太子泷抱着父亲那半死不活的躯体，忍着眼泪，竭力点头。

耿曙摘下玉玦，递给太子泷。

"把它并在一起，"耿曙低声说，"朝它许个愿望，星玉就是天上的流星，一定……一定会保佑咱们。"

太子泷接过，耿曙又把他紧紧抱在怀中，用力摸了摸他的头。

囚室内，姜恒已呕了三次血，意识处于弥留之际，然而透彻心扉的剧痛，却一次又一次将他拖回现世。

他的手指依次被钉入木签，每钉一根时，身前便有人问："解药在哪里？"

姜恒答道："无药可解……准备后事罢。"

"解药在哪里？！"曾宇怒吼道。

姜恒侧着头，两手被按在铁砧上，一名侍卫开始准备用铁锤击打他的手指。

忽然间，整个世界都静了下来。

他听见那拷问自己的将领说道："殿下？"

接着，狱卒放开了他的双手，他便一头"咚"地撞在地上，身体不住地抽搐。

姜恒在那一片黑暗里，看见了浔东的高墙，那年他站在墙上，展开手臂，小心翼翼地顺着墙顶，缓慢走去。

春风吹来，墙外满是欢笑，河边的柳树一片翠绿，欣欣向荣。

他看见了耿曙的背影，他已绕过高墙，几步跳上屋顶。

姜恒笑着喊道："哥！等等我！"

耿曙转身，不耐烦地看着他。

"我们来做笔买卖，"耿曙单膝跪地，揪着姜恒的头发，让他抬起头，低声在他耳畔，危险地说道，"把解药交出来，我就饶你不死。"

耿曙的声音充满仇恨，仿佛随时要将姜恒撕成碎片，千刀万剐。

最后的意识已离开了姜恒的身体，他只是无意识地，反复说着一句话。

"哥，等等我……"

姜恒正在黑暗中不断下坠，一切都结束了，他将在桃花绽放之处，与母亲、卫婆、耿曙、父亲……那些来到他身边，却又离开的人再次相逢。

　　耿曙忽然停下动作，怔怔地看着姜恒的脸。

　　他抬起手指，轻轻抚过姜恒的脸颊，拨开他的额发。

　　姜恒浑身无力，滑落在耿曙怀里。

　　耿曙发着抖，解开姜恒胸前满是鲜血的里衣。随着那动作，耿曙手腕的颤抖越发激烈，到得最后，甚至哆嗦起来。

　　耿曙撩起姜恒腰间的里衣，借着囚室外的晨光，低头看去。

　　一道被烈火烫过，并永远留在他们彼此生命中的疤痕，仿佛天空中明灭不定的火焰。

　　正如划过天际的流火余烬，照耀这离鸿之晨。

卷三

雁落平沙

城门高处，那口晋天子赐予汁氏王族的

古钟响起轰鸣，今夕何夕，王子归国。

回 天 丹

玉璧关前，大雪飞扬。

一骑穿过关隘外的密林，扬起漫天雪粉，绝尘而去。

耿曙纵马疾驰，用尽他平生的所有气力。

他剧烈地喘息着，天地间一片静谧，只剩下他的心跳声，以及身前那软绵绵的身躯。

五年前，他以为自己已经死了，被埋在了灵山积雪下的坟墓里。但就在这一天，黑暗的世界里忽而投入了一道炽烈的光，彻底唤醒了他，把他从坟墓里毫不留情地拖了出来——

无情地鞭笞着他的灵魂！

面朝那刺眼的阳光，他又活过来了，一切来得如此令人震撼，痛楚是如此强烈、如此令人不知所措！

"恒儿……恒儿……"耿曙翻来覆去，口中只有这两个字，"恒儿……"

姜恒听不见耿曙的声音，他被毯子紧紧裹着，依偎在耿曙身前。

耿曙把他紧紧地搂在自己怀中，只祈求自己的命，能借由心跳的传递，分与他一些，伴随他支撑过去这最艰难的时刻。

"恒儿……"

耿曙的泪水落在毯上，凝结成冰碎。

"我们就快到了，"耿曙发着抖，说，"就快到了，你会好的！你会好的！驾！"

天蒙蒙亮时，耿曙便不顾一切带着姜恒冲出了玉璧关。汁琮也好，太子泷也罢，麾下的将士、玉璧关、北方的大雍与落雁城……一切都不重要了。

现如今，他终于找回了自己的整个世界。

村落的剪影依稀呈现于雪雾之中，过了松林坡，就是南下的道路，往南边去，是洛阳；往东面去，则是崤山。

太阳出来的地方，一定有能救他的人……

耿曙盲目地往前疾驰，他不知道该去何处，亦不知自己身处何方，只能一味地往前，仿佛每疾驰一刻钟，便远离了背后的黑暗与死亡半分。

剧喘声中，他呼出的热气化作雪雾，混着飞扬的雪花，犹如一道彗星的尾迹，投向天地尽头。

但慢慢地，他停下了马，驻马松林坡前。

空旷的雪原外，站着瘦高刺客的身影，他手持一把长剑，等候耿曙的到来。

界圭掸去肩上的雪花，疑惑地问道："殿下想去哪儿？"

耿曙将姜恒放在马上，沉默着下马，从随身包裹中抽出寒光闪烁的剑。

界圭斜持长剑，一步一步走向耿曙。

"太子殿下很着急，让我四处找你。"界圭想了想，说，"扔下你弟弟，在他快要死去的父亲榻畔担惊受怕，王子殿下这就不管了？"

耿曙依旧沉默，仿佛恢复了那年初抵落雁的模样，固执、危险、多疑与暴戾。

"让路。"耿曙冷冷地说道，"否则杀了你。"

界圭眉梢稍稍一抬。

"我不明白。"界圭眯起眼，喃喃地道。

耿曙答道："关你什么事？"

界圭现出危险的笑容，说道："我是疯狗啊，殿下，您毫无交代就这么一走了之，当然得做好被疯狗追咬的打算。王子殿下，请赐教。我知道你想揍我很久了。"

界圭与耿曙同时拉开剑势，在雪地里让出生死一战的空地！

姜恒已经昏迷了，雪花落在他的脸上，旋即慢慢融化，水迹拖过他的脸庞，犹如一道晶莹的泪，剑风四下飞射，一道灼热的鲜血溅上了他的脸庞。

紧接着，鲜血如同旋转的星轨一般，朝外爆发开去，就像喷发出的血液被一阵旋风卷起，于雪白的地面绽放出一朵触目惊心的红花。

血迹中央屹立的身影，正是耿曙。而界圭在那暴风圈中，中了耿曙一剑。

耿曙身上大大小小，全是细微的伤口，犹如红线般朝下渗着血珠，最后关头，他侧身以自己的血肉之躯接住了界圭一剑，令界圭那一剑卡在了自己的肋骨中，反手一剑刺穿界圭的肩头。

界圭拔出那两败俱伤的一剑，捂着侧肩，喃喃地道："你的武艺竟已到这程度了。"

耿曙再不多言，一抖长剑，缓步逼近界圭。

界圭终于做了一个聪明的决定，化作虚影后退，没入了树林。

一步、两步……耿曙走出第三步时，一个踉跄，膝下无力，跪在了雪中，喷出一口血，染红了雪地。

他竭力摇头，将剧痛从脑海中驱逐出去，眼前的景象时而模糊，时而清晰。

还不能倒下……必须……必须……他踉踉跄跄，扑到战马前，伸出手指，将手上的血小心地在自己身上擦干净，再摸了摸姜恒的脸。

姜恒额头滚烫，正发着烧。

"恒儿……好了，"耿曙喘息着说，"我们走。"

耿曙牵着马，马背上载着他的性命，朝松林坡摇摇晃晃地走去。

松林坡是玉璧关东南的一座小小村落，它隐藏在群山之下，非出兵必经之路，山中所居，大多是猎户。

太阳下山时，耿曙撞进一户人家的柴房，把姜恒抱了进来，放在地上。

他在黑暗里摸索着，解开姜恒的蒙眼布。

"恒儿，醒醒……"耿曙颤声道，"你还好吗？"

柴房里发出轻微的哽咽声，姜恒始终昏迷，耿曙把他抱在怀里，不知等待着什么，是等天黑还是天亮？天亮以后，又要去哪儿？他不知道。

耿曙眼前一阵阵地发黑，与界圭的交手令他受了内伤，喉头发甜，血一股一股地涌上来。

不知过了多久，他感觉到甘洌的液体灌入喉头，强自挣扎着坐起，睁开双眼，被一盏灯照着脸，面前是个面容模糊的男人。

"你受伤了？"男人不知何时打开了柴房的门，提着灯，好奇地看着里头的两兄弟，手里拿着一碗参汤，正是方才耿曙被灌下去之物。

耿曙闻到气味，知道那是吊命的参汤，低声道："谢谢……我弟弟！求您看看他！"

男人一手先搭在耿曙的脉门上，再转而朝向姜恒，姜恒依旧昏迷不醒。

"我不过是个村医。"男人说，"剩点人参，手头也没有药材，一时半会儿治不得他。得进崤关，或是去玉璧关才有，我自然能将他治好。"

耿曙喝下那药后，渐渐清醒了不少，勉力起身。

"血迹是你留下的？"男人狐疑地问。

耿曙握紧了剑，犹豫不决。男人又转头朝外望去，说："村子外头有士兵四处搜查，找你的？你是雍国的逃兵？"

"有多少人？"耿曙逐渐冷静下来。

"一队，五十。"男人说，"你们还是快点走罢，免得被抓回去。"

男人正将堆叠起来的兽皮装车，大多是雪兔皮、狐皮与狼皮。

耿曙抱着姜恒，看了一眼，想朝他开口借车，但这车无法飞奔，而距离崤关还有将近一百二十里地。崤关是敌人的地方，逃进那里，自己是死路一条，但姜恒一定能活下来！

"大哥，您去哪儿？"耿曙说。

"崤山。"男人把车套上一头骡子，转头看他，"去山那边的另一个村子，给人看病，这孩子又是你的什么人？你俩都赶紧走罢，治伤去。"

"我不打紧。"耿曙恳切地看着他，跪了下来，面前此人既然愿意救他，便不会有歹心，他已经有许多年没有如此低声下气地求人了，说，"大哥，我求您一件事……我求求您，我走投无路了……"

男人打量耿曙，就在此刻，远方雍军来了，四处呼喝，正在搜村，马蹄声阵阵。

耿曙喘息，他的胸膛随着呼吸一阵一阵地绞痛起来，这位大夫成为他唯一的希望，说不定他能将姜恒平安地带进崤关。

他在身上焦急地寻找，想将玉玦给他，却想起玉玦已给了太子泷。

接着，他解下了母亲留给他的佩剑，亲手递到男人手中。

"哟，"男人笑道，"好兵器，你不是寻常人。"说着顺手拍了拍耿曙的肩膀。

追查声越来越近，耿曙低声说："我去拖住他们，他是我弟弟，就交给你了，我去引开他们，马上就追上来，大哥，求求你，我若赶不上，您或是……把他交给太子灵，医者仁心，他们一定会重重地答谢你……"

"嗯。"男人漫不经心地道。

耿曙将姜恒放上车去，用兽裘盖住他的身体，久久地注视着他的脸庞，他有太多的话想说，却终究没有开口。

"恒儿……恒儿……"耿曙最后道，握着姜恒的手，把满是鲜血的脸埋在他的手里，"哥很快就会来，哪怕死，也会和你死在一起……"

男人忽然想起了什么，从怀里取出一个小小的黄纸折，扔给耿曙。

"喂，"男人说，"拿着。"

耿曙莫名其妙，看着那男人，男人说："祖传秘药，包治百病、解万毒，兴许能治你，抑或别的什么人的伤。"

"给恒儿吃！"耿曙马上道，"我不需要！"

"他伤得不重。"男人冷冷地道，"我说能将他治好，自然就能治好，你不相信我？"

耿曙尚未明白，茫然地看着男人。然而呼喊声已近柴房外，他没有时间了。

男人一瞥耿曙离开的背影，笑了笑，坐到车前，一甩马鞭，赶着骡车，缓缓地离开了松林坡。

耿曙赤手空拳，快步冲出柴房，望向挨家挨户搜查的雍军。

那景象时远时近，越发模糊，参汤的药效过去，他踉跄着往前走了几步，手持木棍。

"别过去……"耿曙自言自语道，他不知道那男人带着姜恒走了多远，能不能逃掉，然而雍军围上来时，又是眼前一阵阵地发黑，一头栽倒在雪地里。

"殿下……殿下……"

界圭在密林中包扎过伤口，看见了车辙延向远方，耿曙已与麾下前来

280

找寻的士兵会合，人一定不在他的手中，没有必要再找他的麻烦了。

接下来的麻烦，只在于回报时怎么说，当面对质，耿曙不可能承认自己救出了刺客。

到底为什么？此事只有一个解释，界圭不敢多想，他必须亲眼查证！

而眼前的两道车辙，也很有意思。

界圭拿起剑，信步走出松林坡。

崤山的阴影已出现在远方，天又快亮了，赶着骡车的男人正在抚摸姜恒的额头，把一枚药丸喂进他的嘴里。

忽然，他发现了站在雪地里的界圭，远远一声呼哨。

"搭车吗？"男人说。

界圭走向骡车，说："借问一声，车上载的什么？"

"皮毛、商货，"男人勒停了骡子，道，"还有一个孩子。吁——"

界圭握剑一手，拇指弹出剑格，来到车前，男人侧过头，与他对视。

忽然间，界圭感觉到危险，在五步外停下。

那男人懒懒地道："你是谁？你从哪里来？送你一程？想到哪儿去？"

界圭看见了男人随意搁在车辕旁的左手，那只手上闪烁着龙鳞的光泽。

"把人交出来，"界圭说，"我可以当作什么都不知道。"

"哟，不要解药，倒是先要人？"男人意味深长地笑道。

界圭沉默地注视那男人。

"我猜你只想要解药罢？"男人怀疑地看着他，"可惜了，毒又不是我配的，关我什么事？"

界圭的目光始终留在车上，数息后，他改了口风。

"毒不是你配的，"界圭道，"你有解毒的办法？"

男人想了想，说："那倒是。可我有什么必须的理由，要把它交给你呢？"

界圭说："虽然我对解药也不大关心，不过呢，人与解药，你总该给我一个，看这模样，你是不打算把人交给我了，回去我保证不了，就怕说出什么不该说的话来，难得出一次门，无功而返，我不想没办法交代。你也不打算在雪地上白白耽误时间，对不对？"

男人说道："确实，人不能给你，想要解药，回家找你们小王子。汁琮若命不该绝，自然不会死。当然，如果他自个儿把药吃了，就证明汁琮注定该死。"

界圭打量那男人。

男人又道:"你也可以不走,那么今天就得在这里分出个你死我活了,意下如何?"

界圭没再阻拦,转身半步,望向来处,继而快步纵跃,进了密林,奔回松林坡,去找耿曙。

不知过了多久。

"醒了!"一个声音在他耳畔道。

"总算醒了。"太子灵的声音说,"罗恒!罗恒!"

太子灵轻拍姜恒的侧脸,姜恒醒来,顿时头痛欲裂,看见了孙英、太子灵、公孙武,以及……赵起的面容。

四人围在他的榻前,姜恒睁开双眼,只觉全身犹如散架了一般。

"这是哪儿?"姜恒说。

"崤关。"太子灵耗尽了所有的力气,吁出一口气,坐在榻畔,说,"你好些了?"

公孙武正在给姜恒把脉,姜恒挣扎着要坐起,公孙武却将他按下去,说:"你后脑挨了重击,恐怕头颅内有积血,不可乱动,且先躺着,我以银针先替你疏散血脉。"

姜恒回忆起昏迷前的最后一刻,他刺杀汁琮得手了,而翻出窗门的刹那,有人追了上来,将他悬在半空中……

"你们这就把我救出来了?"姜恒难以置信,望向房内人。

"是赵起在崤关下发现了你。"孙英说,"罗先生命不该绝,有人将你偷偷送了出来,却不知是谁。"

赵起挤上前,两道浓眉紧紧锁着,说道:"公子,我为你整理遗……随身之物时,发现了一个药瓶,料想是保命丹药,便自作主张,先喂你服下了。"

姜恒疲惫地出了口气,说:"那是下山前,我师父给我的救命药。"

"没事了,"太子灵安抚道,"回来就好,先生但请宽心。汁琮虽未暴毙,却已离死不远了,数日内,定有好消息传来。"

姜恒竭力点点头,心里仍然有点难过,若非汁琮将他抱在怀中,那一剑未必能这么轻松得手。

父亲耿渊生前与他犹如手足，汁琮最后却死在了自己的剑下。

"汁琮死有余辜，"太子灵看出了姜恒的心事，沉声道，"玉璧关很快就不再是他们的了。"

"让先生歇会儿罢。"孙英朝太子灵使了个眼色，太子灵便点了点头，吩咐道："赵起，照顾好先生。"

数人接连出外，关上了门。赵起拿来毛巾，为姜恒擦拭额头，姜恒身上尚裹着兽皮，那皮上，结冰的泪水已化开，洇了一片水渍。

玉璧关，关城内。

"你去了哪儿？"太子泷难以置信地道，"都说你被刺客的同伙捉了去！"

耿曙失血过多，脸色发白，肋下缠着绷带，没有回答，看着太子泷。

太子泷道："哥！怎么这么多血？"

耿曙嘴唇动了动，仿佛想说什么，望向太子泷的眼神却充满陌生。

那四年对他来说，已经结束了，如今他唯一的念头，就是离开玉璧关，抛下所有的记忆，甚至扔下自己的这一段人生，追着雪地上的车辙，远远而去。

恒儿还会不会有危险？耿曙的心脏剧烈地跳着，仍在恍神，他下意识地想走，事实上他如果有选择，绝不会跟着雍军回到玉璧关……但以当时的情形，他若不引走雍军，他们一定会追查到姜恒的下落，截住骡车。

"哥？哥！"太子泷焦急地喊道。

耿曙正在思考接下来要如何脱身，忽然一眼瞥见了汁琮。

汁琮仍昏迷不醒，这一刻他天人交战，刺杀义父的人是恒儿，而恒儿还活着！

太子泷上前检查耿曙身上的伤，他没有半点怀疑耿曙私下放走了刺客，而是对他身上的血迹担忧不已。

界圭站在太子泷身后，隐身于阴影之中。

耿曙蓦然注意到界圭，但似乎界圭什么也没有说，他没有告知太子泷自己私放刺客一事，兴许是因为没有证据？

"那人将解药给你了？"界圭阴恻恻地说。

"谁？"耿曙说，"解药？"

但就在这一瞬间，耿曙想起来了，那个受他之托，带走姜恒的男人。他马上伸手入怀，摸出那小小的黄纸折，展开，里面是一枚深褐色的药丸。

界圭与太子泷同时看着耿曙。

"他是谁？"耿曙自言自语道，当时匆匆忙忙，未觉有异，现在想来，那名村医话里仿佛有深意。

界圭阴冷地说："我知道他，如果没猜错的话，给陛下服下去罢，死马当作活马医，我有九成把握，那人你们都不认得，我却认得，正是那小刺客的师父，海阁中人，与绕指柔来自同一个地方，是名列五大刺客之一的罗宣，喂给他。"

耿曙难以置信地望向界圭，刹那心头大石落下。

太子泷闭上眼，泪水滑下。

耿曙到得榻前，汁琮只剩出的气，再没有进的气了。

"父王？"耿曙小声道，尚不知这枚丹药对他、对姜恒而言意味着什么。

汁琮发出一阵无意义的声响，耿曙沉吟片刻，望向太子泷，太子泷点了点头，耿曙便捏碎了那药丸，喂进汁琮嘴里。

半刻钟、一刻钟、两刻钟后……

汁琮的呼吸变得平静，呼出一口气。

太子泷解开汁琮腹部的绷带，看见他漆黑的伤口正在缓慢变红，与耿曙对视片刻，瘫坐在地。

阶 下 囚

厅外传来急促的脚步声，曾宇在门外道："两位殿下，情况怎么样了？"

耿曙知道汁琮度过了最危险的时刻，他已逐渐恢复镇定，并一手将太子泷搀起，让他坐到榻畔。

"泷，我得走了。"耿曙朝太子泷说。

"什么？"太子泷大惊之后接大喜，眼前发黑，尚未听清楚耿曙所言。

耿曙手指握紧玉玦，正要说出那句话时，敲门声响。

刹那间耿曙意识到一件事——绝不能让任何雍人知道，刺杀汁琮的人就是姜恒！

就连在汁琮面前，也必须守住秘密。

"进来。"耿曙说。

曾宇匆匆入内，看了榻上的汁琮一眼。

"父王的情况有好转。"耿曙说，此刻他心里一团乱麻，姜恒既然被他的师父救走了，想必无恙，他会去哪儿？他们还会再见面吗？

那车夫临别时所言，乃是前往嵩山，那么自己就必须马上设法脱身……

曾宇说："郑、梁二国联军在嵩山外会合，朝着玉璧关前来，要强行攻打关隘了。"

太子泷："……"

这一切都发生在短短几天内，太子泷已经无法思考了，他求救般看着耿曙，耿曙成了他眼下唯一的希望。

耿曙瞬间被惊醒，他明白自己绝不能在此刻扔下所有人就走。

"你带父王回落雁，"耿曙朝太子泷说，"界圭会护送你们，半路上能与南下的武英公主会合，她很快便会抵达。"

太子泷回过神，起身，坚定地道："不！哥！我与你在一起。"

"走！"耿曙蓦然揪住太子泷，看着他的双眼，沉声命令道，"你必须回落雁！咱们得有一个人保护父王，否则他万一有个好歹，国内怎么办？！"

"曾宇！"耿曙又朝曾宇道，"诏令全军，死守玉璧关！"

曾宇躬身，前去调集部队。

战事突如其来，就在姜恒行刺得手的第三天夜里，郑、梁二国再次联合，誓要朝雍国讨回多年来的血债。耿曙正穿梭于城墙上，检查关防之际，火罐陡然抛射，从城外飞来，轰然在屋檐上绽放！

玉璧关内外同时喧哗，太子灵显然连宣战的时间亦不愿浪费，更没有劝降之言。耿曙冲到关墙上往下看时，十万联军已排布于关前雪地，数十辆投石车朝着城内抛出烈火油罐。

"顶住！"耿曙只来得及看了一眼外头密密麻麻的围攻大军，钩索便已上了城头。

这时候，耿曙一旦阵前脱逃，玉璧关数万袍泽，便将因他的一己之私死于非命。

汁雍给了他一个家，让他在这四年里活了下来，在如今终于得到与姜恒再相见的一点希望，这是他回报他们的时刻了。

太子灵驾驭战车，于那暗夜里衣袍飘扬，遥遥喝道："汁淼！投降罢！你们的王已经死了！"

耿曙喘息不语，深沉的双眼却望向更遥远的崤关。

"恒儿，"耿曙喃喃地道，"等我，哥一定会来见你。"

雍军自十年以来，第一次遭遇这等困兽之战，亦从这一夜起明白，中原人并不似想象中的好欺负。郑人、梁人皆不好战，但一旦没有了退路，他们比雍人更不怕死，也来得更狠。

"死战不退！"耿曙怒吼道。

关外发出巨响，投火机断裂，坍塌，爆出的火焰开始焚烧敌军，但很快就有不怕死的补上了，梁人推出攻城巨弩，又将铁箭射了回来。

"太子呢？！"耿曙喝道，"走了没有？！"

太子泷终于在御林军的守护下，将汁琮送上车去，回头朝着关墙高处一瞥。

"哥——！"

耿曙回头，望向太子泷，耳畔仿佛又听见了五年前那个慌张的声音。

"哥，别来！走，快走啊……"

但他转头，望向关内杀不完、驱不尽、犹如蝼蚁般的士兵们，知道在黑暗的远方，姜恒依旧活着。

"别来！"耿曙转头，朝太子泷吼道，"快走！带着父王走！"

太子泷冲向耿曙，手中拿着　物，正是玉玦。

他将玉玦佩戴在耿曙的脖颈上。

"走，"耿曙推开太子泷，说，"别等我。界圭，带他走！"

界圭将太子泷推上马去，太子泷悲恸欲绝。千古第一关玉璧已开始起火，熊熊燃烧，耿曙脸上满是烟熏出的黑痕，转头望向城外。

敌军已推来撞柱，开始撞动关门。

第一下，玉璧关大门发出震荡天地的巨响，连大地与群山亦随之震动。

撞城柱蓦然后撤，成千上万人拖动架索，巨柱犹如流星般冲来，第二下。

整个关墙亦随之撼动。耿曙一身黑色武袍，不着片甲，袍襟在寒风里飘扬，眺望天际一轮明月。

"永别了。"耿曙知道这一战无论胜负与生死，他们也许都不会再见面了。

在再见到姜恒之前，他必须完成自己的责任。

这一切，俱是命中注定。

四面八方冲来将士，在耿曙身边围聚。

接着，关门被冲开，耿曙已无暇他顾，率领将士们投进了铁蹄践踏的茫茫大海。但这道闪彻夜空的辉光，不过是战火冲天而起，其中的一抹亮色。

犹如飞蛾扑火，轻柔，悄然，再无声息。

随着最后一声跨越岁月的巨响，玉璧关的巨门轰然坍塌，积雪飞旋，铺天盖地。

三日后。

姜恒总算缓过来了，睡醒时，他听见窗外的喧哗声与欢呼声。

他挣扎着起来，第一个看见的人，仍然是赵起。

赵起正坐在案前出神，见姜恒醒了，忙起身上前。

姜恒说："还有点晕。"

"那药我给你服了两枚，"赵起说，"你看看，还剩一颗，本想不见好，就再给你把三枚都吃了。"

姜恒感激地点了点头，赵起不知道这是非常珍贵的药，为了救他心切，浪费一枚，却也不能怪他。

"我们又见面了，"姜恒笑道，"赵起，见到你真高兴。"

他的笑容很温暖，赵起却有点不好意思，别过头去。

"公子立下了大功，"赵起说，"从今往后，您就是郑国的国士了。"

姜恒却轻轻地叹了口气，伤感地笑了笑，说："本以为必死，没想到老天爷还不愿意放过我，凑合着活罢了。"

窗外欢呼声更甚，姜恒转头看了眼，问："发生了什么事？"

赵起答道："殿下打下了玉璧关，活捉了敌方守将，把他押回来了，您要去看看吗？"

玉璧关告破了！姜恒只觉实在不可思议，这座自汴雍坐掌落雁伊始，便有一百二十年未曾易主的千古雄关，居然就这么一夜间被攻破了？！

姜恒忙起身，赵起赶紧跟在他的身后，姜恒说："不打紧，我好多了。"

"殿下让您醒了以后，先行沐浴洗漱，用过饭再慢慢去见他，"赵起在一侧说，"他有许多话想朝您说。"

姜恒于是在赵起的服侍之下沐浴，换过一身衣裳，太子灵为他准备了新的裘袄与武袍，又给了他一支玉簪。

用过饭后，姜恒走上崤山关墙，朝关内那巨大的天井中望去。

士兵们以绳索在天井内吊起了一个人，他一身黑色武服破破烂烂，全身几近光裸，血迹斑斑，赤着双脚，两手被分开，吊在半空。

一名将官以皮鞭蘸了盐水挥出，狠狠地抽在他的身上，相距近百步之遥，姜恒仍听见那皮鞭的破空奏响，不由得心头一紧。

战俘披头散发，挡去了面容，距离如此远，姜恒看不清他的模样，但从他裸露的、白皙的身材看去，这人很年轻。

"他就是汁淼吗？"姜恒朝赵起问。

赵起无法回答，催促姜恒朝厅内去。

太子灵正与谋臣小声说话，济州赶来几位牵头的太子门客，正与他议事，商量接下来如何进一步追击雍军。

"好些了？"太子灵看见姜恒时，眼睛亮了起来。

姜恒点头道："好多了。"

谋臣们这次不敢再轻视姜恒，纷纷躬身，口称"罗大人"，再纷纷退了。

太子灵又问："眼睛能看见？"

"与从前一般。"姜恒答道，"公孙先生当真神乎其技。"

"这身衣服很好看。"太子灵又亲切地说，"过来，让我看看你。"

姜恒穿着暗蓝色的武袍，外头裹了狐裘，眉眼间明亮而神采飞扬，他的双眼已恢复了，就像从未用过药一般。

"这是龙将军的衣服，"太子灵说，"三年前，我为他做了这么一身，不过没有送给他。恰好改改，给你穿了。"

　　"玉璧关拿下了，"姜恒淡淡地道，"恭喜殿下。"

　　太子灵点头，说："我也没想到，竟会来得如此顺利。可见有时，转机往往发生在一刹那。"

　　姜恒想了想，正要开口时，太子灵又道："汁琮一死，落雁定将成为塞外诸部夺权的战场，太子泷回都城，日子不会好过，汁淼又被我们抓来了，当真天助我也。若所料不差，十年内，雍国在北方的统治，必将土崩瓦解。"

　　姜恒说："但行事还须谨慎。"

　　太子灵点头："不错，雍人有此一败，正缘因其傲慢，我们不可犯他们犯过的错误。"

　　姜恒说："外头那人就是汁淼吗？"

　　太子灵点头，又说："而且，我还发现了他的另一个身份，猜猜他是谁？"

　　姜恒听到这话时，眉眼稍稍一动，不解地看着太子灵。

　　说话间，太子灵随手从案下取出一块黄布包着之物，放到姜恒面前，解开黄布。

　　于是姜恒看见了，十年前，耿曙带到他面前的、父亲留给他的那枚玉玦。

　　"他才是耿渊的儿子……"太子灵的声音在姜恒耳畔忽远忽近。

　　姜恒的视线倏然变得模糊起来。

　　"但我想不通，汁琮早已找到了他，为何那夜，还会愿意与你细谈，莫非他怀疑，汁淼乃是假冒？"

　　"总之，多年来，我一直在寻找此人，仇家之子，总算落网，也是罪有应得……冥冥之中，父亲仍在天上保护着我……罗恒，罗恒？罗恒！"

　　"殿下，"姜恒按住发抖的一手，平静地说道，"还记得出发前，我朝你提过的那个请求吗？"

　　"怎么？"太子灵从往事中回过神，亲切地笑道。

　　姜恒伸出手，拿起那枚玉玦，那上面仿佛倾注了他的整个人生，多少个夜晚，他曾倚在耿曙的怀中，摸着这玉玦入睡。

在那上面，有他们父亲留下的力量，这股力量就像太子灵所言，乃是往生者的强大信念，哪怕他与敌人都早已离开人世，却仍在冥冥之中，彼此对抗。

这场战役从生打到死，从过去打到现在，打了不知道多少年，从庙堂打到江湖，从江湖打到沙场，从活着的人打到死去的人身上，从人间打到天上，直到现在，还未结束。

"你想要它？"太子灵大方地说，"你替我成功地演了这么一出充作耿渊之子的好戏，也算缘分，送你了。"

姜恒抬眼，看着太子。

太子打趣道："你该不会是想让我留汁淼的性命罢？"

姜恒也笑了起来："如果我朝殿下讨他的性命，殿下是给，还是不给呢？"

太子灵疑惑起来，答道："为什么？只有这一件事，不行。我已发出信函，知会天下，让代武王、郢王、梁王到崤山前来。届时，我将当着所有人的面，车裂他，再暴尸于玉璧关七天七夜，也算一个交代罢。我想你也许还有良策，想劝我，留下他的性命更值得，对不对？但不必说了，此人必死。哪怕再多的利益，我也不愿拿来交换我的杀父仇人。"

姜恒点头，笑道："开个玩笑，没有良策，耿渊的孩子，自当是这下场。"

太子灵说："汁琮死在你的手里，汁淼死在我的手里，这场大仇，总算得报。待诸国观刑之后，你便随我回济州去，你平生所学，本就不该当一名刺客，是我冒犯了，来日还须倚仗你，罗先生。"

"不敢。"姜恒起身道，与太子灵互一鞠躬。

黄昏时，姜恒站在城楼高处，看见几名士兵正捡起石头，扔砸被捆吊着的耿曙，耿曙手臂张开，被挂在半空，犹如翅膀折断的鸟，动弹不得。

他没有闪避，就像死了一般，任凭石头砸在自己的头上、身上。

姜恒转身，沿城楼快步下去，在石梯上摔了一跤。

"罗先生！当心！"赵起吓了一跳，赶紧上来扶着。

姜恒脸色发白，嘴唇发抖，朝赵起吩咐道："赵起，替我引开这里的卫兵，别让人过来，我有话要问他。"

赵起点头道："我去找他们喝酒罢，先生？"

"我没事。"姜恒已快听不见世间的所有声音了，眼前一阵黑，一阵亮，唯有远方那个孤零零的人。

南 逃 路

入夜时，崤山更冷了，狂风吹过，姜恒在风里颤抖着，一路穿过天井。

他来到耿曙的面前，夜色下，他低着头，头发挡住了侧脸。

"是你吗？"姜恒的声音发着抖，近乎哀求，"是不是你……回答我……"

"恒儿……"耿曙在那黑暗里，嗓音含混不清，"我的恒儿，是你……"

姜恒稍稍抬起头，朝向被吊在自己面前的耿曙，耿曙垂着的头竭力抬起，与他近乎脸挨着脸。

他的额头上全是血，血液顺着他的鼻梁淌下，淌在他的唇上。

那双明亮的眼里淌着泪水，滑落，滴在姜恒的唇上。

"恒儿，"耿曙竭力朝他笑，说，"太好了……你还……活着。"

姜恒："……"

"你的手指头……还痛吗？被插了竹签……哥哥……对不起你，对不起你……"耿曙嘴唇微动，茫然地说，"老天……可怜我日夜恳求……总算，让咱们再……再见一面……我再也不骂，这天意了……"

姜恒的情绪终于崩溃，这一刻他已哭不出声，他的嘴张了张，眼泪哗哗地往外涌，他紧紧抱着耿曙的腰，把头埋在他的身前，全身抽搐。

"哥哥……对不起你。"耿曙说，"恒儿……恒儿……别哭……快回去，他们会发现的……从今往后，哥哥真的走了……你一定要……好好活着……夫人……还会回来，她还会来找你，为了她，你不能，你不能……你要……好好活着……"

姜恒的眼泪打湿了耿曙赤裸的胸膛，他把疯狂的哭声闷在了耿曙的怀中，那声音犹如崤关的风，呜呜地吹着，喑哑而混沌。

"山有木兮木有枝……"耿曙双眼模糊，望向远方，不知为何想起了这首歌，以那沙哑的声线喃喃地唱道。

孙英坐在城楼高处，皱眉看着远方天井中的这一幕，百思不得其解。

等待良久，直到姜恒离开耿曙身前，孙英预感到有什么事要发生了，于是跃下城墙，决定先去提醒太子灵一声。

但一只手放在了他的肩上，按住了孙英。

"聪明人可不会做这种事。"一个声音说道。

孙英嘴角略一抽，那是个陌生之声，他正要回头时，一股酸麻感却从他的肩背传到全身，紧接着，半个身体失去了知觉，令他动弹不得。

"你……你……"孙英眼里现出恐惧，无法再回头看一眼。

毒素飞速蔓延，已到他的手背，继而小指头变得漆黑，孙英想喊，然而很快，连嘴唇也开始麻木，继而失去了意识，一头栽倒在地上。

姜恒环顾四周，发现赵起忠诚地执行了他的命令，天井内竟空无一人——崤山关隘一重套着一重，被囚禁在此地，早已插翅难飞。

郑国先夺玉璧关，再俘敌方大将，这夜将士们都在庆功，喝得烂醉如泥，想来不可能再有敌人来犯，亦失去了警惕。

此时只有关城校场尽头，角房中亮着灯，守卫们正在喝酒赌钱。

姜恒知道现在绝不是哭的时候，机会稍纵即逝，若不冷静下来，设法救走耿曙，数日后，等待着他们的，就是真正的天人永隔。

他掏出匕首，割断耿曙身上的绳索，把他拖到校场一侧的柴火架后，找到一辆板车。

姜恒低声说："别说话，哥，千万别吭声，赌一把，大不了一起死。"

姜恒摸出罗宣给他的，身上最后一枚药，喂进耿曙嘴里。

耿曙躺在车上，姜恒将绳索在身上绕了几圈，就像五年前带着项州逃离洛阳一般，躬身拖着板车，沿山麓一侧，运送物资的雪路离开崤关。

沿途意外地顺利，岗哨处偶有几名士兵，姜恒做好了杀人的准备，躲在暗处，但这天他的运气出奇地好，这夜的风又大，掩去了车轮碾在雪地里的声音。

及至离开崤山最后一处哨岗，姜恒加快脚步，没有回头，在雪地中发足飞奔。

他跑过雪地，直到将崤山远远地甩在身后。

耿曙躺在那颠簸的板车上，乌云退去，群星闪烁，星光洒落了他与姜恒满身。

天明时分，抵达洛阳城北方。

"驾！"姜恒花光身上的最后一点钱，在松林坡猎户们的集市上买到一匹马，载着耿曙，朝南方疾驰而去。

"什么人？"士兵终于出现了，那是梁国军，正在沿途设置岗哨，查雍军的漏网之鱼，当即发现了姜恒。

"是他们！"有人马上道，"崤山的通缉犯！快去通知郑军！"

"驾——！"姜恒悍然道，纵马撞开岗哨，扬长而去。霎时数十名梁军上马，朝他们追来。

姜恒纵马之时，还要确保耿曙在自己身后的马背上不至于翻下去，战马飞奔之时，姜恒不住回首，反手揽住耿曙，耿曙已被他用腰带绑在了自己身上，上半身却不停地朝下歪。

"哥！"姜恒焦急地道，"坐好！"

渡过溪流时，上游、下游又有郑军冲来，有人喊道："罗公子！你在做什么？你疯了！快随我们回去！"

听到这话，姜恒便知事发，太子灵派人来追，回去以后，决计不会放过他，他咬牙一抖马缰，冲进了密林。

战马冲进密林，再冲出，箭矢飞来，朝向他们的战马。雪化后，满是泥泞的平原上，姜恒咬牙疾驰，背后已形成合围之势，二十余骑围着姜恒一骑，慢慢包抄下来，不断缩短距离。

五十步、三十步、十步……箭矢的风声响起，利刃掠过姜恒的耳畔。

姜恒深吸一口气，眼前是一片开阔的冰湖，已避无可避，正要转身下马死斗之时——

耿曙醒了。

耿曙醒得毫无预兆，睁开双眼的刹那，第一个动作是搂住了身前姜恒的腰，继而双手环过他，抓住了马缰。

"哥！"姜恒瞬间反应过来，转头。

耿曙侧脸贴着姜恒的嘴唇，两手有力控缰，带着他在马背上一侧身，猛扯缰绳。

"吁！"耿曙来了一式横拖，战马顿时被勒得嘴角出血，平地打横，载着两兄弟转向，高速中转向的刹那，被压得伏地。

"驾！"耿曙长腿甩镫，一足踏地，又将战马带得站起，双腿一夹马腹，吼道，"恒儿！伏身！"

紧接着，姜恒被耿曙下压，按在马背上，战马就这么突然转向，朝着追兵冲了过去！

箭矢从他们头顶擦过，追兵来不及勒马，纷纷冲上了湖面，滑向冰湖中央，刹那冰破，水流喷发，二十余骑全部坠了进去！

姜恒："……"

耿曙坐直，一抖马缰，带着姜恒绕过冰湖，冲向平原尽头。

正午时分，洛阳城外，战马疾驰无休。两兄弟换了先后，耿曙在前，姜恒在马背上大喊大叫，一时语无伦次，脸上满是泪水。

"别说话，我知道，我都知道！你先睡会儿！"耿曙侧头，朝姜恒喊道，"到了嵩县就安全了。"

姜恒实在太累了，但他知道，现在仍然不是说话的时候，逃亡路上一刻也不能松懈，一旦被抓回去，自己与耿曙都是被车裂的下场。

"恒儿？"耿曙焦急地道。

"好……好。"姜恒筋疲力尽，低声道。

耿曙收紧腰带，换成姜恒被绑在自己身后，让他靠在自己背上，又拉过他的双手，在他手背上拍了拍。

来日方长，眼下最重要的，是逃离此处。

姜恒迷迷糊糊，既饿又困，几乎睁不开眼，直到阳光渐渐地暖和起来，照在他的脸上、脖颈上，马匹缓慢地停下。

"到了，"耿曙说，"安全了。"

三天三夜，耿曙醒来之后，全力催马，穿过近两千里路，从玉璧关一路奔到了嵩县。

姜恒睁开眼，面前是偌大的平原，五道河川蜿蜒而过，汇入远方的大江，山岭云雾缭绕，犹如一枚玉衡，峰峦之巅斜斜指向天际。

姜恒困得已神志模糊，睁开双眼，勉强看了一眼，又沉沉睡去。

暖冬之际，嵩县就像世外桃源，正午时分炊烟袅袅，阳光洒向全城，庭院中种着蜡梅，芳香沁人，城主府内流水淙淙，纸门拉开声响此起彼伏。

"殿下回来了！"

侍卫们忙道。

耿曙横抱着熟睡的姜恒，回到府上，吩咐众人不得走漏风声，又让人善待那匹载着他与姜恒逃出险境的战马。宋邹跟了出来，在厅堂处看了两人一眼，虽不知发生何事，却已大致猜到姜恒远来，疲惫不堪。

"洛阳之战如何？"宋邹忙道，"下官这就安排，将军与这位公子……"

耿曙答道："他只是睡着了。"

宋邹松了口气："请先沐浴过，让厨房准备饮食，还需稍许时候。"

耿曙点了点头，抱着姜恒看了四周一眼，入得后院浴池前。

姜恒浸入热水中时，整个人随之一哆嗦，总算醒了，看见一袭武袍贴在耿曙的身上。

耿曙这时才慢慢解开自己与姜恒的衣袍，姜恒定神，看见耿曙身上那大大小小的伤痕，令他惊奇的是耿曙竟已痊愈了，只余下不明显的红痕。

罗宣那药果然有医死人、肉白骨之效，不愧是师父。只可惜三枚药丸，被赵起喂他吃下了两颗，这起死回生的神丹，在下山第一年，竟然就这么用完了。

姜恒怔怔地看着耿曙，耿曙欲言又止，又拉起了他的手。

这一路上，耿曙几乎就没有放开过他，仿佛唯恐一转身，姜恒就会悄无声息地再次消失。

但这一次，姜恒把手放在他的肩上，抚过他的伤口。

"恒儿。"耿曙说。

"哥。"姜恒颤声说。

耿曙不由分说，再次将他拉进了自己的怀里，紧紧抱着。

"好了，"耿曙直到这时，才淌下泪来，与水雾混在一处，抬手不住地擦拭脸庞，哽咽着道，"从今往后，我们再也不会分开了。"

负气言

午后，姜恒头发披散，换上了一袭白袍，耿曙则依旧一身黑色武服，两人呆呆地在厅内对视。

二人历经足足五年分别，重逢犹如一道晴天霹雳，竟让彼此相对无言。

太久了，一切都太久了，久得甚至让姜恒感觉到，他们变得仿佛有点陌生，沐浴时，他们只不住地哽咽，哭，哭完之后，竟一句话也说不出来。

就像一个在沙漠里走了太久的人，渴得全身冒烟，看见绿洲的那一刻，甚至不知道该如何喝水，做不出任何吞咽的动作。

"哥。"姜恒怔怔地道。

耿曙也在发怔，他们就这么看着彼此，足足一个时辰。

但耿曙的手始终握得紧紧的，顷刻也不敢放开。

"坐过来些，"耿曙终于憋出来一句话，朝姜恒说，"恒儿。"

这一路上，耿曙说得最多的，就是"恒儿"这两个字，仿佛每说一次，姜恒的轮廓就会变得更鲜明一分，将本该是鬼魂的他唤回到阳间来。

两人的案几已经并在一起了，还要怎么过去？姜恒只得起身，坐到耿曙对面，与他隔着木案对视。这些日子，他实在太累了，及至逃亡结束，全身就像散架了一般。

他索性趴在案上，稍稍抬起头，看着耿曙。

姜恒什么也不想说，他知道耿曙此刻一定也是一般的念头，他们只要看着对方，就这么看着，便足够了。

耿曙又轻轻地摸了摸他的手背，声音发着抖，低声说："恒儿。"

"嗯，"姜恒轻轻地说，"我在。"

饭食送过来了，耿曙便道："先吃罢。"

姜恒已经饿得不行了，打开食盒，见里头有肉有鱼，有菜有米饭，还有一碗汤。嵩县古为天子所辖之地，饮食起居，俱循晋礼。连房内铺设的席地、隔间的纸门、睡觉的矮榻与花园内的水池、鹤音竹亦一模一样。

庭院中片片梅花飘落，在阳光下犹如画境，有种久违的亲切感。

"你吃。"姜恒说。

"我不饿。"耿曙还盯着姜恒看，仿佛想确认他是不是鬼，抑或一个虚影。

"开什么玩笑？"姜恒说，"怎么可能不饿？快吃！"

耿曙见姜恒用食，便低头吃了起来。他自从离开洛阳后，对一日三餐便不上心，北食一样，南食也是这般，过些时日，须得吩咐府中人给姜恒做些好的吃。

姜恒狼吞虎咽，耿曙又道："慢点吃，恒儿，你平日都吃些什么？"

姜恒喝着汤，终于能自然地开口说话了，含糊地道："也就那样，太子灵宫内会做好，给我端过来，有赵起陪着，但吃不习惯。"

耿曙没有问他为什么与太子灵在一起，更没有问赵起是谁，那些对他而言都不重要。姜恒却想起来了，问："我以为你死了，哥。你是怎么活下来的？你是不是受了许多苦？"

"没有，"耿曙马上道，"没有受苦。"

耿曙叹了口气，想了想，将往事说了，姜恒边吃边听着，偶尔点点头，不予置评。

"我以为你死了，被雍国抓了去，想刺杀汁琼为你报仇，却打不过他。他知道我的身份后，认我为义子，就这样。"

耿曙的人生很简单，或者说，他的思考很简单，三言两语便交代完了，又问："你呢？我见你摔下山崖去，我命都不想要了，谢天谢地，总算撑到这时候，又见到了你……"

姜恒无奈地道："这当真说来话长了。"

接着，姜恒回忆五年前，摔下山崖那天起，细细地将往事告知了耿曙，他没有说自己险些成为废人，是罗宣将钢钉钉在他的腿上，才救了他。只告诉他，自己在海阁修行，而后来到济州，选上了太子灵，决定从郑开始，完成一统天下的大业。

说到一半，姜恒忽然停下，看见耿曙双目通红。

"对不起，"耿曙放箸，哽咽着道，"对不起，都是我的错……我该去找你的，我没有去，是我的错……"

"没有！"姜恒着急地道，"真没有，哥，我不也没去找你吗？何况鬼先生行踪不定，你又怎么能找到海阁？"

姜恒又抱着他，好说歹说，安慰一番，耿曙才恢复平静，姜恒又笑道：“其实也没受什么苦，比起你，我过得好多了，还有师父照顾。”

耿曙说："我得去谢谢他。"

"他与鬼先生、松华，应当还在沧山。"姜恒说，"待安顿下来，我带你去，海阁里的兵法与藏书，你一定喜欢。"

府上人来收了食盒，姜恒仿佛又回到了在洛阳的时光，与耿曙并肩坐在一处，端起热茶，望向庭院。

"太子灵不过是在算计你。"耿曙想起这场本不该发生的刺杀，低声说，语气中带着怒火，"以你的武艺，杀不了汁琮，你不过是吸引他注意力的棋子，而真正下手的人，一定是陪在你身边的孙英。"

"我知道。"姜恒答道，他又何尝不知太子灵的意图？谁会让前来投奔的门客谋士第一个月就去送死，刺杀敌方将领？他甚至怀疑江湖传说的"神秘客"就是孙英，他才是负责杀汁琮的那个。

"不过我也算计了他一次。"姜恒说，"现在他一定很生气，因为我将你劫走了。"

他们现在躲到了嵩县，但嵩县也不安全，玉璧关被夺，嵩地已成了孤军，快则数月，慢则一年，梁军就会前来剿灭此地的万余雍国驻军。

耿曙说："你为什么不往北方来，投奔雍国？"

姜恒难以置信，答道："这还用问？当年你在洛阳，是如何回答王的？"

耿曙蓦然语塞，想起了那年洛阳城破前，姬珣让耿曙与姜恒跟着武英公主汁绫离开，前往落雁，当即被耿曙干脆利落地拒绝了。耿曙对此的回答是"我爹为他卖命，我不是我爹"。

姜恒正色道："这话该我问你才对……算了。"

耿曙说："他是我的父王，他一定会原谅你，这么多年，他也在找你。"

姜恒说："他已经死了。"

耿曙说："他没有死。"

接着，耿曙将解药之事朝姜恒说了，姜恒万万没想到，在自己昏迷的时候竟然还发生了这么多事！

"那是谁？"姜恒难以置信，脑子里已彻底混乱了，给出解药的人，会是罗宣吗？可是赵起告诉他，喂他吃了两枚，这对不上啊！

耿曙说："我不知道，界圭也许清楚内情……"

姜恒马上道："糟了，汁琮居然还活着？"

耿曙道："跟我回落雁去，他会原谅你。"

"我不去。"姜恒当即道。

耿曙："你与他无冤无仇，为什么要杀他，就因为他害死了咱们的爹？当年爹是自愿的。"

姜恒道："你还不明白吗？哥！你究竟在想什么？这些年，汁琮所做之事，你没有亲眼看见？他杀了多少人？！当初若不是他率先进攻洛阳，天子与赵竭就不会死！"

耿曙道："南方关外四国，哪一个不是有强占洛阳的心思？"

姜恒道："你知道他战后做了什么吗？把百姓统统迁入关内！他将五十五岁以上、无人赡养的中原老人，全都坑杀了！"

耿曙终于被姜恒堵住。

"我不知道。"耿曙答道。

这些年，他只管为汁琮征战，从不干涉政务，那是太子泷的分内之事，但他曾有耳闻，每打下一地，无论南人还是塞外之人，都会将抓回来的人送去北方，分城安顿。

姜恒说："但凡雍人生下孩子，从小便带离父母身边，以做兵员养大，夺人子嗣，将人视作牲口，如此行径，与畜生何异？！他杀了多少人？你算过吗？"

姜恒激动不已，说道："你在为虎作伥、助纣为虐！你以为你们雍军的铁骑这就所向无敌了？中原人不怕你们！"

"我不知道。"耿曙说，"你现在告诉我了，我会阻止他。"

"你阻止不了他。"姜恒说，"在他眼里，人命就是草芥，就是柴火，是拿来烧的！让他来统治天下，将是天下的灾难！"

耿曙说："可他是我爹，恒儿，这些事，都是可以商量的……"

"不能商量，你认贼作父！"姜恒厉声道，"你爱认他当爹你认去，他不是我爹！你爱回去，自己回去当你的王子，我这就走了！"

耿曙听到最后这半句话时，刹那脑海中仿佛被锤了一记，险些吐出血来，他堪堪将那口血忍住，咽下，疯狂喘息，像是想说什么，却苦苦忍住，转身一阵风般冲了出去，庭院内顿时传来巨响。

姜恒刹那吓了一跳，追了出去，只见耿曙朝着一棵树猛撼，仿佛在发泄怒气。

"哥？"姜恒意识到自己说了重话，说，"对不起……对不起，哥。"

"没什么，"耿曙嘴唇颤抖，答道，"我在气我自己。"

姜恒说："我不该这么说，我只是……可是，哥，我实在没有办法，像你说的一般去雍国，我……"

"我知道！"耿曙终于失去理智，朝姜恒大吼道，"行啊！行！我不回去！我这就把汁琮杀了！行！你让我做什么都行！你别走！我求求你，恒儿，你别再离开我了……"

说着，耿曙忽然气息一窒，看着姜恒，仿佛想说什么，却半晌说不出话来。接着，耿曙发着抖，竟朝姜恒跪了下来。

姜恒大惊失色，马上扶起他，连忙解释道："哥，我不是这意思，那是气话……"

倏然间，耿曙喷出一口血，吐在姜恒的胸膛上，紧接着软倒下来，重重地倒在了姜恒的怀里。

姜恒瞬间被吓坏了，大喊道："哥——！"

"恒儿，恒儿……"耿曙那手抓得紧紧的。

姜恒赶紧抱着耿曙，把他拖进房内，跪在地上为他把脉，知道是急怒攻心，更不知何时，内脏受了极重的伤，肋下又有剑创，幸而因罗宣的丹药愈合了，只要慢慢调理，应当能好起来，当即松了口气。

"恒儿，别走……别……别走……"

耿曙梗着脖颈，躺在地上，却仍倔强地断断续续说着话，抓紧了姜恒的手，声音里带着哀求，眼里全是泪水，沿着他的眼角淌下地去，好一会儿才能把话顺利说出口。

他从小就是这样，一旦情急或激动，便难以说话，所以平时话说得很少，哪怕是姜恒，从小到大也只见过耿曙一次失态，就在浔东家中被火烧那次。

姜恒赶紧调配药材，吩咐人去熬药，给耿曙喝下去。

"行。"耿曙终于缓过劲来，说道，"不重要，不打紧，什么汁琮、汁泷，都让他们去死，好不好？好不好？"

耿曙那手不放，抓紧了姜恒，姜恒痛得大喊起来，耿曙忙又不知所措地松开，姜恒看他那模样，顿时有点害怕，耿曙仿佛是个骤然受了刺激的疯子。

"哥。"姜恒开始千方百计地安抚他，意识到他实在太累，连着三天没有睡觉，情绪大起大落，已濒临崩溃。

"我们走。"耿曙挣扎着爬起来，一手不住地发抖，不敢再握姜恒的手腕，跪在他的面前，想抱住姜恒的腿，又生怕自己使力伤了他，恳切地道，"去哪儿都行，去一个没有人找得到咱们的地方，我去给人漆柱子，你就好好地待在家里，等我，就像咱们在洛阳一般。我不是什么殿下了，你别走，你哪里也别去……"

姜恒听到这话时，眼泪又哗啦一下涌了出来。

他跪在地上，紧紧抱着耿曙，半晌，一句话也说不出口。耿曙闭着双眼，两手颤动，几次想揽着姜恒的背，却不敢乱动。

姜恒终于"哇"的一声大哭起来。为什么会这样？他太难过了，为什么他们重逢后，开口所说的第一件事，竟是这样的争吵？他不止一次地想过，如果那渺小的愿望得到上天垂怜，终于实现，那么他该朝耿曙说什么？

他什么也说不出口，只能哭，就像当下一般。

"我弄疼你了？"耿曙又说，"疼不疼？"

"没有。"姜恒哭着说，"哥，我不该这么说话的，我没有想过，那些都是气话。我不怄你了，对不起，哥……对不起……我们为什么会吵架？为什么再见到面的第一件事，就是吵架？"

姜恒越想越难受，他们为什么会变成这样？他曾经朝玄武神君许下愿望，只要能再见耿曙一面，让他做什么都成，却没想到，他们竟是以互相伤害来完成这样的相见……他们到底做错了什么？

"我知道，"耿曙稍稍冷静下来，说，"我都知道，不说了，你是哥哥的性命，恒儿，哥哥永远记得。"

花 下 剑

宋邹闻讯赶来，站在廊下，看了一眼，没有说话。

姜恒与耿曙侧头，与宋邹遥遥对视，耿曙示意没事，点了点头，拉起姜恒的手，依旧回到房内。

　　半晌，耿曙坐在榻边，喝过药好多了，呆呆地看着地上。

　　姜恒一手覆上他的手背，轻轻摇了摇，耿曙便蓦然转头。

　　"咱们睡觉罢。"姜恒说，"我累了，我好累啊，哥。"

　　耿曙点了点头，说："好。"

　　耿曙侧过身来，为姜恒拿了外袍挂上，两人只穿里衣，耿曙的心绪仿佛尚未平静，呼吸仍一阵阵地窒着，有点气促。

　　姜恒说："这张榻比咱们在洛阳时的大了不少。"

　　"嗯。"耿曙说，嘴角还带着血迹，解开武袍，胸膛上露出光华流转的玉玦。

　　姜恒挪到里头，耿曙躺上榻去，姜恒搬过他的胳膊，枕在脖下，又回到了在王都的时光。

　　"哥，"姜恒为耿曙擦去嘴角的血，说，"睡会儿，睡醒就好了。"

　　耿曙答道："我不敢睡。"

　　姜恒怔怔地看着耿曙，耿曙轻轻地说："我怕闭上眼，你就不见了。就像一场梦。"

　　姜恒没有回答，耿曙侧过身，与他面对面，目光不愿离开他的脸庞，哪怕只是顷刻。

　　"你长大了，恒儿。"耿曙说，"我梦见你许多次，在我的梦里，你一直是小孩儿。"

　　"所以我是真的，"姜恒道，"你看？我长大了。"

　　两人悲喜交加，都笑了起来，耿曙的笑容里依旧带着痛楚。

　　姜恒摸了摸耿曙的手臂，握了卜他有力的手腕，说："你也长高了，还变壮了。"

　　耿曙已经是成年人的身材了，他的手脚匀称，腰健有力，常年练习骑射，有着瘦削的胸肌轮廓，手臂、腿上，有着隐隐的爆发力。

　　方才他五指握住姜恒手腕的刹那，差点将他的手腕扼断。

　　他的五官轮廓也与从前大不一样了，他的眉眼比小时更深，在崤关下再见到他时，姜恒险些没认出来。

　　"你长得也与从前不一样了。"耿曙以左手指背轻轻抵在姜恒的侧脸上，小心地触碰了下，仿佛生怕弄碎了树叶。

姜恒小声问："是不是没认出我？"

"不，"耿曙说，"我第一眼就认出你了。"说着，他的手指又放在了姜恒的嘴角上。

姜恒低头，看到耿曙胸膛前垂落的玉玦，再抬眼，与耿曙对视，他的面容显得既陌生，又熟悉。之所以熟悉，正因他依旧是他，他还是耿曙。而那隐隐的陌生感，则是五年后，他的模样，仿佛又投出另一个人的容貌。

"爹以前长你这样吗？"姜恒怔怔地道。

"我不知道。"耿曙说，"但姜太后说，我长得像爹。"

姜恒"嗯"了声，随手将他的玉玦翻过来，再摆正，翻来翻去，就像小时候玩这枚玉一般。

"太子泷竟然也有一块。"姜恒方才听耿曙所言，大致明白了，这块玉玦所代表的，是责任，也是宿命。

"把它扔了罢，"耿曙说，"我不想留它了。"

"留着罢。"姜恒疲惫地说，"你说得对，那些事，都不重要了，哥。"

姜恒抱住了他，在耿曙的怀中入睡。耿曙慢慢地闭上双眼，抬起手，下意识地摸了摸姜恒的头，把手搭在他的头上。

雍都，落雁城，王宫。

汁琮从噩梦中惊醒，蓦然坐起，疯狂喘气。

"耿渊——！"汁琮声嘶力竭地喊道，姜恒那一剑触及了他内心深处的恐惧，这么多年来，他常常梦见耿渊给他的那一剑，他终于来替汁琅、替大雍的王报仇了！

那声咆哮响彻深宫，刹那惊动了侍卫、太医，与他的亲生儿太子泷。

太子泷快步冲来，只见汁琮额上满是虚汗，脸色苍白，太医们围在一起，为雍王看诊。

太医又朝太子泷说："恭喜太子殿下，王陛下已无恙，毒素清了，须得慢慢调理些时日，不可再征战。"

太子泷松了口气，坐在榻畔。

汁琮大病初愈，十分虚弱，裹着毯子，仿佛一夜间老了近十岁。

"前线如何？"汋琮沉声道，"说罢，想来已全完了。"

太子泷苦涩地一笑，说道："刺客逃了，王兄与界圭分头去追，没追上，玉璧关丢了，王兄起初落在太子灵手中，但根据探子所报，有人把他救走，如今下落不明。"

汋琮脸上现出苦涩的笑，又是一念之差，无数个错综复杂的念头，促成他抽出匕首，并将姜恒拥入怀中的那一刻……很有意思，很有意思！

"你王兄就这样走了？"汋琮已猜到了整件事的经过。

太子泷道："父王！他拼着自己的性命，将咱们送出了玉璧关！"

"他是王子，"汋琮沉声道，"本该如此。"

太子主掌朝政，王子统领军队，兄弟之情，血浓于水，向来是雍国的传统。汋琮只有一个儿子，他不想再有人来分走这独生子的爱，甚至权力。于是耿曙成为另一种意义上的"王兄"，承担守护者的义务。

但这一切，都被姜恒的突然到来打破，他怎么可能活下来？汋琮算无遗策，那天骤见姜恒，心里的第一个念头就是：必须杀掉他。

否则亲弟弟来了，耿曙对汋泷的忠心便会大打折扣，汋琮比谁都清楚，在义子心里，姜恒始终排在第一位。

他要确保耿曙对汋泷的绝对忠诚，就必须让姜恒消失在世上。

如今他倒是舍不得杀姜恒了，耿渊的两个儿子，各有各的本领，各有各的执着，若非为了他的亲生儿子，他本可不必下这个手……毕竟只要姜恒还活着，汋家便无法真正地拴住耿曙。

失败了，就务必得想办法补救，眼下一切还不晚。

奈何造化弄人，汋琮的计划偏离了自己的轨迹，反而遭受了来自故人之子的　剑。

他把姜恒的举动，理解为来自耿渊鬼魂的一个警告。

汋琮沉默良久，又道："你姑母呢？"

太子泷说："她在玉璧关北边扎营，大军都在她手里，预备夺回关隘。"

汋琮："只靠她不行，传管魏，用你的海东青送信，予你王兄。"

太子泷焦虑地道："可是我不知道他如今身在何方。"

汋琮望向太子泷，沉默片刻，吐出二字："嵩县。"

姜恒这一觉睡得昏天黑地，好些天后，总算恢复了正常，而与耿曙重逢，就像梦一般，起初仍让他难以置信，这一切都太不真实了。

"哥。"姜恒说。

姜恒一下就不知道该做什么了，只得终日坐着。

"嗯。"耿曙也突然间失去了人生目标，每天唯一的事，就是坐在姜恒对面，盯着他看。姜恒抗议过几次，缘因被他盯得不自在，耿曙才做了退让，稍稍挪到一侧，斜对着他。

耿曙一定要拉着姜恒的手，或者与他身体接触着，又要解开腰带，把两人的腰带系在一起。

"你去练武罢，"姜恒说，"成天这么坐着，不无趣吗？"

"不无趣。"耿曙正色道。

姜恒拿起手中书卷，作势要打他，说："快去！别老戳在这儿。"

"碍着你了？"耿曙忍不住道。

"你到院里去，"姜恒说，"练一套黑剑剑法我看看。师父教了我不少武艺，都是囫囵吞枣，许多招数我想不清楚。"

"你那三脚猫功夫，"耿曙说，"练什么武？"

"三脚猫功夫，"姜恒将书一收，不悦地道，"倒是差点送你干爹上西天去了，可见轻敌大意要不得。"

耿曙发挥了他一贯以来逆来顺受的性子，自觉不再与姜恒争论，重逢之后，连五年前那点兄长权威亦荡然无存了。姜恒让他做什么他就做什么，只要别赶他离开太远，耿曙便全盘接受。

耿曙看姜恒的眼神，常常令姜恒觉得，耿曙想像捏泥人一般，把两人胡乱捏成一个，这样就永远不会再经历曾经的分离了。

姜恒要看剑法，耿曙自然乖乖去演练。

姜恒不过是派他点差事做，免得他终日傻坐着，想东想西的，想多了又难受。见耿曙在庭院中开始练剑，他便无聊地翻起书来。

但渐渐地，耿曙的剑技吸引了他的目光，他的身材笔挺，比罗宣更高，已快有当初项州的个头了，五年来他苦练剑法，又身居高位，自然而然有着一股肃杀之气。出剑时漫天梅花飘飞，收剑时剑指凝神，长身而立，当真玉树临风。

姜恒开始明白，母亲为何会对父亲念念不忘了。想到许多年前，昭夫人一眼看见耿渊的那天，定铭记一生。

较之童年时，如今的姜恒，已不再是那个被高墙阻挡的少年，除却于海阁内与世隔绝的那些年之外，他已见过许多事，也见过许多人。而耿曙比任何一个人都要光彩夺目，与众不同。

"恒儿。"耿曙收剑，正色道。

姜恒怔怔地看着耿曙，扬眉做了个询问的表情。

"还看不看？"耿曙说，"我还会别的。"

姜恒忽然也想活动筋骨，起身道："切磋几招吗？"

耿曙眼里带着不明显的笑意，说："让你一只手，不，我只用两根手指。"

姜恒道："别太小看人了！"

耿曙换了把木剑，以食中二指捏着木剑的剑柄，随意站在园中，面朝姜恒。姜恒本以为自己在罗宣门下所学，再怎么也有还手之力，然而直到耿曙出手，姜恒才知道自己错得离谱。

耿曙说了与罗宣一模一样的话。

"花里胡哨。"

姜恒无论如何出剑，耿曙都只要用一剑，便能轻易抵住姜恒的咽喉，脚下甚至没有挪开一步。

姜恒大汗淋漓，使出浑身解数，最后只得把剑扔到一旁，悻悻地认输。

"你现在承认父……汁琮是轻敌大意，才中了你一招了？再遇见对付不了的人，"耿曙说，"千万不能擅自动手。"

姜恒说："总要迎敌的，否则呢？"

"喊我。"耿曙如是说。

姜恒一想也是，有耿曙在身边，以后用不着他去与人动手了。

耿曙收剑，跟在姜恒身后，观察他的脸色，生怕他输了脸上挂不住，安慰道："但你从小不习武，练到这种程度，已算得上不错。譬如说界圭，须得我全力以赴，才有一战之力。"

姜恒输给耿曙，却没有半分不甘，毕竟在他心里，耿曙向来是天下第二的能耐，早在很小的时候，这个观念就根深蒂固。

这时他所想的，反而是有关天下刺客的说法。

"五大刺客都是谁？"姜恒心中一动，问道。

耿曙与姜恒回到厅内，复又坐下，耿曙说："项州、界圭、你师父罗宣、爹，以及'神秘客'。"

姜恒说："很久以前，我还以为神秘客就是我师父。"

耿曙摇摇头，答道："罗宣离开过海阁，九年前，他与项州配合，屠杀了将近三千郢军，从那以后，再无人敢进沧山一步。"

原来是这么回事……姜恒好奇地看着耿曙，说："你又是从哪儿知道的？"

"武英公主。"耿曙端坐时，依旧保持着军人的姿势，雍军风纪在这几年里，犹如一把利刃修裁了他，令他时时刻刻保持着严肃与认真的气质，行如风，坐如钟，较之所识郑人那懒散的风格，耿曙就像一把未出鞘的利剑。

耿曙想了想，又道："她空了常喜欢朝我们讲故事，说得最多的，就是爹，以及天下的江湖刺客、风土人情、江湖逸闻，她教给了我许多。"

姜恒说："看得出来，你的话倒是多了。"

"只是对你。"耿曙答道，"我现在有满肚子的话，恨不得都翻出来与你说，只是嘴拙。"

"有的是时间慢慢地说，"姜恒哭笑不得，"你急什么？"

一时兄弟二人又沉默不语，姜恒忽然想起来，说："对了，忘了告诉你。"

耿曙扬眉，期待地看着姜恒，姜恒却低声说："娘已经死了。"

耿曙不知如何回答，事实上他早在昭夫人离开那天就预料到，她是个坚韧不屈的女人，哪怕在生命的最后一刻，亦果断制止了儿子的哭哭啼啼。她将死亡转化成一场离别，让姜恒习惯她的离开，最终将她安放在记忆里。

而她的目的，也终于达到了。

终她的一生，每时每刻，都在主宰着自己的路，哪怕死亡到来之时，亦无所畏惧。

"项州的骨灰葬在了沧山。"姜恒说，"要有机会能找到娘的遗物，也带回去罢，把他们放在一起。"

"好。"耿曙说，"以后去办，咱们一起。"

宋邹又来了，两兄弟抵达嵩县的三天后，吵也吵过了，哭也哭过了，情绪总算平静下来。而宋邹付出了十足的耐心，时间很长，有什么必须着急现在办的呢？

宋邹抱着一摞文书，带领两名主簿，在厅外朝姜恒与耿曙稍一致礼。

"入冬前的工事已结束，"宋邹说，"现来回报将军。"

耿曙让姜恒靠在自己身上，不许他离开半步，像小时候一般，揉揉脸，捏捏鼻子，在他背上摸个不停，还给他理头发，像逗弄小动物。姜恒则象征性地抵抗几下，便随耿曙折腾，这抚摸与亲昵让他十分受用，就像只晒太阳的猫。

耿曙正要让宋邹放下书卷就走，姜恒却从耿曙的胸膛前爬起来，笑道："宋大人请，正想找您聊聊。将士们反正闲着无事，让他们替百姓去开开荒罢。"

"那当真是最好不过了。"宋邹笑道。

姜恒面对文官时，那习惯的语气与行事，自然而然地就出现了，当初他是晋廷最小的官员，对一众政务，如何按部就班，自当熟得不能再熟。发挥他才能的地方不是在战场，而是在朝廷上，从这一点来说，太子灵确实错过了极佳的机会。

宋邹笑道："姜大人在嵩县可住得惯？"

耿曙尚未通告本地官员姜恒的来历，听到"姜大人"三个字时，姜恒蓦然想起久违的一幕。

"宋大人？"姜恒想起来了。

五年前，宋邹前往洛阳述职，还在廷外朝姜恒问过路！

宋邹叹了口气，意味深长地说："太史大人，好久不见。"

两人当即会心一笑，姜恒说："你是怎么认出我的？"

宋邹说："有些人哪怕经历再长的时间，眼神也不会变。"

姜恒朝耿曙说："哥，你记得他吗？"

耿曙摇摇头，说："不记得。"

耿曙从来眼里就没几个人，昔时在赵竭麾下，眼里也只有姜恒，所想之事也十分简单，一位地方官对他来说根本不算什么。

述 职 卷

"我来看看……"

姜恒接过宋邹递来的书卷，宋邹又行了简单一礼，姜恒以晋礼回应。以官员品级来算，姜恒身为前朝太史，乃是四品，品级最高，耿曙比姜恒低了半级，为从四品，宋邹又比耿曙低了半级，是为五品。

"很好。"姜恒说，"宋大人治县当是一把好手，民生、防务俱井井有条。"

宋邹答道："仰仗天子王威。"

两人又朝并不存在的"天子"虚一拱手。末了，姜恒伤感地叹了口气，按着太史替天子巡视地方的规矩，在文书上做了留注，查阅税收。

"你们嵩县真有钱，"姜恒又感慨道，"怎么能这么有钱？"

宋邹汗颜道："大人过誉了。"

"有多少钱？"耿曙问道。

来到嵩县后，耿曙按太子泷的嘱咐，没有来过问本地政务与税收，当然，他也看不懂税簿，宋邹要玩什么花样，耿曙拿他完全没办法。

"很多钱，"姜恒说，"将近你们落雁城的三成。"

耿曙："你连落雁城的机密都知道？"

姜恒说："这些事对老百姓来说是机密，对明眼人来说，可算不上。"

"雍国穷兵黩武，"宋邹说，"军费开支甚剧，自然不能同日而语。"

"是啊！"姜恒笑道，"宋大人怎么花这些钱？"

五年前，嵩县就是天子领地中不多的税收来源，始终支撑着姬珣朝廷的花费。洛阳之战后朝廷尽毁，一年又一年，嵩县于是将这些钱收归县库，留待来日所需，现在呈现于姜恒面前的，则是一个巨大的数目，足够养一支两万人的军队了。

如今大争之世，三千人的规模，可安居乐业一方，守护县城。一万人之军，可驻一城一关。两万人，已是公侯封地级别。扩军到十万人，六城之数，足可与五国一争短长。

"我说了不算，须得有代表天子的文官前来，才能调拨。"宋邹看看耿曙，又看姜恒。这笔账，他没有在耿曙占领嵩县时拿出来，而是直到见到姜恒时才进行出示，已非常明确地表示了他的态度。

"太史大人接下来有何打算？"宋邹反问。

"我说了也不算。"姜恒从侧面回答了宋邹的问题，说，"天子已崩，洛阳尽成废墟，神州大地，满目疮痍。难得宋大人仍在此地坚守。"

宋邹没有问姜恒这几年去了何处，沉吟不语。

姜恒道："只希望有一天，能有人继任晋廷之位，让神州再归一统。奈何天子无嗣，这个人，又要上哪里去找呢？"

宋邹说："当今五国王族，与晋廷俱有姻亲之缘，于血缘而言，大家都有资格，对不对？"

"说得是。"姜恒心里早就清楚。郑国也好，梁国也罢，代国、郓国，乃至雍国汴氏，往上追溯三代，都曾与天子王室联姻。真要说起血缘来，五国都有继承权。

宋邹又道："但这个人，还须谨慎选择。"

姜恒抬眼，看着宋邹。宋邹认真地道："下官的述职完了，这些日子，还请太史大人多照看着嵩县。"

姜恒起身与宋邹互一行礼，宋邹离去。姜恒知道这家伙虽什么都不说，却心下雪亮，嵩县昔年为天子领地，无人来动。洛阳坍塌后，各国也只是一时懒得来抢夺。但看眼下情况，再不认真对待，嵩县举城覆灭，已在顷刻之间。

"这家伙不是好东西。"耿曙忽然说。

姜恒说："他不过是心系往昔，坚持着，从晋室暮年活着过来的一位老臣而已。"

姜恒回到耿曙身旁，随手为他整理衣服，就像小时候一般，耿曙习惯穿一身黑色，只因当年他要做许多事，养活弟弟，黑袍更耐脏，这个习惯便随之保留了下来。

"总这么坐着，不累吗？"姜恒说，"以前没见你这么规矩。"

"习惯了。"耿曙调整坐姿，又拍拍胸膛，说，"来，让我抱着你。"

姜恒哭笑不得，要推开耿曙，说："天天抱着，像什么样子？"

"许多年没抱你了，"耿曙说，"听话。"

黑色束身武服，暗金腰带，黑袜，耿曙与其说像个将军，倒不如说像个刺客，那身黑色，更添肃穆气氛。

姜恒则一身雪白，搬开耿曙一腿，枕在他的大腿上，拿着税簿瞄了两眼，再抬头时，看见耿曙的双眼。耿曙始终在看他，无论何时何地，从他们重逢那一刻起，耿曙便几乎从不挪开目光。

但凡姜恒离开他的视线有一会儿，耿曙便显得急躁起来，开始浑身不自在。而当姜恒靠近他时，那烦躁的气势又渐渐平息。

"你就不问我想做什么吗？"姜恒倚在耿曙怀中，用书拍了拍他的侧脸，忽然觉得耿曙有时也有点傻。

"不重要。"耿曙说，"我想开了，在落雁城，玄武神君面前，我许过一个愿，只要你能回到我身边，我什么都可以放弃，拿我的一切来换都可以。现在，是我兑现诺言的时候了。"

听到"落雁城"三个字时，姜恒的表情发生了少许变化，耿曙意识到他不喜欢自己谈雍国的事，便说："待你休息好了，咱们就走。"

"去哪儿？"姜恒翻身坐起，朝耿曙说。

"你想去哪儿就去哪儿。"耿曙拉起姜恒的手，低头看他的手背，认真地确认着。从一个人的手上，可以看出他有没有受苦。他观察过，终日服苦役之人的手与养尊处优的王族是不一样的。

姜恒的手就像从前一样，手指修长，肌肤犹如凝玉，从这点上看，耿曙至少可以确认，他没有吃太多的苦。

"我都听你的。"耿曙说。

姜恒想了想，又说："我不能走，不能去隐居，王在死前交给了我很重要的东西，这是个责任，咱们的责任。"

"我没有要隐居。"耿曙重复道，"你去哪儿，哥就跟着你去哪儿，咱们永远也不分开了。"

姜恒一瞬间以为自己听错了，但耿曙的表情无比认真。

"我要是去代国、梁国，甚至郑国，"姜恒说，"和你的养父开战呢？"

"跟着你。"耿曙想也不想便道。

姜恒哭笑不得，又说："万一我要杀你的人民，杀你那位太子弟弟，杀你父王，杀你姑姑呢？"

大争之世，赢家通吃，输家灭门，这不是危言耸听。

耿曙短暂地犹豫了一下，只是一刹那，说："那我也没办法，杀罢，我亲自动手，我愿意当个恩将仇报的人。"

"这是我自己选的，随便天下人怎么骂我。为了你，我什么都可以做，只要你别离开哥哥。"

姜恒呆呆地看着耿曙，但他旋即明白，如果有选择，耿曙还是不希望与雍国为敌。

"你与他们有感情。"姜恒郁闷地说，心里想，他的兄长被汁家养了四年，已经变成他们的人了。

这次耿曙没有回答，别过头去，短暂地将视线投向别处。他对他们当然有感情，养条狗都会有感情，更何况人？

但他很快便转过头，看着姜恒的双眼，说："我不在乎，恒儿，只要你好好的，什么我都不在乎。"

姜恒知道，那话是耿曙对他自己说的，就像在坚定某种信心一般。

"我再想想罢。"姜恒决定不再与耿曙谈论这件事了。耿曙说得不错，在这世上，他们只剩下彼此了，他们相依为命，还有什么不能为此让步的呢？

但雍国实在不是他想选的，选择雍国，只有一个可能，就是另外四国的国君死光了。

在离开海阁之前，汁琮还是他第一个要杀的人。只因大家都在下一盘棋，结束大争之世，而汁琮是唯一不守规矩的人，他不是棋手，他是杀手。

无论如何，必须让他先出局，剩余的棋手才能按照这个千年来便已制定的规则，继续下去。

"哥。"

入夜时，姜恒与耿曙躺在榻上。

耿曙侧头，看了姜恒一眼，在他的侧脸上亲了下，就像小时候。

只因耿曙小时在母亲身边，聂七总会亲吻他，她是个情感热烈而外放的越女，从不掩饰自己对儿子的爱，换了姜恒，便几乎从未与母亲亲近过。其后耿曙来了姜家，便偶尔会以母亲聂七的习惯，亲一下姜恒的脸来表达对他的疼爱。

但现如今，姜恒忽然觉得有点难为情，稍稍推开耿曙，笑了起来。

"怎么？"耿曙有点不乐意了，在他的习惯里，姜恒还是五年前，不，更早，八岁时的那个孩子。

姜恒却已经长大了,这些年,哪怕与罗宣朝夕相处,罗宣也几乎没有抱过他。

姜恒说:"别闹我……"

这个反抗却激起了耿曙的某种征服欲,他按着姜恒的肋下,开始捏他。姜恒顿时大叫起来,不住地挣扎,却压根无法挣脱耿曙,耿曙的手臂就像钢箍牢牢锁住了他。

"你越来越不听话了,恒儿。"耿曙带着威胁,低头注视着姜恒。

说着,耿曙表达了"我非要这么做"的强大意志,摁着姜恒,就像塞北的豹子舔舐自己幼崽的动作。

这次姜恒没有抵抗,稍稍抬头,笑着看他,那笑容足够融化一切。

这些年,姜恒的笑意从来不似这几天这么多。

这些年,耿曙的话也没有像这几天这么多。

耿曙总想为姜恒做点什么,可他长大了,不再是当初那个事事听他的、见不到他就四下焦急找寻的小孩儿。他也有了自己的主见,开始与他争吵。这不免让耿曙有点难过。

可耿曙对人的理解很单纯,他只将这些简单地归结于他们很久没有见面,弟弟还有点生他的气,需要慢慢地哄。

耿曙把他们之间的打闹视作姜恒依恋的回应,视作他们重逢以后,姜恒对他那充满控制欲的举动的回应,瞬间让他的内心变得柔软起来。

耿曙也低下头,在姜恒的脸上抚了一下,顺势放开他,脸颊上带着红晕,这一刻,他找到了过去的姜恒。

耿曙非常幸福,那是难以言喻的幸福。

姜恒让耿曙睡好,给两人盖上被子,天越来越冷了,年节也快来了。

"天子金玺在我的手上。"姜恒忽然道。

耿曙还在回味方才那一瞬的滋味,侧头看了姜恒一眼。

"你说过了。"耿曙正色道,"别拿出来,也别让人知道。"

耿曙很清楚,金玺一旦现世,势必将再掀起一场腥风血雨。

"我把它交给谁,谁就可以称继任天子之位。"姜恒朝耿曙说。

耿曙答道:"天下人不会承认的。"

耿曙哪怕不涉政务,对天下局势亦有所了解,一国得金玺,必将招来其余四国的讨伐。

姜恒说："黑剑也在我手上。"

耿曙道："你也说过了，我不想要。"

姜恒转身，拈起耿曙胸膛上的玉玦，沉吟不语。这是星玉，耿曙既然继承了它，使命就是守护天下王室正统。

而另一块，此刻就在太子泷手中，换句话说，耿曙代替他，承担了他们父亲的责任与使命。

但姜恒现在还不承认这个使命。

耿曙的手指圈起姜恒的头发，无意识地玩了一会儿，又在他肩上轻轻一拍，制止姜恒乱动的手。

姜恒笑笑，忽然道："哥，你成亲了吗？"

耿曙有点意外，他们再见面后，耿曙就全忘记了这件事。

"不算罢，没有，嗯，还没。"耿曙含糊地答道。

姜恒怀疑地看耿曙，耿曙问："你呢？"

姜恒说："我当然没有，我上哪儿成亲去？你定亲了？嫂子是谁？是雍国给你说的亲事？"

姜恒想起在郑国听到的传闻了。

耿曙答道："还没见过她，可我不想成亲了，再过几天，我会写一封信，送到王廷去，让他们替我退了这桩婚事。"

姜恒答道："为什么？"

"不为什么。"耿曙说。

姜恒说："嫂子一定是很漂亮的姑娘。"

耿曙答道："没有嫂子，我已经决定了。"

姜恒莫名其妙地道："为什么？"

耿曙答道："说了不为什么。"

姜恒皱眉，看着耿曙。耿曙最后解释道："我找到你了，所以不想成亲，没意思，有你就够了。"

姜恒哭笑不得，说："我不会走的，哥。"

"不一样。"耿曙有点固执地说，"我的心思，只够放在一个人身上。我没法照顾好她，同时照顾好你，反正我俩也不曾见面，都不认识。她会

314

嫁个比我更好的人，更何况，我也不是什么王子了。"

姜恒忽然有点感动，在这点上他没有勉强耿曙。

"你呢？"耿曙说，"你想娶一个什么样的女孩儿？"

"我不想成亲。"姜恒说。

"你是嫡子，"耿曙说，"我是逃生子，这不一样。"

姜恒本想说点什么，但耿曙那话，是以很平淡的语气说出来的，他知道话中没有弦外之音，而耿曙也是他在这世上唯一不用去揣度对方用意的人。

"我的心思，也只够放在一个人身上。"姜恒说。

"哦，"耿曙说，"那个人是我吗？"

姜恒笑了笑，转身背对耿曙，说："我睡了。"

耿曙便与姜恒挨着，在这静夜里安然入睡。

募 兵 令

"我需要情报。"

翌日，姜恒朝宋邹吩咐道。

宋邹在厅内饮茶，欣然地道："本该如此。"

城主府内形成了新的格局，姜恒不请自来，坐在了高一格的主案后，厅中排布着数张案几，耿曙则坐在了主案一侧、姜恒的身边。

姜恒朝宋邹问："宋大人能给我多少消息？"

宋邹说："本地没有斥候，只有商人，往来情报，不及军中快捷，却能探到不少斥候探不到的事，只是几分真，几分假，还须重做筛选、分辨。"

姜恒点了点头，嵩县不像五国军队与国君、太子门客一般，有自己专管各国奸细行动的府院，但从嵩地出去的商人，正是覆盖神州大地的一张情报网。

"那么就请宋大人费心了，"姜恒道，"每月初一、十五，但请将情报汇总送来，供我判断天下大势。"

"姜大人需要招门客吗？"宋邹问道。

"暂时不，"姜恒已见识了太子灵麾下幕僚七嘴八舌的状况，"我们不会在嵩县待得太久。"

耿曙说："想好去哪儿了吗？"

姜恒朝耿曙说道："还没有，到时候你的兵怎么办？"

"从哪里来，就让他们回哪里去。"耿曙说。

宋邹知道他们要谈论事情，便躬身告退了。

耿曙朝姜恒说："你替我写一封信，你的字写得好看，措辞也文雅。"说着，耿曙把玉玦摘了下来，放在案上，说："撤军的时候，让他们带着星玉与信一同回落雁，把它还回去。"

姜恒看着耿曙，默不作声，耿曙的意思却很坚决。

"我答应你的事，"耿曙道，"就会办到。"

"咱们一起去浪迹天涯吗？"姜恒笑道。

"那也比孤零零一个人，当雍国的王子好。"耿曙说，"写罢。"

姜恒的眼眶有点湿润，摊开一张纸，他知道这封信一到雍国，汁琮顿时就会大怒，且尝到平生未有的挫败的滋味。从今往后，雍国王室上下，定会视他为仇人。他不仅捅了汁琮一剑，险些要了他的命，更如此轻巧地就把他费心费力栽培了四年的养子拐跑了。

但在下笔前的一刹那，姜恒忽然停笔，这半个月，在他脑海中盘桓不去的念头，于这一刻变得清晰起来。

"太子泷是个什么样的人？"姜恒忽然道。

耿曙答道："问这个做什么？不重要。"

姜恒说："你与他相处了四年，就对他一点也不了解吗？"

耿曙想了想，说："你吃醋了？"

姜恒笑了起来，说："没有，我问正经的。"

耿曙说："就那样。"

姜恒说："怎么样？与他爹一样吗？"

耿曙不解地道："为什么问这个？"

姜恒："你再不老实说话，我要在你脸上画东西了。"

耿曙："你画罢。"

说着，耿曙把脸侧过来，想逗姜恒，从前在洛阳时，姜恒偶尔会淘气，趁耿曙睡午觉时，在他脸上画胡子，耿曙醒来后也不知道，便带着花猫般的胡须到侍卫房换班去了，惹得同僚大笑。

姜恒给耿曙画胡子，忽然间宋邹又进来了。

"两位大人！"宋邹见这光景，忽地一愣，说，"外头有只……"

紧接着，翅膀拍打声响起，一只海东青扑棱棱飞进厅内，姜恒"啊"的一声，耿曙却道："风羽！"

姜恒伸手，以手背抚摸海东青的头，耿曙忙道："别碰它！"

奈何这提醒来得太晚，姜恒的手已经挨上去了，耿曙那一惊非同小可，太子泷数年前被它啄过，挨那么一下的结果就是血流成河，手背上还留了一道疤。

姜恒却一脸茫然，他非但没有遭受攻击，海东青还把头凑过来，亲昵地在他手背上蹭了几下。

"怎么了？"姜恒说。

"它喜欢你，"耿曙意外地道，"居然没抓你？"

姜恒把海东青抱了起来，像抱着只芦花鸡一般，顺了它几下毛，说："它很凶吗？"

耿曙说："这是爹与先王汁琅生前养的，在落雁城宫中只认我，谁都碰不得。也对，你是我弟，它能感觉到。"

海东青的喉中发出几声，炯炯有神地看着耿曙。

宋邹见耿曙认得它，便不再多言，退到一旁去，这鸟儿来到嵩县后，一路飞进城主府，闹出了好生一番鸡飞狗跳。

"有张字条。"姜恒说。

他与耿曙凑在一起，取下海东青脚上的信。

太子泷终于来信了，也是雍都在玉璧关告破后，唯一的信件。

"汁琮活下来了？"宋邹尚未离开。

"嗯。"姜恒答道，"看来号称天下神医的公孙大人，也配不出什么了不起的毒药嘛，可见天外有天，人外有人，话不能说得太满，宋大人想看看吗？"

耿曙闻言欲言又止，想起了界圭所言。

姜恒看过那信，把它递给宋邹，耿曙一时反而无法再提笔，坐在案后发呆。

宋邹看完信，抬头说："雍国一定会想方设法夺回玉璧关，这对他们而言太重要了。"

失去了玉璧关这一屏障，落雁城将面对前所未有的威胁，冬天一过，四国若再度组成联军，破关而出，塞外便将迎来一场大战。

现在汁琮唯一的阻敌之计，就只有塞北平原上为期四个半月的冬季，寒风大作，任凭是谁想攻下落雁，都要付出惨烈的代价。但只要北方的春天一来，结果便将瞬间逆转，城破只在顷刻。

于是雍人必须在来年四月前重夺玉璧关，眼下是十一月，还有六个月——半年时间。

但就在这个时候，代国开始行动了，这将是雍人所面临的最大的危机。

太子泷的来信很简单，询问耿曙的情况，字里行间，对他的安全充满担忧，且情真意切。大半来信看完，俱是告知落雁城的情况：汁琮身体好转，预计尽快带兵出征，武英公主与曾宇退守关北。

而代武王则调集兵员，预备随时沿汉中前往洛阳，联合郑、梁二国兵力，给予汁琮当头一击。代国公主姬霜曾有意与耿曙谈婚论嫁，但眼下局势，尚未订立的婚约明显不作数了。代武王显然还记得多年前琴鸣天下那刻骨铭心的仇恨，开始翻脸不认人了。

汁琮给耿曙下达的命令，是在嵩县募集兵员、准备配给，做好长期拉锯战的准备，观察形势，待得代、梁、郑三国形成联军，驻军嵩县的耿曙将成为他手中唯一的奇兵，可随时奇袭敌方后阵。

一万人的军队能做的事有限，联军一旦形成，将是至少二十万人的规模，要如何运用这点兵，非常考验耿曙的军事才能。

汁琮对此提出了另一个办法，征集嵩县所有的青壮年劳力，强行募兵，将军队扩充到五万人。

太子泷又随信附上了详细的猜想与判断，代国参与联军，并发兵玉璧关后，说不定耿曙手中的这支军队能乘虚而入，从背后奇袭代国国都西川城。这么一来，代武王只能撤军。

这条计谋，看得姜恒无言以对。

"不用这么麻烦，"姜恒说，"雍人全是死脑筋。"

宋邹笑了起来，说："太子泷对细节判断有误，大方向却不错。"

耿曙不明白，朝姜恒问："哪里有误？"

姜恒解释道："打西川做什么？蜀道难行，西川位处腹地，易守难攻。费这么大力气将军队开过去，代武王都坐在落雁城王座上了。我现在大致能明白太子泷是怎么样的一个人了。"

"什么样的人？"耿曙问。

姜恒说："听话的人。他不够自信，是不是很少反驳汴琮？"

"从不。"耿曙说，"雍国以父……以汴琮为尊，他的威严太强大了，说一不二。"

姜恒与宋邹交换了个眼色，彼此心照不宣。

耿曙坐下，重新参详太子泷的信，姜恒知道他不能不管，毕竟在雍国生活了四年，蒙受汴系的养育恩情，这个时候一封信过去，一走了之自然简单，可大战既起，说不得又是无辜百姓蒙受灭顶之灾。

"恒儿，有什么办法，"耿曙朝姜恒说，"让这一仗不用打？当然，哥不强求你，你要不乐意就算了。"

姜恒听到这话时笑了笑，说："多的是办法。"

宋邹随之坐下，手指在案几上敲了敲，但姜恒比他更快地给出了最合适的答案。

"他们打落雁城，"姜恒说，"咱们就打梁国的安阳。"

耿曙忽然醒悟，这确实也不失为一个绝好的办法！

"有道理。"宋邹说，"嵩县距安阳最近，免去跋涉千里急行军之苦，梁国兵力倾巢而出，国内势必守卫空虚，若指挥得当，一个月内能拿下。"

姜恒朝耿曙说："梁、郑二国土地接壤，唇亡齿寒，安阳一破，太子灵必然紧张，必须回守济州，如此联军不攻自破。"

耿曙说："我听他们说，代武王刚愎自用，就怕不会退兵。"

姜恒道："那是自然，他只会高兴得很，联军走了，落雁就是他的了，但咱们不打西川，不代表没有人能打。送封信到郢国去，郢、代争夺巴郡已久，雍国愿意为郢国拦住代国回援的兵马，我相信郢王会很乐意，替咱们袭击代国国都。"

耿曙："……"

宋邹叹了口气，说："事情也不一定就到了这一地步。虽然我承认姜大人的计策有效，只是这么一来……"

"这么一来，"姜恒说，"中原就彻底乱了。"

姜恒也不想最终走到这一步，这将掀起四国的混战。

宋邹又说："稍早前，我还收到一封来自代国的密信，乃是一位王族公主托商人带到嵩县的……信件没头没尾，至于为什么会送到咱们这儿来，我也不清楚。"

姜恒望向耿曙，扬眉，意思是那自然是你的未婚妻了。

耿曙脸色变得不自然起来，朝姜恒解释道："我从来没与她见过面，也不曾说过话。"

姜恒说："你一直朝我解释这个做什么？"

耿曙拉着姜恒的手说："我是怕你多疑。"

姜恒说："这有什么可多疑的？哪怕真是我嫂子，我也不会生气啊！"

"哦，"宋邹恍然大悟，"原来是将军夫人吗？我这就将信取来。"

耿曙："宋邹！"

姜恒一脸不乐意，盯着耿曙，耿曙想解释，又怕越描越黑，有点窝火，姜恒却笑着拿来布巾，在他脸上擦了擦，原本被画了两道胡子的耿曙反而被擦得满脸黑，于是姜恒忍不住指着耿曙大笑起来。

耿曙也乐了，看着姜恒笑，那模样更是滑稽，姜恒笑着笑着，忽觉无奈。

"只要咱俩不分开，去哪儿都一样，是不？"姜恒说。

耿曙认真点头，又看看案上太子泷送来的信，极难割舍，但最后还是下定决心。

"你不想管就不管。"耿曙说，"我们回沧山，去你帅门，在那里过一辈子，也是很好的。"

姜恒说："也让我为你做点什么罢。"

耿曙静静地看着姜恒，最终点了点头。

行 路 难

少年本纪

非天夜翔 作品

下

湖南文艺出版社
HUNAN LITERATURE AND ART PUBLISHING HOUSE

博集天卷
CS-BOOKY

图书在版编目（CIP）数据

山有木兮 / 非天夜翔著 . —— 长沙：湖南文艺出版社，2022.1
ISBN 978-7-5726-0550-5

Ⅰ . ①山… Ⅱ . ①非… Ⅲ . ①长篇小说—中国—当代
Ⅳ . ① I247.5

中国版本图书馆 CIP 数据核字（2021）第 280574 号

上架建议：畅销·青春文学

SHAN YOU MU XI
山有木兮

作　　者：非天夜翔
出 版 人：曾赛丰
责任编辑：刘雪琳
监　　制：邢越超
策划编辑：王小岛
文案编辑：张春萌　王小岛
营销支持：文刀刀
封面设计：有点态度设计工作室
版式设计：李　洁
插画绘制：Eno.　阿溦Kiwi　逐　夜　无姜粥
内文排版：百朗文化
出　　版：湖南文艺出版社
　　　　　（长沙市雨花区东二环一段 508 号　邮编：410014）
网　　址：www.hnwy.net
印　　刷：三河市中晟雅豪印务有限公司
经　　销：新华书店
开　　本：640mm×915mm　1/16
字　　数：682 千字
印　　张：42
版　　次：2022 年 1 月第 1 版
印　　次：2022 年 1 月第 1 次印刷
书　　号：ISBN 978-7-5726-0550-5
定　　价：79.80 元（全二册）

若有质量问题，请致电质量监督电话：010-59096394
团购电话：010-59320018

求 救 信

嵩县下起了小雪，南方的冬天让人觉得很惬意，犹如浔东的气候一般。姜恒泡在木浴池里，耿曙又让他过来，躺在自己身上。

姜恒拿着那幅绢，上面写了不少小字，字迹娟秀，看起来十分亲切。这绢显然是临时撕下，交由商人匆匆带走的，即使在十万火急之时，写信之人也丝毫没有慌乱。

"汁郎亲鉴，"姜恒念道，"你我虽素未谋面，却已是有缘……

"父王自王叔薨于安阳后，性情大变，近年早已今非昔比。王兄自作主张，安排你我婚事，已属冒犯。亡人之身，又岂敢冒昧一求？"

姜恒正色道："看来嫂子的处境很不妙啊！"

耿曙没有回答。姜恒又念道："雍军失玉璧关，天下尽起，王兄持联盟之议，苦苦劝说父王，未果被囚……"

耿曙答道："代武王有二十七个儿子，大多被派往代国全境，执管封地，只有太子与三名王子留守朝廷，协助掌管朝政。"

"这位'王兄'，"姜恒说，"应当就是李谧了。"

耿曙说："对，他叫'太子谧'。"

多年来姜恒虽身处海阁，却从未不闻世事，罗宣时而会对他解释诸国情势，枫林村内又有不少过路商人带来天下的情报。而当年在洛阳时，这大争之世的局势，他更是看得脉络分明、就里清晰，毕竟天子百官管不得正事，打听打听闲事，总是可以的。

十多年前，耿渊琴鸣天下，代国武王同父异母的庶出兄弟——公子胜李胜死于黑剑之下，从此代王便性情大变，原本暴躁的脾气越发激烈。但很快，他也意识到这样下去不是办法，于是逐渐将朝廷权力让渡到了嫡长子李谧手中。

兄弟死后，代武王开始日夜酗酒，隐居深宫，少问政事。

代国太子未曾继位，却已成为代国实际上的国君，与雍的联盟、婚事，亦是太子李谧一力促成。等待在他面前的，将是一盘艰难的棋局，面对这盘棋，他只能暂且摒弃仇恨，放下琴鸣天下之恨，姑且与敌人雍国携手。

但就在郑、梁二国出此奇谋，刺杀汴琮，大破玉璧关后，国内局势一夜间改变了。

代武王重掌朝政，推翻了先前的所有战略，决定向汴氏复仇，讨回当年的血债。李谧极力劝说，却当场被代武王勒令下狱。

武王年轻时战无不胜，二十年来素有"战神"威名，与梁国神将重闻足以分庭抗礼。积威之下，朝廷噤若寒蝉，莫敢直面以谏。

而公主姬霜，亦被性情大变的王父软禁起来，让她少指手画脚。

她想尽了所有办法也无济于事，眼看代国大军已然开始集结，而待得代王打了胜仗归来，第一件事便是将兄长李谧赐死，废太子再立。她左思右想，再无办法，只得病急乱投医，求助于耿曙这名万里之外、尚未定亲的未婚夫。

毕竟雍国绝不希望代国加入联军，如果能不费一兵一卒就平息武王的怒火，他们的利益便能达成一致。

"我们的商人还探听到另一个消息。"宋邹说道。

姜恒洗过澡，耿曙在旁用干巾为他擦头。

"嵩县终于要有麻烦了吗？"姜恒朝宋邹问道。

宋邹苦笑道："看情况确实如此。"

聪明人无须长篇大论地解释来解释去，姬霜既然写信向耿曙求助，其他人自然也开始忌惮嵩县，一万驻军说多不多，说少不少。代国在发兵之前，一定会想办法剿掉位于自己后方的这股力量。

除非耿曙在代军进犯嵩县前将全军撤走，那另当别论。

"他们眼下不敢就来，"姜恒说，"放心罢宋大人，江对面还有郧国呢。"

"是这么说。"宋邹答道，"可开春之后，就难料了，一切全看玉璧关的归属。"

姜恒点了点头，朝耿曙扬眉。

"只有咱俩吗？"耿曙问。

"嗯，"姜恒答道，"你说了，去哪儿都可以。"

耿曙道："当然记得，只是问问，不用护卫吗？"

"你不就是？"姜恒正收拾东西，答道。

耿曙道："我来罢。"

耿曙简单收拾了下姜恒的随身之物，发现只有一个空药瓶、一身里衣，连钱也没有，还有一个匣子，里头装着颜料等物，不知做何用，如此俭朴，当即令他十分难受。

姜恒说："我去交代点事。"

耿曙已不再像先前般紧张，姜恒抵达嵩县后，无人好奇这个突然出现的青年，耿曙对亲兵们说了，姜恒是雍都落雁派给他的主簿。知道他是谁的人只有宋邹，但就连宋邹，也并不清楚姜恒的真正身世。

姜恒现在需要嵩县的配合，他将与耿曙前往西川，并想办法将太子李谧放出来，借助他的力量来反制代武王，扼住他那丧心病狂开启大战的念头。

虽然站在他的立场，他并不想为雍国做什么，然而他欠了汁琮的债，这笔债是耿曙的四年人生，解去玉璧关之困，权当还给汁氏的。

更重要的还有一点——设若代国开战，第一个目标就是夺取嵩县，没有人愿意在自己的腹背之地留一枚雍国埋下的钉子。为了这好不容易得来的栖身之地，姜恒必须设法保全嵩县与全境军民。

姜恒又想方设法地说服自己，虽然转而帮助雍国大大违背了他的初衷，但他也不想大动干戈，用几十万乃至数百万人的死亡来换取一统天下的盛世。他要的是雍国知难而退，而不是把玉璧关北边的所有人都杀了。

早在师门的时候，他就做出了长远的筹谋，要以最小伤亡的代价，来帮助自己所选定的国君完成一统大业。

起初这个选择是太子灵，但姜恒现在非常茫然，太子灵真的合适吗？他是不是需要重新考虑选择人选？

"矮个里拔高个。"姜恒想起下山前，对鬼先生谈及自己的宏图与理想时，无奈之下说出的话。

五国之中，确实没有合适的天子人选，这才是大争之世中最大的悲哀。

汁琅曾经有希望，但他早早就死了。

姜恒来到厅内，几名商人正等着。

"这位是太史姜大人。"宋邹说，"你们议定细节罢。"

都是代国的商人，姜恒客客气气，朝他们主动行礼，商人们则受宠若惊，忙请姜恒先坐。

宋邹则不旁听以避嫌，离开了厅堂。

耿曙把他们简单的行装打了一个包，兄弟俩的佩剑都没了，只得放了把匕首在包袱内。

宋邹捧着白银过来，对耿曙说："将军，这是预备下的盘缠，到了西川后，说不定能用上。"

耿曙掂量，约有百两，便点了点头。

宋邹正要告退，耿曙忽然道："你说得对，宋大人。"

宋邹回身，不解地看向耿曙。耿曙说："我不是雍人，我不过曾经以为自己是雍人。"

宋邹一笑道："您又开玩笑了，将军，什么曾经以为呢？您一直是天子的人，您是天下人，将军。"

翌日，嵩县为两人备齐了马车，雍军副将亲自来送。

"殿下，恕我直言，玉璧关局势不定，您这又是要去哪儿？"那副将显然不明白，耿曙为什么会毫无来由地决定出行，突然就这么走了。

姜恒坐在车前，怀里抱着海东青，短短一日，他已经喜欢上这鹰了，爱得不得了。海东青脾气凶戾，待姜恒却是百依百顺，竟愿意被他抓来随便折腾，揉脑袋掰爪子，扯翅膀捏喙，从不生气。

就像耿曙一般。

姜恒没事时就喜欢抱着它摸个不停或是逗它玩，时不时地还亲亲它，同时理解了耿曙为什么也喜欢抱着自己。他们就像小动物之间，用简单直白的亲昵方式，向对方表达自己的心意，半点不难为情。

这种亲昵，确实能让人心情变得很好、很幸福。

耿曙看也不看那守将，递出一封信，说："到明年二月开春，若我还是没回来，你就将信拆了，按着信上说的办。"

信里是姜恒思考了一夜，根据推演留下的后手布置，如果他们没能顺利解决代国之危，宋邹将亲自前往郢都，长江下游的江州城，游说郢王与太子对代国用兵。

届时嵩县的驻军将奇袭梁国首都安阳，逼梁国撤军，联军只剩郑国。再接下来，就看汁琮自己的造化了，但能带出耿曙这等良将，摒去刺杀的意外，料想汁琮对付太子灵之流还是没问题的。

"你太像爹了。"姜恒说。

耿曙赶车，与姜恒做商人打扮，姜恒一身华服，裹襟锦袄，鬓角垂绦，上佩一枚夜明珠，袍襟上绣了金线白虎纹，怀里抱着四处张望的海东青。

耿曙则依旧一袭朴素的黑武服，袍上绣了暗纹，左肩佩一皮护肩，供海东青所停之用。

"你又没见过爹，"耿曙说，"我也没有蒙眼。"

姜恒说："既然姜太后说了，你就一定像。"

耿曙答道："没有几个人见过他，尤其他的眉眼，你放心罢，不会被认出来的。"

耿曙有时都惊讶于自己居然能这么耐烦，曾经在雍都的深宫，他连答太子泷半句话都懒得开口，但面对姜恒时，他总希望姜恒再多说几句，仿佛他的声音就是人间最美好的天籁，听到时，心里就开满了漫山遍野的花，有时还恨不得多逗逗他，奈何自己向来嘴拙。

姜恒说："我得给你改一改长相。"

"在我脸上砍一刀吗？"耿曙说。

"砍你做什么？"姜恒说，继而挪到车夫位旁，让海东青自己飞出去活动，打开那匣子，调开颜料。

"哦，"耿曙终于知道了，说，"易容，还以为你喜欢画画。我只想替你受点罪，让你捅我一剑，留个疤，哥哥心里便受用了。"

耿曙放缰，任凭拉车的马儿慢慢走着。冬天的暖阳中，姜恒用笔在耿曙嘴角轻轻地描了几下，喃喃地道："别瞎说，你这么好看，还是安全起见。"

"哪儿学的？"耿曙问。

姜恒低头，蘸笔，带着笑意说道："师父教的。"

耿曙说："你师父教了你不少。"

姜恒答道："是啊。"

耿曙忽然有点酸溜溜的，问："女孩儿吗？"

姜恒答道："你不是知道吗？明知故问。罗宣啊，男的。可没教我怎么讨女孩儿喜欢。"

耿曙："什么意思？"

姜恒笑道："见了嫂子，你得自己想办法。"

耿曙固执地说："不是嫂子，罗宣多大？"

"长得像二十来岁罢。"姜恒说。

"长什么模样？"耿曙又问。

姜恒想了想，怎么描述呢？耿曙又道："既然易容，想必也见不到他真面目。"

"师门里头就我和他，"姜恒道，"他又用不着易容。"

"你在师门里头，都是他照顾你罢？"

"嗯。"姜恒答道。

"像我照看你一般吗？"耿曙忽然说了句。

姜恒隐隐察觉到耿曙某些没有说出口的话，只在那一瞬间。他不太喜欢自己提海阁，就像自己不喜欢他提落雁。

"我也得给自己易个容……"姜恒自顾自地道，"稍微易一下。"

耿曙警惕地看着姜恒，说："这又是谁？"

姜恒稍稍改了一点容貌，看了眼镜子，说："不知道，师父曾经给我易过，随便的一个什么人？"

姜恒用了先前在师门时罗宣教过他的易容法，只稍稍改了下鼻子与嘴唇、下颌线。

这个时候，海东青飞回来了，爪子上提着一条活蹦乱跳的蛇，直接把那蛇扔进了姜恒怀里。姜恒瞬间狂叫一声，耿曙没被那蛇吓着，却被姜恒吓着了，他眼明手快，夹住蛇的七寸，道："没毒！别害怕！看，快看，菜花蛇！"

"拿拿拿……"姜恒的脑袋不住地往后躲，"拿远点！"

姜恒在沧山上被蛇咬过一次，当然罗宣很快赶来了，什么毒都不在话下，但他还是多少有点害怕。

耿曙把蛇放了，朝他说："那是风羽抓给你的。"

"哦。"姜恒心有余悸。

海东青此时停在耿曙肩佩的护肩皮甲上，歪着头，不解地打量他。

"真是有心了，"姜恒朝海东青说，"我不吃蛇，谢了。"

耿曙嘴角略翘着，说："它想讨好你，奈何你不领情。"

"谁也不会领情的罢！"姜恒哭笑不得地道，但海东青的作为还是令他十分感动，便伸手摸了摸它。

海东青跳回姜恒怀里，收起了爪子。

耿曙说："所以它傻，就像我。"

姜恒说："你又不傻。"

耿曙说："恒儿，我傻。"

姜恒笑着侧身，靠上耿曙的背，与他背抵着背。耿曙拿过马缰，信手抖了几下，马车穿过玉衡山下的古道入口，进了蜀道，在江边悠悠地走着，冬季江水退了，绿得深不可测，两道则是绵延不绝、铺满崇山峻岭的常青树。

"后来你去看海了吗？"耿曙又问。

"没有，"姜恒出神地说，"等你带我去呢。"

耿曙"嗯"了声，又问："记得咱们从浔东上洛阳的路上吗？"

"许多都不记得了，"姜恒侧头对耿曙说，"光记得项州带我去钓鱼那会儿。"

耿曙道："就不记得我为你抓鱼了？"

姜恒想起来了，那天很冷，耿曙为了给他找点肉吃，站在深水里摸了一下午，一无所获。

"从浔东去洛阳的路上，实在太冷了，"姜恒说，"还好没把你冻着。"

耿曙说："可惜摸了好几个时辰，什么也没有。"

姜恒说："也许因为那山涧里本来就没有鱼。"

"你心疼我吗？"耿曙问。

"当然了，"姜恒说，"只是那会儿不懂。"

耿曙说话总是直来直去，所有的感情都不加掩饰，"我们再也不会分开了"也好，"你心疼我吗"也罢，尤其那一声声"恒儿"，让姜恒感觉到无尽的温暖，却也有点难为情。

但耿曙从到他家的第一天就是这般，十岁时这么对他说话，十九岁时，还是这么对他说话，当初稚气的容颜已化为岁月间凝重的、英俊的男性脸庞。

"知道你心疼，"耿曙漫不经心地道，"比什么都值，旁人我都不这么说，恒儿。"

姜恒笑了起来，说："你在落雁，一定不这么说话。"

"在落雁，我不说话，谁也不说，都攒着对你说。我太高兴了，恒儿，你还活着，你回来了。我又活过来了，我当真太高兴了。"耿曙又说，"这几天，每天我心里头都在出太阳，简直像做梦一样。"

耿曙仿佛要将自己心里装了五年、无处宣泄的感情，统统朝姜恒倒出来，想诉说他怎么思念姜恒、怎么难过。可是话到嘴边，他发现自己已经不会说了，只能笨拙地去谈往事，期待姜恒能懂这些回忆里所掩藏的诸多心情。

姜恒听懂了。

"你再这么说下去，我怕我也不想你娶嫂子了。"姜恒如是说。

耿曙笑了起来，像是在笑姜恒表达感情时竟也如此笨拙，又像是在笑自己，忽然也觉得有一点点难为情了。

蜀 锦 袍

入蜀道一路上阳光灿烂，一如许多年前离开浔东前往洛阳，那笔直大路两侧的风景。有时耿曙甚至在想，如果他们一直在行路就好了。

江水滔滔，猿啼阵阵，在城外看见钟山的那一刻，姜恒真切地感觉到，西川到了。

"钟山九响，改朝换代。"耿曙懒洋洋地随口道。

姜恒笑道："枫水化冻，冬去春来。前半句可不能乱说，哪怕任意一国的国君，也不希望听到。"

西川千年来物产富庶，川中平原被誉为天府之国、鱼米之乡，枫水绕国都而过，灌溉万顷良田，更被蜀道相隔，不通外界，中原的战乱影响不到此地，当真是姜恒这些年来所见天下最富饶的地方了。

六百年前，晋天子得天下，将西川封予李姓代氏，从此便一代接一代传了下来。及至两百年前代国中兴，出将军岭，得汉中之地，又南下从郢国手中夺巴郡，将此版图扩展至五国中第二大，隐隐有问鼎中原之势。

而数十年来，代国更出了一名不世强者，正是今日坐拥西川万顷良田、兵马二十万数的代武王。若非耿渊琴鸣天下打乱了四国攻雍的计划，说不定眼下代武王已平定北雍，出剑门关与诸国一较高下，中原鹿死谁手，尚未可知。

西川城墙高大气派，时值隆冬清晨，城中薄雾升起，一派欣欣向荣之景，百姓安居乐业，绝非济州等地可比。

"西川人有钱，"耿曙在旁卸下货物，对姜恒说，"这回过来，能不能见姬霜公主不知道，钱想必不会少挣。"

姜恒无奈地道："我倒不会做生意。"

姜恒站在马车旁，核对货单。西川城中百姓富庶，城防守备十分森严，细细盘问了他们的来处，又看了货单，但大体十分礼貌，也不收姜恒的贿赂金。

"头一回来？商人在西川通行无阻，"守卫队长随口道，"不必缴入城费，就问问，你们什么关系？"

"我是他的伴当。"耿曙手里拿着匕首，带鞘握着，随手玩了几个花样，说。

"他是我哥。"姜恒眼里带着笑意，并注意到那队长腰牌上书"李靳"二字，心想，兴许是名代国王族？

队长没有问他们为什么姓氏不一样，想必不是家生子。

但一问一答间，看姜恒那模样明显不是生意人，一副什么都不懂的表情，初次走商的人都这般。

"进罢。"李靳说，"本国律法，不可逾犯，有事到城北清州桥后，川防寮司去找人。"

姜恒谢过李靳，李靳递出货单，随口道："长得还挺讨人喜欢，放你出来走商，家里人放心吗？"

"不放心，"耿曙抬手，以剑鞘隔住李靳的手，不让他碰到姜恒，接了货单，说，"所以我这不正跟着？"

李靳笑了起来，姜恒便行礼，与耿曙走了。

西川一地商人地位不低，这还要追溯到惠王十一年时，公子胜所推行的代国变法后，重商养农之国策。商人载着来自西域的大量物资，途经川中，前往中原诸国，形成错综复杂的关系网，奇货可居，数十年来得获重利。

来自诸国的黄金与白银又滚滚注入西川，供养了代国强盛的军队与富庶的百姓，是以城内商会盘踞，大大小小的商行拥有不可小觑的影响力，甚至左右着下一任代王的人选。

"汁琮非常推崇李宏的治国之道，"耿曙找到城中客栈，对姜恒说，"挣钱养兵，有用不完的钱，就能征募起不怕死的军队，他曾经希望雍国也能恢复与南方四国的通商……待会儿再来逛，咱们先找地方住下。"

"要打败一个国家，"姜恒说，"须得用什么办法呢？南方四国这些年里，还是很聪明的……他们知道强攻雍军讨不了好，还会死伤惨重。"

"嗯。"耿曙说，"雍军实力还是很强大的，如果换了你，你会怎么打败雍国？"

姜恒想了想，答道："换作我，首先，阻断所有与关外通商的道路，联手压制雍，让他们挣不到钱，雍国的铁、马、银、物产哪怕再丰饶，没有国家购买，光靠本国百姓根本消耗不完。国库日渐空虚，汁琮养不起兵，只能转而朝国内百姓课以重税，久而久之，民羸则兵疲。

"汁琮哪怕有再强的凝聚力，等到发不出军饷的那天，除非裁军，否则一定会引发叛乱。只要四国有耐心，不费一兵一卒，用釜底抽薪之计，便可耗死汁琮。"

姜恒在这些日子里，听耿曙谈了不少东宫的决策内情，知道朝臣们都在提醒汁琮这点，他们必须拿出对策。

第一个对策是增加人口，消耗雍国境内资源，并让他们去耕种，豢养更多的军队。

其次则是尽快出关，不能再等了，夜长梦多，等待无异于坐以待毙，战争一起，从中原掳掠回的战俘、钱财、粮食，当可补充雍的国库。

姜恒一路观察西川城内风物人情，只见东西南北四街俱是商肆，更有天水、西域等地商队，不远万里前来西川做生意，川商在国内易货后再带往中原，到处都是响当当的金银入袋之声。

商队盘踞的地方，歇脚的客栈也相当多，耿曙凭嵩县县丞签发的文书，便顺利入住。

"但这也证明了两点，"姜恒说，"首先，法令明晰；其次，民风开化。"

耿曙"嗯"了声，不予评价。姜恒心中却清楚得很，要让国都成为商贸大集，非一朝一夕可成，首先要保护商人交易的安全，否则谁敢来做生意？其次则是要有相当的气量，允许贸易影响，甚至在一定的范围内，左右国君的决策。

除此之外，还要允许商人们七嘴八舌地"议政"，说国君的坏话。

前一点汁琮能办到，但后两点，以雍国的做派，只怕很难。若非当年公子胜力排众议，推行变法，将商人推到如斯地位，只怕以代武王的性子，要做到也很难。

武王李宏唯一相信的，就只有这个庶出的弟弟，李胜也是天下不世出的人才，有他治理代国，退可守西川百年之鼎盛，进可逐鹿中原。

只可惜，手无缚鸡之力的李胜，被他们的父亲像杀鸡一般，在安阳一剑捅死了。

耿曙登记了"聂海"这一名字，姜恒则用了原名。

"什么时候去见嫂子？"来都来了，姜恒也不着急，躺在坐榻上，随手戳开窗，西川冬天的阳光便照了进来，外头隐约可见积雪钟山，窗框内的景色就像画一般。

"这么着急做什么？"耿曙皱眉道，"嫂子嫂子，我都不惦记，你怎么这么惦记嫂子？"

耿曙令姜恒朝里让了让，两兄弟并肩躺着，姜恒笑了起来，手指刮了下耿曙的脸，说："就想看看。"

姜恒也说不出个所以然来，与耿曙来到西川，仿佛就背负了某项责任，亲眼看见兄长成亲，是件人生大事，可又让他心里不禁一阵空落落的，就像即将失去什么东西一般不安，这不安便让他无意识地反复提起此事。

"我可没说要与她成婚。"耿曙说。

姜恒侧头看看耿曙，两人嘴唇、鼻梁挨着，就像小时候。

"哦。"姜恒想来想去，只得道，"我也不催你，但你当真不必介怀，你若喜欢她，就试试看呗？"

不知为何，姜恒忽然又有点窃喜，重逢以后，他还没与耿曙待够，自然不想将他这么匆匆忙忙地交给别人。

耿曙一手搭在姜恒的肩上，想了想，说："帮她的忙，又不意味着就娶她了，何况……算了。"

姜恒茫然地道："何况什么？"

耿曙本想说的是，何况他现在也不回雍国了，自然也没必要提这门亲事，代国公主要嫁的是雍国王子，不是他耿曙这个人——这点耿曙一直很清楚。无论在落雁还是在西川，所有人都只在乎他的另一重身份，即"王子"。

对他而言，天底下只有一个人，无论他是谁，待他都一如既往，这个人就是姜恒。

但耿曙没有把这话说出来，只认真地看着姜恒，说："走罢？逛集？给你做两身衣服去？"

姜恒笑了起来，就像从前一般，耿曙只要拿到钱，首先考虑的就是让他吃饱，其次则是给他做身新衣服，把他收拾得干干净净、漂漂亮亮的，这就是他的责任。

姜恒拿着货单，前往市集开始采买，大多是自拟的药材等物。接着则通知嵩县在本地的商人，来将他们的货物领走。

"龙涎香、红花、蝎壳……"姜恒对照货单，准备一次将药材买够。

"你还会当大夫了？"耿曙说，"看来学了不少，又是你师父教的？嘿。"

"我怎么听你提起我师父，总觉得酸溜溜的？"姜恒一瞥耿曙。

还在浔东与洛阳时，姜恒便大致读过医家典籍，在罗宣门下学艺，又学到了不少用毒与解毒之道。

"那可不敢。"耿曙无聊地说。

"站好。"姜恒笑着说。

两人站在裁衣铺里，姜恒选了最上等的蜀锦，为耿曙做了一身新衣服。耿曙说道："我不喜欢雍衣，换一身罢，黑的就行。"

"只要穿黑，"裁缝是个老头，耐心地道，"就都像雍式，这可改不来。当兵的？哟，这身板。"

姜恒提议道："给我哥做身文武袖罢？"

耿曙站得笔直，姜恒的提议无论是什么，都是好的。"文武袖不错。"

"好好，"那老头说，"哥哥文武袖，弟弟穿什么？来，站这边。"

姜恒趁着他给自己量尺寸时，朝那老裁缝道："咱们这是西川最好的裁缝铺子了罢？"

"那是自然，"老头答道，"王家也在这儿做呢。"

耿曙在一旁端坐，正要开口，忽然转念一想，没有打断姜恒的话。

姜恒以眼神示意，机灵一笑，又说："听说公主是个大美人，她的衣服也来这儿做过不曾？"

"那可折杀老头子了，"裁缝边躬身量姜恒的腰腿，边喃喃地道，"府上选了缎子，都是上门做，怎么能让公主亲自来？"

"啊，"姜恒想了想，说，"那能不能烦请老先生上门时，替我送封信到她手上？"

裁缝动作一停，姜恒笑着从怀里摸出一封信，递到他手上。

"公子稍等。"裁缝点了点头，说道，接过信，转身径自进了后堂。

"信上写了什么？"耿曙丝毫未料，姜恒出门还做足了准备。

"什么都没有，"姜恒付过钱，把装药材的小包让耿曙挎着，犹如使唤驱马般让他手提腰挎，自然而然，解释道，"信封里只有一张白纸。"

耿曙莫名其妙："你怎么知道这裁缝铺子与姬霜的公主府有联络？"

姜恒说："猜的，反正也没损失，不是吗？"

耿曙嘴角抽搐，姜恒拍拍他，牵起他的手，又说："去的人，自然会描述咱俩什么长相。写信求救的只有嫂子，她一听就明白。"

"别叫嫂子。"耿曙低声威胁道。

"以后的嫂子。"姜恒改口道。

"我没要娶她，"耿曙说，"别再这么说，否则我当真要生气了，了了这桩缘分，也当放下心头事。"

"那你想娶谁？"姜恒笑道，"这可不是你的真心话，怎么每次说到这个，就口不对心了？"

"没有口不对心，"耿曙说，"只想守着你，好好过日子罢了。"

姜恒知道耿曙多少有一点犹豫，还想再打趣几句，却觉得耿曙也许真的会生气，便不说话了。耿曙又补了句："我嘴拙，你懂就成了，别老翻来覆去地说，没意思。"

普天之下，也只有对着姜恒时，耿曙能这么说。

霜 公 主

"哥，"姜恒观察耿曙，问，"你当真生气了？"

"没有。"耿曙开始有点不耐烦了，却并非是对着太子泷的那种不想说话的不耐烦，而是自发地想说太多，却总得不到回应，仿佛对着空气自言自语的不耐烦。

"找个吃饭的地方去，我弹首曲子给你听。"姜恒说。

于是耿曙的心情又好了起来。接连数日，姜恒送出的信始终没有回音，兄弟俩便每天去市集上，看看自己的货卖得如何了，顺便与店家结账，取出金银，再送到钱庄去，兑成票据。

除此之外，姜恒还常找各路商人喝茶吃点心，耿曙便一言不发地在旁听着，看姜恒神采飞扬，打听各国之事。

姜恒慢慢地发现，比起在海阁的四年里，四国发生了太多的变化。曾经中原之事，他都从罗宣处得知，但自从耿渊琴鸣天下后，中原势力便如同轮辐加速的战车，相较从前更为激烈地往前撞去。

也许自己该修改一下最初的计划了，但姜恒还说不准，五国之中哪一国最适合在未来的二十年中完成一统天下的大业。

但说来说去，商人们说得最多的，还是西川城内的局势——太子被囚，公主被软禁于湘府上，武王掌政，不久前又将三王子李雎派出将军岭集结军队，预备充当前锋。

所有的变化都指向唯一的未来——要打仗了。商人是最不想打仗的，战乱一起，商路便会被阻断，而西川城中，最有威望的太子谧不知是否还有翻身之日，最糟的情况是一旦开战，西川便将肃清商路，大家就只得另谋去处。

"哥，你觉得呢？"姜恒说。

"觉得什么？"耿曙待茶席散后，小心地剥点心放在姜恒的盘子里让他吃。从前他俩吃不到什么好东西，耿曙总忍不住想喂姜恒多吃点，恨不得把好的都塞他嘴里去。

"哪一国将是最后的赢家。我吃不下了，"姜恒哭笑不得地道，"你吃。"

"西川的点心做得精巧，"耿曙对姜恒说，"有钱就是不一样，有这么多讲究。"说着又自嘲道："雍人就像土包子，什么都没见过。"

姜恒说："可雍国的军队是最强的。"

耿曙想了想，说："若一定要选，我希望是雍。"

姜恒说："为什么？"

耿曙想了很久，没有回答。

姜恒忍不住说："哥！你如今心事怎么变得这么多了？成日也不说话，都想什么？"

耿曙一怔，忙解释道："不是，恒儿，你听我解释，不是这般……我是怕说错了你生我气……"

耿曙知道姜恒不喜欢雍，或者说，姜恒非常反感汁琮待百姓的所作所为，耿曙自己提起时亦觉得理亏。

"平日里当真没想什么，"耿曙说，"看着你发呆而已，你信我。"

姜恒示意好了好了，不用多解释了，又笑了起来，耿曙一着急，就有点语无伦次，毕竟他向来不善言辞，也并非花言巧语之人。

姜恒轻轻地叹了口气，拨弄几下琴弦，说："你还是对雍国有感情。"

耿曙没有回答，最后他承认了，点了点头。

姜恒终于决定了，但他没有把这个决定告诉耿曙。

"代国确实富饶，"姜恒思考片刻，说，"可经营这一切的人，已经死了。"

"李胜确实死得可惜，"耿曙答道，"所以这些年里，我对爹当年做的事，知道得越多，就越……"

耿曙想了想，无法形容。姜恒轻轻地说："你曾经觉得他是个英雄，如今却也觉得，实在不好说。"

耿曙点头，没有人比姜恒更了解他了，事实上他也有着一股愧疚感，父亲的杀戮，他压根就无力偿还。

"说实话，梁国如果有时间休养生息，说不定还有希望。"

姜恒看的不是天下国力，而是看人。梁国如今有了新的国君，这名国君虽然年岁尚小，却出身穷苦民间，在大梁历年来军队、外戚与权臣的三大势力下艰难地生存着，接受权臣的教导。出身民间的人知道百姓疾苦，好好栽培一番，说不定能成为合适的君主。

耿曙说："但他们眼下是最弱的，雍国出关，第一个要灭的就是梁。"

"是啊，"姜恒说，"他们最缺的就是时间，汁琮也不会给他们时间……"

就在此刻，食肆一楼传来婉转女声，打断了姜恒的思路。

"七月流火，九月授衣。春日载阳，有鸣仓庚……"

那歌声悠扬明亮，随着一名妇人上得二楼，朝两人行礼，姜恒便知道，要找的人来了，而歌谣里正隐隐暗示着裁缝店内一遇。

妇人做了个"请"的动作，姜恒与耿曙对视一眼，耿曙便点了点头。

马车载着两人穿过小半个西川城，在一户民宅后门停下。

妇人又做了个"请"的动作，带着姜恒与耿曙进了民宅的地窖。姜恒心道，已经发展到这个局势了吗？姬霜公主还要躲在地窖里？

"等等，"耿曙警惕地问道，"你要带我们去哪儿？"

妇人全程不说话，回头看了耿曙一眼。

"没关系。"姜恒低声说。

前方总不至于是埋伏的刺客等着他们，姜恒很有把握，哪怕被伏击了，以耿曙的身手，两人也能全身而退。

果然，妇人将他们带进了地窖尽头的密道，打开一扇暗门，又在地下穿行了约一刻钟，从一间柴房内出来时，眨眼间四周全是人。

"来了，来了！"当即有侍女的声音说。

姜恒看见柴房内等着四个人，众人朝他俩行礼。耿曙推开柴房门，只见自己置身于偌大的花园中。

"两位殿下，"一名身材高挑的女子迎上来，低声说，"情非得已，还请见谅。"

"不打紧，我……不是殿下，姐姐言重了。"姜恒马上回礼，环顾四周。耿曙则冷漠地一抱拳，恢复了以往生人勿近的神态，将打交道的事，交给姜恒去处理。

"这是什么地方？"姜恒心下已猜到八成。

那女子在前引路，说道："湘府，那条秘道经十年修成，霜公主尚是第一次启用，还请殿下为我们保守秘密。"

果然事态非常严重，姜恒心道这密道应该极少有人得知，乃是势头不对，让人脱逃所用。姬霜为了让他们进来，冒着暴露逃亡路线的危险，应是到了形势极其焦灼之时。

"殿下请。"那高挑女子带他们经过长廊，推开府内一扇木门。姜恒看了眼耿曙，耿曙便点头，与他一同进去。

外头便为他们关上了门。

那是一座两进的小院，院中种了不少湘妃竹，又有一水池，养了五颜六色的鱼儿，一名女孩儿正面朝水池发呆，听到绕过照壁的脚步声时，转头朝他们望来。

姜恒看她第一面，便知道传言非虚，这倾城倾国的霜公主，比起商人们的传说，只有过之而无不及。

她身穿天青色轻纱，未施脂粉，头上插着一支竹簪，腕上佩一枚玉镯，面如薄雾，眼若蕴水，犹如仙女一般。

"是汁殿下吗？"姬霜柔唇微启，低声道，"太子殿下，王子殿下？"

姜恒一怔，看耿曙，耿曙便道："霜公主？"

姜恒意识到姬霜一定是认错人了，说道："我不是太子，但这位确实是汁淼殿下。"

姜恒本想叫她"嫂子"，虽未曾过门，却理应算得上自己人，他们冒险来为她解围，她冒险见他俩，不是自己人举动，还有什么能解释？

但念及耿曙固执的脾气，姜恒依旧以礼相待，以见王族的规矩，客客气气地道："公主受委屈了。"

姬霜回过神，抱歉一笑道："听属下回禀，汁殿下的兄弟也来了西川，便以为是太子泷亲至。"

"他确实是我弟弟，"耿曙说，"却不是汁泷，也并非雍国王族。"

姜恒以眼神不断暗示，耿曙却丝毫不在乎，把话直截了当地说了出来。

姬霜闻言一怔，却没有追问，只点了点头，低声道："我行事任性，给殿下添麻烦了，殿下收到信后，不远千里前来，此番大恩，当真无以为报。"

耿曙说："实不相瞒，我也已经不再是殿下了。"

姜恒："……"

姜恒终于看不下去了，朝耿曙责备道："哥！"

别人是公主，哪怕耿曙依旧拥有王族身份，汁氏也只是封王的王族，较之天子王室，依旧低了一阶，初次见霜公主，耿曙好的不说，净拿话堵她，究竟还有没有礼貌了？

姬霜忽然笑了起来，仿佛觉得此情此景很有意思，末了，又悠悠地叹了口气。

"收到公主的信后，"姜恒解释道，"我哥便辗转反侧，催促我尽快前来西川……"

"我没有，恒儿！"耿曙不悦道。

姜恒哭笑不得地道："别拆台，哥。"

姬霜又笑了起来，笑得十分艰难，一手扶额，无奈地摇头。

耿曙思考半晌，想找话来说，却又不知如何启齿，本来就尴尬，这下更不知如何自处了。幸而霜公主识趣，忙道："仓促之间，全无准备，唯有清茶待客，两位请坐小妨。"

"那封信是您写的吗？"姜恒坐定后问。

姬霜点了点头，说："是我亲手写的。"

姬霜虽不知道面前这个多出来的小少年是何来历，却也明白在旁不苟言笑的汁森才是自己未来的夫君。按晋礼，女子出嫁前不能见未婚夫，然则西川民风开放，又是紧急之时，只得权宜行事。

"字迹很熟悉。"姜恒忽然有感而发。

姬霜答道："开蒙时，照着堂兄的天子帖摹的。"

姜恒瞬间明白了，她的堂兄就是姬珣！难怪字迹看上去如此眼熟。

耿曙又道："霜公主，我们前来西川，自然是为了帮你的忙，你想好要离开此地了吗？"

姜恒本想循序渐进，与她套个近乎、叙叙旧，没想到耿曙又毫无准备地打乱了他的计划。

姬霜却丝毫不觉冒犯，兴许是早已猜到，汁森不懂风情才是正常的，遂又叹了口气，说："殿下，这位……"

"我叫姜恒，"姜恒道，"姐姐就叫我恒儿罢。"

姬霜说："愚姐痴长几岁罢了。殿下、恒儿，我已是被囚之身，哪怕成功离开西川，天下如此之大，哪里又有我的安身之所？"

姜恒正想安慰几句，设若兄长还是雍国王子的身份，就好办多了，把她送走，带到嵩县或是落雁城，代国显然拿她没有办法，然而念及耿曙又没有完婚的意向，这话到了嘴边，也不方便说。

耿曙想了想："说得也是。"

姜恒："……"

烈 光 剑

姬霜又叹了口气，说："我也……不想离开父王。昔年被他收养为女，多年来，父王视我同己出。既为人子女，父母做了错事，自当极力劝阻，人力时有穷，怎么能一走了之？"

耿曙似乎有所触动，却没有说话。

三人安静了片刻，姜恒打破了沉默，说："姐姐，我倒是觉得，也不是完全没有办法。"

抵达西川后，姜恒从各方商队处打听到了不少消息，首先公子胜死去后，武王虽为名义上的国君，朝政却都掌握在李谧手中。

而代国的军队，则由武王李宏的第二子李霄负责管理。姬霜在朝野之中极受爱戴，一方面她是晋王室的后人；另一方面，她亦在李谧之母，代王原配妻子逝世后，成为代国新的象征，以弥补百姓无国母的空缺。

一个国家，王后也好，太后也罢，总要有个母亲的象征。在雍国是姜太后，在代国，自然就是姬霜了。

武王虽擅征战，却无法有效统御朝廷，归根到底，也总需有人管理政务，太子李谧与公主姬霜，便在某种意义上代表了朝堂与后宫。

姬霜眉头紧蹙，低声道："我送出这封信时，只希望汁殿下能代表雍国汁氏说服父王，重启两国之盟，让父王不至于一意孤行……可现如今，还是我的想法太幼稚了。"

耿曙仍旧沉默不语。

姜恒却说："不，让我哥出面，反而会激起你父王之怒。有什么办法能将太子谧营救出来吗？"

姬霜一怔，继而难以置信地睁大双眼。

耿曙也察觉到了，说："你要让他们逼宫？"

姜恒抿着唇，眼睛转来转去，当着姬霜的面这么说也许不合适，但事到如今，要解去战争之危，确实只有这么一条路可走。

"李谧本来就该继任王位，"姜恒说，"公子胜死后，武王早已心生退意，有区别吗？让太子尽快继位，才是最好的选择，李谧一旦得位，所有危机一夕间解除，与雍、郑二国修好后，西川将平稳地渡过这一危机。"

"不……不行。"姬霜听到这个提议时，犹如遭遇了晴天霹雳，这少年竟如此大胆，要煽动代国太子篡位！

"杀父之举，"姬霜说，"实在是天理不容，他做出这等事，如何能接掌王位？"

姜恒说："不需要靠杀来解决，只要将他父王关起来，让他冷静一下。李谧也不会是弑父之人，要动手早就动手了，不是吗？"

姬霜听得胆战心惊，万万未料姜恒谈起逼宫这等政变，竟如此轻松。

"否则你其他三位兄长，哪一个比他更适合当国君？"姜恒又问，"统兵也许都行，却只有太子谧，是从小以掌政治国的目的来培养的。"

"没有那么简单，"耿曙道，"恒儿，军队不会听他的。"

代王李宏以征战出身，四十年前获得王位，手下俱是辈分极高的大将。

姜恒说："军队陆陆续续地都会被派出去，李宏开春后也将动身出征，按理说现在的西川不会留下太多的兵力。"

姬霜没有说话，姜恒的分析听得她心惊胆战，但这无疑是唯一的办法。

"但是我没有把握，"姬霜说，"他会不会被你们劝服，离开幽禁之地。"

姜恒说："给我一件信物。"

"没有用，"姬霜焦急地说，"当时他甚至没有任何抵抗，也不愿意让大臣们为他说情。"

耿曙说："那就只能把他强行带走了。"

姬霜道："最难的还是把他带出来之后，要兵谏实在太难了。"

说到军力布置，正好是耿曙最擅长的，他当即有了兴趣。

"哪怕有一部留在西川，"耿曙朝姜恒解释，试图让他打消这个念头，"你也无法对付，咱们手中一个兵都没有，怎么打他们？把嵩县的驻军调过来？蜀道凶险，一进剑门关就会被发现。"

姜恒说："什么事是非要真刀真枪来解决的？就不能策反吗？都说武王在公子胜死后便脾性大变，喜怒无常，说不定手下已快受不了他了呢？何况真要是聪明人，也该明白，谁才是未来的国君，这个时候，投向太子总归是有好处的。"

说着姜恒又转向姬霜，问："如果没有记错，宋邹告诉过我，李谧触怒你父王，被下狱时，还有不少文武官员为他求情，是不是？"

姬霜还停留在姜恒的上一个问题里，解释道："确实如此，如今西川驻军五万，此乃一部，由上将军罗望率领。除此之外，还有城防军一万、御林守卫一万，这两部并作亲兵，由李靳率领。"

姜恒问："李靳是王族吗？"

姬霜点点头，姜恒想起来了，李靳正是入城时盘问他们的那名队长，没想到他的官阶竟如此高。

姜恒又对耿曙说："连太子都可废，可见他的情绪非常不稳定，这个时候，手下大将稍微聪明一点的，自当想到出路，是不是？"

耿曙道："行，算你运气好，成功策反了罗望，城防军又怎么办？王族可不一定会叛他，你只要说服不成功，李靳马上就会将咱们抓起来。"

"刺杀他，"姜恒说，"不用取他性命，让他在家里躺上十天半月。"

"谁去？"耿曙说。

"当然是你去。"姜恒说。

耿曙："……"

姜恒说："假设咱们成功策反了罗望，让他暂领城防军，届时把太子救出来，就完事了。"

"外头将军岭下，还有代国的十五万北伐军，"耿曙说，"由他的三儿子李儺带领，西川政变逼宫，李儺马上就会率军杀回来。"

姜恒说："那时李宏都在你手里了，扣着他爹当人质，他敢攻西川城吗？他敢和太子动手？城里还全是大军士兵的父老乡亲。"

耿曙问："万一他想趁机杀了太子，自己当国君呢？有这个可能。"

姜恒说："那么就轮到你来找你爹了，让他出兵，腹背夹击李儺。"

"你疯了！"耿曙难以置信道。

姬霜："……"

姜恒摊手一笑，但耿曙冷静下来之后，忽然觉得姜恒的计划一环扣着一环，虽然行险，却绝非全无机会，不……甚至要说，成功的可能性还非常大！

"行，"耿曙道，"咱们换个说法，你怎么确认罗望就能被策反呢？"

姜恒笑着答道："只是个假设，现在不是拿出来商量吗？"说着又转向姬霜："姐姐，罗望是个什么样的人？你认识他吗？"

姬霜点了点头，镇定下来，说："姜小弟……姜公子，你说得很对。父王因囚禁大哥一事，确实引得朝野之中人心惶惶。罗望在十几年前，通过军功逐渐升任上将军……但我想，父王也……对他并非完全信任。"

"嗯。"姜恒说，"设若你父王全无保留地相信这名上将军，此刻他就应该被派到将军岭下，而不是留守西川。正因你父王不全信得过他，才会把他留在身边，预备开春带他一同出征。"

姬霜眼里带着明亮的神色，望向姜恒，点了点头。

耿曙说："那么你必须给我一个能成功说服罗望的办法。同时咱们要谋定脱离的后路，一旦不成功，便要带着霜公主火速离开西川，否则一定会引来杀身之祸。"

"不需要，"姜恒认真地说，"不需要你我亲自去说服他，甚至不用霜公主。咱们先把李谧救出来，然后让李谧去策反他。"

耿曙："……"

姬霜："……"

耿曙问："李谧失败了怎么说？"

姜恒说："那咱们就只好跑了，太子连这点事都办不到，还当什么未来的国君？也是他活该。"

耿曙道："那可未必。"但他话音刚落，仔细一想，将代国的情况套在太子泷、汁琮，以及雍国诸将上，确实行得通。代王已经老了，终究要死的，该投向谁，将领心里本该非常清楚才对。

"嗯，"耿曙最后承认道，"你说得对，你真聪明，恒儿，你太聪明了。"

"纵横与谋略之道，"姜恒沉吟片刻，答道，"无非人心而已。所以事情现在变得简单了，太子谧被关在哪里？"

姬霜没有回答，反而说："李靳将军与我从小一同长大……我也许能说服他，只是，你们当真要这么做吗？"

耿曙起身，走到一旁，面朝鱼池，姜恒则朝姬霜扬眉，意思很清楚了：你需要我们这么做吗？

"全看你，"姜恒说，"嫂……姐姐。对我哥而言，代国谁来当国君，不是最重要的。"

姬霜心里也很清楚，如果不是自己写信求救，他们不会到西川来。

但很快，姜恒就发现，她不愧是姬家的人，只因短短片刻，姬霜便下定决心，抓住了稍纵即逝的机会。

"答应我，"姬霜说，"不要杀我父王。"

姜恒说："这话你该对你大哥说。"

姬霜说："他不会这么做。说罢，姐姐要做什么？"

耿曙回身，说："且先别忙着筹划，手里就一把匕首，你让我削水果去？我去行刺救人，你怎么办？谁来保护你？"

姜恒朝耿曙说："这些都好说，你别着急，且先想想，怎么做最合适。"

想了想，姜恒又朝姬霜说："姐姐，我需要见罗望将军一面，提前试探他。"

姬霜道:"我负责安排。"

姜恒说:"我还要找机会刺伤城防军首领李靳,也许用不着刺他,只要给他一杯茶,让他睡上个三五天……"

姬霜说:"他初一、十五会来见我,届时我来安排。我先试试看说服他,他是好人,若说不动,但求公子不要杀他。"

姜恒点点头,他师从罗宣,又有耿曙在,放倒个把人还不简单?

姜恒说:"救出太子谧后,还需有稳妥的藏身之所。"

姬霜道:"让大哥来我这儿。"

姜恒本来只想请求姬霜,让公主府手下人为他们找个安全的地方,毕竟把太子藏在这儿太危险了。

姬霜却轻松地说:"这是我最后的机会了,设若失败,与死有什么区别?"

姜恒顿时肃然起敬。

姬霜吩咐人取来纸笔,思考片刻,说道:"大哥被关在了汀丘的离宫监狱处,距离王都足有八十里路。"

"那可真是太好了。"姜恒由衷地赞叹道。

不在西川城内,也就意味着不容易惊动城防,汀丘防守再森严,终究有限。

姬霜说:"十年前我和王兄、父王去过,凭记忆画个图,就怕有误。"

"不打紧。"耿曙说道。

姬霜抬眼一瞥耿曙,两人目光对上,复又马上分开。

姜恒见姬霜画下图来,不禁惊讶无比。

"姐姐,"姜恒说,"你十年前去过一次,凭记忆能把图画出来?"

姬霜点了点头,耿曙又在一旁坐下,对姬霜说:"恒儿从小到大也是,读过什么书,从来过目不忘。"

姜恒可办不到去过什么地方一次,就能把图画在纸上,心道姬霜实在是太聪明了!

"我这不过是一点小聪明罢了。"姬霜说,"姜公子能在一团乱麻中理出头绪,才是大谋略。"

问题尚有许多,譬如说救出李谧后,城里一定会大举搜查,接下来要如何面对武王的怒火，牵一发而动全身，北伐与联盟是否有影响，诸多事宜层层交错，但这些已不是眼下必须商量出结果的事，姜恒只需要慢慢想，总有解决办法。

得了地图后，姬霜又道："两位请稍候。"

说着姬霜快步回了房中，夕阳西下时，捧着一把长剑出来。

"此剑是我姬家相传……"姬霜说。

"赵将军的佩剑，"姜恒道，"烈光剑。"

姬霜又是一愣，说："你见过它？"

耿曙摊开手，姬霜便双手捧着剑，将它放在耿曙手中，答道："代国五年前征玉璧关，会师洛阳，堂兄与赵竭将军葬身火海，后来，他们为我带回来这把剑。"

"烈光剑。"耿曙一手握剑鞘，抽出些许，剑刃上闪烁跳跃夕阳的光芒，千锤百炼的精钢上，强光折散，犹如蒙着一道光晕。

"一金二玉，三剑四神座。"姜恒想起了四年前姬珣所言，久远得像是上辈子的事了。天月剑、烈光剑与黑剑，象征太阴、太阳与长夜，乃是镇守神州的"天"。

姬霜说："汁殿下既无称手兵器，且权宜一用，宝剑当追随英主。"

耿曙沉吟片刻，没有拒绝，说道："我们尽力而为。"

是日傍晚，耿曙与姜恒依旧从那民宅中出来，恰好食肆开张，两人便在南街的面摊前坐下，耿曙点了两碗面。

"我猜你现在又要说嫂子了。"耿曙随口道。

姜恒叼着筷子，拿着地图，背对一个角落，眼睛四处瞥，确认没有人来偷听他们说话，才认真地端详地图。

"我可没有，"姜恒现出促狭的笑意，"我说了吗？我什么也没说。"

耿曙道："你嘴上没说，心里在说。"

姜恒说："果然是雍人，腹诽也要入罪了。"

耿曙道："所以你承认你在腹诽了？吃罢，别成天就打鬼主意。"

姜恒在桌下踢了下耿曙，做了个调侃的表情，耿曙自然清楚姜恒的意思——嫂子聪明又漂亮。

耿曙吃着面，姜恒把肉过给他，一如小时候般，耿曙要夹回去，姜恒却道："吃罢，你得多吃点，还要去救人呢。"

耿曙忽然说："太子灵为什么没有昭告天下，说出咱俩的身份？"

姜恒也一直在考虑这个问题——从玉璧关脱逃之后，太子灵只需要做一件很简单的事，便将置他们于万劫不复之地。

一旦他公布两兄弟是耿渊的后人，除却雍国之外，全天下都会来追杀他们。

"也许他觉得我还有用，"姜恒说，"不想这么快与我翻脸。"

耿曙朝姜恒扬眉，现出玩味的表情："他有妹妹要嫁给你吗？"

姜恒哭笑不得。

"没有。"他答道，"你又吃醋了，总在吃醋。"

"我没有。"耿曙一本正经地道。

最后他承认了，答道："对，我看你与谁走得近，就想拔剑捅了他，何况这人还在算计你。我想到你离开我身边一会儿，我就要发疯，我坐不住。"

姜恒踢了耿曙一下，哭笑不得地道："你现在就在发疯，我什么时候离开你身边了？"

耿曙有点固执，像是想说"你现在不会，以后说不定会，我想听你说一次，绝对不会离开我"一类的话，非要逼姜恒翻来覆去承诺他的心意。可这几句话，在这些天，姜恒已赌咒发誓说了无数次，耿曙也百听不厌，知道归根到底，不过是他心中忐忑，与姜恒毫无关系。

"不会的！"姜恒佯装生气，用筷子敲了下耿曙的脑袋，"我不会离开你的，永远不会，哥！"

再一次听到这句话，耿曙很受用，心满意足了。

将 军 府

这时候，面摊老板擦干净手过来，把一封信放在耿曙面前，稍稍躬身，又走了。

"姬霜虽然被软禁，"耿曙拆开信看了眼，说，"于西川的布置尚在，你很聪明，第一个选择就是去见她。"

姜恒说："这算什么聪明？你都夸我好几次了。"

信上没有抬头，也没有落款，只约了兄弟俩到一个商会去。耿曙认真地看完后，点了点头，说："走罢。"

"除非要杀人，否则尽量别拿烈光剑出来，"姜恒提醒道，"我就怕西川有人认得它来历，就不好说了。"

"我还不至于这么笨。"耿曙吃完面，说，"走罢。"

翌日，姜恒拿着信，找到了姬霜所指的那家商会，商人头领姓赵，乃是郑国人，让姜恒想起了赵起。

"公子需要什么身份？"那商人说，"我们接到上头的命令，让公子乔装身份，与他们代国的罗望将军见上一面，除此之外，大伙儿对此毫不知情。今天夜里，正好我们与罗将军开一筵席招待。届时两位可坐首席。上头说，公子需要做什么，我们就做什么，全力相助，不可有丝毫怠慢。"

只要有外人在，耿曙便不说话了，犹如一名忠诚的卫士，坐在姜恒身边，任他安排。

姜恒想了想，看了眼耿曙，说："就说我爹是贵国太子灵殿下府内的采办，顺便来代国走走。罗望将军是个什么样的人？"

"这……"商人也不太好判断，想了想，说道，"罗将军是个老实人。"

姜恒："……"

"老实人是不可能坐到上将军这位置的。"姜恒说。

"是这么说。"商人点点头，又道，"公子胜提拔了他，毕竟武王君威愈盛，手下再能打胜仗，也越不过他去。"

"这位罗将军，有夫人吗？"姜恒想到身居高位之人，说不定与代国王室抑或西川的大家族有联姻，也许能从夫人身上着手。

"无正妻，亦未有子嗣。"商人答道，"这次济州送来的四名美姬，正是献给他的礼物。"

姜恒知道送人姬妾，正是太子灵的作风，想来这商队代替了线报，在西川活动，正是为了稳固与代国的联盟。

套话点到为止，姜恒便不再多问。他要假扮郑人无妨，耿曙却有很大问题，容易露馅。

"到时我什么也不说，"耿曙道，"跟在你身后就是了。"

也只能这样了，姜恒本想不让耿曙去，想必他不会答应。

而是夜，事实证明他实在多虑了，罗望没有他想象中聪明，商人的评价相当精确，他确实是个过于老实的人。

他所居住的将军府也十分简陋，唯一名管事、两名仆役而已。

罗望今年四旬有余，手握五万重兵，如今代王以下，他是西川武将中掌管最重要兵权之人，身份与宅邸实在不相配。

这日罗望早早地就在将军府上等候着客人。张挂了不少落灰的旧灯笼，于花园中摆开了筵席，席上无非是在城内采买的熟食。

"来就来罢，"罗望亲自站在门外相迎，笑道，"每次都带这么多东西，你们也太见外了。哟！这两位小兄弟仪表堂堂，人中龙凤，须得好好亲近！"

"不多，不多，"商人首领笑道，"每次都得罗将军照顾。为您介绍，这位是咱们采办司的姜恒姜公子，身旁则是他的母族兄弟，聂海，聂公子。"

罗望见姜恒犹如美玉，身后又有面容冷峻、不苟言笑的耿曙跟着，忙上前拉了拉姜恒的手，笑道："里头说，里头说。"

姜恒见罗望身着朴素常服，袍襟上还打了补丁，反而自己一行人身着华服，非富即贵，与这寒酸的上将军一相映衬，更显这名上将军窘迫。

姜恒明白了，这也是非常合理的，武王自己就是战神，手下有再厉害的勇将，也都被他处理得差不多了。风头都在国君身上，将领只需要忠诚地执行他的命令即可。谁能有建立不世奇功的机会？

罗望拉着姜恒的手不放，笑着上下看他，说："一表人才，一表人才！"

姜恒没想到罗望竟如此热情，想必平日里也十分寂寞，那饱经风霜的脸庞，看得出他年轻时一定相当英俊，如今两鬓染白，依旧保留着当兵时的神采飞扬。

姜恒本想试一试他，再利用他一番，用耿曙的话来说就是"算计"。但看他这般热情，反而有点愧疚起来。

"你是哪里人？"罗望朝姜恒问。

"郑人。"姜恒答道。

耿曙见罗望拉着姜恒的手不放，脸色已经有点不大好看了，商人又说罗望未曾娶妻生子，这么一个中年人，拉着长相漂亮的姜恒，看他的脸，又笑个不停，当即让他心生怒火。

姜恒不动声色地抽回手，说："请，请。"

众人依次入座，姜恒坐在罗望左首，耿曙坐在姜恒下一位上。罗望先是接过礼单，仔仔细细地看过，后说道："歌姬都让她们回去罢，不必这个。"

商人说："这可难办了，都走了这么老远。"

"也是。"罗望不便拂了对方的好意，道，"那么就让她们留下来，届时我再看看，有愿意跟了我手下儿郎的，便配人，如何？"

"自当听将军吩咐。"商人笑道。

姜恒算是领教了，心道："你们郑人怎么这么喜欢送人姬妾？把人当牲口般送来送去，行事与汴琮比也好不到哪里去。想必试探一番，若没有下文，太子灵便要将男的送过来了。"

罗望看过礼单，收好，朝姜恒说："既然来了，就在西川多玩几天。此处较之你们济州怎么样？"

姜恒笑道："比济州倒是繁华不少，民风也甚开放。"说着朝那商队首领道："回国后，你且替我打发，我这就想住过来，不回去了。"

商队首领笑道："是，姜公子。"

姜恒一说话，众人便停杯放箸，罗望见状便知姜恒在郑国定身居高位，来头非同小可。

"你还想去哪儿玩？"耿曙朝姜恒问道。

"唔，"姜恒见耿曙说话了，而且是进罗望家里后的第一句话，不明白他是什么意思，笑道，"咱们空了上钟山走走罢？"

罗望说："钟山要下雪的时候景色才好，这些日子，你们若不嫌弃，就住府上如何？"

姜恒道："啊？"

这热情也太过头了罢？姜恒见罗望表情殷切，又不像是客套话，便笑道："我哥在城中找了住处……"

"不碍事，不碍事！"罗望对姜恒说，"搬过来，搬过来！正好夜里无事，陪我闲话。"

姜恒开始觉得有点危险了，商队首领闻言亦表情尴尬，却不好替姜恒下决定。

耿曙的脸色变得非常难看，正要开口时，姜恒却在台下轻轻踢了耿曙一脚，意思是不要翻脸。

"还有些事要交代，"姜恒婉拒了罗望的提议，说道，"待得诸事稍停，一定前来叨扰。"

罗望乐呵呵地道："行，行，那么，我就等你们。"

姜恒本来准备了一肚子的阴谋诡计，打算试探一下罗望的态度，却发现话到嘴边，全被这人给冲没了，一时不知该说什么好。

最后还是耿曙解了围，说："如今西川已不似从前，玩个几天就回去罢，恒儿。"

这话顿时戳中了罗望的心病，只听他说道："你们外头的人都这么说，但是呢，照我看来，商贸乃立国之本。这一国策，是昔年公子胜尚在时便已制定的，我罗望虽是一介武夫，却绝对可以向各位拍胸脯担保，无论西川城中发生了什么事，各位绝不会有事。"

姜恒闻言点头，说："太子谧还能出来吗？"

罗望做了个手势，暗示不要现在说。那商队首领便打了个哈哈，就此略过，众人开始喝酒，席间所谈，无非济州等事以及西川风土人情。

"上将军开春也会出征罢？"姜恒又不识时务地问了一句。

罗望答道："那要看陛下带不带我。"

罗望持酒杯时，陷入了沉思，忽然又想到了什么，解释道："哪怕我不在西川，李靳也会照拂各商会，大可不必担心。来，姜恒、聂海，两位小哥尝尝这个……"

罗望又亲自为两人夹菜，姜恒便笑着吃了。酒过三巡后，又闲聊了一会儿，姜恒听席间所谈，实在无趣，这上将军的生活简直乏善可陈，既不好色，又不贪恋权势，说来说去，无非是如何守护西川，令百姓安居乐业而已。可姜恒不知他既生活俭朴，为何又收下他国重礼，这钱都花到哪里去了？

"将军当兵之前是做什么的？"姜恒好奇地问道。

罗望说："三十一岁时来了代国，在这之前，于郓地一个小山村里当个药师。"

姜恒"哦"了声，点了点头，想必那是另一个故事了。

罗望酒量甚好，姜恒不敢贪杯，恐喝多了说了不该说的话暴露身份，耿曙下半席间接了酒去，一顿饭勉强做到了宾主尽欢。罗望又问了两兄弟下榻之处，再亲密携手，将姜恒送了出来，拍拍他的肩膀。

"我哥这人，就是不爱说话，"姜恒朝罗望挤挤眼，笑道，"将军切莫见怪。"

"不妨，不妨！"罗望说，"认识两位小朋友，我很高兴！"

罗望乐呵呵的，脸上带着酒意，这一刻借着府外灯笼的光，姜恒忽然觉得他的面容有点熟悉，且充满亲切感。

钟 山 雪

深夜，马车上。

"对，我看他不顺眼。"耿曙在马车上说，"四十来岁的人，非亲非故，拉着你的手摸来摸去，像什么样子？"

姜恒道："我倒觉得他没别的意思。"

耿曙不悦地道："那也不行！"

耿曙起初非常生气，但渐渐地也发现罗望没有猥琐之意，似乎是真的对姜恒心生喜爱，否则他早就拔剑捅了他。

姜恒算大致认识这个人了，心里想的却是太子谧说服他的成功率究竟有多少，一顿饭后，他察觉到罗望对代王李宏也并非绝对地忠诚，至少在谈及许多事时，颇有不以为然之意，只是坐在这个位置上，不想出事。

这种只想明哲保身、没有立场的人是最难办的，无法利诱，难受威逼。

"他拿这么多钱做什么？"姜恒终于问道，"这话确实有点……冒昧了。"

那商队首领与他们共乘一辆马车，正闭目养神，被问到时亦认真地道："回公子的话，罗望得了钱财后，都拿去赈济军中或城中失了父母的孤儿。"

"哦，"姜恒点了点头，说，"那么他应当是个好人。"

姜恒把手放在耿曙的膝上，随手拍了拍，耿曙便握着他的手不放。

"你们商队与公主府上有联络吗？"姜恒说，"这个问题更冒昧了。"

这话，商人却不能回答他了，笑道："我们只是听命行事而已。"

姜恒知道再问不出什么来了，便点了点头，与耿曙下马车，回了客栈。

"杀了他吗？"耿曙说。

"谁？"深夜里，姜恒与耿曙并肩躺在榻上，色变道，"你说罗望？不！杀他做什么？"

不说罗望这人不该杀，哪怕真动手除掉他，军队也只会收归代王李宏自管，更添麻烦。

翌日上午，姜恒开始配一种给城防队长李靳下毒的药物，这药能让人昏睡上足足十五日，恢复后全无伤害。

耿曙在旁给姜恒打下手，看到一大堆药材，一时也看不懂。正在此时，小二敲敲门，送了信进来。

信上寥寥数行字来自姬霜，让耿曙单独去见她。

姜恒道："哟！佳人有约。"

耿曙沉默不语，朝窗外望去，见姬霜的侍女等在客栈门外。

"什么意思？"耿曙疑惑地道。

姜恒猜测一定是姬霜有话想私下和耿曙说。

"去罢。"姜恒道。

"不去。"

"去——"

"不去，别烦。"耿曙那表情却是动摇的。

姜恒说："万一有很重要的事呢？"

耿曙道："能有什么重要的事？"

"婚事啊。"姜恒笑道。

"我不能离开你。"耿曙说。

五年前他们只是分别了一小会儿，就落得险些天人永隔的下场，耿曙是彻底怕了。

"没事的，"姜恒说，"能有什么危险？我现在也能保护自己了。"

先前两人见了姬霜一面，有许多话一定是不方便当面说的，但耿曙忽然改变了主意，想到了退婚上去，这正是他一路上为之忐忑不安的、姜恒未能理解的心事。

自打雍国有意为他定下这门亲事起，耿曙心里就充满疑惑，父亲生前与各国都有血仇，汁琮对代国选择了隐瞒，姬霜不可能不在意。他本想和姬霜坦白，告知实情，让她来选择。

然则顾念自己与姜恒的安危，此事又实在不该匆忙宣之于口。

这么一来，身世实在将他置于骑虎难下的境地，但该来的迟早要来。

耿曙如是想，他必须告诉姬霜实情，不能隐瞒她。而姜恒与这件事没有关系，他也不想让任何人的恨意，有半点被传到弟弟身上。

"行，"耿曙说，"我去一趟。你别去了，两个人目标太明显，也不安全。"

"换身好看的衣服。"姜恒给耿曙简单收拾了一番。耿曙又千叮万嘱，让姜恒当心点，自己很快就回来，才跟着侍女出去。

姜恒正想去商会，与嵩县的商人们再碰个头，顺便收这两天的账，下得楼来，却不留神在客栈前厅撞见了罗望。

"你终于醒了！"罗望一身便服，笑道。

姜恒："……"

姜恒没想到罗望居然在客栈里等了这么久，兴许早早就来了，身边只跟了一名侍卫，坐着喝茶。

"来，"罗望说，"备好马了，就在门外，这就带你上钟山去踏青。聂小哥呢？"

姜恒道："他……去商会了。"

罗望端详姜恒，亲切地问："今日原本有安排？"

"没有。"姜恒马上欣然地说道。

罗望便朝姜恒招手，亲热地搭着他的肩膀，带着他出客栈去，门外等着数名守卫，牵过马来。

"会骑马吗？"罗望问。

"当然。"姜恒交代客栈小二通知耿曙，翻身上马去，笑着跟在罗望身后出城。

耿曙依旧穿过那密道，来到公主府上。姬霜今日穿了一身暗红色的长袍，袍上以金线绣了西川的国花芙蓉，端坐在厅内榻上。

"霜公主。"耿曙离开了姜恒便有点烦躁，眉头稍稍拧着，示意有话就说。

姬霜那表情与昨日大相径庭，脸色如死灰，仿佛一夜未眠。

"汁殿下。"姬霜想了想，道。

"我已经不是殿下了。"耿曙说，"实不相瞒，恒儿是我失散多年的弟弟，与他相会之后，我便不会再回雍都。你我一场缘分，虽素未谋面，终究有责任在肩。这次前来西川，也应了这桩心事，我有一些话想和你说，说清楚，总比憋在心里好。"

耿曙向来是想什么就说什么的性子，哪怕退婚也是直言不讳。

姬霜却没有半点惊讶，说道："殿下是这么想的吗？好的，我……知道了。"

姬霜眼中旋即现出黯然神色，自嘲一笑，仿佛知道事情早该如此。

耿曙说："我想，要么咱们先把婚事解除了罢，此言绝无他意，你我既无感情，俱是代、雍二国的棋子，人生大可不必如此，公主余生，定能遇上合适之人。"

在耿曙的预料中，姬霜一定会问"为什么"，于是他便可坦白告知自己的身世。

孰料姬霜忽然道："殿下，我也有句话想和您说，坐罢。"

耿曙扬眉，示意她请说："我还有事在身，说完就得回去了。"

"不会耽搁您太长的时间。"姬霜沉吟良久，最后道，"今天我得到一个消息。"

耿曙忽然察觉到了危险，却没有打断，任凭姬霜以平静的声调缓慢地说了下去。

"有人说，殿下的生父，是耿渊。"姬霜没有看耿曙，盯着地面。

"谁说的？"耿曙没有否认。

姬霜轻轻地说："传出这消息的人，我想殿下也许比我更清楚。今天我本想提醒殿下，如果谣言传开，恐怕您有危险。"

耿曙"嗯"了声，说道："多谢霜公主提醒。"

姬霜抬眼，看着耿曙，喃喃地道："单独求见您，也正因此事，毕竟您身边跟着的人，不一定知道。"

"没有错。"耿曙说，"谢谢你顾全了我的体面。"

"可现在看来，这不一定是谣言。"姬霜答道。

耿曙问："这件事还有谁知道？"

姬霜说："不清楚，但至少消息已经传到了我耳中。殿下，回答我一句，这是真的吗？"

耿曙看着姬霜，姬霜疲惫地望向耿曙。

耿曙坦然地点了头。

"我不需要耿渊后人的任何帮助，"姬霜避开耿曙的目光，说，"你走罢。你的父亲杀死了我最亲近的人，胜叔对我而言如同生父，我不会告发你……罢了，为何一个来历不明的人会成为雍国王子，被汁琮收养，如今终于真相大白，除却耿渊后人，还会有谁？"

说着，姬霜眼里现出痛苦与仇恨："汁家竟还瞒着我，让我嫁给仇人的儿子？"

耿曙说："其实你心里都清楚，那是上一代的恩怨，本来就与我们无关。"

姬霜却低声道："是，可我于感情上无法接受。"

耿曙又说："所以出发前我就想好了，我不是来与你谈感情的，只想力所能及地为你提供一点帮助，就当是缘分罢。"

姬霜缓缓地道："我宁愿死了，也不会接受杀父仇人儿子的任何帮助。离开这儿，聂海，或是汁淼，你叫什么都好，你爹手上的罪孽，哪怕你做得再多，也是洗不清的。"

"太子灵放出的风声？"耿曙说，"我只有这最后一个问题，他想杀我，情理之中。"

"送客！"姬霜沉声道，"让这个骗子滚出去！"

耿曙退后两步，最后道："叨扰了，今天来此的本意，也是想告诉你真相。"

冬日西川，松林间蒙着一层若隐若现的雾。

姜恒跟在罗望身后，骑着马上钟山去，钟山山顶有一座庙宇，在半山腰便能看见西川全城，以及不太气派却古色古香的内城王宫。

姜恒说："罗将军怎么突然有雅兴上山来玩了？"

姜恒知道罗望身在西川，一定没少来过钟山，纯粹是陪自己玩罢了，可一个远道而来的客人，值得他付出这么多的时间与精力吗？或者说，罗望自己也过得很无聊？

"今早听手下说，"罗望笑道，"钟山下了一点小雪，便突然想带你上来看看。"

罗望没有再让守卫跟着，沿山道穿过密林，视野豁然开朗。姜恒忽然想："如果父亲还在，会不会也像现在这般，带着自己与耿曙，与昭夫人，以及耿曙的娘，闲时出门踏青？"

罗望忽然说："我小儿子若还活着，想必也与你差不多大了。"

"啊？"姜恒一怔，没想到罗望突然提起了这话。

罗望一笑，说道："你是哪里人？你不像郑人，若我猜得不错，你与太子灵的商队全无干系，你究竟来西川做什么？"

姜恒："……"

姜恒脑海中闪过许多开脱的理由，正要开口，罗望却道："不想说就不必说，每个人都有活着的理由，相逢即是缘分，愚兄痴长几岁，不过随口一说，贤弟莫要往心里去。"

姜恒笑了起来，说："将军言重了。"

罗望翻身下马，主动来扶姜恒，与他牵着马朝山顶上去。沿途全是青石板砖修起的路，最后这段乃是台阶，通往钟山古刹，两人抬级而上，姜恒想了想，索性也不瞒着他了，这是他试探的最好机会。

"将军。"姜恒思考半晌，这是一个非常艰难的决定。

"你若信得过我，自然可实话相告，"罗望笑道，"叫我一声大哥无妨。"

"罗大哥，"姜恒笑了笑，说，"不瞒你说，这次前来，我确实有任务在身。"

"为了敝国的太子殿下？"罗望丝毫不奇怪，更没有追问姜恒的背后是谁。

"大哥觉得有希望吗？"姜恒坦然地问道。

罗望道："太子谧是我看着长大的，谁都不希望他落到如今的境地。但以目前的局势来看，没有希望，你们哪怕将他救出来，也只能让太子殿下流亡他国，一时半会儿是回不来了。"

这也不失为一个办法——姜恒也考虑过，史上多的是流落他乡的太子，万一计划失败，便将李谧送到郢国去，郢国一定会收留他，等待武王薨后，再让他回国夺位。

"但代、雍之间的这场仗，我觉得不该打，至少不该现在打，"姜恒说，"本可用其他的方式来解决。"

"驱使吾王的不是两国利益，而是仇恨。"罗望说，"他等待这个机会等得太久了，公子胜的死令他耿耿于怀，太子殿下试图让他淡忘仇恨，才引起了他的怒火。"

姜恒道："可是战火一起，两国的百姓势必送命，为公子胜复仇的代价也太大了罢？"

罗望笑着摸了摸姜恒的头，说道："说得轻巧，大哥倒是问你，若与你相依为命的兄长死了，你放得下吗？"

姜恒没有说话，事实上他们也曾以为对方死过一次，那些日子仍然历历在目，他知道这对国君李宏而言，是个永远无法愈合的伤疤。

两人登上最高一级台阶，面前变得开阔起来。忽然罗望停下脚步，将姜恒稍稍挡在身后。

"罗望？"一名年过五旬的高大男人身穿常服，负手而立，说道，"今日怎么有这兴致，来钟山了？"

梅 园 碑

那男人身后带着数名随从，站在古刹的一块石碑前，随意地朝两人望来。

姜恒心里瞬间咯噔一声，糟了！这不会是……

"吾王。"罗望却神色如常，朝那高大的男人单膝跪地。

李宏！果然是李宏！

方才姜恒在台阶下，看不见山顶的情况，与罗望说说笑笑，只怕都被李宏听见了！

姜恒马上以外国使臣之礼朝李宏行礼。李宏静静地看着他，意味深长地一笑。

罗望却仿佛不怎么怕他，沉声道："未知王陛下在此地。"

"听说今晨钟山下雪，"李宏说，"便过来看看。你，抬起头来。"

姜恒抬头，与李宏照面，这才有机会仔细看他。

只见李宏梳着一头细辫，朝脑后拢着，做胡人装扮，半点不似代国国君，反而像个蛮族的酋长，他的长相亦如传闻所言，有少许西域血统，高鼻深目。

"你叫什么名字？"李宏问。

"回禀王陛下，"罗望说，"他是末将族中远房侄儿。"

"我问的是他！"李宏责备道，"你不会说话？"

"我叫罗恒，"姜恒颇为自然地脱口而出，笑道，"拜见王陛下。"

"罗恒？"李宏听到姜恒先前台阶下那话，本想马上将他抓起来，却忽然想到了另一个名字。

"你就是那个捅了汁琼一剑的家伙？"李宏道。

姜恒道："哎！"

当初姜恒行刺得手，太子灵抓到耿曙后，便发出加急快报，通知各国国君，李宏于是马上开始部署，出兵直捣落雁城。

"我问你，是不是？！"李宏的怒火开始隐现。

"是，"姜恒道，"正是在下。"

罗望也不知道此事，顿时震惊了，毕竟刺杀的内情只有少数几名国君知道。

"你……"罗望说，"小兄弟，你武艺竟如此了得？"

"只是侥幸。"姜恒擦了把汗道，心想谢天谢地，太子灵果然没有将自己救走耿曙之事昭告各国。

李宏冷冷地道："如此便恕你妄议国君之罪。"

"谢王陛下。"姜恒松了口气，也知道在台阶下所言，李宏全听见了。

李宏又道：“既是一剑下去，为什么汁琮还活着？”

姜恒道：“我……我也不知道，按理说他这时候早该死了。”

“你为什么行刺汁琮？”李宏追问道。

这问话一环扣着一环，犹如李宏的脾气般，令姜恒险些无从招架，但他反应亦是极快，说道：“某人于我有知遇之恩。”

“也罢，”李宏冷冷地道，“太子灵想必没少收买你。”

“不，”姜恒心里转过一个大胆的念头，说，“回禀王陛下，也并非全因太子灵。总之，说来话长。”

李宏道：“我要听听，你当日是如何行刺得手的，里边来。”

姜恒看了眼罗望，罗望点点头，示意他跟着去就是，不会有问题。姜恒便跟随国君进了古刹。寺内僧人奉上清茶，李宏又着姜恒将当日之事细细道来，姜恒便将大致情况讲了一次，在代武王面前全无拘束。

毕竟当初他与晋天子朝夕相处，天子面前都能泰然处之，代国国君不过是诸侯，又有什么可怕的？

李宏所问，又多是姜恒怎么捅的汁琮一剑，伤口在何处，有没有流血，流了多少血这些问题，仿佛对刺杀的缘由与动机毫不在意，只想听见汁琮是怎么受苦的。

“你做得很好，”李宏最后的话却大出姜恒的意料，“孤王相信，你确实是那名刺客。”

毕竟太子灵的通传，只有寥寥几人得知，姜恒所言细节皆能对上，李宏便不再生疑。

“耍一套剑法我看看？”李宏又说。

姜恒忙固辞道：“不敢班门弄斧。”

李宏鼻孔里“哼”了一声，忽然道：“你愿意留在代国？”

“啊？”姜恒没想到，刺杀汁琮这件事，竟会让他得到李宏的青睐，于是道，“我……我还没想好。”

“罗望的族人……”李宏喝了口茶，思考片刻而后道，“也罢，便暂且跟着你族叔就是。”

是时，外头忽然又有人求见。

“父王，”一名青年脱了鞋入内，说，“该回宫了。”

"这是罗望的侄儿，他叫罗恒。"李宏示意姜恒，介绍他与儿子认识，又道："这是我儿李霄。"

姜恒忙侧身朝他行礼，口称殿下。

李霄笑了笑，不知这人是何来历，便道："罗恒，得空入宫来，咱们多亲近亲近。"

李霄长得很英俊，眉眼间却有股不易察觉的邪气，从他的眉目中便能推测出李宏年轻时的长相，身为王子，也是一表人才。姜恒想起在海阁读书时，从罗宣处听来的天下对代国王室的评价。太子李谧性格懦弱惧父，二王子李霄则性情奸诈，看来道听途说之言，也许暗藏真相。

"父王，"李霄又提醒道，"该回宫了。"

李宏便起身，姜恒忙跟着出去，李宏又回身道："既然来西川一次，便让你叔带着你好好玩玩罢。当然，孤王希望你留下来。"

姜恒笑道："谢陛下。"

姜恒气不喘心不跳，反客为主，送出李宏后，在门外等着的罗望才进来，寺庙内僧人重新上茶，拉开纸门，门外是青松雪景，云雾霭霭，令人心旷神怡。

罗望说："真的？"

姜恒笑了笑，没有正面回答："就当是真的罢。"

罗望看向姜恒的眼中充满了欣赏与赞叹："难怪你对济州如此熟悉。"

姜恒尴尬地道："往事休要再提了。"

这时耿曙匆匆来到，看了姜恒一眼，目中带着责备之意，姜恒将自己的茶碗朝他推了推，耿曙心神不宁，喝了点。

罗望问："聂小哥怎么了？"

"没什么，"耿曙收敛心神，说，"手下办事出了点差池，将商人骂了一顿。"

罗望点点头，耿曙没见着李宏，只以为姜恒是单纯地来踏青。喝过茶后，罗望又道："公子胜所葬之处，就在寺后，我带你们去看看？"

姜恒看见父亲所杀之人的墓碑时，心情确实非常复杂，只见墓地不远处，梅园里即是那口钟山的巨钟，薄暮冥冥中，僧人开始撞钟，三响即止。

姜恒很好奇，趁着罗望走开时，朝耿曙说："我在想，撞它个九下，会发生什么事。"

耿曙说："我撞给你听。"

姜恒忙道："别！"

看耿曙那模样，是当真想为了满足姜恒的好奇心去撞那钟，而以他的身手，钟山上也没人拦得住他，只是带他们上来的罗望可就要倒大霉了。

两兄弟正拉拉扯扯，罗望回来了，想邀他们到府上用饭，被姜恒婉拒了。

他觉得耿曙一定有话想说，便与罗望约定改天再见面，先行离开了钟山。果然耿曙朝姜恒转述了姬霜的话，问："现在怎么办？"

姜恒万万没想到，耿渊遗孤的身世，比自己想象中更为棘手。

姜恒也拿不定主意了，到底是谁私下传告了他们的身世？

"这还用问吗？"耿曙沉声道，"除了太子灵，还会有谁？"

"不，"姜恒道，"不会是太子灵，因为李宏不知道。"

耿曙道："他一定知道。"

"他不知道。"姜恒重申道，"否则李宏无论如何也一定会把你找出来杀了。他今天仔细盘问了我刺杀你父王的经过，对'耿渊后人'只字不提。"

姜恒相信自己的判断是正确的，否则无法解释，为什么只有姬霜得到了消息。

"有人要毁了你的婚事。"姜恒想了想，精准地推断道。

"随他罢，"耿曙随口道，"反正我也拒了这婚约。"

双方尚未真正订婚，即无毁约一说，耿曙表明来意，姬霜也心知肚明，他们哪怕相爱，也不可能在一起。

"你喜欢她吗？"姜恒观察耿曙，见他脸色有点不对。

"不爱她。"耿曙对姜恒说，"但这姑娘，是个不错的人，与她相处起来很舒服。"

姜恒以为耿曙会难过，但他反而一副毫不在意的模样，遂笑了笑，说："好罢。"

耿曙说："既然她不用咱们帮忙了，回去？"

这地方太危险了，耿曙只怕他们的身份被捅出来，李宏一定会不计一切代价，将他俩千刀万剐，为昔年死去的弟弟报仇。

"不，"姜恒果断地道，"继续咱们的计划，权当向公子胜赎罪了。"

"你开什么玩笑？"耿曙说，"咱们要把太子救出来，再让他造反软禁他爹。这叫向公子胜赎罪？"

姜恒说："哥，想想公子胜，他要的是什么？"

耿曙不太明白，事实上今日与罗望的一席话，忽然让姜恒想起了曾经的自己。

"当初你以为我死了，"姜恒说，"你想得最多的，又是做什么？"

耿曙答道："我不知道，我没有目标，活得就像具行尸走肉，就像忽然天黑了，永远也等不到天亮的时候。"

姜恒只得说："好罢。"

耿曙道："但你说什么，我都听你的，你说了算罢，只是有一点。"

"知道，"姜恒说，"绝对不要离开你，是罢？"

耿曙今天与姜恒稍一分别，心里便开始打鼓，幸而姜恒在钟山未曾发生什么事。

汀丘宫

是夜，回到客栈内，耿曙换上了夜行服，姜恒说："那你快去快回。"

"快去快回什么？"耿曙莫名其妙地道，"一起去！"

姜恒当即来了兴致："一起去？我也可以去吗？"

耿曙答道："当然了，不是说别离开我身边吗？"

姜恒道："叮这是去救人啊。"

"能顾得了你。"耿曙找出夜行服，先前已用自己多出来的黑武服改过两身，让姜恒换上。"若顾不上，就让李谧死了不管了。"

姜恒："……"

跟耿曙去救人，他自然是一万个愿意，但以姜恒那三脚猫功夫，想飞檐走壁明显不合理，耿曙既然愿意带着他，姜恒当即兴奋起来。

耿曙穿上了夜行服，身材显得修长英气，让姜恒想起很久以前的项州。

"蒙面吗？"姜恒说。

"蒙什么面？"耿曙说，"你哥我是天下第二。"

耿曙还记得姜恒对他的评价，他们谁也没有提起死去的昭夫人，但姜恒真切地感觉到，耿曙的武功应当确实很了得。

这是与罗宣直接对比，姜恒得出的结论。

因为罗宣曾经在海阁内带着他翻屋檐，需要三步，一步上窗台，一步蹬柱，再一步上檐。而耿曙一手搂着姜恒，稍一蹬就上到屋顶了。

"我带了秘药，"姜恒紧张地道，"运气好的话，应当不用杀人。"

"你不想杀人，"耿曙道，"自然不杀，点穴就行了。"

耿曙与姜恒穿过客栈屋顶，来到马厩，上马沿小路出城，将夜行服穿在里头，恰好赶在入夜前城门关闭前的一刻，顺利出城。

口哨声响，海东青登时不知从何处出现，展翅飞来。

"风羽！"姜恒道。

自从在进西川的路上，风羽飞走后，姜恒就没有再见过它了，毕竟这鹰明显不是普通人能拥有的，识货者一眼就能看出来。为了避人耳目，耿曙便吩咐过几声，让它自行离开。

"怎么这时候回来了？"耿曙皱眉道。

"你让它去哪儿？"姜恒问。

耿曙摇摇头，最后道："没什么，它应当是舍不得你。"

姜恒用手背触碰海东青的后脑勺，耿曙说："既然来了，把它带着罢。"

八十里路，骏马飞驰，不多时便到，月上中天时，耿曙远远地看见了汀丘离宫。

"救出来之后把他藏在哪儿？"耿曙说，"公主府不能去了。"

"我还没想好。"姜恒说，"但被软禁的太子一失踪，西川一定会戒备，先将他放在咱们客栈里罢。"

耿曙说："万一被查到下落呢？我可不一定能保住两个人。"

"那就只好扔下他不管了，"姜恒答道，"方才谁说由他去的？人各有命，随他去就行。"

耿曙："……"

两人面面相觑，耿曙心道你这也太不负责任了，成天管杀不管埋的，把太子从牢房里弄出来，一有危险就扔下不管，和捉弄他有什么区别？姜恒却促狭地一笑，朝耿曙眨了眨眼，神神秘秘的，仿佛早有计划。

汀丘离宫外，耿曙一步翻上了高墙，一身黑色夜行服隐藏在夜色里，如同警觉的、修长的狐狸。

"守卫太森严了。"耿曙喃喃道。

"什么？"姜恒在墙下满怀希望地问，"里头有人吗？"

耿曙面对墙外的四名守卫，颇有点头痛，伸手下去将姜恒拉了上来，让他站稳。

"跟在我后头。"耿曙低声说。

两人身穿黑衣，沿着墙顶躬身通过。耿曙又抬头看了眼月色，乌云快过去了，一旦月亮显现，他们的身体剪影便很快会被守卫发现。

耿曙在假山后下墙，让姜恒藏身于黑暗里，握着带鞘的剑，低声道："在这里等，没叫你别出来。"

假山外守着两名侍卫，且全无视线死角，耿曙抬头，只见海东青在离宫高处天顶下盘旋。

月亮出来了，照在汀丘离宫寂寥冷清的宫殿群上。

姜恒远远地看着耿曙，只见耿曙抬手，手指并拢向前挥，犹如带兵时做的"进军"的手势，甚至没有发出半点声音，那海东青便"唰"的一声俯冲而下，化作一道影子，射向两名守卫！

守卫顿时被吓了一跳，喊道："什么东西？！"

耿曙又五指一撒，海东青飞上墙顶，两名守卫同时抬头，被吓得不轻，一人说道："扁毛畜生！"

趁着这一瞬间，耿曙已悄然到了两人身后，两声闷响，守卫倒地。

姜恒只觉眼前一花，回过神来，耿曙已回头，说："出来罢，换上他们的衣服，穿在夜行服外头。"

姜恒试了守卫的鼻息，耿曙不悦道："没有死，我又不是杀人狂，取他们性命做什么？"

姜恒这才放下心，朝耿曙不好意思地笑笑。

"我是不是太啰唆了？"姜恒叹了口气，他也知道，想在这个世上活下去，太仁慈只会为自己招来杀身之祸，但他实在无法像刺客一般，因为侍卫挡了路，就把他们一剑捅死。

"没有，"耿曙为姜恒穿好侍卫服，说道，"你心中有仁义，我很喜欢。

走罢。"

　　说着，耿曙拉起了姜恒的手，快步绕过回廊，前往离宫寝殿的方向。姜恒哭笑不得地道："你就是哄我，我常在想，罗望有个缺点，都说慈不掌兵，他不大适合当上将军。"

　　"不，"耿曙停下脚步，抬头望向飞旋的海东青，答道，"我是当真这么想，恒儿。你知道吗？那天以后，我常常后悔，灵山的灾难，也许就是上天给我的惩罚……"

　　姜恒"嘘"了一声，拉着耿曙藏身柱后，又有巡逻的守卫过来了。

　　姜恒望向耿曙，在这沉默里，耿曙的眼神一目了然——他也在自责，如果当年他不是如此冷漠地对待人命，也许一切都会截然不同。

　　但现在也许没有办法，必须要杀人了，因为前方有四名守卫，一旦有人喊叫起来，就将惊动外头等待轮值的上千人，以及在侍卫房中睡觉的守备。

　　耿曙用拇指轻轻弹出烈光剑的剑格，一手按在剑柄上，将姜恒挡在他的身后。

　　姜恒却轻轻拉了下耿曙的衣袖，掏出一炷香，晃亮火折，嘴唇稍动，意思是"让我试试"。

　　他点燃了香，迷香在走廊内蔓延，不多时，侍卫们便昏倒在地。

　　耿曙点了点头，穿过去，到得花园后长廊内，两人与提着灯笼巡视的侍卫打了个照面。

　　"换班了？"那人距离甚远，并未发现情况有异。

　　"歇会儿罢，"耿曙平时在雍国常与侍卫打交道，熟稔内廷规矩，说道，"老大睡了，弟兄们正等你开一局去。"

　　换了姜恒，这时候铁定会露馅，如今对方竟毫无疑问，答道："那就辛苦了！"

　　接着他便转身离开。

　　耿曙朝里头望了一眼，见里头是个书房，门口侍卫开始换值。

　　"你去罢，"耿曙低声说，"我在外头守着。"

　　姜恒于是推门而入，离宫内全是侍卫，书房外的守备反而用不着多少。

　　在那书房正中央，坐着一名很精神的年轻人，他一身单衣，体格健硕，耳下有一道很淡的胎记，手腕健壮有力，双目极有神，与姜恒想象中的太子谧完全不一样。

李谧是名年近三十的武人，有着自然而然的军人气概，两道传承自李宏的剑眉更添英气，且高鼻深目，继承了少许西域人的面部特征，眼瞳中带着一点点棕金色，不似中原人的瞳孔般漆黑纯正。

李家的西域血统传承到他身上，已经很淡了，这名混血太子却还是很好看的。

"我这就睡了，"李谧手里拿着一卷书正读，看了眼侧旁的竹杯，随口道，"添点水就退下罢。"

姜恒想了想，思考如何对李谧明示自己的身份，说服他跟随自己离开，但有些话在这里长篇大论，不一定能劝服李谧，何况他也不一定会凭三言两语就相信自己。

"殿下在读什么书？"姜恒问。

"百战而胜，非善之善者也；不战而胜，善之善者也。"李谧随口道，"兵家。"

"夫用兵之法，全国为上，破国次之。"姜恒走到一旁，拿起水壶，给李谧添上杯中冷水。

李谧抬眼，一瞥姜恒，说："不错，不战而屈人之兵，方为全胜。"

姜恒答道："殿下都这个年纪了，我劝您就不要读孙子了，读点别的罢。"

李谧放下书，望向姜恒，正要发怒时却随之一怔，变了神色。

姜恒添完水，诚恳地道："这些字，分开看，殿下都能看懂；不过连在一起，您就不知道是什么意思了。"

耿曙在房外听着，视线投向月夜下盘旋的风羽，从风羽的飞翔路径得知，侍卫的换班正从离宫北面朝南边有条不紊地推进着，待得东南处被他们藏在假山后昏迷的侍卫被发现，全宫就会马上警惕起来。

"我怎么就看不懂了？"李谧不悦地道。

"看得懂，就不会纠结于'不战而屈人之兵'了。"姜恒无所谓地道。

"此话怎讲？"李谧意识到面前此人一定不是侍卫，放下书，认真地盯着姜恒，"还请小兄弟赐教。"

"不战而胜，是最好的办法；但百战而胜，才是没有办法中最好的办法。"姜恒认真地道，"我要问殿下一句，《孙子》十三篇中，有没有一篇在讲述'不战而胜'？"

"没有。"李谧答道。

姜恒稍一摊手，意思很明显，那便是了。

"十三篇六千余字，俱是在讲述'战之道'，所以读孙子，即是学'非善之善'。至于您想要的不战而屈人之兵的策略，在《孙子》中只字未提。殿下不过是无勇气一战，想在《孙子》里找点安慰罢了。"

李谧沉默不语，站起身来，走到姜恒面前，稍稍低头看他。这话实在是说中了李谧的心病，"战"在最近的数年里，于代国，是最常出现的字眼。但去与谁一战？倚仗什么一战？李宏假想的敌人，乃是连同北雍汁氏在内的东方四国，李谧却最清楚，他们最大的敌人，正来自自己。

他敢与父亲为敌吗？不敢。

"你是哪一国人？"李谧说，"这是我代国王室的家事。"

"你父王要发兵，"姜恒耐心地说，"这就不是家事了，是天下人的事。殿下，我受全天下的百姓之托，冒着极大的风险进离宫来救您，您愿意出去堂堂正正一战吗？"

李谧沉声道："我要是不跟你走，你能奈我何？"

"无可奈何。"姜恒认真地道，"那么我们就只能用别的办法来止战了，采取'非善之善'。"

"你想刺杀我父王？"李谧忽然感觉到了危险，旋即对其生出的却是惋惜与同情，"我劝你还是走罢，从哪里来，回哪里去。"

"汁琮我都敢下手，"姜恒说，"我不介意试试。"

李谧顿时浑身一震，想起了不久前太子灵昭告诸侯国君的那封信，送到西川时，他便私拆了一次，看过里头的内容，并被彻底震惊了。

这天底下，还有人敢去刺杀汁琮？居然还得手了?!

不 速 客

"是你。"李谧虽不知姜恒之名，只从父亲处听闻了大致过往，直觉却告诉他，这少年不是简单人物。

姜恒不再说下去，做了个"请"的手势。事实上来之前，他也与耿曙商量过，如果李谧畏惧李宏的权威，坚持不走要怎么办。打昏了带出去，再架着他去谋反？这明显不可行，但姜恒有把握说服他。

耿曙在外头说："时间不多了。"

姜恒看着李谧，说："这是我们唯一的机会，太子谧，哪怕你在今夜过后反悔，你父王一定也会加强离宫的戒备，我们再也进不来了。"

李谧长吁一声，沉默数息，最后他竟点了头。姜恒心道，在这点上，他倒是像极了说一不二的李宏。

"带我走。"李谧道，"剩下的，出去再说罢。"

耿曙马上推门进来，手里提着侍卫服，扔给李谧，示意他换上。

"他们马上就要进入偏院，"耿曙说，"你俩待在里头。"

海东青的探察距离越来越近，已经有人发现了它，并开始包围别院。

"快。"姜恒道。

李谧将侍卫服套上，耿曙抽出佩剑，李谧一看就明白了。

"霜儿让你们来的？"李谧说，"为何不早说？"

"殿下有心，谁来都一样。"姜恒道，"殿下若执意不走，谁来也都无用，是不是？"

李谧冷笑一声，说："给我一把剑。"

"没有，"耿曙答道，"只有这一把。"

顷刻间，侍卫怒吼，手持强弩上了院墙，喝道："有刺客！"

姜恒当即拖着李谧，把他挡在两人身前，说："来啊，放箭！射死了你们的太子，自己回去领罪！"

李谧："……"

侍卫："……"

一众侍卫万万没想到，这人竟会拿太子来挡箭，当即一怔。而就在这顷刻间，耿曙已冲了出去，一步上墙，抖开烈光剑，寒光闪烁，姬霜说得不错，那剑果然是不世出的神兵，倒映着月色，当真削铁如泥，碰上什么兵器，便将其斩成两半！

眼看侍卫们哀号着摔下墙去，鲜血从墙顶漫了下来，姜恒果断地道："快走！"

姜恒捡起剑，扔了一把给李谧，推着他绕过照壁。耿曙从墙上跃下，快步到前方去侦察，然而外头的声音渐小下去。

"有刺客！"

远处又传来一声惨叫。

李谧问："你们的同伴呢？"

姜恒："……"

姜恒与耿曙对视一眼，耿曙道："没有别人，只有我俩，还有人来了？谁？"

姜恒当机立断："他们在为咱们引开侍卫，快走！"

姜恒选择了另一条路，冲过走廊时，只见花园地上满是躺倒的侍卫。

姜恒："啊?!"

李谧刹住脚步，险些被绊倒在地。

李谧说："你们为了救我，杀了多少人?!"

"人又不是我杀的，"姜恒说，"不能算到我头上。"

耿曙抬头，望向东北角，海东青化作直线，疾飞而去。耿曙道："那里人少，从东北面突围！"

耿曙翻身上了房顶，将手持弩箭正准备埋伏的侍卫一脚踹了下去，再把姜恒拉上来。姜恒正要伸手拉李谧，李谧却几下翻上了房。

"我可以，"李谧喘息着道，"不用担心我！当当当……当心，眼睛看前头！"

"在这儿！"有人喊道。

更多人上了房，耿曙深呼吸，收剑出掌，一侧身，一脚踏在屋顶上，瓦片轰然飞起，紧接着掌风扫开，断瓦犹如漫天流星，飞射而去！

这一手简直神乎其技，就连罗宣亦没有这本事，姜恒看得瞠目结舌。

耿曙道："看什么？走啊！"

姜恒回过神来，被他拖在身后，两人一同滑下瓦檐去，不忘回头，问:"太子呢?"

"他自己说了别管他,"耿曙说,"看他的造化了。"

李谧气喘吁吁地说道:"等等我!"

然而一路下去,平地上的侍卫被收拾了不少,大多横七竖八地躺倒在地上。不多时,姜恒又听见西南角大喊:"刺客在这里!"

火把朝着西南、东南两个方向蔓延。耿曙说:"还有两伙人,怎么回事? 今晚来了这么多人?"

救兵似乎对他们毫不在意,在东南角放火了,风一吹,浓烟升起,离宫内顿时一片混乱,反而让他们极快地离开了离宫。

耿曙展开手臂,犹如鹰一般落下宫墙,打了个呼哨,战马奔来,耿曙与姜恒共乘一骑,让李谧上了另一骑。

"跟我们走。"耿曙说。

李谧回头看了眼离宫,最终狠心地一抖缰绳,跟上两人。

海东青于天上遥遥跟来,东方现出鱼肚白。耿曙侧头,朝身后的姜恒问:"现在回城吗?"

"闹得太大了,"姜恒说,"试试看罢。"

这次营救已脱离了姜恒最初的计划,原本他只想神不知鬼不觉地将李谧运出来,这么一来,离宫要到天亮才会发现,他们也可趁机回到西川。但大半夜一闹起来,西川一定会马上戒严,万一城门关闭,严加排查,他们就无处可去了。

疾驰八十里路后,回到西川城外,天已大亮,三人驻足城外钟山脚下一处隐蔽的山坡上,城门口果然开始严格排查,三人还穿着离宫的侍卫服。

耿曙问姜恒:"现在要怎么办?"

李谧也看出来了,问:"你们谁说了算? 你俩是主仆?"

"闭嘴。"耿曙冷淡地随口答道。

从进入离宫后,耿曙就没有与李谧正式说过话,李谧尚不知这家伙就是他未来的妹夫。

姜恒还不死心,盘算着偷三个腰牌,乔装易容,冒充御林军混进去的可能性,或者放风羽侦察一番,再让耿曙爬城墙进去,通知罗望出来接应。

耿曙却道:"不要冒险。一旦被抓起来,只会更麻烦。"

姜恒说:"那就只能回嵩县了。"

忽然间,耿曙把手按在了烈光剑上,缓缓地抽剑,转过身。

姜恒随之转头,伸出一手,拦在李谧身前,两人退到了耿曙身后。

山坡后面的灌木丛里,出现了一个身影。

姜恒又看见他了,这人给他的印象实在太深刻,他扭曲的五官、脸上的疤痕,哪怕五年前在洛阳匆匆一瞥,也从未得忘。

"小太史的妙计出了差池,"那身材高瘦的刺客说,"这可怎么办呢?"

来人正是界圭,界圭手指顶着一顶毡帽,现出诡异的、令人心底发寒的笑容:"周游周大人正在城内驿馆等候殿下,如果您不介意,就由我来带各位进城?"

李谧闻言一震,看看姜恒,又看耿曙。

界圭出现时,耿曙仿佛恢复了另一重身份,冷淡地说:"不必了,让他自个儿在城里待着罢。"

界圭笑道:"那可不好,周大人着我带了信来。殿下还是体恤我们跑腿办事的罢。"

"哥。"姜恒忽然说。

听到这声"哥"时,界圭的脸上非但没有任何惊讶,反而露出了"果然如此"的表情。

耿曙看了姜恒一眼,扬眉示意:"你真的愿意?"姜恒点了点头,说:"跟他走。"

界圭做了个"请"的动作,三人便跟在他的身后。

"我说呢,"姜恒率先跟在界圭身后,懒懒地道,"原来你们也来了,王家的刺客都这么闲吗?就不用保护王族?"

界圭说:"我也不想跑上这么一趟,奈何我们大雍王室兄友弟恭,太子殿下实在着急他哥,便着我亲自过来了。"

界圭将三人带到城外护城河一段干涸的河道,这段河道正好就在钟山下,有一排水口,沿着排水口进去,满是腐朽气味。李谧看了眼耿曙,耿曙隐藏在黑暗之中,不现面容。

界圭与耿曙谁都没有提那天雪夜通缉之事，彼此心下了然。

"周游是谁？"姜恒说。

从界圭出现时，耿曙就保持着警惕的神色，走在界圭身后，始终一手按剑。

"东宫门客，"耿曙朝姜恒道，"负责与管魏沟通，操持与代国联络事宜。"

五国之间，国与国的关系由左相管魏负责，这些年，内政外交逐渐移交给东宫，以提前预备权力过渡。

但这次的事明显超出了太子泷的能力范围，左相必须协助东宫，设法影响代国的局势。

"你算是东宫的人，对不对？"姜恒朝耿曙问。

耿曙没有回答，界圭却道："小太史，你非常聪明。"

耿曙低声道："恒儿，听我解释。"

耿曙想说点什么，可他能怎么解释呢？事实就是如此，在雍国的四年里，他成了朝堂炙手可热的年轻将领，而汁琮培养他则是为以后太子泷继承王权进行铺路。汁琮从死去的兄长汁琅手中接过王位时，深受派系内斗之苦，于是他必须确保未来朝廷的权力能顺利集中在唯一的儿子手中。

姜恒说："不用解释，我都知道。"

耿曙听他这语气，不像在责备自己，便点了点头。

李谡在黑暗里忽然道："你们是雍国人？"

界圭说："不错，太子谡也很聪明。"

李谡又道："我没有听错罢？在玉璧关下刺杀汁琮的，是雍国人？"

姜恒正要回答"我不是雍人"时，界圭却抢先回答道："那只是一个误会。"

"这误会可把不少人害惨了，"李谡说，"你们最好认真解释清楚这个误会。"

李谡说得不错，原本代国将与雍国结盟联姻，正因这场刺杀，代王才决定转而发兵，种种一发不可收拾的乱象，俱从姜恒捅出那一剑开始。

"会有机会的。"界圭道，"雍人特地过来救您，还够不上赔罪吗？"

李谧冷笑一声，界圭推开通道尽头的一扇木门，说道："到了，还请太子殿下移步驿馆一谈。"

四人出现在一户民宅的后院中，门外停着一辆马车，界圭戴上毡帽，挡住了头脸，亲自驾车。耿曙、姜恒与李谧三人挤在车上，被带进了雍国驿馆的后院内。

"这天气可真够冷的。"界圭吁出一口雾气，说，"太史大人，咱们来叙叙旧？"

驿 馆 会

姜恒知道界圭有命令在身，此事涉及雍国的最高机密，太子泷与丞相派出的使臣绝不会让自己参与他们的谈话，于是示意耿曙去就是，反正只要他问耿曙，耿曙都会一语不差地转述给他。

耿曙想了很久，终于朝界圭说了一句话："你若敢对他做什么，你知道我会怎么报复你。"

"至于吗？"界圭笑道，"下官不过是奉命行事。"

耿曙低声道："我马上就回来。"

姜恒示意耿曙放心，李谧则一脸疑惑，正了正身上衣装，与耿曙并肩离开。

界圭则将姜恒带到驿馆的侧厅内，出外传人奉上姜茶，先是嗅了下气味，再倒出小杯自己喝了，才递给姜恒。接着他又取来热毛巾，给姜恒擦手，生了个小手炉，放在姜恒膝前，自己才到一旁坐下，陷在软椅中，讳莫如深地看着姜恒。

界圭道："你长大了。"

"也不算太大。你很会伺候人。"姜恒道。

"伺候习惯了。"界圭暧昧地朝姜恒扬了扬他的眉。

姜恒说："平时也是这么伺候你们殿下的吗？"

界圭说："还须更细心些，我见你事不多，便省去了些步骤。"

姜恒说:"领情了,还没有谢谢你帮我们离开汀丘离宫呢,虽然看上去帮了个倒忙,你和我哥武功明显半斤八两,没有受伤罢?"

"不,"界圭说,"你哥武艺比我还差着那么一点,你师父倒是可以与我平分秋色,说到底,老子当年也是与你们的爹齐名的人。"

姜恒镇定地喝着茶,只这么一句话,他就知道雍国王室早已将他的底细调查得清清楚楚、明明白白了,否则这刺客不可能知道。

"我脸上有东西吗?"姜恒道,"老盯着我看做什么?"

"你易容了,"界圭认真地说,"这是谁的脸?"

"不知道呢,随手画的,给你也画一个?"姜恒朝他暧昧地一笑。界圭稍稍侧头,眯着眼,端详姜恒,他的脸虽然非常恐怖,姜恒却觉得他的目光是温暖的,更隐隐带着笑意——与故人相逢的笑意。

界圭答道:"我这么玉树临风、英俊潇洒,还用得着易容?不知道有多少人因为爱我,心甘情愿地死在我剑下呢,小太史,你愿意吗?"

姜恒打趣道:"自然愿意,只是你得先说服我哥,才好动手。"

界圭发出一声讥讽的笑。

"我哥似乎抓住了你的软肋,他能怎么报复你?"姜恒忍不住好奇地问道。

界圭说:"我要是杀你,他就会去杀太子泷,他打不过我,可杀个太子泷还是不在话下的。你是他的性命,太子泷是我的性命,一命换一命,很公平。"

姜恒:"……"

界圭遗憾地说:"当真铁石心肠,自己的义弟都能杀,你说是不是?不过这话我不会告诉泷殿下,免得他难过。"

"你知道我师父是谁。"姜恒眯起眼,察觉到某些未曾宣之于口的细节。

"嘘,"界圭神秘地眨了眨眼,说,"我可惹不起他。"

罗宣是五大刺客之一,界圭知道他不奇怪,但姜恒从未向任何人提起过他是自己的师父。也许因为界圭从营救太子谧时的那炷迷香上猜到了?

姜恒喝完了姜茶,把它放在一旁,示意不必续上。海东青飞了进来,在姜恒手边跳了几下,侧头看他。

"一夜之间,"界圭不禁唏嘘道,"人和鹰,就一起背叛了曾经的主人。

天下这么大，当真什么稀奇古怪的事情都有。"

姜恒淡淡地道："我爹是雍国国士不假，但我们兄弟俩可不是汁家的家奴。既然汁家不是我们的主人，又怎么说得上'背叛'呢？"

界圭一笑置之。

"当年去安阳行刺的人，"界圭忽然说，"本该是我才对，若是我，这会儿说不定我就成你爹了。"

姜恒听到这话时，顿时得到了海量的信息，但他仍轻松地说道："那倒不至于，我看更大的可能是，你现在已经死了。"

界圭摸了摸自己的光头，挤出了诡异的笑容："我不像你爹一般死脑筋，我可不会为了毕颉自杀。"

姜恒冷笑一声，聊着聊着，他忽然觉得自己有点喜欢这个刺客了，界圭并不招人讨厌，或者说他有时讨嫌得理直气壮，反而让人厌烦不起来。

"所以你效忠于雍国王室，"姜恒扬眉道，"汁琮想必就像收买我爹一般收买了你。"

"我答应过汁琅，守护雍国正统的存续。"界圭答道，"他还活着时，倒是很疼汁泷这侄儿的。"

这时间外头响起脚步声，耿曙来了。

"周游想见你一面。"耿曙朝姜恒说，又看了眼他手边的姜茶，姜恒便点了点头，顺从地跟着耿曙离开，耿曙想牵他的手，姜恒却摆摆手，示意这里全是雍国人。

"界圭，"姜恒说，"能不能帮我一个忙？"

界圭打量姜恒，耿曙问："想做什么？我去。"

姜恒摆摆手，他不想让耿曙离开。

"到客栈里，帮我将一个匣子取来。"姜恒对界圭说，"我们的利益目前不冲突，你家太子泷想保住李谧的性命，我也想，是不是？"

界圭倒是爽快，一点头，也不问地方，径自走了。从这个举动上，姜恒马上就能推测出，界圭早已埋伏在城中监视着他俩。

周游是个吊儿郎当的年轻人，却也很识规矩，以一国储君之礼待李谧，正在客气地与李谧交谈。耿曙进来后，坐在了上首，显然在这个驿馆里，他的地位是最高的。

见他进来，周游马上起身。

"你坐这儿。"耿曙朝姜恒一指身边的位置。

姜恒不知道他们先前谈了什么，李谧却仿佛没有接受周游的提议，双方的气氛有点僵，一起朝姜恒望来，表情都相当复杂。

耿曙坐在姜恒身边，拔出烈光剑，擦拭上面的血。

姜恒一夜未睡，有点困了。

周游说："这位小哥的身份……"

"叫姜大人。"耿曙冷漠地打断道。

周游看了眼耿曙手中的剑，剑刃折射着阳光。

姜恒打了个呵欠，说："随便叫什么罢。你们讨论出个结果来了？"

周游说："姜大人，本官有一句话，不得不说……"

李谧却打断道："这么说罢，雍国的要求，恕我无法认同。"

周游的脸色不太好看，他还是太年轻了，虽说周氏身为落雁望族，他却年少气盛，急切地希望在西川立功。

"太子谧的提议，"周游说，"我大雍也无法接受，姜大人既不是雍人，也不是代人。淼殿下的意思是，如何让太子谧重回皇宫，全听您的意思，请您来居中权衡。"

耿曙看了眼姜恒，示意他说。

李谧虽然很客气，却看得出其意见是坚决的。姜恒沉吟片刻，听周游解释了几句，大致明白了。

在耿曙不久前派出风羽前往北方送信后，雍国的军队已经绕过长城，于长城以西的另一处大关卡，难以逾越的天险潼关渡过黄河，进入了汉中地区。

这支军队将成为支持李谧发动政变的重要力量，只要周游一声令下，他们随时可在耿曙的指挥之下充当奇兵，攻破西川城，软禁代王李宏，扶持李谧取而代之。

"这很好，"姜恒笑道，"反正也用不着我了。"

姜恒略带责备地看了耿曙一眼，耿曙很心虚，他也没想到雍国的反应会这么大，看来现在汁琮先取梁后攻郑的目标发生了改变，见到代国有机可乘，便生出了先攻代国的心思，这非常危险。

李谧不是傻子，知道引狼入室的危险，这个提议，他自然无法接受。

"我不会让任何国家的军队进入我的国都。"李谧说，"代人的事，必须由代人自行解决。我也无法保证，若有一天，我接任国君之位，不会朝你们雍国用兵。"

耿曙始终不吭声，擦拭着手中的剑。

周游说："敝国没有任何挟恩之念，谧殿下大可放心。只是没有我们的协助，您在西川孤掌难鸣，如何回到朝堂上呢？恕我直言，现在城内已在大举搜查，一旦离开这个驿馆，李宏就会将您抓回去缢死。您的三弟带兵在外，二弟李霄与郑国储君太子灵私交匪浅。除了雍人，您再没有能相信的人了。"

"他还有我呢。"姜恒说，"你们雍人为什么总是这么自高自大、目中无人？"

周游："……"

李谧朝姜恒说："小兄弟，我相信你。前提是在离宫中，你没有欺骗我。你有更好的解决办法吗？"

周游求助地望向耿曙，耿曙却没有给他任何回应，这下是将周游置于两难的境地了，他不知这少年是何许人物，可既然跟在王子的身边，想必站在雍国这一方。

然而姜恒非但不帮他说话，反而咄咄逼人，他究竟是什么来头？

"汁琮想来已经设下期限了。"姜恒说，"目的很明确，救出太子，将他送走，再让你们的殿下带兵，协助太子谧攻打代国。"

周游只得承认，汁琮确实是这么吩咐的，落雁如何筹划他不清楚。

太子泷与管魏送来的密信，就是派界圭随同耿曙前去离宫劫人，得手之后带走太子谧，以他的名义攻打西川。

"军队出动的最后期限是哪一天？"姜恒问。

周游面现犹豫，这时候耿曙又说话了。

"告诉他。"耿曙沉声道，充满威严。

周游只得答道："冬至日。"

姜恒问："具体埋伏在什么地方？"

周游说："这个我是真的不知道。"

姜恒说："回去告诉你们将军，我不管是谁带兵，只要他被代国军队发现干涉他国内政，我就会杀了太子谧，再推到你们头上去。届时新仇旧恨，全找雍人清算，你们得直面李宏的怒火了。"

周游："……"

李谧非但没有生气，反而大笑起来。

"有意思！"李谧哈哈大笑道，"很有意思！"

姜恒道："但人都来了，还是可以派点事的，譬如拖住李宏的三儿子在外的军队。"

"按他说的做。"耿曙认真地道。

李谧没有说话，知道姜恒也有他的计划。

周游说："这我拿不了主意，只能看主帅的意思，以及远在落雁的太子泷如何决定。"

"说就是。"姜恒道，"前提是，他是个聪明人，我要将太子谧带走，剩下的你们就不要操心了。"

李谧说："你要带我去哪儿？"

姜恒朝李谧说："你去不去？哪怕我不说。"

李谧想了想，最后点了头。姜恒又说："借个地方一用。"

界圭回来了，姜恒借用了驿馆内一个房间，递给界圭一封信，说："辛苦了，再替我跑跑腿罢？把这封信送到郑国商会去。"

界圭只得又走了，姜恒抓紧时间为李谧易容，耿曙在旁一脸冷漠地看着。

"周游快被你气死了。"耿曙说。

"我怎么看他挺正常的？"姜恒笑道，"莫非他在落雁都横行霸道，只怕你一个？"

耿曙"嗯"了声，说："他是汁泷的心腹。陈丁……有限的几个人之外，平素确实拿着鼻孔看人。他很紧张，这是他第一次正式出使，他想立功。"

顾忌李谧在侧，耿曙不想透露自己的真实身份，否则辛辛苦苦建立起来的信任，一眨眼又要垮塌了。

"你不是雍人，"李谧从商谈时就在推测，问，"姜恒，谁派你来的？"

"没有人派我来。"姜恒随口答道，"我曾是晋天子麾下太史，但天子在五年前就驾崩了，你也可以说是姬珣派我来的。"

"难怪界圭唤你作'小太史'。"李谧从镜子里看了眼耿曙。

"你觉得他，"姜恒一指耿曙，问李谧，"像雍人吗？"

"实话说，不像，"李谧答道，"但他是站在雍人那一边的。这位小哥，你在雍国当官？官阶不低罢。"

耿曙正要反驳，姜恒却朝李谧道："太子谧不必担心，只要我在，这家伙就听我的。"

"你叫什么名字？"李谧从镜里看着耿曙，说，"雍国使臣对你这般客气，连界圭都听你们使唤……不要告诉我，不……不可能。"

李谧现在内心充满了疑惑，猜测了几个身份，却觉得都对不上。

"他叫聂海。"姜恒看耿曙明显也不想说话，便替他答道。

在镜中李谧已经变了个人，又说："姜恒，你究竟想让我做什么？"

姜恒检查了一番，出神地说道："我们完全尊重您的选择，太子殿下，我不是雍人，不替其他人做决定，接下来怎么办，您可以自己走一步看一步。"

界圭又回来了，说："外头有一辆马车等着。"

天 子 军

半个时辰后，姬霜府上。

"我不去见她，"耿曙朝姜恒说，"你也别去，让李谧自己去罢。"

姜恒想到了姬霜对自己父亲的敌意，只不知道，她会不会将详情告诉兄长，沉默片刻后，在这件事上听了耿曙的，因为他知道，这是耿曙一直所坚持的。

听得李谧前来，姬霜大惊失色，从内院跑了出来。

"哥！"

"霜儿！"

李谧看着自己的妹妹，顿时不胜悲伤，卸去易容，快步上前，紧紧地抱住了姬霜。

姬霜虽已拒绝了耿曙，内心深处却依旧期待着兄长能脱身，稍早时听见离宫之乱，登时心急如焚，时而担心耿曙与姜恒落败被擒，时而又担心父王震怒之下降罪，抓走没能成功脱逃的兄长，下手赐死。

幸而李谧安然无恙，而兄弟俩也得以脱身，姬霜回想起先前对耿曙所说的话，心中隐隐有愧疚之意。

她对耿曙最初的印象并不好，严肃而冷酷，隐隐有股凌驾于天下人之上的傲气。但渐渐地，她对他越来越好奇，直到她震惊于他的坦然——那种无所畏惧，"你想杀我，来就是，我光明磊落，我不在乎"的坦然。

昨日耿曙离开后，她不知为什么，一而再再而三地想起他。此刻心中竟有了那么一丝愧疚之情。

耿曙拉着姜恒离开，并肩坐在了前院的台阶上。

李谧与姬霜在房内低声交谈片刻，两人又听到姬霜隐隐的饮泣声，片刻后，声音更低下去，姜恒在院里便听不见了。

"你瞒着我，给落雁城送了信。"姜恒开始找耿曙算账了。

"我……"耿曙说，"我没有送信，只是报了个平安。"

姜恒看到海东青再来，并带着界圭前来的时候，便猜到了事情的真相。耿曙索性没有解释，老老实实地看着姜恒的双眼，说："是，我通知他们了，对不起，恒儿。我只是想……"

"人之常情，"姜恒说，"有什么好道歉的？"

海东青从剑门关离开，没有带着任何信回去，但只要看见它，太子泷便大致能猜到耿曙的处境了。

哪怕有自己在，耿曙还是对落雁的那个"家"有感情。

"我只是想，无论如何，总得给他们一个交代……"耿曙又解释道。

"不用再解释了，"姜恒认真地答道，"我不怪你。"

耿曙转头，注视着姜恒，嘴唇微动了动，像是想重申什么，却忍住了。他在观察姜恒是否因此生气，姜恒的表情却很平静。

"事情都解决了，我们走罢。"耿曙仿佛想弥补自己的错误。

"走？"姜恒不解地问道，"去哪儿？"

耿曙道："回嵩县。"

"不走，"姜恒说，"事情还没办完呢。"

姜恒看着耿曙，忽然兴起，拍了拍他的脸，耿曙从这个简单的举动中感觉到了姜恒没有生气，便又开心起来，正想张嘴时，姜恒却在那冬日里灿烂的阳光下凑上去，亲了下耿曙的脸颊。

耿曙："……"

耿曙忽然满脸通红，这个举动向来是他们最爱做的，尤其在离开浔东，姜恒失去了一切，身边只有他的那数年里，耿曙偶尔会亲他一下，表示亲昵。

重逢后，耿曙也常常亲姜恒，姜恒却很少主动亲耿曙。

"我最喜欢亲你了。"姜恒笑道。

耿曙的母亲，在他小时候便会亲一亲他的唇，表示疼爱。而昭夫人则从来没有亲吻过姜恒。

耿曙的脸上现出单纯的笑容，嘴角稍稍勾着。姜恒则不再开口，开始思考接下来的行动。

耿曙看着院里冬日的暖阳出神，把一手放到姜恒的后腰上，覆在他那个被火烧过的瑕痕处，来回摸了摸，继而让他倚在自己怀里。

这时候，姬霜走了出来，看了两人一眼。

姜恒忙与耿曙分开，朝姬霜人畜无害地一笑，扬眉，示意现在如何？

姜恒没有提半句姬霜对耿曙说的话，权当一切都没有发生过。

"今天一早，二哥来见过我，他也想救出大哥。"姬霜低声说，"你说得对，大哥必须回到朝堂上，给我们一点时间，我相信他能说服父王。"

姜恒听见这话，便知道姬霜决定继续按他的计划来。

"但我们绝不能让任意一国插手，"姬霜带着隐约的怒气道，"代人的事，只能由代人自己解决。大哥告诉我事情的经过，他觉得可以相信你。"

耿曙把手覆在姜恒的腰间，始终沉默不语。

姜恒想了想，答道："那么就按咱们原定的计划，继续往下走？"

姬霜叹了口气，在两人身旁坐下，刻意地避开了耿曙，坐到姜恒身旁。

"父王每年在冬至那天，会往钟山的宗庙，祭祀叔父公子胜。"姬霜说，"叔父不是王室嫡出，进不了宗庙，只能葬在钟山后。"

"我见过他的墓地，"姜恒说，"就在梅园里。"

李谧站在房内，说道："届时父王身边只会带两千人随行，分散在钟山山顶，这是最合适的机会。"

姜恒看了眼耿曙，动了动他，催促道："说话。"

耿曙沉默，姜恒说："行军打仗的事，只能靠我哥，要破这两千人，制伏代王，非我擅长之事……"

耿曙旁若无人地朝姜恒说："我不想帮他们了，都是白眼狼。"

姜恒笑了起来，知道耿曙要什么——他想要一个道歉，否则不会在这里把话说出口。他并不记恨姬霜，面对真正讨厌的人，耿曙甚至不会多看一眼。

"对不起，"姬霜懂了，说，"殿下，对不起。是我语出唐突。"

耿曙隔着姜恒，朝姬霜投以一瞥。

姬霜面容沉静，解释道："胜叔父与父王，就像我的两个父亲。"

这句话，已在姬霜心中盘桓了一整天。

"他都懂的，"姜恒说，"霜殿下，不必如此伤感，聂海比你更明白。"

与此同时，姜恒忽然想到一个危险的事实，并为此隐隐后怕起来，如果当初自己将汴琮刺死了，那么对他与耿曙而言，将是一个永远解不开的心结。谢天谢地，无论汴氏从何处得到了解药，这当真是上天给予他们的宽容。

"如果是寻常将领，"耿曙得到了想要的道歉，便分析道，"给我一千人足够了。但面对李宏，又有钟山山顶地形居高临下，占据有利位置，这个数目，至少要四千。"

房内李谧、姜恒、姬霜三人沉默，俱思考着钟山山顶伏击李宏并将他抓起来的那场战役，将成为十天后决定代国未来的转机。

"四千人不难，"李谧说，"只要说服罗望与李靳其中一个。"

"不，很难，"耿曙说，"这就是这次行动里最难的，这四千人，不能是代国人。"

姜恒马上就听懂了，说道："嗯，代国军队里，没有人敢和你父王动手。"

李宏身为一代军神，积威近三十年，已被军队神化了，谁敢围困他，朝他发出挑战？

"所以我需要调来雍国或嵩县的军队。"耿曙说，"如果你们不能接受外国干预，一切就不必再说了。"

姬霜与李谧相对沉默，姜恒又想到了先前驿馆中周游的表情，想来这厮还是有点真本事的，一定是他朝耿曙点出了关键问题所在。

"我有一个办法，"姜恒说，"只能算折中。"

耿曙道："没有任何折中的办法。"

姜恒道："就不能听我说完吗？"说着揪住耿曙的耳朵，他实在是受够耿曙这模样了，平日里与他说话和和气气的，在姬霜与李谧面前，简直就是自高自大、目中无人。

耿曙道："好好……你说。"

李谧："……"

姬霜："……"

姜恒带着责备的眼神，过了好一会儿，方道："我需要调集嵩县驻军，却并非以雍国的名义，而是举天子王旗，我们五年前，都是晋天子麾下的官员。"

李谧："不错！"

姬霜道："可是……"

耿曙也想起来了，别人不论，但他与姜恒是完全有权代替晋天子姬珣对地方封国行使干涉的！

李谧说："可天子已经崩了。"

"天子已崩，王旗却没有倒下。"姜恒说，"当然，说白了，这一切俱是自欺欺人，怎么说都行，便看两位能否接受了。"

李谧与姬霜沉默良久，最后李谧点了头，说："那么，便请殿下亲自赶回嵩县一趟。"

"不需要，"耿曙冷冷地道，"我自有安排，顾好你自己的事罢。"

李谧朝向姬霜，露出些许不安，说："接下来，就是罗叔与李靳了。这两个人里，必须成功说服一个，就怕……"

姬霜温柔地说："大哥，尚未努力过，又怎么知道就一定失败呢？"

李谧苦笑道："你说得对，瞻前顾后，这样不行。"

姜恒说："我可以为太子殿下约来罗望。"

"暂定明夜罢。"李谧说，"具体细节，我还得与王妹好好商量。"

接着，四人再次端详了地图，再次确认了计划——冬至当天，李谧将坐镇西川，回到王宫，在罗望的保护下，召集一众大臣。

而耿曙与姜恒，则将带领嵩县的王军，趁李宏出城祭拜亡弟公子胜时将他围困，逼他写下退位诏书，送回王宫，交给李谧。

李谧将昭告代国全境，包括稳住在外的军队，并将父亲关押在后宫内，充当人质，如此政变完成。

最大的难题，还是如何解决罗望与李靳，但这已是李谧该头痛的事了。

"两位不要回去了，"姬霜说道，"就在府上住下来罢，来来去去，也容易暴露身份。"

姜恒一想也是，毕竟城中戒严，有耿曙在，还能保护李谧的安全。

"我俩要一间房就行。"姜恒对姬霜说道，"我将去调配药物，届时如果实在无法说服他们，就只能将罗望扣下来了。"

待 客 茶

是夜，姜恒无聊地躺在榻上，耿曙则认真地给海东青梳毛，低声在它耳畔说着什么。

姜恒侧头偷看耿曙。

"你喜欢她。"姜恒说。

"你又看出来了？"耿曙抬头，不悦地盯着姜恒。

姜恒说："你就是喜欢。"

耿曙说："我没有！你要我解释多少次？"

姜恒一脸茫然地道："你不喜欢风羽吗？你看它的眼神，完全和看别人不一样啊。"

耿曙："……"

耿曙回过神，知道姜恒又在拿自己寻开心，便不再与他争执，小声朝海东青交代后，让它停在自己的手臂上，侧过臂膀轻轻一送。

海东青带着信飞出院外，飞走了。

那个动作极其潇洒，姜恒看着耿曙，感觉到他每次看那只鹰时，眼里都有股温柔。

"喜欢，"耿曙不客气地说，"喜欢又怎么？你看出来了？"

"你看风羽的眼神，"姜恒笑道，"与看我一模一样。"

耿曙一怔，忽然又有点脸红，但姜恒的这话，一时令他非常受用，便走过来，躺到了榻畔，两兄弟并肩躺着。

姜恒随手将那玉玦从他脖子上扯过来，像拖着狗绳般，放在面前端详，耿曙被他拖得不太舒服，却没有挣扎的举动，也侧过头，与他挨在一起，看玉玦流转的光华。

数日后，按姜恒的计划，是分别约见罗望与李斳，必须在一天内完成，否则一旦走漏了风声，只会引起另一方的警觉。

李斳手握两万城防军，罗望则拥有五万代国骑兵。

最好的结果是说服罗望。

退而求其次，李斳若愿意投向太子谧也行。

最坏的情况，则是两人都宁死不屈，无论如何不愿就范。

"如果他俩都不松口呢？"李谧问。

姜恒说："那就只剩下最后一招了，殿下，自己办不到的事，就不能怪别人出手收拾。我发现自打安阳那场屠杀之后，天下各国的国君就陷入了一个怪圈里。他们已经输不起了，我希望殿下能当个输得起的人。"

李谧自然知道姜恒言下之意，他身为储君，收服西川掌管兵权之人，是他的责任。设若他甚至无法让罗望、李斳二人中的任意一人向他效忠，也即意味着他这储君的地位相当危险。

届时他们只能求助于周游，以及埋伏在潼关下的雍国外援。姜恒给了他机会，办不成事，还能怪谁？

"事成之后，姜先生如何打算？"李谧岔开了话题，姜恒看那模样，这名代国未来的国君，似乎想招揽他们两兄弟。

可是留在代国，就要面对公主姬霜，她真的能放下公子胜的仇恨吗？

"我听恒儿的，"耿曙道，"他留下来，我就留下来。我爹不是我，我不会为他赎罪，与我没关系，这血债反正我不认。"

"什么血债？"李谧尚不知耿曙的身世，只单纯地认为他是雍国王子。

这话再一次证实了姜恒的猜测——太子灵设若密告诸国，想置耿曙于死地，不可能不告诉代王。眼下传信之人却只通知了霜公主，连李谧也不知道。

非常可疑。

究竟是谁要将他们置于孤立无援的境地呢？

姜恒隐隐约约，怀疑自己触及了真相。

殿内无人回答李谧，李谧也习惯了，王室内部从来就不怎么把他当太子看，尤其是自己的家人。与其说他是一国储君，不如说是勤勤恳恳、兢兢业业为全家操持的长子。

"所以假设罗将军不愿意，"李谧拿着姜恒递给他的小药瓶，再三确认道，"我就要二话不说，先下手为强毒死他？"

"殿下狠得下心吗？"姜恒问。

"你既然这么说了，我只能照办。"李谧说，"我又不是太子灵，我不会算计前来帮助我的人。"

听到这话，姜恒忽有所感，轻轻叹了口气，笑了笑，这种信任让他很感动。

"那还是我来下毒罢。"姜恒说。

"该送信了，"姬霜认真地说，"大哥，我相信你能成功。"

姜恒送出信去，交由姬霜的侍女，将罗望带进公主府内，自己却不露面。

午后时分，罗望被带到府内，踏出密道的那一刻，便彻底明白了。

姜恒的信上内容乃"私下约见"，罗望也是托大，竟不带任何护卫，及至进到公主府内时，便知道自己极有回不去的可能。

但在见到李谧的一瞬间，罗望顿时慌乱起来。

"殿下？"罗望的声音发着抖。

"罗叔，"李谧依姜恒指点，朝罗望直接跪下了，恳请道，"罗叔请救我！"

罗望赶紧上前扶起李谧，颤声道："殿下何出此言？我……末将明白了……殿下，殿下您……"

被软禁的太子失踪，朝中自然无比震惊，而李宏做出的决定也非常符合他的脾气——先行封锁消息，严查可以离开代国国境的所有道路。

李宏根本不会想到，儿子还逗留在西川，并筹备着造自己的反，在他的认知中，四个儿子，没有任何一个敢篡位。李谧唯一的去处，不是郢国，便是雍国，于是通往剑门关外嵩县的道路，以及北方潼关的官道，乃是重点封锁路线。

西川城内，反而一切照旧。

罗望惋惜道："既已决定离开，又何必去而复返？"

李谧低声道："罗叔，我从一开始便未想过离开。我是代国的太子，自当与国家同生死，共存亡。"

罗望沉默不语。

李谧恳切地道："恳请罗叔救我，也是救代国的千万百姓，这一仗不能打，罗叔！您心里比谁都清楚！叔父尚在时，辛辛苦苦筹备了这数十年，战事一起，三十年的积累，便要毁于一旦！"

罗望叹了口气，说："殿下，不是末将不愿，实乃心有余而力不足也。"

姜恒与耿曙坐在屏风后，听着两人传来的对答，耿曙一手按在烈光剑上，沉吟不语，姜恒却把手放在耿曙的手背上，递给他一杯茶，示意无须紧张。

李谧失望地说："是吗？"

罗望久久凝视着李谧，长叹一声，低声道："殿下，再等几年，便将水到渠成的事，何必如此冲动？"

李谧说："短短数年，天下却将发生天翻地覆的变化，我又何尝不知？最该明白这个道理的，是父王。今天的代国，还远远没有准备好。"

不仅罗望，朝中所有的大臣，心里都十分清楚，代国国富兵强，不过是建立在三十年前公子胜变法的基础上。西代的崛起，只有短短二十载，成为一方霸主容易，想出兵争夺天下，实力还远远不够。

设若代王遵循公子胜的计划，在这条路上持续走下去，那么在一代人，甚至两代人后，将足可与东方四国一较短长。

代人不是没有争霸天下的资格，他们需要的是更多的时间。

"时间不等人。"罗望没有喝案上的茶，只是低低地叹了一口气。

大家都是聪明人，罗望很清楚太子这是冒着奇险在策反他，一旦失败，自己绝不会被留下活口，但在这一刻，罗望反而忘记了自己的危险，诚恳地劝说李谧。

"走罢，"罗望说，"殿下，离开西川，带着霜公主一同离开，去您的母舅家。"

姬霜的母亲是郑人，李谧的母亲则是梁国人，郑、梁二国都将收留这落难的太子。

李谧没有回答，啜了一口茶。

"姜恒在何处？"罗望说，"我早该料到，他是来找你的。"

"罗将军是个好人。"姜恒在屏风后说。

罗望半点不奇怪，姜恒便从屏风后转出，朝李谧示意，李谧知道要下手了，无奈地起身离开。

姜恒换过杯壶，重新泡茶，用了一小撮自己准备的茶叶。

"你不该这么撺掇他。"罗望说，"昨日听见汀丘离宫有刺客时，我便想到是你们。"

"罗大哥有孩子吗？"姜恒忽然问。

罗望答非所问："他国之人，唆使我国太子殿下堂而皇之地谋反，与国君作对，你们会被吾王车裂。走罢，趁还活着，马上动身离开。"

姜恒笑了起来，正要解释，罗望却道："你的护卫，想必此刻正按着剑，藏身屏风后罢？杀我是没有用的，小朋友，你将这一切想得太简单了。吾王守御代国多年，自有他的本领，对他而言，我不过是一柄剑，剑断了，他大可选一把其他的兵器。甚至空手上阵，你也绝不会是他的对手。"

姜恒没有打断罗望的话，笑道："罗大哥言重了，我不过是好奇问问。"

罗望眯起眼，说："你确实不是郑人。吾王那天回宫后，便向郑国商会首领调查过你的底细，他们说，你是郢人，从江州取道济州，前往郑国都城，投身太子灵麾下。可你也不像郢人，你究竟是谁？"

姜恒淡定地喝着茶，说："罗大哥，您也不是代人。"

罗望一直与姜恒在自说自话，此刻终于怒了，一手按于案上剑柄，沉声道:"姜恒,你当真觉得,凭你那护卫,便可取我性命?"

姜恒哭笑不得,说道:"罗大哥,为什么我们谈来谈去,总是三句话不离杀人呢?您就这么笃定,我会劝不得便动手?"

"实话说,杀不杀您,取决于太子谧与霜公主,"姜恒说,"他们若不点头,我又何尝有资格在代国杀人?"

罗望起初是相当愤怒的,他因信任姜恒,才私下一见,没想到姜恒却将他骗到了险境之中。

"我不过是好奇,"姜恒说,"想打听打听,罗大哥,您有孩子吗?"

罗望不明姜恒之意,说道:"没有,究竟为何对此耿耿于怀?"

姜恒问:"罗大哥有妻子吗?"

罗望扬眉,打量姜恒,嘴唇微动,吐出两个字:"没有。"

"哦,"姜恒怀疑地看着罗望,说道,"我怎么感觉,罗大哥像一个人?"

罗望的脸色稍稍一变,但顷刻间便恢复了正常。

姜恒笑道:"大哥很好奇我从何处来吗?实不相瞒,我既不是郢人,也不是郑人,我来自一个很偏僻的、近乎与世隔绝的地方,叫'枫林村'。"

罗望刹那色变,一瞬间,姜恒便敏锐地抓住了这个神态,知道自己找到解决问题的关键点了!

攻 心 计

当时在师门中,罗宣曾经告诉过他,父亲被代国人带走充军,扔下病重的妻子与一对兄弟的往事,尽数历历在目。而姜恒这些天里的思考,亦随之拼起了无数关键的信息碎片,包括罗望为何面熟,因为他长得像罗宣!

而这也解释了为什么罗望在代国始终未娶妻,没有孩子,反而将军饷用以资助孤儿。

姜恒前来代国,做了易容,这张脸,乃是罗宣传授他易容时的脸庞,这个少年的眉眼……是罗宣的弟弟,罗承!

所以罗望看见他的第一眼才倍感亲切,只因姜恒易容成了他的小儿子!

"我真名乃一个字，唤'承'。"姜恒淡淡地说，"上有一兄长，我们有爹有娘，但就在十年前，娘病重，爹为她上山去找药材，但代、郧两国开战，半路我爹被代军抓了去充军，就再也没有回来了。"

罗望："……"

罗望怔怔地看着姜恒，他已经蒙了，不，面前这少年，不可能是他。

"无人医治，我娘不久后就病死了，"姜恒叹道，"我不得不与哥哥相依为命。"

"恒儿。"耿曙在屏风后说。

姜恒"嗯"了声，道："没事的。"

耿曙没有听懂姜恒所言，但姜恒所描述，像极了昭夫人与他的人生过往，耿曙恐怕姜恒难过，是有一说。

罗望颤声道："不……这不可能，怎么可能？他是……不！这不可能！你从何得知?!"

姜恒又认真地道："后来郧军占领了沧山脚下枫林，我与哥哥失散多年，只想找到他的下落，并找到我们也许尚在人世的父亲。"

"你哥哥去了何处？"罗望终于意识到了，姜恒并非他失散多年的幼子，不过是借另一个人的身份，朝他发出这迟来了十年的质问。

"听闻他去了海阁，"姜恒说，"拜一位武功高强的前辈为师。现在……"

姜恒稍稍倾身，对罗望低声道："……罗大哥，能不能解开我的疑惑，您，有妻子，有儿子吗？"

这一招瞬间攻破了罗望最后的防备，十年前的事，犹如从未被遗忘，无数噩梦，随着姜恒的一句话，再次浮现在眼前。

"你……"罗望泪水纵横，充满沧桑地长叹一声，"罢了，罢了。往事，从何得知？"

姜恒要的却不是这一句，他紧盯着罗望的双眼，喃喃地道："罗大哥，设若你的孩子还活着，你希望他活在一个什么样的世上？是焦土一般的人间，还是升平繁华的治世？"

罗望凝视姜恒，双目通红。

姜恒当着罗望的面，将药粉抖开，加进杯中。

耿曙隔着屏风，看见了姜恒的动作，握紧了烈光剑剑柄，随时准备出手。

姜恒随口道："罗大哥既无儿无女，无妻无家，我总想不明白您一生为何而战，念及那些被您资助的孤儿，兴许就是您的孩儿罢？所以啊，人活着，总归还是得有点目标。罗大哥，这杯茶有毒，是我哥教我配的，毕竟我俩被父亲遗弃了这些年，我哥现在已不在中原了，嘱咐我如果哪天见到我爹，务必用这药来毒死他，出了我们心头这口气。"

"您想喝就喝罢。"姜恒笑道，"或者您还想为我们，为太子谌，为天下在战乱中失去双亲的孩子们，做点别的，我也愿意暂时将它扣下。"

罗望凝视姜恒，许久后，低声说："如今你活得还好吗？"

姜恒认真地答道："我已经死了，我哥还活着。"

耿曙道："恒儿？"

姜恒没有回答，说："我死在了一个地窖里头。"

罗望顿时哽咽，大哭起来，浑身不住地颤抖。姜恒却微笑道："我哥却还在，也算不幸中的万幸罢。"

"你娘死前，"罗望哽咽着道，"说了什么？"

"我不知道，"姜恒微笑道，"那年我还太小了啊，我什么都不懂。不懂我爹为何不回来，不懂我哥为何这般生气。"

过了很久很久，罗望终于平静下来，点了点头，说："谢谢你，小朋友。"

"罗大哥决定了吗？"姜恒将那杯下了毒的茶朝罗望推了推。

罗望答道："且先寄着罢，待你哥来了，我再喝。"

"下一位！"姜恒旁若无人，朝外头的太子谌喊道。

李谌匆匆而入，没有看见意料之中的罗望的尸体，当即长吁一口气。

如果姜恒在此刻下手，除掉罗望，城内大将军失踪，后果定不堪设想，将引起朝局的剧烈变动。

幸而他还在。

"我需要做什么？"罗望说。

"与太子殿下商量罢，"姜恒说，"剩下的，就真是你们代国人的内政了。"

一个时辰后，姜恒与耿曙在屏风后吃点心。

"你居然成功了。"耿曙难以置信地道。

姜恒喂给耿曙一块点心，说："杀人为下，攻心为上，才能解决他。"

姜恒押对了，罗望果然是罗宣的父亲，事实上从第一次见面，他就隐隐约约地感觉到了这点，而罗望对他的亲切感也很好解释——姜恒跟在罗宣身边，十二岁到十六岁，是罗宣带的，在这个人生中最重要的时期，他的一举一动、身形体态、说话的口头禅与口音……举手投足，都有着罗宣的影响。

哪怕罗承真正的模样在岁月间已变得模糊不清，罗望依然在心里最深处，透过他依稀看见了小儿子的影子。

他抓住了罗望对两个儿子，以及妻子的悔恨，来要挟他停止这场即将开始的战争。

耿曙没有问姜恒缘故，姜恒也不好将罗宣的家事向兄长解释，姬霜却出言打断了他，说："姜公子当真是操纵人心的高人。"

"不敢当。"姜恒笑答道。

姬霜道："只不知在您眼里，我的心病又是什么呢？"

姜恒说："窥人心病，一击而退，乃是对敌。霜殿下与我是友非敌，绝无此意。"

姬霜淡淡地道："天下没有永远的敌人，自然也不会有永远的朋友，说不定我们终有一天也将敌对，外头有不少人说姬家人都是疯子，到得那时，公子、汁殿下又将如何自处？"

耿曙答道："你若与恒儿为敌，那就只得抱歉了，授我烈光剑时，殿下便当想到有这一天。"

姜恒马上道："殿下，您是王族，不是代国的王族，而是天下的王族。我们的身份，仍是晋天子之臣，哪怕天子驾崩，我们也绝不会对王族动手。"

耿曙看了姜恒一眼，姜恒满脸责备，怎么能对公主说这等话？

耿曙却因先前姬霜所言家仇，依旧心头有气，做了个口型。

"是否取我性命，"姬霜低声说，"空了再慢慢商量罢，李骍来了。"

"恕我冒昧地问一句，"姜恒问，"殿下没有杀过人罢？"

姬霜答道："没有，怎么看出来的？"

姜恒透过屏风，瞥见姬霜的影子。

"姐姐的手在抖。"姜恒说。

姜恒换了称呼，姬霜也换了称呼，反问道："姜小弟，你杀过人吗？"

姜恒笑道："我也没有，杀过人，却没有成功杀死。"

姬霜说："你的手就不抖了吗？"

"不抖，"姜恒说，"因为我不怕，待会儿还是让我哥来罢。"

耿曙说："我不曾下过毒，却可以给他一剑，只是麻烦霜公主擦地板了。"

姜恒提醒道："可别捅死，否则我真要胡闹了。"

耿曙说："你就知道胡闹。"

耿曙被姜恒与姬霜这么联手摆布起来，实在相当郁闷，还不能反抗，只得听他俩的。不知为何，他心里又有点受用。

这时侍女低声道："殿下，李将军到了。"

李勣大步进了殿内，朝姬霜躬身行礼，说道："殿下。"

姬霜做了个手势，示意李勣请坐。

"你不惊讶。"姬霜说。

李勣似乎早已料到公主有此一请，回过神，说道："惊讶？不，不惊讶。殿下忘了我的职务是什么。"

李勣是城防军大统领，对城中的布置、商人的活动简直了如指掌，姬霜的秘道只要一动用，势必瞒不住他。

上次在城门口处匆匆一见，姜恒来不及与李勣详细交谈，此时透过屏风看着他的身影，忽然有种奇怪的熟悉感。

他的声音清亮悦耳，与耿曙很像，背也挺得笔直，更是代国王族，这么一个年轻有为的青年，二十余岁便身居高位，想必来日前途不可限量。

前提是，他站对了边。

姬霜认识他很久了，小时候，他与她在宫中一起长大，更有许多剪不断理还乱、朦朦胧胧的情愫，只是随着他们成人，许多话只能放在心里。

她将事情的经过大致朝李勣解释了一番，没有任何隐瞒——这也是姜恒计划中的一环。李勣听完之后，想了想，说道："我只想问一件事，如果我不答应，屏风后那两位刺客，会动手刺杀我吗？"

"不会，"姬霜答道，"决计不会，他们的任务，只是保护我的安全。我保证，无论你选择谁，你的性命都没有危险。"

李勣看着案上那杯茶，沉默良久，而后道："这件事，不为谁做，但为你做罢了，王妹。"

"谢谢你，王兄。"姬霜想起了两人小时候相处的时光。

"带我去见罗将军罢，他现在在哪儿？"

姬霜万万没想到，李靳竟答应得如此简单，所有的问题在那一瞬间解开了。

屏风后，姜恒朝耿曙扬起手，两人一拍掌。

李靳说："屏风后的两位小兄弟，现在是否可以出来见个面了？"

姜恒依旧没有回答，姬霜不想暴露姜恒与耿曙，毕竟越少人知道越好，说道："王兄迟早有一天会见到他们的，请罢。"

此时罗望与李谧正在府上另一处商量行事细节，李靳便自觉起身，侍女前来带路，前去加入了他们。

李靳走后，姬霜方朝屏风后解释："他不相信任何人，只相信我。"

耿曙说："看来这是另一个故事了。"

"反正咱俩的婚约也已解除了，"姬霜道，"森殿下不觉得自己太多管闲事了吗？"

"是殿下您先解释的，"耿曙反驳起来竟十分流利，"我怎么觉得这是欲盖弥彰？"

"哥，"姜恒用口型道，"太冒犯了。"

姜恒说："那么，事情也算就此解决了。我哥口拙，有冒犯之处，还请霜殿下海涵。"

姬霜答道："我可不觉得森殿下哪里口拙了，这不辩才无碍吗？"

姜恒哭笑不得，耿曙却一语不发，起身离开。

姜恒本想去看一眼李谧与罗望、李靳谈得如何了，却顾及耿曙心情，知道他一定生气。旁人对他而言都不重要，这还是他第一次看见耿曙对除了自己之外的又一个人会"稍微"在乎。

"你在做什么？"姜恒快步回了房。

"收拾东西，"耿曙看了姜恒一眼，说，"现在不忙，事情完了就走。"

姜恒笑着看耿曙。

但他没有多说，只到得榻上去躺下，朝耿曙招了招手，耿曙烦躁无比，现在明白了，自己不喜欢姬霜，不过是因为他们是来帮忙的，没要半点好处，也不以婚约相要挟，姬霜却总仿佛有意无意地拿住了这一点。

但他没必要解释，因为他的心事姜恒都知道。

"办完这件事以后去哪儿？"这些天，耿曙问得最多的就是这句话。

姜恒答道："你老问我这个做什么？我不知道，我没主意。"

耿曙说："总得有个去处罢？"

姜恒说："是得有个去处，但非要现在决定吗？我偏不告诉你，怎么？"

姜恒欲言又止，嘴唇微动，事实上他已经想好了两人的去处，但他不想现在告诉耿曙，免得横生事端。

耿曙只得点了点头，姜恒说："留下来当驸马也挺好啊！"

耿曙道："再提这个，我和你急。"

姜恒便乖巧地说："好，我不提了，你也别问去哪儿。"

"成交。"耿曙答道，"过来，我想抱你。"于是不由分说，把姜恒拉到身侧。

耿曙最在意的就是这件事，一年前尚未知道姜恒还活着时，他也许曾有过接受安排，与姬霜相识，并看看彼此是否合适的念头。

但就在姜恒活着回来后，他就再无他想了。

今天姬霜所言，更似火上浇油，点燃了他的怒气，换作没有姜恒的那些日子，方才他就要当场发作，然而如今他无论碰上什么，只要姜恒在，便都好说好说，一切都好说。弟弟回来了，天下人在他眼里都变得可爱起来，还有什么不知足的呢？

耿曙现在心头几乎没有任何恨了，他比从小到大的任何一天都更热爱这个世界。

见 面 礼

然而有些事躲不过，只听房外侍女敲了敲门。

"殿下，"侍女低声说，"霜公主有请。"

"不去。"耿曙躺着不起身，说。

"去罢。"姜恒眉头微皱，说，"我不勉强你，但有些话总得说清楚，女孩儿总是口不对心的，就当走之前再见她一面，又如何了？"

耿曙说："你又懂女孩儿了？"

"我娘不就是吗？"姜恒轻轻地说。

耿曙瞬间无话可说，昭夫人与他的生母聂七不一样，但哪怕她的脸上、话语中都带着长久以来的厌弃，耿曙却真切感受到了她的爱。

"去，"姜恒推了推耿曙，小声说，"快去，她万一有重要的事想说呢？"

耿曙想了想，看姜恒的眼睛，再看姜恒的手，此刻姜恒的左手正拽着耿曙脖上的玉玦不放，右手又不住地推他，说："快去啊！"

耿曙："……"

耿曙最后把玉玦抽回来，侧头在姜恒脸颊上也抚了下，一个翻身坐起，走了。

姜恒不禁觉得好笑，只有对着耿曙，他才能肆无忌惮地逗他玩。

开门声响，耿曙却停下脚步，外头响起了界圭懒懒的声音。

"王子殿下，你在落雁城还有个被你忘了的弟弟，他让我时时刻刻守着你。"界圭调侃道，"你要出了闪失，我也回不去了，凡事还是小心驶得万年船，大伙儿互相理解下？"

姜恒一听就知道界圭是来监视他俩的，说道："别管他，你去就是。"

耿曙的脚步声远去，姜恒也不起来，朝门外看了眼，问："界圭，睡院子里头不冷吗？"

"姜大人赏我进来睡？"界圭嘿嘿一笑，"确实有点，我可以在王子回来前办完事，想试试吗？"

姜恒说："滚到隔壁房里睡去，有需要我会翻你牌子。"

"喏。"界圭答道。

姜恒躺在榻上出神，但很快，耿曙就回来了。

姜恒说："怎么说？"

耿曙一言不发，一身武服未除，滚得榻上来，姜恒正要起身，却被他按在了身下。

姜恒一头雾水。

耿曙不由分说，锁住了姜恒的双手，注视着他的双眼，危险地说：

"恒儿，我不想再等了，我有件事要告诉你。"

姜恒叫道："哎！"

他忽然大喊一声，继而哈哈大笑起来，抱住了耿曙。

耿曙："……"

姜恒翻过身，反而将耿曙按在榻上，耿曙皱眉，怒了。姜恒却伸出手，摘下耿曙的易容面具。

罗宣："……"

姜恒狂喜道："师父——！"

姜恒骑在罗宣的腰间，罗宣当即动弹不得，姜恒正要胳肢逗他，罗宣却伸出左手，锁住姜恒的手腕，怒道："别闹！"

姜恒要撸罗宣的左手袖子，想看他的手臂，这下罗宣不再任凭姜恒折腾了，翻身而起，不自然地与他分开。

"怎么发现是我的？"罗宣说。

"气味不对。"姜恒说。

罗宣进来前已有十足的把握，要恶作剧捉弄这小徒弟一番，没想到只是一个照面，姜恒就认出他来了。

"不对啊，"罗宣说，"你哥这么爱干净，身上还有气味？"

"是你的气味，"姜恒说，"一股很淡的药味。"

罗宣只得到一旁坐下，不时地打量姜恒。

姜恒过去戳他，罗宣却挡开姜恒，一副冷淡的表情，呵斥道："离我远点，与你不熟！挨你哥去！"

姜恒却半点不怕他，嘻嘻哈哈地过去逗罗宣，罗宣象征性地推了他几下，便也习惯了，随着姜恒折腾。

"海阁怎么样？"姜恒关切地问。

罗宣答道："鬼先生与松华走了。"

姜恒诧异地道："去哪儿了？"

"海外仙山。"罗宣随口道，继而嫌弃地和姜恒说："对，我没有去，为什么没有去呢？是还放心不下你，特地过来看你一眼吗？不——可——能！别做白日梦了！"

姜恒心里想的，被罗宣猜了个正着，当即哈哈大笑，知道师父向来口不对心。

"让我看看。"姜恒说。

"别看。"罗宣皱眉道,掸开姜恒伸向自己袖子的手。姜恒坚持,罗宣便主动解开外袍,袒露左手,说:"你自己要看的,看罢。"

罗宣的左手已满是鳞片,延伸到了上臂,姜恒想起罗宣说过,当鳞片蔓延到心脏时,他就会被自己毒死。

姜恒:"……"

罗宣忽然做了个手势,一手掐住了姜恒的脖颈,姜恒却一动不动,任凭他威胁。

"有办法治吗?"姜恒问。

"没有。"罗宣微笑着和姜恒说,"很快就死,时日无多了。届时我要死得七窍流血,舌头拖得老长,半夜还扮鬼来吓你……"

姜恒又被罗宣逗笑了,说:"别闹。"

门外传来脚步声,这时候耿曙倒是回来了,罗宣正要离开,姜恒却按住了他,要为他介绍。

"我哥。"姜恒朝罗宣道,又向耿曙介绍,"我师父。"

耿曙在房外听见姜恒开心无比,进来时见姜恒与罗宣十分亲热,俊脸一瞬间就黑了。

"久仰。"耿曙说。

罗宣侧头,打量耿曙。

罗宣大喇喇坐着,也不回礼,事实上按辈分排,他虽只比耿曙大了七八岁,却与他们的父亲齐名,乃是前辈。

姜恒说:"当初我师父还特地去灵山找你。"

"嗯,"耿曙说,"你说过。谢谢你照顾恒儿。"

罗宣答道:"不客气。"说着又自嘲般一笑,说:"恒儿。"

房内的气氛忽然变得有点僵,姜恒也不知道为什么,看看耿曙,又看罗宣,朝耿曙使了个眼色,意思是客气点。

耿曙连界圭都看不上,别说罗宣了。但念在他是姜恒的师父,若不是罗宣,姜恒现在已经死了。

"咱们没有仇罢?"耿曙想来想去,还是提前问了声,别自己父亲当年又杀了对方全家。

"没有。"罗宣笑了起来,那笑容却带着嘲讽,"不仅没仇,反而有恩。"

耿曙不太明白，一扬眉。姜恒却头一次听说，诧异地问道："真的？"

"当然了，"罗宣看也不看姜恒，反而朝耿曙说，"你把你不要的弟弟送了我，让他伺候了我四年，这么大的恩情，我还没想好怎么报答呢。"

姜恒："……"

姜恒心想：罗宣有时候与耿曙也很像，对所谓"外人"与"自己人"简直界限分明，对着陌生人时，当真浑身带刺。

"我没有不要他。"耿曙按捺住怒火，依旧守了后辈之礼，客客气气地说道。

"嗯，没有不要，你只是没有去找他而已，"罗宣说，"倒是便宜我了。来，拉个手？小兄弟，认识认识？咱们以后就是朋友了。"

说着，罗宣摘下左手上的手套，懒洋洋地侧头，朝耿曙伸出手。

耿曙二话不说，也亮出左手，姜恒正要说话，顿时色变，罗宣与耿曙已做了个拉手的见面礼。

"师父！"姜恒马上道。

耿曙的左手一触罗宣的手掌，顿时犹如握住一块烧红的烙铁，一股黑气朝着手臂上段不住蔓延。罗宣却满不在乎地朝姜恒道："哎，徒弟！怎么啦？"

耿曙："……"

耿曙在罗宣伸出手时便留了神，将一身内劲尽数贯注在了左臂上，气循筋脉，抵挡罗宣攻入自己体内的剧毒，刹那间耿曙的手掌变得漆黑，在竭尽全力之下，内劲将毒逼在了手掌心上。

罗宣那左手滚烫无比，更带来钻心的疼痛，耿曙只得苦忍着，毒素不断蔓延，上升到手腕。

姜恒焦急无比，不知罗宣为何一见面就这般待耿曙，但只是短短一瞬间，罗宣便将右手按在了耿曙的手背上，左手顺势收回。

刹那间一股凉意渗入肌肤，耿曙的毒一眨眼便解了，手掌毫无异常。

耿曙没有看自己的手，冷漠地注视着罗宣，罗宣直到此刻才正眼看了他一眼。

"你们聊罢，"耿曙说，"想必也有些日子不见了。"

"哥。"姜恒说。

耿曙摆摆手，自行出外去，顺手给他们带上了门。

"师父。"姜恒皱眉，压低声音，说道。

"我怎么了我？"罗宣的语气一变，仿佛发怒了。

姜恒忽然意识到，罗宣难道是在试耿曙的功夫？想看看他能不能保护自己？这个念头瞬间让他百感交集，坐到罗宣身边去。

"没什么，"姜恒说，"我懂了。"

罗宣问："你懂什么？"

姜恒忽然自嘲地笑了起来，说："我哥能保护我的，你别担心。"

罗宣问："在山上我怎么说来着？"

姜恒说："下山以后，谁都不要相信，凡事要靠自己。"

罗宣问："你怎么做的？连命都给人了？"

姜恒道："那又不一样。你……知道我去行刺的事了？"

罗宣道："你现在可是天下的大英雄了，当心汁琮把你千刀万剐。"

姜恒想了想，说："哪怕我被抓了，你也会来救我的，是不是？"

罗宣扬眉，带着嘲讽之意，朝姜恒道："你当真这么想？"

姜恒自然而然地点头。但事实上，被汁琮关起来那天，他一心求死，丝毫不希望会有谁来救他。

然而罗宣就是吃这一套，果然他那急懒怒气，随着姜恒几句话全消了。

两人沉默片刻，姜恒又看看门，朝罗宣道："师父。"

"唔，"罗宣不住地打量姜恒，说，"你瘦了啊，这才几个月，你自己说？"

姜恒挠挠脖子，笑了起来，说："我不过是长高了。"

"快比我高了。"罗宣不满地道。

姜恒道："我让他们收拾出一间房，让你住下罢，你这回来代国待多久？"

"来办事。"罗宣冷漠地说，"不用管我，与你哥快活去罢。"

姜恒诧异地道："办什么事？"

罗宣想了想，索性道："告诉你也无妨，这件事正好交给你办，权当你出师前的考校罢了。"

姜恒期待地看着罗宣。

罗宣说："替我杀了代国的上将军罗望。"

父子怨

姜恒一笑："我就知道。"

"不错，"罗宣道，"我找他很久了。怎么？你也发现了？"

罗宣朝姜恒一扬眉，继而明白过来，说："那天你与他上钟山去，他和你说的？"

姜恒笑道："好啊，你又扮成谁在偷看我了？"

自古青出于蓝而胜于蓝，罗宣虽是师父，心眼却没有徒弟多，不小心一句话暴露了，只得恼火地道："谁偷看你了？不过是监视他！他是我爹，我来代国一趟，正是为了杀他。你看，确实与你没多大关系，所以说，做人不能自作多情，徒弟，你说对不对？"

姜恒问："可是你为什么要杀他呢？"

"因为他该死！"罗宣道，"他扔下妻儿这么多年，不问他们的死活！"

姜恒没有告诉罗宣自己与罗望的对答。"万一他有苦衷呢？你就不能当面问清楚以后，再决定杀不杀吗？"

"啧啧啧，"罗宣笑了起来，"又来了，你这哭包、软蛋，又在慷他人之慨，你这点仁慈，可是比天底下最烈的毒药要好用多了。谈笑之间，慈悲心肠，人呢，就在几句话里成千上万地送命，与割麦子一般……

"虚伪。"罗宣凑近少许，轻声、认真地嘲讽道，"所谓'王道'，当真让人恶心啊！"

姜恒与罗宣对视，姜恒于是换了态度，说："我错了，不该恶心你，师父。但你亲自下手，不是更解恨吗？别给他任何解释的机会，从背后拍一拍他，只怕他就死得不能再死了罢。何必让我出手呢？"

罗宣说："当然不能让我的将军爹这么轻巧就死了，毒死他算什么报复？我要让他先身败名裂，受西川百姓唾骂！再将他押到市集上，让他一辈子为之努力的功名利禄化作泡影，再派刽子手在他耳边说'这就是你抛妻弃子的报应'，然后趁着他瞪大眼睛时，再慢慢地将他的头割下来。"

"不不，师父，这么做还不解恨。"姜恒说着稍稍倾近罗宣少许，低声说，"我听说他还在西川资助了不少孤儿，咱们先得安他个谋反的罪名，再将那些孤儿抓起来，绑到他的面前，一个一个地杀给他看。告诉他'本来这伙人与你毫无干系，都是受你的牵累，才……'"

"那倒不至于，"罗宣说，"别人又没有罪。"

姜恒诧异道："这才够让他受尽折磨啊！要毁掉他所珍惜的一切！他资助孤儿，不正是为了赎罪吗？就让他知道自己作了更大的孽，才有意思嘛！折磨他的身体有什么乐子？要折磨他的心！"

罗宣听出姜恒在说反话了："你还敢顶嘴？"

姜恒对罗宣的了解仅次于对耿曙，他笃定罗宣不会下手，也正因如此，今天才给了罗望那个机会，于是正色说："师父，你过不了自己这一关，你不会杀他，你只是想让他悔过，他什么事情都不知道，你得先与他谈谈！"

罗宣道："关你屁事！我没有爹！你当天底下人都像你这般，抱着个死人充门面吗？"

姜恒道："你要真不在乎，就不会把解药交给汁琮！"

霎时间，罗宣与姜恒都沉默了。

姜恒认真地道："你懂的，你比谁都懂。你知道杀父之仇不共戴天，所以那天你将解药交给了界圭，让他带回去医治汁琮，否则从今往后，我哥再也不会原谅我了。哪怕他嘴上说原谅，心里的这道疤，也永远愈合不了。"

"放屁！"罗宣马上不客气地说，"给我闭嘴！"

罗宣起身要走，姜恒却拉着他，说："师父！你冷静点。哎！好痛！"

耿曙几乎是瞬间破门而入，吼道："恒儿！"

罗宣试讨耿曙的功夫后忘了戴上手套，姜恒一拉上他的手指，顿时毒气攻心，嘴唇发白，罗宣不敢再乱来，右手抹在他的唇上，只是一息间，姜恒的脸色便正常了。

耿曙挡在姜恒身前，看着罗宣。

"谢谢你救了我义父的性命，"耿曙说，"我欠你的，以后但凡有报答的机会，聂海上刀山下火海，不会皱一下眉头，但你别再碰恒儿了。"

罗宣深吸一口气，像是动了真怒，姜恒却马上道："哥，你看，我好了，不碍事。"

"不，"罗宣冷冷地道，"是我欠你，当初我希望你赶紧死了，没仔细看，将遗物带回海阁去，还骗了姜恒。我与汁琼无冤无仇，犯不着杀他，留他一命，等他打下郢国那天，杀光所有的郢人，我就借他的手，为我弟弟报仇了。走了，后会有期。"

"师父！"姜恒追了出去，但罗宣已化作一道虚影，消失在外头。

姜恒揉了揉眉心，叹了口气，只没想到，与罗宣阔别近半年后的重逢，竟是如此收场。

耿曙带着烈光剑回来了。

"他弟弟死在郢国人手里？"

姜恒点了点头，他知道罗宣就是这个性子，有仇必报。

"公主那边怎么说？"姜恒没有再提"嫂子"二字。

耿曙沉默片刻，说："她想让咱们留下来，留在代国，没说婚事。"

姜恒笑了笑，说："她是个有点冲动又口不对心的女孩儿，却很善良。婚事是你主动拒绝的，她还能怎么说？"

耿曙忽然烦躁起来，说："别再提了。"

"好好好。"姜恒只得哄他，说，"睡罢，明天你还得去打仗呢。"

姜恒发现，姬霜是为数不多的能够把耿曙先是气得半死，最后又能成功软化他的人。

数日后，海东青归来，嵩县的军队已到了，他们扮成了商队，潜伏在西川，只等姜恒送信，便将在城外集结，听耿曙的号令。

宋邹非常细心，看出了姜恒的意图，他将本地驻军全部派了出来，原本占领嵩县的雍军则充作城防。这么一来，耿曙所率领的，就全是名义上的王军，没有落下任何他国干涉内政的把柄。

冬至当日清晨。

"我很奇怪。"姜恒这天在厅内吃早饭，耿曙与李谧用过早饭，各自先行离开。

界圭则守在门外。

姜恒说："我总有一件事想不明白，到底是谁向姐姐你通告这个机密的？"

"对你们两兄弟而言，"姬霜自然知道姜恒所指，乃是耿曙身世，淡淡地道，"全天下都是敌人，这很奇怪？"

姜恒笑了笑，端详姬霜，姬霜扬眉。

姬霜道："淼殿下心高气傲，想必是不屑于留在代国了。姜恒，你是不是总觉得，我就是生在深宫、长在深宫、两耳不闻窗外事的一个花瓶？"

"不，"姜恒惊讶道，"怎么能这么说呢？许多年前，有一句传言，西川李胜，乃是天底下最聪明的人。公子胜之于殿下，亦父亦师，我半点不怀疑殿下的本领。"

姬霜悠悠地叹了声，说："他要是足够聪明，那天就不会去安阳。"

姜恒有许多话不曾朝耿曙说，心里却早就一清二楚，姬霜绝不似表面上这般柔弱，在整件事里，反而她才是运筹帷幄、决胜千里之人。

从向嵩县送出那封信起，代国的局势变化，就统统在她的掌握之下。

"那么我倒想问问了，你觉得，我是怎么样的人？"姬霜正色道。

姜恒笑道："说不清楚，不过我总感觉殿下是如今西川最聪明的人了。"

姬霜忽然一笑，说："天外有天，人外有人，怎么能这么说？眼下你也在西川，你就比我聪明。"

"不敢当，我不聪明。我还是第一次看见殿下笑呢，"姜恒笑道，"你和我哥一样，都不爱笑。"

姬霜敛去笑容，淡淡地道："我也看出来了。"

姜恒说："但凡不爱笑的人，总是藏着心事。"

这句话，姬霜没有回答。但姜恒越想越觉得五味杂陈，从嵩县到西川，到见上姬霜的面，再到救出李谧，所有的安排布置，一步接一步，都似在姬霜的预测之中，这名公主的城府当真深不可测。

"无论成败，都要多谢你，"姬霜说，"多年以来，你是第一个与我代国全无关系，却尽心竭力地为我们考量的人。"

姜恒一笑道："哪怕没有我，殿下也安排好了，不会有差池的，您是棋手，殿下。"

姬霜沉吟不语，姜恒这些天又忍不住在想，设若这次不是他与耿曙一同前来西川城，而是耿曙独自前往，耿曙将毫无悬念地留在这里。

"我挺喜欢你，"姬霜低声说，"李家里，我也算是最小的女儿了，从未有过有弟弟妹妹的感觉，可以叫你一声弟弟吗？"

"我也挺喜欢你的，"姜恒笑着说，"当然可以，我也要谢谢你。"

姜恒先前从未往这方面想，忽然茅塞顿开，明白了姬霜的深意，以及她的消息渠道。

但这个猜测，令他不禁背脊发寒——耿曙的身世泄露，与太子灵毫无关系，那多半走漏风声的源头，在于雍国。

为什么？自然是他们不希望耿曙留在任何一国，更不希望他死在任何人的手里，于是只有选择告诉代国唯一不会杀耿曙的姬霜。

而姬霜确实待耿曙有情，哪怕揭破了昔年的杀父之仇，亦希望他留下，留在代国，她愿意保护兄弟俩。除此之外，她还刻意隐瞒了消息来源，万一耿曙有一天若回到落雁城，亦不会因此对汁氏生出心病。

"弟弟，"姬霜认真地和姜恒说，"世道险恶，务必珍重。"

姜恒点了点头，对姬霜说道："我去了，等我们的好消息。"

界圭等在门外，这次姜恒是直接从公主府正门出去的，今天一旦事发，再隐藏行踪已无必要。

"我有时也在奇怪。"界圭套上车，载着姜恒，前去与耿曙约定的会合地点。

"奇怪什么？"姜恒裹着貂裘，坐在一辆破车上，这一刻他犹如出巡般，成了神州大地的天子。

"人与人怎么就这么不一样呢？"界圭感慨道，"有人当了棋手，有人却当了棋子。"

姜恒知道方才界圭守在门外，都听见了，坦然道："路都是自己选的，你又怎么知道当棋子就不会比当棋手更快乐呢？"

"那是。"界圭笑道。

姜恒说："可恕我直言，你们却不是棋手。"

"我们？"界圭一本正经地道，"谁们？"

"你们，你们是掀棋盘的。"姜恒笑道。

界圭答道："掀棋盘的人是你爹。下不赢棋，就派人掀棋盘的人，是汁琅、汁琮两兄弟。而我，不过是防着人来掀棋盘。总要有点防备，你说是不是？"

"所以啊，"姜恒道，"天下人才这么恨我爹。也是，不守规矩的人，是很难活在这世上的，你可要守规矩了。"

界圭说："我还真有点不太想守这规矩，设若我现在将你劫走，不知道接下来会发生什么，当真让人按捺不住，想看看这事如何收场。"

姜恒答道："最大的可能就是什么也不会发生，我在不在场，现在说来，已经不重要了。"

说着，姜恒露出坏笑，朝界圭道："你要带我去见你们的太子？若我没猜错，他就是这么命令的罢？他躲在哪儿？我想不会是西川城，应当在北边罢？"

界圭的表情忽然一变，姜恒又道："你早就与姬霜接上头了，就在我与汁淼离开公主府后，对不对？"

界圭赶车出城，昨夜下过一场小雪，山林间俱是雾气，枫河凝冰，海东青掠出城外，飞向天际，远远地隐隐传来哨响。

姜恒一句话，便毫不客气地将雍国的布置掀了个底朝天，同时证实了他的猜测，界圭早就抵达西川，并带来了太子泷的密信，私下见过姬霜，姬霜才得知耿曙与姜恒二人的身世。

落雁城想让姬霜驱逐耿曙，令他与姜恒无法再在西川待下去，但姬霜马上就窥破了汁琮的深意。

对她来说，耿曙活着，比杀父之仇更重要。她反而希望姜恒与耿曙两兄弟留下来，并决定为耿曙提供保护，只是这一举动，有多少是出自感情，多少是发自利益，姜恒就无从判断了。

界圭摸摸头，说道："我什么也不知道，小太史，我只是奉命行事。"

"好罢。"姜恒轻轻地说，"所以咱们现在要去哪儿呢？"

界圭的车停在了岔路口，姜恒伏身上前，轻轻地凑在他的耳畔，小声道："别怪我没提醒你，我师父可是来了。我猜昨晚上，你一定趴在隔壁房的墙上偷听，对不对？你也不希望看见我师父突然狂性大发，把太子泷毒死，提前帮我报仇罢？"

"太子泷不会杀你。"界圭说，"既然他不想杀你，也就没有报仇一说。"

姜恒说："但我师父可不见得这么想。"

他知道界圭一定清楚所有的事，他不可能对罗宣的进来毫无知觉。这句话最终成功促使界圭改变了主意，一甩马鞭，"驾！"，掉头朝钟山驰去。

冬 至 祭

冬至日，西川所有百姓都在城中过节，隆冬之际，山上的守卫并不森严，哪怕在太子脱逃的当下。

姜恒说："咱们来早了。"并有意无意地一瞥界圭。

界圭的目的很明显，今天一开始的目标，并不是带他来钟山，而是要趁着耿曙召集部下围困李宏时，趁机将姜恒劫走。

但半路上他改变了主意，导致他们抵达钟山时，尚未到午时。

钟山只有一条路，山顶就是李家的宗庙。姜恒正在想要如何找到安全之处藏身，等待耿曙前来时，忽听见有人朗声道："是你？"

界圭道："不仅来早了，还碰上了不该碰上的人，是我失策了。"

"躲起来，"姜恒说，"马上，我能应付。"

来人正是李宏，这次换了李宏身后跟随着上百人，沿天梯拾级而上，一眼便看见了姜恒。

姜恒已来不及跑了，若不搭理李宏遁走，对方一定会起疑。

幸而他尚未看见站在更远处的界圭，界圭趁着短短一瞬，全身而退，藏身宗庙一侧的柱后。

姜恒正了正衣装，朝李宏坦然行礼，笑道："王陛下。"

李宏登上最后一级台阶，停下脚步，居高临下地审视他，怀疑地说："罗恒？你到这里来做什么？"

姜恒说："王陛下做什么，我就做什么。"

李宏眯起眼，沉吟片刻，说："看你模样，不过十六七的年纪，李胜死的那年，想来你尚未记事。"

姜恒答道："是。"

李宏对姜恒毫不在意，从他身边走过，侍卫林立，纷纷散向宗庙前的空地把守。

"你与他，又有什么渊源？"李宏沉声道。

姜恒答道："哪怕素未谋面，也曾受公子胜恩泽。"

李宏冷冷地道："既有心，便进来罢。"

侍卫们已散向宗庙四处，守护此地不受外人侵扰。姜恒眼看钟山山顶上，李宏带来的人不过寥寥一千，心道武王确实托大。

殊不知这已是因为李谵脱逃，李宏刻意加强了守卫的结果，换作平日，李宏随身百来人卫队，想去何处就去何处，在代国境内，这名不世战神已成神话，谁敢朝他动手？

姜恒佯装前来拜祭公子胜，轻而易举地便骗取了李宏的信任，跟随他一路走进宗庙，绕过花园，转向庙宇后的空地。李胜为庶出，乃上一任代王的私生子，按代国规矩，死后不得入宗庙，只能葬在距离镇国之钟不远处，梅园内的幽径深处。

姜恒抬眼望向天空，心道得想个办法脱身才是。

李宏一身便服，来到这庶弟墓前，撩起袍襟，跪了下来。

"胜。"李宏沉声道。

姜恒想了想，在李宏身后不远处随其跪下。

"十三年了。"李宏接过侍卫递来的酒，倾洒在墓碑前，"时间过得真快啊！"

姜恒四岁那年，耿渊琴鸣天下，也正是公子胜、重闻、毕颉、迟延訇、长陵君这五人的忌辰。

"开春后，"李宏跪着，出神地道，"哥哥会为你发兵，讨伐汁琮。"

姜恒看着墓碑，沉吟不语。

李宏又说："待我取了汁琮狗命，再将汁泷灭了，雍国便将如落叶一般，回到它该去的地方，为了这一天，我已足足等了十三年。你若在天有灵，便守护哥哥罢。哥哥也累了，这是我能为你做的最后一件事。"

"生前你总让我不要打仗，不要打仗。"李宏喃喃地道，"如今你已死了十三年，宫中你我小时候亲手种下的桃树，已长到快与谵儿一般高了。待开春后，结了桃，再拿来与你尝尝。"

李宏冷漠的表情忽然有了一丝波动，目光随之变得温柔了起来。

"谧儿、霄儿、霜儿，他们都长大了。"李宏又道，"我依着你生前的筹划，本想先缔结婚约，瓦解汴琼的戒备，谧儿却当真了，你说这可笑不可笑？"

李宏又是苦笑，点头道："原以为他坐上我这位置，能比我做得更好，可是现在看来，难哪，那小子迟早有一天会忘了这血海深仇。你说得对，我是该退位了，但我不能就这么走开，哥哥日日夜夜都在想你，胜啊。"

忽然间，姜恒就像看见了当年与他分别的耿曙。

"日日夜夜都在想你。"那是耿曙见面后和他说的，此刻李宏的语气，与耿曙说出那话时，当真一模一样。

"哥哥没有保护好你，"李宏又哽咽道，"你不会怪我的，是罢？"

李宏双目通红，片刻后，也许是顾忌姜恒在旁，他没有再说下去。

"我还带来了一名小义士，"李宏说，"数月前，他差一点点就抢着替你报了仇……来，罗恒，你过来。"

姜恒起身过去，又在李宏身边跪下。

李宏又道："我发誓要手刃汴琼，将他千刀万剐，岂能假手于人？可是，胜，我不怪他，他与你也是有缘，罗恒，来，你……"

李宏正要吩咐姜恒，姜恒却已伏身，朝公子胜拜了三拜，心道："对不起，公子胜，我爹算计了你，现在我又要算计你哥，太对不起了。"

李宏见姜恒抬眼时，脸上亦带着泪痕，仿佛真情流露，便随手拍了拍他的肩。

"等哥哥的消息，"李宏说，"下一次，哥哥一定会带来汴琼的人头。"

说着，李宏起身，转身离开，再无眷恋。

姜恒道："王陛下，既已祭过，我这就……"

"陪我聊聊天罢，罗恒！"李宏说，"虽然直到现在，孤王还不知道你是什么来头，但十三年后，愿意不计一切代价为他报仇的人，这世上就剩下你与我了。"

姜恒心里"咯噔"一声，这下完了。待会儿不仅李宏要发狂，耿曙也要发狂了。

宗庙内，僧人预备了茶与点心。

李宏打量着姜恒，那目光总让姜恒觉得不大舒服，从第一次见面起，李宏便是这态度。

"现如今，还是不愿意说吗？"李宏道。

姜恒知道，李宏一直以来都很想知道自己为什么会去刺杀汁琼，也许武王认定了他间接受过公子胜的恩惠，抑或与北雍有着不共戴天之仇。

姜恒正想开口编个故事，李宏却道："罢了，萍水相逢即是有缘，就将这个故事留到汁琼死的那天再说罢。"

姜恒低声道："多谢王陛下体谅。"

李宏屈腿侧抵着，一手搁在膝上，另一手拈着茶碗，漫不经心地饮茶。

"家中父母尚在？有几人？"李宏道，"这总归可以说了罢。"

姜恒答道："父母双亡，上有一兄长。"

"嗯。"李宏想来已问过罗望，又问道，"你兄长也来了西川？"

姜恒笑了笑，李宏说："第一眼见你，孤王就知道，你是刺客的儿子。"

姜恒一怔，刹那手心出了汗，勉强笑道："王何出此言？"

李宏说："刺客的儿子，向来眼观六路，耳听八方，无他，因天下仇家太多，须得时时提防。"

姜恒深吸一口气，李宏收了打量的目光，瞥向庭外覆满白雪的青松，却又随口道："但窥你身形、体资，显然未曾杀过人。"

姜恒心道果然李宏不可小觑，只是一眼便看出了他的底细。

"是。"姜恒说，"在下……晚辈一身武艺，并非父母所教，师门重文韬轻武略，只学到了少许保命功夫。"

"乱世之中，生若浮萍，"李宏说，"想保命，也没那么容易。"

姜恒捏了把汗，再起借故离开之心。

李宏却又道："一别多年，鬼先生如今还好吗？"

姜恒瞬间怔住了，险些碰翻了茶碗。自打离开海阁以后，除了龙于，李宏是第二个知道海阁的人！他更直接喝破了他的师承！

"王陛下……"姜恒一瞬间在是否说谎之间摇摆了无数次，紧接着，他决定不再隐瞒，答道，"承蒙挂心，先生他很好。您……见过先生？"

李宏看也不看姜恒，若有所思地道："十年前，匆匆一面。鬼先生果然还是兑现了他的承诺。"

说着，李宏目光中颇有深意，朝姜恒道："我的亲儿子，是你救走的罢。"

姜恒听到这话时，便知道计划暴露了。

"王陛下说笑话了。"姜恒现在再逃，已经没有意义了，但他手中除了耿曙，还有一着暗棋，不是没有周旋的机会。

"从何得知？"姜恒忽然间犹如变了一个人，不再是唯唯诺诺的少年，一整衣袍，端坐。

"这才对嘛！"李宏笑了起来，轻轻摇头，说，"罗恒，知道我怎么猜到的吗？"

姜恒开始思考脱逃的计策，以及耿曙面临的境遇，罗望出卖了他们？还是姬霜？李靳？不，不可能，一旦事发，所有人都会被牵连，没有人能独善其身。

他打赌李宏的话里带着试探，他不知道全部的真相。

"你师父鬼先生很早以前与孤王就有过约定，"李宏答道，"就在李胜被耿渊刺杀后，孤王欲倾举国之力，出关与汁雍一战，向汁琼复仇的那天。"

姜恒喃喃地道："他拦下了你，不过你猜错了，王陛下，鬼先生是我海阁的掌门，却不是我师父。"

李宏答道："随便是什么罢，当时他确实成功地说服了孤王，那不是最好的决胜时刻。孤王也明白，可以等，愿意等。临去时，他还说过，将来的某一天，天下五国混战再起之时，他还会来劝，只是，劝的人就不一定是他了，也许是他的徒弟。"

李宏又做了个"请"的动作，说道："你刺杀汁琼，想必正因师门的吩咐，对不对？"

姜恒闻言松了口气，鬼先生虽深居海阁，却依旧操心着神州大地，而李宏的猜测，不过是源自公子胜殒命那年，李代一脉与鬼先生的约定。

"你试图用刺杀的方式来阻止这场大战，但是你失败了。"李宏说，"很可惜，所以，如今你来到了代国境内，想从另一个源头来阻止这场大战的发生。"

姜恒一笑，说："王陛下的猜测不全对，却也差不多了。"

李宏又道："但你刺杀不了孤王，你绝非孤王的对手。"

姜恒答道："天底下能刺陛下的人恐怕不多，而我，也绝不是其中之一。"

李宏喃喃地道："所以，你救出了太子，让他趁着孤王前来祭拜公子胜的这一天，于钟山下的西川城中谋朝篡位。"

姜恒答道："陛下当真太清醒了。"

李宏依旧是那副懒散的坐姿，抬起食指，点了点自己的太阳穴，说："喝酒喝多了，总会影响判断，昨夜我才真正想明白。你是个人才，又是鬼先生的徒弟，只可惜，太自作聪明。知道我为何视若无睹吗？"

姜恒说："因为王陛下自信，但凡代国的军队，就无人敢向您发出挑战。"

"正是。"李宏说，"想策反，你还太嫩，罗恒。你的愿望是好的，只是，不会有任何人能成功敲响这口晋天子钦赐的镇国之钟，出征势不可当。"

这时候，外头终于响起了厮杀之声。

姜恒答道："那可不一定，陛下，你就没想过，来的万一不是你代国军呢？"

李宏稍稍倾身，认真地说："那你就要没命了，设若你策反之人乃是本国兵士，孤王还想饶你一命，带你御驾亲征，令你亲眼看着孤王取下汁琼项上人头。但只要你搬来国外兵马，孤王便会将你处死，以告天下。"

喊杀声越来越近，一刹那，箭矢射破窗格，飞进室内，李宏抬起手指，食中二指凌空一夹，登时将疾影般的飞箭牢牢拈住。

姜恒沉吟，注视着李宏，说道："想必代王是觉得，没有人能让您低头了。"

李宏沉声道："如今世上，还有谁能对孤王发号施令？"

"天子也不行吗？"姜恒扬眉。

李宏忽然一怔。

梅 花 镖

宗庙前已杀得血流成河，耿曙带兵冲上了台阶，代王的御林军队退到宗庙入口前，这场冲锋令耿曙折损了大量兵士，毕竟对方守着高地，箭如雨下，只能硬冲。

但他依旧成功地率领近千嵩县精锐抢到宗庙前的空地。

侍卫们纷纷大喊"保卫吾王"，并簇拥在宗庙门前。

"代武王！"耿曙道，"今日本将军以——"

轰然巨响，宗庙正门洞开，耿曙最担心的一幕发生了。

李宏拖着姜恒，从宗庙内走了出来。

耿曙的声音戛然而止，姜恒却挣开了李宏的手腕。

李宏看见耿曙麾下所打的晋天子王旗，不由得随之一愣。

姜恒接过了耿曙的话，沉声道："代王李宏，本官与聂将军，奉晋天子之命，着你休战，撤回出关兵马！勿要一意孤行，与雍国轻启战端，将天下人带入万劫不复的深渊！"

"恒儿！"耿曙道。

界圭伏身于宗庙殿顶，朝下观察姜恒与李宏的距离，双方相距甚远，界圭不敢贸然行险扑上。

李宏却没有挟持姜恒作为人质，明显不屑为之，发出疯狂的大笑。

"手中王旗，从何而来？"李宏朗声道，"天子已经崩了！两个乳臭未干的小子，打着一个死人的旗号，还想命令本王！"

姜恒问："所以你是不听令了？"

耿曙不住地打手势，让姜恒离开点，李宏早已看出，沉声道："要逃就逃，孤王何曾是胁迫他人的宵小之辈?! 枉我以为你当真心怀百姓，滚！"

李宏那一声狮子吼，刹那震得姜恒险些吐血，紧接着迎面一脚踹来，用上了十成力道，姜恒躲闪不及，只怕会被踹得筋骨断折，霎时间耿曙与界圭同时冲上，却是界圭冲得近前，替姜恒挡下了那一记。

耿曙喝道："带他走！"

界圭以手臂迎上李宏的巨力，登时骨折，以左手拖住姜恒，朝后殿冲去。

李宏沉声道："界圭？是你?!"

李宏见到雍人，比见到耿曙更为愤怒，刹那间明白了，姜恒竟在雍国第一刺客的保护之下，这意味着什么？背后主使，乃是雍人！

旋即他对姜恒最后的一点认可也消失得一干二净，李宏一声狂吼，扔下耿曙，转身朝着界圭冲去！

姜恒道："界圭！你没事罢？"

界圭喝道："别管我了！快逃！"

界圭与姜恒冲到后院，杀戮声渐近，李宏手握天子剑出鞘，穷追不舍。

面前再无退路，界圭朝姜恒道："小太史，我上前拖住他，你趁机快走！"

姜恒万万没想到，当年界圭执剑追杀自己，从洛阳到玉璧关，如今竟变了立场。

李宏长剑直指，说："给我解释清楚，罗恒，你究竟是谁派来的人?!"

耿曙却在那杀戮声中走进后院，沉声道："李宏，此事与雍国无关，他叫姜恒，是我弟弟。"

姜恒与界圭退到公子胜的墓外，姜恒转头看界圭骨折的右手，界圭一手垂在身侧，摆了下左手，示意不打紧。

李宏转身，面朝耿曙。

"我是耿渊的儿子，"耿曙道，"我叫耿曙。你不是想为李胜报仇吗？这就来罢。"

姜恒一瞬间震惊了，正要喊出"哥"时，耿曙却做了个不易察觉的手势，示意他什么都不要说。

李宏难以置信，看着耿曙，继而转身朝他走去。

"耿渊?"李宏喃喃地道，"耿渊竟还有后人活在这世上？"

耿曙长身而立，手指伸向自己的脖颈，扯出那块玉玦。

"星玉。"李宏喃喃地道。

"这是汁琅赠予我爹的信物。"耿曙给他看过后，便道。

"不错，"李宏沉声道，"星玉曾在汁琅手中！我记得！我都记得！耿渊的孽子！当真天可怜见，老天爷给了我一个报仇的机会！"

耿曙伸手到背后，缓慢地抽出系在后腰上的烈光剑。

李宏险些就要扑上来，一剑斩死耿曙，但那冲动瞬间被遏制住，他反而将剑收向身前，站直，沉声道："你很好，终于知道替你爹偿命了，冲着你这番光明磊落，杀了你之后，孤王会将你妥当收殓。"

"孤王长了你一辈，"李宏气势沉稳如渊，先前的疯狂与嗜血刹那间烟消云散，认真地道，"让你三招，以免天下人道我以大欺小。"

"生死血仇，岂容儿戏？"耿曙说道，"动手罢，不需要让。"

李宏道："很好，很好。"

姜恒胆战心惊地看着眼前这一幕，外头杀戮声渐止，代国御林军与嵩县军暂且停战，散向后院，开始观战。

姜恒又望向不远处悬挂的那口大钟，此刻，李谧已回到西川朝廷，正等待着镇国之钟的敲响，最终成败，竟取决于耿曙与李宏的对决！

李宏于天下成名已有三十年，耿曙初出茅庐，竟敢向他发出挑战。

"恒儿，"耿曙望向姜恒，"你觉得我打得过他吗？"

姜恒一手不住地发抖，深呼吸，点了点头。

李宏不再说话，化作一道虚影，掠向耿曙，耿曙在那顷刻间起剑，烈光剑划出一道弧光，与李宏的天子剑相撞，剑刃交错，拖出一道龙鸣般的震响，激得古钟嗡嗡不止！

"你父乃是天下的罪人！"李宏的怒吼掀起声浪，耿曙犹如箭矢般飞射，撞破宗庙木窗，两人紧接着带起漫天木碎，冲上庙檐。

"那又如何？"耿曙右手持烈光剑，左手剑诀，稳稳地立于飞檐之上，"想报仇就来，少说废话！"

姜恒与耿曙一别数年，直到如今，看见他认真出手时，方明白那句"天下第二"，绝非说说而已。

耿曙童年时因生母聂七所授，打了一番武功根基，而后从姜昭处学得天月剑与黑剑剑法，十四岁时，武功已入一流刺客之境，待得汁琮亲自指点四年后，实力更隐隐与北方第一武士雍王汁琮比肩，甚至青出于蓝。

眼看李宏刚猛力道随同剑风斩去，耿曙始终不硬接硬架，避其锋芒，犹如一片随着飓风翻滚的飞叶，顺着李宏的剑招扫过宗庙，砖墙崩溃，木柱坍塌，耿曙武襟飘扬，毫无窘迫之态。

"哥……"姜恒颤声道，"你能行！"

耿曙知道这一战关乎他与姜恒的一生，只要战胜了李宏，天底下就再无人能堂而皇之地向他们挑战，以报当年父亲犯下的血海深仇。

他必须打败李宏，别无选择。

李宏怒吼道："耿渊！还我亲弟命来——！"

耿曙再与李宏对剑，这一式激起了天子剑与烈光剑震耳欲聋的兵铁交鸣，随即两人掠进梅林，再掠出，漫天梅花飞扬。

血液飞溅，耿曙仰身后倒，李宏一步追上，仗剑直挑耿曙的喉头。

下一刻，耿曙左手出，牢牢握住了李宏的剑刃，顺势一锁。

李宏那天子剑乃是代国传国之剑，与烈光一般削铁如泥，血肉之躯触上，定是如破纸般断裂，孰料耿曙左手上却戴着奇特的手套，抵住了这一剑的锋芒！

姜恒看见耿曙出手，登时大喊一声，界圭一躬身，正要上前去救。

耿曙却一步后蹬，借力站起，左手握天子剑锋旋转，拧开，刹那间李宏天子剑脱手。

然而李宏不愧有战神之名，瞬息便回过神，左手捞住剑柄，顺势抽出，再次斩下！

耿曙右手持烈光剑上掠，以昔年刺汁琼一式"归去来"迎击李宏"大劈棺"式。

"当"一声巨响，两剑撞击形成巨浪，李宏被耿曙牢牢抵住。

紧接着，耿曙左手再一扬，现出先前从空中拈来的数朵飞扬的梅花。

八年前，这手"飞花摘叶"的功夫，乃是项州亲手所教。

"去罢！"项州之言，犹如仍在耳畔回响。

梅花在空中旋转，花瓣散开，花萼贯注了耿曙的十成内劲，疾射出去，打在李宏胸膛要穴上。

李宏顿时气息受阻，耿曙撤剑，并作黑剑掌法中的一式"开天"，两掌同时轻轻按在了李宏的胸膛前。内劲一吐，李宏鲜血从口鼻内飞溢，倒飞出去，背脊撞在了公子胜的墓碑上。

李宏不住地挣扎，难以置信地抬头看着耿曙。

耿曙接住烈光剑，于空中一抖，干净利落地收剑，沉声道："承让，你输了！"

宗庙内四面八方一片静谧，下一刻，嵩县军方随之狂呼起来。

姜恒缓缓地走向耿曙，眼中满是惊奇。

耿曙却表情淡然，仿佛只是赢了一场无关紧要的切磋，朝姜恒皱眉道："你又做什么冒冒失失的？为什么不等我？"

姜恒带着笑意，快步冲向耿曙，紧紧地抱住了他。

直到此刻，代军方惊慌起来，李宏败了？武王竟输在了一名青年人的剑下！霎时众人一声狂喊，悲愤至极，拥上前来，要与王军血战到底，耿曙却喝道："谁还敢动？"

嵩县军守住了梅园入口，重重围困住李宏。

李宏吐出一口血，伤得并不太重，调匀气息后，缓慢地起身。

"都回去罢。"李宏披头散发，扶着公子胜的墓碑，说道，"孤王输了，输了就是输了，纵横天下三十年，未尝一败，没想到今日竟败在仇人之后的手中。"

李宏缓慢地摇头，望向耿曙。

耿曙却道："你武功很好，只是因为老了。二十年前，哪怕我爹还在，也不一定是你的对手。"

李宏那目光极其复杂，姜恒不敢再看李宏，抬眼望向耿曙。

耿曙牵起姜恒的手，说："来罢，答应过你的。"

姜恒与耿曙走到那钟前，李宏也不阻止他们，只是静静地看着。

"钟山九响，"李宏想起很久很久以前那首西川的民谣，"改朝换代；枫水化冻，冬去春来……"

那一年，他在这里亲手杀死了王兄太子，公子胜来到古钟面前，那时的他们，就像耿曙与姜恒一般。

耿曙拉开钟柱，撞在了钟上。

"当"的一声巨响，钟声从山顶扩散，荡开，犹如吹动山林的新生的风。

"当——"第二声响。

西川城中，姬霜走出院落，望向远方。

公主府内，大门开启，侍卫在府前列队。

"王陛下请公主入朝。"侍卫道。

姬霜坐上马车，驰过满是御林军尸体的街道，李谧在罗望与李靳的支持下，几乎不费吹灰之力便打败了忠于父王的御林军。

“当——”第三声。

“当当当……”钟声越来越频繁。

李靬与罗望并肩站在城墙上，罗望回头，望向西川城内，李靬却望向远方高处。

“恭喜将军。”李靬说。

“该恭喜太子谧才是。”罗望说，“李将军，一个时代结束了。”

李靬伸出左手，罗望也伸出手，李靬与罗望互一拉手，李靬又拍了拍罗望的肩膀。

“爹，”李靬低声说，“你可以放心地走了。”

罗望陡然睁大双眼，嘴唇发抖，却已说不出话来了。毒性沿着手臂，飞速蔓延到了他的全身。

罗望那句“宣儿”竟无法说出口，连带着他的愧疚与遗憾，许多个夜晚辗转反侧，想和儿子们解释的……他曾在恢复自由后，回到过那个饱受战火蹂躏的村庄，村中却早已空无一人；他也曾在废墟中绝望地大喊他们的名字，将带血的手指插入妻子的墓下泥土。

但他什么都没有说出口，罗宣也没有再给他任何解释的机会。

李靬认真地说：“恒儿说得对，我原谅你了，有什么是不能放下的呢？”

罗望睁着眼，软倒下来，重重跌落，摔在了城墙下的木垛上，压垮了木材。

但很快，他的身体开始腐烂，化作一摊黑水，就此彻底消失。

“当——”

第九下钟响结束，取而代之的是飞鸟投林，世间一片静谧。

耿曙吩咐道：“护送武王前往汀丘离宫，那里自有人接手。”

姜恒下山前不禁回头，看着李宏倚在公子胜墓碑前的背影。

“众生总有一死，”姜恒最后对李宏说道，“王陛下，我们也会死的，汁琮也会，时间将替你报仇。”

“说得是，”李宏答道，“可惜我见不着了，可惜。”

离 宫 行

回到西川城内，全城戒严，李谧召集大臣，由姬霜取出伪造的李宏诏书，令人当廷宣读，李谧成功继位。

"父王这段时间将隐居汀丘离宫，"李谧说，"若无必要，请各位爱卿切勿前去打扰他。"

众臣早已心照不宣，纷纷称是，李谧看着殿外投入的夕阳，又长长地叹了一口气。

"你没事罢？"姜恒拉着耿曙的手不住地看，再三确认那是罗宣的手套，"师父什么时候交给你的？"

耿曙答道："我不知道，一名士兵带来的，本来不想用，想到生死决斗，总不能赌气。怎么还？你且收着罢。"

姜恒关切地问："和我师父赌什么气？现在身体要紧吗？"

"小意思，"耿曙说，"我是天下第二。"

耿曙转念一想，不能这么说，该假装受伤，让姜恒关切一番，也好享受享受他的嘘寒问暖，亏了。

于是耿曙改口道："哎……肋下忽然有点疼。"

姜恒登时慌张起来，说："哪儿？我看看？"

"上回被你气的。"耿曙皱眉道，示意姜恒把手伸进自己的衣袍里，说，"就这儿……"

姜恒道："怎么办？是这儿吗？"

姜恒伸手去摸，只怕耿曙落下病根，耿曙却搬起石头砸了自己的脚，被摸得很痒，忽然大笑起来，抓住姜恒的手。姜恒意识到耿曙在骗他，怒道："你别吓我！"

耿曙旋即把姜恒搂住，摁在自己怀里，狠狠地揉了几下。

耿曙这一战，势必将在不久之后名扬天下，而他的身世也再无法隐瞒了。姜恒明白他的执着——从一开始就明白，他希望自己的名字叫聂海，却从不希望自己要顶着另一重身份过活。

他就是他，他与姜恒都是耿渊的儿子，他们的父亲与天下有着不共戴天之仇，没有什么好隐瞒的，堂堂正正，光明正大。

"这皇宫还真气派啊！"姜恒好不容易挣扎出耿曙的控制，打量四周，事情一了，他仿佛又成了好奇的小孩儿，笑道，"比洛阳气派多了。"

"代人有钱，"耿曙说，"收了不少商税，比雍宫也气派。你想休息还是出去过节？出去逛逛？"

姜恒说："走罢！咱们去过节罢！要么叫上……呃，霜公主？"

"不。"耿曙想也不想就拒绝了。

"罗将军在哪里？"李谧匆匆赶来，在皇宫内总算找到了两兄弟。

"他不是与你在一起吗？"耿曙说，"怎么问到我们头上来了？"

姜恒隐隐约约觉得事情也许很棘手，但他没有任何证据，也管不了罗宜，只得朝李谧爱莫能助地摊手。

李谧沉吟片刻，耿曙说："也许是心中有愧，走了？"

李谧摇摇头，说道："不，不应该……罢了，我让人找找罢。两位……谢了。"

姜恒道："不客气，我也该走了。"

李谧马上道："不不，还请一定再盘桓数日，淼殿下，或者……当年有些事，总归要有个说法才是。"

听到这句话，姜恒便知道李谧也知道了，从此他们的身世再瞒不住，耿曙也不想再瞒，想报仇就来罢，他将保护姜恒，至死方休。

冬天傍晚，姜恒替界圭上了夹板，界圭倒是无所谓，断个手、挨一刀，对他而言乃是家常便饭。

"我可不是要保护你。"界圭说。

"我知道，"姜恒说，"你怕报复罢了。"

界圭客气地点头，说："知道就好。"

耿曙踹了界圭一脚，让他包了伤口就滚远点，径自坐到了姜恒身边。

"要不是李宏老了，"耿曙还沉浸在打败李宏的胜利中，这意味着他近乎天下无敌了，反复回味，对姜恒说，"我还不一定打得过他。"

"这话太得了便宜卖乖了，"姜恒说，"你该自己与李宏说去。"

姜恒倒是没怎么夸奖耿曙，在他天真的信任里，这本来就是耿曙的实力，没什么好大惊小怪的。

耿曙嘴角略略翘着，看了眼姜恒，姜恒推了推他的脑袋，耿曙便顺势歪来歪去，逗姜恒玩。

"我们该走了，"姜恒忽然说，"总觉得留在代国不安全。"

"走罢。"耿曙说，"去哪儿？回嵩县？这可不是我问你的，是你自己说的。"

姜恒沉吟片刻，说："明天一早就走，先离开西川再说。"

是夜，耿曙收拾了东西，在灯下写信。

"界圭去哪儿了？"耿曙皱眉道。

姜恒道："我派他送信去了。"

耿曙问："送信？给谁？他就这么心甘情愿听你使唤？"

姜恒说："送信给雍军，抓你回去。"

耿曙根本不当一回事，嘲道："那你离了我可别哭。"

姜恒躺在床上，看着耿曙的烈光剑，届时信与剑都将留下来。李谧继位成王之后，代国的发兵之危可解。这位太子从小到大就是被当作国君培养的，他自然知道什么时候该打仗，什么时候不该，如今五国之间，正形成一种岌岌可危的平衡局势。

而这个平衡最初是被太子灵借姜恒之手打破的，之后的局势险些脱离姜恒的掌控，朝着万劫不复的境地奔去，幸而他再次补上了平衡的筹码。

"睡罢。"耿曙说。

姜恒没有说话，耿曙熄了灯，过来躺下。

姜恒说："哥，我认认真真地问你，你也要认认真真地回答我。"

耿曙握住了姜恒的手，侧头问："你问我的话，我就没有一句不是认真答的。说罢，想问什么？"

"你想你义父吗？"姜恒轻轻地问，"想你的弟弟，想在雍都的家人吗？"

耿曙沉默良久，说："偶尔想过他们。"

姜恒"嗯"了声，心里没有不舒服，他都懂的，在那段时间里，是他们陪伴了耿曙。

"你与汁琼有感情。"姜恒说。

"但和你比起来，"耿曙认真地说，"那些我都可以放弃。随他们，爱骂就骂罢，就和爹欠下的血债一般，我只有一个人，我还不了，我只想守着你。"

"有这句话,我也看开了。"姜恒笑了起来,侧身抱着耿曙。

"看开什么?"耿曙贴着他的鼻梁,低声问道。

姜恒摇摇头,闭上双眼,睡熟了。

翌日一早,两人正要离开皇宫,侍卫便马上去回报了李谧,李谧仿佛早料到会有这么一出,又亲自过来了。

"就这么着急吗?"李谧说,"好歹也告个别罢。"

姬霜站在李谧身后,沉默地注视着二人。

"陛下当上代王,"姜恒行了个见国君的礼节,说道,"一定很忙,就不叨扰了。"

李谧问:"耿恒,你欲往何处去?"

"我叫姜恒,"姜恒答道,"不叫耿恒。"

"我叫聂海,"耿曙淡淡地道,"也不叫耿海,更不叫耿淼。"

李谧未曾咀嚼其中深意,终究点了点头,望向姬霜,这时沉默的姬霜开了口,说:"我们正想去见见父王,两位愿意一起不?权当踏青了。"

李宏从钟山败于耿曙之手后,便被软禁在汀丘离宫。罗望失踪,朝中失去一员重将,只剩李靳从中斡旋,眼看收复的军队又渐渐有了哗变之兆,李谧有点不放心。

"去罢?"姜恒说,"也想与他告个别,你说过不会杀他。"

李谧哭笑不得道:"绝不会,你忘了我答应过什么了?"

姬霜望向耿曙,说:"你想清楚了?"

耿曙答道:"我还是那句话,恒儿去哪儿,我就去哪儿。"

姬霜今日 身武服,英姿飒爽,让人赏心悦目,沉声道:"久闻淼殿下骑射之技天下无双,不如咱们赛一场?"

耿曙不想与她比试,姜恒却推了推兄长,让他骑马带着姬霜驰骋在前,自己与李谧落在后,尾随的护卫,则是李靳所带的三千卫队。

"姜恒,你当真不考虑留在代国吗?"李谧对姜恒道。

两人骑马在后,缓慢地前往汀丘。

"留在代国做什么?为我爹赎罪吗?"姜恒问李谧。

李谧正色道:"绝无此意。"

姜恒说："那么陛下本着何意，让我留下来呢？"

李谧说："你的志向，应当是辅助国君，一统中原，结束五国割据的局面，找到新的天子，让百姓安居乐业，我猜得对罢？"

姜恒点头道："是。否则我也不会为太子灵刺杀汁琮，或是令你父亲休兵了。"

李谧道："你与耿先生……失敬了，我实在不知道该如何称呼他……"

"聂海。"姜恒答道。

"你与聂海，"李谧说，"一文一武，正是我所需要的人。眼下就有这机会，我愿让你放手施为，你若有信心，当可将代国治理得比公子胜尚在时还要繁华，十年后，代国愿将举国兵力交给聂海，一战而定天下，这么好的机会，为什么不留下来呢？"

姜恒反问道："陛下，你恨我们吗？"

"不恨。"李谧说，"我只恨你们的父亲。"

姜恒正要开口，李谧又道："耿渊看似杀死的是我叔父，实则扼杀的是代国的未来。如今这个未来，又有了崭新的希望，我心里清楚，必须放下这仇恨，去实现叔父与父王的愿景，为此，其他的，我都可以不再计较。"

姬霜与耿曙在前面已经跑得没影了。

姜恒回头看了眼，确认卫队还在，他可不希望李谧在这个时候被什么人伏击。

"你知道我为什么不愿意留下来吗？"姜恒朝李谧说。

李谧扬眉，示意姜恒说。

"因为你不是合适的国君。"姜恒说，"或者说，对我而言，你不是最合适的人选。"

李谧说："还请姜先生指点，我做错了什么？"

姜恒说："你什么也没有做错，这就是你不合适的原因。暴君也好，明君也罢，必须犯错，或者有些事，对一些人来说是错的，对另一些人来说，却是必须如此。"

李谧陷入了沉思中。

"我会好好想想。"李谧说，"姜先生，当真没有半点余地吗？"

姜恒催马速行，朝李谧笑道："有，我相信，未来你犯错的机会还不少。我们一定会再见面的。"

李谧猛催战马，越过姜恒，冲向远方的汀丘。

姜恒倒是不着急，落在最后，不片刻，李靳赶了上来，朝他使了个眼色。

姜恒道："嗯？"

汀丘到了，一行人下马，虽是隆冬之际，姬霜已出了一身汗，正在离宫内饮茶。

"你输了。"姬霜朝耿曙说。

耿曙道："让你的，我要看着恒儿，不能让他离我太远。"

李谧进得前殿，说："我去见父王，你们一起来吗？"

耿曙正要起身，姬霜却道："淼殿下，请留步。"

耿曙不去，姜恒自然也不去，便留在前殿外。李谧则点点头，径自先去探望被囚的父亲李宏。

姜恒没有打扰姬霜与耿曙最后的这一点相处时间，主动走到殿外去晒太阳。

李靳正守在外头，独自坐在一旁出神。

姜恒看了眼李靳，笑道："李将军，这次当真辛苦你了。"

姜恒本以为会听见李靳说几句他与姬霜的感情抑或曾经，没想到下一句，竟令姜恒震惊了。

"跟我走罢。"李靳忽然道。

姜恒愣住了。

李靳说："去海外仙山，去蓬莱，走吗？"

姜恒走近李靳，李靳却没有任何回应，只对着空空荡荡的校场，说道："他是汁琼养大的，心已经不在你这里了。

"他已不再是聂海，无论他如何辩驳，他心里都清楚得很，他的名字，叫作汁淼，他是汁家的孩儿。"

姜恒过了好一会儿，才明白事情的前因后果。根本就没有什么劝说、什么倒戈！李靳答应得这么爽快，是因为他从一开始就被罗宣设计了！那天前来与公主相谈的人，也是罗宣！难怪他如此轻而易举就进了湘府，走到自己房中！

"是你啊！"姜恒笑道。

"嗯。"李靳低头看自己的手指，认真地说，"从你进城那天起，就是我了。怎么说？跟我走不？"

姜恒伤感地一笑："你说得对，师父，他曾经叫'耿曙'，后来又成了'汁淼'，只有在洛阳的那三年里，他才是我的'聂海'。"

李靳道："你比谁都清楚，否则他为什么躲着雍国？他不敢去面对。害怕，正因心虚。你跟着他，又是何苦？迟早有一天，他爹让他杀了你，只怕他也会朝你拔剑。"

"不会，师父，我知道他不会。"姜恒说，"你要走了吗？"

李靳不答，甚至不看姜恒。

姜恒说："师父，你爹呢？李谧告诉我他失踪了。"

李靳沉默。

姜恒道："你果然还是杀了他。"

李靳道："我自己的爹，我想杀就杀。"

姜恒点了点头，说得不错，他无权干预。

李靳又道："给你一个机会，姜恒，跟我走，现在就走，让他们留在里头。"

姜恒道："不。"

李靳点头。

姜恒道："我不会离开我哥，汁淼也好，耿曙也好，聂海也罢，他就是他，他是我哥。"

"真的不走？"李靳抬起手指，说，"最后一次问你。"

这时候，李靳终于转头看姜恒了。

姜恒撩起袍襟，到得李靳身前跪下。

李靳道："那把手套还我。"

姜恒从怀中取出手套，双手递给李靳，李靳戴上，姜恒拉起他的手，低头注视鳞臂。

"你得去找先生与松华了罢？"姜恒认真地说，"到了海外，他们一定有让你活下去的办法。"

"嗯。"李靳说，"师父会长生不老，可徒儿啊，你果真要放弃吗？多少人利欲熏心，一辈子求名求财、求权势、求天下，到得死的那天，反而在求长生。答案就在你面前，你就要这样放弃？"

李靳把左手覆在姜恒的侧脸上，让他稍稍抬起头来。

姜恒认真地点头，说："是，我早就想好了，师父，这辈子没能好好伺候你，我还是只能说那句话——你的恩情，我只能等到来世再报答。"

李靳嘲讽道："我不伺候你就不错了，还等你来伺候我？走了，李靳那倒霉家伙被我关在公主府的密道里头，让他们自己找去罢。"

接着，姜恒只觉眼前一闪，李靳已翻上屋顶消失了，他快步跑下离宫前的校场，遥望屋顶，只有皓皓白云、朗朗晴空，罗宣早已不知去向。

飞 箭 雨

同一时间，殿内。

姬霜对耿曙道："殿下。"

耿曙说："有话就一次说完罢，过了今天，下次再见面，就不知道是什么时候了。"

姬霜说："我只有一句话想说。"

耿曙扬眉，示意请说。

姬霜低声道："我是代国人。"

耿曙道："所以？"

姬霜道："除此之外，姬家人都是疯子，我总有一天会动手杀你的。"

耿曙说："恒儿却不让我杀你，你是姬家的人，到西川来，也正因姬珣陛下予我俩的恩情。"

姬霜点了点头，说："所以，当我杀你的时候，你应当知道这是必然。"

耿曙点头道："不错，这是必然。说完了？"

姬霜别过脸去，耿曙便转身出外，喊道："恒儿！"

姜恒还在发呆，耿曙道："你在看什么？"

姜恒摇摇头，现出失落的神色，耿曙朝他伸手，与他牵着，皱眉道："眼睛怎么这么红？"

"阳光有点刺眼。"姜恒说。

耿曙说："走罢，与被你算计得什么都没了的李宏告个别，有始有终。"

姬霜擦去眼泪，转头看两人。

"不用进去了。"姬霜镇定道。

就在这一刻，殿内深处传来一声重物落地的闷响。

刹那间姜恒与耿曙同时色变，未及细想，姜恒唯一的念头就是糟了！莫非李谧杀了父亲?!

两人快步跑进殿内，霎时间姜恒背脊发寒，终于意识到这从一开始就是个陷阱……针对他与耿曙，甚至所有人的陷阱！

李宏端坐离宫内，国君之座上，一身镣铐已解，手中扼着死去儿子的手腕，李谧双眼圆睁，脖颈被扼得变形，显然直到死的那一刻，才意识到，父亲竟会堂而皇之地下手扼死他。

李宏发出了失心疯般的狂笑，说道："霜儿呢？霜儿？你在哪里？进来啊，让爹看看你！"

刹那间，一支箭从外头飞了进来，射中李宏的肩膀，将他钉在了墙上！

"霜儿——！"李宏一声狂吼，整个离宫殿顶被震得不住地掉尘。

姜恒转头，望向来处，姬霜收起弓箭，身形一闪，逃出了离宫，已不知去向。

耿曙当机立断，喝道："走！再不走就晚了！"

一声巨响，耿曙撞破窗门，霎时箭如雨下，从校场的四面八方射向两人。

姬霜站在离宫高墙城楼上，亲自督阵，喝道："封锁离宫！他们杀了王兄与父王！马上把离宫的大门锁上！"

"霜公主！"姜恒怒吼道，"这就是你的计划?!"

姬霜沉声道："我给过你们兄弟俩机会了。"

紧接着，汀丘离宫外传来擂鼓声，代国军队出现了，由李霄亲自率军，围困了整个离宫。

耿曙抬头看了眼天际，海东青化作笔直的箭矢，射向西北角。

"朝西北跑！"耿曙说，"那里防守薄弱！"

离宫大门开启，四面八方尽是代军，那是真正的千军万马，耿曙手中只有一把长剑凡兵，保护着姜恒朝离宫西北门冲去！

"抢马！"姜恒喊道。

"我尽量！"耿曙喝道，"敌人太多了！"

耿曙双手持剑，挡在姜恒身前，一剑劈翻了上前的骑兵，姜恒抓住马缰，翻身而起，拉着耿曙，在那箭雨中冲上宫墙。

姬霜站在东南方，越过大半个离宫，冷漠地看着这一幕。

李霄的军队已在离宫外集结，城防军找不到李靳，只得听凭姬霜吩咐，只见姬霜迎着冬日阳光，抽出烈光剑，指向天际。

离宫内外，近五千人齐齐架箭上弦，指向城墙高处的姜恒与耿曙。

耿曙低声道："恒儿，可能逃不掉了。"

"不打紧，"姜恒握着马缰，说道，"这样挺好的。"

姬霜朗声道："汁淼，我告诉过你了。你想必也看开了，是不是？"

姜恒道："霜殿下，为了布这个局，你当真花尽了心思。可只是杀我们俩，用得着叫这么多人？"

看见李霄出现的那一刻，姜恒就知道这都是姬霜安排好的，她先是送信到嵩县，召来有婚约的耿曙，利用他救出太子李谧，再利用李谧篡位，除去代王，最后则布下父子相残的陷阱，除掉李谧。

太子死了，变故就发生在顷刻之间，姬霜这一手既除掉了李谧，又解决了李宏。余下的三兄弟里，任何一个继任代王，都必须倚重姬霜，毕竟城防军守将李靳是姬霜的人。

姬霜认真地道："小心一点，总是好的。这样罢，汁淼，为了答谢你的相助之恩，我让你们先跑，数三声后再放箭。"

姜恒低声道："这个距离，能抓到她当人质吗？"

耿曙迟疑片刻，眯起双眼，姜恒说："你只要把我送到对面去，我来动手，她身边守卫不多，反而安全。"

但就在这一刻，姜恒知道他赢了。

因为他看见李靳又出现了——罗宣去而复回，来到了姬霜身旁。

"你去了哪里？"姬霜不耐烦地低声道。

李靳漫不经心地解下手套，说道："去城墙下撒了泡尿，这也要管？"

姬霜："……"

"不用数了！"姜恒朗声道，"放箭罢，公主，人总归是要死的。早死晚死，也没什么区别！"

耿曙道："恒儿？"

李靳正要伸手去触碰姬霜的后颈时，远方传来号角声。

"呜——呜呜"，号角一长两短。刹那间耿曙转头！

一万黑骑犹如压地乌云，滚滚而来，霎时地动山摇，为首者扛雍国军王旗，在冬日寒风中猎猎飘扬！

代军今日只出来了五千人，顿时慌乱起来。

黑骑鸦雀无声，在离宫外列成战阵，摆开冲锋架势。

"奉吾王之命，"将领策马，排众而出，"前来接本国王子回朝！"

耿曙朝姜恒道："你还真的给雍军送信了？"

姜恒笑了起来，这一刻他们的危机全部解除。"对，我说了，让他们把你抓回去。"

姜恒昨夜将信递给界圭，猜到代国之乱结束，雍军一定有反应。果然，界圭没有半点耽搁，连夜火速前去通知雍国驻军，要将耿曙绑回去，这下终于到了。

带兵之人，姜恒与耿曙都认得，正是曾宇。

曾宇道："霜公主，你这是想做什么？咱们两国尚有婚约在，不必如此大动干戈罢？"

姬霜一时竟说不出话来，低声道："李靳，在这儿开战，守得住离宫吗？李靳？"

姬霜再回头，李靳却又消失了。

"人呢?!"姬霜难以置信地道。

耿曙低声道："走？"

姜恒却道："听我号令，一不做二不休，让曾宇冲锋，攻破汀丘，把李霄与姬霜一起抓了！"

耿曙沉声道："曾宇听命！"

离宫外剑拔弩张，气氛已到顶点，姬霜终于道："滚罢！汁淼！你可以滚了！"

耿曙沉声道："恩将仇报，一个滚字就结束了吗？准备冲锋！"

这个时候，姜恒终于领教了雍国为"天下之锐"的强绝军队实力，只听万军于离宫外一声"听令"，足震得天地变色！

姬霜霎时意识到，对方将计就计，自己多半还会交待在这儿，局势逆转，一时竟无言以对。

但就在此刻，远方再传号角，这次却来自西南面。

一袭军队前来，俱是骑兵，为首武将头戴银盔，推起头盔，现出清秀面容，朗声道："霜公主，救驾来迟，没事罢？"

"龙将军?!"姜恒认得此人，正是龙于。

"龙将军!"李霄马上道。

姬霜总算松了口气，姜恒稍一思索便已心下了然——郑国商队与姬霜的秘会，二王子李霄之母乃是郑人，李谧与雍国的联盟被毁，郑、代二国的秘约……种种变故，俱由太子灵而起。

"姜先生，"龙于说，"好久不见了，太子殿下诚挚地邀请您与耿先生到济州做客，往事绝不追究。"

曾宇道："殿下！陛下让您马上回落雁城去。陛下也承诺了，只要您愿意回去，先前种种，姜公子的事……一笔勾销。"

耿曙反而不知道怎么办了。

姬霜机关算尽，最终棋差一着，只得感慨造化弄人，长叹一声。

姜恒静静地看着耿曙，认真地说："哥。"

耿曙握着姜恒的手，说："恒儿，你……"

姜恒认真地道："哥，听我的，你回雍都，我去济州，就这么办罢。"

耿曙顿时睁大双眼，一手发着抖，怒吼道："不！恒儿，不……我绝不会，你让我走，除非杀了我！"

"开个玩笑。"姜恒笑了起来，喊道，"走罢！"

耿曙："……"

姜恒往耿曙腰上一揽，快步跃出城墙，朝着雍军方向飞身而去。

耿曙怒了："你又耍我！"

耿曙反手抱住姜恒，背后铺天盖地的箭矢飞来，却已奈何不得他俩。耿曙快步在城墙上奔跑，那一式直是世间武艺之巅峰，犹如苍鹰掠水，一眨眼滑过近十丈高的汀丘宫墙。落地，翻身，跃起，抓住冲来战马的缰绳，带着姜恒一同翻身上马。

"青山不改，绿水长流！"耿曙朝着离宫喝道，"婚约作废，后会有期！"

姜恒朝远处吹了声口哨，与耿曙汇入了撤退的雍军，驰进汉中平原，消失于青山尽头。

王旗飘飞，雍军铁骑有节奏地叩击地面，犹如鼓点。

上万人形成一个包围圈，仿佛生怕耿曙随时掉转马头逃跑。

耿曙朝姜恒道："人虽然多，却也不用怕他们。"

"怕？"姜恒茫然地道，"为什么要怕？"

耿曙示意姜恒看，解释道："都是我带出来的兵，就像代国军队不敢朝李宏动手，雍军也不敢朝我动手，你想走，咱们随时走就是了。"

姜恒笑答道："走什么？去见你弟弟罢了，我本来就是如此作想。"

"你……"耿曙说，"你当真这么想？"

"对啊！"姜恒说。

耿曙忽然有点不安，但既然姜恒要见，也只能让他见了，届时哪怕在雍军大营，他也绝不会让姜恒受了欺负去。

释 嫌 酒

姜恒道："哥。"

耿曙纵马，回头问："什么？"

姜恒笑了笑，改变主意，没有对耿曙解释，答道："没什么。"旋即又朝远处吹了声口哨。

"曾宇将军！"姜恒说，"您好啊！"

曾宇回头，看了姜恒一眼，本不欲理会姜恒，奈何有耿曙在，只得放慢马速。

"上回不留心捅了你们陛下一剑，"姜恒说，"他好点了吗！"

曾宇："……"

耿曙说："汁泷什么时候到的？"

雍国对长幼之礼看得极重，哪怕汁泷身为太子，但耿曙名义上是大王子，亦可直呼其名。

曾宇答道："殿下，末将有些话不能说，到了军营，您就知道了。"

姜恒说："你们军营驻扎得有点远啊！"

曾宇："……"

姜恒说："就没有马车来接吗？曾将军，我想休息下。"

耿曙朝姜恒道："你累了吗？那休息罢，传令原地扎营。"

曾宇是个老实当兵的，完全不是姜恒的对手，说道："姜先生，军营就在不远处，百余里开处，很快就到了。殿下，请您千万别再一走了之了，落雁城非常焦急您的下落。"

姜恒正在估测，以雍国的实力，竟能突破代国防线，将骑兵深入国都的二百里外，这能力当真不可小觑。

军营出现在远处，那处乃是一道荒无人烟的峡谷，名唤雪岭，雪岭往东的尽头，则是与梁地接壤的蓝关。隆冬之际，云横雪岭，雪拥蓝关，此处归属汉中，曾被雍、梁、代三国相争，最终归了代国。

"早该想到他们躲在这儿的。"姜恒心道，"多半是界圭昨夜连夜回营报信，雍国虽只有一万兵马，想攻下西川城无异于痴人说梦，但西川一乱起来，趁乱看能不能占点便宜，总归不妨。"

军营外守备森严，足见雍军军纪，有人上来要给姜恒搜身，耿曙当即怒了。

"不行！"耿曙道。

界圭却走了出来，朝耿曙行了一礼，看着姜恒。

"不碍事。"姜恒索性朝界圭解开外袍，界圭看了眼姜恒后腰上的烧伤印记，眉头微微皱了起来。

搜过身后，耿曙便与姜恒携手走向王帐。

"你就不提醒我怎么与汁泷说话吗？"

"你想说什么就说什么，"耿曙的表情很坚决，"想怎么说就怎么说。"

姜恒一笑。

姜恒道："那么你待会儿该说什么就说什么，不用顾忌我，听懂了吗？"

耿曙道："怎么能不顾忌你？"

姜恒停下脚步，看着耿曙："听——懂——了——吗？"

耿曙没有说话。

姜恒说:"否则我这就走了。"

耿曙终于点了点头。界圭做了个手势,说道:"两位请。"

耿曙忽然想到一点,信是姜恒让界圭送的,这也就意味着,今日的会面是姜恒的安排,他一定心中有数,便不再坚持。

"他们来了。"界圭亲自领着耿曙与姜恒进主帐里去。

耿曙皱眉道:"谁让你来的?你……"

耿曙本以为主帐内当坐着汁泷,万万没想到,一个照面,竟是汁琮,汁琮亲自来了!

姜恒打量着汁琮,汁琮第一眼没有看耿曙,而是朝姜恒望来。

一国之君,带领骑兵,翻山越岭亲自深入敌国腹地,姜恒开始有点佩服他了。

"谁让我来的?"汁琮冷冷地道,"我的儿子被人抓走,下落不明,已经大半年不曾回家了,我不来谁来?还管不了你了?!"

耿曙深呼吸,姜恒就在他的身边,一时不知该以何态度来面对汁琮。

姜恒轻轻推了下耿曙,让他上前,并点了点头。

耿曙看了眼姜恒,再看汁琮,终于道:"父王。"

汁琮听到这声"父王",对这屈服总算满意,至少是暂时满意了。

"你呢?该叫我什么?"汁琮又转向姜恒。

姜恒正要开口,汁琮却道:"罢了,去收拾洗漱罢,一路风尘仆仆的,瘦了这么多,想必在西川也没吃饱饭。"

耿曙欲言又止,说道:"父王,他是恒儿,就是我说的恒儿。"

"我知道。"汁琮说,"去罢,我让人准备了饭食,稍后再慢慢地谈。"

姜恒与汁琮坦然对视,丝毫不躲避他的目光,汁琮忽一扬眉,做了个手势,示意请。

"我没想到……"耿曙离开帐篷后,对姜恒说。

姜恒说:"没关系,正主来了,这不是正好?他是你爹,再怎么样,我也要对他道谢,不是吗?"

耿曙不安地道:"你本可不必……"

姜恒道:"就像你见我师父一般,我愿意。"

耿曙一想也是。

回到雍军军营后，他明显地松了口气，就像回到了自己的家，姜恒也看出来了，却没说什么。两人简单地洗过澡，回到王帐内，汴琮正在看一幅行军地图，吩咐手下摆上晚食，姜恒知道，自己面临的最大的麻烦，现在才真正开始。

"吃罢，"汴琮说，"想必都饿了，恒儿平时饮酒吗？"

雍人主食乃是名唤"缚托"的面汤，又有牛羊肉与面饼，只不知是因为耿曙回来了，汴琮特地让人宰杀牛羊，还是雍军行军所食一向如此。

"这是汴森爱吃的，"汴琮说，"我不知道恒儿你习惯吃什么，喝一杯？记得你在玉璧关时是饮酒的，酒量如何？"

"能喝一点，"姜恒说，"但喝得不多。"

属下为三人斟了酒，耿曙坐在姜恒对面，看着他，举杯，又朝向汴琮，三人喝了。

"爹，"耿曙说，"恒儿他先前全不知情。"

"我想曾宇已经说得够明白了，"汴琮提醒道，"既说了前事不究，就是不究，还信不过我？"

姜恒笑道："他不仅说明白了，还当着上万人的面喊了出来。"

汴琮一笑道："本该如此。"

耿曙生怕汴琮责备姜恒，但他忽略了另一个问题，解开这个结的关键点，实则不在汴琮，而在姜恒。

接下来，简直是他人生中至为胆战心惊的时刻。

"实不相瞒，雍王，"姜恒说，"我捅你那一剑，并非受太子灵唆使，而是我本来也想杀你。"

耿曙的心脏顿时狂跳起来，眉头深锁，朝姜恒极其缓慢地摇头。

汴琮蓦然爆发出一阵大笑，点头道："很有意思！"

"而且我现在还想杀你。"姜恒认真地道，"先前刺杀得手，我也从没想过要饶你一命，因为我师父恐怕你若当真死了，从此我哥便有了解不开的心结，才将解药交给了界圭，让他带回去，留你一命。否则当时我若醒着，绝不会让他将药拿走。"

侍奉于汴琮身后的界圭脸色微变，汴琮却神色如常，点了点头。

接着，他拈起切羊肉的小刀，耿曙顿时色变道："父王！"

银光闪烁，小刀脱手，飞向姜恒的案几，"噔"一声稳稳扎在姜恒面前。

汁琮慢慢解开武服，露出胸膛，说："我欠你们的爹一条命，想着给淼儿还了，他没要。你说清楚，便让你取去，又有何妨？当日我听见你就是恒儿时，你看我设防了不曾？还不是让你捅了一剑？界圭，无论他做了什么，你都不可阻拦，须得让他俩自行离去。"

姜恒看了眼那把刀，再看汁琮，又看耿曙。

汁琮道："但临死之前，我有一事相托，眼下你必将带走汁淼，我另一个儿子汁泷，既失去了父亲，又失去了哥哥。"

姜恒一笑，拔出那把飞刀，看着汁琮。

他想提醒汁琮，他实在太轻敌了，在这个距离内，敌人的飞刀说不定比剑要更凌厉。

界圭当真捏了一把汗，深深呼吸。

"……来日你也将参与争夺天下，"汁琮说，"你将是名很好的棋手，入这大争之世，想必都抱着一样的念头。你不一定会是最后的赢家，但我很清楚，汁泷不会是你的对手。届时哪一天，当你与汁泷碰面时，还请看在他爹死在你手上的今夜，留他一命。"

姜恒把刀轻轻地放在案前，说："不，雍王，我早就改变主意了，我不会再试图杀你。否则我也不会让界圭给你送信，虽然我并未想到，今天在军营中的人是你。"

此话一出，界圭、耿曙同时松了口气。

汁琮笑了笑，说："这么说来，所谓'杀父之仇'，便放下了？"

"没有什么杀父之仇，"姜恒说，"这是我爹自己的选择，他既然愿意为你们兄弟俩付出生命，作为儿子的我，又有什么可指责的呢？"

汁琮道："我敬你一杯。"

姜恒喝了那杯酒，耿曙说："恒儿。"

姜恒一笑，朝耿曙说："哥。"

两人对视片刻，汁琮正要开口，姜恒却道："我不仅不杀你，我还想跟着你走，雍王。"

汁琮顿时一怔，继而眼中现出狂喜，按捺不住，大笑道："好，很好！恒儿！我太高兴了！这是你的本意吗？"

耿曙难以置信，怔怔地看着姜恒。

姜恒喝过第二杯，放下酒杯，说："说实话，雍王，离开师门那一天，我但凡有任何一个选择，都不会选你。"

这话出口时，汴琮的双眼眯了起来，打量着姜恒。

"天下任何一位国君，"姜恒说，"都做得比你好，你当真是最糟糕的那个人。"

"这话是你师父说的？"汴琮道，"若你不情愿，吃过这顿饭后，大可自行离去。我汴琮虽慕贤，却也从不勉强，不会有任何人阻拦你。"

姜恒说："不，我现在情愿了，因为我哥。"

耿曙沉默不语，眼中带着闪烁的泪水，几乎是同时就明白了姜恒的深意。

"我哥不愿意离开雍国。"姜恒说，"你赢了，雍王，你给了他一个家。他一旦离开这个家，无论跟着我去到哪儿，都不会得到真正的快乐。冲着这点，也许在许多年后，雍国会是最后的赢家。"

耿曙低低地喘息，眼泪忽然淌了下来，落在杯里。

姜恒对汴琮笑道："辅佐国君，一统天下，不过是离开师门时我那一点不合时宜的抱负，我也希望在二十年内，协助一国之君，统一这支离破碎的神州大地。然则归根到底，选择谁，是成功还是失败，都并无区别。选择汴氏，也许路会更难走，最终也不一定成功，但天下王道，也不一定都得是感情为了大义让路，就让我任性一回罢。"

汴琮手持酒杯，看着姜恒，竟说不出半句话来。

天下王道，也不一定都得是感情为了大义让路。这句话，他已经很久很久没听过了，久得像是上辈子的事，另一个于北方大地徘徊不去的幽魂，再一次出现在他的面前。

那一刻，汴琮竟走神了。

"如是，"姜恒说，"我愿意投效雍王，从今往后，还请雍王指教了。"说着姜恒又道："咱们再喝一杯？"

汴琮喝过第三杯酒，在此之前他设想过无数种对付姜恒的办法，可姜恒完全不按常理出手，许多年了，这是他头一次不得不生出重用之心。

这小子与耿曙不一样，彻头彻尾地不一样——假以时日，定将崭露头角，幸而得雍国所用，否则只能不惜一切代价杀了他。

月 夜 琴

汁琮终于知道为什么姬霜与太子灵都在抢姜恒了，抢不到手，双方就只有一个念头，杀了他，不能让他落在敌人手里。

"姜恒，"汁琮说，"你知不知道已经很多年没有人对孤王说过这种话了？辅佐一国之君，统一这支离破碎的神州大地……如今之世，敢说此话之人，实在少之又少。"

"因为雍王，"姜恒叹了口气，说，"根本就得不到真正的治国之才。这就是您必须反思的问题了，为什么关内之人，就没有愿意放下一切，来到雍国为您效力的呢？"

汁琮登时语塞，这也是雍国所面临的最迫切的问题。许多年了，自从汁琅死后，雍国无论如何广施重金，求贤若渴，中原谋士始终只在玉璧关以南流动，极少有人愿意到塞外来，为汁雍出谋划策，即使有，也不过是亡命之徒。

"为什么？"耿曙问。

耿曙也听管魏抱怨过，但这些事他与姜恒很少私下讨论，就像姜恒鲜少问他武功招式、行军打仗一般，两兄弟已习惯了各有所长，碰上不了解的事时绝对不给对方乱出主意，按计划去做就是了。

这话也是汁琮想问的。姜恒却道："来日方长，待到了落雁，再慢慢地说罢。"

耿曙目光复杂，看着姜恒，最后点了点头。

汁琮说："行，总归有机会的。但姜恒，你既以谋士身份加入我雍国，便与汁淼不同，你须得清楚。"

"那是自然。"姜恒明白汁琮话中之意，耿曙认汁琮为义父，他就是王子，联系他们的是亲情，无论他做什么，只要有王子的身份在，汁琮就绝不会用臣子的规矩来要求他。

姜恒却是以一国谋士的身份来到汁琮身边，他必须展现出相应的实力，而只要他获得了雍国朝野的承认，从今往后，他就是一名重臣。与王室的待遇完全不同，雍国非常尊重文臣，像管魏身为左相，其话语权尚在王室之上，连汁琮的旨意亦可驳回。

是夜，耿曙与姜恒走过月色下的军营，耿曙忽然二话不说，把姜恒挽了起来。

"哎！哥！放手！"姜恒笑着喊道。

耿曙带着姜恒，快步冲到草垛上，两人一同滚了下来。

姜恒道："别闹……"

耿曙喘着气，眼眶发红，把头埋在姜恒的肩上，姜恒则安静地躺在草垛上，望向天际那轮明月，任凭耿曙低声喘息。

"我说我想好了，"姜恒笑着说，"选择就是，跟你一起回家。"

耿曙稍稍放开姜恒，看着他的双眼，认真地说："恒儿，我也说过我想好了，有你在的地方就是家。"

"可活在这世上，"姜恒笑道，"许多事不是非此即彼的，不是吗？娘走了以后，我才渐渐明白，何必如此执着呢？这样你开心，雍国也放下了，咱俩更不用东躲西藏的，否则来日不管咱们投奔哪一国，你都会有与曾经的父亲、弟弟打仗的那天，我又怎么忍心？"

"可是你不开心。"耿曙说，"我知道的，你从一开始就不看好雍国。"

姜恒说："我愿意努力，权当试一试罢。"

耿曙打量姜恒那精致的脸庞、明亮的双眼、俊秀的五官、温润的唇。

他脖颈处的玉玦垂落，抵在姜恒的胸膛前，姜恒拿起它来，看了一眼，再看耿曙，笑了起来。

"何况啊，"姜恒说，"也不是一定要成功，哪怕最后失败了，又有什么关系？"

姜恒没有告诉耿曙，改变他对这一切看法的缘由，皆源于在嵩县，耿曙激动得失去理智，说出的那一番话。

"行啊！行！我不回去！我这就把汁琮杀了！行！你让我做什么都行！你别走！别走啊！"

那天过后，姜恒清楚地意识到，耿曙所言虽是气话，但设若自己逼他，他真的会这么做。哪怕最后死在汁琮面前，耿曙也毫无怨言。

耿曙竟能为他牺牲到这一步，那么他为耿曙改变自己的计划，也算不上难罢？无论辅佐哪一国的国君，最终都会走到与汁琮兵戎相向的那一步。耿曙所言绝非夸大，这局面终有一天要上演。

既然总有一个人要让步，他又为什么不可以？

"哥，你说有我的地方就是咱们的家，"姜恒道，"对我而言，也是一样，我不在乎。"

耿曙再一次紧紧地抱住了姜恒。

是夜，姜恒明显可以看出耿曙的兴奋，毕竟他翻来覆去跟他说了许多雍都的事，这是他们在离开嵩县后耿曙第一次这么高兴。

他想回到雍都，雍都在那四年中已成为他的家，但他又绝不想失去姜恒，两相权衡，必须选择的情况下，他只会选姜恒。但那不意味着他就不会因舍弃而痛苦。

但现在姜恒接受了他的一切，他的人生终于圆满了，甚至那就是他曾经想象过的最美好的未来。他在外带兵打仗，姜恒在后方为他出谋划策，他们将过上自己梦寐以求的生活。这是在离开浔东之后，耿曙的唯一目标。

"睡了？"姜恒低声说。

耿曙迷迷糊糊地入睡，姜恒却还睡不着，他不知道自己的这个抉择是错是对，只知道他已做好了承担错误的准备。

也许汁琮和他想象得不一样，姜恒沉吟片刻，他能改变雍吗？凭借一己之力。

他轻手轻脚跨过耿曙，走向帐外。

忽然间他发现了一个细节，曾经无论在哪里，耿曙入睡时都十分警惕，一手抓着他不放，哪怕睡熟了，手上仍扯着他的单衣衣襟，他稍微有动作，就会惊醒耿曙。

但在雍国的军营里，这种警惕消失了，说明耿曙认为自己回到了安全的地方。

姜恒知道自己的选择是对的，他们回家了，虽然自己对这个家还不太熟悉。

他在月光下走出军营，看见汁琮端坐营帐间的空地中，膝前摆着一张琴。

汁琮听见脚步声，没有回头，问："睡不着吗？"

"王陛下会弹琴？"姜恒问。

"不会。"汁琮说，"我哥生前弹得很好，听汁淼说，小时候你们一起弹过，但自从来了宫中，他便从来不弹。"

姜恒在一旁坐下，汁琮说："那天听你在玉璧关奏起越人歌，想起了许多事。"

月光下，汁琮朝姜恒望来，眼神中仿佛颇有深意，姜恒一时窥不透，总感觉汁琮有许多话想说，仿佛那是棋逢对手的一种惋惜。

"还想听吗？"姜恒说，"我可以弹奏给你听。"

汁琮便将琴递过来，姜恒抚琴，指法已有点生涩了，琴声却带着一股古意，及至琴声停下时，两人相对沉默片刻。

汁琮开口道："恒儿，虽然明知你会拒绝，但这句话，我仍想问问你。"

姜恒说："嗯。"

"你愿意当我的儿子吗？"汁琮说。

"不。"姜恒果然拒绝了他，说，"就让上一代的羁绊，到我的身上就此结束罢。"

汁琮释然一笑，点头道："本该如此。"

姜恒说："告诉你也无妨，王陛下，我从未见过我爹，在我的人生里，是没有父亲的，我只有哥哥。我与他不一样，我从未过过有父亲的生活，无从比较，我娘待我已很好了。既然父亲从来缺席，对我而言，他也就不曾亏欠过我，不需要再补偿什么。"

"雍人有句话，叫'多年父子，情同兄弟'。"汁琮说，"汁泷的娘很早就走了，我先是带大了泷儿，又带大了汁淼。不知道为什么，我总觉得，你们就像我的孩儿一般，身体里流淌着我的血。"

姜恒说："我记得，耿氏在许多年前，便与汁氏有亲缘罢。"

"不错，"汁琮说，"耿家是第一代随我汁雍祖上远迁塞外的中原人。"

汁琮忽然发现，自己与姜恒的对话，半点不像对两个儿子一般，反而像对着当年的耿渊。从名义上看，姜恒是真正的耿渊的嫡子，他的身份是耿家的家主。

"我能不能冒昧问一句？"汁琮说，"姜恒，你为什么要杀我？"

"因为你该死。"姜恒嘴角带着笑，抚摸琴弦，看了汁琮一眼，解释道，"天下五国中，只有你不按规矩来。无论在自己的地盘上，还是在别人的地盘上，都是如此。你嚣张跋扈惯了，我行我素，只有杀了你，大家的棋才能继续下下去。”

“不守规矩之人，就该死吗？”汁琮说，“我只知道，我赢了。”

“不守规矩之人，不一定就该死，”姜恒认真地道，“你该死的原因是，雍国还远远未强大到能不守规矩的地步。我不杀你，你迟早也得出局，早点罢手，可以救下不少人的性命，何乐而不为呢？”

汁琮道：“所以你是来劝我守规矩的。”

姜恒道：“不，不是，王陛下，我是来向你解释规矩的，你到现在还没有弄清楚规矩到底是什么，这就是最大的问题。”

汁琮道：“成王败寇，大争之世，莫若如此，恨只恨我兄长走得早。”

“你错了，”姜恒不客气地说，“你看？”

姜恒无奈地摊手，对汁琮苦笑。

“百战而胜，非善之善者也；不战而胜，善之善者也。其中的一条规矩是，”姜恒说，“让这世上尽量多的人活下来。若你不得不杀人，须知杀人是不对的，无论他们是你的朋友，还是你的敌人。当然，像这样的规矩还有许多，你想成为天子，就要重新学会规矩，把所有人拉回到棋盘上来，好好下棋。”

北 飞 雁

长久的沉默后，汁琮说：“我明白你想说的，姜恒。但无论我做什么，俱是为了最终让这大争之世重归一统。我认为，我没有错。”

姜恒笑道：“咱们来打个赌如何？王陛下，我笃定到了那个时候你会发现，又不一样了，打天下与治天下是两件事。”

汁琮眼中有什么一闪而逝，出现了一刹那的迷茫。

姜恒知道汁琮这一刻想说的是：“我当真错了？”

“不过我愿意让你试试，”汁琮说，“走另一条路，前提是你当真有带领雍国的本领。回到落雁城后，你首先要说服所有人，其次才是说服我。如果你办不到，我依旧不会听你的。”

姜恒说:"你现在明白了,王陛下,无论最后是否成功,但允许我开口说服你,也是最重要的规矩之一。"

汩琮久久地看着姜恒:"你能带给我什么?"

姜恒叹了口气,说:"我会尽我最大的努力。"

他明白,这是汩琮予他的第一道考验,他必须告诉汩琮,自己对天下的全局心中有数。

"雍国建国百年,是五国之中最年轻的国家。因为年轻,没有中原四国的弊端,却也正因为年轻,要争霸天下,尚且心有余而力不足。"姜恒想了想,说,"想要参与这大争之世,雍王须得彻底统合起国内各族,形成一块铁板,调动所有能调动的来支持您的南征大业。"

"孤王正是这么做的,"汩琮说,"这也是我王兄身故前制定的百年之策。"

姜恒很想说如果真是这样,那么为什么听到你被刺的消息,雍国境内三族便有反叛之危呢?但现在不是他反问的时候,汩琮很有耐心地听着,他最关心的是入关之后,先做什么,后做什么,想知道姜恒的计策是否与自己的不谋而合。

姜恒停了一会儿,谨慎地回答道:"第一战,将是取回玉璧关。"

"嗯,"汩琮说,"那是自然。其后呢?"

姜恒道:"其后从玉璧关出关,潼关不利于运送大批兵马。"

汩琮道:"先取洛阳,直入嵩县,这也是孤王正在做的。要不是你来打岔,孤王现在已经成功做到第一步了。"

"你一定会失败的,"姜恒说,"哪怕没有我,你也会失败,你轻视的不在于战术,而在全局。郑、梁二国与洛阳关系至为密切,他们一定会来干涉你,你占了洛阳,也占不稳,迟早会被赶出去。"

汩琮没有发怒,反而觉得很有意思,说:"你有更好的办法?"

"远交近攻,合纵连横,唯此而已。"姜恒说,"如果你想在中原站稳脚跟,一定要不计一切代价与郓国结盟,只要郓王愿为你牵制郑,那么你的对手就只剩下梁国了。"

汩琮没有说话,姜恒道:"先取梁,再取郑。与郓国议定,划长江而治,将梁、郑的南方给郓国。"

"这么一来,天下就剩下两方了。"汩琮没有问具体如何取,那些都是次要的，这与当年汁琅尚在时的计划亦有不谋而合之处。

汁家向来是有野心的，世世代代都抱着回到中原的决心。

"不错。"姜恒说，"得到梁、郑二国后，天下便只有南北，再无五地。接下来，就是如何还都洛阳的难题了。依我所见，称南北帝仍不妥当。"

汁琼的目光变得锐利起来，姜恒注视着他的双眼，说道："最好是找一名姬家后人，扶持其继任天子之位，由雍王充任摄政一职，不过具体如何，还要看届时的情况。"

汁琼不予置评。

"接着，煽动李家内乱，"姜恒说，"支持他们对郢国宣战，再通过联姻、通商等控制住代国。这个过程也许将延续十年、二十年。同样也是蚕食长江以南的过程，届时嵩县将成为与郢地相临的前线，不知道雍王，甚至我这一生，能否亲眼见到开战的那天。"

"什么时候才能与郢国开战呢？"汁琼说。

这个问题很难回答，但姜恒仍然顺利地给出了答案。

"只要代国在雍的实际控制之下，"姜恒说，"就离开战不远了。"

"确切的时候。"汁琼说。

"当雍国全境粮税与郢国粮税相持平的时候。"姜恒给出了一个准确的时机，"还是那句话，哪怕冒险攻打郢地，就算得到了，也治不长久。您需要水军与陆军，若无举国碾轧的实力，这场仗不能轻易开启。"

"什么时候能达到？"汁琼仍然问道。

"要看施政，"姜恒说，"快的话，十年或二十年。慢的话，一百年。前提是，你的王都不发生内乱。"

汁琼说："孤王有信心，只要夺回玉璧关，便能如疾风扫落叶一般，席卷神州大地。"

"我也有信心，"姜恒扬眉道，"但以这种方式取得神州，非是人心所归。你的王朝不可能长久，两代之后，必将叛乱，届时天下又将恢复分崩离析的大争之世。"

汁琼沉吟不语，姜恒所言，乃是为他拟定的未来天下的棋局，早在汁琼父亲那一代，管魏便已提出了轮廓。照着这棋局一步一步走，也许有变化，未来却是大致可预见的。

父亲生前常说他最缺的就是耐心，汁琼确实向来耐心欠奉，想到目标这么久远，甚至还要留给自己的儿子，谁能接受？一统天下的宏图伟业，他只希望在自己的手中完成。

但姜恒所言，则是对雍国多年来的野心做了增补，当年天下满是英杰，梁重闻、郑子间、代公子胜、郢长陵君……皆是得任何一人俱可得天下的佼佼者。号称不世军神的重闻，更是汁琮的劲敌。

谁能想到，最后他竟死于耿渊的刺杀？如今四国人才凋零，俱拜琴鸣天下所赐，雍国韬光养晦百年，到得如今，当可堂堂正正地参与中原的角逐了。

只是留给他的时间实在不多，汁琮已是不惑之年，要在有生之年实现一统天下的抱负，须得亲自拖动这辆战车，任劳任怨，拖着它一路向前。

"该让我儿也听听你的思路。"汁琮最后说，同时发现耿曙已不知什么时候来到了姜恒身边，他思考得太久了，乃至没有发现耿曙。

"不过总有机会的，"汁琮道，"就这样罢。"

姜恒闻言，知道自己过了第一关。

"明天我要回师门一趟，取一件东西，"姜恒说，"得带走我哥。但既然答应了你，我就会来落雁，绝不食言。"

"我倒是不怕你食言，"汁琮说，"带界圭同去，毕竟你俩的处境还很危险。"

"不必，"姜恒笑道，"我哥会保护我的。"

"说得是，"汁琮笑了起来，说道，"连李宏也屈服在他的剑下，在钟山一战成名。我期待你能给我一个不一样的答案，姜恒。"

姜恒起身："这是我爹的琴，就给我罢。"

"自然。"汁琮说，"我曾派人到洰东去，翻修你们儿时的家，又在烧焦的废墟里找到了它，本来是带给汁淼的，期待他今天看见这琴，能念及我的情分。"

"一张琴有再多的寄思，"姜恒说，"又怎么比得过人呢？"

汁琮起身，姜恒抱着琴，稍一礼，一如十六年前，耿渊道别汁琮，在月夜清风里坦然离开的那夜。

春暖花开，春天来了。

沧山海阁，耿曙与姜恒回到山脚下的枫林村前，漫山遍野的桃花开得灿烂无比。

然而姜恒站在被烧毁的废墟中，意识到罗宣没有骗他——鬼先生与松华当真走了，一把火烧得干干净净，不留痕迹。

耿曙说："这就是你的师门。"

"这就是我的师门。"姜恒喃喃地道。

海阁在那一夜间彻底消失了，只有断瓦残垣的废墟里，长出了无数绿意盎然的新苗。

四神壁画中，三神已坍塌，唯独北方玄武仍屹立于大殿最深处，背山而建，犹如一面顶天立地的照壁。

"我倒是没想到，"姜恒说，"鬼先生居然……什么也没留下。"

但很快，他转变了念头，伤感地笑道："这样也好。"

"他留下了你，"耿曙说，"你是他最后的徒弟。"

"嗯。"姜恒发觉自己所肩负的重任，竟是海阁涉入并影响中原世界的最后一人，换句话说，无论他是成功，还是失败，远走海外的鬼先生也许再也不会派出弟子前来了。

"来，"姜恒说，"项州在那儿，我看见放骨灰的塔了。"

姜恒有点意外，罗宣居然没有将项州的骨灰带走，意思是他有一天还会回来吗？

耿曙祭过项州，又问："恒儿，我的骨灰呢？"

姜恒说："那不是你，不过撒进长海了，当初我还哭了好些时候。"

耿曙说："哪一天待咱们都死了，依旧葬在你的师门中。"

姜恒点点头，与耿曙牵着手，又下山去。

竹筏正停在长海边上，耿曙撑起篙，在岸边一点，竹筏泛起涟漪，驰向湖面。

"是这儿了。"姜恒说。

耿曙道："你还记得？不是刻舟求剑？"

姜恒笑道："看神州大地的气数，以及玄武神君的安排罢。潜一次，给你一炷香时间。"

耿曙脱了上衣，赤裸半身，一声水响，他泅入湖底。

姜恒忐忑不安，在湖畔等着。不久后，耿曙冒出水面，换了口气，再入。

第三口气，耿曙冒头时，姜恒说："算了，哥！别找了！"

但耿曙又扎了下去，姜恒想了想，当即也脱了外袍，跃进湖中。

春日的阳光照进冰冷的湖水中，湖底犹如一个静谧的世界，天光照耀细沙，细沙上铺着长满藻苔的尸骨，它们在此处沉眠了十年？二十年？三十年？没有人清楚。

一望无际的长海湖底，就像巨大的、死寂的战场一般，唯独阳光在头顶的水面闪烁。

姜恒缓慢地靠近耿曙，耿曙回头，看了眼，凑过去。

姜恒摆手，耿曙却不由分说，将气息渡过去给他，牵着他的手，犹如游鱼，滑向这湖泊的中央。

姜恒比了个手势，耿曙却摇头，指向前方。

玉玦漂起，于耿曙的胸膛前，在那深湖里漂荡，折射着水面落下的阳光，光芒射向不远处，在那宏大的埋骨战场中央，一道光芒遥遥闪烁，仿佛是回应。

无数骨骸中央，湖底的细沙中，插着一把黑色的剑，剑柄上拴着一个小小的包裹。

耿曙与姜恒掠过，单手将黑剑拔起，湖底卷起泥沙，继而形成一个漩涡，将四周的骸骨卷了进去。

湖面，耿曙哗啦一下出水，先把姜恒托上筏去，再把黑剑与金玺扔了上来，爬上竹筏。

两人将衣服摊在筏上晾干，任由春天的阳光照耀着他们的身躯。

"春天来了啊。"姜恒环顾四周，被阳光照得有点睁不开眼。

"嗯，"耿曙说，"春天来了，你看，大雁飞回去了。"

雁队掠过群山，从郢地起始，越过重重险峻山峦，飞向北方。

姜恒与耿曙策马，跟随大雁北去的道路，离开沧山，过玉衡，经梁地，出玉璧关，度过茫茫草海，汇入野马群中，驰向北方那座黑色的塞外之城。

横江沙洲上，雁群落下饮水，巨擘山的雪顶在阳光下金光万道。

"众雁栖落之地。"姜恒不禁为这宏伟的巨大城市所折服。

"回家了，"耿曙说，"咱们在一起的地方，就是家，你会喜欢这儿的，恒儿。"

城门高处，那口晋天子赐予汁氏王族的古钟响起轰鸣，今夕何夕，王子归国。

鸿雁于飞，肃肃其羽；之子于征，劬劳于野。

姜恒仿佛看见了两个年轻男人的身影，一人身着王服，屹立；另一人眉眼间则蒙着黑色的布条，端坐城墙高处，弹奏着《雁落平沙》的古曲。

"总算是回来了。"

那身着王服的英灵，嘴角现出一抹笑意。

广陵散

卷四

广陵散

人总是会死的，但薪火相传，生生不息，该做的事，自当有人去完成。

雍　国　律

　　这是姜恒造访的第四个国都了。洛阳、济州、西川，如今则是落雁城。

　　他与耿曙在短短十余载中去过的王城已经比天下大部分人多，甚至比汴琮、汴泷，比雍国朝野的大臣还多。寻常百姓，一辈子也去不了几个地方。

　　"怎么样？"入城后，耿曙刻意放慢了马速，向姜恒问道。

　　"厉兵秣马，巍峨辉煌。"姜恒想了想，答道，"基石下，却都是累累的血与汗。"

　　耿曙自打来到落雁后，便忠诚地将自己看作一名雍人，但凡任何一人说雍国的坏话，耿曙都会发怒，唯独话从姜恒口中出，耿曙无言以对。不仅无言以对，还认为他说得很有道理，心服口服。

　　城中八横八纵，由宽大的黑曜岩石砖砌就，通往雍宫的黑色石砖下，确实浸着不知多少人的鲜血。要在一年有五个月是冬天的北方筑起这么宏伟的都城，百姓的艰辛可想而知。

　　但这也是雍人为之自豪的一点——他们从中原迁往塞北，用了一百零九年的时间，建起了偌大的城市，成为北方的中心，简直只有"奇迹"可堪形容。

　　姜恒并不着急入宫，先是在落雁城中逛了几圈，往东市、西市前去，又绕过全城八十坊，观察百姓们的生活。沿途之人一见他俩，便认出了耿曙，纷纷躬身朝耿曙行礼，礼节整齐划一。

　　姜恒朝他们笑，却没有人迎接他的目光。

　　"为什么每个百姓的头都低着？"姜恒问耿曙。

　　"规矩，"耿曙说，"平民见贵族时，必须遵守的规矩。雍国分王、公侯、卿、士、民五等。"

"我知道，"姜恒说，"这是中原的礼节，只是哪怕在洛阳，也不至于……"

"他们定的。"耿曙答道。

姜恒道："嗯。"

耿曙很少与百姓接触，在他的生活中，除了打仗还是打仗，忙时带兵操演，闲时住在宫中，每个人对他都毕恭毕敬，王族早就习惯了这一切，丝毫不觉异常。

"你不喜欢这样？"耿曙说。

姜恒下马，牵马过西市，商人与百姓见了耿曙，忙行礼，一时市集上鸦雀无声。

"哥，你不觉得有什么不对吗？"姜恒对耿曙说。

"什么？"耿曙被这么一提醒，也发现了。

雍国对商贸有着极其严格的管理，东市为国内所需，西市则是国外货物交易，此地由朝廷直接管辖，流通的货物价格、商人的住所、开市与休市的时间、税务与摊位等，以防中原斥候借商贸渗透。一眼望去，所有人都规规矩矩，脸上带着警惕，眼神里则充满提防。

耿曙道："确实与代国不一样，没有说书的，也没有杂耍的。"

代国的商会人声鼎沸，虽只有一市，却时时充满高声叫卖、讨价还价之声，酒肆、食家、当铺等热闹无比。

雍国的市集则极少有人大声交谈，更无争执，大家规规矩矩，犹如排队一般，从一个摊位走到另一个摊位。

姜恒问："在集市上争执，算不算违法？"

耿曙答道："算，在落雁任何一处私斗，都是会入刑的，要被割去耳朵、鼻子。"

姜恒说："典当是官中开办的吗？"

耿曙"嗯"了声，姜恒看那死气沉沉的模样，便知道当铺只能按官价进行交易。

"不要在这里议政，"耿曙提醒道，"虽然咱们不会被入刑，但被人听见了，总归不好。"

姜恒点头，又转入坊间，只见百姓脸上带有菜色，一名妇人身后束着背带，背着孩子，坐在巷间打水洗涤衣物，看见耿曙与姜恒衣着光鲜，也不问候，急急忙忙地就朝门里躲。

巷内四周关着门，偶有人从窗缝中朝外张望。

姜恒转身离开，对耿曙道："我似乎没见着大小孩儿。"

"多大算大小孩儿？"耿曙问，"像咱们从前那样？"

姜恒点点头，问："孩子们都去哪儿了？"

日近午后，本该是孩童嬉戏的时间，各坊间却十分安静。

耿曙说："念书去了。"

这倒让姜恒十分意外，说："全念书去了？"

耿曙道："有的人念书，有的人不念，要去学堂看看吗？"

耿曙牵着马，随姜恒走出坊与坊连接的路，姜恒问："什么人念书，什么人不念？"

耿曙解释道："小孩儿长到六岁时，便会由少傅府中学常予以考查，将他们分到工寮、学府、卫尉府三地，分别进行培养。"

"谁来决定？少傅府说了算吗？"姜恒又问。

"嗯。"耿曙点头道，"他们会派出很有经验的老先生，观察孩子们，来进行考核。国家会养育他们。"

姜恒点了点头，说："长大以后，便循一技之长，去做文官、武官或是工匠了。想来首选身强体壮的充军，其次心灵手巧的去当铁匠，百无一用的，送去读书。"

"聪明的去读书，"耿曙说，"百无一用的，留着当农人。"

"这倒是个好办法，缺什么就养什么。"姜恒兀自好笑，"我看不是雍国要学中原人，倒是得号召全天下都来学雍国了。"

耿曙觉得姜恒话中有讥讽之意，一时却无从分辩。

"你在阴阳怪气吗？"耿曙问。

"没有。"姜恒好笑道，"再多嘴问一句，一对夫妻要生几个，大雍有条例吗？"

耿曙说："目前没有，但听他们说，今年秋会颁布新法，也许多生有赏，或少生有罚，尚未决定……别说这个了，回宫罢。"

"我没有'议政'，"姜恒说，"问问也不行了？"

耿曙说："行行行，回去与你慢慢解释。"

姜恒本来还想看看别的地方，譬如雍国的工寮、军营与学堂，但落雁城中早就知道耿曙回来了，已派人过来迎，姜恒不便坚持，于是跟随耿曙回了皇宫。

"回来了？"汁琮站在正殿外，瞥向两人。

耿曙向汁琮行礼，姜恒要跪，汁琮便笑道："不必跪了，你是大晋太史，我是北地封王，朝廷官员见诸侯，拱个手就是，你若跪我，置天子于何地？"

"死人不会介意。"姜恒一笑道。

汁琮道："死人不仅介意，还会发怒，灵山一败再败，这辈子我也忘不了。见王族，你行晋礼就是。"

"爹。"耿曙道。

汁琮说："带恒儿去见见他们罢，等你大半天了，还在城内四处瞎逛。"

说着，汁琮意味深长地一瞥姜恒，姜恒知道自己在城内行踪，自然早就有人报予汁琮，大家都是聪明人，心知肚明。

耿曙带着姜恒，脚下不停，走进后宫。

耿曙说："太后是夫人的姑母，住在桃花殿内，咱们先去见她；汁泷在东宫鸿书殿，武英公主还在玉璧关下前线……"

"不在玉璧关，"一个女声道，"早就回来了！等你开午饭呢！到了不回家，在城里头瞎逛什么？"

姜恒与耿曙刚转过宫内回廊，便险些撞上一脸怒气的武英公主，姜恒一见她便笑了起来，那年在王都洛阳，匆匆一面，这名女英将给他留下了非常深刻的印象。

汁绫身穿男装，上下打量姜恒，原本带着怒气，看见姜恒时，便收敛了神色。

"公主殿下。"姜恒规规矩矩地向汁绫行礼。

"免礼。"汁绫的脸色缓和少许，却依旧绷着脸，"早先以为你下落不明，害我在灵山找了好几个月。和当年不一样了，长高了不少。"

姜恒笑道："承蒙您费心了。"

"不客气，"汁绫淡淡地道，"应该的，都进来罢。"说着转身进殿里去。

"姑姑。"耿曙忽道。

他察觉到了，汁绫公主见姜恒时，与当年自己前来，态度简直判若两人。昔时耿曙抵达雍宫那天，大伙儿哭的哭，笑的笑，怀念的怀念，每个人都拉着他的手嘘寒问暖。

但姜恒来到此处，却见汁绫眼里带着不易察觉的敌意，究竟是怎么回事？

耿曙隐隐觉得，也许是因为先前姜恒刺向汁琮的那一剑，他想解释几句，姜恒却笑着拉了拉耿曙的衣袖，摆摆手，示意没事的。

"你就是姜恒？"姜太后端坐深宫中，带着威严与气势，今天却不知为什么，界圭没有陪伴太子泷，而是来到了桃花殿中，随侍在侧。

"是。"姜恒规规矩矩地上前，朝姜太后跪拜。

"不用跪了。"姜太后说。

"要的。"姜恒说，"姑祖母安好。"

姜恒的母亲是姜太后的侄女，不算汁家与耿家世交，这位姑祖母总归是长辈。

姜太后安静地看着姜恒，眼里忽然闪过一分震惊之意，只是一刹那便敛去了，她沉默了很久，末了，轻轻地叹了口气。

"就是你，刺了陛下一剑，"姜太后道，"胆子不小。"

耿曙马上道："祖母，那都是误会。"

汁绫蹙眉，朝耿曙摇头，让他别开口。

姜太后轻蔑地冷哼一声，任凭姜恒跪着。

"抬起头来。"姜太后吩咐道。

姜恒抬起头，与姜太后对视，她已六旬有余，却依旧保养得很好，嘴角处两道法令纹充满威严，薄薄的唇，纤细的眉毛，有着姜昭那熟悉的威严。

"你娘是昭儿，"姜太后说，"你爹是耿渊。"

"是。"姜恒忽然眼眶湿润，透过姜太后，仿佛看见了早已离开自己的母亲。

"她还活着吗？"姜太后说。

"我不知道。"姜恒答道，"问过公孙先生，兴许她已走了。"

"死脑筋的孩子。"姜太后又幽幽地叹了口气，终于道，"走上来，让我看看你。"

姜恒于是起身，慢慢地走上前去，姜太后没有伸手，就那么端坐看着。姜恒到得她面前，又单膝跪地，抬起头看着她。

她的手上戴着两枚戒指，戒面上流光闪烁，姜恒的视线从她的手上，移到她那身锦袍上，再移到她的脸上，她出神地盯着姜恒看，眼神极其复杂，彼此都透过对方寻找着另一个人的影子。

她流泪了，泪水沿着她的眼角淌下，一滴，落在她的绣锦袍上。

"姑祖母。"姜恒低声说，忽然有点走神，视线落到姜太后身边的界圭身上。

界圭在旁看着姜恒，一扬眉，做了个鬼脸。

姜太后擦去眼泪，正要伸出手时，殿外又传来一道清亮的声音。

"哥——！"太子泷来了。

太子泷疾冲进来，大喊道："哥——！哥！"

耿曙正要躲闪，太子泷已扑进了他的怀里，哽咽着道："你终于回来了！哥！"

姜太后便收回手，姜恒转头，注视着太子泷，只见太子泷紧抱着耿曙不放，把头埋在他的肩上。

"好了好了！"耿曙嘴上不耐烦地说着，眼睛却朝姜恒望来，既是忐忑，又是心虚，丝毫没有低头看怀中太子泷的意图，那眼神直是要给姜恒下跪了，叫天天不应，叫地地不灵，最后总算揪着太子泷把他弄开。

姜恒却笑了起来，太子泷也有点难为情，转头望向姜恒。

"恒儿？"太子泷道。

姜恒点了点头，姜太后便道："起来罢，这是你表兄汁泷。"

"表哥好。"姜恒掸了掸袍襟起身，走下台阶，来到太子泷面前。太子泷伸手拍了拍姜恒，说："总算回来了，王兄天天惦记着你，没有一天是不想你的。"

"是啊，"汁绫语带讥讽，不满地道，"都回来了，一家人，总算齐了。"

姜太后吩咐道："下去歇着罢，给你安排下住处了。"

"王祖母，"耿曙说，"恒儿与我住一处罢，他刚来，就怕不习惯。"

姜太后脸色稍变，似乎想说什么，但转念一想，道："那就把他挪到东宫去，你们仨住一处，也好说话。"

姜恒谢过，界圭便下来，对姜恒说："我带你去落脚处，有行李没有？"

姜恒摇摇头，看耿曙，耿曙正要过来，姜恒却道："你留下罢，和表哥说说话，他都好久不见你了。"

太子泷拉着耿曙不放，耿曙生怕姜恒不乐意，姜恒却给了个促狭的眼神，仿佛先前在代国时，成日拿姬霜来捉弄他一般，耿曙便感觉到姜恒未必会生气，只得点点头。

越 地 桃

姜恒跟着界圭离开桃花殿，界圭走在前头，姜恒问："手好点了？"

界圭答道："承蒙挂心。"说着活动手臂，"你医术了得，果然是罗宣的徒弟，名不虚传。"

姜恒看了眼一旁的桃树，南方已快入夏了，此刻北地才堪堪逢春，桃花殿一如其名，花园内种满了桃花。

"你姑祖母是越人，"界圭漫不经心地道，"嫁到北方后，心系故国，先王便重金买来越地的桃花，每年春来时，让她看看。"

"嗯。"姜恒站在园内，他也有好些年没见着越地的桃花了，曾经浔东就是古越国的领地，桃花是红色的。而海阁的桃花又是另一种，白色的。

界圭说："我像你这么大年纪时，在南边无法无天惯了，也是先王收留了我，从此就替汁家卖命了。"

姜恒侧头打量界圭，说："所以，其实你忠于我姑祖母。"

界圭说："我忠于汁姓王室，走罢。"

不知为何，姜恒现在觉得偌大的雍宫内，最令他有亲切感的，除了耿曙，反而是界圭了。

"今天听说，你在城里头很是大放厥词了一番？"界圭回到雍都后，变得冷静了许多，先前吊儿郎当的脾气收敛了，语气也变得不一样了。

"大放厥词这个成语用得好，"姜恒表扬道，"偷听的人看来还挺多嘛，派这么多密探在落雁城里，发得起俸禄吗？"

界圭说："俸禄？你也想得太美了，让老百姓互相揭发不就完了？一句话的事。"

"是的是的，"姜恒心里当真佩服，说道，"失敬了。"

姜恒非常清楚，界圭是在提醒他，隔墙有耳，有些话不能乱说，眼睛也最好不要乱看。

"是不是后悔来了？"界圭又道。

姜恒正思考先前的话，回过神，说道："不，怎么会呢？一家人团聚，天伦之乐啊！我高兴得很呢。"

界圭道："你觉得你姑祖母喜欢你吗？"

"喜欢。"姜恒答道。

"当真喜欢？"界圭随口道，"没因为你捅了她儿子一剑，想揍你来着？"

姜恒一笑道："她若记恨我，想必今天就不会见我了，是不是？"

姜恒不知道为什么，总觉得姜太后今天想说的话很多，也许是为了保护他，才没有开口。那是他最熟悉的母亲的神态，他能清楚地感觉到，母亲哪怕对他再严厉，心里仍然爱着他，将他当作性命来珍惜。

但她从来不说自己爱他，她掩饰了许多年，生怕一旦表露出爱，便动摇了她的内心，让她的内心变得软弱，那是她无法忍受的。

姜太后也在掩饰，掩饰对他的爱。

"到了。"界圭把姜恒带到东宫，临时收拾出来一间屋子，冷冷清清，宫人正在匆忙打扫。

"我让他们把饭送来，你就在这儿吃。"界圭说，"这儿是个好地方，照顾好自己，小太史。"

界圭离开时，又投给姜恒一个意味深长的眼神。

桃花殿内，姜太后只不让耿曙离开，说道："就在这儿用罢，大伙儿等你等了一整天，我们都用过了。"

耿曙只得坐在案前，却惦记着姜恒，太后的这个举措，让他明显感觉到姜恒是被排除在外的——他们是一家人，姜恒则是外人。

这让他很难过，几次想起身不发一语地离开，然而顾念到太后与武英公主曾经待他的好，耿曙还是忍住了。

"南边的事，我们都听说了，"汁绫道，"那姬霜怎么这么丧心病狂？还想杀了你？"

耿曙沉默着打开食盒，用筷子挑了挑，今日正是春分，宫内准备了桃花面。

太子泷只盯着耿曙看，察觉到他的不满。

"我去叫恒儿过来。"太子泷道。

"不用了。"耿曙随口道，他心里清楚得很，姜恒拒绝了认汁琮为义父，汁家这么待他，从礼数上毫无问题，是姜恒先表态，不想与他们成为一家人的。去掉王子这个身份，姜恒就是远房表亲，亲戚有亲戚的规矩，家人有家人的规矩。

这隔阂不仅是姜恒与汁家的隔阂，更仿佛成了耿曙与姜恒之间的隔阂，令他越来越难过。

太子泷关切地看着耿曙，侧过去，稍稍趴在他的食案前，略抬头打量他，眼里带着笑意。

姜太后道："淼儿。"

耿曙挑了几下面条，吃下几口，便没食欲了。

姜太后说："都是命中注定的。"

说着，她叹了口气，说："待你活到我这把岁数，就看开了，该来的，终归会来，任凭谁也躲不过，欠下的，也总要还。"

汁绫道："娘！"

耿曙不明白姜太后之意，真要说起来，汁家也不欠耿家的。

太子泷闻言只觉不祥，忙打了个岔，道："我听说，恒儿读了许多书。"

耿曙说："嗯，什么书他只要读一次，就过目不忘。"

汁绫道："不可能。"

耿曙说："你可考校他就是，我不骗你。"

姜太后沉默不语，若有所思。

于是话题转移到了"天底下有没有这种人"上来，太子泷说："我信的，姑姑，不能因为你没见过，就觉得没这种人。"

"我怎么没见过了？"汁绫说，"我只是说，看他不像。"

太子泷道："后天东宫正有春议，叫上他罢？爹亲口说了，恒儿相当了得，有他在，许多头痛的事都能解决。我须得找个时间，好好向他请教。"

耿曙说："空了你问他，他就是为了这个来的。我吃完了，先走了。"

太子泷道："哥你去哪儿？看恒儿吗？我也一起去。"

耿曙辞别姜太后，转身走了。

汁绫有点不服气，但汁琮说的话，她向来是相信的。

"王兄说他是治国良才，"汁绫对姜太后说，"就是年纪太小了，怎么看怎么觉得不靠谱。"

姜太后始终在出神，没有回答。

姜恒在住处打了几个喷嚏，宫人不收拾也罢，收拾起来满殿的灰尘。及至人都走了，他用过饭，便躺在榻上，天色昏沉，北边昼短夜长，不一会儿宫中便已敲更，该睡下了。

这一路上姜恒也累得很，索性脱了外袍，躺上榻去。

"恒儿。"耿曙来到榻畔，低声说。

姜恒睡得正熟，耿曙低下头，碰了碰一下他的脸，玉玦从脖颈悬下来，贴在姜恒的侧脸上。

"恒儿？"耿曙又摇了摇他。

姜恒迷迷糊糊地醒了，耿曙抱着他，让他坐起来，低声说："东西我都收拾好了，这就走罢，趁着晚上，我把马牵出来了，来，穿衣服。"

"去哪儿？"姜恒茫然地问道。

耿曙说："不在这儿住了，我带你走，你想去哪儿就去哪儿。"

"哎，别闹。"姜恒被叫醒了正郁闷，说，"睡觉罢，好困。"

耿曙小声道："对不起，恒儿，我不知道他们会这样……"

姜恒迷茫地问："怎么了？哥！"

耿曙说："我知道你难受……"

"不难受，"姜恒明白过来，说，"我哪有这么容易难受……睡罢睡罢，你回你房去？"

耿曙还想坚持，姜恒却不想搭理他，翻了个身。

耿曙独自坐着，发了一会儿呆，只觉满腔苦闷无处发泄，委屈了姜恒，想叫又叫不出来，更何况他根本无法怪罪任何人，就像姜太后所述，这都是命。

接着，耿曙狠狠地抽了自己一巴掌。

姜恒吓了一跳，听到那响亮的耳光声，顿时彻底醒了。

"你干吗?!"姜恒陡然坐了起来。

耿曙看着姜恒，眼里尽是愤怒与不甘。

姜恒忽然笑了起来，抱住了他。

"没事的，"姜恒说，"我当真没往心里去。"

界圭的声音忽然在房外响起。

"殿下这大半夜的，"界圭又是那慢条斯理、欠揍的语气，"在行家法吗?"

姜恒忽然察觉到不妥之处，朗声道："界大人，你这大半夜的不睡觉，专门偷听吗? 不用去陪着你的性命?"

界圭没有回答，显然是离开了，姜恒马上明白到，雍宫里一举一动，都有人在监视监听，让耿曙稍微收敛一点。

"别这样，"姜恒说，"哥，我很喜欢这儿，我是当真喜欢。"

耿曙看着姜恒，说："我知道这不是你的真心话。"

"这是我的真心话。"姜恒认真地说，"睡在这里，不知道为什么，我总觉得爹就在身边，你知道这房间从前是谁住的吗?"

"谁?"耿曙不明其意。

"这儿是东宫，"姜恒笑道，"以前，太子汁琅就住在汁泷的房里，爹就住在这儿。"

这倒让耿曙十分意外，他环顾四周。姜恒身着单衣，坐在榻上，认真地道："你这么想罢，我是行刺雍国国君的刺客，一剑差点把他捅死了，还害得雍国失去了玉璧关。今天我来到宫里，朝野中一定对我非常不满。太后不追究此事，已经是宽宏大量，你让她对着险些杀掉儿子的人嘘寒问暖，雍国这么多人得知，会如何作想?"

耿曙叹了口气，握着姜恒的手不放。

姜恒又道："等到我成为官员，你又夺回玉璧关了，就算弥补了先前之失，到得那时，他们自然会对我不一样。你道武英公主与太后待我冷淡，我反而觉得，这是刻意做给人看的。"

"行刺不是你的本意。"耿曙说。

"行刺就是我的本意，"姜恒笑道，"坦坦荡荡，光明磊落，有什么好推脱的？"

姜恒示意耿曙，事情就是这样。他不知道汴琼是谁吗？当然知道。他不知道自己是耿渊的儿子吗？他也知道。选择刺杀汴琼，就是他的本意。

耿曙想了想，接受了。

"那我一定会尽快夺回玉璧关，"耿曙说，"我去和父王说，让你当我的参军。"

姜恒笑了起来，心道你想得还是太简单了，这不是一场战争能解决的事。但他没有对耿曙说，拍了拍他，说："去睡罢，太子泷怎么没来？"

"他想来看你，我叫他别来了，"耿曙说，"让你好好休息。"

"我还挺喜欢他的，"姜恒重申道，"待他好点罢，都不容易。"

太子泷从小就失去了母亲，虽然姜太后与武英公主对他百般疼爱，补偿了他，但姜恒很明白，他也一样寂寞。

耿曙内心深处最希望的是，姜恒能与太子泷好好相处，其乐融融。但他总觉得这不太可能。

但姜恒这么一说，耿曙心里又有点失落，仿佛自己对于他没有想象中那么重要。

"行罢。"耿曙低声道。

他还是有点不放心，想说什么，姜恒却一伸手，按住了他的唇。

"去睡罢，"姜恒低声道，"我是真的困了，哥，明天再说，我心里永远只有一个你，你一定要高高兴兴的。"

这是姜恒的实话，到落雁来，自然为的是耿曙，否则他不会选择汴家，这也是耿曙难受的原因。

耿曙点了点头，摸摸他的额头，让他睡下。

外 来 客

姜恒这一觉睡到了大天亮，在落雁王宫的第一夜，出奇地让他觉得安稳。这种安稳是前所未有的，就连在洛阳与海阁时都不曾发生过，唯一能相提并论的，只有浔东。

那是家的感觉，这个地方如此陌生，却隐隐约约有着家的意味，为什么？正如有一个灵魂在守护着他。

姜恒睡醒时，蓦然发现耿曙又出现在了自己身边，半趴在他身上，想必半夜又过来睡了。

"哥，"姜恒推了推他，说，"怎么跑这儿来睡了？"

他们中间分开了五年，姜恒已习惯一个人睡了，但再重逢时，耿曙自然不愿与他分开。

回到落雁城后，耿曙辗转反侧，怎么都睡不着，于是夜半时分，又来到姜恒身边，这次没有吵醒他，只在他身边睡下。

"起床了！"姜恒在他耳畔道。

耿曙马上弹了起来，说道："怎么了？恒儿？"

姜恒："……"

耿曙睡眼惺忪，说："哦，在家里。"

于是他倒头继续睡。

姜恒独自起来，习惯了自己打水洗脸，耿曙听到动静，忽然清醒过来，起身道："我来，我醒了。"

耿曙到院里去，外头有宫人当值，准备了热水，忙进来服侍姜恒与耿曙。

"殿下与公子在哪儿用早？"那是个汁绫派给姜恒的贴身侍卫，问道，"太后吩咐，如果醒了，就去一处吃。"

姜恒说："我就在房里吃罢，殿下过去给太后请早。"

姜恒在洛阳当了二年太史官，对礼节很熟，按规矩，他是来借住的亲戚，用过饭后再去叩见太后。耿曙则不一样，是自家人。

耿曙正要拒绝，姜恒便伸出两根手指，示意要揪耳朵了。

"我找了你一早上，哥。"太子泷的声音传来，也不等通传，便径自进来了。见姜恒与耿曙二人身着单衣，他当即一怔，想必二人昨夜在一处，这才刚刚起床。

"嗯，"耿曙答道，"你先出去，待我换了衣服。"

"不打紧，"姜恒笑道，"这有什么的？太子殿下早。"

太子泷脸上带着笑意，耿曙又来了一句："让他们把我的被褥、衣物搬过来，这几个月我陪恒儿住罢。"

太子泷："这……"

"殿下别听他胡说八道。"姜恒笑道，"就在隔殿，几步的工夫。"

耿曙道："你到底听不听话?! 现在我说什么，你都要顶嘴是不是？"

"是啊，"姜恒旁若无人地道，"怎么？你不满意？不满意你就别进我这房里来了。"

太子泷："……"

姜恒与耿曙对视，丝毫没有半分让步。耿曙最后屈服了，满脸不耐烦，但想到要过来睡，还不是自己一句话的事，姜恒也拒绝不了，便决定不在这件事上与他争吵。

"行行行，你说了算。"耿曙说，"我让他们做了你爱吃的，你多吃点，昨夜你也没吃多少。"

"我胃口好得很。"姜恒笑道，"去罢，和他们用早饭去。"

姜恒朝太子泷笑了笑，去屏风后换衣服，太子泷见耿曙在姜恒面前与曾经的他简直判若两人，从前的耿曙就像一块石头、一面冷冰冰的碑，没有喜怒，也没有哀乐。

太子泷震惊无比，耿曙居然会哄人?! 还会说这么多的话？

"恒儿，"太子泷定了定神，说，"今天就来鸿书殿里，咱们正好聊聊接下来的事，父王特地叮嘱了，让我向你请教。"

姜恒在屏风后换好衣服，转出来，朝太子泷笑道："还不是时候，殿下。"

太子泷期待地看着姜恒："嗯？"

姜恒道："还有些事想做，待我想清楚了，自当前来为雍国一效犬马之劳。"

说着，姜恒自顾自到案旁坐下，朝太子泷做了个"请"的手势。

"出关来落雁城，我便已抱着报效大雍的心，这是我爹昔年为之付出生命的地方，这点还请殿下全心全意地相信我。"

姜恒认真起来，也像变了个人一般，起初太子泷只将姜恒视作比自己小一岁的孩子，但这话听起来竟有着丞相管魏那熟悉的、不卑不亢的从容。

太子泷上下打量姜恒，带着很淡的不安，姜恒却朝他一扬眉，笑了笑。

在他的意料中，就像他认识的其他储君一般，太子泷理应问一句"先生有什么想不清楚的？"。

那么姜恒便将回答他："功课总是要做的，不仅我要想清楚，您也要想清楚，您真的了解自己的国家吗？"

于是这位雍国的太子，便当坐下来，与姜恒讨论一些事，而这些事，是他在入职东宫前必须做的功课，这是双方的功课。

但太子泷没有。

他只是认真地说："好，那我不勉强你，恒儿，你慢慢想，但凡有需要，随时找我。"

姜恒："……"

太子泷又看耿曙，扬眉现出询问之意，耿曙便对姜恒说："我吃过饭就回来。"

"去罢。"姜恒说。

太子泷与耿曙走了，姜恒叹了口气，无奈地摇头。

"先生有什么想不清楚的呢？"界圭又出现在门外，拿着一个食盒，幸灾乐祸地道。

"滚！"姜恒道，"你就没事做吗？成天在我房门外探头探脑的做什么？"

界圭只觉好笑，又觉唏嘘，自言自语道："太史大人这一套玩不转了啊！雍人都是死脑筋，太可惜了。"

界圭送来早食，姜恒打开食盒，看了一眼，有人动过，却也没说什么，抽出筷子。

"尝得高兴吗？"姜恒说。

界圭说："还行罢，淡了点。"

姜恒心想："你究竟为什么会觉得落雁宫里有人要杀我呢？杀掉我有什么好处？"

昨天他从界圭处得知，这名大刺客听命于姜太后，姜太后先是让他保护太子，现在又遣他来保护自己，那么有可能对他有敌意的人，一定不会是姜太后，据此推断也不可能是武英公主。

还会有谁？汁琮？怎么可能？下手毒死他，耿曙一定会与他彻底反目，除此之外，汪琮还将失去一个好不容易找来的人才。饶是姜恒素来聪明，也搞不懂为什么界圭会这么在意他的性命，只能将这一举动当作姜太后年纪大了，老人家的关怀罢了。

早饭时，耿曙的脸色终于好看了些，昨夜听了姜恒一席话，不知是真是假，但至少给了他一个借口，即姜太后与武英公主不是真正地针对姜恒。

姜太后今天只吃了一点，说道："关于姜恒的事，我有几句话要说。"

汪琮、汪绫与汪泷、耿曙四人便停箸，一起望向姜太后。

姜太后先是朝孙子说："你向来不喜欢界圭。"

太子泷尴尬地道："也……算不上不喜欢，只是小时候被他吓了几回，总有点怕他。"

汪琮说："他脸上的伤，当年是为了保护你伯父才落下的。"

"我知道，"太子泷有点委屈，说，"我尊敬他。只是在睡觉时，有好几次，他直愣愣地盯着我，我醒来时给吓着了。"

姜太后道："不打紧，界圭与耿渊，昔年都是刺客中的佼佼者，也有交情在，我看姜恒身边也没有派跟着的人，便派给他了。这么一来，他无论做什么，也好有人盯着，随时向宫里回报，别人不敢提醒的界圭也能提醒，免得那孩子不懂规矩，到处闯祸。"

耿曙欲言又止，忽然想到昨夜姜恒的话，便不忙着解释。

汪琮想了想，昨日姜恒在城里很是阴阳怪气了一番，让界圭跟着，教教他规矩，总是好的。

说着，姜太后又转向汪琮说道："姜恒胆大包天，竟敢在玉璧关下行刺，还害得我大雍丢了玉璧关，昨日一见，更是不知天高地厚……"

汪琮道："好了，母后，我已经说了，过去的就是过去了。"

姜太后的声音里带着少许怒气："你不计较，别人也不计较？军中将士被他害死的性命有多少？谁不是爹娘生养的？难保不会有人来向他报仇。"

汪琮答道："这倒是，只能看他自己了。若能立功服众，总是好的，行罢，就让界圭跟着他一段时间。"

"好，就让他保护恒儿罢。"太子泷松了口气，把界圭派走，当真令他求之不得，雍宫之中，他最怕的人就是界圭，他就像个阴恻恻的鬼魂，还经常向太后与汁琮告状。每次告了状，他的日子都不好过。

试想有人时时跟在身边，一举一动都有人盯着，当真让人头痛，这头痛，现在总算可以派给姜恒了，太子泷还觉得有点对不起他。

"我用完了。"耿曙放下筷子，说道。

"又去哪儿？"汁琮皱眉道。

耿曙刚起身，汁绫见他的表情，就知道他又要去找姜恒了，抢在汁琮发话前呵斥道："玉璧关还在敌人手里，你便跑到南方去逍遥快活，正事不做了？给我认认真真地参谋军事！国土没收复，还想玩？你有没有脸了？战死的袍泽，尸身还没有归朝，怎么向雍国的百姓与将士交代？！"

耿曙终于如愿以偿地挨骂了，汁绫这个姑姑已经很久没有对他说过重话了。

"让他去陪恒儿罢，"反而是汁琮道，"刚回来，也不急在这一时。"

"不行！"汁绫按捺住怒火，说，"怎么突然变了个样似的，成了小孩儿？"

众人也发现了，耿曙虽说不过十九岁，往昔在宫中俱十分稳重、老成，话也没有几句。但姜恒一跟着回来，耿曙便凡事匆匆忙忙的，竟成了个愣头青。

"是。"耿曙素来最服汁绫，汁绫所言，无一不命中他的痛处。

太子泷道："待会儿我去把恒儿也叫过来，大伙儿一起参详罢。"

耿曙点了点头，汁绫这才不再多说。

如何收复玉璧关，雍国早已翻来覆去讨论了无数次，眼下关隘被牢牢把持在郑国手中，车倥亲自守御，又调来了大量的军队，严防死守。守一座关，用了足足十万人，明摆着就是绝对不能让雍国抢回去。

这数月里，太子灵派出了近乎所有的门客，四处游说，将联合南方其余三国，组成新的联盟。雍国得到的消息，则是太子灵将在玉璧关下集结四十万军队，率军出征，一鼓作气，攻破落雁城。

现在汁琮手里只剩下嵩县的两万军队，这是一支奇兵。

太子灵在发兵前，一定会拔除嵩县驻军，以免横生变数，而姜恒与耿曙往代国跑了一趟，成功地退掉了联盟中的代国，至少代国不一定会加入联军了，此举为雍争取到了宝贵的时间。

可是玉璧关这一仗怎么打，派多少人去打，仍然让汴琼很头痛。

早饭后，汴琼与汴绫召集了所有的军队大将，分别是曾宇、左将军卫卓、上将军耿曙、东宫门客陆冀，以及太子泷，除此之外，尚有五国情报大总管，曾宇的长兄曾嵘。

这是汴琼朝廷中武将派系的最核心将领，陆冀更是汴琼行军打仗的军师，近年来被调到东宫，半师半臣，为太子泷与耿曙料理治军、战略等事宜，年前疾取嵩县，便是他的初议。

汴琼手底下的武官不多，但每一个都是独当一面的勇将，随他征战塞外，立下了赫赫战功。

此时耿曙归来，众人知道汴琼要设法用兵了，便等待汴琼的吩咐。耿曙虽然落败被擒，丢了一次雍国的颜面，却很快就扳回了一局，退去代国这个心头大患。

毕竟提出单挑，挫败了李宏，这足够让他留名青史。软禁代王、扶持太子谥发动政变，这更是雍国想都没想过的。扬名天下三十年，与汴琼、重闻齐名的三大战神之一，就这么失去了所有权力，耿曙当真震惊了整个神州。

"代国威胁已解。"汴琼说，"眼下最重要的，就是车倥驻守玉璧关的十万兵马了，你们想想要怎么解决。我是推演了许多次，都觉得此战很悬……姜恒来了没有？"那话却是朝太子泷说的。

"派人去传了。"太子泷道，"咱们手上还有嵩县的奇兵，未尝不可一战。先前王兄想过，若派出这两万人，趁着联军集结于玉璧关下，安阳守备空虚时，直捣梁国都城，说不定是个好办法。"

耿曙说："恒儿想出来的办法。"

"此一时，彼一时了。"曾嵘道，"发兵前，赵灵定将先攻嵩县，否则势必腹背受敌，他不会允许……咱们现在最重要的，不是夺关，而是要花最小的代价，否则纵然夺回关隘，死伤惨重，死去的士兵数年内得不到补齐，又有何用？"

曾嵘是个三十来岁的青年人，行事端正稳重，于太子泷犹如兄长般。

陆冀则与汴琼年岁相当，近知天命之年，倒是很看得开，笑道："须知解铃仍须系铃人，听说那位年纪轻轻便已崭露头角的小先生来了雍国。他有没有什么办法？"

汁琮冷笑一声。

姜恒来到雍国，消息自然走得飞快，曾嵘早在十天前便听闻了，还知道他是耿渊的儿子，笑道："陆先生还想找他要玉璧关不成？"

陆冀捋了下花白的胡子，说道："说不好他愿意再去刺太子灵一剑呢？"

汁琮当即哭笑不得，而就在这时候，姜恒来了。

与此同时，殿外还有数声手杖声响。

众人抬头一看，姜恒出现在殿外，身着武服，手持一截不知从何处削下来的长棍，看着众人笑了起来。

金玺印

耿曙诧异地道："恒儿？"

姜恒拱手，权当打招呼了，说道："王陛下好，各位大人好。"

一时间所有人表情各异，注视着姜恒。陆冀点了点头，道："姜大人？"

姜恒笑道："不敢当，晋已亡了，如今是一介草民。"

姜恒来了雍国，未有官职，以晋廷职位称呼，确实也说得过去。若仔细算起来，殿内数人乃是封王属地的地方官，好几个官职比他还低了一级，称呼起他来也太不合时宜了。

汁琮道："讨伐代王时，你可不是这么说的。"

汁琮那话听起来像是嘲讽，却是在提醒殿内众人，连代王李宏也被这少年算计了，不可掉以轻心。

姜恒很有默契，有时他觉得汁琮这老狐狸实在是太合自己心意了，都快舍不得将他当敌人了。

"那就权当是太史罢。"姜恒又一拱手，说，"实不相瞒，今天前来，是朝王陛下辞行的。"

耿曙毫不知情，一时目瞪口呆。

太子泷不悦地道:"恒儿,你要去哪儿?不是说要想事情吗?"

"正是。"姜恒朝众人出示自己的手杖,"但坐着想总不是办法,正打算到雍国全境去走走,看看北方的大好河山,为期半年,一定回来。"

这话一出,所有人都明白了,所有的传闻、记载,都不如亲自去了解可靠,而要成为雍国的智囊,了解这个国家,是最重要的功课。

耿曙马上道:"我和你一起去。"

"你不能去。"姜恒道,"有界圭陪我,你得练兵,你有你的责任,你还要收复玉璧关呢。这位是陆大人吗?久仰了。"

陆冀笑了起来,说:"本想找太史大人讨回玉璧关,毕竟解铃仍须系铃人,太史倒是狡猾,这就走了,我还能说什么?"

"啊,"姜恒说,"说到这个……大可不必担心。你们正在商量吗?赵灵明岁以前,不会打过来的。"

汁琮说:"如此笃定?这可不是能拿来赌的,姜恒。"

"不用赌,赌什么?办法都给你们想好了。"姜恒说。

一语出,殿内众人露出嘲讽神色。

"你能退四国联军?"曾嵘扬眉道,"他们马上就要在玉璧关下集结了。"

姜恒掏出一件用黄布包着的东西,递给众人,没人接。

耿曙见过,马上笑了起来。

姜恒道:"喏,拿着啊,没人要吗?"

汁琮的脸色瞬间变了,姜恒把它放在了桌上。

"金玺可以借给你们先用,"姜恒说,"用它盖几个印罢,昭告天下,让宋邹替天子行使命令,征召四国联军,来讨伐汁雍。"

所有人:"……"

汁琮道:"这……"

太子泷当真觉得莫名其妙:"自己打自己?"

陆冀率先反应过来,登时大笑道:"妙计!妙计!"

姜恒也懒得解释了,拱手道:"告辞了,各位大人,半年后见。"

耿曙虽也没想明白,却跟在姜恒身边,说:"我送你出去,我还有话说。"

姜恒前脚刚走，汁琮便解开金玺上所蒙的黄布，一手竟止不住地发抖。象征天子王权的传承之器，就这么到了他的手里？他还以为姜恒将持它与雍国做交易！没想到，他就这么轻易地拿出来了！

"恭喜吾王，"陆冀说，"贺喜吾王。"

"他什么意思？"太子泷还没想明白，更不知道这枚金玺对雍国而言代表着什么。

陆冀说："殿下，宋邹是晋臣，嵩县是天子封地，对不对？"

太子泷带着疑惑点头。

陆冀道："那么由宋邹出面，讨伐我大雍，乃是情理之中。设若宋邹发出征讨令，加盖金玺，照会诸国，各封国是不是要听他的号令？"

太子泷忽然就懂了，这么说来，联军的召集者就变成了宋邹！

"可他们怎么会让他当联军的盟主？"太子泷说，"这不是痴人说梦吗？"

曾嵘也回过神来了，点头笑道："不错，确实是妙计，他当不当得上盟主不论，诸侯国的国君总不能去讨伐他罢？用什么名头？"

陆冀耐心地解释道："宋邹大可收编驻扎在嵩县的雍军，让他们充当天子王军，各国哪怕不听他的号令，总不能动手攻打他罢？剿灭嵩县，师出无名，于是便谁也端不掉这支奇兵，它必然安安稳稳地驻扎在他们的后方，这么一来，联军顾忌腹背受敌，根本不可能出关一战。"

曾宇想了想，说："他们也可以将宋邹的王军收编，并入联军，让他当个名义上的盟主，由赵灵指挥……嗯，不过这样也好，宋邹若临阵反水，联军势必大乱，更简单了。"

曾嵘道："现在就怕赵灵会不顾金玺敕令，强行攻陷嵩县。"

"不，他不会，"陆冀说，"这就是姜大人所算最准的地方，因为他但凡这么做了，定将遭到代、郓两国的围攻。谁也不想当撕破脸的那个。陛下，就这么办，但为保万全，须得让周游派出特使，前往郓国。"

汁琮现在耳畔已听不见任何人的话了，眼里只有那枚黑色的金玺。

金玺竟然是这个模样的……汁琮只见过盖了玺印的锦帛，却从未看见金玺本身，本以为是黄金所铸，那材质却极其奇特，传说只有黑剑能斩断它，那么天底下，金玺便无从伪造……汁琮终于明白了。

"借用。"汁琮握住金玺，冷笑一声。

雍国的宗庙庄重深沉，高处开一天窗，天窗顶端，乃是直没天际、镇守全城的墨玉镶金玄武像，那是汁雍家族初来塞外时，于巨擘神山深处得到的地脉之玉所打造。

玄武墨玉像前，设四张灵案，供奉历朝历代国君，又有王家玉牒置于案前。百年风雨，几度春秋，北雍历经各族叛乱、变法、重整朝政，与南方数次交战，已成长为这乱世之中的一方霸主。

俨然一名初出茅庐，却无所畏惧的年轻人，他锋芒毕露，一如姜太后年轻时所嫁的那名雍王汁穆。汁穆文武双全，把一生的才情与力量奉献给了他的国家，膝下两名嫡子中，汁琅继承了他运筹神州的文韬，汁琼则得到了他睥睨天下的武略。

二十年前，雍国朝野之中，都认为汁琅将是结束这大争之世的英主，是百年来不世出的伟大国君，在他的治理之下，雍国兵强马壮、国富民强，已隐隐有问鼎中原之势。

也正因如此，梁国才如此紧张，召集联军，要一举挫败雍国。

但耿渊的计划尚未成功，汁琅便已驾崩了。

他走得实在太早了，就像长夜中一道闪烁的强光，观者以为日出将至时，却发现那不过是璀璨的流星。

界圭背着一个简单的包袱，来到汁琅的灵位前，点了三炷香，插在香炉中，将一杯酒放在案前。

姜太后无声无息地来到界圭身后。

阳春三月时节，宗庙四面换上了雪白纱帘，在阳光下飞扬。姜太后手拈一杯，杯中满是桃花花瓣泡就的茶，放在儿子的灵位前。

"他很坚持。"界圭回头，朝姜太后说。

"那就去罢，"姜太后出神地说，"本该如此。"

话音落，姜太后又很轻很轻地叹了口气。

界圭说："在雍国探访不会出意外，太后请放心。"

"有你在身边，总是放心的，界圭。"姜太后最终还是没忍住，声音发抖，"他知道吗？"

界圭道："他不知道。"

姜太后沉吟片刻，又问："他呢？"

"我想，他应当也不知道。"界圭说，"但以他多疑的性子，察觉此事，只是时间问题，在那以前，咱们须得做好一切准备。"

姜太后一夜间似乎老了许多，闭上双眼，十七年前的往事，仍然历历在目。

"我老了，"姜太后淡淡地道，"没有几年可活了。"

界圭欲言又止，姜太后又说："这一路上，一定要非常当心。去罢，界圭，没想到一眨眼十七年过去，终究绕不开，要折腾你一辈子。"

界圭离开前，又回头道："正求之不得。"

雍都王宫外，耿曙追在姜恒身后，无论如何不能接受姜恒一去就是半年。姜恒好说歹说，要劝他留下来，耿曙那脸色则黑得不能再黑，最终姜恒生气了。

"我们不能总是待在这儿，"姜恒说，"哥，我要为雍国办事，我要当大臣，你是上将军！"

于理，耿曙知道这是必然；于情，他们刚重逢不到半年，他又怎么割舍得下姜恒？

耿曙知道以姜恒的脾气，与他要性子是没用的，他只认道理，遂耐心地道："四国联军既然今岁不会出关，我就不必留在雍宫。"

"练兵怎么办？治军怎么办？战术怎么办？"姜恒难以置信地道，"不用提前准备吗？胜者先胜而后求战，败者先战而后求胜。兵家怎么说的，都忘光了？"

耿曙又陷入了倔强的沉默，姜恒耐心地道："界圭会保护我。这半年，我必须去，否则不好好做功课，来日怎么治国？"

姜恒已经将时间大幅度缩短了，按他的计划，走遍任何　国，要深入民间，都需至少三年。但眼下时间不等人，不因耿曙，只因雍国面临的危机实在太多了，看似十分强大，实则内忧外患，随时将遭遇灭顶之灾。

姜恒抱了下耿曙，说："哥，我走了。"

耿曙又寸步不离地跟在姜恒身后，看那模样，显然是劝不离的。

姜恒板着脸，走出宫门，忽见不远处站着一人，手里也拄着一根手杖，那人两鬓染霜，身着朝服，五旬开外，神采奕奕，双目带着智慧的狡黯之光。

"游历去了？"那人打量姜恒，笑道。

姜恒不知此人是谁，望向耿曙，耿曙则抱拳道："管相。"

"管魏大人。"姜恒知道这一定就是那位闻名中原的大雍丞相了。

"姜太史，"管魏笑道，"路上有什么吩咐，派人往朝中传个信。"

"自当如此。"姜恒说。

管魏的目光中充满了赞赏之意，因雍国国土地广人稀，又大多是苦荒之地，出外游历的世家子弟不是没有，却局限于雍国六城，姜恒是唯一一个愿意亲自去丈量这土地的外来者。

管魏又道："王子殿下，不必依依不舍，再过数日，风戎军团便当往北方练兵了，风戎人逐水草而去，想必你们不多时便能见面。"

耿曙忽然心中一动，问："当真？"

管魏说："在您归朝之前，陛下便有此打算。"

姜恒闻言猜到，汁琮要重整军队编制，耿曙应当会被委以重任，届时集结风戎人的军队后，想必他也要离开落雁城北上，说不定能碰面。

管魏的到来，简直救了姜恒的性命。

于是姜恒对他说："你看，这不是正好吗？"

耿曙终于接受了这必然的暂时分别，想了想，说："行罢。"

接着，耿曙朝王宫的方向打了个呼哨，良久，海东青扑打翅膀朝他们飞来。

"把风羽带上，"耿曙说，"我要知道你到了何处，每天都必须给我送信。"

"你要累死它了！"姜恒哭笑不得地道，"五天。"

"三天，"耿曙道，"不能再少了。"

姜恒妥协了，又见界圭牵着两匹马，等待在宫外。

"走了。"姜恒的眼眶忽然有点湿润。耿曙不发一语，直到姜恒翻身上马，才说："恒儿，我想你。"

姜恒回头看了眼，朝耿曙伤感地笑了笑，界圭沉默不语。出得落雁城去时，姜恒再回头，耿曙依旧站在城墙高处，远远地看着，直到两人成为天边的小黑点。

催 命 符

桃花殿内，汁琮依旧看着金玺出神，姜太后、武英公主传看了一轮，姜太后说："我见过盖了金玺的王旨，却也是五十年前，刚嫁给你爹那时的事。"

汁琮说："是，母后，王旨已有五十年未曾发到塞北来。"

管魏说："终于找到了？"

汁琮抬眼，扬眉，说："大雍的天命，尽在于此。他走了？"

管魏放下手杖，在一旁坐下，说："走了。陛下，老臣记得，十八年前先王尚在时，便有意立下这个规矩。"

汁绫说："那会儿塞北处处是敌人，怎么游历？一个不留神，就要被抓起来，准备赎金去换人。"

管魏笑道："也是，若非汁森殿下征服各胡，此议也不现实。如今倒是个很好的时候。"

汁琮心知肚明，十八年前，汁琅还活着的时候，就要求朝中年轻官员在上任前必须展开为期一年的历练，靠自己的双脚走遍雍国全境，去了解民生及百姓疾苦。

限于当时的条件，这条官员考核的办法迟迟没有推行，阻力与干扰实在太多了。文臣需要游历，武将去不去？官员去了，王族去不去？王子去了，太子去不去？太子可不是能随随便便出宫的，万一落在胡人手里，怎么办？

汁琮想了想，说："管卿所言不错，拟章程罢，但须得一步一步来，不可操之过急。我大雍子弟，胆量一定是有的，总不能连中原前来的一名年轻士人也比不过。"

管魏笑道："正是如此。"

三月末，塞北草长莺飞，姜恒与界圭纵马离开雍都落雁城，一路北上，海东青在天空中盘旋，若即若离。他们的第一个目的地，正是北方最大的部落——风戎。

姜恒所策骑的，乃是王宫千里马，日行四百里地，三天便可纵横塞北上千里路。从小到大，他便生于南方，长于南方，看见那一望无际的草原与苔地、万年不融的雪山、犹如宝石的湖泊时，只觉异常震撼。

"太美了，"姜恒说，"真是太美了！"

姜恒起初有点惋惜，没能与耿曙一同欣赏这美景，但转念一想，耿曙在雍国生活了四年，一定早就看腻了。

界圭答道："你道塞外之景壮丽广阔，雍人却总是心心念念，想着回中原，这就叫身在福中不知福罢？"

大片未曾开垦的荒原，一年有七个月可以耕种与收成，花草之下，则是黑色肥沃的土地，北方虽然条件艰苦，但只要耕种得宜，一定能养活更多的人。

姜恒朝界圭说："界圭，你常出来吗？"

界圭放慢马速，不疾不徐地跟在姜恒身后，姜恒也放慢马速，刻意与他并肩而行，于是界圭再放慢点，始终落于他的身后。

"不常出来。"界圭说，"你做什么？"

"是你做什么？"姜恒莫名其妙地道，"走啊。"意思是让他与自己并肩而行。

界圭忽然觉得好笑，效命于王族时，他必须落后少许，这是规矩，但姜恒无所谓，界圭便追上了他，说："我伺候的人不能随意走动，连带着我也不能外出。"

"汁琮管得太厉害了。"姜恒答道。

界圭道："你要是太子，你也不敢出门的。"

"那可不见得，"姜恒说，"我要是太子，出来就出来了，他们能把我怎么样？"

"把这个穿上，"界圭翻出一件猞猁裘，说，"春天终归冷。"

姜恒看那衣服，不像是界圭会有的，想必是太后给他的，当即心里涌上一阵暖意，便换上了。界圭又道："到了风戎人的领地，你打算做什么？要取得他们的信任可不容易，小太史，你最好老老实实，别乱说话，也别乱看，交涉的事归我。"

"会听你话的，"姜恒笑道，"我又不是汁琮。"

姜恒很领界圭的情，毕竟他愿意长途跋涉，在这半年里跟在他身边，负责保护他的安全。这将承担极大的责任，而且很累。但这个人选再好不过了，甚至比耿曙更好，只因界圭熟悉塞外各族的语言与风土人情。想与人打交道，较之性格孤傲的耿曙，让界圭负责，这趟旅途显然会更顺利。

三天后，他们抵达了落雁北方，风戎人的第一座村镇。塞外原本是诸胡的土地，汁琮尽了最大的努力来整合各民族，弱小的族裔予以打压，强行迁走。对风戎这等大族只得怀柔，否则一旦乱起来，后院随时会起火。

于是雍国在一定范围内保留了风戎的生活习惯，加快了人口的流通，没有把他们统统抓起来，押到大城中去当家畜般繁衍与役使，只加征了税收，推行了劳役令，并占用了他们的资源，包括林木、铁矿与盐。

他们驱赶牛羊，到塞北的几座大城去以货易货，但王族与公卿牢牢把持了市价，风戎人甚至没有议价的能力，一年又一年，被不停地削弱。

风戎人对雍人非常提防，姜恒尚未进村，便在村落外再一次看见了那熟悉的眼神——于落雁城里，每个人警惕又防备的眼神。

一群风戎的小伙子驻马村外，在溪流畔饮马，似是附近村落的年轻人，呼朋唤友出门打猎，盯着姜恒看。

"雍人！"有人朝他喊道，"你来这里做什么？"

"不做什么，"姜恒让界圭停车，说，"给人治病。"

"治病？"那伙人笑了起来，说，"你是游医？"

他们对进入村落的外族似乎抱着某种敌意。姜恒又见向他发问的众人不时看看簇拥着的一名年轻人，那年轻人与耿曙年岁相仿，帽上插着一支藏青色的羽翎，像是个小贵族，只不说话，远远地看着姜恒。

姜恒便向那小贵族说："对！我们是来给你们治病的。"说着拍拍马车上的物资。

贵族男子对手下说了几句话，点了点头，没有阻拦他们，却也不跟随他们进村，众人便不再为难他们，拍马走了。

"开始你的正式游历了，"界圭说，"现在要做什么？"

姜恒说："找一个帐篷，且先借住下来。"

界圭于是清点了随身携带的白银，向村里的风戎人借住，议定为期三日。

接下来，姜恒借来一张红木案几，摆放在帐外，抖开一张白布，张挂在帐篷前，上面是一个用毛笔绘出的"药囊"图样。他开始悬壶看病。

"嘿。"界圭本以为姜恒会先找村长问长问短，考究一番，甚至摆摆官架子，只没想到他竟是以这样的方式开始。

"果然是罗宣的徒弟。"界圭说。

整个村子里的人全来了，汉人游医在整个塞外非常出名，然而随着汴琼朝廷对北地的管制愈加严格，各村镇只许迁往城中，禁止回流。近年来游医越来越少，不少人生病了，必须拖着板车，载着病人，到落雁或其他城中去借住看病，导致病情延误。

姜恒打了个呵欠，就这么挨个看了起来。

"会说汉话吗？"姜恒道，"不会，好的，没关系。来，啊。"

姜恒拿着压舌板，界圭则收敛起吊儿郎当的模样，端坐在一旁，帮姜恒翻译。人的苦难总是相通的，病困亦大抵如是，姜恒跟在罗宣身边久了，从前每月都会随他下山，到枫林村给百姓看病打下手，不少症状一眼就能看出来。

而且塞北一地，大多是黄热病、败血症、伤口感染、小儿热证等常见病，姜恒一边看病，又一边问："几岁啦？家里多少人？平时吃的什么？一年有多少进项？"

病人呜呜呜啊啊啊地回答了，界圭又在一旁翻译过来，姜恒极有耐心，每个人都详细问了家中情况，又打听四邻近况。

"你这么看下去，"界圭说，"没个三五天看不完。"

姜恒正在给一个孕妇把脉，孕妇十分气愤地说了一通，姜恒问界圭："她说什么？"

"她说，"界圭说，"她男人被征兵征走了，年前死在了玉璧关下。国家欠她抚恤金，如今一分钱都没有了，她给不出诊金。"

"不打紧不打紧……"姜恒说，"你的身体很健康，多吃点蛋，喝点牛羊奶，会是个好宝宝，像你这样的，村子里还有多少人？"

界圭给那孕妇翻译了，又对姜恒说："二十七户。"

姜恒道："给管魏写信罢，让他马上办。克扣抚恤金，朝廷有人要倒霉了。"

"喏。"界圭道。

六天后，第二封信送到雍宫，耿曙在地图上做了标记，并将另一封信转交到了管魏手里，汁琮登时勃然大怒，下令曾宇负责，彻查兵府。

毕竟抚恤对雍国而言是最重要的事，轻则百姓怨声载道，重则军队内部哗变，如何能忍？

姜恒的第一封信便毫不留情地揭露了现实，数日后，落雁城处决了六名太尉府给事，将他们押到沙洲前，问斩了事。

最后一天，姜恒整理了嘎哈呐村的情况，在一本册子上写满了三页，与村长见过面，载着百姓们送的羊乳酪、风肉与药草，踏上前往下一镇的道路。

"风戎人都是很好的，明白事理，"姜恒说，"也并不全是蛮子。"

"风戎人确实。"界圭说，"但撞上林胡人，就要当心了，他们与风戎人不一样。"

"嗯？"姜恒问道。

界圭漫不经心地道："林胡有句族言，是'悲欢之歌，谁人吟唱，我愿倾听；生死之门，谁人把守，我能辨明'。他们有恩必报，有仇必偿。"

姜恒就这么一路北上，每到一个村镇中，问过民生，便派出海东青，往落雁城送出信去，报一声平安，顺便还会带一封信给管魏。

这封信到得后来，简直成了朝廷的噩梦——每次一有信来，汁琮便命人调查，紧接着轻则革职收监，重则市前车裂示众。一时朝野人心惶惶，姜恒的信成了贪官腐吏的催命符。

汁琮原本对姜恒所报，仍抱着半信半疑的态度，然而越是查下去，就越是心惊胆战，铁证如山！

姜恒一封又一封的信，揭开了雍国经年累月的疮疤，血淋淋的事实，就这么呈现在汁琮的眼前。

风 戎 人

离开嘎哈呐村，姜恒又碰上了来时所见的那伙年轻人，只是这次人变少了。小贵族依旧骑在马上，远远地朝他说了句风戎语。

界圭朝姜恒翻译道："他问你看完了没有。"

姜恒点头道："看完了！"

那小贵族又问话，这次他的随从有人翻译，问："下个地方去哪儿？"

姜恒也不知道，说："顺着路走！你们是来打猎的吗？"

看那模样，风戎贵族男子也许想与他们结伴，但姜恒与界圭交谈的某些话，涉及雍国的各个民族，不想让他们听见。

"有缘的话，下个村见罢！"姜恒说。

这次风戎贵族男子没有走，驻马原地，目送他们离开。

姜恒疑惑地问："那是谁？"

界圭漫不经心地答道："一个小部落的酋长罢，春末夏初，他们有出门打春猎的习惯，认不得。把你的册子收好了，别随便让人看见。"

"看来雍国也没有说的那么能耐嘛，"姜恒翻了翻手上记载的情况，说，"这弊病可不比南方中原各国少啊！"

界圭说："看来跟着你还是有必要的，否则不等你在外头闲逛三个月，朝中官员就会派人来杀你了。"

姜恒笑道："那可不见得，你又知道汁琮就会按信上所述整治了？"

姜恒写信回去，耿曙亦会来信，一封换一封，但耿曙从未提及朝廷的变动，全是思念之情。

"他会的。"界圭说，"他那人最在乎颜面，被你一个外人揭了疮疤，他只会恼羞成怒，说不定现在落雁城里早就血流成河了。"

姜恒随口道："姑且听着罢。"

沿途的行李越来越多，抵达大安城那天，姜恒没有选择多逗留，毕竟这种大城内一定不缺大夫，他的任务是去踏访人烟罕至的村庄。

界圭在大安做了简单补给，便又护送姜恒出发了。他确实非常会照顾人，一路上姜恒衣来伸手，饭来张口，方方面面，界圭都细心无比，像名尽职的管事，更甚于刺客。

姜恒有时也会与他聊聊浔东的往事，界圭则总是很认真地听着，带着耐人寻味的目光。

"你似乎对浔东很感兴趣，"姜恒说，"因为思乡吗？"

"没有。"界圭说，"只是好奇，昭夫人那么倔强的一个人，在浔东住了这些年，心里常常在想什么。"

姜恒想起来了，母亲当年也在雍宫中待过，以及他的小姨姜晴。界圭一定认识她们。

但每次当姜恒问到雍宫往事时，界圭便避而不答，理由很简单。

"忘了，"界圭讳莫如深地笑道，"我这人记性一向不太好，只看得见眼前。"

姜恒知道他只是不想提，便没有强迫他。两人在大安城外套上马，界圭说："该把物资卖掉一部分。"

"带着走罢。"姜恒说，"带进大安城里，按官价卖了也换不到多少钱，他们对货物压榨得太厉害了。"

"你也没这么大肚子，能吃完这么多？"界圭示意姜恒看那麻袋，"这马也可怜，越背越多。"

姜恒与界圭的马都快被压垮了。

姜恒说："带到山里去，分给吃不起饭的人，不是正好吗？辛苦你几天，到山阴卸货，我再买酒给你赔罪罢了。"

"冲着你这话，"界圭摸了摸脑袋，笑道，"我亲自背，也得替你背过去。"

姜恒忽然发现界圭其实是个很温柔的人，哪怕长相丑陋，被破了相。容貌未毁之前，他一定是十分英俊的，也许二十年前，他也是像项州一般风度翩翩的美男子。

而且自打离开落雁之后，界圭的态度又变得不一样了。

初识那天在洛阳宫外，界圭神秘而危险，但哪怕是当初，他也不曾下手杀自己。再见面时在西川，界圭语气里充满了玩世不恭，却处处是关照之意。

及至当下，界圭反而拘束起来，仿佛在正式被派给姜恒当护卫后，两人之间有了上下级之分，便守规矩了不少，不再嬉皮笑脸地与姜恒胡乱开玩笑，随着旅途过去月余，待他也越发敬重。

午后，姜恒在野外休息片刻，界圭用铁壶煮起一壶茶，递给姜恒。

离开大安后，姜恒无意中第三次碰上了那伙人，还是那风戎贵族男子，这次带的人多了些，将近二十名护卫，正在一片树林前搭起简单的营帐，预备就地歇息。

"又是你们！"姜恒笑道，"喝茶吗？"

风戎人手指拈着茶叶，煮在奶里，朝姜恒与界圭礼貌地点头。

姜恒一路上已去了四十七个村庄，在每个村落里或长或短都停留了一些时候，长则三五日，短则一日，若病人少了，他便与村长随意聊聊。

那贵族男子收起弓箭，起身，朝他们走了几步。

"你好！我叫孟和！"他说了一句汉话，显然是现学现卖，朝姜恒自我介绍道。

"你好！真有缘分，我也叫孟和！"姜恒有点意外，用这段时间里学来的风戎语，笑道。他又让界圭拿出自己带出来的最后一点茶，拿过去给他们喝："尝尝我们的茶？"

界圭说："他们不会要的，他们表面客气，实际上对雍人很提防。"

姜恒知道那人不姓孟，孟和是风戎人的名字，乃"永恒"之意。而姜恒的"恒"字，一样在风戎语中翻译为"孟和"。

姜恒示意送去，对方接了，放在一旁。为首的那年轻贵族只会说一句"我叫孟和"，便哑了，交朋友的热情却是显而易见的。

不过双方的热情只在互换名字处点到为止，年轻贵族便回到自己一方去了。这夜两边都在野外露宿，姜恒看得出风戎人本可离开，却主动留下来，用意是保护他们，不受深夜塞外狼群的侵扰。

翌日醒来时，人已走得干干净净，界圭收拾行装出发。踏过第六十三个村庄后，姜恒对风戎人的了解越来越多。他们是最先臣服于雍的塞外民族，野性正在百年间缓慢地被驯化，犹如将狼驯化为家犬。

他们为雍国当兵打仗，但只有极少数人能入朝做官，朝中文官派系里，没有风戎人的份。汁雍将风戎视作天生的战士，战士只有一条路走，即建立军功。

但设若一个村庄里，少有小伙子去当兵，这个村落就会很穷很穷，穷得连饭也吃不饱，道路崎岖难行，许多村落尚未有路连起来。

姜恒在他的册子上记录了自己双眼所见，每离开一个村落后，他便会与界圭在路上悠闲地喝点茶。

"你不喝吗？"姜恒见界圭坐在一旁，背靠大树，手里抛着一把匕首玩，问道。

"我不喜欢喝茶，"界圭说，"只喝酒，喝茶让人太清醒了，酒是好东西。"

姜恒说："少喝一点。"

界圭玩味地看着姜恒，片刻后又眯起眼，仿佛在欣赏他的容貌。

"你晒黑了，"界圭忽然说，"平日别老往太阳底下跑，晒黑可就不漂亮了。"

姜恒说："我又不唱戏，涂脂抹粉的是要做什么？怎么光说别人，不说你自己了？"

界圭一本正经地道："我长得丑，是个怪物，便喜欢看漂亮的东西，人嘛，总是缺什么爱什么，对不对？"

"你不丑，"姜恒认真地道，"别这么说。你的伤一定是替汁家挨的，也就是替雍国挨的，看在雍人眼中，不正是另一种俊朗吗？"

界圭有那么一瞬间脸色变了，但很快便转过头去，语气恢复了冷漠，抬头看了眼天际，说："走罢，快下雨了。"

今日他们的任务是抵达东兰山东脉的啸虎峰，这是塞北最大的山脉系，啸虎峰因虎啸声抑或其形状得名，如今已不可考。山的两边，以及山脉深处，居住着雍国第二大胡族东林，也称"林胡"。林胡人以狩猎、砍伐为业，一年多前被耿曙彻底收服。这也是他们此行最危险的地方，毕竟旅恨未泯，须得非常小心。

沿着东兰山北上，就是山阴城了。

但眼下解决天气所带来的麻烦，显然比到达目的地更迫在眉睫。六月的塞北，天气骤然一变，乌云压顶，奔雷阵阵，顿时下起了倾盆大雨。

"让你快点！"界圭责备道。

"我错了！"姜恒哭笑不得地道，"我错了！别骂我了！"

界圭简直莫名其妙："这也叫骂？我还没骂呢！"

姜恒道："你嘴上没骂，心里在骂！"

两人已经被淋成了落汤鸡，背后骡马踏着泥水，艰难地前进。界圭在前拖，姜恒便翻身下来，抹了把脸，实在不忍心。

"走啊！"界圭在暴雨中喊道，"你下来干什么?!"

姜恒指指马匹，界圭道："你还在乎畜生？"

姜恒拉了下界圭，将防水的羽帽戴在界圭头上。界圭一怔，不由分说地要摘给姜恒，却被姜恒按住了。

界圭没有说话，在雨中发了一会儿呆。

界圭回过神，喊道："我怕你着凉了！"

姜恒说："不会的！我身体好得很！否则怎么能捅汁琼一剑？"

界圭简直没脾气了，但姜恒确实是，别看他身体不似耿曙强健，体格也不壮，却因当年在海阁修行时，罗宣给他吃了不少万金难求的稀世灵药，乃至他病邪侵体的情况很少。

两人一起牵马，用力拖拉，终于进了一座村落，然而这座村子已经没有人了，远方矗立着林胡人的石塔。

"这村子怎么没人了？"姜恒问。

"被你哥杀了一半，又被你表舅抓走了剩下的一半。"

界圭把马匹安顿在屋后马棚里，选了间干燥的屋子，生火烤衣服，两人身上穿的、包里换的，几乎都湿了。

"脱。"界圭朝姜恒说。

姜恒脱下外衣，递给界圭，界圭说："全脱了，别着凉。"

姜恒哭笑不得，界圭这一路上简直是说一不二，当然，姜恒几乎所有时候都听他的，比面对耿曙时还听话。毕竟与耿曙在一起的情况，是有商有量、一起面对的。而离开落雁，外头非常凶险，界圭全心全意地在守护他的安全，他绝不能与界圭争吵。

炼 狱 火

界圭打量他一眼，伸手在他后腰摸了一把。

"这里是怎么回事？"界圭问。

"小时候烫着了。"姜恒说。

"怎么烫的？"界圭又问。

姜恒大致描述了下，界圭便叹了口气，让他到榻上躺着，扔给他一条垫在包裹最里面的羊毛毯子，毯子还勉强是干燥的。

接着，在姜恒的注视下，界圭也把衣服脱了。他身上的伤比脸上的还要多，从左胸到肋下，都是红彤彤的被烧伤的痕迹，想来已有些年头了。大腿上则分布着数十条刀伤，背后还有箭创。

但除此之外，他的身形瘦长，肌肉匀称，非常漂亮。除却那些惊心动魄的伤疤外，界圭的体形只能用俊朗来形容，犹如一匹威风凛凛的雄马，肌肉线条近乎完美。

"你为什么会受这么多伤？"姜恒不禁问。

界圭抹了把身体，将衣服晾上，坦然地转身，朝榻上走来。

"保护你爹落下的。"界圭淡淡地答道。

姜恒意外地问道："我爹武功不是很了得吗？"

界圭旋即回过神，答道："错了，将你当作汁泷了。"

"汁琼的功夫也不弱罢？"姜恒说。

界圭又改口道："大部分时候，是因为汁琅。"

"哦？"姜恒怀疑地看着界圭。

"睡进去。"界圭那意思，显然想和姜恒同榻而寝，一路上姜恒也习惯了。界圭必须守卫他，每晚都在他的身边。

姜恒："……"

界圭睡觉很安静，姜恒向来无所谓，便朝里头挪了挪。外头雨声哗啦啦地响着，房内已经暖和起来了。

姜恒忽然有心要捉弄界圭，让他尴尬下。

"御前带刀侍卫，界大人。"姜恒说。

"嗯？"界圭正在思考，事实上这一路他总是在想事情，说，"太史官姜大人，有什么吩咐？"

界圭转头，严肃地打量姜恒。

"你是不是喜欢我小姨？"姜恒促狭地笑道，"这个秘密我一定会替你守住，说说罢？"

"不，"界圭说，"我不喜欢她，姜大人。"

姜恒："……"

界圭说："实不相瞒，我是越人，你该不会不知道罢？都道塞外氏人俊美，但氏人少年算不上最美的，咱们越人才是人间绝色。"

姜恒："……"

这下简直是搬起石头砸了自己的脚。

"好了，"姜恒说，"我要睡了。"

界圭突然带着危险凑近了些。

"哎！"姜恒一指点在界圭的胸膛上，不让他靠近，示意他看一旁。

"当心眼珠子。"姜恒提醒道。

海东青原本正将脑袋缩在翅膀下烤火，忽然抬头，一身羽毛张开，散发出攻击的气势，威胁地注视界圭。

界圭笑了起来，放开姜恒，说："惹不起你哥，人不在你身边，鸟却不离你，逗你玩而已，困了就睡罢。"

海东青于是将脑袋缩回了翅膀下。

雨声渐小了些，却仿佛总也下不完，淅淅沥沥的。塞北的雨季来了，接下来近一个月，每天都会下雨，姜恒已做好了每天潮湿个没完的准备。

房里只有火堆的"噼啪"声。

"恒儿。"界圭在那静谧里忽然道。

"啊？"姜恒转头，看着界圭。

"没人的时候，我可以叫你恒儿吗？"界圭打量姜恒，说。

"行啊！"姜恒笑了起来，他总觉得自己与界圭之间有着某种特别的关系。方才他开口叫"恒儿"的时候，姜恒居然半点不觉得突兀，仿佛本该如此。

"有人在的时候，你也只管叫就是，"姜恒说，"有什么打紧的？"

"那还是不行，"界圭打趣道，"你是要当国家栋梁的，不能这么称呼。况且太后将我给了你，我就是你的侍卫了。"

"你又不是物件，"姜恒说，"太后只是派你来保护我罢了，别总这么说。"

界圭认真地"唔"了声，又陷入了沉思中。

姜恒却觉得，界圭与姜家，抑或汪家的渊源，比自己想象中的更深。

"我叫你什么呢？"姜恒问。

"叫我名字罢，名字就是拿来叫的。我还有个名字，叫'勾陈'，不过你听过就算，不必记得。"界圭出神地说，"不困吗？给你煮点姜茶喝？"

"别折腾了，"姜恒暖和起来了，便懒洋洋的，"聊聊天罢。"

这些日子里，他不是赶路，就要看病，白天为整个村镇的百姓诊断，晚上还要借着油灯书写记载，常常到深更半夜，困得倒头就睡。

"嗯。"界圭随口说，"聊天，很久没有人和我聊过天了，挺好。恒儿，你想聊什么？"

"我真的长得像我小姨吗？"姜恒好奇地问道。

"来雍都前，你该易个容的，"界圭答非所问，注视着姜恒的面容，显得有点烦躁，说，"罗宣将易容术教给了你，怎么这么不当心？"

"这有什么关系？"姜恒茫然地道。

"算了，"界圭说，"说得对，都是命。"

姜恒越发不理解："啊？"

界圭想了想，又说："嗯，你笑起来，有点像她。"

"我娘笑的时候应当也是这般。"姜恒说。

"不是的，"界圭说，"昭夫人我见过，莫要欺负我没见识。"

姜恒忽觉好笑，界圭的回答怎么总是与他不在一个地方？

"小姨是怎么样的人？"姜恒又问，"她很温柔吗？"

"挺好的，"界圭说，"我与她说话不多，想来是罢。我与你……表舅，嗯，是表舅罢？与汪琅要熟稔些，我俩是一起长大的，就像你与你哥一般。"

姜恒点了点头，界圭又道："他与你小姨成婚以后，我便不怎么在他身边了，换了耿渊陪他。再后来，耿渊也走了，我正想回去，不过与琅儿怄气，他召了我两次，我只是不理，心想下一次罢，再下一次，我就回雍宫，依旧像从前一般。如果那天我在，也许他就不会死。"

姜恒皱眉道："他……汪琅不是病故的吗？"

界圭淡淡地道："是吗？我不知道，宫中说他着凉了，服下药，早早地就睡下了……"旋即他从回忆里惊醒，改口道："我要是在，便不会让他着凉，嗯，是这样。"

姜恒看着界圭，界圭的眼神有点恍惚，片刻后，姜恒伸出手，轻轻地按了下他的头。

"不是你的错，"姜恒说，"别放在心上。"

界圭笑道："谢了。"

"他是个怎么样的人？"姜恒又说。

"是个漂亮的人。"界圭说，"姜太后收养了我，将我带到落雁城。雍人都将我当牲口使唤，唯独他是不一样的。"

姜恒不想界圭沉浸在往事里，他平缓的语气下，也许有许多伤感的情愫。

"我爹呢？"姜恒说，"他是个什么样的人？"

界圭说："汁琅死的那天，你爹早就不在北方了，他已在安阳自己过日子，带着他的黑剑，要为他杀光所有与雍国为敌的人。我匆匆忙忙赶回来，尚不能见汁琅最后一面。"

说着，界圭忽然转头，说："你知道一个人最难受的时候，有多难受吗？"

姜恒沉吟片刻，那种痛苦他经历过，就在罗宣带来耿曙的骨灰的时候。

"知道。"姜恒说。

界圭说："你读书多，描述一下？我只会'肝肠寸断'这四个字。起初我从来不明白，肝和肠，怎么会断呢？"

"会的，"姜恒说，"绞痛，痛得你没法喘气。"

界圭道："还有'心痛如绞'。"

姜恒道："嗯……是的。"

界圭说："但那些都差得太远了，比起失去他来的难受，所谓'肝肠寸断'，就像被蚊子叮了一下，不痛不痒。可我实在想不到比这更好的形容了。"

姜恒想了想，最后道："漫天星河从今坠落，尽成炼狱火；不敢抬头看，天崩地裂，沧海桑田。"

"对……"界圭喃喃地道，"当真是这感受啊！这句太好了，我得记下来。"

界圭赤裸身躯，翻身下床，找来纸笔，写在纸上，字迹歪歪扭扭的，显然也不曾练过。

"字写得丑，"界圭写字时抬头看了姜恒一眼，说，"与我人一般丑，见笑了。"

姜恒轻轻拍了下他的背脊。

"好好活着。"界圭在他耳畔轻轻地说，"活着，总是很好的，不为你自己，也为了惦记你的人。"

翌日清晨，雨停了一小会儿，界圭便趁着这个时候，催促姜恒上路。但两人刚进山不久，载来的物资就被抢了。

四面八方，树上、山上、崖壁上，全是手持强弓的林胡猎人，上千弓箭指向他们，为首之人朗声喊着他们。

姜恒道："我以为你知道风羽的意思。"

界圭加重语气："是我以为你知道风羽的意思。"

姜恒道："你住在宫里，又是武官，怎么会不知道？我刚来我怎么可能知道？"

界圭道："那是你哥的鸟，你不知道谁知道？"

两人："……"

界圭一身靛青色武袍，身材修长，二话不说抽出佩剑，以自己的身体挡在姜恒身前，犹如山岳一般，不容任何人靠近。

姜恒算是知道界圭这一身伤是怎么来的了。

"先退，"界圭沉声道，"我去为你杀光他们。"

姜恒抬头看天边，他不是耿曙，没有经过与探鹰共处的时光，不明白海东青飞翔的轨迹是何意，无法与它交流。现在看来，它盘旋的动作，也许是在不停示警，前面有敌人。

"他们在说什么？"姜恒问。

"东西留下，"界圭道，"让我们滚。"

姜恒说："给他们罢。"

界圭道："不行。"

界圭已经算脾气好的了，换了耿曙，这会儿估计先得上去捅死几个，出口恶气再说。

姜恒道："本来也是给他们的。"

界圭道："这能一样?!"

姜恒不想界圭去掠战,上千人的箭矢铺天盖地射下来,他们又带着马匹与骡子,哪怕能跑掉也要受伤。

"给他们,"姜恒拉住界圭,认真地道,"听我的。"

说着,姜恒反而走到界圭身前,挡住了他。界圭难以置信地低头,看着身前的姜恒。

"要就拿去罢!"姜恒朝高处喊道,"都拿走,这些本来就是给你们的!我只要这个!"

姜恒从物资里取出一本册子,那是他沿途记下的,朝高处出示,意思是得带走,这会儿没有人阻拦了。

界圭当真一肚子气,想吼姜恒几句,却忍住了,说道:"他们听不懂。"

"听得懂,"姜恒说,"你看,他们把武器收了。"

姜恒猜测这伙人里一定有听得懂汉话的人,只是不愿意说,毕竟雍人与他们的仇恨太深了。

"走罢,"姜恒慢慢退后,界圭欲言又止,姜恒却拉住了他的手,手掌摩挲,说,"走。"

界圭甩开姜恒的手,愤愤地收剑,剑入鞘发出震响,以彰显自己的武力。

姜恒听到那声时便震撼了,当世能做到这点的人寥寥无几,他见耿曙露过这一手,在对战李宏之时。必须内力雄厚绵长,才能发出收鞘的金铁之声,果然界圭名不虚传。

界圭搭上姜恒的肩膀,脸色阴沉,那扭曲的五官变得更恐怖了。

两人走出山岭,在树林前坐下。

"这下好了,"界圭说,"马也没了,东西也没了。"

姜恒笑了起来,界圭皱眉道:"让海东青送信回雍都,叫你哥带兵来平了他们。"

姜恒说:"这怎么行?!他们是什么人?"

界圭语气中带着怒火,说:"一年多前征讨林胡,剿灭了他们十余村镇,并迁往灏城与落雁,其时有不少人躲进了山中,就是这上千人,当时怎么找都找不着,管魏说随他们去了,果然不能随他们去。"

"雍人占了他们的土地，"姜恒说，"放火烧了他们的村庄，令他们妻离子散、家破人亡，现在要把人赶尽杀绝了吗？"

"你不杀他们，"界圭正色道，"他们就要杀你，与蛮族没有道理可讲。"接着，界圭又心生一计，方才实在是被愤怒冲昏了头。

"今天入夜后，"界圭说，"你就在树上待着，哪儿也不许去。我快去快回，杀光他们。这上千人，还不是我的对手……"

"界圭。"姜恒忽然道。

姜恒认真地喊出他的名字时，界圭的脸色稍稍变了。

"不要这么做，"姜恒认真地说，"不要，可以听我的吗？"

界圭没有说话，眼神复杂地看着姜恒。

"他们很快就会回来找咱们的，"姜恒说，"不要用杀来解决。"

界圭深呼吸，姜恒笑道："咱们来打个赌怎么样？"

界圭突然平静下来，转头望向四周，像是听见了什么有趣的事。

"打赌？"界圭恢复了如常神态，说，"行。"

"打赌他们天黑前就会找过来。"姜恒说。

界圭问："唔？追杀咱们？"

姜恒说："不，东西原数奉还，你信不信？"

界圭摇头，明显不以为然，但转念一想，又道："赌什么？"

姜恒道："输了我答应你一件事。"

他知道界圭要他放出海东青，朝落雁求援。

界圭懒懒地道："我若输了，我也答应你一件事。"

"好的。"姜恒笑道，"那么就先睡个午觉罢。"

姜恒倒是在山岭下的草海上先躺下了，这几天下过数场雨，草地上带着清新的水汽。界圭也跟着躺平，但不多时便烦躁地起来，暴露了内心真实所想。

"你当真？"界圭说。

姜恒道："对——"

姜恒叼着草秆，眯眼看天色，忙道："不好，又要下雨啦。"

雨又来了，界圭只好与他躲到树下去，幸亏今天只下雨不打雷。到得天色昏沉时，界圭说："你要输了，我先想想，让你办点什么事。"

姜恒没好气地道："除了送信还能做什么？"

界圭说："信你本来也要送，倒是想点别的为难你，我才快活。"

姜恒："……"

然而就在此刻，远处忽然传来喊叫声，界圭当即表情一变，姜恒好奇地从树下探出头张望。

无 名 村

果然，人来了。

"你怎么知道的？"界圭喃喃地道。

姜恒："因为他们只要翻咱们的行李，就会发现我是行医的，而他们躲在山里不敢出来，一定有很久很久没法给同胞看病了，所以我猜会找来的，你看？"

界圭心服口服。

林胡人的语气依旧凶恶蛮横，表情却比在峡谷中埋伏时和缓了不少，姜恒一再示意界圭不要出手杀人。

"给他们。"姜恒见林胡人要上前搜身，界圭只得按捺怒火，交出佩剑。

"以你的身手，想杀人，有没有剑，本来也没有区别。"姜恒说。

界圭说："能不能让你全身而退，不受一点伤，却有很大的区别。"

姜恒淡然道："受点伤有什么的？被师父救回来那天，我两腿都断了。"

界圭的表情发生了变化，自觉地没有问下去，跟随那伙林胡人进了东兰山中。他确实猜对了，自从一年多前，耿曙率军征服东兰山畔大大小小的村落后，林胡近九成人被汁琮强行迁走，搬往六城，推动"化外之民大融贯"的国策。余下两千余人则为了躲避雍国铁骑，躲进了深山中。

林胡得名于"林"，也即塞外的宏大森林、山岭，俱是他们的地盘。汁系出关前，他们已在此地居住了上千年，乃是东兰山的主人。只要他们朝山里一钻，雍骑极难找到。耿曙曾经几次放火烧山，逼出来不少，最终要再搜索余下的人，既费神又费力，便放弃了。

原本他们既熟稔地形与环境，料想在山内生存不难。但林胡分部、村而治，每个村中俱是萨满教掌教的长老，与一众老者负责给族人看病、调停争端、举行祭祀。

而当战争骤然到来时，这些老人与手无缚鸡之力的妇孺根本来不及逃跑，就这么被雍国抓走了。余下的年轻人负伤而逃，深居山林中，既缺药材，又无族中萨满长老疗伤，只得简单包扎，任凭创口感染糜烂。

先经战乱所伤，而后则是一个漫长的冬天，食物短缺，营养不良加快了他们的灭亡——及至第二个夏天到来时，原本逃进山里的两千多名林胡战士，已死去了近半。

这些人失去了家园，失去了亲人，只能在山里带着仇恨苟延残喘，却仍顽强地坚持着。

姜恒花了足足一夜时间，直到天明鸡叫时，才抵达了林胡人的临时村落，见那模样，不禁在心里叹了口气。

雍军在山阴城驻扎重军，林胡人无法出山购买物资，他们缺少布匹与食盐，茹毛饮血，钻木取火，以断木搭成临时容身之所，铺上树叶与干草过活。雨季一来，整个村子里全是水，山洪卷下的泥石从聚集地中央穿过。

到处是马粪的气味，被雨水一浇，路上一片泥泞，捡来的破碗放在屋里接着水，天蒙蒙亮，男人们便赤着全身，爬上屋顶开始修补漏水之处。天气热了，到处都是光裸的、肌肉虬结、伤痕累累的身躯。古铜色的、麦色的、白色的肉体来来去去，臀部、背部还沾着污泥，活脱脱犹如猿猴，爬上爬下。

呻吟声不大，却清晰地传入姜恒耳中。看的病人多了，他已经能分辨这些痛苦的来处——大多是伤口得不到救治的感染。

"你叫什么名字？"一名年轻人站在歪歪扭扭的树屋前，朝姜恒问。

姜恒停下脚步，打量这个年轻人。面前这人与耿曙差不多年纪，一样的全身赤裸、身材匀称，戴着一副树皮面具，往上推，露出整张脸。双眼非常有神，这种明亮的神采，姜恒只在耿曙眼里见过。

他的皮肤很白，身后跟着两名林胡族的壮汉。

"能不能把衣服穿上再说话？"姜恒仍然有点不太习惯与一丝不挂的

野人面对面交谈。

"兽皮会湿，不舒服。"年轻人说，"我叫郎煌，你呢？你叫什么？你是游医？你不是雍人。"

那名唤郎煌的年轻人吩咐了一句，随从便拿来一袭兽皮裙，让他简单围上。趁这时候，姜恒便简单地自我介绍了几句，只略去自己是雍臣的来历，告知郎煌，他是中原前来游历的大夫。

"他呢？"郎煌又示意界圭。

"他是我的小舅。"姜恒不假思索，自然而然地回答道。

郎煌说："帮我的人看病，我会报答你。"

姜恒笑了笑，说："不用报答，我来这儿，为的就是给你们看病。"

郎煌吩咐了一句，姜恒猜到其意，想是要将病人挪过来，忙阻止道："我一个一个去看，不要挪动病人。"

这座村子没有名字，不过是个避难所，姜恒暂时将它称作"无名村"。无名村里聚集了一千四百多人，其中有两百余名重患病人，四百多名轻患，重患以刀、剑伤为主，许多人需要截肢、割腐肉、疗毒。轻患者则风邪、瘴毒为多。

姜恒先是取下药囊，问明情况，挨从患病最重的人看过去。

"你只要用风羽送一封信回去，"界圭说，"就不必麻烦了。"

姜恒说："何至于此？"

一旦告知雍都这些林胡余党的藏身地点，落雁城就会派人过来，将他们斩草除根，以绝后患，可这些人到底犯了什么错？

界圭饶有趣味地说："随你喜欢，甥儿。不过别太相信他们。"

姜恒解开药囊，让界圭煮麻沸汤，预备给他的第一名病人截去双腿。

"林胡人一向逆来顺受，"姜恒说，"是汁琮的错，他太着急了。"

"你又知道了？"界圭一手拿扇，在淅淅沥沥的雨声里扇起红炉，火星飞扬。

姜恒在洛阳看过王都的《万邦风物志》，上面以整整三卷记载了风戎、林胡与氐人这三支塞北的主要外族。其中林胡人生性热情好客，喜爱吟唱歌谣。族王代代相传，原为乌洛侯姓，诸子百家将其翻译到汉姓中，记录为姓"郎"，于是雍人又称其为郎氏。

林胡人与风戎人不一样，风戎人来去如风，乃是大草原上的悍匪，林胡人却习惯了长期居住在深山之中，与树木、野兽为伴。至于氐人，则是最早归化的一支，以务农耕作为主，如今与雍人已几乎无异。

曾经林胡人与雍国王室关系匪浅，汁琅在位时容许萨满教的存在，还亲自接见林胡的大萨满，牧秋节时更带领王室，亲自前往东兰山为北地祈福。大萨满还带着林胡王子，频繁出入落雁城王宫。

但就在汁琅死后，一切都变了。

汁氏需要木炭炼铁，需要良马以及东兰山中的铁矿，雍国不愿遵循汁琅在世时的规矩，一夜间将所有贸易条款推翻，自己土地上的矿，为什么还要花钱买？于是汁琼派出军队，前来要求林胡人交出他们的资源。

起初林胡人对这塞外之主抱着一定的敬意，汁琅尚在世时以怀柔为主，希望慢慢地驯化这一民族。但汁琼已经等不及了，他想将南征尽快提上日程，打仗就要花钱，别的地方花用，这个地方必须省出来。一开战相当于将银钱扔进大海里，几百万甚至上千万两，只能听个水响。

于是一来二去，在王室的压迫下，林胡人开始反抗，战火越烧越烈，直到耿曙出征，完成了决胜负的最后一击，将这仇恨推到了必须用鲜血来洗涤的地步。

如今东兰山南麓已被雍军牢牢把持，林胡人被押走近九成，乌洛侯煌率领剩下的最后这一点人，躲到了东北方。

姜恒有条不紊地推进着他的治疗，每天看十到二十名病患。每个林胡战士都很清楚，这名大夫是来救命的，大家非常配合，哪怕疼痛，也死死忍着，导致姜恒常常无法分辨，几次下刀时令人昏死过去。

"痛就喊出来，"姜恒擦了把汗，说，"合则伤了心脉，只会更麻烦。"

界圭替他翻译了，那伤员在意识模糊之间，竭力点了点头。

这是姜恒在山村中看病的第十天了，食物已快吃完，界圭必须出山去采买，从这里前往山阴城，快马加鞭，也要三天脚程。

"回来的时候当心点，"姜恒朝界圭说，"别被人跟踪了。"

界圭尚在犹豫不决，姜恒洗过手，手上满是血，开始给剖腹取出箭头的伤兵用绷带包扎，又说："替我买一车烈酒，洗伤口用，再把风羽带上。"

姜恒没有让风羽入山，以免被他们发现，这只海东青已成了耿曙的标志，而耿曙则与林胡人有着深仇大恨。

界圭想了很久，摇头道："不行。"

"去，"姜恒皱眉道，"否则没有吃的，这里的人迟早会饿死。"

界圭说："他们会去打猎，一年多不也这么过来了？"

姜恒又说："那药材怎么办？听话，去买，小舅。"

界圭听到这话时，忽然笑了起来，"小舅"二字当真让他啼笑皆非。但仔细算来，姜恒是姜家的孩子，姜家是他的母族，界圭与汁琅又有手足之情，姜恒混着乱叫，倒让界圭生出一种从未有过的亲切感。

冲着他的笑容，界圭愿意为他做任何事，只是出山采买，就怕姜恒独自待在此地会有危险。

"是小叔才对。"界圭冷冷地道，"罢了，就去替你走一遭，但风羽不能带走，预备随时传信。"

"去罢，"姜恒说，"你心里清楚得很，在治好所有人之前，他们不会把我怎么样。"

界圭道："这我倒是不担心，林胡人有恩必报，有仇必偿，怕就怕你不留神说错话，毕竟你哥与他们可是有灭族之恨的。"

"我会当心的。"姜恒说，"快去快回，去罢。"

姜恒又不住地推界圭，界圭这才起身，吊儿郎当地走了，骑马到得村口时，姜恒又出现在屋顶上，朝他喊道："顺便帮我带点糖块回来！"

界圭停下脚步，像是想说什么，最后远远地朝他挥了挥手。

林 胡 谣

姜恒继续给林胡人看病，已陆陆续续，看去大半。这日午后，他正诊治一名病患时，郎煌走了进来，跪坐在他的身边。

姜恒轻轻地说："这位兄弟我救不了，药材不够，看他的造化罢。"

那名病患在一个月前出山探察情报，遭了巡逻的雍军一箭，不敢逃回无名村，恐怕拖累族人，在外头藏身近二十天，才踉踉跄跄地奔回。奈何这段时间伤势愈发严重，又伤在腹部，再没几日可活。

"没关系，"郎煌淡淡地道，"辛苦你了，先休息罢。"

姜恒说："但我可以让他在……这段日子里，减轻一点痛苦。"

郎煌说："你见过的死人比我多，一定知道怎么做。"

姜恒配好药，为他敷上，最后这段日子里，以镇痛为主。接着他转头看了郎煌一眼，扬眉示意：有事？

"没有。"郎煌说，"他们回报，你的舅舅出去了。"

姜恒说："我让他去采买药材与食物，药材快用完了。"

郎煌点了点头，说："我知道你不会害我们，没人帮你打下手，我就来了。看完他，休息一下，你来了就没有休息过，十天了。"

姜恒伸了个懒腰，想了想，郎煌又说："不急在这一时。"

姜恒每日与界圭住在一个山洞里，林胡人让出了最好的洞穴，给他们用干草铺了床，保护他免受潮湿水汽的侵扰。郎煌又带着他到自己的居所去，生起火，煮起姜汤给他喝。

总在下雨，一阵一阵的，下得姜恒有点心烦，心情就像乌云一般压着。

郎煌倒出姜汤，做了个手势，说："喝罢。"

姜恒心事重重，看了眼郎煌所住的、背靠山堡的简陋屋子，里头供奉着一尊木柱，木柱上是背生双翅的飞鹿，想来是林胡人的图腾。

图腾下，以三把匕首，各钉着一尊人形木塑。

"那是什么？"姜恒说，"你们萨满教的法术吗？"

"中间的是汁琮，"郎煌循着姜恒的双眼看了眼，说，"左边的是汁泷，右边的是汁淼。"

姜恒看见兄长被巫术钉着，心中生出奇异的感觉，但他也不如何在意，毕竟耿曙活得好好的，并未因这巫术而发生什么事。

只是……要如何化解这几乎永远也解个个的仇恨呢？实在是太难了。姜恒在他的旅途中写了许多信回落雁城，唯独林胡人这件事，他没有任何解决的办法。

"以后你打算怎么办？"姜恒朝郎煌问，"就在这里生活一辈子吗？"

郎煌说："不，当然不。我父亲死了，族人被杀了许多，剩下的都被抓走了，我要去解救他们。"

姜恒说："可是，雍人还是会来的。"

"嗯，"郎煌说，"你说得对，逃到哪里，都躲不过。"

姜恒说："如果能成功，你们可以越过长城，到南方去。"

"我不会去。"郎煌道，"我们留在故土，留在家里，这是我们的地方，就像鱼只能活在湖泊里，离开东兰山，无论去哪里，都不算真正地活着。"

姜恒想了想，说："鱼也可以活在海里。"

"不一样，"郎煌喝了一点姜汤，朝姜恒说，"我们不是海里的鱼，那是另一种。"

郎煌说汉话带着不明显的笨拙，就像两个小孩子在说话一般，姜恒便与他对视，彼此都笑了起来。

"这是你写的书。"郎煌拿来姜恒的小册子，饶有趣味地翻了翻，看姜恒的旅途记载。

姜恒说："算不上，只是沿途记了些风土人情，你认识字？"

郎煌说："阿姆生前教过我，能看懂。你会怎么写我们？"

"我不知道。"姜恒迷茫地说，他要如何记叙林胡人？要如何写这一封信？要如何回到落雁城的朝堂去，为他们讨回一个公道？

每一个伤员，都是活生生的人，他们有家，有生活，上有父母，下有妻儿。他们有这样或那样的名字，有人叫刀，有人叫枫，有人叫飞叶，有人叫青石，有人叫黑鹰……他们的妻子叫碧水，叫初雪，儿女又有他们的名字。他们从祖先那里继承到各自的姓氏，如同继承这块土地，而雍人骑着高头大马，穿着寒光铁甲，手持百炼钢刀从山外追到山脚，一刀下来，就是一个。

一箭飞来，随着惨叫与鲜血，又是一个。

他们一个接一个地倒在了汁琮一统天下的道路上，那些名字便轻飘飘地消逝，化作雪花，没入大地。

就像灵山峡谷中，被埋在泥土下的十万人。

"你就写，乌洛侯煌，"郎煌想了想，说，"某年，某月，某日，为了救族人，带着最后的战士，偷袭山阴城，被雍人俘虏，车裂处死，完。"

姜恒沉默良久，索性道："这不是好办法，煌。"

郎煌说："我知道。"

姜恒说："没有别的办法了吗？"

"我不知道。"郎煌又说。

姜恒说："也许我能帮你们救出分散在六城里的林胡人。"

郎煌道："不用，谢谢，你已经做得够多了，你是大夫，不是战士。"

姜恒道："……听我说完，煌。但这个举动，必然会触怒汁琮，他会再次派出军队来征讨你们，到时候，所有的人都会死。

"救出来，你要带他们躲在何处？"姜恒想了想，说，"你躲不掉，除非南下，你哪儿也去不了。但你不会去，你保护不了林胡，再过十年、二十年，他们会融入雍国，人世间再没有这一族的名字了。"

郎煌显然比谁都明白，点了点头，表情显而易见：所以呢？

姜恒没有再说下去，忽然道："那人叫什么名字？"

郎煌问："谁？"

姜恒道："刚才的病人。"

"也答，"郎煌说，"林胡语里的'磐石'。"

姜恒问："他的家人呢？"

"被抓走了。"郎煌说。

姜恒问："他有故事吗？我猜他一定有许多故事。"

"有。"郎煌点了点头，说，"他是名出色的猎人，从小家庭和睦。他喜欢搜集牛的骨头，做成骨雕，送给孩子们玩。他在十七岁上成亲，有一儿一女，他的妻子是有名的纺女，织出来的布，染上湖蓝色后，就像我们夜晚抬头看见的星空。"

姜恒说："那么他的死，换来了什么呢？"

郎煌不说话了。

姜恒说："他的妻子、儿女，被关在山阴城，抑或别的什么地方。再过数月，也许是数年，你会去救他们，救所有林胡人，但你无能为力，你一死则已。雍人就会将他们集结起来，让他们到沙洲去，看你被车裂。

"到了那个时候啊，"姜恒说，"他的妻子与孩子们，就知道也答死了。她会听安排，嫁给雍人吗？也许？她会忘记吗？不会。她一辈子也不会忘记。"

郎煌说："你很了解林胡人，我们有一首歌。"

"我听过。"姜恒说，"'悲欢之歌，谁人吟唱，我愿倾听；生死之门，谁人把守，我能辨明。'你们有恩必报，有仇必偿。可这负担太重了。林胡人要走的，势必是一条艰难的路。"

"否则呢？"郎煌说，"还有什么办法能改变？"

"和解，"姜恒说，"屈辱地和解，忍受、承认这些屈辱，朝汁琮低头。"

他知道郎煌的下一句，一定是让他滚出去，于是自觉地起身离开。

他要的不是说服郎煌，而是告诉他，他还有另一条路可以走。从雍国迁来塞外那一刻起，这冲突便成为必然。他们迟早有一天，要来抢夺林胡人的家，把他们统统赶出去。

不会有人告诉郎煌，他还有这个选择，毕竟在他的世界里都是族人，他们一样怀抱着仇恨，至死方休，谁也不会朝郎煌提出议和，甚至连想也不会想。

姜恒出神地捣药，在另一名病号身边席地而坐，思考着林胡人的未来。

但哪怕郎煌愿意和解，还要看汁琮的意思，而汁琮的决定又不完全出于他自己，还掺和了朝堂与公卿们的意见。要说服他们，实在太难了。

又是两天过去，姜恒将所有的重伤病人看完了，他尽了自己所能，挽救每一个生命。雨也停了，再过一个月，塞北将开始入秋，接着就要步入为期五个月的冬天。

落雁城这个时候，应当已经开始收晒麦子了，不知道耿曙在做什么呢？

这次不到三天，界圭便回来了，带着两车的物资。

"这么快？"姜恒诧异地道。按他的估测，一去一回，起码得六七天。

界圭漫不经心地道："怕你在山里被欺负，赶着回来了。"

姜恒拉开车上油布，看载的货物，以吃的为主。林胡人看见物资，都礼貌地不围上来，知道这不是他们要的东西。

这些日子，姜恒在林胡人领地内得到了尊重，不再像刚来的时候了。

姜恒看见一袋粮食上有雍军的火戳，蓦然抬头，望向界圭，心下了然。

"你碰上军队的人了？"姜恒问。

界圭道："唔。"

界圭有御前三品的腰牌，乃东宫武官，可以随时调动军队，借几车物资是家常便饭。姜恒打量他半晌，心道以他的身手，应当不至于被跟踪。

"你不该这样的。"姜恒说。

界圭说："去一趟山阴，来回要六天时间，等不及了。你似乎很不高兴？"

"对。"姜恒生硬地说，但没有朝界圭发火，坐回山洞前，给排队前来的轻患病人看病。

需要照顾的重患者一旦得到解决，余下的人就很快，等待的这些天里，其中又已痊愈了不少，姜恒预计再过五天，就能全部治完。

空余时间，他写下了简单的药方，与剩下的药材、物资一并留给郎煌，再有人生病，照着药册煎药就行。

"你朝我生气了。"界圭蜷缩在山洞里，两手伸出，烤着火，朝姜恒说。

"是的，"姜恒冷淡地说，"你这样会让他们非常危险，等到咱们走了，雍军一定会找过来的。"

界圭说："你如今是中原人，不是林胡人，很快你要成为一名雍人。"

姜恒说："我既不是雍人，也不是中原人，我是天下人。"

界圭沉默良久，说："此事若被汁琮得知，接下来的日子，你不会好过。"

姜恒答道："来落雁城，我就做好了日子不好过的准备。"他生气不是因为界圭的疏失，而是因为界圭不了解他。直到现在，界圭还将汁琮对林胡人进行的屠杀视作理所当然。

"你救不了他们，"界圭说，"哪怕现在把他们全治好，也只是让他们去送死而已。"

姜恒不回应了，说："睡罢，后天一早就离开这里，明天朝郎煌辞行，告诉他们，必须尽快搬走，村子所在地暴露了，就怕雍军迟早会找过来。"

界圭答道："随你罢。"

姜恒说："你碰上哪一部了？谁是守将？"

界圭答道："不知道，没仔细问。"

姜恒翻了个身，面朝山洞石壁，界圭的影子映在了山洞里。不多时，外头又下起了雨，雨声绵延不绝。

夜半时分，姜恒忽然睁开眼。

"界圭？"姜恒沉声道。

界圭用一根绳子将姜恒的双手捆了起来，好整以暇地坐着，说："嗯？"

姜恒全身的血液都要凝固了，颤声道："界圭！"

洞外传来鹰啸声,刹那间姜恒彻底清醒了,怒吼道:"界圭!你做了什么?!"

雍军只用了两天时间,便逼近了整个无名村,沿着四面山壁,形成了包抄之势,并堵死了村落的唯一出口。

界圭说:"在这里等一会儿。"

"放我出去!"姜恒怒吼道。

界圭说:"外头正打仗呢,听话。"

山洞外,郎煌的开始大喊,集结林胡人的部队,仓促迎战。他们没有皮甲,也没有战马,只能拿赤裸的肉身,用弓箭去抵挡。雍军已在村外摆开阵势,结果显而易见,又一场屠杀已成定局。

离 手 炭

姜恒的背脊一阵阵地发寒,他终于明白自己犯下了一个最大的错误:他错估了界圭!界圭是名刺客,刺客是没有道德感的,在他们的人生里,只有目的最重要。为了一个目的,他们可以杀掉任何拦路的人,就像他的父亲耿渊一般,杀起人来绝不手软,杀一个与一百个,甚至成千上万个,对他们来说,没有任何区别。

界圭不想他在回朝后,落得一个与外族勾结的罪名,于是他通知了雍军,让他们前来,剿灭林胡人。

"你会理解的,"界圭慢条斯理地说,"天底下除了你哥,再找不到一个像我这样为你好的人了。"

"你给我滚——!"姜恒勃然大怒,咆哮道。

界圭有点伤感地笑了笑,这时,山洞外响起焦急的声音,想是郎煌派来的人。姜恒在这个月里学会了不少林胡语,听出了他们的意思:郎煌让他速速在保护下撤离峡谷,无论如何,都会守护他们周全。

界圭起身,懒洋洋地走出山洞外,抽出长剑。

姜恒深呼吸,马上转身,把手腕放到火堆的余烬上。

界圭不费吹灰之力便打发了他们,也许顾忌姜恒的感受,没有再杀人，但就当他一回身时，却直面了姜恒的怒火。

他也犯下了错误，在他的理解中，姜恒并未从罗宣身上学到多少武艺。

但事实证明，这是错的。

一块烧红的炭脱手飞来，犹如流星般爆发出火焰，拖着四散的火星。这绝不比寻常暗器，界圭马上抽身，接着，姜恒侧身，迎着他的剑撞了上去！

界圭若不收剑，当场就要将姜恒捅死，他马上脱手撤剑，紧接着姜恒一步冲出，撞在了界圭的胸膛上。

火炭正中界圭左眼，姜恒使出毕生之力，将界圭撞下了矮坡去。

界圭一声不吭，摔进了黑暗里。

姜恒不住地喘息，他知道以界圭的身手，决计死不了。他躬身在一片黑暗中摸索，捡起界圭的长剑，沿着矮坡的另一侧跑了下去。

树林中传来声响，界圭追出来了。

姜恒朝着有火光的方向跑，郎煌已将林胡最后的战士在村前排开、列队，暗夜里下着小雨，火把噼啪作响。

"煌！"姜恒喊道。

郎煌蓦然回头，说："我让你先走！"

姜恒摆手，望向无名村的四面八方，山崖上、村口，尽是蜿蜒的火把。界圭没有再追上来，似乎是顾忌人多，正在黑暗里蛰伏，等待时机，随时准备出手将姜恒再劫走。

"来人是谁？"姜恒朝村外道，"让你们的统帅出来！"

郎煌望向姜恒，说："我不会与他们谈判，你走罢，记得在你的册子上，照着我说的写。"

姜恒拉起郎煌的手，让他抽出弯刀，说："架在我的脖子上，推我到村口去。"

郎煌说："你是我们的朋友，我不会这么做。"

姜恒怒道："听我的！"

郎煌沉吟片刻，说："我知道你是谁了，神医。"

姜恒抬眼看郎煌，郎煌当即不再言语，抽刀，架上姜恒的脖子，按着他的肩膀，将他推到村口。

界圭在那黑暗里，轻轻地叹了口气。

一步，两步，沿途的林胡战士全部自觉地让开。

"你也见过我爹？"姜恒说。

"见过，风羽是我们进献给他的神鹰，"郎煌在黑暗里沉声道，"你不让它进山，但我很远就看见了。当年我不仅见过你爹，我还见过……罢了，我不知道你为什么会来，不过也好，许多事，总归该有个说法。"

"等等，"姜恒说，"你认错人了罢？我不是汁泷。"

郎煌说："你的名字是火字旁，不是水字旁。"

"当然不是，"姜恒忽笑道，"我也不是汁炆，他已经死了。"

郎煌忽然松开了刀，借着远处的火光，怀疑地打量姜恒。

"那你是谁？"郎煌疑惑地道。

"我是耿渊的儿子，"姜恒道，"我就叫姜恒，没有用化名。"

郎煌道："耿渊？哦，我知道了，那个刺客。"

"把刀架好，"姜恒说，"有话以后再说，如果咱们还能活下来再见面的话。"

郎煌将姜恒推到村口，姜恒说："我说一句，你说一句。"

郎煌答道："我知道该说什么。"旋即朝远处的雍军吼道："你们再上前一步，我就杀了他！"

姜恒沉默不语，郎煌又低声道："他们不会顾忌你们的性命。"

"我是姜恒！"姜恒说，"放他们走！如果不想我死的话。"

雍骑排开，一名身着黑铠的骑士越众而出，与姜恒打了个照面。

"恒儿？"那年轻骑士颤声道。

那是耿曙！姜恒马上就想明白了！界圭离山之时，一定碰上耿曙了！他就在这附近！

耿曙甲胄齐全，推起头盔，难以置信地看着眼前的这一幕，沉声道："界圭在哪里?! 我让他保护你先走！人呢?!"

界圭在一侧高崖上现身，打了个呼哨。

耿曙当真怒不可遏，姜恒按捺住跑向他的冲动，说："哥，让他们全撤走。"

"你当真是汁淼的弟弟？"郎煌怀疑地问道。

"所以你现在要真的杀了我吗？"姜恒侧头问。

郎煌握刀的手紧了紧，姜恒又说："你在这里斩下我的头，你虽然也得死，却可以报仇了，他这一辈子，一定会痛不欲生。"

郎煌说："你没有过错，我不会杀你，你走罢。"

姜恒却道："别。"旋即又朝耿曙喊道："哥！"

耿曙先前那阵犹豫，并非因不愿撤军以换回人质，而是怒火已近乎吞噬了他的理智。他在计算，这个距离是否能安全救回姜恒，又拿下郎煌，将他拖回去千刀万剐，以作为他敢拿姜恒当人质的代价。

但郎煌的刀架着，他不能冒这个险。

"鸣金，收兵。"耿曙说。

雍军没有任何人质疑耿曙的决定，他们向来绝对服从，从无异议。耿曙话音刚落，山崖上便响起三声金铁交鸣声响。

蜿蜒的火把顺着山路环绕，纷纷撤走。

"留出通路，"姜恒说，"给他们时间，让他们走。"

耿曙朝郎煌说："我向来说话算话，放了他罢。这次算你们运气好。"

郎煌眼里满是仇恨，双目已变得通红，却依旧保持了身为王子的涵养，沉声道："后会有期。"

郎煌将刀一撤，耿曙马上翻身下马，朝姜恒快步而来。姜恒走出几步，脚上无力，倒在耿曙怀中。

耿曙确实说话算话，雍军不再围攻无名村，并让出了通路，让他们撤走。

他只紧紧地拉着姜恒的手，在黑夜里低头看他，冰冷的铠甲上满是雨水。姜恒再三回头，确认郎煌与他的族人们平安撤离，直至天明时分。林胡人将他的货车与药材、食物留在了村中央空地上，一件也没有带走。

车上有一块布，布上以炭条写了一行字——也答撑下去，活过来了。有恩必报，有仇必偿。

一旁是郎煌平时顶在额前的面具：以此物赠予姜恒，权当纪念。

天亮了，姜恒站在空空如也的村落中央，回头看了眼耿曙。

耿曙已被姜恒折腾得焦头烂额，说："我告诉过你……你不让我跟着，怎么说都说不通……"

"界圭让你来的？"姜恒阴沉着脸，"为什么要对他们赶尽杀绝？"

耿曙莫名其妙地道："我不来你还有命在？"

姜恒道："你明明可以自己来！或是送个信，让我出去见你！我已经看完了所有的病人，要走了！"

耿曙道："那群人全是反贼！让朝廷知道了，他们要怎么想?!"

姜恒不擅长与人动气争吵，更不愿像从前那样，让耿曙怄气，免得他伤了身体，只能把愤怒憋在心里，怒气冲冲地套上车，赶着车离开村落。

界圭从树下走出，朝姜恒走来，姜恒朝界圭大喊道："你别再跟着我了！"

"你干什么?!"耿曙旁若无人，当着他的亲卫队成员们的面，朝姜恒道，"你还朝我撒气了?!"

姜恒是当真要被气死了，这怄气的点还不在于界圭与耿曙的行事上，而是他们那理所当然的态度，大家都觉得这么做没有任何问题。

是我错了？姜恒已经开始怀疑自己了，难不成错的人是他？既然已经撕破脸了，就该将林胡人赶尽杀绝，斩草除根，以绝后患？

"都别跟着我！"姜恒回身，怒吼道，"我不是来杀人的！我是来救人的！要杀人你们自己杀去！"

耿曙准备了许多话要朝姜恒说，一别近三个月，他心急火燎，带着骑兵军团出来操练，姜恒每到一个地方，耿曙便只想扔下军队，过去找他。奈何军令如山，又有任务在身，不得擅离职守。

现在他们的目的地总算挨得越来越近了，但姜恒抵达东兰山后，便不再说自己的身处之地，耿曙在山阴城外练兵，只想派斥候来找。

总算让他逮住了一个界圭，十万火急赶来，今天待姜恒安然无恙，说不得要拉过来好好关切一番，问："瘦了没有？晒黑了没有？是否受委屈了？"

没想到姜恒跟对仇人似的，见面先骂了他一顿，耿曙只觉心里堵着，半晌说不出话来。

眼 中 钉

姜恒赶车出了东兰山，一口气总算缓过来了。

耿曙徒步在后跟着，发出铠甲的声响，其后则跟随着他的十二名亲卫。

再后面，又是被雨淋得浑身湿透的界圭。

姜恒想来想去，这事也不能说是耿曙的错。

"你要去哪儿？"耿曙远远地喊道，"恒儿！我错了！我错了行不行！我朝你认错！"

姜恒知道耿曙根本不觉得自己有错，认错只是不想他怄气，而第一次征讨林胡人，乃是汁琮与太子泷下的决定，耿曙只是雍国的一枚棋子。第二次前来，则是界圭告诉了他。

"界圭怎么朝你说的？"姜恒停下马车。

耿曙也是一肚子气，摘下头盔，抹了把脸，说："他说你被林胡人扣下了，让我来救你，顺便端掉这村子，也好朝落雁城交差。"

马车停了下来，亲卫们便就地待命。姜恒从车上下来，怒气冲冲地到溪流前去。

界圭跪在雨后的一道溪水前，躬身洗涤布巾，擦拭左眼。先前姜恒那枚火炭熏得他脸上漆黑，眼睛却没有受伤，眉骨一侧烫出了少许水泡。

"你走罢，"姜恒说，"回落雁城去，你不用跟着我了。"

界圭抬头，看了眼姜恒，没有说话。

耿曙知道姜恒是真的发怒了，来到他的身后，说："我错了，恒儿，都是我的错。"

"是我的错，"界圭说，"我该等你走了以后再动手，先前只怕待咱们离开，郎煌为保万全，会撤离驻地。"

姜恒听到直到此刻，界圭还想杀人，当即躬身捡起一块石头想给他一下，但想到一路上界圭的照料，又于心不忍，扔出去时失了准头，落在溪水里，溅了界圭一脸水。

界圭抹了下脸，朝姜恒笑了笑，依旧是那吊儿郎当的笑容。

姜恒转身，上车。耿曙好不容易跟来，见姜恒好些了，说："往旁边挪挪，我给你赶车，喏，现在只有咱俩了，你要打要骂，就动手罢。"

这次姜恒没有拒绝他，耿曙便接过马鞭，赶车。

"你不想杀林胡人，是不是？"耿曙说，"我不知道，我以为你被抓了，好，你说什么就是什么。"

姜恒说："不是我想不想的问题，你就没有半点判断吗？他们是人！不是畜生！你当是今天晚上杀鸡吃吗？不杀就不杀，留它一命？"

"不重要！"耿曙说，"不重要，好，我知道了，行！你说得都对！"

姜恒深呼吸，耿曙说："我以为你被抓了，着急才来的。"

说着，耿曙吹了声口哨，风羽便飞过来，停在车上。

耿曙又回头看了眼，见界圭在溪流前长身而立，没有追上来，远远地看着货车离开。

"恒儿，"耿曙说，"我每天都在想你，咱们接下来去哪儿？"

"山阴城！"姜恒没好气地道，"回去练你的兵！"

"练完了！"耿曙说，"他们得回家帮忙收麦子了。走罢，你不想再让界圭跟着，就让他走，我陪你，行不？我绝不乱杀人。"

"那些是你的臣民，"姜恒认真地道，"是你的百姓。"

"好了，我知道了。"耿曙叫苦不迭，听得耳朵都起茧子了。他放开缰绳，拉着姜恒的手。

姜恒气当场就消了，一时无言以对。

"我也想你了。"姜恒说。

说着，耿曙忽然想起亲卫们还跟着，便回头吩咐了几句，让他们回山阴城去，带领军团，回到落雁、灏城与大安等地，参与接下来的秋收。

姜恒忍不住又回头看了眼，已经看不见界圭了，不知他去了何处。

耿曙折腾了一夜，开始有点热了，卸下铠甲，只穿一袭单薄的黑色武服内衬，看向姜恒。

"瘦了这么多。"耿曙不满地道。

姜恒叹了口气，索性倚在耿曙身边，也不生气了。

"好难啊，哥。"姜恒说。

"不想走了吗？那就回去？"耿曙说。

"我说，要改变雍国，实在太难了。"姜恒悲哀地说，"想建起一个国家须得经过不知道几代人，要毁掉它，却很容易。"

耿曙挠了挠脖颈，三个月里，他在军队里连话也不常说，一副绝世名将的派头，更须树立威严，否则部下不好管。但一见到姜恒，他又恢复了骨子里那少年的模样。

"你都忙什么？"姜恒问。

"练兵。"耿曙说，"训练他们，根据地形偷袭、渡河、平原徒步、纵马、攻占山丘、破城、夺旗、运送物资、埋伏战、遭遇战、游斗战、阵法。拉练嘛，都这样。"

"师父说得对，"姜恒想了想，说，"我的心肠太软了。"

他不得不承认，界圭的选择才是对的。

在耿曙眼里，姜恒却是没有缺点的。

"不是的，"耿曙说，"你做得对，这些日子里，我也在反省，我不该这么待他们，不该对林胡人这么残忍。朝廷要挑拨起情绪，朝林胡人开战，将他们说得十恶不赦，我都信了。但到真正下手时，我又觉得，实在没有这个必要。"

"算了。"姜恒比谁都了解耿曙，知道他是一根筋，判断情势往往单纯地凭借感觉，不会加入诸方的利益考量。他说这话，只是因为他在自己面前毫无原则与坚持，从小到大的习惯让他认为，弟弟读了许多圣贤书，比自己更明白事理，弟弟说的都是对的，如果有冲突，那一定是自己错了。

三天后，他们抵达了山阴城，界圭消失了，也不知是回落雁复命，还是去追杀剩余的林胡人了。姜恒心道千万不要，如果界圭真的再这么做，他们之间就再无挽回的余地了。

他不讨厌界圭，那天他之所以愤怒，缘因界圭不理解他，而他本该理解自己的。

与其说他是朝界圭发火，不如说是一种深深的失望，他以为界圭是知己，却得到了这么一个回答的失望。

幸而他与耿曙在一起了，这让他的心情稍微好了些。

山阴城是曾家的封城，不及落雁庄严肃穆，却较之王都更为繁华。身为封地的公侯，曾家没有治辖权，只能享受城中的部分税赋，而因为南征的十年大计，近年来税赋也在不断收缩。

山阴背靠贺兰山，于山麓的北边治十七万户，其中又有不少是迁徙前来的塞外部族，以雍人最多，其次是风戎人，最后是氐人与新迁的林胡人。

百年前，周、曾、耿、卫四大家，以门客的身份跟随汁氏远征塞外，平定侵扰洛阳的风戎人之乱，立下了汗马功劳。卫氏擅治军，曾氏则为汁家的高参幕僚，耿家主管守卫王室与刺杀，周氏主管外交与商贸。

汁家在塞北自立为王后，兑现了他的承诺，将大安、山阴与灏城封给了三名门客，奈何耿家人丁凋零，当家主不愿迁走，宁愿留在落雁，时刻陪伴在王族身边。于是耿家成了唯一没有封地的大贵族。

一代又一代下来，耿渊与汁琅、汁琮兄弟情同手足，于是耿曙归朝后，也得到了最高的待遇，被收作汁琮的义子。

山阴城在半山腰上，到了秋季，城内繁华热闹。虽以雍律治理，却因远离落雁，又有胡人混杂，较之王都充满了烟火气，烤饼摊、面摊多了不少。初秋时山前已有黄叶，雨季过去，秋高气爽，碧空如洗，蓝天映着山下的景色，投在城外的湖里，赏心悦目。

"我不想去见曾家家主。"姜恒朝耿曙说。

两兄弟抵达山阴后，耿曙便找了一家驿站，出示自己的腰牌，在后院卸车下货，说道："你说了算，想做什么都行。"

姜恒想了想，说："还是去见一面罢。"

耿曙："嗯。"

姜恒又觉得无趣，这伙公卿与士大夫，成天缩在城中，外头的世间疾苦，于他们而言仿佛不存在，唯一能看见的，就是每个地方每年死了多少人，缴上多少税，百姓变成了数目，生活的苦难折算成了粮食与钱。

"算了不去了。"姜恒又说。

"好。"耿曙说，并去小二处吩咐，杀两只鸡，一只炖汤，一只蒸得嫩嫩的斩件蘸葱姜油吃。

两人凑着一张矮案，姜恒确实饿好些天了，林胡人所食不过烤肉上撒点盐，大多时候困苦潦倒，只吃干粮。姜恒饿得眼睛发绿，耿曙便道："慢点吃。"

正吃饭时，他又看见了界圭，界圭一身衣服脏兮兮的，大摇大摆进来，在驿站让小二做了一碗面，犹如野人一般。

"你还不回去？"耿曙朝界圭道。

界圭说："我换了主人，主人不要我，只能当流浪狗了。"

姜恒叫来小二，盛了一大碗汤、半只鸡，说："送过去给他吃。"

界圭也不客气便吃了，耿曙让他晚上去睡柴房，免得来打扰他与姜恒。界圭也没有异议，就此安顿下来。

"南方怎么样？"姜恒吃得太饱，晚上还睡不着。

"被你说对了，"耿曙躺在床上，说，"南方四国今年不会开战，太子灵派人到宋邹那里讨要金玺，被宋邹回绝了。"

金玺不在宋邹手中，哪怕把嵩县翻过来也没用。宋邹按着姜恒的吩咐，昭告天下——谁能替姬家收拾这残破河山，令神州大地重归一统，金玺便交给谁。

于是太子灵只得回去与门客商量，要拿到金玺，成为盟主，就要让余下四国包括北雍发出称臣令，想得到称臣令，就必须自立为天子。

而眼下五国，谁也不敢自立为天子，否则一定会遭到各国的讨伐。姜恒成功地把对外问题，转化成了南方四国的内斗。

"目前代国愿与郑结盟。"耿曙说，"梁、郓两地不愿意，管魏派出去的说客起到作用，郓王按着此事，不参与联军，只能说再看罢。管相说，明年开春，不知道会不会有变化。"

"会的，"姜恒说，"留给我们的时间不多了。"

耿曙翻了翻姜恒路上记载的册子，说："是真的吗？"

每一页，都是雍国百姓的血与泪，耿曙从未听说过。东宫议政，也从来不说这些，他们离民间实在太远了，哪怕是在地方官每月的汇报与简书上，百姓的生活苦难也会被繁杂事务掩盖。

汁琮只有一个目标，即南征，收复中原。除此之外，所有的民生、贸易等问题，都要为这个宏图伟业让步。他清楚地知道国内有许多问题，但等他打下梁国、郑国，一切都不会再成为问题。

只是这个目标被姜恒与太子灵联手打断了，导致如今国内的问题已暴露到难以收拾的地步。

姜恒道："每一个人都有名字，那些生活都是真真切切的。你们看了我发回去的信吗？"

"看了。"耿曙翻过一页，聚精会神地读着。

"他怎么说？"姜恒问。

耿曙答道："回去你就知道了。"他不想告诉姜恒，因为他的信，导致朝廷内互相倾轧的派系，有了许多杀人诛心的借口。起初汴琮杀大臣杀得沙洲血流成河，其后天牢内则人满为患。

不知道有多少人已把姜恒视作眼中钉、肉中刺，恨他恨得咬牙切齿，但耿曙不在乎，文臣能把他们怎么样？军队在他的手里，只要在他手里，姜恒就不会有危险。

谁敢碰姜恒一根手指头，他耿曙就会把他们杀个干干净净。

曾 家 主

翌日，曾家来人了。

姜恒知道他们一定会来，自己与耿曙进城的那一刻，曾家就得到了消息。

只不过没想到，居然是曾家的当家主亲自拜访。

这位名唤曾松的老者，乃是汴琅与汴琮之父、上上任雍王朝中的老臣。汴琅继位后，曾松担任太傅四年，直到汴琮担任雍王，曾松才告老，回到封地，留下他的长子曾嵘与庶出次子曾宇为王朝效力。

"王子殿下，姜大人，"曾松端详姜恒，说，"这一路上辛苦了。"

姜恒风餐露宿，风尘仆仆，此时就像一名困苦的寒门学子，吃尽苦头，却依旧掩盖不住眼里的那一抹亮色。耿曙则简单地点了点头，亲自给曾松沏茶。

"还行罢，"姜恒笑道，"算不上辛苦。曾侯有何赐教？"

"不敢当。"曾松眯起眼，说道，"姜大人何时回朝？"

姜恒算了下，出来已有四个月，按理说，要走遍雍国，花上三年时间也不算多，只是大多区域地广人稀，没有去的必要，四个月里，他踏足的有人聚集之处，已近十之五六。

"快了罢，"姜恒没有进任何大城，毕竟那些城市朝廷已掌握了动向，"也许会提前结束，曾侯有什么需要我带的话吗？"

"汗塞夹岭之地，姜大人去过吗？"曾松又有意无意地望向案上摆在一旁的记事册，姜恒也大大方方地取过来让他观阅。

汗塞夹岭，也称作并山走廊，是狭长的山脉中间一道广阔的平原，乃是塞外最适宜耕种之地，也是另一座大城，卫氏封地灏城的控制范围。

"没有，"姜恒说，"这一路上，我给雍王找的麻烦实在太多了，氐人在并山走廊耕作三十余年，相较而言，目前仍算得上相安无事，不想再去翻旧账。"

曾松认真地看过姜恒的记载，年迈的他目光锐利，说道："我带来了一份经商文书，方便姜大人在灏城一带活动。三十年前，我也想过做这么一件事，奈何阻力诸多，我又是曾家人，有许多话不方便在王陛下的面前说。"

界圭抬起头，嘲讽地说道："你不敢说的话，就让别人替你说，这算盘不也打得太精了？"

灏城是卫家的地盘，姜恒听曾松这么说，便知道这里头一定有猫腻。而界圭正在提醒他，不要当了曾家借刀杀人的那把刀。

曾松笑道："界大人开玩笑了，都是雍国的臣子，有些话，总归得有人去说。"

一直沉默的耿曙也察觉到了，沉声道："你有两个儿子，还怕话没人说？"

曾松笑了起来，与姜恒对视。姜恒心知肚明，这是一桩交易。曾松开门见山，让他前去调查灏城，翻一翻卫氏的旧账。

"我记得有不少林胡人迁到了山阴。"姜恒说。

"不错。"曾松知道姜恒在提出交易的条件了，"如今的朝廷，是不太待见林胡人的。"

"因为他们敬酒不吃吃罚酒。"姜恒说。

耿曙欲言又止，姜恒缓缓地摇头，示意他先别说话。

曾松一笑："林胡人眼下是最低等的奴隶，这个情况，恐怕十年间难以动摇。"

林胡人被送往各城以后，多充当奴隶，朝廷虽有法律严禁蓄奴，各城中却仍在暗中买卖，买卖奴隶的，大多是风戎贵族与汉人。

"我要他们不被当成牲口。"姜恒说。

"这很难，姜大人，"曾松说，"您得知道，在咱们那位王陛下眼里，众生都是牲口，哪一族的人，本质上并无太大区别。"

界圭忽然笑了起来，这话可不是一般人能说的，但曾松的身份是三朝老臣，当初在落雁时，他亦敢当着汴琼的面这么指责他。

姜恒说："尽量不当作牲口。"

"这要看您能不能说服他们了。"曾松想了想，说，"我会尽力照拂，在我权力范围之内，慢慢地放走一些人，让他们回故乡生活是可以的，只要不引起朝廷的注意。"

姜恒心道这真是一笔大买卖。曾松又说："我要姜大人调查清楚汗塞地区一带，年前氐人反叛的问题，并在朝廷上如实汇报。"

姜恒说："我会尽力，却要看情况。"

曾松欣然点头，聪明人的对话总是很简单，轻轻松松就与姜恒达成了交易。姜恒暗忖自己的身份，如今已仿佛成了汴琼的特使，这么走一遭，不知道要揭开多少内幕。

"小儿生性固执，"曾松又朝耿曙说，"有赖王子殿下多照顾了。"

"不客气。"耿曙答道，知道曾松所说，乃是想来放不下心的次子曾宇。

曾宇是个死脑筋的人，对汴琼忠心耿耿，有时更顽固得不知变通。但多少人俱是如此，一生建功立业不易，做好每一件事，已经很难。

姜恒见过曾松，与耿曙在山阴短暂停留后，便离开了这座城市，前往他的最后一个目的地灏城。

较之塞北风戎人散落而居不同，氐人布满长城外东方的大多区域，村庄与村庄连在一起，这里也是农耕最发达、物产最为丰饶之处。汗塞一带土地肥沃，产出的粮米则养活了雍国将近七成人口。

"须得易容，"姜恒不打算再用游医的身份，朝耿曙说，"我在塞外到处闲逛，已经引起了不少人的警惕，再不换个身份，就怕查不出什么来。"

耿曙说："走完这一带，就得回去了罢？"

这是姜恒最后一处游历的区域，如今已经入秋了，半年时限已届，不能再耽搁下去。

"把这封信送回去，给汁琮。"姜恒朝界圭吩咐道，显然对他的芥蒂未完全消去，若即若离的。

"用不着我了？"界圭说，"你好狠的心，只有我在身边的时候，'舅舅'倒是叫得亲热。用不着我的时候，就把我赶回去了？"

姜恒正色道："是的。"

耿曙不悦地道："你就去罢！怎么这么多话？平日里见你倒不像话多的。"

姜恒说："回落雁去，等我回来，先前的事，就不与你计较了。"

"成交。"界圭想了想说，知道姜恒是给双方一个台阶下，不再记恨他了。

耿曙一向不喜欢界圭，缘因太子泷不喜欢他，界圭还喜欢朝汁琮、姜太后告状，面对太子泷时，更没有半点恭敬。

"他什么都会朝汁琮说的。"待得界圭离开后，耿曙道。

"我也没有什么是不可告人的。"姜恒笑道。

旷野长天，入秋后，天气比先前更凉爽了。界圭离去后，换耿曙驾车，带着姜恒离开山阴，往东南方灏城去。

姜恒知道耿曙练完兵，也不回去交接就跑了，朝廷里肯定又翻了天，但耿曙既执意留下陪他，也不好让他回去。

沿途的枫树渐渐地红了，塞外枫林，别有一番景致。姜恒整理记载，这本册子上已密密麻麻，写就了近二十万字，无论民生还是国土，从百姓口中打听到的，自己亲眼所见的——哪里有矿产，哪里水草肥沃，都详细地记下。

尤其铁、黄金、盐矿、地脉火油，对眼下的雍国来说，实在太重要了。

界圭离开后，耿曙便接替他，开始烧水、煮茶伺候姜恒，两人在枫林前支了几张马扎，架了个炉。

"我没见过界圭话这么多。"耿曙不太高兴。

姜恒好笑道："你不也话多，还说别人话多？"

耿曙自顾自地烧水，姜恒还在他的册子上修修改改。枫林景色如画，耿曙架起炉子后，便坐着出神。

远方一声哨响，耿曙忽然警惕起来。

姜恒抬头望去，朝耿曙道："别紧张。"

"风戎人。"耿曙说。

耿曙有不少部下是风戎战士，虽已混得很熟了，但他不想在这里暴露身份。姜恒猜到了来者身份，果不其然，还是那伙人，那个叫孟和的风戎贵族。

"啊，"姜恒笑道，"是老朋友了。"

耿曙站起身，姜恒把一路上与他们几次碰面的事解释过，这已经是第四回见面。

"孟和？"耿曙说，"名字怎么像听过？"

孟和这次换了一身黑色长袍，鬓角垂绦系着一枚夜明珠，策马率领十余人逼近枫林，在枫林前大喊了几声，属下纷纷弯弓搭箭，气氛登时紧张了起来。

姜恒相信孟和不是来找自己麻烦的，朝耿曙问："他说什么？"

"他说树林里有熊，"耿曙道，"让咱们离开这儿。"

姜恒在海阁山上住过，自然知道熊不好惹，马上就要退走，孟和却带着人进枫林里包围了他们，守在他们身前。

耿曙用风戎语朝他说了几句话，孟和有点意外，点头回答，姜恒在旁一脸茫然。

耿曙说："我问他怎么知道咱们在这儿的，他说，他的海东青发现了咱们的风羽。"

姜恒道："难怪，这一路上总是碰上他们。"

风羽始终守护在侧，平日里自行觅食，只要不出来示警，耿曙便不怎么在意，但既然树林中有熊，风羽为什么没有预警？

耿曙知道自己的身份一定藏不住了，毕竟雍国王子拥有海东青，塞外早就知道，于是索性吹了声口哨，风羽便从天上降了下来。

孟和也吹了声口哨，另一只近乎一模一样的海东青也降了下来。两只海东青你看看我，我看看你，姜恒快分不出来谁是谁了，随即发现风羽的腿是金色的，而孟和那只的爪子则是乌黑的。

孟和朝耿曙行了一礼，又打量姜恒，那礼节尊敬却带着疏离感。

耿曙朝孟和示意不必紧张，抽剑在手，走进了树林深处，姜恒则好奇地跟在他身后，说："熊来了，最好是躺倒装死，师父教的。"

耿曙说："什么乱七八糟的，人没死，先被熊踩死了，上树就是。这么多人呢，不用怕，熊一见就跑了。"

孟和的手下散入枫林，各持弓箭，从四面八方朝着树林深处靠近。

但很快，姜恒便明白了风羽没有示警的原因，确实有一只大熊，但已经死了。

一只近人高的黑熊，腿上带着捕兽夹，想来是附近猎人放置的。它踩中后无法觅食，已经饿死在枫林一侧的树下。不远处尚有两只小熊，不知母亲已死，正在树后打滚嬉戏。

母熊新死不久，身体尚带着余温，小熊想必还有奶喝，喝过后便在林中自得其乐。

摔　跤　戏

孟和抬手示意，众人收了弓箭。姜恒叹了口气，上前检查母熊的尸体，两只小熊便朝他一前一后跑了过来。

"当心点。"耿曙生怕姜恒被抓了，却看见那小熊扑向姜恒让抱，半点不怕人。

姜恒看到这一幕，既心酸，又无奈，说："找点吃的给它们罢。"

风戎人见无危险，便散了。孟和又朝耿曙说了几句，耿曙翻译道："他说，从山阴城出来时便跟着咱们了，问咱们去哪儿。"

姜恒心想既然有海东青，自己的行踪对方只要有心，都会知道，便如实答了。

"爪子还没长出来。"姜恒抱着一只小熊，翻出掌上肉垫看了眼，又辨认另一只。

众人回到营地前，孟和便到二十步外去扎营，不打扰他们。

姜恒有点奇怪，问耿曙："他到底是什么人，总跟着我做什么？"

耿曙说："你为他们的族人看了病，他想护送你，权当报答。"

姜恒喂给其中一只小熊几块奶酪，那小家伙高兴得很，几下便嚼了吞下去，另一只则眼巴巴地在旁看着，转向耿曙，扒拉他的膝盖要抱。

耿曙说："两兄弟。"

"嗯。"姜恒喂过后，小家伙便一先一后地跑了，到得他俩与风戎人的宿营地中间，一只追上另一只，张开前肢，开始翻滚，摔跤玩耍。

风戎人也看得甚有意思，替两只幼熊喝彩。

"咱们不能沿途带着熊，"耿曙说，"我看要么交给他们罢。"

姜恒只得点头，这熊没法随身带，过得一个月就长大了，到时自己够不够两兄弟填肚子还着实不好说，也不可能带回落雁王宫里去。

耿曙走过去，朝孟和问了句话，孟和便点了点头，替他们收养自然是可以的，待养大后再放回山林，也就是了。

两只熊滚了一会儿，便回到姜恒身前，在火堆前趴下。

风戎人开始喝酒，朝他们递了递，耿曙本想拒绝，而后想了想，接过马奶酒，喝了少许。

"这酒烈。"耿曙不让姜恒多喝。

那边突然唱起了歌，只听孟和清朗的嗓音唱道："山有木兮，木有枝。"

姜恒笑了起来，风戎人居然连汉人的歌也学会了。

"今日何日兮，得与王子同舟。"姜恒答道。

孟和又是只学了这一句，翻来覆去地唱了几次，风戎人喝醉了，便围出一个空地来，开始在林外摔跤。

天色尚早，姜恒与耿曙看他们自娱自乐，又有拍掌喝彩的，只觉十分有趣。

两只海东青则留在各自的阵营，远远地互相眺望。

"他们家的鹰是公的母的？"姜恒忽然兴起念头，说不定能给风羽找个媳妇儿。

"两只都是公的，"耿曙猜到姜恒所想，"别想了，碰上容易打起来，保持距离。"

不片刻，风戎侍卫退后少许，孟和喝了不少酒，走出营地，脱了上半身武袍，露出白皙的肩背与胸膛，将上袖扎在腰间，朝耿曙喊了句话。

姜恒不用翻译也猜到了，他们想找耿曙摔跤?!

耿曙只要陪在姜恒身边就无心交际，看见人就烦，只想尽快打发他们，想了想，说："你猜我厉害还是他厉害？"

姜恒道："呃……论武功，你天下第二……现在是第一了。不过风戎人从小就摔跤，闻道有先后，术业有专攻，也没什么。"

耿曙本来想拒绝，听到姜恒这么说，索性也三下五除二脱了上身衣服，扎在腰间，几步走出去。

孟和摆出摔跤的架势，耿曙回礼，四周轰然喝彩！

姜恒手心确实捏了一把汗。他在游历村落时，看见风戎成年男子摔跤，都是一等一的好手，还有人教他摔跤。哪怕姜恒自诩也学过武艺，对付个把成年人完全没有问题，奈何摔跤却与武学大相径庭，稍有不慎就要摔个嘴啃泥，竟不是他们一回合之敌。

"玩玩就好了，"姜恒说，"别太认真。"

"知道了。"耿曙漫不经心地道。

紧接着，在大声叫嚣中，孟和犹如一只猎豹，朝耿曙冲了上来。

两人裸露的肩背冲撞，犹如羚羊挂角，发出一声轻响。耿曙只以左肩抵挡，右脚错步，一招就将孟和放翻在地。

四周刹那鸦雀无声，连姜恒都忘了喝彩。

耿曙玩摔跤已经玩了四年，摔遍大雍骑兵团无敌手，怎会将孟和放在眼里？本来不想欺负他，不过姜恒说了那话，只让他哭笑不得。

姜恒道："哥，你……"

耿曙伸手拉起孟和，两人再行礼，孟和第二次冲了上来，耿曙再错步，躬身从孟和臂下穿出，反手从身后搂住他的腰，把他搬起来一个大回旋，摔在地上。

这第一下，孟和输得心服口服，所有风戎人发出震天响的喝彩声，显然没人认为孟和丢了面子。

姜恒登时大喊起来，耿曙等的就是这声惊讶的叫喊，当即点点头，不玩了。

孟和哭笑不得，知道自己绝不是耿曙的对手，却在见耿曙转身时，童心忽起，从背后飞身而上，要夹住耿曙的腰，来个回荡摔。耿曙却一听见风声，便敏捷至极地转身，揽住他的大腿，来了招背摔。

旁观者尽数爆发出疯狂大笑，孟和输了三招，全是被耿曙一招放倒。

耿曙转身时，孟和马上举起双手，示意投降，耿曙便不再追击。

姜恒哈哈大笑，耿曙则如没事人一般回来坐着。片刻后孟和的手下过来领熊，耿曙便一手提着一只熊的后颈，拎着过去，吩咐了几句。

"早点歇息罢。"耿曙朝姜恒说。

"怎么摔的？"姜恒说，"教教我，我也想学。"

"你这下盘跟踩高跷似的，"耿曙起身道，"歪来歪去，学不了摔跤，学醉拳还可以。"

耿曙手臂下挟着帐篷，准备扎营，姜恒自然知道耿曙是在嘲讽他，便从身后扑了上来。耿曙一转身，抱住他，连自己带姜恒，一起扑在了地上，那动作十分轻缓，满是枫叶的地面软绵绵的。

姜恒不依不饶，起来又闹耿曙，耿曙再把他放倒，最后姜恒飞身跃起，骑在耿曙的背上，带着两人侧摔，耿曙却一步稳住身形，锁住他的手腕。两人像那两只小熊般，摔到枫叶上，耿曙把他按着，两人对视。

"别闹。"耿曙起身，穿好武袍，整理了下腰带，扎好了营帐，说，"进来躺着罢，秋天夜长，天黑就冷了。"

姜恒进了营帐，耿曙便在他耳畔小声说话，姜恒有一句没一句地应着，俱是些并无多大意义的话，譬如那两只活下来的小熊，耿曙说："希望它们别死了，能好好活下去。"姜恒的回答则是："嗯，对啊，会活下去的。"

因为看见母熊的尸体与遗下的小熊时，姜恒知道，耿曙一定与他想的是同一件事——那年姜夫人离开，只能相依为命的他俩。

姜恒打了个呵欠，渐渐地睡着了。

翌日醒来时，风戎人又走得干干净净，这次应当不会再来了，耿曙已经显露了他的身份。他们也猜到了姜恒不会是寻常大夫，不必再一路尾随保护。

耿曙与姜恒在一起时总是很有耐心，从来不着急，慢条斯理地做早饭给他吃，收拾完行装，赶车上路，仿佛很享受与他待在一起，无人来打扰的时光。

到得灏城外时，耿曙摸摸风羽，放出了他的海东青，让它去周围觅食，说："还看病吗？"

"不看了，"姜恒眼望灏城，以及城外一望无际的汗塞平原，说道，"我不想让卫家的人知道咱们来了，得易个容。"

"随你。"耿曙答道。

姜恒整理还与界圭做伴时于大安城沿途购买的物资，找了灏城外无人的银杏林，在林中支上镜子，给耿曙易容，说："脸侧过来点。"

耿曙端详镜子里的自己，已变了副容貌，隐隐约约有点像项州。项州五官温润，耿曙那眼神却十分犀利，藏也藏不住。姜恒给他易得稍老了点，约二十七八岁的模样，再换上衣服，活脱脱是名在塞外四处游走、寻找有利可图商机的走贩。

姜恒说："别老挺着身板，稍稍佝偻点，点头哈腰的，就像了。"

耿曙有种自律的气质，武袍系到领口，袖子扣得一丝不苟，腰身更是修长笔直，一看就不像商人。姜恒刻意给他找了件不合身的布袍，让他肩膀稍稍缩点。

"当兵当惯了，"耿曙说，"就怕瞒不住，他们现在都知道我与你一同出来了。"

"不是因为当兵，"姜恒说，"你小时候就这样。"

耿曙看了姜恒一眼，皱眉道："咱俩结伴，很快就会被猜到的。"

姜恒带着恶作剧的笑容，说："我偏要让他们猜不到。"

接着，姜恒开始给自己易容，耿曙便到溪流边去打水，泡茶。

一炷香时分，耿曙回来时，看见了银杏林中金黄叶子飞扬，一名女孩儿转身，朝他笑了笑。

耿曙："……"

"怎么样？"姜恒提了提肩上的轻纱，将自己易容成了一个年轻姑娘。

耿曙："……"

耿曙瞠目结舌，心脏登时狂跳起来，霎时满脸通红，下意识地别过头去。

姜恒穿的是城中买来的女装，虽不华美，却一应俱全，曲裾，深衣，藕荷色外纱，衬上他的清秀面容，活脱脱一个小美女。

"哥哥。"姜恒叫道。

耿曙道："哎！"

耿曙马上几步走到一旁，按着一棵树，不住地喘气。背后传来姜恒恶作剧的大笑声。

耿曙再转头时，当真面红耳赤，姜恒拉着他，耿曙却血液上涌，险些晕了。

"你……"耿曙万万没想到，姜恒竟愿意扮女孩儿？

"这么一来，谁也不会怀疑到咱们身上啦。"姜恒撸起袖子，这一层层的衣服，全是女装，让他实在难以驾驭，一手还在肋下挠了挠，这举动看得耿曙好笑。

先前有那么一瞬间，他差点就沦陷了。

就在这次，从雍都出来的一个月前，武英公主汁绫还亲自盘问了他，现在与姬霜婚约作废，总得给他谈一桩婚事，雍国四大家——周、耿、卫、曾，另三家都有与耿家联姻的意思，耿家虽人丁不旺，耿曙却是王子身份，更得汁琮信任。与他缔结婚约只有好处，没有坏处。

汁绫询问耿曙愿意见哪一家，或是趁着下元节相一面看看，耿曙的回答是"喜欢的"。

"那你倒是说啊，什么样的才喜欢？"汁绫简直拿耿曙没办法，这位姑妈自己没有成婚，对侄儿们的婚事向来很操心。

耿曙想了三天，告诉汁绫，要饱读诗书的，要有趣的，要爱笑的。汁绫听得不耐烦，让他把长相描述具体清楚点。

耿曙便细细说了下，喜欢什么样的鼻子、眉眼，汁绫擅长丹青，随手拿来一张纸，涂涂画画，照着耿曙的描述，犹如官府发通缉令般，将他意中人的长相稍勾勒了下。

画完给耿曙一看——姜恒。

汁绫当真啼笑皆非，却明白这也是必然，一如她从小就想找个像兄长汁琅般的夫君，玉树临风，谦和温润。耿曙与姜恒一同长大，自然也会比着自己最熟悉、最喜爱的模样找。

汁绫最后说："把这画像发下去，在国内给你找差不多的姑娘？出身也不计较了，你喜欢就行。"

"不了。"耿曙想也不想就拒绝了汁绫，于是此事再一次不了了之。

"哥！"姜恒发话了，"发什么呆呢？收拾东西，我要进城里吃去。"

耿曙回过神，怔怔地看着姜恒。

姜恒说："吃点好的，我饿了。"

耿曙马上一口答应，寻常日子里他本来就对姜恒百依百顺，如今他这么换了身女装，当真让耿曙恨不得把心都掏出来给他。

禁 酒 令

"你是商人聂海。"姜恒在一旁坐上车去，抬腿大大咧咧地架着，"我叫姜氏，是你媳妇……不对，不能是你媳妇。"

"为什么不可以？"耿曙难以置信地看着姜恒。

"小妾。"姜恒说，"你看看自己，咱俩像老夫老妻的模样吗？"

耿曙一想也是，自己被易容成一个青年，虽然长相依旧是项州的模样，却因为年纪不相当，姜恒又刻意把他的容貌做老了点，带个未到二十岁的妻，说是原配也不像。

"为什么不可以？"耿曙说，"老大不小了，到三十岁才被人慧眼识珠，不行吗？我是来塞外做皮毛生意的人，有钱，带着最喜欢、最疼爱的正妻，出来逍遥快活，打算不回中原了。"

姜恒道："……你倒是编得比我还溜，信手拈来，好罢，就这样罢。"

耿曙道："你别这么坐着，注意形象。"

姜恒收起坐姿，说："人多了自然会注意的。"

耿曙问："现在进城吃饭去？"

姜恒光从曾松处得到了线索让他调查氏人暴乱之事，事情的由头他详细地问了耿曙，大致知道一些，乃是三年前，氏族朝卫氏发动了叛乱，落雁城派出军队，联合卫氏的家兵，予以镇压。

那年耿曙还未晋升将领，在东宫御林军下当差，不过也有所耳闻。

"因为什么？"姜恒说。

"土地，"耿曙说，"田法颁布后，卫家坐大，在几个饥荒年中，收买了他们的土地。氏人日子越来越难过，最后便奋起抵抗，扬言要杀光卫家的人。"

姜恒想了想，说："唔，接着，招致了汁琮的大怒，却不是对氏族，而是对卫氏。"

"你怎么知道？"耿曙转头问道。

姜恒道："这还用问？汁琮最在乎的就是人，氏族死的人多了，谁来种地供养王族与雍军？"

耿曙忽然明白了，事发时，他确实对汁琮的怒火不太了解，只以为他对氏人有偏爱与宽容之心，可后来剿灭郎煌率领的林胡叛军时，汁琮却丝毫没有仁念。

这么想来，确实如姜恒所言，汁琮最在乎的，只有人口。

"你仔细想想，"姜恒朝耿曙说，"回忆一下，当时东宫是怎么评价这件事的。"

耿曙对朝政简直一问三不知，毕竟这已是三年前的事，他对此更半点也不关心。姜恒却需要一个线索——因为这是与曾松的交易，一定有什么关键情报，是他需要取得的。

"我当真想不到。"耿曙苦恼地说。

"你怎么什么都不知道？"姜恒拿耿曙没脾气了。

"好！"耿曙说，"我慢慢地想，你给我点时间，我努力！"

姜恒与耿曙进了灏城投宿。灏城是整个塞北最富饶的城市，虽然源源不断地为落雁输着血，却因其农耕所占的得天独厚的地理位置，聚集了大量的人口。

时值傍晚，氏人正陆陆续续地入城，姜恒用曾松给他的文书顺利入住。耿曙先去安排了晚饭，让人将好的做上来，又在案前冥思苦想，竭力回忆那年的事。

姜恒不过随口说说，但以耿曙那脾气，是无论如何也要解决的，他便道："吃罢，吃罢。"

驿站人看他俩模样，便知是老夫少妻，因姜恒的美貌不禁多看了他几眼，耿曙怒目而视，余人便移开目光。

汁琮治理国家无情，但在城里严禁私斗这一点倒是很好的，随便动手，被抓起来就是剁手砍脚、割鼻子挖眼睛的刑罚，导致冲突少了许多。

"我想起来了！"耿曙终于道。

姜恒也在绞尽脑汁，毕竟他不知道曾松想要什么。

"是什么？"姜恒拿着梳子，转头看耿曙。

耿曙怔怔地看着一身单衣的姜恒，忽然有种自己成婚了的错觉，他俩这就像小两口一般。

"卫家强买强卖，"耿曙回过神，说，"征收了氐人的土地，又将不少人治罪放逐。东宫本想派门客去查，汁泷说，算了。"

卫卓负责教导汁泷武艺与军策，当然，主要是军策。太子的师父，自然是要网开一面的。

"我懂了。"姜恒想了想，说，"既然如此，府内一定有账本。"

"对。"耿曙说。

姜恒说："除此之外，咱们还要找氐人打听消息。"

姜恒开始有点后悔易容成女孩儿了，容貌能改，声音改不了，要探听消息，一个女孩儿突然用男声发话，铁定会把人吓着。

让耿曙去问，耿曙又理不清头绪。

"我会的，"耿曙铺好床，说，"你告诉我怎么做，我去问他们。"

耿曙嘴上说着话，打量姜恒女装扮相，心中想的却是另一回事：他很喜欢姜恒对生活的情趣，实在太丰富、太有意思了，较之他常年待在宫廷里的日子，多半就是练兵，日子当真乏善可陈。

姜恒则到处走，到处玩，到得每个地方，都如鱼得水，天下仿佛随处都成了他的家。

姜恒上得床去，低声在耿曙耳畔嘱咐。他听了不时地点头，说："好，就按你说的办。"

"但是卫卓不会有什么事罢？"耿曙又有点不放心。

"不会的，"姜恒说，"卫氏家大业大，曾家不过是想给他一个警告而已。"

曾家牢牢把持东宫，卫卓则是汁琮一边的人。虽然汁琮与汁泷父子之情甚笃，但两边手下人明争暗斗，自然是少不了的，这在任何一国都属寻常事。

姜恒出身显赫，既是耿家后人，又是姜太后的远房侄孙，未来将是辅佐太子的重臣。曾松也表示了明确的拉拢意图，这个交易，只是他们彼此建立信任的第一步。

曾松看得非常清楚，只要让姜恒站在他这一边，耿曙自然也会跟着过来，买一得俩，只要合作顺利，便相当于为自己的儿子消除了两个潜在的敌人。

但这些话，姜恒没有朝耿曙多解释，反正他不管站在谁那一边，都听自己的，使唤界圭还要朝他客气几句，使唤耿曙，则没有半点犹豫，都是应该的。

翌日，姜恒先是朝小二打听了城中情况，努力地捏着嗓子，装出女孩儿的声音。

最初的想法，是从买酒开始的。

"怎么城里都不卖酒了？"姜恒十分好奇，本想着买几坛酒，回去给界圭喝，也算与他和解了，没想到一路走来，村镇尚未推颁禁酒令，在灏城这等大城里反而已找不到酒了。

驿站小二晾起抹布，打量姜恒，言语中颇有调侃意味："外头村里管不着，城里被管着，今年四月初推颁的禁令。小娘子要酒做什么？都禁了，再酿都得被抓进去，你还是别打听了。"

雍军要备战，对粮食的管控非常严格。人都不够吃，拿来酿酒实在浪费，姜恒大致也能理解。

"那可就糟了，"姜恒靠近些许，说，"我家官人每天都得喝一杯，离了酒不行。"

小二："……"

姜恒道："嗯？"

小二疑惑："小娘子，你这声音……"

姜恒道："啊，小时候生了场病，伤了嗓子。"

小二看姜恒脖颈白白净净，凑过去，伸手撩了下姜恒的头发，闻了闻香味，一本正经地道："要买酒嘛，也不是完全买不到。"

姜恒好奇地道："哪儿哪儿？"

小二一手搂着姜恒的腰，姜恒想套消息，说不得要让他占点便宜，便没有动粗。小二低声说了个地方，后领却突然被揪住，耿曙来了。

"快住手！哥……当家的！"姜恒见耿曙悄无声息地出现便知要坏事，果然小二被揪着脑袋，就要让他朝墙上撞。耿曙武功高强，逮个寻常人跟抓鸡似的，一下就要让人昏死过去。

幸而被姜恒好说歹说劝住了，没有发出"咚"的声响，他忙又朝那小二赔礼道歉，私斗起来，若是去报官，两人的身份就瞒不住了。

"我已经套出话来了，"姜恒拖着耿曙出去，说道，"你又何必多此一举？"

耿曙旁若无人："他的脸都要凑你脖子上了！"

姜恒道："你自己还不是这样？"

耿曙脸上一红："这怎么一样？"

姜恒道："快走罢！"

两人穿过后巷，进长街。昨夜又下了一场雨，天气渐渐凉了下来，灏城布局与落雁东西集市不同，与郑倒是相似，采取郑制。城开八大坊，城主府建于中央，八大坊内其中一坊为金坊，即货物流通、采买之地。

金坊相当广阔，店家却零零星星，秋收时节，城中人少，许多商铺都不曾开张。姜恒从小二处打听到的卖酒之处乃是黑市，就在一家药堂后的地下。

"晚上睡不着，"耿曙朝药堂的伙计说，"开点安神助眠的药汤。"

"年轻人啊，"伙计看了眼耿曙，又看看姜恒，说道，"酒色财气要节制，想买药汤，里边请罢。"

耿曙所说，正是姜恒套来的买酒切口，伙计看也不看，就放他们进去了。进得药堂内院，有一通往地窖的开口，旁边又有一伙计坐着看书，让他们径自进去就是。

木楼梯已有些年头了，吱吱呀呀地响着。耿曙牵着姜恒的手，进入地下，推开一扇黄粱木的大门，嘈杂的声音登时随着酒气一下涌了出来。

里头是个近三十步的酒肆大堂，内里坐着不少人，想必这还是闲时，忙起来，估计不少人得在外头排队。

地下酒肆内饮酒的饮酒，高声谈笑的高声谈笑，不少人还搂着相好的姑娘，掌酒只远远地看了他俩一眼，便示意随便坐。

"喝点什么？"掌酒远远地问，"头一次来？不能带走，只能在这儿喝。"

"喝酒。"耿曙说。

"废话！"掌酒说，"我当然知道是喝酒！"

这话又引起四周人等醉醺醺的一阵哄笑。姜恒低声在耿曙耳畔说了，耿曙便道："离人愁来二两。"

"哟，还知道离人愁？"掌酒见两人是识货的，说道，"不好意思，小店没有。碧空吟要不要？也是越酒。"

姜恒在师门时每月初一、十五，总是跟着罗宣下山沽酒[①]，自己虽不喝，对世上的酒却是熟得不能再熟。离人愁乃桃花所酿，较为清淡香甜；碧空吟则是出名的烈酒，喝多了只能躺着抬头看天说胡话，怕醉。当即他又朝耿曙说了句，耿曙便道："钟山枫露，这个总归有了罢。"

越人所酿的酒乃是天下正宗，雍国距离越地甚远，酒类不齐全，姜恒便换了代国的酒，正好尝尝。

代国的酒总该有的，于是掌酒便回身拍坛，倒酒。

姜恒不住地瞥酒肆里一众常客，偶有人笑着看他，他便也笑着看人。酒肆卖被官府所禁的酒还是其次，另一重作用，则是大量消息的集散地。喝醉之人，总容易说出些不该说的。

"银货两讫。"掌酒放了二两酒在案上。耿曙付了账，掌酒有意无意，一瞥耿曙腰囊里金灿灿的黄金，耿曙便冷冷地道："看什么？"

掌酒嘿嘿一笑，转身走了。

耿曙也有好些日子没喝酒了，要提壶自斟自饮，姜恒却轻轻按住了他，学着酒肆里其他人的模样，亲手给耿曙斟酒。聚集在酒肆里的有雍人、氐人与风戎人，各坐各的，显然形成了分明的派系，仿佛平日里都有固定的座位。耿曙进来时不知挑位，坐到了一伙氐人的旁边。

氐人归化日久，所用大多是汉话，言语间，无非谈论汁琮欲重夺玉璧关的下一步计划，以及南方四国的动向。

能在城中饮酒的，自然都是氐人中的贵族。氐人在塞外虽低了雍人一等，却亦在汁氏经营塞外的近百年中，占据了重要地位。这些氐人大

---

① 沽酒：买酒或卖酒之意。

户获赐汉姓，以"山""水"二字为大姓，时下全国禁酒、禁赌、禁私斗、禁嫖，氐人不似风戎人大多参军，年轻人血气方刚，除了饮酒还能做什么？

卖 货 郎

姜恒与耿曙观察身边人时，所有人也都在看他们，明显对这两人非常感兴趣。

耿曙被看得有点不自在，想找点话说，自己与他们究竟有什么不一样，值得被这么看？但很快，他发现问题了。

酒肆内余人都搂着相好的在聊天作乐，只有耿曙与姜恒是分开的，姜恒还不让耿曙多喝。

"就二两，"耿曙说，"淡得和水没分别。"

"喝罢喝罢。"姜恒在想如何朝他们搭讪，问点消息。

"商爷不来点下酒菜吗？"掌酒的也在打量他们，"光喝酒？"

姜恒低声在耿曙耳畔说了句话，耿曙便道："做一份炙烤秋鲟罢，再来点酥炸湖虾，炸得脆点。"

掌酒道："没有……只有切的卤牛肉。"

耿曙不耐烦道："说了你又没有，啰唆什么？"

姜恒笑了起来，与耿曙交头接耳，耿曙无奈道："牛肉就牛肉罢。"

终于有一名氐人忍不住笑话他俩了，说："商爷怎么凡事都要商量？不能自己说话吗？"

众人又开始哄笑，仿佛耿曙与姜恒的到来给他们带来了不少趣谈。

耿曙道："对，离了媳妇，我就不会自己说话了。"说着再看看周遭，明白为什么了，来客大多搂着做伴的女装小倌，唯独自己与姜恒两人傻坐着。

"你来坐我身上。"耿曙低声说。

姜恒也明白了，于是学着其他人的模样，坐到他身前。耿曙拿过壶，自斟自饮，一手搂着姜恒。

"给我喝一点。"姜恒靠在耿曙的身前，低声说。

耿曙嚼了半杯，低头看姜恒，再看看周围，便稍低下头，学着其他人，喂给他一口酒喝。

"你心跳得好快。"姜恒抱着耿曙的脖颈，在他耳畔小声说。

耿曙转过头，与他的唇相距不及一寸，答道："这酒后劲挺大，你别喝多了。"

掌酒把牛肉端上来，切得薄薄的犹如雪纸，淋上葱油，看上去倒是很美味。放下菜后，隔壁氐人青年又将他叫走，低声问了几句话。

姜恒眼角的余光看见一侧有位氐人青年看着他俩，其他人本以为耿曙是初来乍到难为情，现在习惯后，便不再多打量了。

姜恒凑到他耳畔，小声笑着说了几句话，耿曙沉吟片刻，按着姜恒的吩咐，漫不经心地环顾一眼，才对身边的年轻人道："氐人？"

"氐人，"那青年笑道，"下等人。你是哪儿人？"

"越人。"耿曙答道。

"做什么生意来了？"青年又问。

姜恒为耿曙做的装扮正是商人，腰畔系着藏金的腰囊，手腕上又戴着一串计数用的小串珠，一眼便能辨认出来。

姜恒见那青年怀里也搂着一名小倌，便不掩饰声音，笑道："代国的锦、梁国的玉、郑国的铁、郚国的漆器，应有尽有，公子想买什么？"

青年哈哈大笑："唯独没有越地的酒，可当真让人难熬。"

耿曙向来不谙谈笑风生，接不上这句了，只得说："是的。"

青年说："我姓水，水峻。"

"聂海。"耿曙也自我介绍道。

"有缘。"青年提议道，"过来坐坐如何？"

"你过来坐。"耿曙说。

水峻倒不介意，吩咐了一声，掌酒的便将两张案并到了一起，四周氐人看了他们一眼，见怪不怪。不多时，掌酒又将屏风挪了过来。

姜恒好奇地朝外打量，水峻于是道："他们都是我的朋友，在等人。"

耿曙点了点头，姜恒倚在耿曙身前，笑吟吟地看水峻，水峻却没有看他，保持了应有的礼貌，只注视耿曙的双眼，说："当真难得，都快一年没有商人来了。"

姜恒问："一个商人也没有吗？"

水峻说："俱是货郎，没有真正的商人。聂兄这次前来，做成生意了没有？"

耿曙想了想，没有正面回答，说："还成罢，就是快开战了，商路不方便。"

这句话是耿曙在自由发挥，姜恒倒是没教他，索性安安静静，等待水峻发话，如果没猜错的话……

水峻果然说："看来聂兄在灏城也买不到什么东西。"

耿曙答道："眼睛很尖。"

耿曙解腰囊付账的时候，那一整包黄金都看在水峻的眼里了。

"你有什么卖的？"耿曙打量水峻的表情，对方没有上来就色眯眯地盯着姜恒，甚至全程没有对姜恒太注意，这一举动赢得了他的好感。

水峻说："我有一些矿与皮毛，尚未出手。想不想来看看？"

"什么矿？"耿曙问。

"金矿，"水峻说，"俱是三年前，汗塞夹岭山中找到的矿脉。"

姜恒想起来了，在踏访雍国时，确实有人提及，汗塞一带与更北方的雪山，俱有金矿。

"成色如何？"耿曙说，"总要精炼的。"

水峻在身上一摸，再摊手，示意矿石无法随身携带，说："成色很好，约个时间？"

姜恒问："现在汗塞已不是你们的地方了，还能把金矿运出来吗？"

"想想办法，"水峻答道，"办法总是人想的。"

耿曙说："我不可能冒死去陪你拿金矿。"

水峻答道："这件事，自然着落在我身上。"

耿曙打了个响指，问："只要成色确实好，该给的不会少给你，你要什么？"

水峻说："金。"

姜恒笑了起来，金矿石换金，倒是直截了当。水峻看着耿曙，说："聂兄做生意倒是爽快。"

"你要这么多钱做什么？"耿曙丝毫不在意他的吹捧，反而问道。

"有用。"水峻叹了口气，说，"实不相瞒，我的弟兄快被处死了，得准备一笔钱，才能保住他的性命……聂兄知道山泽吗？"

"山泽……"耿曙想起来了，那是一个人的名字，三年前，他在东宫内听到过。

氏人得到王族赐姓，原本的两大部落，便得"山""水"二名，融入雍人后，部落首领自然失去了大部分权力，只保留了一部分土地与财物，百年来又被雍国公卿蚕食殆尽。山泽，正是三年前，集结氏人，欲推翻卫氏起兵之人。

耿曙道："反贼。"

"你们雍国的反贼。"姜恒笑着补了一句。

水峻答道："你对我们雍国挺了解。"

耿曙答道："做生意，总要打听清楚的。"

水峻叹了口气，说："我与山泽一同长大，情同手足，不知道聂兄是否了解我们氏人的习俗……"

耿曙问："什么？"

"总之，"水峻也没有多解释，便道，"我们是谁离了谁，都活不下去的交情。"

"我懂。"耿曙说。

姜恒有点好奇，先前听界圭说过氏人的习俗，只不知道好到什么程度。想必水峻与山泽之间，这里头有不少故事。姜恒转念一想，明白了水峻的打算，他要冒险用金矿换到钱，再拿去贿赂卫氏，并救出山泽。

"你太相信我们了。"耿曙说。

水峻笑了笑，说："我还是有点眼力的，你们熟悉越酒与代酒，又携带重金在身，有武艺，足够保护自己，总不至于是落雁城派来的密探。何况这不过是随口说说，哪怕将我抓去，又有多少证据？大不了把我一起车裂了。"

耿曙一想也是，哪怕水峻真的将金矿石拿出来交易，那也是他弄来的，雍国既然不知道汗塞夹岭内有金，治罪便无从说起，当然，水峻也许已经将生死置之度外了。

"汗塞地区如今是谁的地方？"耿曙说，"我可不想被拦下。"

水峻说："出雍国国境前，我会派人护送你们，氏人在这片土地上生活了一千年，相信我们就行。"

耿曙说："路线。"

水峻想了想，索性也说了出来："秦岭潼关一带，还有路可走，就是得多费些时日。"

"前一个问题。"耿曙说。

水峻尚是第一次碰上这等穷追猛打的生意人，耿曙也习惯了在军中不说废话，废话只留着对姜恒说，对外人总是言简意赅，点到为止，要的答案，也从来无人违拗过。

水峻只得说："卫贲三年以前，强占了我们氐人的土地，汗塞地区四万顷良田，俱以'丈田法'的名义，被他收入囊中，山泽率族人冲击城主府，朝他讨要一个说法。如今这些土地，乃是雍国所有，实则瞒报了近万顷，这还不算夹岭山峦之地，以及山中产出。"

山中产出的药材、木材、矿、皮草等物资，如今已是卫氏所有了，卫卓在朝中当差，长子卫贲则在灏城疯狂敛财，中饱私囊，压榨氐人百姓。

汁琼知道吗？也许知道一些，只没想到这么严重。灏城是塞北最大的粮仓，只要代为管理的卫贲每岁上缴的粮食无差，汁家向来是睁只眼闭只眼。

"知道了。"耿曙淡淡地道。

姜恒忍不住又问："卫家积攒了这么多钱，都花在什么地方了呢？"

"都运走了罢，"水峻淡淡地道，"送到代国，再从代国送进郅国。周家与卫家关系匪浅，借官商名义，你说能送到哪儿去？"

姜恒想起在代国碰过面的周游，至于有多少，他就不清楚了，经营上百年的世家，哪怕雍国闭关，这些公卿们与南方四国有着千丝万缕的联系。

"最后一个问题，"姜恒说，"公子就满足一下我的好奇心罢，山泽被关在哪里？"

水峻答道："城主府的死牢，来年开春就要问斩了。"

正值此时，酒肆外门被推开，又有人进来了。

"我等的人来了，"水峻听声音便道，"两位约个时间？"

"我会去找你，"耿曙说，"在家老老实实等着就是。"

水峻本想告知自己家所在，但想来水氏府邸也无人不知，便点了点头，转出屏风外去，让他们依旧坐着喝酒。

姜恒正思考着，在耿曙怀中换了个姿势，耿曙也不着急，没有在此地商量，免得隔墙有耳，被人听了去，继续搂着姜恒，扬眉示意他还喝不喝？

姜恒摇摇头，忽然听见外头一个声音响起。

"让我一顿好找。"

那声音无比熟悉，姜恒一听就变了脸色。

耿曙低声道："怎么了？"

姜恒当即从他怀中起身，凑到屏风缝中朝外望去。

他看见了孙英。

同 铭 缘

耿曙低声道："快回来。"

耿曙一把将姜恒拉回来，屏风后点着灯，对方虽看不见人，却能看见影子！姜恒情急之下竟忘了。

"赵兄来了，"水峻说，"请坐。"

不久前，玉璧关下罗宣那一拍，当真让孙英求生不得，求死不能。

幸而罗宣忙着远看姜恒，不过随手一拍，未曾注入功力，放了孙英的一条性命，饶是如此，在公孙武动手为孙英解毒时，亦遭受波及。最终中毒的人凭借内力顽抗没死成，治毒的大夫反而沾上毒粉死了。

也正因如此，太子灵方有所忌惮，不敢派出麾下所有刺客高手全力追缉逃亡的姜恒与耿曙。

最终孙英在床上躺了足足三个月，又放血又逼毒，才得以好转。

这天被称作"赵兄"的孙英，显然是来见氏人的外客。孙英依旧做浪人打扮，背着两柄长刀，正要与水峻寒暄时，却看见了屏风后的影子。

接着，孙英走向屏风，笑道："满城找了半天，却不知道竟还有个卖酒的地方。"

掌酒的与酒肆内其他人听到这话时，登时警觉起来，孙英向来大大咧咧，想到什么就说什么，不提防这话犯了当地的忌讳。

水峻忙道："赵兄，请坐……"

孙英却脚下不停，走到屏风前，转过遮挡的边缘。

耿曙在一刹那间，从姜恒震惊的神色上，敏锐地判断出了不能被看穿身份，顺手一搂姜恒，将他按在了坐榻上。

姜恒马上回过神，反手抱住耿曙，稍稍侧头，两人呼吸急促，搂在一起。耿曙又在身上顺手扯了几下，扯开衣裳，露出胸膛，装作衣冠不整的模样。

"赵兄，"水峻低声道，"快回来。"

孙英登时装作不知屏风后还有人，马上道："得罪，得罪。"

耿曙这才从姜恒身上起来，转头带着戾气，看了一眼孙英。

耿曙易过容，用身体挡住了姜恒。姜恒马上转头，长发披散，躲开孙英的目光，显然尴尬至极。

"冒犯了。"孙英与耿曙对上视线，见素未谋面，想来两人在屏风后喝醉了，正在动手动脚，一方想走，被另一方拉了回来，便不再怀疑。

"咳！"掌酒极度不满，朝水峻使了个眼色，这酒肆是他的地方，来客太不守规矩。

孙英离开，姜恒仍然心神荡漾，与耿曙对视。耿曙抬手，示意他先别起来，就这么抱着，以手肘支撑身体，将姜恒虚虚压在身下，用袖子为他擦拭了一下嘴角。

耿曙易了容，身体却没有，漂亮白皙的胸膛有股温热的男性气味，让姜恒觉得非常安全。

虽然要在这里动手击败孙英也并非办不到，但这么一来，两人的身份就要暴露了。

外头传来水峻与孙英的对话，无非是路上辛苦了，几天前到的等寒暄。孙英兴许仍然觉得酒肆不太安全，便提议换个地方，不多时，氐人走得干干净净。

姜恒松了口气，整理衣袍，耿曙坐起，顺势拉着姜恒起身，两人都有点出神，你看看我，我看看你。

掌酒的过来道歉，朝两人说："方才那人我也认不得，属实冲撞了。"

"不打紧。"姜恒忙摆手道。

耿曙结过下酒菜的钱，说："我们也走了。"

"洗个澡去罢。"耿曙与姜恒出来，说道。

姜恒正在想水峻之事要如何处理，点了点头。

他与耿曙拿了浴袍，去了澡堂。秋天傍晚已有些许凉意，汗塞山岭有温泉流入灏城中，形成巨大的天然澡堂，耿曙又使钱要了竹林幽间，与姜恒泡在池中。

"没有洛阳的水好。"耿曙说。

"嘘。"姜恒仍在思考，让耿曙小声点。

耿曙侧耳听了一会儿，说："附近方圆二十步都没有人，别担心，连水声都听不见，反而是驿站里头，隔壁有人住，说话须得当心。"

姜恒点了点头，耿曙虽是武将，却极像一名刺客，到了地方，先观察周围，再排除可疑人等，继而确认逃生的路，这是小时候被姜夫人带大所养成的习惯。姜恒也有这习惯，所以代王李宏对他的评价是"刺客养大的孩子"。

耿曙说没问题，自然就是没问题。耿曙这时又问："你想怎么办？不可能帮他卖矿石，哪有这闲工夫？要是被父王知道，铁定先没收充官，再把他关起来。"

姜恒声音小些，答道："水峻想要的只是救山泽的性命，金矿反而不是最重要的，只需要说服汴琼，把人放了就完事了。"

耿曙说："卫卓那老头子不会答应的，你说放人就放人，他面子往哪儿搁？"

姜恒说："不放人，让他再延几年，总是可以的。关键山泽被关着，许多冤屈无人可说，如果能见他一面就好了。"

耿曙说："表明身份，今天把易容取了，去见城主卫贲，他不敢惹我。"

姜恒道："他不会让你见的，只会找个借口搪塞过去。"

耿曙想了想，说："氏人若再造反，靠他那点家兵，不是对手，只得等落雁来援，他必须求我。"

姜恒一想也是，若三年前的叛乱再来一次，靠卫家挡不住，只能朝落雁城求援，如今骑兵全在耿曙手里，卫家必须与他商量。

"我再想想罢，"姜恒答道，"不着急。其实只要让朝廷知道卫家瞒着土地未曾上报、逼反氏人的证据，就能为山泽洗脱冤屈了……可是你觉得，朝廷知道吗？"

耿曙没有说话，让姜恒转身，站起来，擦洗他腰上的伤痕。

"水峻的'峻'字，是山字旁，"耿曙说，"山泽的'泽'字，则是水字旁。"

"嗯。"姜恒说，"这叫'易铭'，在起名时，两家感情好的，便将姓氏里的偏旁互换，给对方的孩儿起名。"

耿曙在雍宫内仍然学了不少东西，大致知道排辈与名字的偏旁，像汁泷、汁森便是水字旁，属于他们这个辈分。上一辈，则是汁琅与汁琮，汁绫原名为王字旁加个霝字，然则她嫌这字实在是太难写了，笔画太多写得累死，给自己改换了一个。

"还有'同铭'，"姜恒说，"像姓氏不同，却带着同一字部，便是同铭。"

耿曙说："我的'曙'，你的'恒'。"

"对。"姜恒笑了起来。

是这样吗？姜恒长大以后，渐渐明白了，母亲当年是恨耿曙的生母聂七的，否则也不会在耿曙来到浔东时那一天，带给她那么大的痛苦。而且在他们各自出生时，昭夫人也根本不知道，那时的耿渊已有了心上人，起名又怎么会用"同铭"？

但他宁愿相信这是他们生来就有的缘分，刻在了彼此的灵魂里，从未更改。

"冷不冷？"

洗过澡后，耿曙穿黑色的浴袍，姜恒则穿天青色的，两人趿着皮屐回驿站去，一路上仅靠外头束身的浴袍挡着。

姜恒说："冷你还脱下来给我穿不成？"

耿曙问："我又无所谓，你冷吗？"

姜恒马上制止了耿曙，在街上裸露身体是要入刑的，说："马上就到了……"

耿曙的易容已经洗掉了，天色已昏黑，明日还要重新做。姜恒心道打听的任务已大致完成，易容没那么重要。

然而，回到驿站时，门口等着一队雍军，迎接他俩的大驾。

"就是他俩！"小二认出了姜恒，说，"好哇，原来是个男人！"

姜恒换了男装浴袍，脸却没有变，小二早上被耿曙威胁后，想来心有悻悻，叫来官兵报复了。

"他俩去黑市买酒了！"小二说，"检查他们的包袱，上面一定还有酒味！"

耿曙："……"

耿曙穿着浴袍，稍撸起袖，剑在楼上，未曾带出门，但赤手空拳放倒这么一队人依然没难度，只是打起来有点不雅。

姜恒却另有了主意，拉了下耿曙的衣袖，低声说了几句话。

耿曙正要拒绝，姜恒却拉着耿曙，让火把照着他的脸，以供辨认。

"你确定你说的是他？"姜恒朝小二说。

小二傻眼了，耿曙去掉易容后，明显与白天不是一个人，声音却是像的。

"还有一个商人呢？"雍兵队长也发现他与小二描述的不一样了。

"我官人出城去了。"姜恒说。

"你他 × 是男的！"小二叫唤道。

姜恒道："男的怎么了？"说着又朝耿曙示意。

"跟我们走一趟！"雍兵朝姜恒说。

耿曙："……"

深夜，姜恒独自被押到了灏城牢房内，一身浴袍未换，被推了进去。

"在这儿老老实实地待着。"队长沉声道，"喝酒？喝酒是罢，赏你一顿鞭子，还喝不喝酒了？"

姜恒知道耿曙这个时候一定是去找卫贲的麻烦了，只要出示腰牌，卫贲这下就惹了大麻烦，必须亲自来放人，并与他们谈条件。

被带到牢房的路上，他还看见了耿曙在漆黑的夜里，连浴袍都没换，飞檐走壁地跟在后头，直到确认他没有被打才放心，末了又是一声呼哨。

海东青从牢房的天窗外飞了过来，停在天窗口处。姜恒倒是不怕被上私刑，毕竟违反禁酒令又不是死罪，关上三天就能放人，更没有毒打的必要。雍国法律虽然无情，无情也有无情的好处，就是除非有重要问题，上私刑的很少。

于是他整理浴袍，在潮湿的牢房里找了个地方暂且坐着，一排排的牢房内，只有他一个人。

他观察那狱卒，见狱卒一会儿就又离开了，墙上挂着数十串牢房的钥匙。

"风羽。"姜恒朝天窗处的海东青小声道。

海东青展开翅膀，呼啦啦飞了下来。

姜恒指指远处的钥匙，说："把钥匙拿过来，钥匙。"

海东青脑袋转来转去，不明其意。姜恒两手比画了个"圈"，又指墙上挂的钥匙，把风羽硬塞出牢房的栅栏去。鸟儿身形伸缩自如，不费吹灰之力便出去了。

海东青转头看了姜恒一眼，姜恒继续指牢房墙上，海东青忽然懂了，飞过去，叼着一串钥匙回来。

"不不！"姜恒说，"另一头，第一把。"

海东青松开喙，再飞过去，姜恒正在赞叹这家伙都要成精了、太聪明了的时候，海东青显然嫌他麻烦，分几次把二十四把钥匙全部叼了回来。

姜恒："……"

但结果仍然是顺利的，姜恒刚用第一把钥匙打开牢门，便听到外头传来"咚"的一声响，登时紧张起来。

接着，狱卒从楼梯上滚了下来，被击昏了，耿曙手里捏着一把不知何处捡来的棋子，快步下了牢房，还穿着浴袍，说："没事罢？我太担心了！"

耿曙过来要抱姜恒，姜恒哭笑不得地道："这才不到一炷香的工夫！"

耿曙说："你出的什么鬼主意?!"

姜恒道："这不是顺顺当当就进来了吗？我让你去见卫贲，人呢？"

耿曙道："你被关在牢里头，我怎么去？"

姜恒实在拿耿曙没办法，耿曙又说："走罢。"

"等等，"姜恒说，"找人，看看山泽的情况。"

牢房内里极深，姜恒快步走过通道，发现两边都没有囚犯。

"根据水峻所言，应当在这儿才对。"姜恒有点怀疑了，"怎么守备这么少？"

耿曙答道："里头不多，外头却有许多，都被我解决了。"

要进这个地牢须得通过非常曲折的通道，以及重兵把守的兵库校场，半夜三更，姜恒被押进来时看不真切，耿曙一路潜伏，却是一清二楚，倒在他剑鞘下的，有上百人。

"没有人。"姜恒有点烦躁，该不会是水峻骗了他们？

"底下还有地方。"耿曙说，用剑敲了下地上盖板，低头看见了一把锁。

姜恒正想找钥匙，耿曙抽剑一招斩开，拉开地窖门。

"这里如果没有，"耿曙说，"还有一个办法。"

姜恒想也知道耿曙会用什么办法，匆匆下地窖，说道："绝对不能把卫贲抓起来，把刀架在他的脖子上让他说出来……否则以后回东宫，要怎么干活？"

耿曙向来没有什么原则，也不管同僚关系，只要姜恒乐意，什么都可以做，除了汁家人，其他人在他眼里是死是活，向来没太大关系。

但姜恒心中庆幸，总算找到人了。

地窖下是个水牢，水牢里捆着一名奄奄一息的犯人，衣衫褴褛。环境实在太昏暗了，只有依稀的月光。

姜恒低声道："是山泽吗？山泽？你听得见吗？"

山泽年纪不大，披头散发，身上满是鞭抽的血痕，就像当初姜恒被囚在玉璧关牢狱中的模样。耿曙深吸一口气，是否救这个人，起初全凭姜恒的意愿，但看见这一幕时，他被勾起了恻隐之心。

山泽已经无法回答了，陷在半昏迷状态里，姜恒在墙上找到水牢钥匙，把他抱出来，耿曙接过。

"走罢，"姜恒低声说，"出去当心点。"

外头满地都是昏迷的士兵，这不是姜恒第一次救人了。山泽被关在卫氏私牢内，比起代国倾举国之力建造的离宫，守卫森严程度终究差了不少。耿曙连汀丘都是想进就进，想出就出，灏城自然更不在话下。

"没有杀人，很好。"姜恒表扬了耿曙。

耿曙："……"

耿曙将山泽扛在背上，一步上墙，转身看姜恒，尚有余力伸手拉他上去。

"现在去哪儿？"耿曙问。

驿站是不能待了，小二一定会再去报官，卫家现在一定云里雾里，夜里发生何事尚不清楚，得天亮后才能得到回报——抓了个私下饮酒之人，结果却连关了三年的反贼都一起被劫走了，不知道卫贲清晨醒来后听完事情的经过，是什么表情。

"去水家。"姜恒说道。

耿曙没有异议，扛着奄奄一息的山泽，辗转避开城内卫兵，敲开了水宅的大门。

卫 氏 兵

水峻尚在熟睡，被叫醒之后吓得整个人都精神了。

"是他吗？"姜恒指着被耿曙放在榻上的山泽，朝水峻问。

水峻看清囚犯的长相后，登时抱着他大哭起来，抚摸他的脸，把头埋在他的肩上。

耿曙按着肩膀，活动少顷，望向姜恒。

姜恒听到那哭声，简直被吵得头昏脑涨，折腾了足足一宿，又头痛，说："他还活着，水峻，赶紧找药给他调理身体罢。"

"那会儿你昏着，"耿曙说，"我心里就像被撕开了一般，如今你连哭也不许人哭了。"

姜恒笑了起来，与耿曙坐在一旁，只见水峻好容易从悲伤中平复过来，说道："谢谢，谢谢两位，我本以为，这辈子再也见不到他了。"

那话与姜恒、耿曙当年所想亦是一般，两人静静地看着水峻，又十分动容。

水峻道："得找位大夫……"

姜恒自己就熟稔医术，闻言上前为他把脉，开了药方让水峻遣人去买。

"得尽快将他送出城。"水峻一时尚未想清楚，为什么初识的商人会替自己前去救出反叛作乱的手足，所谓"聂海"，又换了个容貌。

"谢谢，"水峻走到耿曙身前，身穿单衣便跪，颤声道，"谢谢聂兄。"

"你认得我？"耿曙除去易容，没想到水峻竟这么快便认出来了。

"您的声音没有变。"水峻擦了把眼泪，喜极而泣，说道，"无论接下来发生什么，我都会力保两位的安全，氏人从今往后，视二位为生死之交，此生此誓，永不违逆。"

姜恒答道："举手之劳而已，水公子，天亮时，卫家必将在城中大举搜查，您一定要非常小心。"

水峻点了点头，吩咐来人，请姜恒与耿曙去歇下。耿曙虽忙活了大半夜，救个人倒是寻常，一如平时每一天，进屋上榻脱了浴袍，倒头就睡。

姜恒则睁着眼，心中生出更多疑虑。救出山泽后，汁琮一定会发怒，以他的脾气，向来不允许任何人挑战自己的权威，所以一定要想办法为山泽脱罪，这是顾全汁琮的面子，亦是顾全氏人的性命。

"哥。"姜恒低声说。

耿曙已睡熟了，姜恒也困得不行，不多时便入睡。

及至日上三竿时，一阵嘈杂声惊醒了姜恒。耿曙却已先醒，换上了房内准备好的氏人衣物，氏族所着服饰与雍人相差不大，只在衽、腰带等处做了少许更改。氏人贵族习惯在衽处别数枚夜明珠。

姜恒起身，由耿曙服侍洗漱完毕，发现外头一个人也没有。

姜恒有些疑惑。

两人穿过走廊，只见山泽已经醒了，厅内一道屏风挡着，水府上家兵全部派了出去。

水峻正说着话，听到脚步声，于是从屏风后转出。

"两位，"水峻说，"现在府外全是卫氏的家兵，我已召集全城氏人，预备与他们背水一战。"

姜恒："……"

姜恒半点没料到，卫家竟在未有证据的情况下，包围了水家，而看水峻这模样，显然是要拼个鱼死网破了。

"万万不可！"姜恒登时色变。

水峻说："已经没有回头路了，待会儿只要冲突一起，我会派人护送你们趁乱离开灏城，城里只要一乱起来，城门处便无人管了。卫贲正调集全城所有军队……"

"我能从卫宅中把人带出来，"耿曙沉声道，"当然就能全身而退，你不必担心我们，还是想想自己罢。"

屏风后的山泽说："挪开，我要亲自朝恩人道谢。"

水峻于是挪开了屏风，山泽醒来后经过了简单的收拾，虽消瘦憔悴、脸色苍白，却看得出容貌英俊。他一头乌黑长发，身穿宽大的蓝色长袍，端坐于正榻上，手里握着一把短刀，显然一旦卫家士兵攻入水府，便做好了随时了结自己性命的准备。

水峻伤感地笑了笑，山泽说："我腿脚多有不便，在水牢中幽禁日久，更……"

姜恒说："你且先好好休息，不用站起来。"

山泽于是坐在榻上，朝姜恒与耿曙拜了三拜。

耿曙沉吟不语，问："外头现在是什么情况？"

水峻说："卫家调了两千人过来，封锁了本家朝外的四条街道与灏城主街。氏人在城中，足有四万数，我们不怕他们。"

姜恒说："先不论卫家装备精良，又有战马，氏人手中只有农锄铁锹，打起来胜算渺茫……就算打赢了，砍下了卫贲的脑袋，又能怎么样呢？"

厅内四人沉默，片刻后，山泽说："您说得对，先生，此举定将激怒落雁城，他们会派出军队，前来攻打灏城。"

"当然，"姜恒说，"你们也并非没有胜算。雍国内战既起，风戎、林胡都会马上响应，但灏城必然成为这场风暴的首当其冲之地。"

耿曙补充道："前提是，你们能守住这座府邸。"

没有人比姜恒更清楚雍国的困境了，从还在郑都济州城时，他就算准了汁琮只要一死，雍国必然分崩离析，原本在强权镇压下的所有矛盾，都将化作血雨腥风，吞噬大雍的百年基业。

那么坐视山泽开春遭问斩，这一切是否就不会发生呢？

答案是否定的。

"水峻，那位来自郑国的赵先生，是如何说服你的？"姜恒准之又准地切入了一切的关键点。

水峻顿时一怔。

山泽朝水峻说："告诉他们无妨。"

水峻叹了口气，说："赵英供应我们武器，预备在来年开春，山泽被处刑后，借此悲痛，让氏人发起抗争。郑国则里应外合，同时出玉璧关，攻打落雁城。"

耿曙被这么一提醒，马上就清楚了，他们救不救山泽，结果都不会有明显区别，也许来年开春，王室面临的危机只会更严重。

"他是怎么来到这儿的？"姜恒没有问水峻是否答应了他的要求。

"我不大清楚，"水峻答道，"兴许是玉璧关的崇山峻岭之间，尚有无人得知的小路？"

外头嘈杂声更响，卫贲来了，已开始有人怒喝，让水宅开门，要进来搜查。

水峻说："没有时间了，必须马上护送两位恩人离开，我去拖住卫贲。"说着，他匆匆走出，经过姜恒与耿曙身边时，又朝两人一躬身。

厅内余山泽、耿曙与姜恒。

"氏王子，信得过我吗？"姜恒忽然说。

山泽说："氏族早已归化，何来'王子'一说？如今我不过是雍国一名寻常百姓，为了族人的土地，付出自己的性命，奔走不休。先生若想救我一人性命，大可不必，除非您能解开这个死结。"

姜恒心道山泽当真是聪明人，也许他已猜到自己二人的身份，却始终没有说破。

"皮之不存，毛将焉附？"姜恒说，"您觉得氏人归于郑，就比归雍更好吗？"

"我不知道。"山泽认真地说，"我只知道，雍人想杀了我。"

姜恒叹了口气。

"国家倾覆，各族势必危如累卵。"姜恒说，"郑人利用氏人，全因受到如今雍国的威胁，若看不开这一层，塞外土地一旦分崩离析，诸族各自为政，在郑人手里，也不过是当奴隶罢了。"

山泽沉默不语，片刻后道："姜恒，这要看未来。"

"我愿意尽力一试。"姜恒说，"但我无法预测这结果，也许能好转，也许更坏。您愿不愿意赌一场？这是您唯一的机会。"

只是顷刻，山泽便下了决心，点头。

姜恒顿时松了口气，望向耿曙，带着请求的神色。耿曙尚不明白，面露疑惑，但忽然间，与姜恒多年的默契，让他心有灵犀。

耿曙二话不说，转身离开厅堂。

水宅外剑拔弩张，卫家的家兵已将此处团团围住，氏人正从全城的四面八方赶来，一场暴乱正在酝酿。卫家显然忌惮三年前那场流血之乱，眼看第一箭射出后，动乱便要难以收拾。

卫贲是个四十余岁的中年人，骑着高头大马，终于赶到了战场。

"水峻！"卫贲沉声道，"这里是灏城，是雍国的国境，你们还想造反不成?!"

水峻面对卫贲时，俨然变了一个人，认真地道："卫贲，你要搜查我府上，按理乃是缉拿氏人王族，依法办事，须得拿出落雁城签发的搜查令。灏城虽已封给了你，你却没有治辖权！官府的搜查令在哪里？"

卫贲一声冷笑，其卫氏在灏城经营日久，国都派来的官员，早已唯其命而是从，哪里敢违拗？

"你是不是还没搞清楚，"卫贲简直嚣张跋扈到了极点，"这座城真正的主人是谁？"

说着，卫贲抬起手，只待水峻再抵抗，他一声令下，就要强冲水宅。

然而就在此刻，大门慢慢打开，耿曙走了出来。

卫贲一刹那还以为自己看花眼了，抬起的一手竟忘了放下。

耿曙一袭氏人服饰，连剑带鞘握在手中，端详卫贲。

"让你的人滚回去。"耿曙冷冷地道。

卫贲在数月前见过耿曙一面，军团练兵时，卫贲亲自率领手下前去犒军。但现在借他十个脑子也想不到，上将军汁森竟会出现在氏人的宅中。

"森殿下？"卫贲难以置信地道。

"本将军说话只说一次！"耿曙一声怒喝。

耿曙之威严，甚至尚在汁琮之上。汁琮虽是雍国之王、战神之身，然而于玉璧关下被刺，又身居朝中，君威多少遭了折损。耿曙却是新近数年里，塞外所传颂的汁琮亲传徒弟，更在钟山一战成名，连李宏亦不是他的对手。

这话一出，卫家士兵顿时恐惧，稍稍退后。

卫贲放下手，翻身下马，顿时换了一副面孔："殿下，他们俱是逆贼，昨夜氐人劫狱，带走了逆贼头目……"

耿曙拇指稍稍一弹，弹出剑格，露出寒光四射的剑刃。

"人是我救走的，"耿曙沉声道，"怎么？有什么意见？"

卫贲刹那脑海中轰然一响，但他既为家主，马上就明白过来，事情远比自己想象的要严重——卫家一定被人算计了。

水峻一手不住地发抖，深呼吸，控制住自己，没有转头看耿曙。

"是，殿下。"卫贲极是识趣。耿曙代表了东宫，耿曙的介入也就意味着东宫的态度，这已不是他能解决的问题。

耿曙独自一人，数千人便在他的面前散去，顷刻间撤了个干干净净。

姜恒就站在院里，看着这一切。

卫贲说："殿下不如请移步到……"

"没空。"耿曙直截了当地拒绝了卫贲，转身关上了大门。

姜恒："……"

耿曙问："怎么了？"

姜恒道："你还是给他点面子。"

耿曙道："都得罪他了，还讲什么面子？给他面子，他就不会来找咱们麻烦了吗？我看不见得。"

姜恒一想也是，耿曙想得很简单，但这种简单往往直入人心，颇有"大巧不工"的境界。

水峻总算得知了耿曙的身份，未知这对他们而言意味着幸运还是不幸。

山泽踉跄着走下榻来，朝姜恒说："要去哪儿？我准备好了。"

水峻一个箭步上前，耿曙与姜恒对视。

"跟我去落雁城，"姜恒说，"这是您唯一的申辩机会。"

水峻道："他会被车裂。"

姜恒说："也可能不会。"

山泽一手扶着水峻的肩膀，水峻说："不行，我不能让你走，山泽。"

"我相信他们。"山泽说。

冻 羊 羹

是日午后，卫贲放出信鸽，火速通知尚在朝廷为官的父亲，麻烦来了。接下来很长的一段时间，卫卓必须做好准备，面对朝中对他掀起的腥风血雨。

"他们出城了。"手下来报。

"有多少人护卫？"卫贲问。

"无人护卫，"手下答道，"仅三人，姜恒、汁淼，以及山泽。"

卫贲思考着在路上截杀这三人的办法，首先能否神不知鬼不觉，在他们回落雁的路上杀光？耿曙武艺卓绝，单挑是能打败李宏的人，却防不住千军万马与乱箭。姜恒……此人功夫未知，却是险些将汁琮一剑毙命的刺客。

山泽则全无武艺，当可排除在外。

但这三个人里，只要有一个人逃掉，势必就会引起更大的麻烦。汁琮平日里对卫家睁一只眼闭一只眼，但汁淼可是他的儿子，对王族下手，另当别论。

"派人跟着，"卫贲说，"别被他们发现了，有十足的把握再下手。"

深秋时节，塞外一片金黄。

三人在野外扎营，山泽努力地照顾着自己，不愿给姜恒与耿曙添麻烦。今天换姜恒自己煮茶喝。

"你是王都人？"山泽问。

"不，"姜恒笑道，"我不是雍人。"

山泽说："我说的是王都洛阳。"

"算是，"姜恒想了想，说，"在洛阳生活了三年。怎么看出来的？"

"王都人午饭后，都会喝一杯茶，"山泽说，"塞外没有这个习惯。"

姜恒说："小时候我哥去做漆工、木工，挣到钱以后，就买点茶予我喝，茶总比酒好，喝了使人清醒。"

山泽说："你们是一起长大的，像我与水峻，我们的父母很早就死了，剩下我俩相依为命。"

姜恒点了点头，山氏、水氏的族长数日间先后毙命，但那是另一个故事了。山泽没有多提，姜恒也没有问。

耿曙在外巡逻一圈，回来了，说："怎么自己动手了？正急着回来给你煮茶喝。"

姜恒拿过午饭，递给耿曙，那是水峻在城中为他们准备的米饭与冻成膏的羊羹汤，秋天寒冷，饭食可以放三天。

耿曙把铁盒放在火上，将羊羹化开。山泽又问："怎么样？"

"确实有人在跟踪，还是两队人。"耿曙放出海东青侦察，知道灏城派了人尾随，只不过离得很远。

姜恒渐渐地，开始对山泽刮目相看了。

他非常聪明，在姜恒所认识的塞外人里，山泽是最聪明的一个。他熟悉雍人的文化，读过不少书，脑筋也转得飞快，更熟悉谋略，三年前那场叛乱，乃是他亲手策划的。只是最后被汋氏发动奇袭，功亏一篑。

山泽对潜伏在身边的危险，警惕程度远远大于姜恒，就像一个有姜恒的谋略，却又有耿曙的警惕心的谋士。路上这些日子里，姜恒与山泽闲聊，竟有相见恨晚之心。

雍国没能将这名氏族王子收入东宫，成为太子泷手下的谋士，当真是错失人才，太可惜了。

姜恒与山泽对谈时始终遵守礼节，甚至到了刻板的程度，所谈也无非国略与大雍现状。耿曙便在一旁吃饭、倾听，不发表任何意见。

"你觉得呢？"姜恒有时也会询问耿曙，毕竟他在落雁生活了四年，对王宫环境更熟悉。

"我不知道。"耿曙自己起身去倒茶喝，"不过听你们这么说，雍国随时要灭国了。"

姜恒笑了起来，确实如此，大厦将倾，许多人尚无知觉，还在载歌载舞，但一个国家的倾覆往往就在一夜之间，只要汁琮正面吃一场败仗，雍国各族便将分崩离析。

山泽喝完茶，放下杯子，说："现在我倒是觉得，有你们在，雍国不会也不可能灭国。"

"这可难说。"姜恒笑道。

耿曙收拾杯子与食盒，说道："走罢，早一天抵达落雁，就早一点有床榻睡。"

山泽在水牢中被关押了三年，身体正处于恢复期，长时间赶路恐怕留下病根，须得尽快抵达落雁，再为他延医调理。

出来的日子很漫长，回去的路却很短，一天又一天地过去，一路上，姜恒谈论得最多的，就是雍国的现状以及东宫的人、朝堂的人。耿曙知无不言，言无不尽，把每个人从头到脚都描述了一次，供姜恒与山泽分析。

"你俩总像是在打什么鬼主意。"耿曙怀疑地说。

"知己知彼，百战百胜。"山泽笑道，"你们汉人说的。"

姜恒说："世间之事，不外乎人心。"

眨眼间，时光过得飞快。而在通往落雁城的路上，姜恒意外地又遇上了那伙风戎人。

"孟和！"孟和一身冬季猎服，远远朝姜恒笑道。

"孟和！"姜恒也这么喊孟和，他们的名字里都有"永恒"之意，仿佛亲切了不少。

孟和指指他们背后，说了句话。

山泽道："他说，有人在跟踪咱们。"

耿曙道："没关系，让他们来。"

孟和又说了一大串话，山泽道："问要不要腾出人手帮忙护送。"

耿曙道："他不是已经护送一路了吗？从离开灏城没多久就跟在后头了。"

孟和朝山泽点头，山泽则坐着回礼。

"你们认识？"姜恒好奇地问道。

山泽转念一想，姜恒似乎还不知道孟和的身份，但既然孟和没有表态，自己也不便多嘴，答道："一面之缘。"

"我的熊呢？"姜恒又让耿曙翻译。

耿曙尚未发话，孟和却听懂了，仿佛在半年里学了不少汉话，答道："很好！长这么大了！"

说着他比画了个高度，姜恒说："养大了就放回去罢，别喂多了，自己不会找吃的了！"

孟和说："放出去前，给你看一眼！"

姜恒心道你要把两头熊拉进落雁城里去，多半得吓跑不少人，不过他也仅当孟和在开玩笑。耿曙便驾车，朝他吹了声口哨，风羽飞来，落在车前。孟和则挥了挥手，掉转马头离开，继续打猎去了。

又三天后，临近下元节，姜恒看见了满城张挂的彩绸与纸灯。

雍人以色黑立国，五德终始之说中，黑色属水，象征北方之神的玄武为护国之神，汁氏更对水神十分尊崇，连带着祭祀水官的下元节，也是一年中最隆重的节日。

姜恒在外度过了近半年野人般的日子，回到国都后，犹如从蛮荒之地回到了文明之国，心中不由得感慨万千。人多热闹的地方，终究是美好的。千年以来，居住在神州大地上的人纷纷聚在一起，分工合作，有了灿烂的诗书，形成城市、村庄、市镇、重城、国都，犹如众星拱月，这就是江山与社稷该有的模样。

是日，汁琮接到了姜恒回朝的消息，耿曙也跟着回来了。

近半年里，斥候们关于姜恒的密告，每一天就没有停过。汁琮已经开始有点讨厌他了，这种讨厌在于姜恒揭开了一个又一个伤疤，奈何它们又是确确实实存在的。

汁琮很清楚有些问题必须解决，但就像良药苦口，喝多了总让人难受。姜恒几乎是撬开了他的嘴，一剂接一剂地强行灌下来，不容他歇一歇，简直令他恼火异常。

更何况眼下最重要的是外患，外患放着不管，更给他添了这许多烦心事。

"他们进城了？"汁琮说。

曾宇答道："是，淼殿下也回来了。"

汁琮问："没有别的人？"

曾宇答："似乎还带着另一个人。"

曾嵘已提醒了弟弟，曾家即将朝卫家发难了，姜恒则是他们父亲布下的棋子，曾宇须得在一定程度上保护他。

汁琮却很清楚这个人是谁，同时对姜恒的行为更添了不满——首先他站了东宫的队，这点是做对了，但他不该与曾家串谋，把东宫拉下水。

毕竟汁琮还是名义上的国君，有他一天在，太子泷就必须听他的，哪怕他是钦定的继任者。

"说说玉璧关的情况罢。"汁琮决定先将这点不快抛到脑后，朝众臣道。

今天他召集群臣，朝廷上的文武官来了一大半。耿曙马上就要回朝了，汁琮决定提前布置好，届时让耿曙带兵打前锋，夺回玉璧关。

案上压着金玺，曾嵘开始整理东宫宗卷，汇报玉璧关连日以来的动向。郑国太子灵仍旧按兵不动，但南方传来了新的消息，老郑王快要撑不住了。一旦国君驾崩，太子灵就必须赶回济州继任，届时将有权力更迭与清洗，必然腾不出手打仗。

雍国正等待着这个机会，太子灵也相当清楚，不会给汁琮这个机会，他极有可能提前发兵。

汁琮近年来极少过问国政，民生、贸易、外交等事宜他向来不怎么感兴趣，如今都扔给东宫，让管魏协助着去处置，大方向按他的意思就行。

他最感兴趣的只有一件事——打仗。侵占别国的土地，俘虏南方的百姓，一点点地壮大自己的实力，一如棋盘上的博弈，杀得对手闻风丧胆，让他感受到前所未有的满足。

但凡军务，他便会亲自过问。

曾嵘如实汇报到一半，忽然停下了声音。

满殿大臣齐刷刷地朝外望去，这寂静令汁琮从大战的遐想中回过神来，顺着他们的目光望去，看见了两个人。

耿曙与姜恒风尘仆仆，站在殿内。

汴琮道："回来了？"

"回来了，"耿曙抱拳躬身，"拜见父王。"

姜恒眼里带着笑意，手持离开前带在身上的木杖，一身氐人服饰，也朝雍王鞠躬："回来了，拜见王陛下。"

汴琮没有问山泽之事，淡淡地道："平安回来就好，过得与野人一般，想必在外吃了不少苦头，收拾干净，就去见你王祖母罢。"

廷臣都静悄悄地看着两人，姜恒那身打扮最像旅人，看了众臣一眼，也跟着笑。

"怎么？"汴琮问，"恒儿想说什么就说。"

雍国王室内，向来不似中原诸国般恪守上下之礼。汴琮看见姜恒这模样，又觉得他实在不容易，在外头奔走半年，全是为了他的国家，为了大雍的基业尽心尽力，心中的嫌弃感亦淡了几分，一时竟说不上来是尊仰，还是畏惧。

"你先去罢。"姜恒朝耿曙道。

耿曙又朝汴琮行礼，点点头，转身走了。

汴琮怀疑地看着姜恒，想知道他会如何解释山泽之事。卫家的行径他大致知道，耿曙救走山泽，虽令他很是愤怒了一夜，然而转念一想，卫氏的嚣张他早有耳闻，杀一杀他们的锐气，也未尝不是好事。

姜恒却没有提山泽，环顾四周，说："咦？陆大人呢？"

离开前，姜恒前来朝汴琮辞行，当时在场的人他都记得，如今看来，竟少了不少人。

"他的门生因贪污军饷，"汴琮说，"被孤王车裂了。陆冀年事已高，一时接受不了，在家歇息。"

"哦。"姜恒点了点头，又说，"周大人呢？"

汴琮说："周游三年前误传军报，致使东兰山林胡人余党肆虐，责令闭门思过。"

殿外传来脚步声——界圭来了，但他没有进殿，只守在殿外。汴琮知道，每次界圭出现，都意味着母亲姜太后的用意：她想看看姜恒。

姜恒却充耳不闻，甚至没有回头，想了想，说："卫大人怎么也没来？"

"老毛病犯了，"汴琮答道，"在家卧床休息，腿脚不便。"

姜恒点了点头，汁琮很有耐心，知道他一定有话想说。

"今日时候尚早，王陛下有时间吗？"姜恒忽又笑道。

"有，"汁琮答道，"你要做什么？"

姜恒说："聊聊我在外所见所闻。"

曾嵘脸色顿时一变，他没想到姜恒现在就要发难。攻击卫家正中下怀，可他还没与姜恒商量好，这小子怎么说来就来，完全不做任何准备？

三 重 面

"我倒是很想听，"汁琮想了想，说，"你不需要休息几日吗？"

"打铁要趁热，"姜恒说，"有些话，就怕搁忘了，王陛下若不嫌我啰唆……"

"界圭，把太子叫来。"汁琮朝等在外头的界圭说，又朝曾嵘道："传令，召集所有大臣上朝，移步琉华殿。他们要的'说法'回来了。"

听到这话时，姜恒便知道，前些日子汁琮的弹压手段一定雷厉风行，借着他的信禀，处置了不少大臣。

"你且先去换身衣服。"汁琮和颜悦色地朝姜恒说。

"是。"姜恒答道。

"那就待会儿见了。"汁琮淡淡地道。

正殿内，雍国朝廷三公九卿，文武官及部下共计四十二员，按席次就座。

汁琮高居王案前，以武人姿态就座，两腿稍稍分开，那是非常无礼的动作。汁琮素来目中无人，也从未有人敢劝诫他。

太子泷匆匆忙忙前来，入议席。

为一个人，在春分、秋分日之外的时间临时加设琉华殿议政，这是雍国议政之举最高的待遇。昔年管魏人雍时启动过一次，那年主持"问政"的，还是汁琮的父王。

琉华殿仿郢国朝阳学宫所建，如今每年春、秋两议，俱由太子主持，名号也成了"东宫议政"，意图找出让这个国家变得更强大的办法。汁琮继位之后，大多只走个过场，缘因读书人掉书袋太严重，听得昏昏欲睡，没什么高见。

但今天他必须认真对待，为姜恒开一场议政，并试清楚他的深浅。这一路上，姜恒的所做所为，尽数证明了他是有本事的。

"姜恒回来了，"汁琮坐在王位上，说，"刚抵达国都，便水也不喝，饭也不食，要求孤王召开问政，今日便特地为他加开一场。"

太子泷坐在案几后，已得曾嵘打点。事实上在姜恒游历的这些日子里，曾嵘得父亲密信，早在东宫之主面前好好夸大了一番姜恒忧国忧民的高尚之举，听得太子泷将信将疑。毕竟姜恒来时只在落雁待了三天，正好看看他的本事。

"王儿？"汁琮说。

"姜卿为我大雍奔走劳碌，"太子泷说，"自当好好倾听。"

他是站在姜恒这一边的，有很多话，他想说很久了，奈何汁琮不听他的，缘因他是汁琮的儿子，在父亲的眼里，儿子始终是个小孩儿。就像曾嵘常说的，哪怕家中夫妻二人，相处日久，其妻亦渐不认同他的意见，反而招致许多没来由的争吵。

外人所说的话，往往比最亲近之人要有用得多。念及此事，太子泷只觉既无奈，又悲哀。

但他无论如何都会保护姜恒，只因他们虽少有通信，却极有默契。姜恒看似独自一人，用意却代表了整个东宫，朝汁琮发出了迟来的第一次挑衅。

就这勇气而言，太子泷觉得姜恒仿佛成了自己，在做自己一直以来办不到的事。

朝臣不知几人喜，几人忧。周、卫二家之下的派系，已有提心吊胆之念，只不知姜恒带着多少证据，归朝之后，汁琮是否又会大开杀戒，车裂多少人。

"这就请罢。"汁琮非常客气，哪怕心里再厌烦，明面上他也始终尊敬读书人。毕竟他要当明君，人总是会死的，身后名不能不在乎。

琇华殿内，议论声渐起。

"请姜卿进来。"太子泷朗声道。

议论声渐停，姜恒走了进来。

比起一个时辰前回朝时，姜恒换了件修身的黑袍，玉树临风，却戴着一副叠了三重的面具，在琇华殿中站定。

议论声再起，汁琼大惑不解。

"王陛下安好，太子殿下安好。"姜恒先躬身朝汁琼、太子泷行礼，再向各朝臣抱拳。

太子泷努力地缓和气氛，笑道："这是做什么？面具哪儿来的？"

"我是一个风戎人。"姜恒朗声道。

汁琼的眉头拧了起来。

姜恒在琇华殿内走了几步，认真地道："我在这片土地上生活了上千年。"

汁琼下手第一个位置，端坐着的管魏脸色严肃，敛去笑容，认真地注视着姜恒。

"我们是塞外最勇猛的武士，是来去如风的猎人。"姜恒朝众人道，"我们与中原人曾是友非敌，不知何时，这仇恨开始渐渐演变成一场血战。

"长城南北，蓦然开战的原因，是我们人太多、太强大了，"姜恒说，"我们威胁到了南方。于是，雍侯朝晋帝说，'我们不去打他们，迟早有一天，他们会来打我们'。战争就这么开始了，晋帝派出雍侯，前来讨伐我们。"

"雍侯占领了我们的土地，"姜恒在面具后认真地道，"长城以北，一夜间全部沦陷，风戎人成了雍人的奴隶。我们被征集入伍，开始为雍人打仗。"

一名朝臣说："天下便是如此弱肉强食，卧榻之畔，岂容他人酣睡？"

"说得对。"姜恒说，"我钦佩我们的对手，先下手为强，什么时候、什么地方，都是如此。可这苦难，总得有个尽头罢！"

姜恒朝向汁琼："我听闻中原人哪怕株连九族，亦唯有父、子、孙三代，如今已过一百一十九年了，一百一十九年！什么时候，我们才能解开这沉重的枷锁？

"塞外的土地原是我们的土地，"姜恒又道，"如今已尽在大雍囊中。他们将我们的土地收走，再卖给我们，按照军功封赏。我们族中的男人，用性命来换取钱财，再用这钱财，从雍人手中高价赎回我们的土地。他们贪污我们的军饷，放逐我们的妻儿，截断我们的商路。我们分散而居，村落与村落之间，却从未断过联系……"

就在此刻，耿曙已换了一袭白衣，随着武英公主前来，到得殿内一侧，汁琮身边，各自坐下。

侍从架上珠帘，其后人影前来，端坐，界圭则守在一旁。

姜太后也到了，王族开始旁听。

"……密探到处都是。"姜恒上前一步，低声道，"但我们没有放弃，我们迟早有一天，会将自己的土地、自己的猎场要回来。我们不需要交头接耳，仇恨都在我们的心里。孩子从生下来就知道，我们只是为了自己而战，没有什么雍国，也没有什么雍军，屈辱是暂时的，这无休无止的欺凌，终将结束。

"号称所向披靡的雍军，"姜恒缓缓地道，"有多少是风戎人流血所铸？风戎是一把利刃，剑指南方之时，总有伤及自己的一天……待雍军兵败如山倒，就是我们奋起反抗之时。"

殿内静默。

"那么，你想要什么？"汁琮冷冷地道。

"我不知道。"姜恒旋即摘下第一副面具，现出底下的第二副。

"王陛下安好，太子殿下安好，"姜恒在面具后，双眼现出笑意，"各位大人，你们好，我是一名林胡人。"

耿曙坦然地看着姜恒，脸上带着难得的笑容。

"我不明白，"姜恒说，"我实在不明白，为什么我们原本与雍人称兄道弟，一夜间，这一切就变了？"

汁琮开始坐不住了，他平生最恨的就是有人拿他与汁琅做比较。他这一生所想、所言、所行，无一不是在设法超越他的兄长，那位被朝臣推崇备至的天下明君。

他不过是死得早，汜琮常常想，圣人也是会犯错的，只因他先走了，没能活到犯错的时候。死人总比活人好，他的哥哥如今在太后、在妹妹，以及在朝野与雍国全境，已成了近乎完美的存在。

如何对待林胡人，在汜琅生前便有提议，须得逐步免除他们的军役，恢复塞北的国内通商。但汜琮需要人，他需要能拿着刀剑、上战场去拼杀的人，于是这个提议被无限期地搁置了。

而姜恒所述的"一夜间"，正暗示了汜琅在位时，与汜琮继位后的天壤之别。

"因为你们不愿意交出东兰山的铁矿。"

这次，换成汜琮亲自回答了。

事实上当初强征林胡领地，是有一部分朝臣反对的，赞同汜琮之举者也不少，最终他强行推动了这一切。不少人对汜琮之举颇有不满，风戎人还可说与中原素有嫌隙，可林胡人曾是雍人最坚定的朋友，征讨林胡，从道义上实在说不过去。

"'交出铁矿'，"姜恒加重了语气，说，"我本以为按规矩，是要拿钱来买的。"

陆冀冷冷地道："国将不国之际，待你坐拥万顷良田、千岭宝山，又有何用？"

"谁的国？"姜恒转头，说，"一百年前，我们曾是盟友，雍人许诺保护我们，让我们不必再训练战士，这话倒是说得不错，若当初我们不听信雍人所言，今日也不会落到这样的境地。我们的妻儿犹如牲畜一般被拉走，我们的男人不能像风戎人一般为雍人打仗，于是充当劳役，或是赶尽杀绝。"

珠帘之后，传来一声极轻的叹息。

"事情已经做了，"陆冀又道，"所以你如今想为林胡人翻案？"

"不，"姜恒马上道，"翻不了案，旧案也无从翻起。我不过是想，我们成了最好的例子，告诉在这土地上的所有人，你们的妻儿会被强抢，你们会失去你们的土地，只因为你们居住的地方，有雍国迫切需要的东西。而在这之前，所有的承诺都成了一张废纸。该翻脸的时候，自然就翻脸。今天能杀我，明天自然也能杀你，时间问题而已。大争之世，为了活命，连亲人、家人都可舍弃，亲兄弟亦可反目。王道早已荡然无存，何提小小的林胡人呢？千年的传承，至此一朝殆尽，乃是必然。"

"所以你又想要什么？"汁琮的声音变得阴冷起来。

"我不知道。"姜恒摘下第二副面具，露出第三面。

"我是一名氏人。"姜恒正色道。

更严重的问题终于来了，卫卓这些日子不过是装病，如今已避无可避，轻轻咳了一声。

"我为大雍耕种，"姜恒说，"养活了全国将近六成的人。"

太子泷看着姜恒，终于下定决心，鼓起勇气，说道："氏人原本无罪。"

刹那间，所有朝臣都震惊了。汁琮脸上现出怒火，深吸一口气。

儿子被姜恒摆布了？！但姜恒从来不与东宫私下通信，他俩说了什么，做了什么，汁琮心中都有数。他竟敢在这等场合，公开表态，支持姜恒？！

当初山泽于灏城作乱时，太子泷年岁尚小，还在学着处理政务。他确实有过恻隐之心，却拗不过卫家的利益，但他向来知道什么是对，什么是错。

曾嵘马上会意，接过话头，与姜恒一唱一和："不错，可你不该叛乱，叛乱当属死罪。"

"我叛乱了吗？"姜恒忽地道，"我不明白，朝雍王开战，这叫叛乱不假，可我朝雍王开战了吗？"

这也是姜恒布置下的最巧妙的一环，这话一出，马上把氏人所针对、所抗争的对象，从汁家王族转移到了公卿卫家身上。

"官府代表了王陛下，"姜恒毫不客气地说道，"可王陛下被蒙蔽了！有人强占我们的土地，奴役我们的族人，陛下派来的官员非但没有为我们主持公道，反而沆瀣一气。我们前往落雁，送信的族人却在路上被暗杀。等待了许多天，等来的却是王军的铁骑、闪亮的刀锋。只不知道，这些人的死，是否又会成为将军们的战绩？"

卫卓脸色黑了，却没有反驳。

"也对，"姜恒说，"非我族类，其心必异。上百年间，我们与雍人看似融为了一体，雍人却从未将我们当作自己人，这就是氏人的宿命，无可更改。等待机会罢了，希望真的有机会。郑国派人来了，与我们接头，想帮助氏人推翻雍人。当然，我们没有答应，毕竟自家的事，不能求助于外敌。"

汴琼只觉脸上火辣辣的，这些话，从来没有任何朝臣敢朝他直言，今日姜恒竟将所有的宿怨，毫不留情地掀了个底朝天，警告他，外族迟早有一天要谋逆，人是杀不完的，靠杀人带来的安稳，本质上只是恐惧。别看现在他手握重兵，一旦他战败，国内便将掀起燎原之火，再不留情。

这次他连"你想要什么"都不问了，带着厌恶看着姜恒。虽然他反复提醒自己，面前这年轻人的身份是雍人，无论他说什么，都是站在自己这一边的，他不过是站在风戎、林胡与氏三族的立场，前来让自己警醒。他没有私心。

但他就是忍不住想杀了他，或是割了他的舌头，仿佛处理掉开口说话的人，堵住他们的嘴，所有的弊病便将随之烟消云散。

这个时候，朝臣们都看着他，想知道面对姜恒这等不留情的痛骂，汴琼会如何应对。

议论声渐起。

汴琼深深吸了一口气，忽然有些疲惫，他正想说"孤王知道了"的时候，姜恒却摘下了最后一副面具。

"我是一名雍人。"姜恒道。

刹那殿内再次鸦雀无声。

天 下 人

姜恒显然不想这么轻易就放过汴琼，他知道接下来很长的一段时间内，他们将既是君臣，又是对手。他欣赏这名对手，也知道汴琼只要想清楚，就不至于恼羞成怒。

"俗话说，不平则鸣。"姜恒坦然地面朝众人，说，"我也有几句话想说。"

"你有什么不平？"太子泷缓缓地道。

雍人是雍国中得利最多、待遇最好的一群人，太子泷实在想不到，本族人能有什么不平。

姜恒道："说来就多了，我一家六口人，给各位细数下都去了哪儿罢，先是我祖父，为大雍修渠，死了。根据大雍律法，五十五岁以上的男子，不得在家接受子孙赡养，须得自食其力，否则就是浪费国家的粮食。"

陆冀有点坐不住了，这条律法乃是他根据汁琮的授意，亲自定下的。

"祖母呢？"姜恒说，"不知道，祖父死后，祖母就没有消息了，听说她去了山阴城，后来自己到山上去等死了。她年纪大了，眼睛也花，既做不了针线活，又干不了体力活，更不得被赡养。"

姜恒又说："我爹是木匠，为大雍制马车辐条，我娘生下我与我哥，一家四口，日子也勉强能过。但有天，我爹做工时，被素有嫌隙的密探告了一状，指他谈论玉璧关之败，以'妄议朝政'为由，拉去割了舌头。"

汁琮："……"

"城里共有一千一百四十八名密探，"姜恒道，"他们是朝廷的耳目，在一个暗不见天日的官僚中，名唤'信寮'，四处出动，名为搜查各国奸细，实则监视百姓。百姓若有议政之举，便当……"

"没有不让你们议政！"汁琮终于发怒了，声音大了几分，"王宫前的信盒，便是给雍人百姓所用！有何不平，俱可投信！"

卫卓沉声道："吾王所禁的，乃是民间不辨是非、不明事理、蛊惑人心的荒唐之言！"

"哦。"姜恒点了点头，说，"兼听则明，偏信则暗，不过那信盒中，听说已有许久未曾被人投信了？"

汁琮被这么一提醒，也想起来了，望向太子泷。

太子泷坦诚地道："正是如此。东宫已有三年未曾收到信了。"

"总之我爹也许说了，也许没有。"姜恒道，"当然，我觉得他那人素来口无遮拦，因言获罪，也是死有余辜，谁让他妄议玉璧关之败呢？须知这话朝中大人说得，平民百姓是说不得的。"

汁琮憋了一肚子火，对着姜恒，却似面对不受力的棉花，找不到地方发泄。

汁绫却忽然一阵大笑，仿佛觉得这场面极为讽刺。

笑声犹如在扇众人的脸。姜恒又道："可我爹死了，我们怎么办呢？按大雍律法，我娘必须改嫁，因为雍国需要人口，人，就像柴火一般，自然是越多越好。我娘还能生，于是她被送到大安城去，嫁人了。后爹的面，我们也没见着。"

管魏冷笑一声，那声音却不知是针对谁的。

"剩下我与我哥。"姜恒答道，"我哥想去当兵，养活我俩。"

耿曙沉默地看着姜恒。姜恒道："我呢，想去读书，学认字。可是啊，我命由人，不由我。少傅府来人了，按理说，少傅府须得考查我二人，合适的送往军队当兵，或是学堂念书识字。

"当然，读书人不能多，"姜恒说，"因为在咱们大雍，书读得多不是好事，容易走歪门邪道：拉人站队、结党谋私、操纵民意、抹黑朝廷、煽动谋逆。该说的话不说，不该说的乱说。可是听说，读书就能去做官，我们的日子就能变得不一样了。都道'百无一用是书生'，可为什么公卿之家都让子弟读书呢？想来读书一定是好的，只是读书人的品格不一定好，把才干用到了不该用的地方。"

这话简直是狠狠地赏了在场所有人一耳光，太子泷眼里带着悲伤之色，汁琮用尽了所有的涵养，才没有当场发作。

这一条规矩，是汁琮亲自制定的，因为汁琮主习武，副修文，正因胸无点墨，才重武抑文，厌烦读书人，认为读书人都不是好东西，满口圣贤之言，背地里却不知有多少龌龊之事。

读书人多的地方，纷争就多，互相攻讦，阴谋诡计，种种陷害，陷入口舌之争，非常危险。

但哪怕汁琮自己不喜欢，仍不得不承认，自己的儿子需要下苦功读书，公卿大臣的后代也须修习文韬，这是一个解不开的死结。

"但寻常老百姓，想送孩儿去读书，"姜恒上前一步，神秘地说，"是要钱的，钱！钱可以买通少傅府，送一个孩子进学堂，要十两黄金，我哥有让我去读书的念头，钱从哪儿来？"

姜恒又叹了口气，缓缓地道："于是我去百工寮，我哥则去当劳役，为雍军运送物资，这一辈子，我们就为国当牲口，像牲口般劳役，像牲口般生养，也挺好，就这样罢。"

"说完了吗？"汋琮的声音里压抑着怒火。

"我是一名郑人。"姜恒说。

所有人："……"

琉华殿内，群臣万万没想到，姜恒竟然还有后言！而接下来的这段，才是姜恒今天的重头戏，前面所有的指责，不过俱是铺垫。

"郑人关我什么事？"汋琮的语气变得客气起来，却是暴风雨来临前的宁静，透露出危险的意味。

"郑人怎么不关王陛下的事呢？"姜恒诧异地道，"我将是您未来的子民，您是要来统治我们的，难道我听错了？"

汋琮登时哑口无言。姜恒又道："听说王陛下得到了金玺，想必不久之后，便当挥军一统天下，前来解救我等。神州万民，翘首以待，只等雍王解百姓于倒悬，救黎庶于水火！"

汋琮没有回答，注视姜恒。

姜恒又转身，朝向群臣，说："我也是代人，是郓人，是梁人。十四年前，我们的国之重臣，被雍王派出的刺客一举尽诛。

"这一天下，"姜恒缓缓地道，"很快，又要改姓雍了。王朝更迭，兴衰轮替，许多事，实在不是我们老百姓该去操心的，能操心好自己的日子，就是万幸了……

"只是，"姜恒眯起眼，打量汋琮，说，"近日里，我听见了不少传闻，风戎人、林胡人、氐人、雍人……太多了，实在太多了，当真触目惊心，令人感同身受。

"待雍王铁骑南下的那一天，"姜恒遗憾地摇头，"我实在说不准，奉他为王，来日是死还是生。我想，兴许他确实是神州的天子罢，但神州一统，乃系于他武威之下，屈服于刀兵面前。可世间既没有千秋万代的王朝，亦没有万寿无疆的天子，不打紧，我熬就是了，熬不死他，还有我们的儿子、孙子。"

"你还是什么人？"

一片静谧中，汋琮开口。

姜恒拿着三副面具，认真地道："我是风戎人，是林胡人，是氐人，也是雍人。"

他走上前去，将面具双手奉上，摆在汴琮的案前。

"……我也是郑人、是梁人、是郢人、是代人。"姜恒退后三步，"我朝金玺叩拜，朝天下王权正统叩拜，朝天子汴琮叩拜。"

"我是天下人。"姜恒跪伏在地。

"只求天子莫要辜负天下人，天子是天下之父，百姓则是您的孩儿。"

这个举动，刹那使汴琮的怒气消弭得一干二净，姜恒所有的奚落、挖苦与朝他倾泻的怒火，都在这么一声"天子"之称下，彻底烟消云散。

姜恒正式承认了他可掌金玺，这一承认，足以抵消对他的责骂，这就变成了百姓朝天子进言，而非斥责封王之昏庸的问题。

同时汴琮也被姜恒提醒了最重要的一件事：他是要当天子，统一五国的，他只能当仁君，他别无选择，他必须将各国人视同自己的孩子。

"起来罢。"汴琮叹了口气，淡淡地道。

姜恒整理衣袍，起身，抬起头，与汴琮对视，笑了笑。

"孤王答应你，今日所言，定会……"

汴琮迎上姜恒目光的刹那，忽然静了。

姜恒知道自己的计策奏效了，他既指出了汴琮之过，又保全了汴琮的面子。坐在汴琮身边的耿曙也松了一口气，这一路上，姜恒朝他问了许多汴琮的为人处世，对他的性格抓得很准，知道如何才能让他心甘情愿地思考自己的错误。

这一刻，汴琮的表情却变得非常奇怪，一手竟控制不住地发抖。

"王陛下？"姜恒扬眉道。

汴琮眯起眼，仿佛想到了什么。

"父王？"太子泷从旁提醒道。

汴琮的呼吸变得急促起来，方才有那么一瞬间，他以为自己看见了鬼魂——一个在落雁城徘徊的鬼魂！

他已忘了自己要说的话，直勾勾地盯着姜恒，看了片刻，直到姜恒从怀中掏出一本册子，放在案前。

太子泷将它拿了起来，说道："这是你写的吗？"

"是我在这半年中，"姜恒说，"沿途记下的字文，事无巨细，殿下可当消遣。"

"你辛苦了，去歇下罢。"汁琮终于发话了，视线却依旧驻留在姜恒脸上，仿佛要从他的眼神与笑意中，找出某些蛛丝马迹。

姜恒于是躬身告退，离开琉华殿。

汁琮没有下令，众臣不敢起身，太后却已先走了。

群臣以为汁琮还有话说，都安静地等着，足足等了一炷香时分。

汁琮却道："散了。"

奉 剑 阁

桃花殿内，姜太后面容凝重，面朝一池秋水，水边有小楼阁，上面供奉着姜家世代相传的、姜昭生前所传的那柄宝剑"天月"。

姜太后将天月剑取了下来，轻轻地抽出剑身，那道寒光倒映着她苍老的面容。

"叫恒儿过来吗？"界圭在姜太后身侧道。

姜太后淡淡地道："才回来，让他歇会儿罢。他就像他爹，为这个国家心力交瘁。"

界圭说："他还是知道了，千算万算，算不到他会突然在今日察觉。"

姜太后说："他迟早会知道的，今日姜恒所言，虽未提及琅儿，但话里话外，无法不让人想到他。"

界圭道："但他当下没有证据，也仅仅是揣测。"

姜太后叹道："一国之君，要杀一个孩子，需要什么证据？我老了，拿不起剑了，哪怕拿得起剑，我又怎么下得了手？当年的事，知情人还有谁？"

"除却林胡那孩子，没有了。"界圭说。

"乌洛侯家的人还活着？"姜太后问。

界圭说："我试着杀过他了，没杀成，被恒儿拦下了。大萨满为王后接生之时，带了他进宫，那时他年纪尚小，不一定就记得。"

姜太后道："他不会在宫中动这个手，去罢，好好守着他。"

界圭抱拳，躬身离开。姜太后归剑入鞘，那一声响亮的金铁交鸣，惊起满林鸟雀。

太子泷觉得今天的父亲情况有些不对，却又说不上问题出在哪儿。按理说姜恒在议政会上所提，已不仅仅是用"不留情面"来形容。这些话，已有太多年没人敢朝他的父亲说了。

但姜恒可以，他不仅有这个胆子，还有最重要的身份。他是耿渊名义上的嫡长子，耿家与大雍的关系、对汁家的忠心无人能质疑。他必须望着大雍强盛起来，否则他无处可去，姜恒既不可能与南方四国勾结，更不会有私心。

何况，姜恒还是他们的表亲，他不受私心左右，没有利益，更没有立场。他的言语虽锋利，太子泷却觉得，他说得对，而且父亲一定会接受的。

当年管魏也这么说过，随着士大夫家族的斗争日益激烈，这种话已经鲜有人敢说了。一年春秋两次的东宫议政中，读书人为太子带来了雍国各地的消息，直批弊病的劲头，不比姜恒少。

但最后太子泷都选择了柔化的办法，将许多事有选择性地汇报到了父亲那里，这也就导致许多问题难以得到解决。

当然，这么做，也保住了提出异见的人的性命。

他清楚要治理一个国家，是很不容易的事，父王也很累。而曾嵘更暗中提醒过他，大雍的未来在他的手中，迟早有一天，他将去直面这些问题，并一一予以解决。许多话现在说，汁琮听不进去，何不留待以后亲手去做？

耐心是一剂良药，他需要学会等待。

姜恒则推动了这一切的提前到来，也让太子泷真切地感受到，民间的问题，他已不能再等下去了。

姜恒今天的话，很是鼓舞了太子泷一番。自打被立为储君后，责任心使然，他便很想为这个国家做些事。奈何他在汁琮眼里总是个长不大的孩子。这也是为什么去年的出关一战，让他竭尽了全力。

就在这天，他终于意识到，在许多事情上，自己还差得很远。无论是面对父亲骤然遇刺时的慌乱，还是在议政上面对姜恒发出的质问，都令他不得不承认，他还没有准备好成为雍王，哪怕许多时候，他觉得自己已等待很久了。

他决定去看看姜恒，收起一直以来对这小子的轻视之心，努力告诉自己，姜恒也是他的表弟，与耿曙一样，都是他的手足，他不该吃醋才是。

太子泷花了足足一天，看姜恒写的册子，看得头晕眼花。

太子泷走到浴室前，看见界圭在外守着，便做了个"嘘"的动作，听见里头传来耿曙与姜恒的对话。

"他得给你官职，"耿曙说，"否则太不像样了。"

"他早就想好了，"姜恒说，"一定是太史官，再没有别的可能。"

"你也太着急了，"耿曙说，"父王今天一定生气了。"

"必须在今天。"姜恒道，"你知道为什么吗？因为只有在今天，才不会有人怀疑我先与朝中大臣们串过口供、对过说法。更不会是任何一方的意图，我连太子的面都没见着，自然就不会是东宫的授意……"

姜恒一旦在落雁休息几天，再要求召开议政，事情就会变得更复杂。这几天里，他将与不同的人谈话，哪怕不受人收买，态度也多少会被影响。

"我也以为你会先歇息些时候。"太子泷站在浴室外说道，"但是这样很好，恒儿，你说出了我不敢说的话。"

内里哗啦水响，姜恒连忙站起身，耿曙也正在里头泡着，两人正低声说话，没想到太子泷竟也来了。

"你回去等会儿。"耿曙不悦地道。

姜恒忙道："太子殿下。"

姜恒赤条条的，不知是穿上衣服出来好，还是在里头继续洗好。太子泷却道："不碍事，我在外头坐会儿，这么匆忙回来，还没与你说上话呢。"

说着，太子泷便在浴室外坐下了，又感慨道："你比我有勇气，恒儿，我得朝你学习。我当真太没用了。"

"何出此言？"姜恒笑道，"我是朝臣，你是太子，许多话我能说，表哥你不能说。"

先前他无声无息地抵达时，姜恒恰好正与耿曙谈论议政之事，不知道他听到了多少。但姜恒还是喜欢他的，觉得他有汁琮身上没有的优点——胸襟。

他会自省，也知道能力有限，愿意听取旁人的意见，这对国君来说，恰恰好正是极其重要的品质。

耿曙道："你又做什么？"

太子泷说："我就是来看看，恒儿瘦了许多，还没有用过饭罢？"

界圭说："武英公主让他过去一趟。"

太子泷笑："那就一起去罢。"

耿曙以前有点烦太子泷，却说不出来他烦在哪儿，也许是源自直觉，太子泷总给他一种希望取代姜恒、成为自己最亲近的那个人的想法，或是填补曾经姜恒离开后，自己内心的那个位置。

但耿曙在四年前一直不愿承认姜恒死了，更不希望任何人来提醒他这点。太子泷与他寸步不离，仿佛在强迫他接受姜恒已然离去的事实，这就是烦他的来由。

而姜恒还活着，耿曙便不怎么在意了，外加只要旁的人待姜恒好，耿曙也会对他多青睐一点。

于是他软化了口气，问："父王怎么说？"

"他什么都没有说。"太子泷打趣道，"不过料想恒儿把他气得不轻，这样也好，已经很久没有人敢当面顶撞他了。"

姜恒说："国君身边，总归要有个讨嫌的人，否则就完了。"

太子泷又诚恳地道："他一点都不讨厌你，恒儿，你太了不起了，你做的事，正是我一直想做的。"

曾经太子泷的愿望，就是像姜恒一般，走遍自己的每一寸国土，身边还有耿曙相伴。可他身为储君，哪里也去不了，说到这话时，他的声音里带着伤感。

"我是替你去的。"姜恒也不好再磨蹭了，在里头穿衣服。太子泷看见人影，便起身入内。

"我知道。"太子泷安静地看着姜恒。姜恒已穿上里衣，耿曙则赤裸全身，先替他系上外袍腰带，犹如他的贴身侍卫。

"我都知道。"太子泷又有点懊恼地说。明暗不定的室内光线下，他忽然想起，自己还从未看见过耿曙的裸体。他们从来不在一起洗澡，耿曙于皇宫中，亦很遵守礼节。以晋礼见王室，须得正肃衣冠，在王族面前裸露身体是很无礼的事。

耿曙的身材就像他父亲的身材，太子泷从小对习武之人有种近乎执着与狂热的迷恋。耿曙给他不容置疑的保护与安全，只要耿曙在身边，他就什么都不用担心。那种充满男子气概的强健体魄，让他内心生出安全感与崇拜之情。

"走罢。"耿曙穿好衣服，整理外袍，太子泷又看见耿曙胸膛前所戴的玉玦。

他一直戴着那块玉，无论何时何地，只要玉在，就意味着他们依旧有联系彼此的、最重要的信物，耿曙依然是属于他的。

看见星玉的刹那，太子泷忽然想开了，又笑了起来。

耿曙有些摸不着头脑。

姜恒做了个"请"的手势，有点尴尬，他当然知道太子泷是来看谁的，他也很清楚，与这位大雍未来的国君相处，一定要尊重他，何况自己还抢了他的东西，譬如说他的人、他的鹰、他的侍卫。

就目前来看，其他的，太子泷都不怎么计较，唯一有点在乎的，只有耿曙。

但姜恒向来自诩善于洞察人心，他相信自己能与太子泷好好相处，只要耿曙听他的摆布。他不像太子泷一般，时时刻刻都担心失去耿曙，毕竟耿曙的心在自己这一边。

耿曙想牵姜恒的手，姜恒却不易察觉地避开了，在太子泷身后，朝他轻轻摇头，示意在外人面前，不要表现得太过亲近，这也是回来的路上，姜恒朝耿曙重复了无数次的。

不要以为耿曙亲近他，就能拉近他与王室的关系，这样只会让其他人觉得姜恒自己恃宠而骄。

太子泷说："我对不起山泽与水峻，出事那年我还很小。"

姜恒笑了起来，说："他们没有怪太子。"

太子泷又问："都说山泽是氏人最出名的美男子，是这样吗？"

"殿下打算留他一命，居然只是因为他长得好看吗？"姜恒笑道，"不久后，您应当能看见他。"

太子泷与姜恒同时笑了。

"他们都说山泽很聪明，你觉得呢？"

"确实如此。"姜恒答道，"如果您愿意不计前嫌地起用他，那么山泽将是东宫的人才。"

"你把他藏在了哪里？"太子泷问。

姜恒知道这件事谁也瞒不住，大家没有问，只是相信他会有解决办法。

"城里氏人开的客栈中，"姜恒答道，"远风楼。您要去看看他吗？我建议现在不要。"

太子泷自然而然地答道："正想找你商量，如何给氏人翻案。"

"翻案这个词，也许会让人不痛快。"姜恒笑道。

太子泷一怔，他还不太习惯中原人说半句藏半句的机锋，姜恒习惯性地意在言外，把暗示划给了独白，太子泷好一会儿才想明白。

"那要看父王怎么决定，"太子泷答道，"你已经说服他一半了，另外一半，该我去做。"

姜恒点了点头，答道："有这句话，山泽就注定是您的人了。"

行 游 册

桃花殿中，众人等待汁琮前来，开始家宴。

"说走就走，"姜太后在桃花殿内端坐，不等姜恒问候，便先发制人，说道，"你这人也是一时一样。"

姜恒笑了起来，先是拜见过太后，知道太后嘴上说着责备之语，心里却是关心他的。

"事出突然，"姜恒说，"让姑祖母操心了。"

"界圭又哪儿招你惹你了？"姜太后言语中多有不满。

姜恒是聪明人，自然不能一五一十地告状，只得答道："他路上辛苦，哥哥来了，我便让他回宫内先歇着。"

姜太后闻言，淡淡地道："罢了。"

汁绫道："你还真敢说嘛，先前倒是小看你了。"

太子泷笑了笑，说道："恒儿所言，都是实话。"

一时殿内静默，姜太后又叹了口气。今日姜恒在琉华殿上那一番话，都是管魏常朝汁琮说的，想到管魏当年也是个天不怕地不怕的性子，到得老来，也说不动了，反倒是姜恒一身锐气，毫无畏惧。

耿曙说："父王没有生气罢？"

这是耿曙第二次问了，他唯一在乎的，只有汁琮的态度，也很清楚，他们如何看待姜恒，最后还是取决于汁琮。虽然游历的前半段耿曙没有参与，但他相信姜恒说的都对，姜恒永远是对的。

他会这么说是为了什么？当然是为了大雍，为了大雍，又是为了他耿曙。

设若汁琮不领情，反而怪罪姜恒，耿曙再怎么放不下家人之情，也不可能让姜恒待在这里。他都想好了，就像半年前一般，金玺给汁琮，权当报答，带着姜恒走就是。

"他待会儿就来了，"汁绫有点幸灾乐祸，笑道，"你自己问他就是。"

耿曙答道："我不会问他。"

太子泷朝耿曙道："爹没事的，他是个听得进忠言的人。"

汁绫道："还行罢，有些话，本来也是东宫与左相常奏上去的，你不过把奏折甩到他脸上，指着本子给他读了一遍而已。"

姜恒在心里叹了口气，从众人的反应便可看出，汁琮实在不是一个合适的国君。若是换了汁琅，大家所讨论的一定不是国君对此的态度了，而是如何去解决眼下的问题。

耿曙又问："什么时候发兵？"

耿曙问到此事，汁绫便收起了玩笑的表情，朝姜恒道："你这么一来，夺回玉璧关之战，又要推迟了，什么时候才能收复国土？"

"不，"姜恒回过神，马上道，"不能推迟，现在就得开始准备，下个月就要开战了，越快越好。"

"什么?!"汁绫难以置信，今日姜恒在汁琮面前扔出了这么多内忧，总得一件件来解决。国内不稳的情况，早在汁琮被刺时汁绫就感觉到了，当时朝野闻讯如临大敌，第一件事不是重夺玉璧关，而是要预备面对各族反叛。

姜恒却要求尽快开战?!

姜恒正色道:"我们的难题不在于如何夺回玉璧关,而是在于,收复关墙后要做什么……"

"不谈国事。"姜太后打断了两人的对话,说道,"行军打仗、治国变法,你们空了去慢慢地说罢。"

"是。"姜恒道。

汁绫仍在思考,太子泷努力地缓和了气氛,说:"你在外头收养了两只熊?"

姜恒便笑了起来,点头,比画道:"这么大小,交给孟和了。"

"哦,"太子泷想起来了,说,"他啊。"

耿曙皱眉问:"他谁?"

耿曙不太喜欢孟和,也说不上为什么不喜欢他。

汁绫道:"他是风戎人最小的王子。"

太子泷说:"他哥叫朝洛文,风戎军中左将军,也常来东宫,下回你就能见着他了。"

姜恒点了点头,若无意外,自己已经被归入东宫体系中了。汁琮有意要为自己儿子培养治国之才,当下掌权的文官里,陆冀、管魏都老了,周游、曾嵘二人又是士大夫家族出身,各有各的利益。

耿曙来了,填补上了武将的空缺,年轻谋士又有姜恒。这两人在雍没有封地,没有结党,乃是最佳人选,要说唯一的缺点,就是两人的关系太过密切。

"乌洛侯家的人还活着吗?"姜太后说。

"活着,"姜恒说,"已经走了,想来他们也在后悔罢。"

汁绫不满地道:"后悔什么?"

姜恒答道:"后悔不该反叛作乱。"

姜恒知道郎煌名义上还是反贼,他是塞外三族中唯一向汁家正面宣战的族长,这点汁绫是无论如何都不能接受的,要赦免郎煌,说不得还须费一番功夫。

"反叛?"汁绫却大出他的意料,说,"就是被逼得没办法了,活不下去了,才起兵而已。想保护自己的家人有什么错?"

姜恒倒是对汧绫刮目相看，武英公主当真是明理人。

汧绫不客气地批了太子浤一顿："当初我就说不该出兵，你们都怕你爹，没人敢劝他。汧森也是，让你去就去。"

"好了。"姜太后说。

汧绫这才不说话了，姜太后又道："当年的海东青，就是乌洛侯家进献的。他们落得如今境地，终究于心不忍。"

姜恒闻言看了一眼姜太后身边站着的界圭，心道你差点就把郎煌一起杀了，这想来不会是太后的意思了罢？

界圭却得意地朝他一笑，一眨眼，一副死皮赖脸模样。

汧琮到了，看了殿内一眼，上王榻前坐下，吁了口气，解开袖上系扣，松了手腕，说："吃罢。"

众人这才启面前食盒，开始用晚饭。

"王上。"姜太后淡淡地道。

姜恒停筷，汧琮一眼望去，说道："在这里不像洛阳，又是家宴，不必讲究繁文缛节，吃就是。"

今日的汧琮明显心事重重，又朝母亲说："下元节的祭祀都安排好了，周轲明日送来给您过目。"

姜太后说："再过几天，我想带姜恒去祭一祭晴儿，毕竟是她的外甥。再派人到南方去，打听他亲娘的下落。"

"本该如此。"汧琮盯着姜恒，目不转睛地看。

"这些日子里，"姜太后又说，"看见他，就总想起昭儿，你们当年没有在一起，也是一桩遗憾。"

姜恒勉强笑了笑，知道姜太后一直是个温柔的人。

"那是她不愿嫁我。"汧琮说。

姜太后放下筷子，有点出神。

汧琮笑了起来，说："这样罢，姜恒。"

姜恒停箸，认真地道："王陛下。"

汧琮沉吟片刻，而后说："你的职位，曾是天子朝中太史官。"

姜恒答道："是。"

汧琮说："今日你在琉华殿中所言，孤王会永远记得。"

"爹。"太子泷有点忐忑。

汩琮抬手，示意亲儿子闭嘴，懒得与他多解释。

姜恒却仿佛与汩琮心有灵犀，他们是君臣，也是棋逢对手。太子泷只以为汩琮所言，在强调姜恒的无礼与嚣张。姜恒心里却清楚得很，汩琮那句"永远记得"，却并非指他的直谏，而是遵晋王遗命，奉他为天子的这一举动。

这也是汩琮对姜恒的暗示，因为这一拜，他可以忽略姜恒所有得罪过自己的地方。

"你既然把孤王视作天子敬奉，"汩琮说，"孤王也自当以天子身份，视你为臣。即日起，依旧领你太史官职位，犹如在洛阳一般，只是所处理事务，须得略作调整，且先进东宫，协助太子处理政务。"

太子泷登时笑了起来，说："太好了！"

耿曙望向姜恒，眉头深锁，似乎仍有不满。姜恒却一笑，眼神带着点小得意：你看，我猜对了罢？

多半是管魏出的主意，既然金玺奉于汩琮，便寓意着人间正统的传承，朝廷从姬珣处到了汩琮手中，姜恒则依循官制，依旧当他的太史，非常合理。

"这本册子，"汩琮说，"我粗粗地读了一次，字太小了，看得头痛，你们收着罢，过得几日，让人誊写一份字大点的，给太后留一本，朝中三公各一本，给孤王也留一本……汩绫？"

汩琮正要把姜恒那本册子扔回去，汩绫却道："让我先看看。"

汩绫先是接了过来，姜恒便道："是。"

"吩咐人做就行，"汩琮说，"用不着你亲自去，给你们一个月时间，东宫针对这本《雍地风物志》上所述，必须召集幕僚，提出解决办法。"

太子泷答道："是。"

"此法将在开春颁布，"汩琮说，"权当变法，但有些条文依旧不可胡乱废改，新法拟成后，交左相管魏、右相陆冀审议。其中涉及军队的，交上将军汩淼、汩绫，及大将军卫卓先看过。冬至以前，所有新法必须拟出来，在琉华殿内召开问政，征集读书人的意见。"

"是。"姜恒点头。

"其中有迫切需要先行的，"汩琮说，"上一道奏折，予你权宜行事。我们没有时间了，这一仗必须打，内忧外患，须得同时解决，时间不等人。"

姜恒又答道："谨遵王令。"

"王上，"姜太后又说，"既然姜恒回来了，我便依旧将界圭派给他。"

"唔。"汁琮避开姜恒的视线，复又若有所思。

姜太后朝姜恒说："你若不喜欢界圭跟着，又或者是他得罪了你，你赐他自尽罢了，记得找个没人的地方，也不用让他回来了。"

姜恒忙道："不敢，姑祖母。"

这话隐隐有着昭夫人的气势，姜恒仿佛感觉到了另一个铁石心肠的母亲。

是夜，姜恒解决了心头大患，长吁一口气。

时至今日，他才有真正回到家的感觉。寝殿内，所有的东西都收拾过了，比起自己刚来那天，殿内打扫得纤尘不染，还多了几件摆设，侧旁增加了一个书柜。

耿曙把他们带回来的东西收拾出来，一切亲力亲为，一如曾经相依为命的日子。

姜恒说："你晚上在这儿睡还是回房睡？"

耿曙正宽衣解带，说："当然在这儿睡，还用问？我要与你说话。"

"回你房去。"姜恒催促道，"你总这样，汁泷会不高兴的，我不想让他觉得我抢了他的哥哥。"

"什么抢了他哥？"耿曙莫名其妙，"这与他有什么关系？我又不与他睡一间房。"

姜恒看着耿曙，这时候，外头传来界圭的声音。

"殿下，"界圭道，"太子殿下在您房里等着，想找您说话。"

姜恒示意：你看，来了罢？

"他又来做什么？"耿曙说，"白天总待在一起，话还没说够？要晚上说？"

姜恒说："对啊，这话正好还给你自己。"

耿曙："……"

耿曙没了办法，回来时的路上，他答应姜恒，在雍宫内不能表现得太亲近。姜恒对许多人而言仍是外人，一切须得待他慢慢融入了这里再说。

耿曙若为了陪他，连军队都不管了，只会让汁琮迁怒于他。

"明天你还要召开作战会，"姜恒说，"早点歇下罢，快去。"

"那我半夜再来。"耿曙知道姜恒就睡在自己隔壁不远处，倒是不必太坚持。

姜恒把耿曙送出去，界圭则在门外打了个地铺，与他对视一眼。

"进来啊。"姜恒说。

界圭说："外头挺好，外头凉快。"

姜恒笑道："哪儿有让自己舅舅睡地板的？进来罢。"

界圭于是卷起铺盖，进了房里，朝姜恒床上一躺。

"你给我下去，"姜恒说，"否则我喊人了。"

界圭说："你喊罢，外头没人，除了我，谁还夜夜伺候在你榻边上呢？我又不是太子泷，对不对？"

姜恒转念一想："你不下来，给你带的酒就没了。"

界圭马上一翻身，下来，说："有酒？你还真给我带了？"

姜恒到架子前去，示意他自己拿。底下四坛酒，都是他离开灏城时让水峻准备的。

"过几天我会让东宫上奏，解去禁酒令，"姜恒说，"不过看来你是等不了的，先喝罢。"

界圭转头看姜恒，说道："你心里惦记着我，我很感动。"

"晚上你睡那儿。"姜恒一指屏风外的另一张榻，知道不能待界圭太好，否则他又要无法无天了，说道，"我睡了，太累了。"

界圭抱着其中一坛，自顾自地坐下，说道："怎么报答你呢？"

"喝完老老实实睡你的觉，"姜恒说，"就是报答我了。"

缚 身 索

月上中天，中承殿内。

汁琮换下武袍，看着镜中的自己。四十岁后，他便不再算年纪了，在油灯昏暗的灯光下看，他已两鬓染霜，脱掉了国君之服，容貌失去了衣装的衬托，更显苍老。

儿子一天一天长大，父亲便一天一天衰老，等待的那个日子终将到来。

有时他看着镜子，总觉得自己像是看着另一个人。那位大了他一岁的兄长，就像一个幽灵，时时徘徊在雍宫中，时而让他半夜从噩梦里惊醒。

他觉得自己也许需要认真考虑纳个妃了，有个枕边人总是好的，就像太后所说，有人照料。

可这些年，他甚至连对妃子的兴趣都没有，唯一能让他感受到自己活着的，就只有掠夺与征战——令天下人战栗地跪伏在他的脚下，一句话，便能让人活，或是让人死。

让人改换曾经坚信的，转而赞叹他的英明，把一个人变成另一个人，犹如捏泥偶，带给他神祇般的快感。哪怕神明，亦不外如是。

雍国的国土，连绵千里的崇山峻岭，一望无际的平原大地，连同其上生活的男女老少、飞禽走兽，都是他的，凭他的意志而活着，被他的意志约束。

如今姜恒为他带来了金玺，他即将是神州大地的天子了。

"王陛下，卫大人来了。"侍女低声说。

"都退下罢。"汁琮很少深夜召见大臣。

卫卓入殿，他的容貌比汁琮更苍老，当年也是他，在汁琅死后，带领兵员，坚定地站在了他的这一边，拥立他为新王。

当然，这也是时局的必然，毕竟汁琅一死，再没有雍王的人选。

他的忠心，汁琮素来不怀疑，毕竟卫卓是他还在当王子时，便跟随在侧、鞍前马后的老功臣。

玉璧关之夜，他安排了一个天衣无缝的陷阱，只要指认姜恒是太子灵派来的刺客，顺手刺死他，那么不管他的身份是真是假，耿曙如何抱尸痛哭，一切都将成为定局。既除掉了这心头大患，又能嫁祸给太子灵，顺势还可朝郑国开战，乃是一举三得之计。

但他偏偏没想到，姜恒确实是来刺杀自己的，事态随着姜恒的那一剑，彻底脱离了掌控，朝着无法收拾的局面飞奔而去。

现在，他又碰上了自己最为恐惧的事，今天在琉华殿上，他忽然发现，姜恒为什么长得一点也不像耿渊？

不仅不像耿渊，还像他最害怕的另一个人。

"王陛下。"卫卓说。

"你觉得他像吗？"汴琼的声音发抖，这是他许多年来第一次这么害怕。

卫卓没有说话，汴琼说："我也是忽然有这念头的。"

卫卓沉默片刻，没有正面回答汴琼的问题，说："姜晴生产那天，是林胡大萨满亲自接的生。"

"是个男孩儿，"汴琼说，"我知道，他叫'汴炆'。"

卫卓点头道："尸体您是亲自看过的。"

汴琼沉声道："当初你是在殿外等着的，按理说，不可能有人出入。"

卫卓说："殿内一共就四个人，姜晴、大萨满索伦及其弟子乌洛侯煌，乌洛侯煌那年只有七岁。"

"三个人。"汴琼说。

"还有那孩子。"卫卓答道。

汴琼说："乌洛侯煌还活着。"

卫卓想了很久，说："确实有点像，太后知道吗？"

"她不知道，"汴琼冷冷地道，"她今日才说，那孩子长得像姜晴。"

"哪怕都知道了，"卫卓说，"又能怎么样呢？没有任何证据，吾王，谁会相信一个林胡反贼的证词，尤其在他当年还只有七岁的情况下？"

汴琼不说话了，卫卓又道："何况，他也不一定就是。"

汴琼很清楚，没有人比他更明白卫卓了，他们曾经一同出生入死许多年，汴琼十六岁时，卫卓二十七岁。汴琼跟着他学习行军打仗，彼此亦兄亦师。陆冀是他的拥护者，卫卓则为他稳定了朝局。

但陆冀的心思太多了，又是文人，汴琼不相信文人，这正是他没有找陆冀商量的原因。

"臣反而觉得，"卫卓想了想，说，"最危险的，还是在太后那边。听说她不再让界圭担任东宫守卫，反而派给了那小子？"

"她不可能知道。"汴琼说，"太后兴许是先入为主，不喜欢那小子。何况当年的事她半点不知情。我的母亲我最清楚，派界圭去，是为了监视他。"

汴琮把这些天姜太后的表现细细回忆了一次，先是半年前姜恒入宫，太后见他第一面就明显地表现出了嫌弃。其后姜恒出外游历，太后尚且对这不告而别的行为生出怒气，派界圭追了上去，半年间提及姜恒，顶多就像问起宫中养的狗，轻描淡写。

直到今天，汴琮仍然看不出姜太后有半点察觉端倪的苗头，她什么都不知道。既不知道一个儿子毒死了另一个儿子，也不知道姜晴悲痛交加，难产而死，生下的孩子——雍国名正言顺的继承人，也因他而夭折。

汴琮说："我看那海东青似乎认得他。"

卫卓说："王陛下，扁毛畜生能当证据吗？哪怕它认出来是，还能开口说话不成？何况，它也认得汴淼，万一真是耿大人的孩子呢？"

汴琮的眼神锐利起来，望向卫卓，他知道卫卓想除掉姜恒，姜恒在灏城做得太过火了。卫卓看似未曾下结论，言语间却有意无意地在将话往某个方向引。

但卫卓马上察觉到了，并及时做出了补救。

"那小子的议国之政，"卫卓认真地道，"不得不说，有些见地，小时饱读圣贤书，也是人才。臣倒是以为，只要他对太子忠心，就可以用。"

汴琮答道："孤王不喜欢汴淼待他的态度，自打他来了，汴淼眼里便只有他。"

"慢慢就会好的，"卫卓说，"两兄弟多年不见，总恨不得多在一起几天。只是王陛下须得想好，要怎么用他，到得有蹊跷时，便得赶紧把这事平了，千万不能让太后察觉……"

汴琮"嗯"了声，说："他已经将家底都交出来了，余下的日子，有他没他，也并无区别。"

汴琮认为，姜恒为了获取他的信任，已经将平生所学贡献出来了，接下来只要在东宫拟定变法章程后，便再没有用处。

文官太多太多了，雍人以武立国，但不管是哪个朝代，最后都会慢慢地朝文官集团倾斜，这是汴琮最不愿意见到的。这小子来日不知道会做出什么，必须尽快了结。

在不伤害到耿曙的前提下，暗地里派人解决他，刺杀一名文官还不简单？

届时这桩罪名，不妨安在雍国士族头上，抑或栽赃给郑国。

他连杀掉姜恒后怎么安慰耿曙的话都想好了——老天垂怜，又让你们多聚了数年，世人犹如浮萍，聚散有时，若缅怀恒儿，便继承他的遗志，为我一统神州罢。

这么说来，在玉璧关杀了他，反而不是最好的结果。

耿曙乃是不世出的军事天才，更难得的是，他的心思很简单，汁琮非常重视他，一定要将他留在身边，让他为雍国效力。

短短片刻，汁琮想好了后续的一系列计划，只要动动手指头，让姜恒死是很简单的事。

深夜，姜恒忽然觉得有点冷。

风从四面八方灌进来，他登时被冻醒了。

"这是哪儿？"姜恒瞬间警觉，发现自己全身被绳索牢牢地捆着，躺在旷野中的一棵树下。

月明千里，远远传来狼嗥声，姜恒登时蜷起身，大喊道："救命——！"

"别喊了。"界圭坐在一旁喝酒，端详姜恒，"你包裹里那迷香还真好用，神不知鬼不觉的，罗宣给你做的？"

姜恒："……"

界圭竟是趁他熟睡，将他从落雁城绑了出来！

"你要干什么？"姜恒的背脊顿时一阵阵地发凉。

界圭把被绑着双手与脚踝的姜恒放在树下，到得他身前，规规矩矩地双膝跪了下来，跪在姜恒身前。

月光照在姜恒清秀的脸庞上，界圭伸出手，撩起姜恒额前的头发，目不转睛地看着他。

姜恒："……"

姜恒清醒少许，无论如何难以相信，界圭竟绑架了自己……他想做什么？杀了自己为谁报仇吗？不，路上他随时可以下手。

"你……放开我。"姜恒想明白这点后，语气便缓和了一点，却依旧想不清楚，"你，为什么？是太后让你这么做的？"

"不。"界圭凑近前来，一手按着姜恒的脖颈，注视他的双眼，在他耳畔小声说，"是我自己的一片心。"

姜恒心道你是不是疯了？！

"为什么？"姜恒侧头想看界圭的双眼，界圭身上带着一股酒气。

姜恒忽然认真了不少，说："为什么？界圭，告诉我，放开我，我不逃。"

"真的吗？"界圭的眼神迷离。他的容貌一如既往，被纵横交错的伤疤衬得丑陋。这一刻姜恒却觉得，界圭有许多话想说，事情不是他想的这么简单。

姜恒点了点头，界圭便随手两剑，绳子断了。

他一手悬着，预备姜恒突然逃走，能把他抓回来，毕竟姜恒多少是有点武艺的，在东兰山掉以轻心的结果，就是遭他算计。

姜恒没有逃，只是握住了界圭的手，这一刻，在月光的暗处，他仿佛看见界圭脸上出现了水痕。

"怎么了？"姜恒越发疑惑了，说，"告诉我，界圭。"

"我想带你走，"界圭说，"走吗？"

"去哪儿？"姜恒茫然地道。

"去天涯海角，"界圭说，"去一个没有别的人，只有我和你的地方，我答应了要保护你，就得办到。"

姜恒："……"

这是第三个朝他这么说的人，第一个是耿曙，第二个是罗宣，第三个，则是界圭。

姜恒认真地答道："不可能。"

界圭不解地问："为什么？"

"我哥，"姜恒说，"大雍，还有神州千千万万的百姓。"

"是啊，"界圭伤感地笑了笑，说，"总是这么回答，你们的命早已不属于自己了，更不属于任何人。"

姜恒开始有点明白了，界圭却道："如果有人要杀你呢？"

姜恒懂了，界圭一定是打听到了什么消息，毕竟他这一路上得罪的人太多了，雍国朝廷中不少大臣都视他为眼中钉，更有官员因他的去信而惨遭汁琮的怒火，被车裂示众。其党羽只要有机会，便不会放过他。

他的本意并非如此，毕竟哪怕有人贪污军饷，也罪不至死。奈何杀人的是汁琮，他的朝廷在姜恒面前丢了脸，这怒火便加倍地被激发出来。

那些死去的人，总不能朝汁琮报仇，唯一的仇家就只有姜恒了。

"我爹生前仇家还少了？"姜恒说，"我怕什么？"

南方诸国一旦得到消息，也绝不会放过他，说不定还会派出刺客秘密谋杀他，姜恒早就泰然处之了。

界圭依旧跪着，看着月色下的平原，说："你是你爹的儿子，你爹为大雍而死，你当然要继承他的遗志，我知道你是不会走的，只是我不死心，想再被你亲口拒绝一次。"

姜恒完全明白了，这名刺客，因父辈的渊源，正深爱着他，想让他离开这险境。但他的敌人远远不止在国内，整个天下，都是他与耿曙的仇家。

"哪怕你无论做了多少，"界圭忽然又朝姜恒说，"都得不到你该有的报答呢？哪怕你为大雍付出如此多的心血，亦无人懂你，甚至有许多人前赴后继地来杀你，你又如何？"

"我不在乎。"姜恒笑了笑，说，"世上有多少事，比生死与名誉更重要？何况，你会保护我的，不是吗？"

"就怕有一天我保护不了你。"界圭认真地答道。

"我哥从来不这么说。"姜恒说。

"唔，"界圭说，"等到我该死的那天……"

"嘘，"姜恒制止了界圭，"你不会死的，我不会，你也不会。"

界圭想了想，似乎烦躁起来，又道："离开前我下定决心，不管你说什么，我都得将你绑到中原去。被你这么一闹，我反而下不了手了。"

姜恒正色道："你若当真这么做了，该知道我会有多恨你。"

"我无所谓。"界圭说。

"若有人剥夺你的使命，"姜恒说，"将你强行关起来，让你眼睁睁地看着你想保护的人去死，却无能为力，你不会很难受吗？你这么做，无异于以让我活命为由，剥夺了我一直想做的事。"

最后这句话彻底触动了界圭。

"行了，"界圭叹了口气，说，"知道了。"

姜恒站了起来，说："我要回宫了。"他的手脚还有点酸麻，心道这都是什么事？好好的在雍宫里睡觉，还能被自己的亲卫绑到荒郊野岭来。

界圭说："我背你罢。"

"所以酒不能多喝。"姜恒没有让界圭背，只慢慢地走着。

界圭道："你那酒太烈了。"

"现在酒醒了？"姜恒道，"我再问你一次，是太后让你这么做的？"

"不是。"界圭说，"我就不能有自己想做的事吗？"

"谁想杀我？"姜恒说。

"既然决定回去，"界圭摸了摸头，说道，"就不必担心了，有些事，你现在还是不知道的好。"

"现在不知道，不意味着以后永远不会知道……"

"你总有一天会知道的……"

两人一前一后，在明月下渐行渐远。

变 法 录

翌日，姜恒因为缺睡而呵欠连天，昨夜又有点着凉了，打了几个喷嚏。耿曙一宿却睡得甚好，数月里难得睡了一次自己的床榻，半夜睡熟后甚至把要来陪姜恒的念头忘得一干二净。

这令他不免有点愧疚，说道："你总是蹬被子，不行，今天晚上我得搬过来。"

姜恒瞪了在旁的界圭一眼，心道都是你做的好事。

"你得干活去了罢，"姜恒与耿曙在房内用过早饭，穿过长廊，说道，"从前在洛阳也没见你天天待在屋子里，你的玉璧关呢？"

耿曙睡得肩疼脖子疼，是有一段时间没活动了。姜恒也睡得头痛，从这天起，他便要去东宫，协助太子泷处理政务了。

"昨天半夜三更的，做什么去了？"汁绫正在与曾宇说话，见三人来了，便朝姜恒问。

姜恒答道："看月亮去了。"心知昨夜界圭挟持他跑出城外，别人不知道，汁绫想必是清楚的，宫内的一举一动都瞒不过她。

汁绫扔给他那本摹过后的册子，姜恒翻开看了眼，只见其中改动了几个地方，知道汁绫在保护自己，有些话不能说得太明。

"汁淼跟我来一趟。"汁绫朝耿曙道。

耿曙茫然地道："做什么？"

"你说呢?!"汁绫声音略大了些，看样子要训人，姜恒便推了他一下，让他赶紧滚蛋。

这是他前来东宫任职的第一天，太子泷刚睡醒打着呵欠，宫人清扫过殿内，放上火盆，天已冷了下来，姜恒却是第一个抵达的。

他已经很久没有正式参政了，哪怕在郑国储君太子灵宫中，也仅仅是以门客的身份，上一次充任官员，已是五年前，在洛阳。

"来得这么早，"太子泷朝他道，"还想让你过来一起用早饭。"

姜恒看了眼太子泷座下的案几，东宫的心腹成员一共十四人，这十四人，将是未来汁琮退位后，新任雍王朝廷中的权臣。太子坐在正中第三阶高处，左侧分别是太子太傅陆冀、太子少傅曾嵘、太子少师周游等一系列文官，右侧则是耿曙以及一应武官的坐席。

"你坐这儿。"太子泷指了自己身边一侧，斜斜摆着的一张案几，示意他的位置。

姜恒当真受宠若惊，他的位置被放在了所有文武官员之上，挨着太子泷而坐，位于第二阶。

"父王指定的。"太子泷笑道，"坐罢，不必太拘泥于规矩。"

姜恒便点了点头，却没有坐，问："新法的案卷在哪儿？"

太子泷打开食盒，开始吃早饭，答道："在东边的架子上。"

姜恒一瞥太子泷，见食盒中不过三两样小食与十月时令的面团。雍国王室的生活，与南方四国相比起来，已可用"俭朴"来形容，北方天寒地冻，物资匮乏，想来这么多年心系中原，也是寻常。

"怎么了？"太了泷见姜恒神色不对。

"你这里的案卷怎么都这么乱？"姜恒简直哭笑不得。

太子泷略尴尬起来，姜恒简直想把整个东宫的藏卷架子推倒了，让人重新过来分一遍。

"左相也这么说。"太子泷只得认错，"是我的错。"

每道政令上既有朝廷部门的意见，又有东宫的批复，接着还有陆冀与管魏的审阅意见，接着是汁琮的"已阅"，阅后发回，则是东宫絮絮叨叨的执行提议，各人附一两句在奏章上，左右相再阅，汁琮再批，抖开一幅奏卷，简直与千里江山图一般长。

姜恒说："须得简化流程，我替你想想罢。"

太子泷道："姑姑也说我们太啰唆了。"

这是雍地的传统，当年雍侯在落雁建国时，这一流程是合适的，毕竟能考虑到方方面面的建议。然则如今雍国的国土与政务远非昔日可比，还在沿用昔时的老办法，只会拖延时间。

东宫幕僚陆陆续续地来了，人比郑国的少，却都是厉害角色，入内先朝太子泷行礼。太子泷吃到一半便收了食盒，姜恒抱了一堆书卷，到自己的位置前坐下。

"昨天琉华殿上，姜太史大家都认识了。"太子泷说。

姜恒从书卷里抬头，向众人稍一拱手。陆冀那席乃是虚席，右相很少来东宫，幕僚为首者自然是曾嵘。曾嵘神色如常，朝他笑了笑，并未对姜恒超乎寻常的待遇有不满。

"即日起，"太子泷说，"东宫就得准备开春的变法，为期三个月，既要初拟，又要决议，还要提请复核。开春前要做这么多，事务繁忙，众卿尽力而为就是。"

太子泷说话向来很温和，没有汁琮那种"一定要办成"的气势，众幕僚却无不遵从。

曾嵘道："昨日听姜大人一席话，令我想到了不少，连夜考虑过，都觉此事千头万绪，不知该从何处说起。"

周游在代国那日被姜恒得罪过，显然如今还心有不满，看在姜恒站了东宫，暂时与曾、周二家在一条阵线上，不便发作。但耿曙既然不在，出言刺他几句倒是没问题的。

"姜大人想必早有主意了罢？"周游笑道，"说不定游历这半年，路上都安排好了。"

众人想笑又不敢笑，如果姜恒果真拿出一份变法提议，就没他们什么事了，出风头出得太过，是一定会被弹压的。

"不，"姜恒坦然地说，"没有，游历这件事，在座的各位大人都做过，我不过是回来走走我爹生前生活过的土地，趁机游手好闲一番。"

这话一出，所有人忽然想起来，先前一直忽略的某事。

姜恒除却身为太史官，还有另一重身份——他是耿渊的儿子。耿曙被过继进王室，姜恒便是耿家正儿八经的、唯一的传人，也是名义上的嫡长子。

雍国四大家耿、卫、周、曾，都是封侯的士大夫家族。耿家虽人丁不旺，又未有封地，却不能掩去其名门望族的身份，其母姜昭更是姜太后所出身的、越地的大贵族。耿家正因没有封地，与王族的渊源更在其余三族之上。

更何况耿渊还是"国士"，雍国朝野无以为报，如今功劳都只能由子孙继承，哪怕姜恒是个白痴，汁氏也必须封他个侯，给他划一块封地，世世代代养着他的后人。

姜恒正想暗示众人，他从来没有强调过自己的出身，并不是因为他没有出身，只是他不想拿出身压人，论出身，他不比这里的任何一个人地位低。

朝臣在这半年里，直是被姜恒折腾得头昏脑涨，缘因他个人的名声实在太响亮了，导致所有人竟一时忘了他的身份。

曾嵘想起父亲对他的评价，让他无论如何，一定要与姜恒成为朋友，绝不要成为敌人。设若走到了不得不为敌的境地，就要不择手段地把他除掉，否则后果不堪设想。

但目前看来，姜恒尚未有想对付其他士族的意思，他们至少现在是盟友，是一条船上的人。

"那么姜大人对此有什么看法呢？"曾嵘问。

"这事既然是姜大人提出的，"又有一名年轻文官笑着说，"想来姜大人得不辞辛劳些。"

姜恒看了眼那年轻人，瞥见案前的名牌叫"牛珉"，想来他们平日议事是不放名牌的，毕竟互相都认识，太子泷提前安排坐席，是为了方便自己认人。

"牛大人说得是。"姜恒摊开自己带来的一幅纸卷，说道，"我也认真想过，变法细节，千头万绪，牵一发而动全身，绝非任何一人能独立草拟提议，一条一条争辩，不仅费时费力，更容易招致分歧。前些日子，我从细则上将新法划出十六则，分为政务章程、育才、税改、军务、屯田、工务……"

所有人都伸长脖子，看着姜恒手中那薄薄的一张纸，姜恒却将它交给了太子泷。

　　"……商贸、外交、族内务、外族内务、外族外务等。"姜恒说，"不若咱们今日计议一番，每一项都由一位大人领去，分头提案，有了初步设想后，再拿出来，大伙儿讨论决定，如何？"

　　太子泷拿到了变法的总纲，其下几乎每一项，都跟着东宫两名幕僚的名字，一先一后，他不明其意，望向姜恒，姜恒却使了个眼神。

　　曾嵘道："姜大人的办法好是好，但全交由一人，是否会有想不到的问题？"

　　姜恒反问："依曾大人之意呢？"

　　曾嵘看了身边的周游一眼，周游显然也认真起来。他向来最重视出身，想起姜恒乃是耿家后人，对他的敌意便少了许多，仿佛他是"我们这边的"。

　　"一项提案，"周游说，"至少须得两人协作，交互审评为宜。"

　　太子泷："……"

　　太子泷震惊无比，继而笑了起来，姜恒竟提前将这伙幕僚的心思料得一清二楚！

　　"周大人说得对，"姜恒一笑道，"倒是我太冒失了。"

　　周游点了点头，正色道："一人为主，一人为辅。为辅之人可充当审评，又有自己的提案要负责。"

　　众人都道此计甚好，太子泷低头看卷阅上，"外交"一项，赫然写了周游的名字，周游名下，跟着"姜恒"。

　　"那么我便念其中事项，"太子泷会意道，"各位有意图的，大可领去。"

　　周游笑道："我且先领了外交罢，不知姜大人是否愿意为我指点？"

　　姜恒笑道："自然。"

　　于是关于外交方面的改革，由周游为主，姜恒为辅。

　　"政务章程。"太子泷轻轻地"嗯"了一声，上面写主事者名字的地方空着，底下跟了内廷主务，名唤迟潦的官员。

　　"除殿下之外，没有更合适的人选了。"曾嵘说。

　　"不错，"太子泷笑道，"正是这么想。"

迟潆坐在最后一席，专管东宫与朝廷之间的政务汇报，说道："我来辅佐太子罢。"

太子泷便添上了自己的名字。

"育才呢？"太子泷说，看着上面的"白夋"二字，却不出声，望向东宫的一众臣子。

白夋抬手道："我愿领走此项。"

曾嵘的一名堂亲道："我来辅助白兄。"

太子泷点了点头，依次叫了人，其中军外务派给耿曜，每一项的主、辅之人，统统与姜恒所料不差，竟是在提议之前，便按部就班，全部排布得规规矩矩。更让太子泷啼笑皆非的是，在这之前，没人看过变法总纲，东宫一众幕僚全是自发提议。

而这些变法的提议，内里错综复杂，利益盘根错节，既要避嫌，又要为寒族、士大夫与王族、官员等各团体争取各自的利益，彼此牵制，互相制衡，姜恒竟全部提前料到了！

曾嵘领走了税改，这是其中最重要的一项，也是姜恒不得已而为之的办法。这么多地主头子，总要有点好处让人分，否则变法推不下去。

"外族外务。"太子泷说。

"我来罢，"姜恒说，"请殿下担任我的辅助。"

太子泷欣然点头，十六项派完，剩下"外族内务"与"商贸"，姜恒没有写分给谁。

"外族外务解决后，"姜恒说，"内务自然迎刃而解。商贸，则另有人选，人选在东宫外，殿下可将它放到最后解决。"

"行。"太子泷用半天时间分了所有任务，当即一身轻。昨夜他还在烦恼，变法如此重要，哪怕有心去做，头绪亦极其复杂，犹如一团乱麻，三个月提交新法，谈何容易？

结果没想到姜恒只用了一早上，就快刀斩乱麻，化整为零，开始解决了。

"那就先散了罢，"太子泷说，"时候不早了，下午还有事。"

余人纷纷起身告退，曾嵘正想上前与姜恒说几句话，无意中看见了太子泷案前的变法总纲，以及其下的一系列名字。

曾嵘："……"

姜恒当即不易察觉地挡住了案几，朝曾嵘笑笑，扬眉。太子泷则心有灵犀，把总纲飞快地收了起来。

但曾嵘已经看见了，这带给他的震惊，令他一时竟忘了要说的话。

"曾兄？"姜恒问。

曾嵘回过神，说道："不敢当，愚兄痴长几岁，与周家想在府上设宴，届时请殿下与姜兄弟吃顿便饭？"

"好啊，"太子泷座前门客一散，又恢复了平常模样，说道，"什么时候？"

曾嵘就像所有人的大哥，年逾而立，行事从容儒雅，长得又清俊，姜恒对他还是有好感的。

周游道："那就过得几日，待下元节后来送帖子了。"

姜恒心道接下来忙得要死，你们还有心思摆席，当真是平日闲的，但太子泷既然答应了，他也不便拒绝，便点了头。

诱 敌 饵

雍国百姓一如洛阳，日二食，宫中却还是备了简餐冷食。太子泷在廊下与姜恒匆匆用过，午后又有汁琮召开的军务会议，姜恒本没有参加的资格，却因太子泷坚持，被带着前往书房内。

界圭则亦步亦趋，一语不发，犹如鬼魂。太子泷看见他跟着姜恒，又想起了从前他寸步不离地跟在自己背后的日子，当即好生不自在，只得当作没看见。

"你是怎么写下他们的名字的？"太子泷朝姜恒说。

姜恒答道："在游历时，我便朝哥哥详细问过了东宫各位大人的出身、平日所负责处理之事。"

"一个不漏。"太子泷不禁赞叹道，"你当真比我还了解东宫，这识人之术，是你的师门教的吗？"

姜恒答道："算是罢，但切不可觉得成竹在胸，毕竟天底下最难窥测的，就是人心。"

"不错，"太子泷点头道，"人心是这世上唯一的变数。"

"殿下，"姜恒说，"关于变法，您想必也清楚了。拿到一件事后，先做什么，后做什么，化整为零，按部就班。"

太子泷沉吟片刻，说："管相从前也常常这么说，凡事先做什么，后做什么，心里要清楚，治大国与烹小鲜，俱不外如是。今日看你把他们安排得明明白白，当真让我心中有愧，我竟没想到用这个办法。"

太子泷那话倒是实话，今天的姜恒让他觉得像管魏，管魏凡事就是这慢条斯理、不慌不忙、一切尽在掌握之中的气势，太子泷学了这么久，奈何每次到了用起来，都无法达到真正的学以致用。

"殿下不必自责。"姜恒笑道，"我也考虑了足足半年时间呢，毕竟变法涉及大雍的千秋基业，但凡国君，也没几个经历过这种事，你只要学会用人、相信人，然后让你相信的人不造反，就成功了。政务亲力亲为，迟早要被累死。"

太子泷从小就是被照着国君培养的，当国君说起来难，拆开了说，也很简单。

善用优秀的人，并哄好他们，以国君的名义放权、限权，制衡百官，让他们不造反，就成了。

姜恒所识所学则多在执行，较之"国君"级更艰深复杂了一层，从小在洛阳时便以天子姬珣为学习对象，到得海阁，又进了一步。

太子泷被教导如何管理一个国家，姜恒学到的，却是管理整个天下。

"有时我觉得你倒不像我表弟，"太子泷伸手，捏了捏姜恒的耳朵，笑道，"像我亲弟。"

姜恒没料到太子泷竟行此亲昵之举，当即脸上一红，总不好像与耿曙一般推他，只得接受了。

"待会儿父王会讨论玉璧关一战，"太子泷道，"陆冀、卫卓他们都在，你有什么话说，大可直言，但须得顾及卫将军的面子……"

姜恒不打算在老臣们的面前说太多，忽然心生一念，朝太子泷小声说了几句话。太子泷面现疑惑之色，继而睁大双眼，笑了起来。

"嘀嘀咕咕做什么？"汁绫从殿内出来，皱眉道。

太子泷马上与姜恒分开，说道："走罢。"

第二场国事之议正式开启，汁琮、耿曙、卫卓、管魏、陆冀、曾宇、汁绫尽数到场，除此之外，尚有军方几名重将，包括周家的表亲田荣，以及卫卓的两名亲传弟子。

"等你们多久了？"汁琮显然正有怒气，说道。

"早上商议变法细节，"太子泷道，"耽搁了些时候，父王息怒。"

"罢了。"汁琮道，"田荣把玉璧关一战的详细计划说说。"

田荣便朝迟来的太子泷与姜恒简明扼要地解释了任务计划、目前管魏的提议是派出驻守嵩县的奇兵，进攻越地老郑王的别宫，这么一来，控制着玉璧关的太子灵就必须回援，届时当可奇袭玉璧关。

但要推动此计，就面临三个问题：首先，必须有人到嵩县去调动军队。其次，嵩县的雍军只有两万人，万一打不下越地，陷入胶着，这最后一支奇兵也不管用了。最后，如果太子灵不救自己的爹呢？很有可能，反正郑王也快死了。

"他不可能不救，"太子泷听完之后，说，"赵灵不能背这不孝之名。"

汁琮点头，他确实觉得赵灵必救。

那么他在烦恼什么呢？姜恒观察汁琮，推测以眼下的兵力，要攻下玉璧关也许还不够，必须有奇兵配合。但嵩县这两万人的军队已经成为众矢之的，各国都非常提防，哪怕耿曙亲自回去带兵，但凡一出动，便将遭到其余各国的联手剿灭。

届时汁琮就连中原的这一枚棋子都没有了。

"你呢？"汁琮朝姜恒说，"你有什么妙计，说来听听？"

众人都看着姜恒，姜恒想了想，笑道："一筹莫展。"

姜恒望向太子泷，太子泷沉吟片刻，望向耿曙。

耿曙会意道："我可以回去带兵，把恒儿派给我，只要行军路线得宜，我有六成把握能打下越地。"

"但你也有四成风险，"汁绫说，"会被困在浔阳三城。"

管魏说："我们还面临一个问题，设若玉璧关之战不能速决，落雁城便势必要源源不绝地派出增援，届时将造成国内兵力空虚。"

"风戎人可以守卫都城。"太子泷说。

"把王都交给风戎人，"汴琮说，"你放心？孤王届时是要亲自出征的。"

不仅汴琮，所有的将领都要出动，耿曙要入关调兵，汴绫做前锋，汴琮率领主力，田荣负责补给与后卫，曾宇守卫王都。

毕竟玉璧关对雍国来说太重要了，而始作俑者就站在面前，颇有幸灾乐祸之意。

卫卓说："先前失玉璧关，简直是天下之大荒唐，姜太史就没想过如何挽救？"

太子泷顿时神色一变，卫卓当面攻击姜恒，他必须出面维护，绝不能让姜恒被欺负。

"这么重要的关隘，"太子泷不客气地说，"竟然因父王被刺，便说丢就丢了。我想卫大人才是该反省的那个。"

汴琮："……"

这是汴琮第一次看见亲儿子如此强硬，他一直希望汴泷强硬起来，但这次却是为了姜恒，导致他十分不悦。

卫卓顿时被驳得哑口无言，这也是事实，雍国军队的士气已有许多年维系于汴琮一身，乃至汴琮遇刺时，军中造成了相当严重的恐慌。

"一年前姜恒还不是雍国之臣。"汴琮的口气变得严肃起来，将怒火出在了卫卓身上，"孤王说此事朝中不得再提，现在是连我也不放在眼里了？"

卫卓马上躬身道歉，耿曙看着姜恒，扬眉，意思是让他跟随自己。

姜恒却轻轻摇头，望向管魏，管魏眼里则带着笑意，明显在等着他提出更好的办法。

太子泷想了很久，说："我有一个办法，各位不妨听听。父王。"

"说罢，"汴琮沉声道，"商量出什么来了？"

他还是相信自己儿子的，太子泷算不上最聪明，"最聪明"也不是储君的必备，但他所率领的东宫，有雍国最聪明的一群人，这就足够了。

太子泷思考片刻，走到地图前，抬头看了一会儿，说道："这一仗，我们看似打的是玉璧关，实则是与关内四国的战争。"

"不错。"汴琮点头，这正是上午管魏反复强调的观点。这就是六年前于洛阳战败给他们的教训，从天子驾崩后开始的每一战，不管与哪一国开战，事实都是在与全天下开战。

太子泷说："所以，要打赢这场仗，就必须得瓦解四国的同盟。"

"他们还没有形成同盟。"姜恒提醒道。

"表面上没有，"太子泷答道，"暗地里，各国是联合抗雍，国君们都非常清楚。"

姜恒明面上是提醒，用意却是鼓励太子泷，与他搭戏，明显这很成功。

"不错。"汁琮又点头道，他实在没有把握，这一仗会不会又有其他国家卷进来，产生新的变数。

"这么多年来，"太子泷叹了口气，说，"各国始终处于危险的平衡中，一国强盛，则其余三国共讨之，郑、郢的浔东之战正是如此。所以想夺回玉璧关，首先要分化关内四国，孤立赵灵，让他没有盟友。"

"怎么孤立？"耿曙说。

太子泷望向汁琮案上的金玺，说道："召开五国会面。"

"什么？"汁琮万万没想到，太子泷会如此提议。

管魏忽然神色一变，太子泷不敢看众人，连珠炮似的说道："在玉璧关下召开五国之会。"

"再刺杀他们一次？"汁琮的表情十分古怪，这不像亲儿子会说的话。

"不。"太子泷缓缓地道，"将金玺拿出去，先让诸侯看看，并宣读姬天子遗命，谁能一统神州，金玺就是谁的。"

汁琮的眼睛顿时亮了。

会议在这一提议之下，戛然而止，并掀起了轩然大波。

汁琮是绝对无法接受把到手的天子金玺再拱手让出的。但管魏一听到这个提议，就明白这实在是一招毒辣至极的计策。

只要汁琮当众宣布自己是奉天子遗命，拿出传国金玺，并以授玺人的名义，将它授以任何一国，五国之会上，所有国君会怎么想？

汁琮完全可以表明态度，自己永远是雍王，毫无觊觎天子之位的心，至于谁是下一任天子，你们觉得自己有能力，大可把金玺拿走。

姜恒算准了，谁也不敢拿，把它塞给太子灵？太子灵敢要吗？

太子灵只要一接手，郑国转眼便将成为天下共讨之的公敌，盟友马上就会作鸟兽散。

四国国君的念头都是一致的，即谁都想要，却谁也不能接。至少不能在目前接。

"其后？"管魏说。

"把金玺送到洛阳，"太子泷说，"派出咱们驻守在嵩县的军队，以王军的名义前去看守。"

这样一来，金玺便尚在汁琮的控制之中。

"不行，"汁琮说，"太冒险了，丢了怎么办？"

姜恒就不明白了，哪怕我承认你是天子，天下也不承认，你现在死抱着这东西有什么用？正好扔出去让人打得头破血流，比起扣住它效果明显更好，何乐而不为？

太子泷想了想，说："告诉他们，天子遗命，为期十年，谁能重建王都，并让最多的土地臣服，谁就有资格继任天子之位。当然，他们也可以用战争的方式攻陷王都，将金玺抢到手。"

"不会有人这么做。"陆冀总算回过神来，说道，"没有人这么蠢，为了这东西，便自相残杀。物毕竟是死物，土地才是最重要的。"

这话同时也是在提醒汁琮，不要把它看得太重。

只要汁琮点头，盟军便当在这么一块凡铁下生出猜疑之心，互相背离。而届时汁琮也可要求赵灵归还玉璧关，否则一国出兵，占领另一国的领土，这就成了国与国之间的战争，其余三国自当可以开始抢金玺，没他们什么事了。

甚至还乐得见郑国被雍国拖住。

"此事改日再议。"汁琮最后说，"散了。"

姜恒心里叹了口气，明白到汁琮是十万个不情愿，但事情说不定还有转机。

云霄笛

黄昏时分，姜恒又朝太子泷说："殿下，您能不能陪我出宫一趟？"

太子泷没有问去哪儿，说道："随时奉陪。"

"又去哪儿？要用晚饭了，"耿曙已经一整天没跟姜恒说上话了，说道，"我也去。"

汁琮此时与群臣出来，看了姜恒一眼，心下雪亮，计策一定是他的提议，话却是谁也不能说的，只能借太子泷之口说来，毕竟他有继承人的身份。

汁琮看着姜恒，忽然又想起了另一个人，那本该是他妻子的姜昭。

当年姜昭无论如何不愿嫁他，当真让他怒火中烧，还时时待他冷嘲热讽，导致他对姜昭毫无好感。这孩子是姜昭带大的，就像朝他讨债来了，那神情简直如出一辙。

"新法推进得如何？"汁琮居高临下地看着三个少年。

"很快就有眉目了。"太子泷说。

汁琮脸色缓和少许，说："明天不必来了，汁淼没事便待在东宫。"

耿曙正求之不得。

"我发现自打我进宫后，"姜恒笑道，"就总在惹他生气，什么话让他发怒说什么。"

太子泷说："话是我说的，不是你，你别怕。"

耿曙换了身常服出来，答道："办法很好，有什么不能说的？"

耿曙从来就不在乎那金玺，看在他眼里简直就是废铜烂铁一块，抢它的行为，才是莫名其妙。

"去哪儿？"太子泷问。

姜恒说："外族外务。"

太子泷明白了，果然，姜恒将他带到城中客栈，引见了山泽。

山泽这些天来已养好了伤。

太子泷叹了口气，说："山卿。"

姜恒把山泽藏在城中一处隐蔽的客栈中，初冬时节光线昏暗，山泽久病未愈，时而咳嗽几声，勉力支撑想朝太子行礼，太子忙上前示意不须多礼。

太子泷回忆起往事，总觉得他应当见过山泽，或许在自己还很小的时候。但所有的事，他都记不清了。

他早知山泽这"塞外第一美男子"的名号，但在他的印象中先入为主，山泽是魁梧健壮的塞外蛮族，没想到竟如此弱不禁风。

山泽脸色苍白，显然很是被折磨了一段时间，更因在水牢中待得日久，罹患了严重的风湿病，那病弱的气质，一时竟让太子泷生出同情之心。

太子泷与山泽怔怔地对视，两人半晌无话。姜恒没有打破这沉寂，只与耿曙在一旁安静地坐着。

"泷殿下。"山泽说。

"我们见过面吗？"太子泷终于说出了这么一句。

"有一次，"山泽说，"您封储君的那天。"

"七岁的时候了。"太子泷想起朦胧的往事。

山泽低声说："我与水峻在来贺宾客中，远远地看见过您一面。"

"场面想必很盛大。"姜恒如今已略知雍史，知道太子泷封储，乃是雍国一场浩大的盛事，那几年里先是汁琅离世，后又是王后姜晴身亡，耿渊琴鸣天下，招来四国血仇。北方之国被阴云笼罩，汁氏王族需要提振百姓的信心，于是汁泷封储，成为一件盛事。

山泽缓缓道："还记得封储那年，听见殿下所宣读的'祭天书'，一眨眼，便是许多年过去了。"

太子泷陷入了沉思之中，许久后，缓缓地道："上告苍天，下慰黄土。"

"我将为这个国家竭尽一生所学。

"我将视天下万民为我之子嗣。

"我将与百姓同悲，与百姓同喜。

"我的土地即百姓的土地，我当一无所有，我的所得，即百姓所得。

"生活在这片土地上的子民们，无分族裔，无分贵贱，我将与你们同进退，共生死。

"我将带领大雍乃至天下，走向升平盛世、锦绣前路。"

姜恒尚不知雍国封储时祭告天地的文书是这等形式，根据晋礼与祭文，各国乃至姬氏立储，告天地文俱使用大量晦涩的古语，祭天时读书人要理解都困难，百姓更是没一句能听懂。

雍人以武立国，素来刻意排斥繁文缛节，想来也符合汁琮对此的看法。

"写得很好，"姜恒说，"哪位大人写的？"

"我自己写的。"太子泷有点不好意思地笑笑,说,"我问姑姑,祭天时我该说什么。她说:'你想说什么,就说什么,说几句大伙儿能听懂的。'"

山泽说:"听到殿下宣读'祭天书'时,心里不禁百感交集。"

太子泷沉默片刻后,说道:"我将视天下万民为我之子嗣。生活在这片土地上的子民们,无分族裔,无分贵贱,我将与你们同进退,共生死。"

说着,太子泷又黯然地叹了口气,问道:"山泽,你有什么话想朝我说?"

"没有,"山泽笑道,"知道殿下还记得当年的话,我便再无所求。我吹首曲子给您听罢。"

太子泷闻言端坐,山泽取来一枚骨笛,修长瘦削的手指按在气孔上,轻轻试了试,便吹了起来。

北地之笛名唤"云霄",以已故者的腿骨所制,吹起之时其声细微,却能直上天际。山泽起了个头,那笛声中带着明显的悲怆之意,犹如将徘徊在北方大地上的悲伤尽数宣泄而出。

太子泷听了个开头,竟不知不觉地淌下泪来。

姜恒忽然懂了山泽的深意,从灏城回来的一路上,他与山泽便翻来覆去,不停地讨论,究竟要如何为氏人伸张冤屈,还原迟来的真相。

其中最重要的一点,就是说服太子泷,他将是一切问题的关键所在。山泽准备了洋洋千言的腹稿、翔实的证据,预备在抵达落雁城的第一天便冒死陈书,不计后果。

但姜恒经过深思熟虑之后,阻止了他。

太子泷是个什么样的人?这半年里,姜恒问得最多的就是这句话。他不仅问界圭,还问耿曙。耿曙是与储君相伴时间最长的人,但太子泷为人如何,他自己也说不清楚。

他是个优秀的人,不是最优秀的,却是有王者之仁的。他长在深宫中,被保护得很好,性格半点不随汁琮。他善良单纯,真心希望雍国变得强盛,百姓们能过上好日子。

他始终在汁琮面前努力,想证明自己。

这也是耿曙哪怕抗拒让汁泷取代姜恒"弟弟"的位置,却从来没有嫌弃过他的原因。汁泷有一点与姜恒、耿曙都大相径庭，那就是他很努力。为了汁琮给他制定的目标而艰难地努力，哪怕许多时候他无法胜任。

就像玉璧关一战，他太需要证明自己了，需要获得朝臣的认同。这种努力，是耿曙从来没有在姜恒身上看到过的。耿曙与姜恒都很豁达，做什么事，但求无愧于心。

那么我们也许可以换一个方式？姜恒始终认为，让山泽陈述事实无济于事，毕竟相信的人不用多说也会相信；不相信的人，永远不会相信。

山泽当时便理解了姜恒的提议，并一度反省自己。姜恒说得很对，那些都不重要，重要的是，如何得到太子泷的心，或者说，如何让他找回自己的内心。氏与卫家的争端、土地的归属、叛乱……都不重要。

姜恒的"攻心之计"，是让太子泷回想起自己的初衷，继而去直面氏人对他身为储君的失望。正如耿曙所言，太子泷承担了太多人的期望，一旦氏人对他流露出"失望"，他便会重新审视自己。

看到太子泷流泪的那一刻，姜恒便知道他们成功了。

曲声毕，房内四人再次陷入沉默，山泽擦拭骨笛，收起。

"随我到东宫去。"太子泷擦去眼泪，认真地说，"山泽，是我辜负了你们的信任。当年，我试过了，但我力不从心，现在想来，我还不够努力。如今已非昔日，再相信我一次罢……"太子泷哽咽着道："山泽，我将守护你们，保护氏人。"

是夜，一辆马车进了东宫。

初更时分，姜恒正在整理政务，耿曙则于一旁规划变法方面的军务细节，两人显然都不轻松。出外游历的一路上，姜恒个伏其烦地提醒耿曙，不要顾着玩，必须提前做好开战时的功课。耿曙根本听不进去，到得当下，才觉得千头万绪，一团乱麻。

"军法整理出来后，怎么这么乱？"耿曙说。

"你才发现？"姜恒从一接手太子泷手下的政务开始，便叫苦不迭。

耿曙看了一眼姜恒的案几，处理文书向来是他不擅长的，法条互相抵触，须得大刀阔斧地精简。

"你爹说得对，"姜恒提醒道，"你得开府了。"

耿曙将是未来太子泷继任之后，总揽雍国军事大权的第一任重臣，军队是立国之本，光靠他自己是根本处理不过来的，必须有独立的幕僚体系。

"你跟我住吗？"耿曙倒是想，设若姜恒住在他府上，什么时候开府他都没有意见。

姜恒说："当然了，否则我能去哪儿？"

"那我明天就朝父王说去。"耿曙在律令上删删减减，实在头痛。

姜恒哭笑不得地说："等玉璧关一战结束后罢。"他猜测汁琮的本意也是如此。

这时候，太子泷来了，看了眼杂乱的房中，朝耿曙道："哥，晚饭怎么不过去吃？"

"忙得很，"耿曙说道，"你没事就回去，别来添乱。"

姜恒笑了起来，耿曙只是想多陪陪他，便借故忙推托了去桃花殿内的两餐。

太子泷在一旁坐下，他刚将山泽安置好，来看看姜恒。姜恒也不开口询问，自顾自记录法令。

"我想了下，"太子泷说，"着实有点困难，有好几个办法，需要与你商量。"

"这件事有多少人知道？"姜恒知道他所指，自然是如何为山泽洗脱冤屈。

姜恒已经挺喜欢太子泷了，他与汁琮相比，还有很大差别的一点即"谦虚"。他没有汁琮的傲慢，也许这正因为他身边的人个个都比他高明，他已习惯了对旁人表达出由衷的认同与尊重了。

"东宫没有秘密，"耿曙随口道，"现在所有人一定全知道了。"

太子泷有点惊讶，耿曙从前向来不对东宫发表任何看法，仿佛对任何事都漠不关心。

太子泷点头，沉吟片刻："要赦免山泽，总归要有个理由。我不知道父王对此的态度如何，但我也不想让卫家反弹得太厉害，毕竟出关一战，卫家也是主将。"

"这个思路很好。"姜恒欣赏地说道，同时知道他们先斩后奏，自作主张赦免了名义上的"反贼"，一定会引来汁琮的不满。

耿曙说:"你得安排妥当,假装一切胸有成竹,从营救山泽开始,就是东宫的计划。哪怕没有,也得做出这个样子,不能让人看出你是一时冲动。"

太子泷与耿曙都很清楚汁琮的性格,如果太子泷表现出自己把一切安排好了,汁琮哪怕有不满,也会很快消弭。设若他浑浑噩噩,连后续如何做都没想清楚,被问起来时一问三不知,汁琮当场就会大怒,并斩了山泽。

太子泷说:"父王召我过去,我已经成功地让他相信这一点了,只是接下来如何做呢?恒儿,你听听看,我想的是……通知各族的继承人,将他们召到东宫。"

姜恒顿时露出赞许的神色,笑道:"很好的办法!"

耿曙问:"为什么?"

姜恒一笑,解释道:"让他们在你麾下任职,倾听他们的声音,重用他们的才干,让山泽这些人为大雍出力,以怀柔安抚为主,顺便扣下他们,权当各族的人质。这么一来,所有问题将迎刃而解。"

耿曙抬眼看姜恒,姜恒拈起手中的奏章,朝太子泷出示。

"这办法我还没说,我觉得父王没有这么容易接受。"太子泷说。

"明天早朝时,我来出面说。"姜恒说,"这是执行细节,是我的责任,他想解决后顾之忧,全力与南方开战,这就是最好的办法。"

"行。"太子泷起身道,"我得回去再想想,万一陆冀反对,咱们该如何挤对他,届时无论我爹说什么,我都不会让步。"

平 邦 令

是夜,姜恒已经打呵欠了,耿曙却还十分认真地在思考他的军务变法。姜恒有点对耿曙刮目相看了,怎么这家伙最近这么认真?

"还不去睡?"姜恒说,"回房去罢。"

"我在这儿睡。"耿曙说。

姜恒刚露出某种表情,耿曙便有点恼火,说:"我有话想问,你就让我留一会儿又怎么了？"

姜恒道："你有什么话要问？就不能明天吗？"

耿曙却拉着他的手，在榻畔坐了下来，固执地道："不，我怕忘了。"

耿曙沉默片刻，姜恒以为他有心事，正好奇地打量他时，耿曙忽道："你说得对，恒儿，你说得太对了。"

姜恒问："我说什么了？"

耿曙道："我看了你的外族外务书，也叫'平邦令'罢。"

"嗯。"姜恒点了点头。耿曙又道："你比我想的多多了，我只常常苦恼，不知雍军要怎么办，你提醒了我。"

姜恒明白了，耿曙能坐在这个位置，除了行军打仗的军事才华，他一定也将带兵当作自己最重要的事去做。不，应该说，最重要的是姜恒，次重要的，则是将军这一身份。

"从小时候你就很在乎，"姜恒说，"我还记得，你第一次朝我发问，就是有关孙子兵法的。"

耿曙道："这些年来，我一直觉得，在雍军里头，有许多不公平的地方。"

生在世上，处处都是不公平，姜恒很想问他，你觉得雍人内部公平？郑人公平？梁人、代人、郕人就公平了吗？中原世界，一样充满了不公。

但他没有嘲笑耿曙的单纯，这反而是很可贵的。

"所以呢？"姜恒问。

"风戎人也好，林胡人也罢，还有氐人，大家一视同仁。"耿曙忽然抬眼，看着姜恒说，"你不知道，那天你说'我是天下人'的时候，就像让我惊醒了一般。"

姜恒觉得耿曙很有趣，这些他早就在书上读到过了，墨家的兼爱与非攻，道家的"天地不仁以万物为刍狗"，俱无非如此，这是天经地义的，还用得着特地去说吗？

耿曙说："我一定要让大雍对风戎一视同仁，不能让他们建了军功，浴血奋战，却止步于千夫长。他们都是我的弟兄……恒儿，你知道我说的这个弟兄，与咱们不一样。"

"我懂，"姜恒说，"他们都是你的部下，不是可以牺牲的棋子，也不是可以舍弃的辎重。"

耿曙的情感很朴素，他只能表达到这个份上，但他相信姜恒一定能理解自己。每次统计伤亡并上报，申请抚恤之时，那些战死的人都化作了虚无缥缈的数字，除了他们的家人，还有谁关心每一个活生生的人背后，有着多少故事？

姜恒道："所以为什么我总让你只要达到目的，就尽量不要伤人，你算是明白了。"

耿曙想起的，却是自己小时候去掏鸟蛋，被姜恒阻止的那天。

姜恒说："但要为风戎人争取，说服你父王，须得有技巧。"

"我的话，我自己说。"耿曙道。

翌日清晨，果然如太子泷所料，姜恒所奏顿时遭到了汁琮的警惕。

"我大雍建国至今，"汁琮说，"便以雍人治国为主，教化外族为辅。你一道变法令，便要将风戎、林胡与氐三族抬到同等地位，姜恒，你究竟有没有调查清楚，他们都是什么人？"

林胡人与氐人是不能在朝廷中做官的，风戎人则可以参军，晋升为武将，却不得入朝堂。姜恒提议之时，朝中登时鸦雀无声。

"变法所变，就是祖宗之法。"姜恒读完他的奏章，一条一条都说得非常清楚了，没有必要再当廷赘述一次这么做的原因，反而朝众臣说，"先祖所立国法，距当下已过一百二十年，若是抱着建国之初祖宗之法不可废改的念头，那么我看所有变法都没有必要了。"

这次姜恒所面对的，则是整个朝廷所有大臣的质疑。

"这个……"曾嵘显然也蒙了，毕竟太子泷根本没有与他商量过。

汁琮根本无法接受任何外族站到朝廷上来，这是他的祖先所建立的国家。

"父王，"耿曙上前一步，说，"军队之中，也曾面临姜大人所说的弊端。我大雍军队，向来赏罚分明，但风戎人无论立下何等军功，都被堵在千夫长这一位置，不得再进一步。长此以往，将士们要如何愿意为雍国卖命？这是我带兵四年来始终注意到的，风戎人理应得到一样的军功并得以晋升！"

汁琮："……"

"这简直是疯了！"卫卓毫不留情地道，"姜大人，你知不知道自己在说什么？那些都是胡人、蛮人！让他们来治理国家，大雍会变成什么模样？林胡人既不读书，又不识字；风戎人顽固野蛮，只知杀戮；氐人更是愚昧无知。先王以'量材为用'为国策，定下雍人统领胡人的百年大计，你现在要变法重来，让他们入朝做官？"

管魏咳了两声，说道："卫大人请息怒。"

太子泷终于开口了。

"在国土上生活的百姓，都是我们的子民，"太子泷说，"卫大人承认他们是人吗？"

太子泷巧妙地迂回，没有在汁琮表态时反驳，而是揪着可怜的卫卓，恰到好处地开口。

"是人，"太子泷道，"就理应一样。官员与军队的选拔制度，已能筛选掉不合适入朝之人，各位大人说，是不是？通过选拔的，一定与咱们雍人的官员一般优秀。

"为什么不一视同仁呢？"太子泷说，"无论是雍人还是胡人，无论贵贱，公卿之家也好，平民出身也罢，都得给他们进学堂、读汉人书的机会，只有这样，国家才能广纳人才。哪怕林胡人、风戎人不如雍人聪明，让他们有学习的机会，筛过之后，其中佼佼者的水准，一定也与本族人持平。还是说，各位对考核的标准有异见？

"父王，"太子泷又朝汁琮说，"咱们现在最需要的，是优秀的人才，三胡若达不到标准，不招募进来就是了，朝廷没有损失。都道'有教无类'，给他们一个机会罢。"

"汁泷说得对。"耿曙在朝堂上鲜少发言，从来就是点到为止，今天是他最近一年里说得最多的一次，甚至连称呼也顾不上了，"我们都是雍人，想事情自然是以雍人的身份。但你们是否有人把自己当成过风戎人、林胡人，或是氐人？要让他们心甘情愿地替雍人打仗，就得明白，他们是怎么想的！"

汁琮阴沉着脸，大雍自百年前建国以来便推崇雍人至上，雍人是什么？是长城以南、中原世界的"人"，外族是什么？他们是化外的野人，是茹毛饮血的动物！人能与动物相提并论吗？看姜恒的意思，还要让动物到朝廷上来?!

"他们是人，"姜恒补充了太子泷之言，"是人，就有人心，得人心者，得天下。王陛下想解决所有的后顾之忧，便得尽快通过这一'平邦令'，当可保证……"

陆冀说："让外族入朝，政策便会朝着他们逐渐倾斜，参与政议，风戎人自当以风戎的利益为先，氐人当争夺氐人的利益！先是各族纷争不断，其后便将得寸进尺，要走土地！届时你将不得不承认各族对土地的所有权。姜大人，你知道这意味着什么吗？"

姜恒道："我当然知道，陆大人。这意味着他们可以选择是否回到自己的故乡生活。"

陆冀道："那么这个国家，就不再是雍人的国土了。你要申明他们对土地的合法性，塞外所有的土地都将是他们的，雍人又该住在哪儿？"

姜恒道："土地当然仍是天子的，只是以天子名义，重新封予各国。晋天子承其位六百四十二年，有人质疑过他该住在哪儿吗？陆大人，醒醒罢！从一开始，我们所议就是土地土地，唯有土地！我倒是没听说过，有谁因为拥有了天下的土地，便能顺理成章地成为天子，得民心者，才能得天下！"

管魏始终没有开口，陆冀与卫卓则被姜恒所议震惊了，都清楚他是主持东宫本次变法的牵头人，只没想到刚起了个头，他便抛出了这么一个石破天惊的消息。

汁琮正要开口，太子泷却堵住了父亲的话头："父王，我大雍未来是要出关，结束这大争之世，一统河山的。等到您成为天子后，咱们将立落雁城为天下之都吗？雍人该去哪儿，这也是一个非常重要的问题。"说着，他又朝众人道："大伙儿该不会想继续住在落雁，运筹帷幄之中，统治中原千千里之外罢?!"

汁琮顿时语塞，太子泷瞬间偷换了话题，让陆冀一时找不到任何一点来反驳——雍国的远大志向，便是入关，这也是姜恒目光之远大的一点。

太子泷几乎是在姜恒说出"我是天下人"那句话时，便从睡梦中惊醒了。他们要的不是偏安一隅，是入关！

入关以后呢？他们总归有一天要迁都，洛阳也好，其他地方也罢，总不能永远在塞外罢？不说居住条件的问题，天子留在落雁城，根本无法辐射神州。

卫、周、曾这追随王室的三家，届时又该几家去、几家留？最大的可能就是所有公卿随着汴琼入关，迁往洛阳。只有恰当分封，才能让雍国形成一个整体。

"此事须得从长计议。"汴琼听完这句后，没有反驳儿子，太子泷确实很了解他，扣住了他最在意的一点，"退朝。"

姜恒也知道今天不可能有结论，他要的是先把议题抛出来，让所有大臣以及汴琼展开争吵，届时再给出折中的方法。就像时下百官的观点，把动物扔到朝廷上来，让它们闹得鸡飞狗跳，所有人是断然不会接受的。但设若将动物关在笼子里一起上朝，就显得可以折中了。

而且姜恒知道，在雍国朝中，他还有一位强有力的盟友，只是他自始至终都几乎不曾与这位盟友交谈过。

"不可能。"汴琼在书房内踱步，自言自语道，"哪怕孤王点头通过了这一条法令，牵连何其深广？多的是人反对他！他在想什么？"

朝廷上，卫卓起初只觉得姜恒之议乃是天下之大荒唐，胳膊肘往外拐的程度只能用"丧心病狂"来形容，但下朝后一细想，顿时满背冷汗。

汴琼要的是什么？他要国内为他提供最大的支持，养活足够的军队，一鼓作气，打出关去，扫平四国。届时王室便将考虑迁都，雍人虽对这片土地有感情，却心知肚明，迟早有一天，他们是要回到中原去的。

既然未来总要回去，那么塞外的土地，封给三族人又有什么问题呢？只要他们听话，不仅不亏本，还是非常划算的买卖。

汴琼现在明显已回过神来了，内心深处开始动摇。这么做的好处不用多说，士兵将更有士气，奋勇当先为他打仗，氐人也将朝他纳上更多的税赋。事实上，从山泽叛乱那年起，氐人纳的税就一年比一年少，其中或许有卫家截留瞒报的问题，但国库空虚，乃是不争的事实。

而姜恒呈上的"平邦令"初拟稿，详细地论述了收复氐、林胡二族，与他们和平相处的重要性，以及矿产、山麓资源对王室的作用。

"王陛下，"卫卓严肃地道，"此人已经控制了整个东宫，让太子殿下对其言听计从，这才多长时间？不能让他再这么下去了。"

"唔。"汴琼尚在回想姜恒草案上所提出的，这一年可增加多少税赋，能够扩军多少的问题。

"谁？"汴琮说。

"管大人求见。"外头侍卫道。

汴琮使了个眼色，让卫卓先行离去。管魏拄着杖，走进御书房内，径自到一旁坐下。

汴琮说道："管相……"

管魏道："王陛下……"

两人同时出声，管魏无奈地笑了起来。

汴琮面前摆放着姜恒的手书，上面洋洋洒洒，足有三千字。

管魏放下姜恒带回落雁的地方志册子。汴琮沉声道："孤王知道管相今日所思，实则是赞同姜恒的。"

管魏笑道："王陛下，今日老臣殿上之所以不作声，所想的，乃是另一件事。"

汴琮注视着管魏的双眼，管魏扬眉，认真道："老臣在想，百年之后，太子殿下身前，会不会有一个像老臣一般的人？"

"汴泷在这些年中，学得很快，"汴琮答道，"现在已经有自己的主意了。"

"是，"管魏说，"他是个不服输的孩子，自从淼王子来了落雁，便是如此。"

"孤王知道多年前，"汴琮又说，"灏地反叛一事，他是想过去调查的，曾嵘于其中亦起了不少作用，但是因为卫家牵涉其中，最终还是不了了之。"

汴琮回过神，说："管相对此怎么看？"

管魏道："王陛下若希望偏安，将责任交给千百年后的子孙，大可将平邦令付之一炬，若希望在有生之年一统天下，入主洛阳……姜大人所述，是唯一的办法。"

沙 畔 灯

下元节的前一天，陆冀亲自来到东宫，并雷霆震怒。

再不管东宫，都不知道变成什么样了！

这天姜恒听闻陆冀来了，便也施施然地到场，耿曙闻言也亲自来到。虽然他向来说不过文官们，但有他在，便表明了军方的态度。

如今太子麾下的东宫成了雍国年轻一代人的聚集处，所有东宫门客把年龄匀一匀，只与陆冀的孙子差不多大。陆冀忽然惊讶地发现，自己老了。

"陆相。"众人维持着基本的客气，朝陆冀点头为礼。

"陆相。"太子泷施施然地点头，现在有姜恒在，他已经不那么忌惮陆冀了。曾嵘不能与右相争吵，每当有分歧时，整个东宫只能挨陆冀的训斥，但姜恒可不怕他。

曾嵘对姜恒的提议毫不知情，这点让他很不舒服，但想到姜恒自归朝之后，所有的提议都是站在曾家利益这一边的，譬如保护山泽。也许是与父亲有过协定，所以这么想来，毕竟东宫以他为首，自己的人总得保护。

陆冀冷哼一声："你们在做什么？"

太子泷答道："准备变法，今日将提出草案初议。"

陆冀冷冷地道："说来听听？"

姜恒示意可以开始了，众人便从曾嵘起，接着是耿曙，再是周游等人，一个接一个，将自己的初步设想，以及方向提出来。

姜恒认真地听着，把每个人的提案简纲做了记录，这个时候他没有空去与陆冀钩心斗角。

陆冀起初抱着挑刺找碴的态度，但渐渐地，他开始认真起来。每一道变法的方向显然都深思熟虑过，这伙年轻人，竟是要将大雍固有的一切打碎重组！

这将是改头换面的一场剧变，而所有的变革，目的明确无比，都直指同一处——让雍国在最短的时间内做出调整，参与到中原的争霸上来。

"右相？"太子泷客气地说。

陆冀难得地听完全程，没有评述。

"我老了。"陆冀忽然叹了口气。

东宫殿内肃静，姜恒搁笔。

陆冀原本有一肚子话，要狠批一番姜恒那不切实际的念头，听完之后，却让他想起了许多往事，反而无言以对。

"你们觉得对的事，就去做罢。"陆冀说。

姜恒对陆冀所为，早就做好了应对准备，只没想到陆冀却改变了念头。

东宫门客散去后，接下来就是为期三个月的交互审阅时间。姜恒抱着书卷回房，路上却再次碰上了陆冀，显然这名右相始终在必经之路上等着他。

"陆相。"姜恒客气地笑了笑。

"今日朝中之言，"陆冀也客客气气地说，"各有坚持，想必你不会记在心上。"

"自然不会。"姜恒笑了起来，答道。

陆冀缓缓地道："老夫竟想起来，十八年前，也有另一个人，与你想的很像。"

姜恒没有问是谁，雍国这么大，延续了上百年，他不是第一个说这话的人。

"后来他怎么样了？"姜恒选取了另一个切入点。

"后来，他死了。"陆冀说道，并目不转睛地打量姜恒。

姜恒说："人总是会死的，但薪火相传，生生不息，该做的事，自当有人去完成。对吗？"姜恒又笑了起来，那神色看在陆冀眼中，瞬间令他一怔。

"说得对。"陆冀蓦然又变了脸色，沉声道，"但死人做不了任何事。"

"当然，但人也不能太怕死。"姜恒一笑，开始明白为什么姜太后会派界圭来保护他了。转身离开后，陆冀仍盯着姜恒的背影，久久不去。

"他说的人是谁？"姜恒皱眉道，"十八年前？"

耿曙吃着午食，眉头深锁。

姜恒问："怎么了？"

"我得走了，"耿曙道，"下元节第二天早上。"

"啊？"姜恒诧异地道，"这么快？去哪儿？"

耿曙说："嵩县。"

姜恒与耿曙对视一眼，知道汁琮仍然没有采纳他的提议，他不愿交出金玺，并准备派耿曙绕路包抄四国联军的后阵。

耿曙说："你呢？独自待在宫里？"

眼下正是变法最重要的时间段，姜恒不料汁琮来了这么一手，当即让他进也不是，退也不是。不管耿曙罢，他自己到嵩县去带兵，必须有人随军为他出谋划策；可是自己一旦去了，东宫怎么办？

下元节当天，汁琮在书房内召见了姜恒。

姜恒感觉到屏风后还有其他人，但他没有说，也没有试图改变汁琮的决断。他从太子泷与耿曙处得知，汁琮这人在下决定前，可以朝他不厌其烦地陈说利弊无数次。但一旦他下了决心，谁再说也无用。

"所以王陛下决定，采取强攻玉璧关的方式了？"姜恒说。

"不错。"汁琮答道，"你来落雁时间尚短，对孤王不甚了解……"

"我了解。"姜恒说道。

汁琮被姜恒打断了话头，便不再说下去，静了数息后，点了点头，说："那么，很好。"

"我只是想提醒王陛下，"姜恒说，"赵灵的门客已渗透到北方，孙英出现在灏城，就是最好的证明。我们多方追查，最后都追丢了孙英的下落，王陛下攻打玉璧关时，须得千万当心。"

"孤王会注意的。"汁琮答道，"那么你呢？"

姜恒知道汁琮已有了自己的判断，单独见他，是给他派任务，而不容他挑衅国君的任何权威。

"臣全听王陛下吩咐。"姜恒答道。

汁琮说："昨夜孤王也好生费了一番功夫。让汁淼独自去嵩县，孤王放心不下；想让你跟随他出征罢，东宫变法，我更放不下。"

姜恒注视着汁琮的双眼，知道这人向来是他的劲敌，而时至如今，汁琮还未完全信任他。

但他不知道为什么，汁琮始终都朝他抱着这种疏离感，也许他还记恨着当初的一剑。

"然则国事终难两全。"汁琮起身，在书房内踱了几步，说道，"眼下最重要的，是重夺玉璧关，长远之计，才是变法。所以你只能与汁淼前往嵩县，接管军队。"

"是。"姜恒没有拒绝。

"至于东宫，"汁琮说，"右相陆冀会亲自监管，你负责的部分，以传书方式送回落雁即可，注意信函保密，孤王相信你不需要多少交互审阅的部分。"

姜恒说："我负责外族外务，主张在平邦令中已大致厘清了。"

"你是个聪明人。"汁琮朝姜恒扬眉，说，"去罢，东宫主导的变法能不能成功，也取决于你们的这一战，便当是提前辞别了。"

姜恒很清楚，他最急迫需要的，是威信，只有树立了威信，协助耿曙取得战功，那么朝野间针对变法的反对意见将迎刃而解。

"那么，便预祝王陛下旗开得胜。"姜恒朝汁琮行礼，说道。

姜恒没有说任何多余的话，完全接受了汁琮的安排，这让汁琮十分意外。

姜恒离开后，卫卓从屏风后转出。

"他没有申辩。"汁琮眉头微皱，说道。

卫卓说："申辩是没有用的。"

汁琮沉默，卫卓又说："今日不少大臣已在议论……"

"议论什么？"汁琮冷冷地道，虽然他早已知道答案。

卫卓说："议论他……不知他是否看了十八年前，先王留下的变法宗卷……"

汁琮的脸色越发难看，卫卓便不再说下去。

"你的刺客卫队训练得如何了？"汁琮缓缓地道。

卫卓说："共一百二十二人，随时可听王陛下差遣。"

汁琮说："派人追上去罢，守在南方，找个机会，趁着汁淼不注意的时候动手，记得伪装干净，推给赵灵。"

"是。"卫卓想了想，又说，"不能让界圭陪在他身边。"

"我会差开他。"汁琮答道，"可惜了，是个良臣，就是投错了胎。当心汁淼的那只鹰。"

是日傍晚，汁琮颁布了一条特赦令，允许山泽以氏族族长的名义暂时留在东宫，三年前的反叛则说是另有内情，有待查明。

姜恒知道这条命令时，便知道汁琮有自己的盘算了，先是把他以战争的由头遣出落雁，远离权力中心，又派陆冀回东宫，监督变法细节，让一切在他的控制下发展。

最后做出少许让步，允许山泽以戴罪之身留下来，以安抚亲儿子。

"你父王是个厉害角色。"姜恒与耿曙一如约定，前往城外沙洲放灯。

"我反而挺高兴的。"耿曙说，"汁泷没出来？"

姜恒说："他待会儿到。你高兴什么？"

耿曙难得地笑了起来，说："离开落雁，又只有我和你了。"

姜恒实在哭笑不得。他发现耿曙在这段时间里，竟是没有真正开心过，常常皱着眉头，缘因他们要处理的事实在太多了。他们有时连用饭都不在一处，每天匆匆忙忙。姜恒要审议变法细节，耿曙除了开军事会议，还要为军中的变法做提案。

这些忙不完的活儿，完全是姜恒给他找的，耿曙的任务更繁重，甚至连练武与指点士兵武艺都没有时间。但他从来没有抱怨什么，反而想着能不能减轻姜恒的负担。

姜恒时常在东宫待到夜半，回房时见耿曙还点着灯，认真地一笔一画地写下他的治军计划。

姜恒常常觉得，汁琮也好，汁泷也罢，虽贵为王室，却从来没有得到过部下们真正的忠诚，雍国文武百官听命于王室，统统只为了自己的利益。

而只有他姜恒，反而活得更像个天子——他至少有一名心悦诚服的臣子，就是耿曙。他说什么，耿曙都会毫不怀疑地照办，对他的信任近乎盲目。

"你做纸灯了吗？"姜恒今天很烦，但他不想朝耿曙告他养父的状了。

"当然。"耿曙说，"我没空亲手做，但吩咐将士替咱们做了。你交代我的事，我从来不会忘，你看？"

耿曙掏出一沓纸灯，分别写上了卫婆、项州、昭夫人、姬珣、赵竭的名字。

两人策马到沙洲畔，入夜时，耿曙与姜恒凑在一处，点燃了纸灯。

"恒儿。"耿曙忽然说。

姜恒的眉头仍微微拧着，今日汁琮所言，让他十分介意。汁琮待他仍有提防的眼神，姜恒也想不到，过了这么久，汁琮依旧会记恨当初刺他的一剑。

　　姜恒转过头，看着耿曙。

　　耿曙牵着他的手，似在思考，过了很久很久，说道："我不知道……不知道怎么说。你都是为了我，才来了雍国，为雍国日夜操劳……我……有点难受。"

　　姜恒笑了起来，两人面对漫天飞灯。

　　耿曙下一句却道："我不知道会让你付出这么多，让你这么累。"

　　他都清楚……姜恒不知为何，内心生出少许忐忑与感动，这些日子里，虽然自己只字不提，耿曙看在眼中，却全都感觉到了。

　　"对不起，恒儿。"耿曙有点难过，露出了不知所措的神情。

　　姜恒把他稍稍拉近自己一点，耿曙却转身，把他搂在怀里。

　　"哥，别这样。"姜恒有点难为情了，沙洲两侧有不少恋人依偎在一处，耿曙这么抱着他，感觉挺奇怪。

　　耿曙始终不放开他，说道："恒儿，我……"

　　就在此刻，姜恒忽然看见了不远处的界圭。

　　姜恒连忙让耿曙放开他，界圭沿着河岸慢慢地走过来，在河畔放下了一盏灯，灯上写着一个字：琅。

　　"打扰你们一会儿，"界圭说，"陛下要朝玉璧关开战。"

　　"我知道。"耿曙被打扰了，语气不太好，皱眉道，"所以呢？"

　　界圭说："太后让我留下，保护王室，以免再有人来刺杀。"

　　姜恒说："很合理，你不用陪我们去嵩县了。"

　　界圭严肃地点了点头，抬眉，朝姜恒说，"小太史，活着回来，否则我会很无趣。"

　　姜恒笑了起来，耿曙一手揽着姜恒，说："我会保护他的。"

　　姜恒忽然心中一动，说道："十八年前，汁琅是不是也尝试过变法？"

　　界圭神色一变，打量着姜恒，过了很久很久，点了下头。

　　"好自为之。"界圭说道。

　　"哥！"太子泷在侍卫的簇拥下来了，周围寻常百姓便自发地为他们腾出地方。

耿曙难得地朝太子泷一笑，兴许明天他就要去逍遥快活了，心情也随之变好了不少。

"你俩都走了，"太子泷叹道，"又剩下我一个人了，我是没想到。"

姜恒凑近太子泷耳畔，低声说了几句话。太子泷眼睛睁大，怀疑地看着姜恒，继而在姜恒期待的眼神下，勉强点头。

"一定要当心。"姜恒说。

"你也是，"太子泷说，"一定要当心。"

深夜里，又有人放起一拨飞灯，灯火犹如通往天际的道路，组成了浩瀚的银河。那道银河照亮了夜空，绵延往长城另一头，深邃的黑暗尽头。

当太阳升起之时，姜恒与耿曙轻装上阵，策马绕过玉璧关，沿山峦险地，渡过古道，进入松林坡，前往中原大地。

耿曙放出海东青，风羽在天际盘旋，以示周遭并无危险。

通过梁国与洛阳的国界时，耿曙朝东面看了眼。

"想回去吗？"姜恒自从多年前离开家乡浔东，就再也没有回去过了。

"算了。"耿曙这些年听到不少浔东的消息，答道，"迟早有一天会回去的，现在不着急。"

渡 兵 船

中原大地已开始入冬，但一路往南，冬日却比寒风凛冽的落雁城更为和煦，到得嵩县时，却是暖冬之景。

琴川的五道支流畔建起了不少水车，新开挖的渠道犹如棋盘般纵横交错，灌溉全城。嵩县就像个隐藏在群山环抱中的桃源，无论外界如何天翻地覆，嵩地一如既往。

耿曙带来了封侯的委任状，被雍王封为了武陵侯，姜恒则恢复了太史之职。

宋邹对两人的秘密到来并不奇怪，开始汇报这一年里的大小事宜。

经历了雍东宫那混乱不堪的文书体系后，姜恒只觉得宋邹治理辖县实在是太高明了，一切颇有条理。

"您要的斥候，在这一年里已训练得差不多了，"宋邹说，"侯爷与太史大人这几日就可用上。"

姜恒洗过澡，换过衣服，躺在榻上。耿曙则出去检阅他的军队了，来年开春就要用兵，必须趁冬季这最后的闲暇时间予以重新操练。

"派出所有的斥候，"姜恒说，"密切监视各国动向，尤其是代国与郑国。"

这两国与雍接壤，代新王又与郑国有着血缘之亲，他们的同盟比任何一国都更稳固。

宋邹接了命令，又说："姜大人瘦了不少。"

"累。"姜恒轻轻地叹了口气，说道，"有些事，哪怕竭尽全力，也很难。"

"有些难题，大可交给时间，"宋邹想了想，说道，"再难对付的人，也是会老、会死的。"

"是啊。"姜恒笑了笑，说，"可我也会死，只不知道谁死在前头了。"

宋邹笑了起来，姜恒摇摇头，忽然发现嵩县的城主府，有时就像是雍都落雁城之外的另一个家，缘因这是他与耿曙重逢后，第一个为他们提供保护的小天地。

"代国公主着商人送来的，"宋邹捧出一把剑，说道，"来人说，这是一份谢礼。"

"烈光剑。"姜恒认出那把剑，当初耿曙把它还了回去，姬霜又将它送到了嵩县，权当感谢耿曙与姜恒在西川所做之事。

如今代国名义上是李霄为代王，实则已落到了姬霜的控制之下。

"嫂子也是厉害人。"姜恒笑道。

"什么嫂子？"耿曙抽出烈光剑，看了眼，冷冷地道，"婚约早就作废了，这些天没整治你，又拿我寻开心？"

"快把剑放下！"姜恒朝拿着剑作势要按他的耿曙说，"不是闹着玩的。"

耿曙一手拧着姜恒的手，把他按在榻上，看也不看，另一手随手推剑入鞘，分毫不差，腾出手来作弄姜恒。姜恒却顺势抢到了烈光剑，连剑带鞘，抵着耿曙的胸膛。

"怎么?"耿曙摁着姜恒,低头道,"想杀我?"

姜恒看着耿曙,脸上微红,用剑鞘示威般地推了推他。

"想杀哥哥的话,"耿曙的声音低沉、好听,一手缓慢地解开衽,说道,"往这儿刺,我就死了。"

姜恒用剑横架在耿曙的脖颈上,仿佛感觉到耿曙灼热的呼吸、有力的心跳。

"给你,"姜恒说,"喏,拿着罢。"

姜恒在海阁的古书上读到过,一金玺二星玉,三剑四神座,烈光象征日轮,天月则象征月轮,黑剑,意味着漫漫长夜与满天的星光。

耿曙已经很久没用过黑剑了,那是他们父亲的遗物,他终归需要一把兵器,烈光剑亦是神兵,再合适不过了。

耿曙翻身坐起,抽出烈光剑,认真端详。

"你就像烈光一般,"姜恒说,"很明朗。"

"我不是。"耿曙朝姜恒说,"你才是,恒儿,你笑起来,就像晴天一样。"

"军队怎么样了?"姜恒在耿曙身后,两人一同看那把剑。

一提起来军队耿曙就郁闷,接下来还有军阵要重整,只得老老实实地拿出太公兵法重新布阵。是日下午,姜恒便在嵩县审阅变法内容,耿曙则躺在榻上,一手拿着书,思考进攻越地的战术。

待汜琼朝玉璧关启战,耿曙与姜恒便要马上部署军队,以快打快,攻下在越地的浔阳城,运气好的话,说不定还能活捉在别宫的老郑王。

可是万一太子灵不吃这套呢?

卫卓与管魏的计划,则是让耿曙接下来进攻济州城,打郑国的国都,这么一来,太子灵总不能坐视不管了。

然而就凭手头这两万人,要打下一国都城谈何容易?最怕的就是他们的军队在郑国境内被拖住,展开旷日持久的胶着战。

姜恒在这暖冬里非常舒服,渐渐地睡着了。半睡半醒之间,他听见宋邹来报,说了几句话,耿曙冷漠地答了句"知道了"。

"什么?"姜恒清醒过来。

"咱们的斥候在胶州查到了不少运送铁的商队。"耿曙答道,"你继续睡。"

姜恒打了个呵欠，坐起，他与耿曙在厅内时懒得正装，便都穿里衣。姜恒一身白，耿曙则一身黑衣黑袜，白天出去巡军半日，午后便回来陪姜恒。

　　"胶州。"姜恒想了想，看了眼墙上的地图。

　　胶州乃是郑国的边陲之地，东临大海，北接崇山峻岭，在那里设立打铁场亦是寻常。

　　"生铁吗？"姜恒问。

　　耿曙说："没听清楚，让宋邹回来再问？"

　　姜恒摇摇头，耿曙放下手头案卷，说："泡澡去罢。"

　　城主府后有一温池，耿曙连日练兵，不免肌肉酸痛，正好泡池放松一下。

　　距离他们来到嵩县已经两个月有余，再过二十日，耿曙便将出战，带着两万雍军离开嵩县，进入梁地，以掠夺代替补给，一路直入浔东。

　　姜恒实在不能接受这种作战方式，但汁琮素来说一不二。

　　"这几日就别去操练了。"姜恒说。

　　"帮我捏捏肩膀。"耿曙说，"没事，不影响行军打仗。"

　　耿曙的肩背很硬，姜恒帮他捏了几下。见耿曙推着一片树叶，从水上推了过去，泛起涟漪，姜恒忽然停下动作。

　　耿曙问："怎么了？"

　　姜恒怔怔地看着那树叶，耿曙便凑过去，摸了摸他的脸。

　　"怎么了？"耿曙问。

　　姜恒瞬间如梦初醒，"哗啦"一声出水。耿曙道："等等！怎么了？"

　　姜恒裹上浴袍，赤脚就朝厅内跑。耿曙匆忙穿了浴袍，说道："别跑！好好说话！"

　　姜恒说："水运！"

　　耿曙与姜恒快步进厅内。姜恒喊道："传宋邹！快！把商会大统领也叫过来！"

　　不到一炷香时分，厅内来了四个人，宋邹、嵩县商会大统领赵逯，以及雍军的两名万夫长。

"别着急。"耿曙只着一身浴袍，侧身坐在榻上案前，姜恒仍披散着半湿头发，忧心忡忡地看着地图。

宋邹说："可是玉璧关来了消息？"

"不。"姜恒走到地图前，翻出朱笔，沿着胶州港标记，说，"胶州已探明的海道，最远能抵达何处？"

商会大统领道："胶州向来是郑国的军事重镇，消息出不来，斥候也很难进去，海船多与南越交互，出港之后，往往就不知去了何处。但目前可知，郑国确实要开战了，因为他们……"

姜恒接了话头，说："因为他们往胶州运送了大量的铁。"

"不错，"宋邹说，"这是今日传回来的消息。"

姜恒说："也就是说，被打听到，已经是半个月前的事了。"

大统领赵逡点头："实际上他们运送铁，时间只会更早，根据我们的推测，这个时间应当在入夏前。兴许这已是最后一批了。"

"从胶州港出发，"姜恒说，"根据秋冬风向，最远能到何处？"

耿曙没想到，一辈子没见过海的姜恒，竟对海运十分了解。

"这要找个走过船路的人来问问。"宋邹答道，"我记得曾有吴越之地的船商，只不知他在不在嵩地，姜大人觉得呢？"

"给所有的斥候送信，"姜恒说，"到这几个地点去找，看有没有补给站。"

说着，姜恒一路从胶州沿着海岸线往北边标记，直到雍国境内的一处海岸。雍国地广人稀，大片土地荒无人烟，又有东兰山天险作为屏障，挡住了那段海岸线。

与此同时，姜恒生出了另一个念头。

"孙英也许就是坐船过来的，"姜恒朝耿曙说，"只不知道，他们去了多少人。"

耿曙的脸色亦变得严肃起来，说道："我这就送信回去。"

"送给东宫。"姜恒说。

如果姜恒的猜测无误，太子灵正在坚持不懈地往雍国的东北方运兵……雍地的海岸线多年来始终守备空虚，只希望现在一切还来得及。

"近期不要按计划发兵。"姜恒朝耿曙说。

耿曙想了想，说："太冒险了。"

"一旦太子灵绕过玉璧关前的防守，"姜恒说，"把兵马运送到雍国后方，你手里的这支兵员，就是最后的希望了。不发兵，只会延误战机，但若在越地被拖住，最后一支救援国内的军队也没了。"

耿曙沉吟不语，最后他决定，在这件事上听姜恒的。

"可是如果不发兵牵制玉璧关，雍国想进军，就……"

"那就让他去死好了，"姜恒道，"先前谁还答应我一剑捅了他的？"

"知道了。"耿曙马上识趣地说，他当然知道姜恒是在说反话，这些日子以来姜恒才是最焦虑的那个，直到过了发兵时限，他仍让耿曙强行按兵不动。

耿曙放出去的海东青，带回来的消息则是汁琮的三个字：知道了。

"什么叫'知道了'？"姜恒难以置信地道，"他不派人去查吗？"

"他说知道了就是知道了，"耿曙说，"我有什么办法？"

这个时候，宋邹传唤的船商来了，姜恒马上起身，正了正衣裳，已经来不及问他的名字了，说："从胶州出发的海船，北上后，最远能抵达什么地方？"

"回大人的话，"那船商说，"小的只在吴地跑过几年船，具体情况不清楚，只能道听途说……"

姜恒道："知道多少就说多少。"

"郑地四个港口，往来南越等地，所做无非海上的生意，郑人的船大多是江船，想要能在海上航行的大船，须得求助于郓人。但胶州港口往北方一路过去，多年来几乎无人去过，郑国也不允许任何商道途经胶州，俱是官船……"

"胶州与北地的林港等地，多年前听闻有过往来，但只要北上，暗礁极多，春夏间，几乎无船能平安到此处，除非……"

"笔给你。除非什么？"姜恒递给他朱笔，知道他一定还有话说。

船商寻思片刻，圈出一块海域，说："大人说的是，除非在秋冬交季时，那时会有一个月上下的西南风，如果利用好这段时间，便能从胶东出发，花上整整一个十月，将船开到东兰山的最东边，但是有没有能靠岸的地方，小人就……"

姜恒听了这话，简直是天旋地转。

现在他唯一的希望，就是郑人只送了军队进入雍境，尚未成功策反林胡、氐二族人，否则……

"一艘船可以运多少人？"耿曙直到此刻，仍然保持了镇定。

"多则两千，少则八百，"船商说，"并无定数，若将货舱腾空，嗯，平均两千人是可以的。但商路讲究的是'往返'，这条海路有去无回，所以郑国几乎从来不与雍国走海道生意……"

姜恒坐在榻上，无意识地挥手，示意他先退下，再看耿曙时，耿曙的表情依旧镇定。

"不会有太多人，"耿曙说，"算他们十条船，也只有两万人。"

姜恒说："风羽回来了？玉璧关下谁在领军？"

耿曙说："武英公主，父王还坐镇落雁，都在等咱们进攻浔东城的消息。"

距离他们约定的时间，已经过了足足十天，耿曙始终按兵不动。奇怪的是，落雁城也没有消息，信使本该三天前抵达嵩县，催促耿曙，并带来汴琮的大怒的。

我让你袭击敌人后方，你现在居然还在嵩县按兵不动?!

但信使没有来，耿曙放出海东青，一来一回，要四天时间。

紧接着，海东青带着一块染血的布条，飞进了城主府内。

上面只有六个字：落雁被围速救。

车 裂 刑

雍成王一百二十年，四国联军齐聚玉璧关，朝雍国发起第三次大战。

是年，太子灵以浔东城与郓互易，郓王得浔东，派兵驻扎。郑出奇兵，经海运六万步兵，出胶州港北上，抵达东兰山，潜于东兰山中，一夜间攻陷灏城。

十一月，玉璧关四国联军倾巢而出，与武英公主汴绫决战，落雁城往玉璧关的兵道受太子灵步兵封锁，援军不能抵达。

十一月七日，落雁被围城，汴琮麾下两万御林军成为孤军，朝武英公主发出军令，火速回援！

顷刻间灏城、山阴两城掀起了反叛，受雍人压迫日久的林胡与氐人揭竿而起。两城守军被抽调往玉璧关后，驻军合计不足八千，与王都落雁断了消息。

幸而大安等北方城市由风戎人主宰，尚未传来动乱的消息。

汴琼一夜间焦头烂额，只因太子灵的郑军来得实在太快，仓促间全无准备。今年又是个暖冬，未有大雪封城，仿佛老天爷铁了心要灭绝大雍。

武英公主欲抽走兵马，奈何玉璧关联军早察其意图，几次主动出击。雍军若在此时撤离，定将招致尾击，届时面临的，将是全军覆没的大溃。

所有人当下唯一的希望，就是依旧在中原的最后这支掌握在耿曙与姜恒手中的兵马。

这个时候，耿曙调动军队去打哪一国，哪一国就会马上撤军，减轻玉璧关面临的压力。

"你爹该好好反省了，"姜恒与耿曙带兵离开嵩县时，姜恒回头看了一眼两万人的黑压压的军队，说道，"如果接下来他还有这个机会的话。"

耿曙说道："还有机会，前提是咱们能打下玉璧关。"

姜恒说："做个最坏的打算，如果打不下，雍亡国了呢？"

耿曙："……"

姜恒问："你要为国捐躯吗？"

耿曙看了姜恒一眼，姜恒扬眉，等待他的答复。

耿曙说："我的性命是你的。"

"知道就好，"姜恒说，"尽力而为罢。驾！"

这支寄托了大雍所有希望的奇兵，没有开往任何一国，而是径直越过洛阳，朝玉璧关而去。

落雁，雍宫，十一月十三日。

这是落雁城自建国之后，历史上第一次被围城。多年以来，倚仗玉璧关天险，战线从未推进到国都过，哪怕在备战的这半年间，汴琼得到管魏、陆冀与姜恒的反复提醒，却仍不以为意。

落雁从未进行过围城演练，在这滴水成冰的冬季，也不可能有人来围城。南方人无法适应酷寒，让他们在冬季围攻国都，是不可能的！

但眼下，汴琮终于为自己的傲慢付出了代价，太子灵与郑军已在城外扎营，陆陆续续，已有六万人抵达沙洲平原。

"他们正在进行防御工事，"曾嵘看过军报后说，"挖掘大量壕沟。但壕沟附近守备森严，我们的斥候无法接近。"

"只是壕沟而已，"管魏皱眉道，"用得着如此戒备森严？"

陆冀说："妄想通过地道进来，是不可能的。城内所铺，俱是巨擘山之岩，当年落雁选址之处，乃是冻土，春天化冻后土质松软，为夯实地基，倾举国之力铺上了坚岩，他们挖不进来。何况就算挖穿了，隧道开口总不至于太大，不足为患。"

管魏道："必须调查清楚他们在做什么。"

"让他们围就是了。"卫卓在今日的朝会上说，"冬天的粮食都收进来了，我们尚有两万骁勇善战的骑兵，当下哪怕天气回暖，北方的寒潮却总会来的。届时只要衔尾出击，太子灵的军队必将全军覆没。"

这也是汴琮所想的，他压根就不怕他们。

"那么玉璧关怎么办？"管魏在这个时候，终于不能再忍了，朝卫卓道，"今冬的作战计划这么拖下去，哪怕守住了落雁，势必再无反击的胜算。"

"管相，"陆冀说，"玉璧关守卫的中坚力量，算来不过是郑、梁二国，此二国任意一国战败，另一方定然自行离去。如今太子灵深入我国腹地，正是决战的极好机会，耐心等候，将其一举击溃，玉璧关不攻自破。"

太子泷说："咱们得派人去救灏城、山阴两地，城池已沦陷，变法之举未推行，若林胡人余党与氐人加入他们，又要怎么办？"

卫卓冷笑一声，说："氐人什么时候学会打仗了？乌合之众。"

"没有人，"陆冀说，"谁去救？"

"我去，"太子泷说，"给我五千骑兵。"

太子泷今日议政，带来了他的幕僚山泽，山泽端坐太子泷身后，不发一语。

没有人回答，他们都不看好太子泷。

"你觉得，你们氏人会被郑人说服，加入这场反叛吗？"汁琮朝山泽投以有意无意的一瞥，依旧保持了镇定，在心里估量着这场战争的赢面有几分。

"氏人会不会我不清楚。"山泽说，"但是雍王，如果您还秉承着这一如既往的傲慢，落雁城只怕覆亡就在顷刻。"

所有大臣顿时色变，卫卓怒道："大胆！"

太子泷没有喝止山泽，迎上父亲的目光，眼神带着期望与悲伤。

"哦？说说？姜恒给了你什么锦囊妙计？"

汁琮一瞥太子泷，漫不经心地剥开手里的松子，吃了一颗，就像在玉璧关谈判那天。

太子泷却比谁都更了解父亲，知道他需要细微的动作来缓解内心的不安，更重要的是，借由这一动作以掩饰真实的内心，以免被他人识破。

"这场战争从第一步下子，就犯了错误，"山泽沉声道，"一步错，步步错。处处为人所制，以至于落到如今的局面。雍王认为南方四国，无人是您一合之敌，可实际上呢？您不仅遭受刺杀，险些死在关前，更丢了玉璧关。"

汁琮停下动作，刹那间殿内充满了危险的气氛。

"这是你们东宫商量好的？"汁琮冷冷地道。

太子泷没有回答，这等于默认了。

"雍王总觉得北方天寒地冻，不可能有人在这个气候下围城，可对方偏偏来了。如今雍王与各位大人谈论半日，认为只要围城不出、坚守、拒战，太子灵就拿落雁城毫无办法，假以时日，敌军必退……

"但敌方统帅就想不到这一点吗？"山泽反问，"试问若您是太子灵，会有什么样的作战计划？必须速战速决！这一速战速决的时机，一定是所有人都想不到的，也绝不能让敌人想到。"

殿内鸦雀无声，汁琮用拇指摩挲着手中松子，竟不知该如何反驳山泽。

"雍王总以为自己的武威天下无敌，"山泽沉声道，"沉浸于自吹自擂日久，傲慢不可一世。纵然你是重闻身故之后，天下第一的武神，但武神也好，军神也罢，那个时代早就结束了，还是您的儿子亲手结束的。随着李宏被汁淼亲手打倒，多年前琴鸣天下前，成名的武神中，便唯余雍王一个。太子灵不仅敢于朝雍王发起挑战，更有必胜的决心，否则他绝不会到此地来。"

说着，山泽朝汴琮扬眉，汴琮马上就知道，这话一定是姜恒让他说的！

东宫的人里，只有姜恒与山泽这两人是不怕死的，姜恒不怕死，是因为他知道没人能把他怎么样。山泽不怕死，是因为他的命是捡回来的。

"父王，"太子泷说，"山泽之言虽刺耳，但我们总该正视现实了……"

海东青带着来信，频繁往返东宫与嵩县，今日这一席话，乃是东宫核心讨论后，在姜恒的授意下，予他毫不留情的反击！

"说得是，"汴琮打断了儿子的话，没有发怒，开始认真看待这一对手，认真看待他与他麾下的谋臣们，点了点头，说，"爹确实太轻敌了。"

"更何况，"山泽最后说，"雍王自继任那日起，可曾越过玉璧关一步？武神之名，我看不过是存在于雍国而已。我的话说完了，氐人反叛是死，落雁沦陷我也是死，雍王还请爽快赐我一死就是。"

这话蓦然击中了汴琮的心病，事实上正是如此。自从他成为雍王，雍国的军队便从未真正踏出玉璧关。嵩县乃是耿曙借王军之名暂时占领，四国之间哪怕有再多的内讧，却依旧联起手来，将雍国压制得死死的。

太子泷道："山泽。"

太子泷知道山泽说过头了。

这也是他最大的忌讳之一。

"说得很好，"汴琮沉声道，"人要保持清醒，多谢你的临终谏言。来人，把他押出去，皇宫校场外问斩，非常时期，不用车裂了。"

"父王！"太子泷马上上前一步，挡在山泽身前，山泽却坦然地起身，走出殿外。

"父王！"太子泷道，"灏城已失，此刻杀山泽，氐人定将投敌！"

"王陛下请息怒。"管魏也站了出来。

"陛下，"曾嵘道，"大可押后再杀。"

汴琮看着众人，他想知道，这朝廷上究竟有多少人，站到了姜恒那小子的一边——哪怕是他不在场的前提下。

"陛下！"周游带着一只海东青，飞快入殿，"风戎人来信了！"

周游的闯入一瞬间引开了所有人的注意力，汴琮却不为所动，伸出了手。周游恭敬地捧着信报，送上王案。

汴琮却没有读，把它放在案上，用金玺压住了那张字条。他看清楚了东宫的态度，曾嵘、管魏，以及他的亲儿子，都对姜恒抱着信心。

"那么就押下去，打入天牢。"汴琮沉声道，"你看，山泽，孤王也不是完全听不进劝告。"

太子泷松了口气，昨夜他收到姜恒的来信，连夜召集门客详议。姜恒的信上，对汴琮的指责简直是毫不留情，并点明了此战胜败，关键在于汴琮对赵灵的态度。若无人震慑他，局面将一发不可收拾。

汴琮根本没将赵灵放在眼中，更不将郑国视作对手，这就是招致大败的唯一诱因。

姜恒让太子泷去说，只因这话他必须说。

但姜恒不在，东宫无人敢挑战汴琮的权威，最后山泽决定，说出所有人心里的这番话，于是山泽成了代替东宫触忤国君之人。

幸而汴琮没有杀他，这在太子泷的计划之中，太子泷又使了个眼神，这眼神被汴琮看得分明。

"送信给汴淼，"汴琮说，"让他按原定计划攻打越地。我知道海东青还在东宫。拖住他们，打下越地后，他们围一天，便让汴淼杀一名他们的王族。"

汴琮动了真怒，他想看看，赵灵究竟还有什么瞒天过海的破城之计，六万大军，哪怕一夜间全长出翅膀飞越城墙，等待着他们的，也将是雍军的强弩与利刃！

"王陛下，"东宫另一名唤牛珉的谋臣上前一步，说道，"愚以为，此次大战的关键之地在玉璧关，不在越地，不能再按原定计划来了，须得让汴淼王子带兵，夺回玉璧关方是上策。"

"拖下去车裂，"汴琮头也不抬，开始看风戎人的信，说，"这个不能饶了。"

太子泷万万没料到牛珉会突然开口，局势脱出了他的掌控。太子泷马上跪下，色变道："父王！"

汴琮展开信，看见风戎人写就的歪歪扭扭的一行汉字：

风戎年前已为王室征兵，眼下人手不足，雍王可尽快将太子送来，王家血脉性命可保。

再要救城，恕无良策。

"儿子，我要找个时间，和你好好谈谈。"汴琮收起信，朝自己的亲儿子说道。

牛珉直到死都不明白，为什么自己只说了一句话，便落得被车裂的下场。惨叫声中，这名寒族士子鲜血迸发，在王宫校场外遭到分尸，爆发出的血液染红了方圆数十步，渗入砖缝，极目之处，一片殷红。

太子泷亲眼看着，顿时闭上了双眼，悲怆交加，大喊起来。

这是汴琮给东宫的一个警告，他已经懒得与姜恒你一招我一式地去比画。他还要告诉自己的亲儿子，在这个国家，他才是国君，不杀谁，那是权衡利弊；想杀谁，是他乐意。

众臣噤若寒蝉，汴琮的疯狂，让他们纷纷想起了十八年前，汴琅死后的那场大屠杀。

他是会杀人的，只是最近杀的人少了。

兵 家 术

十一月十四日，落雁全城备战，曾宇调兵，汴琮换上一身铠甲，预备出城，率领一万两千名骑兵，与郑军展开会战。

他身边只有卫卓与曾宇，其余武将都派给了汴绫。

汴琮有点可惜，这种时候，养子不在身边。

他挥退了前来伺候的侍女，在空荡荡的寝殿内换上了铠甲。十四年了，殿内没有爱人，没有兄弟，没有儿子，时光仿佛倒流，回到了当初只剩下他孤身一人的时刻。

"我将出城决战，"汴琮头也不回，为自己系上连接胸甲与背甲的腰绳，说道，"你在城内守好家里，如果有大臣再说三道四，便处死他们。生死存亡之时，必须让全国上下一心，眼下不是彰显才干、多嘴多舌之时。"

太子泷一夜未睡，脑海中满是牛珉死时的惨状。他亲手将此人招进东宫，倾慕于他的才华，没想到就这么一句话的工夫，说杀就杀，父亲仿佛成了一个疯子，令他心生震惊。

他就这么定定地看着父亲，半晌无话。

汁琮看了儿子一眼，又问："信送出去了？"

太子泷脸色苍白，头发散乱，昨夜回到东宫后，看见牛珉写了一半的草案搁在案上，一切恍如一个噩梦。

"父王。"太子泷发着抖，他很清楚，汁琮让他回去，当那个唯命是从的小孩儿。

但牛珉在临死前，忽然朝他笑了笑，太子泷刹那间明白了其意……不要放弃，胜利迟早会来。

汁琮穿戴好铠甲，转身，一手抚摸儿子的侧脸，端详他的容貌，仿佛想确认这个儿子是不是自己亲生的。站在姜恒背后的那个幽灵，让他彻夜恐惧，哪怕这个敌人一无所有。

他有儿子，这就是他与那个亡魂周旋的最大倚仗。

太子泷却退后半步，挪开了目光。他该怎么办？那一刻，他忽然明白了姜恒为什么要刺杀他的父亲。

但他不可能这么做。汁琮欣赏他的眼神，将其理解为儿子在表露对他的畏惧与臣服。

"不用害怕，爹去替你杀光他们。"汁琮沉声道。

十一月十四日，夜，雍王汁琮亲自出战。

玉璧关前，耿曙说不清现在是什么感觉。

他相信汁琮一定能顶住，落雁城不是说垮就垮的。但以他的分析，以及姜恒所述，赵灵不是寻常人，他思虑缜密，且十分大胆，常出意想不到的奇兵，且往往能一招制敌。

姜恒反复提醒他，赵灵是个非常危险的敌人，但哪怕把六万人交给耿曙，耿曙也想不出在接下来的十天里攻破落雁城的办法。

"城墙不会有问题，"耿曙反复朝姜恒道，"虽然在这一百多年中未经战事检验，但我相信一定能挡住。"

姜恒说："中原四国彼此攻伐日久，我下你一城，你占我一地，论攻城战，以雍国的经验，根本不是郑人的对手。"

"也不见得。"耿曙在这个问题上没有赞同姜恒。

姜恒说："你反复念叨，就证明你心中不安，若当真有信心，你是不会提的。"

天下没有人比姜恒更了解耿曙，姜恒随便一句就是攻心之言，耿曙只得说："你说得对。"

两人将大军驻扎在玉璧关下，姜恒做了提前预判，虽然落雁的情况尚不明朗，但玉璧关内有汁绫的守军，玉璧关外则有耿曙的军队，这么一来，双方形成两面夹击，把玉璧关包围了。

而眼下的玉璧关，守卫则以四万梁军为主，郢人出工不出力，只来了三千，先前支持给赵灵六十五艘海船，便权当完成了联盟的责任。

代军眼下还不知道在何处，但他们绝不会置身事外，说不定已在越过潼关，前往落雁城外，与太子灵会合的路上。

宋邹也来了，这场大战的意义非同小可，任何一方落败，都将在未来的数十年中，彻底改变天下格局。他已经将赌注全部押在姜恒身上了，必须相信姜恒，无论姜恒救哪一国，他相信姜恒有自己的判断，自己要做的，只有全力协助。

"按理说，攻城战出其不意、攻其不备的两个可能，"宋邹慢条斯理地说道，"第一，就是出现了新的器械，此乃器之革新。"

"不错。"耿曙对兵家之道了如指掌。"其二，则是出现了新的战术，此乃术之革新。要么是'器'，要么是'术'，或是两者俱得。"

三人在松林坡高处眺望玉璧关，玉璧关城楼旗帜飞扬。

"新的攻城器械不大可能。"涉及行军作战，耿曙的脑子非常清醒，"赵灵通过海运一举送去了六万步兵，已是运输的极限，再载着大型攻城器械接近落雁，拖慢速度不说，还容易暴露目标。"

"嗯。"姜恒沉吟不语。

"那么就余下战术了。"耿曙说，"有什么新的战术，是能一夜间攻破城墙的？"

"我不知道。"姜恒皱眉道。人力有时而穷，下山之后，他早已明白，自己要向这个世间学习的，依旧还有许多。

宋邹说："当然，也可能是赵灵在虚张声势，他实际上什么都没有做，正是算准了雍人猜测他有应对之法，不得不出城一战。"

"以彼之谋，反陷彼身，"姜恒说，"确实有这等策略，但不像他的作风。"

宋邹道："眼下最重要的，还是如何击破玉璧关，得好好想想。玉璧关一破，落雁之危自解。"

宋邹说得不错，只要夺回玉璧关，关北的汁绫马上就可以腾出手，回援落雁城。

眼下的战局从北到南，分别是王都御林军、王都外沙洲平原的郑军、玉璧关北雍军、玉璧关四国联军，以及关南松林坡所驻扎的耿曙的这一支奇兵。

五支军队互相牵制，形成了微妙的平衡，哪一边先被击破，便会一环扣一环，引起连环倒塌。他们正在最南端，设法引起这战术链条的断裂与失衡。

"还有一个解决思路，"姜恒说，"从北边断开这条链条，先救落雁，只要落雁得救，玉璧关同样不在话下。"

耿曙说："还是从南边开始罢，至少咱们手头有军力，我来制订破关计划，但须得与姑姑先接上头。风羽怎么还没回来？"

正说话时，远方天空一声鹰鸣，海东青回来了，三人同时抬头。

风羽带回了王都落雁城的消息，耿曙展开一看，脸色稍稍和缓。

汁琮出城决战，大败赵灵前锋军，是役雍军得胜。汁琮一骑当千，杀得敌人血流成河，最终太子灵全军后退五里，雍军岳昂折损两千四百余。

"他守住了落雁，我们还有机会。"耿曙稍稍镇定下来，汁琮的北方第一武士头衔并非浪得虚名。他几乎从未见过汁琮出手，就连太子泷，自懂事始，也记不得父亲打仗的时候了，所有关于汁琮的战绩，都只存在于传闻中。

"不。"姜恒却提醒耿曙，"我们的时间不多了。"

汁琮用兵刚武勇猛，打起仗来有种同归于尽的气势。然而雍国面临的最大难关正是兵员不足，一场胜仗有助于提振士气，但从长远来看，却被太子灵一点一滴地消耗着实力。

又及，西南方潼关告破，守将被杀，代国军已全面入侵雍地，开始攻打雍国西面的第四座大城"承州"。

"何况，"姜恒在军帐内踱步，说，"再这么下去，哪怕玉璧关夺下来，落雁也要完了。"

李霄亲自上阵，带来了三万军队，将在五天后与王都前的赵灵会合，这么一来，联军已达到九万。

姜恒与耿曙对视一眼，彼此都感觉到了对方眼中的恐惧。

这场大战就像雪崩一样，起初只是滚下一个微小的雪球，紧接着则是不停地加速，卷进去越来越多的士兵与战马。姜恒远远低估了赵灵要将雍国彻底亡国灭种的信心。

"还有最后一个办法，恒儿。"耿曙看着姜恒。

是夜，耿曙飞速拟信，与姜恒商议后，放出海东青，低声在它耳畔说了几句。

黎明前，玉璧关一片黑暗，风羽振翅而起，飞越渺茫的远山与夜幕，飞向玉璧关内的另一面。

"接下来，就看你爹的运气了。"姜恒朝耿曙说。

耿曙道："走罢。"

两人正要转身，忽闻远方传来一声锐利的、划破夜空的哨响。

耿曙顿觉不对，马上转身，只听箭矢破空而去，海东青一声鸣叫！

"风羽——！"耿曙怒吼道。

姜恒刹那手脚冰凉，睁大双眼，在漆黑的夜幕里搜寻着海东青的下落，耿曙立于夜色中，犹如雕塑。

"射不中的，"姜恒的声音发着抖，安慰道，"深夜看不清楚，箭矢不可能这么准，哥，相信我！"

耿曙紧握着拳，眼眶通红，望向姜恒，彼此不发一语。

良久，耿曙镇定下来，缓缓道："风羽哪怕受伤，也一定会将信送到。跟我走，恒儿！"

姜恒呼吸急促，与耿曙翻身上马，将军队留给了宋邹，驰往东南面的群山，沿着他们出关的秘密山道，再次进入雍国领地。

腊月初三，被围困的第二十八天，雍都落雁城，王宫。

"他们的补给在于灏城。"管魏指出了这场围城战的关键，"赵灵运送兵马，抵达本国国内，随身辎重不可能太多。先夺灏城，并将城内物资运送到前线，供大军所需，乃是他们计划中的一步。"

汁琮"唔"了声，说："当初该将山泽杀了，氐人横竖都得投敌。"

姜恒若在场，一定会怒吼出声——当初就该去救！否则灏城怎么会落入赵灵手中?!

但不仅姜恒，就连太子泷，今天也没有被通知过来，汁琮让他闭门思过，自然也不会有被儿子反驳的机会。

汁琮相信自己有绝对的实力，三天前，他率四千御林军出城决战，击败了太子灵近万的部队，他还没有老。

今日殿内参议之人只有管魏、陆冀、卫卓、曾宇四人。

陆冀想了想，说："左相的意思想必是，可以派一队人突破重围，切断郑军于灏城的补给线。"

"派多少人？"汁琮说，"陆冀，你亲自带兵？"

陆冀实在也是昏了头，城中一天接一天被困，哪怕粮草充足，民心却是最大的问题，城中已有哗变兆头。现在派出兵员，尝试强行突围，多少人才能切断郑军补给线？八千？一万？军队突围尚不知能否成功，但王都守备定然空虚。

更要命的是，代国大军尚在路上。

"风戎人呢？"管魏说。

"不能指望他们。"汁琮道。

周游匆匆入内，带着另外的消息。

"汁森陈兵玉璧关前，"周游说，"目前仍按兵不动。"

汁琮终于等到了耿曙的消息，却不是他想要的，汁泷、姜恒、汁森……这三个人，已经不听他的命令了。

但他没有做出任何评价。

管魏道："若殿下能与武英公主配合，夺回玉璧关，公主便可腾出手，率军回援王都。"

"你还有话想说。"汴琮注视着周游。

周游叹了口气，点了点头。

"承州城破，"周游说，"代军已占领全城。"

汴琮说："孤王再出去邀战，还有多少兵员？"

麾下大臣一片沉默。

汴琮意识到了不妥，望向曾宇。

"御林军尚存三千余。"曾宇说，"上一次决战折损甚剧，需要补员。王陛下，根据斥候的情报，赵灵一方军队，今晨又来了两万的增援。"

雍国继灏、山阴之后，第三座重城也随之告破。汴琮抽调了六城中近乎八成的军队，筹备夺回玉璧关，各城如今守备空虚，反倒被联军一举端了老巢。

如今郑国的大军还非常有耐心，等待盟友前来会合。汴琮万万没有想到，落雁的兵马竟只剩……

所有人心底浮现了不祥的二字——亡国。

姜恒之言仍在耳畔，当初除却管魏，所有人都觉得他在危言耸听，雍国内忧外患不假，却远远没到这个地步。

然而此时此刻，变故就发生在短短的一个月里。对手按部就班、有条不紊地部署了所有棋路，只等待最后的时刻来临。层层推进，甚至就连诱敌出战，俱在太子灵的计划之中，预备以迅雷不及掩耳之势，予以汴琮毁灭性的一击。

当初在玉璧关便该将赵灵扣下来，不问缘由直接杀掉——汴琮到得此时，仍在后悔。

溅 血 誓

"把武英公主叫回来，"汴琮说，"玉璧关不要了。"

"万万不可！"众臣同时色变，连卫卓都顾不得触怒汁琮，马上设法阻止。

管魏道："陛下！此刻抽走玉璧关前守军，梁军便将长驱直入！"

汁琮答道："大家就在沙洲前拼个死活罢了。"

汁琮之言，瞬间让所有人感到不祥。

"还没到时候呢。"姜太后的声音道。

汁琮在看见姜太后的那一刻，双目通红，心中满是杀意。直到如今，他仍拒绝相信，国家内外交困，已到了最后一刻。

姜太后一身华服，缓步而入，身后跟随着界圭与双目通红的太子泷。

"太后。"一众老臣纷纷躬身，在场之人，大多是当年追随先王，又服侍汁琅的顾命大臣。

"母后。"汁琮镇定少许。

姜太后手中握着黑剑剑鞘，走到王座前，展袖坐到一旁，众臣纷纷鞠躬。

"宫内已好些时候没听见前线的消息了，"姜太后说，"哪怕陛下从来就是报喜不报忧，我还是知道一点风声的。"

汁琮沉默，低着头。

"太后不必担忧，"管魏说，"敌军自当退去。"

姜太后叹了口气，说："越国亡国那年，我只有六岁，后来跟了你们的先王，我成了一个雍人。但在心底，我始终记得，我也曾是个越人。"

众人沉默，俱注视着姜太后手中的黑剑。

"母后？"汁琮道。

"雍人有雍人的坚持。"姜太后看了眼汁琮，安慰道，"越人，也自当有越人的解决之道。我虽已多年不问朝政，也想为夫家出一份力，各位不如听听我的办法，再做决议？"

在一片静谧中，没有人反对。

"界圭，耿渊既然不在，黑剑便借予你一用，去罢。"姜太后说，"黑剑诛杀了赵灵的亲生父亲子间，如今一并斩下儿子的首级，就让这把剑再一次名扬天下。"

姜太后之言，谈论杀赵灵，犹如杀一只鸡般，那傲气当真让众人震撼得无以复加。

"是。"界圭接过黑剑。

"哪怕对方是手无缚鸡之力的赵灵，"姜太后说，"也务必不要掉以轻心，必须当作武艺卓绝的对手来看待。古往今来，但凡轻敌之人，都会栽个大跟头。"

"谨遵太后之命。"界圭将黑剑负在背上，朝汁琮与姜太后行礼。

"母后。"汁琮叹了口气，正要开口，姜太后却悠悠地道："但是，纵然除去赵灵，此战亦在所难免。城破，只是时间问题，琮儿，面对现实罢，单靠武勇，如今已解不得落雁之困。"

无人敢接话，姜太后朝汁琮说："王儿，今日局面，既是你一己造成，自当奋战到最后一刻，与国同生共死。若侥幸能胜，自是最好，若不能胜，亦不至于辱没了汁家威名。"

"是。"汁琮道。

"太子汁泷，却仍然大有作为。"姜太后又道，"大雍尚未真正处于孤立无援、众叛亲离的境地，派你所有的卫队，护送太子离城。"

管魏闻言，缓缓点头。

"能去何处？"陆冀道，"如今关内四国视我等为仇敌。"

姜太后说："去关内？不，我意乃是让太子持国君之命，前往大安，再一路南下，召集风戎人。王儿，你须得拟一道诏书，交给太子，让他赦免氏人、林胡人，召集雍国境内所有的外族为我们雍人驱逐外敌，许给他们原本便该得的。"

汁琮眼眶通红，到得最后，竟哽咽起来。

"……汁淼与姜恒一定能攻破玉璧关，待他们与绫儿会合，届时护佑太子，重夺落雁，再建雍国。"姜太后轻描淡写地道，"事有万一，设若城破，四国之军正大肆庆祝之际，却永远不会想到，远征塞外，夺下了雍国都城，此地则将变作他们永恒的坟墓。"

说话时，姜太后眼里凌厉的目光一敛，化作了温柔神色。

"至于我，与陛下、各位大人留在此地。哪怕雍王战败，大家当陪赵灵、李霄，以及四国联军同归于尽，又有何不可？"

姜太后如是说。

腊月初五，东兰山，山道。

"驾！"姜恒与耿曙催促战马，在追兵尾随下冲出了东兰山，冲进平原。

"只有两个人！"有人远远地喊道，"算了！"

姜恒做了易容，与耿曙伪装成了两名猎人，耿曙还想射箭，姜恒却道："快走！别缠斗！时间不多了！"

"来得及！"耿曙说。

塞北已连续半个月没下过雪了，山林干旱无比，一点就着，暖冬却也带给了联军入侵的机会。

太子灵在赌，他在赌第一场雪到来的时间。寒潮一旦过境，冰天雪地里，只要不在城中，再严密的防寒措施也抵御不了。在第一场雪到来之前，他一定会对落雁展开全面攻势。

"你为什么就这么相信他们？"姜恒连日赶路，紧张得心脏快跳出来了。

"实话说，我不大相信他们，"耿曙朝姜恒说，"但我相信你，恒儿。"

姜恒驻马，紧张不已。

耿曙说："你一定能办到，恒儿，相信你自己。"

远方是风戎人的第一个村落，也是姜恒游历时，最后一个到访的风戎村落——狭木村。

"上罢。"耿曙朝姜恒认真地道。

姜恒抹去易容，一抖马缰，进入了村落。村庄里已建起不少防御工事，拒马桩、壕沟，以应对联军入境后的洗掠。

风戎人纷纷站直，看着姜恒，很快有人认出了他，喊道："神医！是神医！看病来了！快让他进来！"

守卫移开拒马桩，让姜恒与耿曙入内。

姜恒喊道："风戎人！"

姜恒依旧有点心虚，耿曙却大喝道："风戎人！我的弟兄！生活在这片土地上的战士！"

姜恒蓦然回头看耿曙，耿曙一手控缰，一手将烈光剑举起，折射着冬日的阳光，放慢马速，绕过村口空地。

"敌人来了！"耿曙以风戎语喊道，"塞外的土地将沦陷！神医召集你们！为你们的妻子儿女而战！"

风戎人浑不料耿曙是来召集战士的，当即大哗，围到了村口的空地上。

耿曙说："我是大雍的王子！我是上将军汁淼！我在此亲口答应你们！我们重新订立契约！愿意追随我、追随神医、解救王都的，我会将土地还给你们！"

姜恒看着耿曙，耿曙一身黑袍，身着雍国铠甲，威风凛凛，战靴踏着马镫，战马昂起前腿，一声长嘶。

紧接着，耿曙以烈光剑在手臂上一带，鲜血飞出。

"以血为契，"耿曙说，"跟我走。"

紧接着，耿曙没有给他们思考的时间，掉转马头，离开了村落。

姜恒说："他们真的会来吗？"

"我不知道。"耿曙答道。

姜恒想为耿曙包扎，耿曙却摆手，示意不必。姜恒再转头时，看见奔马陆陆续续离开了狭木村，追了上来。

"成功了！"姜恒道。

耿曙与风戎人终日相处，经历了多次战争，他很清楚他们要的是什么。姜恒的变法让他说出了一直以来不敢说的话，他要为风戎人竭力争取，因为他们是他的兄弟。

而王子的威名，也在风戎人中传颂日久，他们都相信耿曙能带领风戎打胜仗。

姜恒的到来，则加固了这一信任。

"风戎人！"耿曙抵达第二个村落，以风戎语大声道，"我以汁淼的名义，以神医的名义，召集你们！解救王都！"

耿曙带来的第一批战士共计四十人，却是最有力的佐证，村落中央的人越来越多。

"随我一战，"耿曙认真地道，"以血为誓，从此我将是你们最忠诚的兄弟。"

耿曙以烈光剑再轻轻一带，鲜血飞溅。

那是风戎人至为看重的血盟，世世代代，哪怕死亡也永不解除。

第二个村落拥出来的人，比第一村更多。

"起风了。"姜恒说。

雍国大地刮起了北风，寒潮正席卷而来。

耿曙与姜恒策马，辗转经过风戎的村落，追随他们的人越来越多，耿曙左臂上的伤痕也越来越密集，及至第三天，风戎人已在他的召集下聚集了近六千人。

风越来越大，北方大地的风戎部落消息一传十，十传百，村落开始朝着耿曙的征集之路派出兵员，与他们会合。

到得近一万人时，队伍已变得无比庞大，姜恒仍如在梦中。

耿曙白天与姜恒辗转各地，晚上叼着草秆在地上编队，上万人如臂使指，短短三天之内，自动聚集到了一起。

"能打得过郑军吗？"姜恒说，"我们需要一场奇袭。"

"我亲自担任万夫长，"耿曙说，"有希望。"

腊月初十的早晨。

远方一声哨响，正纵马带领上万人疾驰的耿曙与姜恒停下。

一名年轻人身着风戎人的铠甲，带领数千人拦住了他们的去路。

"孟和！"那人喊道。

"孟和！"姜恒笑道。

来人正是风戎小王子孟和。

"你们带着我的族人，要去做什么？"孟和道。

"打仗去！"耿曙道，"你去吗？"

耿曙抽出烈光剑，放在自己的左臂上。

孟和掏出匕首，说："你爹让我替他打仗，我不去。你让我替你们雍人打仗，我也不去。"

姜恒远远地注视着孟和，孟和却道："但是神医让我去，我去！神医是风戎的恩人，以血为誓，现在是报恩的时候了！"

旋即，孟和与耿曙各一割手臂，鲜血迸发。

"交给你了！"耿曙喝道，"走！"

耿曙召集到了一万四千人，且俱是骁勇善战的骑兵，只要指挥得宜，突袭郑军，配合城内出战，不是没有胜算。

但这还不够，他需要更多的人。

腊月十二深夜，灏城。

随着第一枚带火羽箭射进灏城城中，鸠占鹊巢的郑人终于也迎来了措手不及的攻城战。太子灵占领此地后，只在城内驻扎了两千人，耿曙率领骑兵，一骑当先，抽烈光剑斩断城门吊索，犹如天神降临！

姜恒正要喊"等等"，耿曙却回手一指原地，让姜恒待命，带着上万人冲了出去。

那是姜恒第一次看见耿曙带兵打仗，那身先士卒的气势顿时震撼了他。只见耿曙在纵马疾驰之中，展开手臂于马背一跃而上，再一飞身，沿着城门吊索一踏，飞身扑向城楼高处！

在他的背后，则是风戎人射出的以掩护这突袭、漫天流星般的火箭。

郑国王旗被斩断，在风里飘扬，紧接着城楼起火，吊桥轰然坠下！

风戎人浩浩荡荡地杀进了灏城，只用了三个时辰，便占领了全城。

"孟和！"姜恒策马赶到，喊道，"告诉他们，不许劫掠！这是自己的城！"

孟和道："知道了，知道了！孟和！"

风戎人性格野蛮粗暴，姜恒若不严令禁止，只怕这座大城要被屠于自己人之手。

孟和笑着看他，姜恒忽然转念一想，说："去抢城主府罢，随便你们抢，顺便帮我找个账本，能找到的话。"

舐犊情

耿曙正在率军围攻城主府，郑军死伤遍地。风戎人都是天生的射手，占据了高地，连续几拨箭雨下来，上万弓箭牢牢地将城主府压制住。

姜恒赶到时，战事已到尾声，耿曙一脚踹开城主府大门。

内里，太子灵所派的监事瞪大双眼，看着两人。

"好久不见了啊！"姜恒认得他，那是当初他在济州王宫中，太子灵麾下的门客。

"姜大人?"那人震惊了，忙道，"别杀我！别……"

一箭从旁飞来，射中那人咽喉。姜恒马上转头，只见水峻手持弓箭，身穿武服，头发绾起，系着蓝绳。

水峻道："他们进城后，杀了不少我们的族人。"

姜恒点了点头，问："氏人呢？"

水峻说："幸而破城时，我们声东击西，放不少族人逃了出去，都在城外等候。"

耿曙说："给王都解围，去吗？"

"去，"水峻说，"待我召集军队就来。不必歃血，我得去救山泽，他还在落雁。"

耿曙说："我的目的，却不是救人，说不得还有仗要打。"

"那你得问他们，"水峻说，"我做不了主，你才是雍国的王子。"

耿曙随水峻离开城主府，城内已聚集了大量的氏人。

"氏人！"耿曙朗声道，"跟我走！我是汁氽！我答应你们！只要愿意与我并肩作战……"

氏人离开自己的居所，穿过大街小巷，来到灏城的主街道上，所有人不发一言，近五万人无声地看着耿曙。

"我会将本该属于氏人的，还给你们。"耿曙在自己的手臂上划下了第二十七道血痕。

水峻策马，驻马于街道正中，看着耿曙，背后数万人议论纷纷，继而高喊起来。

"氏人愿意相信你与姜恒，"水峻朝耿曙道，"却不相信王室。你的承诺是风戎人的血誓，你是耿渊的后人，不要让我们再失望一次，这是氏人最后一次相信雍人了！"

水峻解开武袖，在手腕上划下了一道血誓之痕。

孟和笑嘻嘻地从水牢里拖出惊魂未定的卫贲，卫贲被折磨得只有出的气，没有进的气了。

姜恒一看到卫贲，马上把到手的账本藏了起来，说："赶紧带他下去，给他压压惊。"

"孟和，"孟和显然非常喜欢姜恒，说，"过来坐在我身上，我喂你吃枣子。"

卫府过得十分滋润，还有时令鲜果吃，坐在孟和身上吃倒是可以免了，姜恒肚子正饿，于是撸了袖子，一手端着盘，另一手拿着果子吃了起来。

耿曙回来时，看见乱七八糟的府上，沿途还看到风戎人在运送卫家的藏金与夜明珠，当即肺都要被气炸了。

"谁告诉他，让他在城主府里洗劫的？"耿曙提着剑回来，朝孟和怒吼道。

风戎人就像一群疯狗，开始抢夺灏城城主府内的财物与家当，幸好人都被姜恒放走了。

"我。"姜恒说，"吃枣子吗？"

"哦，那你说了算，"耿曙马上改了语气，"当我什么也没说。"

"你自己先前说的，反正都得罪卫家了。"姜恒离开城主府，顺手喂给耿曙枣子，扔了盘子，把他收拾得服服帖帖，快步下来，说，"他爹不会惦记咱们的救命之恩的，人没死就行，否则不好交代，钱财都是身外物，卫大人想来很愿意用一点钱换自己儿子的性命，是不是？"

"他爹活没活着还不知道呢。"水峻当真是恨死了卫家，孟和纵容人洗劫城主府正中下怀，要让性格温和的氐人去抢劫，这事儿他也做不出来。

孟和看着水峻说："替你出气了，小美人？"

姜恒道："别闹了！赶紧出城！王都若陷落，就全完了！"

孟和根本不在乎落雁城的下场，全是看在耿曙与姜恒的面上，才随其出兵，甚至巴不得越乱越好。

但水峻在乎，落雁城若破了，山泽一定逃不掉，他此时比姜恒还要心急。

"山阴城呢？"耿曙召集氐人、风戎人，这支勤王之军已扩充到了三万人。

"不管了。"姜恒说。

他颇有点担心曾嵘与曾宇的父亲——曾家当家家主曾松。但眼下既然切断了太子灵的补给线，便必须马上救援王都落雁，若必须取舍，他相信曾松也希望将生还的机会留给两个儿子。

然而，事情没有他想的这么简单。

山阴城在三天前第二次易主，并紧闭了城门，于城门上挂起了太子灵
麾下门客的头颅。

城墙高处，以长枪刺穿的尸体鲜血淋漓，冻僵在寒风之中。

城门上用血画下了一棵巨大的树，那棵树枝繁叶茂，以鲜血画出的繁
花触目惊心。

耿曙在城门外停下。

风戎人与氐人，临时召集起的三万大军围在山阴城外。

耿曙道："乌洛侯家的人，出来说话！"

城楼高处，郎煌出现了，他穿着一身兽皮袄，不复曾经与姜恒相遇时
那赤身裸体的模样，穿上衣服，姜恒都快有点认不出来了。

"你好啊，"郎煌端详城外，"恒儿。"

姜恒抬头，望向高处，再转头看耿曙。

耿曙问："你想做什么？"

郎煌吹了声悠扬的口哨，说道："造反，叛乱！否则还能做什么？水
峻？你也来了？"

姜恒朝耿曙示意，让他来解决。

"我们去王都，你来吗？"姜恒说。

"不了。"郎煌居高临下地看着众人，"你那位王子殿下，你的哥哥，
可是杀了我不少族人。我愿意报答你，却不愿意为凶手卖命。"

"那么我们就要攻破山阴城了。"孟和一向不大喜欢这家伙，林胡人在
塞外三族中神神秘秘、鬼鬼祟祟，与他们沾上，总没有好事。

郎煌说："所以要打仗了？"

"哥，"姜恒说，"算了罢。他不会加入咱们的。"

但耿曙很清楚，林胡人哪怕人数不多，也不是塞外最为善战的民族，
对他而言却十分重要。

"你说过的，"耿曙道，"那天你的话，给我感触很深。"

"什么？"姜恒不明其意。

"你说，无论哪一族，雍人、风戎人、林胡人、氐人，"耿曙说，"一
视同仁。错了就要认错，是我亏欠了他们。"

话音落，耿曙翻身下马，持烈光剑，走向城门。

占领了山阴的林胡人纷纷架上弓箭，郎煌却抬起手，示意不要射箭。

紧接着，耿曙在城门外双膝跪地。

"我朝你们谢罪！"耿曙朗声道，"为我之过！我曾不辨是非，屠杀你们的族人！掠夺你们的土地！"

这一下，万军哗然，拥上前去，看着耿曙。

耿曙沉声道："林胡人曾是我们的盟友，但我等忘恩负义，乌洛侯煌，今天不是最好的时候，待我解去落雁之危，在王都等待你，你随时可来报仇。"

耿曙收剑归鞘，振剑之鸣响彻天际。

大军离开山阴城，姜恒回头望去，只听山阴发出城门打开的巨响。

吊桥落下，郎煌骑高头大马，率领三千腰挎弯刀、背负箭袋的林胡军，出了城门。

"人终于齐了。"姜恒说，"王子们，走罢，今天之后，我与各位王子同舟共济。"

腊月十五。

狂风越来越大，落雁已遭到全面封锁，再无法朝外界传递任何消息，但汁琮相信，他的另一个儿子，正在浴血攻打玉璧关。

但他等不到援军了。玉璧关易守难攻，自己被姜恒刺出一剑之日，就注定了今天的局面。

他也等不到界圭的消息了。刺杀是件需要非常有耐心的活儿，耿渊蛰伏了这么多年，界圭自然不可能一蹴而就，十天半个月乃是寻常，甚至长达数年，等到自己死后，界圭也许才有机会，为他报仇。

"太子殿下想朝您辞行。"曾宇步入正殿。

汁琮一身单衣，面容明显变得苍老，答道："别让他进来，我不想见他，让他这就去罢。"

他不想被亲生儿子看见自己这副模样，卫卓、管魏、陆冀三人将留下，与王都同生共死，太子泷则带着他最后的希望，由曾宇负责护送。

死了也好，全都死了，当年的秘密就再无人知晓。

汁琮想着，顿了顿，说道："曾宇，我把他交给你了。"

曾宇点头，转身离去。

汁琮穿上王袍，前往宗庙，前去祭拜那个被他亲手杀死的鬼魂。他曾经以为哪怕他有再多的怨气，也不至于诅咒这祖先传下来的社稷基业。

现在看来，他竟是依附在他儿子的身上，要一鼓作气，毁掉所有，哪怕大雍有一半是他生前所亲手建起的楼台，他也不在乎。

那就玉石俱焚，又有何妨？

他想起了姜太后的话。当年姜昭很像他娘，他喜欢姜昭吗？也许喜欢过，可她养大的孩儿，如今已站到了自己的面前。

午前，落雁城门外巨响，雍军开始拼死突围。

狂风吹得郑王旗猎猎作响，这是太子灵三个月来，第一次在众将领面前露面。

车倥正在监视北门方向，孙英与一众死士守护在太子灵身边。

"殿下料中了，"车倥说，"他们正在突围。曾宇带着人在强冲防线，却不见汁琮的身影。"

"多少还是有着舔犊之情的，"太子灵道，"想必不顾一切代价送出来的，乃是汁泷了，可他又能逃到哪里去呢？"

"报——"信使纵马，匆忙进了大营。

孙英等人马上筑起防护，勒令信使不得靠近。

"灏城陷落！"信使喊道，"卓大人身亡！"

太子灵沉吟不语，望向孙英。

"姜恒来了，"孙英说，"本以为他会留在玉璧关，怎么过来的？"

太子灵当机立断，下了这场围困战中最重要的决断："攻城，给他们一个废墟看看，进城后，抓住所有的王族，其余人等，一律屠杀。"

三 胡 旗

郑军分头带着火把，散进了后阵三里地外的壕沟。足足一个月里，数十万斤的冻土被沿着地道运送出来，堆在壕沟两侧，取而代之的，则是通往落雁城墙的十二条幽深的隧道。

隧道很浅，不过在地面一丈之下，在城墙下蜿蜒，扩展出近十里。

再进去，便是落雁城内了，那里铺设着坚若磐石的巨岩，乃是整座城市的地基，王宫更是无法挖穿。

但他们的目的并非将地道挖进城去，这就够了。一个个深达丈余的地下空洞，以东兰山上砍伐而来的巨木支撑着，横七竖八，筑起了地底诡异的防御工事。

大军在城外集结，雍军剩余的七千人纷纷登上城墙，手持强弩，朝向六万敌军。

"他们想做什么？"卫卓沉声道，"强行攻城？"

代国的军队尚未赶来，郑国今日已做好了攻城的准备，但高逾三丈的城墙，在没有攻城梯的前提下，根本不可能爬上来。

太子灵乘坐战车，在狂风里出战。郑国大军举起武器，朝向落雁。

太子灵朗声道："汴琮！投降，献城！最后再给你一次机会。出来谢罪罢！为你当年的血债，以及这些年中，所犯下的罪行！"

汴琮出现在城头高处，弯弓搭箭，一箭如流星飞去。

孙英瞬间上前，举起盾牌，守护在太子灵身前，那一箭射穿了盾牌，发出巨响，盾牌面上四分五裂。

汴琮说："战！看孤王如何像杀你族叔一般，取你性命！"

郑军顿时大哗，义愤填膺。

城门洞开，汴琮出战，他有绝对的把握，突入敌阵，于万军之中取来太子灵项上人头。

只要太子灵一死，联军便将散去。

这时候，太子灵只安静地看着一身黑铠的汴琮，旋即扬起手中铃铛，轻轻一振。

"叮！"声音响起，后阵三声击鼓。

随之而来的，则是数万人惊天动地的大喊，继而地底仿佛发生了什么事，阵阵震荡。汴琮顿时色变，卫卓扑上前去，撞开汴琮，吼道："陛下！当心！"

城门外，火舌沿着通道飞速卷去，于地底爆破，火焰焚毁了十数个巨大坑洞中支撑着顶部的木柱，断木惊天动地地垮塌下来！

沙洲平原尽头，姜恒与耿曙越过丘陵，姜恒霎时看见了此生中最为壮观的一幕。

落雁城南方长达十里的城墙，随着护城河前的地面坍塌，巨石压垮了地基，城墙的下沉让千万斤垒砌起的巨石倾侧，继而犹如溺水的巨龙，轰然垮了下来。

这场连环震响从中央三丈高的城门、吊桥，朝向两翼连续垮下，眨眼间整面城墙随着巨响，犹如被神明从内至外一推，咆哮着倒塌。

鼓声大作，落雁城前已满是扬天的灰尘，随着郑军步兵的呐喊与震彻天地的鼓点，六万人发起步兵冲锋，杀进了城内！

"糟了！"姜恒道。

耿曙马上道："不能发动冲锋！必须等主力部队赶到！"

耿曙下了一个至为明智的决策，他与姜恒所率领的不过是三千骑兵前锋，这个时候袭击郑军的后阵，很可能被掉头反扑，导致全军覆没。

他必须等待，哪怕亲眼看着都城陷落，也要整齐军队再发动总攻击。

"列阵。"耿曙回身，"孟和！水峻！传令！各部听鼓声！"

太子泷永远都会记得，亲眼看见玉璧关起火的那一刻。

今天，他再一次亲眼看见落雁那绵延数里的、坚不可摧的城墙的坍塌。一瞬间雍都失去了它的所有的防守，连同驻扎在城墙上的雍军壮烈牺牲。

冷静，一定要冷静……太子泷不断地告诫自己。

太子泷强行按捺住悲痛之心，蓦然转身，抽出剑，却道："时候没到，还没有到！咱们不能逃！援军会来的，随我杀回去！现在是敌军最轻敌大意的时候！走！袭他们的后阵！"

曾宇震住了。

"太子殿下……"曾宇马上道。

太子泷却一振马缰，举起长剑，绕过军队，喝道："扛起我的王旗！随我绕路到后方，偷袭他们的后阵！"

那确实是一招奇兵！先前郑人只以为汁琮为保全国统，令太子突围而出，敌军的注意力全在汴琮身上，轻视了太子。

现在他们突围成功后，太子泷竟是悍然转向，前去偷袭郑军的后方！

御林军当即明白过来，一呼百应，随着太子泷而去！曾宇回过神，眼前局势已超出了他的处理能力，只得追赶而去！

太子灵用整整一个月的准备，不费吹灰之力便瓦解了落雁所有的防备，顷刻间六万步兵冲进城中，开始放火。

"援军来了。"孙英朝战车上的太子灵说。

"这么快？"太子灵颇有点意外。

"他们的。"孙英说，"姜恒集结了风戎人、林胡人与氐人。"

"传令尽快攻下王宫，"太子灵说，"搜寻汴琮的下落，拿王族当人质。"

雍都落雁自建成一百二十年来，首次经历了战火的摧残，浓烟四起，百姓哭喊着四处逃亡。

耿曙的主力部队终于到了。

"击鼓。"耿曙沉声道，"恒儿，你坐镇后方，军令从你这里发出。水峻、乌洛侯煌分左右翼，孟和中军，随我冲锋！"

姜恒为耿曙戴上头盔，耿曙随手轻轻一刮他的鼻梁。

"等我回来。"耿曙沉声道。

援军开始动了，犹如潮水一般，越过山丘，向着郑军的后阵掩杀而去。

姜恒搬来一张琴，与隔壁山头高处，那面催战的巨鼓遥遥相对。坐在此地，他能清楚地看见城中兵马进境。

他每拨一下琴弦，下方的鼓手便一擂战鼓，鼓声惊天动地，音传十里。

"噔。"

"咚！"

耿曙中军收拢，前锋突进，犹如一把尖刀，刺进了敌方的后阵。

"他们杀进来了。"孙英听到鼓声，说道。

步兵有两万余人已冲进城中。

"不能退。"太子灵道，"两面交战，无法应对，首先攻破内城，再回援后阵。"

耿曙身后的卫队挑着两面王旗，一面红色上书"晋"，另一面漆黑上书"汁"。

"赵灵！"耿曙怒吼道，"当初设计陷害我弟，今日一并讨你狗命——！"

正午，宗庙。

交战声、喧哗声不断逼近，郑军冲到宗庙前，却看见高处站着一名身穿华服的老妪，身周一众侍女拱卫。

"姜太后？"车佺排众而出，这是他要抓的第一名人质。届时，太子灵将把汁琼与姜太后、太子汁泷押到沙洲，当着汁淼的面车裂示众。

"车将军，"姜太后手持天月剑剑鞘，说道，"灭国之战，只带这点人，您还是太掉以轻心了。"

说着，姜太后缓缓地抽出剑，一道冷光折射冬阳，令车佺稍稍眯起双眼。

太轻敌了。这是车佺最后的念头。

周遭侍女飞掠而来，车佺马上吼道："放箭——！不要被她们近身！"

但这警惕来得太晚，姜太后高居台阶之上，甚至没有下来，只是一扬手，天月剑弧光闪烁，倏然而至，在空中化作一道月轮，旋转呼啸而去！

随之而来的，则是迎向姜太后的、铺天盖地的箭矢。

落雁城破，只在一刹那。

汁琼满头鲜血，意识模糊，从碎石中挣扎着起身，听见远方传来大喊声。

"下雪了——"

他仓皇地转头，仿佛回到了三十五年前的桃花殿内，与兄长汁琅站在园中。

"今年怎么还不下雪？"

"你想看雪？"

"唔……下雪天，便不必练武了。"

年仅九岁的汁琅笑道："这么说，我来替你祈一场雪，如何？"

八岁的汁琼嘲讽道："有用吗？"

"我是太子，"汁琅说，"说不定，老天爷真的会听呢？"

是夜，果然下雪了，那是汁琼自懂事以来，看见过的最盛大的一场雪。他清晨起身，快步冲进东宫，钻进兄长的被窝里，大喊道："哥！快起来！下雪了！"

汁琅睡得迷迷糊糊，转了个身，伸手揽着他，让他别闹。汁琮却恶作剧般地把冰凉的手贴在他的怀里，汁琅顿时醒了，狂笑道："胡闹！汁琮！快给我下去！"

两兄弟大笑起来，汁琅要教训汁琮，却总打不过汁琮，片刻后只得作罢，两人一起望向殿外那鹅毛大雪。

"耿渊？"汁琅见耿渊来了，便推开了弟弟，笑着起床穿衣服，带他去打雪仗。

"哥……"汁琮的声音发着抖，在废墟里找到了他的佩剑，头盔已不知掉去了何处，卫卓亦不知所终，极目所见，到处都是敌军。

汁琮一声狂喊，持剑劈砍，将冲到身前的步兵斩翻在地。

"哥……你在哪儿？"汁琮颤声道。

他环顾身边，更多的敌军拥了上来，雪越下越大，今天的雪，与那天一般。

南门外，太子泷率领的御林军绕过大半个落雁城外围，再次杀了过来，忽然听见了鼓声。

"援军来了。"太子泷马上道，"鼓声！我听见雍鼓的声音了！是我哥！是我哥和姜恒回来了！"

耿曙之名头在御林军中何等响亮，刹那士气大振。

太子泷率领的御林军，登时将郑军的后阵冲散，犹如尖刀一般。郑军注意到他们了，开始结阵抵挡。

汁琮仍在乱军中喘息，现在，他是真正的孤身一人了。

远方的鼓声震醒了他，先是"咚咚咚"三声，又如行云流水般连弹起来，一轮催似一轮，一轮急于一轮，直令天地变色，仿佛英灵在世，随着某个心照不宣的节拍，召来了天地间的神兵天将，化作千军万马，一并冲进了落雁城——

那节奏，化作一首歌谣。

眼看郑军团团围上，就在这时，战马冲来，撞开身前之人，一道黑影掠过，所经之处，爆出一条血路！

耿曙一甩烈光剑，鲜血化作雨点，倏然漫天散去，剑身滴血不染，寒光如初。

"父王！"耿曙道。

汴琼怔怔地看着耿曙，耿曙焦急地冲来。

汴琼再回头，鼓声下风云色变，他们背水一战的时候到了。

宗庙前，尸横遍野，姜太后按着中箭的肩膀，抬头望向城外远方。

山泽走出内宫，站在宫墙高处，看见了飘扬的旗帜"氏"。

雪纷纷扬扬地下着，落在了琴弦上，随着琴弦一振，雪花犹如裂帛被撕开，继而在风里飞扬，散为冰晶。

姜恒的琴声化作远方鼓点，雷鸣阵阵。

"今夕何夕……"姜恒出神地道。

孟和率领风戎人，王旗上书远古巨字"风"，衔尾追杀而去，战马飞跃过城墙废墟，开始斩杀郑国步兵。

"得与王子同舟……"

水峻满脸血污，持剑先一步围住了皇宫，一声令下，氏人持戈组成战阵，指向外城袭来的敌军。

"林"字王旗飞扬，郎煌率领三千猎人，飞檐走壁，登上皇宫屋檐，各自弯弓搭箭，瞄准雍宫外。

姜恒端坐山丘之上，远观雍都落雁，鼓声频传，各部听到鼓声，开始朝雍宫会聚，犹如一副硕大的棋盘，所有棋子部署完毕。

姜恒按住琴弦，正当五弦齐震，完成最终的绞杀之时，忽然睁大双眼。

"我以为来的人，会是孙英。"姜恒喃喃地道。

鼓声停了，击鼓之人没有说话，身周尽是卫士的尸体。

"你又是谁？"姜恒说。

但刺客没有回答他，那只是一个无名之辈。

紧接着，一道血箭从姜恒胸口射出，血喷发在琴上。

随之而来的，则是一声发狂的痛吼。

"恒儿——！"

界圭身影闪现，带着万钧之力，手持黑剑，狠狠一剑扫在了那刺客头上，刺客顿时脑浆迸裂，而刺向姜恒的那一剑偏了少许。

漫天星河从今坠落，尽成炼狱火。
不敢抬头看，天崩地裂，沧海桑田。

姜恒眼前一片模糊，只觉肋下一凉，睁大双眼，看见界圭焦急地、发疯般地在朝他喊着什么，却仿佛不是喊他的名字，而是在叫另一个人。
他努力摇头，恢复清醒，低头看肋下那把剑。

姜恒再看染血的古琴，将界圭从面前推开，扣住琴弦，使出最后的气力，五弦齐震。
"咚、咚"五声频响，耿曙会合风戎军，散入全城四面八方。
耿曙回头，望向远方那鼓声传来之地。
所有战士在这鼓声前同时发动冲锋，沿着落雁的八条主道朝向中央雍宫，绞杀太子灵的郑军。
烈光剑所辉映之处，天地间死生契阔茫茫。
同袍染血之襟飞扬，击鼓其镗，万世之声，不与我归，忧心有忡。

死生契阔，与子成说，执子之手，与子偕老。
鼓声一如天地的心跳，一如活着的人的脉搏、枉死者的愤怒，汇入那奔腾不息的鲜血之河，彻底淹没了雍国王都。

番外

高山・流珠碎玉

雍穆王二十二年春，越地。

春光明媚，万顷长空，镜湖天水一色，桃花开得繁华灿烂，两骑沿湖畔山路飞速而驰，其后则是快马加鞭追来的杀手。

队伍最前方，是策马狂奔的两名纱衣飞扬的少女，一名身着一袭天青色纱衣，一名身着藕荷色纱衣，两女共乘一骑，其后则跟着年逾六旬的老仆。

"驾！"那衣天青色的少女纵马载着衣藕荷色的少女，虽不过十五六岁的年纪，却一脸沉着镇定。

临近湖畔码头。

"昭小姐，"老仆沙哑着声音道，"老头子只能送你们到这儿了。离了镜湖，往中原去，到得洛阳就安全了。带晴小姐走罢，就此隐姓埋名，莫要再过问六国中事。"

"詹叔，"为首的少女道，"未到如此！"

那衣藕荷色的少女亦猛地转头，望向老者。

老者翻身下马，抽剑，追兵已到得近前，纷纷弯弓搭箭。

"走！"詹叔坚决地道，一掌拍在马股上，马顿时嘶鸣，载着两名少女冲过树林，来到湖畔码头上。

被唤作"昭小姐"的着天青色的少女悲痛无比，转头望向树林。两人下马，姜昭微微喘息，从背后抽出家传宝剑"天月"。

衣藕荷色的少女抿着薄唇望向她。

"姐姐。"

"姜晴！"衣天青色的少女早知亲妹在想什么，厉声呵斥道。

"你有武艺，"被唤作姜晴的少女柔声道，"带着我，逃不远。"

"此话不可再说……"

说着姜晴竟是坦然转身，欲投湖自尽，老仆兀自远远地道："昭小姐！带她走！"

箭矢破空之声响起，老仆竟是硬气无比，直至死去亦未发出半声悲呼，唯有箭矢破体飞溅出的鲜血染红了树丛。

姜昭左手死死扣着姜晴的手腕，右手提着天月剑，披头散发，发出一声惨烈的叫喊。

窸窣声响，上百名杀手散开，埋伏到桃林的各个角落。姜昭挡在姜晴身前，天月剑折射出一缕阳光。

杀手们纷纷就位，弯弓搭箭。

"当啷"一声，天月剑落地，姜昭竟转过身，以背脊朝向箭矢方向，紧紧抱住了自己的妹妹。

"姐姐。"姜晴哽咽着道。

就在此时，平静的镜湖上泛起细微的涟漪，朝着岸边荡来，紧接着"叮"的一声，仿佛有什么破碎了，那声响在群山之间回荡。

姜昭蓦然抬头，清澈的瞳孔里，映出镜湖中央突然出现的一叶舢板，舢板正中坐着一名黑衣少年。

黑衣少年背着一把剑，膝前搁着一张琴，手里拿着半块琨玉。方才那清脆之响，正是他持琨敲打琴尾，令琨破毁为无数碎片之声。

她与黑衣少年隔着上百步远，遥遥对视。

她的双眼中满是倔强的泪水，她猜到了他是谁，却不愿开口向他呼救。

姜晴感觉到了姐姐温热的泪水，茫然地抬起头，随她一同望向镜湖中央。

背后，杀手们的杀气仿佛为之一窒。

只见那黑衣少年拈起一块碎玉，扣在膝前的琴上，修长纤细的手指轻轻扣弦，拨琴。

一声琴响，清脆，超然，随着这琴声，碎玉呼啸而出，笔直射来，在湖面上带起一道水痕，姜昭甚至来不及转头，碎玉便射进树林，紧接着是杀手痛苦的叫声。

"有高手！"树林中的杀手们吼道，"先杀姜昭！"

黑衣少年抬头，望向湖岸上，又一块碎玉带起水纹倏然飞来，惨叫声再度响起。

姜昭猛地拉住姜晴，躲避到一旁，然而树丛中已飞出数十支箭矢，下一刻，黑衣少年右手一扫琴弦，五指飞弹。

刹那天地变色，山峦、湖泊仿佛都为曲声所震动，狂风吹来，湖岸桃花飞散，漫天花雨之中，碎玉携山崩之势犹如流星雨般射来！

琴曲之声轰鸣，那是宣王征诸胡第一首《雷鸣》古曲。在这古曲中天地变色，碎玉流星一轮又一轮射出，射向姜昭与姜晴的箭矢断折。玉碎即锋，锐利的边缘使其化为最好的武器，遇金破金，遇铁斫铁，桃林中的杀手纷纷被碎玉穿喉，不到一曲结束，竟纷纷倒在林中。

上百名杀手便这样死在了一首琴曲之下。

只见那黑衣少年抚琴渐停，碎玉也如天际星芒逐渐黯淡，散去。

镜湖畔一片寂静，又回到了先前万顷湖水平静无波的景象，就像什么都没有发生过。

姜昭与姜晴抬头，望向那黑衣少年。

一阵微风吹来，推着舢板滑向湖边。

黑衣少年与姜昭对视，姜昭的内心就像被他的琴弦轻轻弹动了一记——他的容貌温润如玉，眉目明朗，双眼清澈而闪亮，眼里就像蕴藏着星辰。

"耿渊。"姜昭说。

"姜昭，"黑衣少年终于开口，说了第一句话，"你们安全了。"

桃林中，耿渊背着琴与剑，躬身检查詹叔的尸体，姜昭与姜晴两姐妹站在一旁。姜晴抬眼看姜昭，姜昭示意她什么也不要说。

"你分明能早点到。"姜昭悲伤地说，"只要你早到一步，詹叔就不必死。"

"接到殿下的消息后，我已是星夜兼程。"耿渊抬眼答道，"横渡镜湖，总比骑马追赶你们来得快。"

姜昭怒气冲冲，只想向他发火，但看到他那明亮的双眼、温柔的眼神，就什么气都没了。

"人谁无死？走罢。"耿渊说道，"接下来，我会护送你俩，直到雍都。"

"我们不去雍都。"这次却是姜晴开了口，"你走罢，谢谢你的救命之恩。"

耿渊注视姜昭，意思是"这也是你的决定？"。

姜昭犹豫了，从离家之后，她们便过着颠沛流离的生活，再这么下去，她不仅保护不了妹妹，也保护不了自己，杀手铺天盖地，要让越国血脉就此断绝，她们必须面对一场又一场追杀，面对更多的人为了保护她们而死于非命的情景。

她叹了口气，收起天月剑，拉起姜晴，示意她不要再说了。

月夜，两姐妹围在篝火旁，远处传来阵阵狼嗥声，哪怕已与耿渊会合，姜昭手中仍始终握着她的天月剑。

姜晴小声道："姐，你认识他？"

姜昭答道："素未谋面，只听说过。"

"他是什么人？"姜晴又问道。

"越人。"姜昭低声说，"越国的旧臣，只是早在百年前就已卖命给雍侯，来救咱们，已经是念着旧情了……"

耿渊抱着柴火回来，添了柴，两姐妹便不再交谈。

耿渊是个很安静的人，姜昭本以为他会弹一曲琴，但他没有。他只是倚在石畔，沉默地思考着，间或抬眼看一眼姜昭。

姜昭盯着他看时他面上毫无波动，就那样冷静地回视姜昭。两人隔着篝火对看，时间长了，姜昭反而有点局促，移开目光。

姜昭心想，他的眼睛很美，就像昆山的墨玉，深邃却又清亮，就像镜子一般，映出他看着的东西，人影、火光……

姜晴困得枕在姜昭的腿上睡着了。

姜昭冷冷地道："你也睡罢。"

"守夜。"耿渊答道。

姜昭没有再管他，侧身倚在妹妹身上入睡。

夜半时分，她感觉到有人碰了自己的手指，却没有睁眼。

她感觉到耿渊将她的手指轻轻掰开，取出她握在掌心的剑柄，将天月剑放在了一旁。

抵达玉璧关的那天，春息刚至长城，万里荒原草长莺飞。

那天，姜昭从市镇上沽了酒回来，听见姜晴与耿渊在镇外的对话。

姜晴说："你走罢，我们不去雍都。"

"都走到这儿了，"耿渊没有问为什么，"去看看又有何妨？"

姜晴说道："心中仍有挂念，待大局定后，再来雍国罢。"

耿渊说道："你们活着，就是为了复国？"

姜晴比姜昭年纪小，不谙武术，一副弱不禁风的模样，却比姜昭更为固执。

"是。"姜晴说道，"谢谢你救了我们。"

姜昭在心里叹了一口气，没有走过去，只在屋后静静地站着。

"你姑母也想看看你。"耿渊漫不经心地道。

"有什么好看的？"姜晴的语气礼貌，却带着不容置疑的坚决，"天各一方，相见不若相念。"

"若我说，太子殿下愿意为你们复国呢？"耿渊漫不经心地道。

"那是道义，不该是施舍。"姜晴叹了口气，说道，"天下人都忘了，你们耿家也忘了。"

"不错。"耿渊倒回答得很爽快，"我不勉强你俩，只是，你想好了？"

姜晴没有说话，料想是点了点头。

"你姐姐也一样？"耿渊随口道。

这次姜晴陷入了沉默，姜昭转过屋舍，看见耿渊抱着手臂，背倚墙壁，姜晴则神态自若地站在一旁。

"晴儿的意思，就是我的意思。"姜昭冷淡地说，"去哪儿都是她做决定，我听她的。这一路上，我们已见过太多骗子，雍国是不是下一个，你自当清楚，念着当年的故国之情，不要再欺骗我们了。"

耿渊无可无不可，做了个手势，没有问她们将去哪儿。姜昭牵起姜晴的手，把酒递给耿渊。

"送你的。"姜昭说，"权当报答你的救命之恩。"

"我不喝酒。"耿渊说，"大部分时候不喝。保重，照顾好你妹妹。"

"随你罢。"姜昭心里忽然有点难受，与姜晴离开前，她忍不住回头看了眼耿渊。

又是一次对视，他的双眸依旧那么美，他的双眼，仿佛读懂了姜昭的内心所想。

就在她们离开松林坡前，耿渊忽然又说了句话。

"你们曾经的太子殿下勾陈，也在雍都。"耿渊道，"但这件事很少有人知道，我想，你们应当仍有希望。"

姜昭停下脚步，与妹妹对视。

耿渊说了句不该说的话，却也劝来了姜昭与姜晴两姐妹，将两名亡国之女劝到了雍国都城。到达落雁城后，她们便在雍宫中住了下来。

而耿渊因为这句不该说的话，也受到了惩罚——在太子殿下书房外站三个月的岗。

大家都想不通以耿渊如此稳重的为人，为什么会多这么一句嘴，但汁琅大致猜到了，只是什么都没有说。

傍晚时分，夕阳西下。

"你会告诉她们。"傍晚时，耿渊在书房外说道。

"你说都说了，"汁琅答道，"我当然只能告诉。"

没有几个人知道越国的亡国太子勾陈就在雍宫中，几乎全天下人都以为他已经死了。这个秘密非同小可。

汁琅处理完政务，起身离开书房，活动了下手臂，秋日里落雁城中枫红似血，秋高气爽。

他是一块真正的美玉，从小便接受王族教育，身上带着一丝若有若无的天子的尊贵之气。宫中与他年岁相仿的少年郎里，耿渊温文，却带着剑藏鞘中的锋芒，虽俊秀，却终究缺了点什么。界圭则飞扬张狂，带着少许傲气。终究没有人能逾越汁琅。

耿渊刚要举步跟随，汁琅却似笑非笑，示意他可以滚蛋了。

他要亲自去看看那两姐妹，最近不少大臣都向他特地嘱咐，要注意这两位远道而来的客人。

枫林里，偶有几片枫叶离开枝头，打着旋落下，地上厚厚的一层落叶，就像铺了毯子一般。

汁琅来到枫林外，看见了姜晴。

界圭跟在汁琅身后，此时慢慢走开，没有发出任何声响，只是黑影一闪，便消失在了树林里。

界圭坐在树上，姜晴没有发现。她于树下捡拾枫叶，听见汁琅踏在落叶上窸窣的脚步声时，只略微一顿，没有回头。

界圭想跃下，汁琅却不易察觉地摆摆手，示意不用。

"我听说你在四处贿赂我的大臣们，"汁琅笑着说，"游说他们，帮你们姐妹俩复国。"

姜晴头也不回，答道："我姐妹二人身无分文，何来'贿赂'一说？"

汁琅走近些许，又说："现在身无分文，不意味着以后身无分文，未来往往比当下显得更诱人。"

姜晴又答道："既是如此，殿下想必也知道，诺言终有兑现的一天。"

"只是当年的诺言，"姜晴轻轻地叹了口气，说道，"还有几人记得呢？"

汁琅知道姜晴所提之话，无非是当年越王与雍王兄弟般的情谊，他们曾经许下的诺言。连他们的母亲都是越人，可见两国关系之密切。只是越国亡了近百年，纵然希望帮母国复国，可考虑到雍的国家利益，强行复国无异于向关内四国开战，汁琅又何尝敢轻举妄动？

但姜晴这么说，非但没有责备之意，反而带着亲切之感，让汁琅不觉丝毫冒犯。

"你在做什么？"汁琅岔开话题，问道。

"我在找一片与手中这片一模一样的枫叶。"姜晴向汁琅出示枫叶。

汁琅看了一会儿，说："天底下没有两片完全一样的树叶。"

"大致差不离，也就行了。"姜晴抬眼，朝他笑了笑，那笑容就像秋天的碧空，瞳中还映着白云，很美。

汁琅也不问找来做什么，看了看，便说："我帮你找罢。"

于是汁琅躬身，开始为她挑选枫叶，看来看去，总是不合意。

"什么时候让我见我们的太子殿下？"姜晴说。

汁琅知道此刻界圭还在他们头顶的一棵树上，没有抬头，答道："你这么着急想见他是为什么？"

姜晴说："只想知道他过得好不好。"

汁琅趁着姜晴低头时，抬眼一瞥界圭。

界圭依旧是那面无表情的模样，双眼只盯着汁琅，汁琅走到哪儿，他的目光就跟到哪儿。

汁琅用眼神示意，哪怕他知道界圭本来也不会多说。

"我会转告他的。"汁琅说。

姜晴又说："那么就请顺便转告他，不必将我们放在心上，我们复国，是我们的事，与他无干，他不必有负担。"

"知道了。"汁琅再看姜晴脸色，姜晴说着充满锋芒的话，却带着笑意，没有半点冒犯之意，反而让人如沐春风。

她与她的姐姐判然不同，姜昭冷漠疏离，姜晴却很温暖。

"话说，树上那位兄台，"姜晴话锋一转，说道，"也是你的兄弟吗？"

"啊。"汁琅笑了起来，说道，"他叫界圭，是我的异姓兄弟。"

界圭始终没有说话，一脚垂下来晃来晃去，几次差点踢到汁琅的头。

姜晴看了他一眼，界圭便也居高临下，肆无忌惮地看着她，彼此沉默不语。

"这片怎么样？"汁琅找到了一片，姜晴没有接，就着他的手端详，表情明显在说"不怎么样"。

"听说沧山的红叶很好。"汁琅自我解嘲道，"以后有机会，再替你去找。"

"沧山海阁，你去过吗？"姜晴说。

"没有。"汁琅遗憾地摊手，说道，"除了我的国土，我哪儿也没去过，甚至没有入过关。"

"那多遗憾呢。"姜晴最后还是接过了那片红叶，将两片落叶叠在一起。也许这已经是这片树林里，与她的叶子最为相近的叶子了。

接过落叶的时候，她与汁琅的手轻轻触碰了一下。

"你去过许多地方？"汁琅与姜晴并肩往回走，天色已晚，该回去了。

"嗯。"姜晴低头看叶子，若有所思。

界圭从树上跃下，默不作声，跟在两人身后慢慢地走着。他从很久以前就是汁琅最忠实的护卫，多少年来一直如此。

　　"都去过哪儿？"汁琅问。
　　"郑、代、郓、梁。"姜晴说，"除了洛阳与雍，天底下的地方，几乎都去过了。"
　　"为何不去洛阳？"
　　"去了也没有用。"姜晴说道，"为天子徒增烦恼而已，一百年前洛阳办不到的事，如今更办不到了。"

　　汁琅轻轻地叹了口气。
　　"怎么？"姜晴随口道。
　　汁琅没有再说下去，姜晴却猜到了他的意思："你觉得我们不容易，是不是？"
　　汁琅温和一笑，没有说话。姜晴不过十四五岁，姜昭年满十六，两姐妹为了复国，不知走了多少虎穴狼巢，想来是何等艰辛，何等凶险？
　　"人心险恶。"汁琅有感而发，"能全身而退，想必姜姑娘胆识异于常人。"
　　"他们都是人。"姜晴说，"是人，就有弱点。无非威逼与利诱，结盟与反目而已。"
　　说毕，姜晴也轻轻叹了口气。虽然说起来简单，但五国直到如今仍未将她们放在眼中，多少王公大臣觊觎她俩的美貌，只想将她们豢作笼中金丝雀。幸而她们每一次都有惊无险地逃出来了。
　　"都是你决定去这些地方？"汁琅又问。
　　姜晴没有回答，事实上她的姐姐对复国并不怎么上心。姜昭奔碌于各国之间，原因只有一个——姜晴执着，而她是姜晴最忠诚的守护者，除姜晴之外，天底下再没有其他人和事能让她在乎。

　　"你们想的事，"汁琅说，"我清楚了。"
　　"我还什么都没说呢。"姜晴忽然笑了起来。
　　汁琅觉得总要给她们一个说法，她们已经来了雍都几个月，不能总这么拖着她们。朝中大臣们对是否支持越地复国，也有两种截然不同的声音，甚至在朝会上争执得不可开交。他们各有各的主张，主张出力协助者，无非认为道义不可废，雍、越多年来为姻亲之国，朝中更有不少当年随着雍王出关的越国后裔，若越地成功复国，雍便有了关内的同盟，不会再被梁、代等国欺压。

反对者的理由只有一个——还未到时候，眼下若支持越人复国，无异于与梁、代两国为敌，大雍远未到能开战的时候。

"我将在琉华殿上召开问政会。"汩琅答道，"届时也会尽快给你们一个答复，免得耽误你们的正事。"

"不耽误。"姜晴话中之意很明显，雍国是她们的最后一地，如果连雍国也不愿意帮助越人，那么天底下她们就再也无处可去了。

汩琅很想问，如果雍国不帮助她们，姜晴最后的归宿是什么。但他忍住了，没有问。

"晴儿。"姜昭的声音在枫林尽头响起。

"哎。"姜晴看见姐姐来了，便笑了起来，眼里仿佛有了光。

姜昭显然已等候多时，她身旁不远处还站着一个人，正是汩琼。

"介绍一下，"汩琅说，"这是舍弟汩琼。"

姜昭冷冷地道："已经认识了。"

看汩琼与姜昭那脸色，似乎互相讥讽过，但汩琅深知自己弟弟的脾性，他再如何也是一名王子，不可能对客人冷嘲热讽，何况还是亲戚。想必是汩琼哪句话不合姜昭的意，遭受了嘲讽。

姜晴一瞥汩琼，明显对他毫无兴趣，只是客气又疏离地点头，表情与其姐如出一辙。

汩琅向汩琼示意"走"，于是这两兄弟与姜家姐妹各自走向不同的方向。

（未完待续）